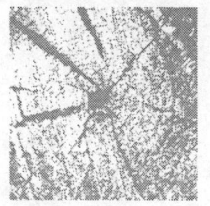

情感与阐释：
文学理论的未来

汪民安　张　跣　黄晓武　主编

河南大学出版社
·郑州·

图书在版编目（CIP）数据

情感与阐释：文学理论的未来/汪民安，张跣，黄晓武主编. -- 郑州：河南大学出版社，2024.5
ISBN 978-7-5649-5888-6

Ⅰ.①情… Ⅱ.①汪… ②张… ③黄… Ⅲ.①文学理论一研究 Ⅳ.① I0

中国国家版本馆 CIP 数据核字 (2024) 第 105921 号

情感与阐释：文学理论的未来
QINGGAN YU CHANSHI: WENXUE LILUN DE WEILAI

责任编辑	张云鹏
责任校对	马　静
封面设计	翟淼淼
版式设计	李雪艳
出版发行	河南大学出版社
	地址：郑州市郑东新区商务外环中华大厦2401号　邮　编：450046
	电话：0371-86059701（营销部）
	网址：hupress.henu.edu.cn
排　版	河南大学出版社设计排版部
印　刷	郑州市今日文教印制有限公司
版　次	2024年5月第1版
印　次	2024年5月第1次印刷
开　本	710 mm×1010 mm　1/16
印　张	41.25
字　数	551 千字
定　价	138.00 元

（本书如有印装质量问题，请与河南大学出版社联系调换。）

序　言

　　2024年3月，罗钢教授年满70周岁正式从清华大学中文系退休。罗老师生性淡泊，不愿接受系里和学生们自愿组织的荣休仪式，也不愿我们这些学生编写一本谈及他的学术成就的文集。但罗老师同意我们的另一项提议，即他的学生们（以博士为主）各自选一篇代表性的论文编辑成书，作为送给老师的退休礼物。我们理解罗老师的心意，他36年的教学生涯，最看重的是学生的学术，以及师生之间的感情——越是最近几年，作为学生的我们就越是强烈地感觉到这一点：聚会的时候，罗老师跟我们待在一起的时间要比以前长一些了。罗老师说，退休后，他拿到这本书会随时翻阅，就会想起曾经亲密接触的这些学生。对我们来说，这本文集是送给罗老师的礼物，但也是一份忐忑不安的礼物——这些论文离罗老师的要求还有距离，我们一方面希望他翻阅，另一方面也有点担心他翻阅——这本文集或许达不到罗老师所期待的学术水准，但是，它汇聚了罗老师和我们之间共同的情感和经历。这份特殊的师生情感，是奠定在对一份共同的学术事业的热情之上的。

　　罗钢教授师从北京师范大学著名文艺理论家黄药眠先生和童庆炳先生，1988年博士毕业留校，是新中国培养的第一批文艺学博士之一。1995年，罗老师开始招收文艺学专业博士研究生。正是从那个时候起，我们陆续来到罗老师门下，跟随他学习，建立了亲密的师生关系。罗老师长期从事文艺理论的教学和研究，是国内早期介绍和研究西方文论的最有影响的学者之一。罗老师对西方文论的研究总是和对中国问题的思考联系在一起的，这是他研究的一个重要特点。他认为，一方面，我们应当大胆地引进吸收西方的文学理论，使这些文论成为中国文论发展的重要资源，另一方面，又要对这些西方理论进行反思、批评和改造，不能急功近利、浅尝辄止地用于中国的历史和文学研究，而应当更加注重我们自身的思想和文化传统。罗老师一直在中西文论"之间"进行工作和反思。从他最初的博士论文《历史汇流中的抉择：中国现代文艺思想家与西方文学理论》，直至2015年出版的《传统的幻象：跨文化语境中的王国维诗学》都是如此，他对20世纪中国文论的深刻洞见激起了巨大的反响。他的研究风格和写作风格也非常突出：深入，扎实，细致，严谨，以及表述复杂问题所显现出来的罕见清晰。这是我们所有学生都感到应该效仿但却又没有能力达到的风格。

文学理论，尤其是西方文论，从1980年代开始受到强烈的关注。就像特里·伊格尔顿在《文学理论导论》25周年纪念版序言中提到，在20世纪80年代，理论就像让-吕克·戈达尔的电影一样，新颖，陌生，危险，神秘，而且激动人心。① 这一表述同样贴切地表达了文学理论在我国学术界的际遇，只是我们的时间点往后推了十年。1985年詹姆逊在北大讲授后现代理论是一个开端，随后出现了成规模的理论翻译著作。20世纪90年代至21世纪初，各种西方文论涌入中国，深刻地改变和扩展了中国知识界的图景：不仅仅在文学和文化研究领域，甚至在更为广泛的人文科学领域都引起了激励人心而又丰富生动的回响。

那么，到底什么是文学理论？有学者认为，如果说文学批评是对文学作品的研究、分析、阐释、判断和欣赏活动，那么，文学理论则是我们在阅读过程中对文本作出反应时所依据的基础性知识和经验。这些基础性知识和经验基于我们的世界观和思维模式，是我们对社会和人生的认识。"我们对任何文本的解读，都受到社会和语境的制约，我们过去的经验也部分地决定了我们对文本意义的建构"，而文学理论"就是这样一些有意识或无意识的思维预设，它决定我们对意义、文学、文化、

---

① 特里·伊格尔顿：《二十世纪西方文学理论》，伍晓明译，北京大学出版社，2018，第3页。

美学和意识形态位置的建构"①。文学理论之所以有不同的流派，就在于人们有不同的社会经验、思维预设和知识背景。

一般来说，文学理论是对文本的阐释，但如今文学理论的发展趋势则是越来越远离文本。它用文本解读的方式来分析各种社会、历史和文化现象，研究的对象五花八门，无所不包：从哲学殿堂中至高的学术性主题到人们日常生活中熟视无睹的身体问题。理论有一种自我扩张的趋势，"这一趋势是对任何被认为是自然的东西的批评，是要说明那些被认为或者被指定为自然的事物其实都是历史和文化的产物"②，这些看上去的所谓自然之物无非都是一种话语建构。理论家的工作就是要努力揭示这些话语的运作模式，探讨它们背后的权力运作，从而展开最终的介入性批判。因此，批判性是理论的重要属性，它赋予我们一种深刻的反省意识，以发现新的领域和新的可能性。理论的发展是一个不断变化和突破自身边界的过程。

理论的介入性和反省意识自然就包含着强烈的当代性，就要回应时代和历史提出的问题。理论研究应该有一种社会历史关怀，应该关注此时此刻的现实问题。"我选某个题目是因为此时此刻在中国，我们面对这样的问题，我们需要解决这个问题"，同时"这种社会关怀产生的不能仅仅是些常识性的东西，还必须进入学术的脉络"，要在学术脉络里提出或解决问题，"社会关怀和学术意识二者撞击产生问题意识，两者都不能少"③。也就是说，理论绝不应该仅仅是脱离当下现实的抽象思维游戏，反过来，当下现实必须受到理论的更为深刻而抽象的观照，同时，现实的变化也促使理论的变化——理论和现实是在彼此的互动中展示自身的。这既是理论的现实，也是理论的未来。

---

① Charles E.Bressler, *Literary criticism: an introduction to theory and practice*, N.J.: Prentice Hall, 1999，p.6.

② 乔纳森·卡勒：《文学理论入门》，译林出版社，2023，第16页。

③ 罗钢：《社会变迁中的文艺理论研究》，载许金晶、孙海彦编《开山大师兄》，江苏人民出版社，2019，第195-196页。

本书的各篇文章尽管在主题和内容上各有不同，但都展示了理论的现实情景和未来趋向。其中有些论文是对福柯、德里达、德勒兹、阿甘本等人的思想进行探讨，正是这些理论家构成了今天和未来的理论基础；这些理论基础运用于现实，解释现实，就形成了广泛的社会批判理论，以及更加具体的"文化研究"潮流——书中也有多篇文章讨论文化研究的方法、得失和进展，尤其值得关注的是几篇生动的文化研究案例。而今天最惹人注目的情感研究和精神分析也在书中得到体现。情感研究和精神分析的复兴毫无疑问同当代人的精神危机有关——这不是工业时代的精神危机，甚至不是后现代开始时期的精神危机，而是我们这个数字时代的精神危机。这是理论在今天必须直面的问题——情感研究拓展了理论，也让理论和现实有更密切的关联。此外，一个文艺理论中既经典又现实的问题在书中也得到了探讨。这就是试图回答，中国传统诗学和世界文学中的经典概念和范畴，能否在今天的文学和文化研究中发挥作用，如何发挥作用？

在组织编辑这本书的过程中，我们感受最深的一点是，我们这几十个学生几乎都没有获得过什么像样的学术头衔、权力和荣誉。不过，我们一点也不对此感到遗憾。这在很大程度上受了罗老师的影响。罗老师不申报奖项，也很少出门开会，几十年来一直独立地从事研究，远离名利是非。学术是他唯一真正关心的事。他对我们除了有学术期待之外，没有其他要求。罗老师的这种学术态度，很自然地影响了我们这些学生。虽然他不对学生作出要求，但是，大家都自觉地过着读书生活，自觉地和当前的圈子化的争名逐利保持距离。这虽然是一群相对沉默的学生，但又是一群相对骄傲的学生——为我们置身于这个学术群体感到骄傲，更为我们的老师感到骄傲。

编者

2024 年 3 月 30 日

目 录

1 | 当代西方文论 / 1

3　德里达：福柯为何坠入笛卡尔的逻辑陷阱 / 戴阿宝

19　暗恐和幽灵
　　——弗洛伊德和德里达的神秘理论比较 / 肖锦龙

38　"准—先验性"和"与—在"：德里达与南希
　　论素描 / 苏林

57　德勒兹的空间理论与媒介诗学 / 麦永雄

74　抵制：避让但不逃离
　　——米歇尔·德塞都的日常生活实践理论 / 练玉春

98　悬置与去功用化：阿甘本的抵抗策略及其来源 / 黄晓武

117　再谈詹姆逊对"间离效果"的阐释
　　——从"V-effect"说起 / 张墨研

135　民族国家之后
　　——帕沙·查特吉"政治社会"思想研究 / 魏妙

2 | 文化研究的反思与实践 / 149

151　霍尔的理论化探索及其对文化研究的反思 / 孟登迎

167　经验与历史
　　　——论霍加特的《识字的用途》/ 程祥钰

186　手与劳动 / 徐敏

201　"可读性城市"及其街道空间的辩证法
　　　——"文化的物化"与"物的媒介化"/ 张意

221　从缺席到在场：生态批评的城市维度 / 马特

238　流动的石头与物的生命 / 桑海

257　从阅读到观览：
　　　图像时代的文化接受与主体问题 / 李应志

276　相向而行：文艺作品中的人与人工智能 / 陈镭

3 | 诗学与阐释 / 285

287　阐释、训诂与文本的规定性 / 张跣

304　中国文论经验的内涵构成与价值取向 / 时胜勋

319　在时间之外
　　——王国维论宋诗 / 周景耀

336　晚唐：开放的诗学传统 / 李裕政

350　论张尔田的词学 / 张耀宗

365　"德寿宫舞谱"考释与复现研究 / 刘青弋

389　张君劢"人生观"概念的思想来源 / 宋溟

406　从《灵光》到《午饭之前》
　　——田汉文本中的"希伯来精神"话语 / 刘君君

425　阿尔托与"东方戏剧" / 曹雷雨

441　互补和共赢
　　——比较文学、世界文学和翻译研究的未来 / 吕黎

4 精神分析与情感 / 455

457　《萨拉辛》：从拉康的"$ ◇ a"
　　到巴尔特的"S/Z" / 吴琼

480　行动与开端
　　——齐泽克对谢林"自由"概念的精神分析学解读 / 严泽胜

498 认同机制与观众心理
——麦茨的精神分析电影理论评述 / 赵晓珊

525 弗朗兹·法农精神分析的思想内涵与特质 / 康孝云

545 何谓"情动"（affect）？ / 汪民安

561 18世纪英国的情感、美学与印刷文化
——埃德蒙·伯克关于感官经济的美学理论 / 姜文涛

577 在姐妹情谊之外
——论后殖民女性主义与"女性主义"的方法论之争 / 肖丽华

588 卢卡奇对浪漫主义批判的力度与限度
——从《民族诗人海因里希·海涅》谈起 / 曹学聪

608 战争创伤及其艺术再现的问题
——论奥布莱恩的小说《他们背负着的东西》 / 凌海衡

635 《奥德塞》与西方游历小说叙事传统的形成 / 肖惠荣

1

当代西方文论

德里达：福柯为何坠入笛卡尔的逻辑陷阱

戴阿宝

一、语境

德里达的学术生涯是从批判学界前辈的既定理论起步的。在批判胡塞尔的《几何学起源·导论》一文获得广泛赞誉之后，他又把目光投向福柯于 1961 年出版的《疯癫与非理智——古典时期的疯癫史》。德里达的传记作家皮特斯（Benoît Peeters）曾描述过这样一个场景："1963 年 3 月 4 日星期一晚六点半，德里达在圣日耳曼德普雷教堂对面莱纳街 44 号的哲学研究院发表了他第一次在巴黎的演讲：《我思及疯癫史》。米歇尔·福柯在座。德里达在讲演开始时向《疯癫与非理智——古典时期的疯癫史》表示敬意，说这是'在许多方面令人景仰的著作，具有强有力的气势与风格'。他说自己曾是福柯的学生，感到作为'充满敬仰与感激的弟子'，在这如果不是'争论'，至少是'同大师对话'的时刻，他处在一个微妙的地位。"① 说德里达当时所处的地位"微妙"，无非是说这样的师生当面对话，或者这样的学生当面批评老师，对于处于下位的德里达来说，压力肯定不小，心理的平衡和拿捏难以把握。德里达的这次演讲后来以《我思与疯癫史》为名收入 1967 年出版的文集《书写与差异》。一看便知，标题中"我

---

① 伯努瓦·皮特斯：《德里达传》，魏柯玲译，中国人民大学出版社，2014，第 111 页。

思"是指历史上的大哲学家笛卡尔,而"疯癫史"则是指同时期的学者福柯,德里达把两个不同时代的理论强人相提并论,显然是看到了他们之间存在的有待批判之处。确实,也就是在这篇文字里,德里达巧妙地指出了福柯鸿篇巨制中的某种"破绽"。德里达深知作为老师辈的福柯的能耐,但是他还是迈出了艰难却又大获成功的一步。

福柯的《疯癫与非理智——古典时期的疯癫史》出版于1961年的法国,是他的考古学的开篇之作。学者大都会关注福柯的考古学,而这一考古学与传统的历史写作似乎存在不小的差异。古廷曾引用福柯本人说过的这样一句话来定位这位考古学者的写作实践,福柯说,他之所以写作是为了逃避任何固定的身份。[①] 这或许就是我的所谓的福柯实施书写诡计的内在依据。凯尔纳等人也说过,福柯比较难以归类,他的更为恰当的身份应该是"集前现代、现代和后现代观点于一身的理论家"。[②] 当然,这样的说法可以有多种解释。从福柯当时写作的语境看,他的逃离"任何固定的身份"的企图,首先是要挣脱当时流行于法国乃至欧洲学界的诸多"主义"话语霸权的约束,而一种边缘化的书写策略为福柯提供了可能——考古学被他设计为走向逃避的选项之一。

有关福柯的疯癫研究,国内学者如汪民安指出,福柯的这部论述疯癫的著作非同一般,它"与其说是史学,不如说是诗学。这是多重意义上的诗学:它的写作本身是诗意的。福柯在此表现得像个愤怒的诗人,敏感而炫耀,他在冷峻而犀利的分析中埋藏着诗的激烈旋律。同时,福柯的出路也是诗学的。疯癫的呐喊只是通过少数的诗人喷薄

---

① 加里·古廷:《20世纪法国哲学》,辛岩译,江苏人民出版社,2005,第319页。
② 道格拉斯·凯尔纳、斯蒂文·贝斯特:《后现代理论——批判性的质疑》,张志斌译,中央编译出版社,2011,第46页。

而出。诗，既抗拒着道德，也抗拒着理性"。① 汪民安在学科转换中为福柯寻到身份游弋的路径，把根基放置于写作者个人气质之上，福柯本人的敏感、冷峻、愤怒、炫耀、犀利，福柯在这样的欲望世界里的游荡，唯独排斥理性的管束和压抑。也就是这样的一种个体位置的设定，使得福柯的诗人身份获得了处理疯癫这类问题的独到便利，他毫不犹豫地把疯癫视为理性的对立面，并理所当然地构造了一个理性与疯癫对立的二元结构。由此，汪民安揭示出福柯疯癫研究中的一个更为致命却更为隐蔽的设计意图："疯癫史的探讨堪称一个雄心勃勃的宏大历史批判规划。理性和疯癫的对立结构也许不是古典时代最明确、最显山露水的结构，但它无疑是一个独特的核心结构。历史中存在着一系列的诸种诸样的结构——帝王与民众，暴力与和平，统治与抵抗，自由和专制等等，但是社会空间中这些可见和明朗化的二元结构并非古典时代的核心结构，更恰当的说法是，这些结构是理性－疯癫结构的现形，是它的表征，是它的公开活动形式，疯癫与理性的关系是'全部古典主义文化的大宇宙观的核心'。"② 汪民安的这一断言注意到福柯疯癫研究的结构深意，这一结构的设定为疯癫找到了历史存在的依据，同时也为疯癫的历史价值的实现赋予了最内在的可能性。疯癫不再是一种纯粹意义上的边缘存在物，而是一种不断向中心运动、挑战中心、改写中心的反理性力量。英国学者麦克尼在总结他人观点的基础上，把福柯的有关疯癫的研究植入启蒙理性的合理性和普遍有效性的话语逻辑之中，认为这样的一种研究不仅是病理学的和心理学的，而且还是文化的，也即"对启蒙合理性声称尊重所有个人

---

① 汪民安：《福柯的界线》，中国社会科学出版社，2002，第19页。

② 汪民安：《福柯的界线》，第32页。

的完整性的说法提出了挑战"。①

有关福柯书写的疯癫史，德里达也有影响不可小觑的评价，只不过与其他学者的落脚点不同。疯癫与理性的差异乃至对峙，这是一个公开的秘密，福柯捅破了这层窗户纸，使大家在弗洛伊德和拉康的精神分析之外注意到个体精神病史的存在和价值，即看到了这样的一个严酷的历史事实：作为某一历史时空的边缘部分，疯癫者难逃被歧视、被管制、被囚禁、被扼杀的境地。而他们的命运不是自身生存的自然结果，而是理性威权规训下社会给定的一种状况，是大写历史下人的一种存在状态。于是，古典和现代以来的有关疯癫史的讲述，实质上都是一种理性讲述，是理性在对抗的二元结构中编织的疯癫的历史虚无神话。也就是在这一语境下，福柯站出来要为千百年来疯癫和疯癫者的历史命运翻案。于是，德里达尤其强调指出，福柯的这一极其大胆的举动是要让疯癫自己站出来说话，而不是再由理性代言。那么，其中的问题不经意间显现出来：疯癫能够自己讲述自己的历史吗？如果失去理性，疯癫会在什么意义上来讲述自己的历史呢？也就是说，以往的古典和现代的历史呈现给人们的是理性视野下的疯癫，如今要呈现疯癫视野下的疯癫吗？甚至呈现疯癫视野下的理性吗？那会是一种什么样的历史逻辑呢？德里达由此颇具深意地断言道："福柯在写疯狂史中想要……写的是一部疯狂本身的一种历史。关于疯狂自身的历史。也就是说给疯狂发言权。福柯希望疯狂在全部意义上成为该书的主体—主题：书的主题及说话的主体，书的作者，疯狂自述。写疯狂本身的历史，也就是说让疯狂以它自身的经验，在它自己的权威下发言，而不是用理性语言，用精神病学语言对它进行描述……"。而"……这种避开圈套的愿望始终贯穿着福柯的写作。它

---

① 路易丝·麦克尼：《福柯》，贾湜译，黑龙江人民出版社，1999，第17页。

也是整个尝试中最大胆最诱人的地方"。①从德里达的这番话可见，他或许很想肯定福柯有关疯癫的考古学所表现出来的非同一般的理论抱负。然而，就是福柯的这样一个大胆规避理性话语而让疯癫本身站出来说话的举动，却也被德里达视为该书的"最疯狂的部分"。于是，有意思的问题也就在这一层面上显现出来，而德里达的解构叙述的高超之处也同样在这一层面上显现出来。

其实，如果仅仅从质疑疯癫能否自己书写自己的历史的角度来观照这一问题的话，还只能算是停留在问题的一般状况，尽管这一问题提出本身是非常必要且重要的，而我在这里想格外提出注意的是，德里达的质疑方式，也就是他在质疑论辩中施展的解构技巧。德里达自己说，在福柯这一长篇著作里，他只把其中涉及笛卡尔的一小段文字拿出来示众，并辅之以福柯的相关论述，以展开他的边缘化的解构活动。要言之，福柯在书中设置的"我思"与"疯癫"的对立，或者说通过疯癫史的构建来辨析乃至批判笛卡尔的所谓的歧见，在德里达的深刨细掘下出现了某种意想不到的困境。在德里达看来，福柯心目中的那种理想的所谓的"沉默的考古学"，尽管旨在避开精神病理学对疯癫的认知和描述，旨在使理性阴影下的疯癫得以敞现，但是其根本问题恰恰在于，是否应该追问一句"沉默本身有历史吗"？而这种对疯癫的书写，"难道不是一种逻辑，一种有组织的语言，一种方案，一种秩序，一种语句，一种句法，一种'作品'"？②德里达的这一追问无法回避。你福柯凭什么认定疯癫能够脱离开理性独自构造自己的历史呢？你福柯凭什么说"沉默的考古学"的建构就是一种历史话

---

① 雅克·德里达：《书写与差异》上册，张宁译，生活·读书·新知三联书店，2001，第56—57页。张译本用"疯狂"而非"疯癫"，凡引此译本处均保留原译。

② 雅克·德里达：《书写与差异》上册，第58页。

语的矫正活动，而理性之外有关疯癫的言说具有历史的合理性呢？

　　德里达提示，福柯为了替疯癫寻找历史存在的正当性依据，创制了一个"原初逻各斯"概念，即"古典时代的理性和疯狂曾拥有共同的根茎"，其要义在于，疯癫不是天生就有的，不是自然而然存在的，而是一种历史分化的结果。"中世纪和古典时代前的逻各斯历史，如果需要提醒一下的话，并非一个幽暗哑然的史前史。无论中世纪与古希腊的断裂是如何短暂，假如有过那种断裂的话，这种断裂和变化从逻辑哲学遗产的根本稳定性来看是为时过晚的也是次要性的。"① 福柯意指，疯癫与理性在古希腊时期是一体的、混杂的，当时根本不会听到任何要求驱隔疯癫的声音。"希腊人处在最接近基础性的、原初的、未分割前的那个大写逻各斯的地方，在那里一切一般矛盾对立，一切战争，这里所说的一切纷争都只能是后发性的"，② 这意味着，疯癫实际上是历史过程中理性萌发乃至成熟后实施指认、区隔的产物。不过，在诸多后来的学者眼里，福柯恰恰在这里把自己推向了一个极其危险的境地，他开始为自身的叙述逻辑"伪造"一种可能的历史。

　　那么，所谓的"沉默的考古学"到底具有怎样的书写诡计呢？德里达进而指出，让疯癫站出来陈述自我的历史，从表面上看，疯癫自然无法做到，如福柯所言，这会导致一种"作品的缺席"状况，这一点福柯本人无论如何也是非常明了的，但是，福柯高调推出让疯癫本身站出来说话的方案，肯定不是权宜之计，或许意味着一种更为深刻的理性的存在，并使这一书写最终成为对一种更为深刻的赞美理性的诡计。博伊恩说："德里达发明了一种从理性内部进行对抗的哲学策略……他的作品中确实渗透着一种义愤，并且德里达坚定的理论攻击

---

① 雅克·德里达：《书写与差异》上册，第65页。
② 雅克·德里达：《书写与差异》上册，第65页。

的目标就是西方传统理性思想中所弥漫着的不诚实的确定性。德里达无法选择跳出这一传统,但他却可以暴露这一传统的傲慢自负之下鬼鬼祟祟的假设前提。"①那么,如何来理解德里达的这样一种论断呢?从这里我们需要走进德里达的谨慎而繁复的解构操作。德里达首先把福柯引用笛卡尔的段落以及福柯的相关诠释进行比较,然后尝试在他们之间建立一种可能的对话关系,从而揭示出问题的关键所在。

二、解构

福柯引用笛卡尔的段落主要集中在有关感觉和梦幻的认知以及与疯癫的关系上。笛卡尔认为,虽然感觉和梦幻带有某种骗人的性质,由感觉和梦幻构造的现象确有不可信的一面,但是它们却也有理性难以怀疑之处,那就是有一种所谓的"非感官的也非想象的""知性的"元素存在。②福柯由此指出,实际上笛卡尔并没有完全将感官归于导致错误的一边,而是强调感官所犯的错误只是由那些远距离("不易察觉"和"遥不可及")的感觉引发的,而周边的感觉或自身的感觉则有一定的可信度,不应该盲目加以排斥。③面对笛卡尔的类似思想,需要顺着笛卡尔的思路,在感觉和梦幻中尝试寻找一种需要加以甄别的具有单纯普遍性的东西,也即"从对梦和感觉的剖析……中找到一

---

① 罗伊·博伊恩:《福柯与德里达——理性的另一面》,贾晨阳译,北京大学出版社,2015,第88-89页。

② 参见雅克·德里达:《书写与差异》上册,第79页。

③ 笛卡尔曾说过:"直到现在,凡是我当作最真实、最可靠而接受过来的东西,我都是从感官或通过感官得来的。不过,我有时觉得这些感官是骗人的;为了小心谨慎起见,对于一经骗过我们的东西就决不完全加以信任。"(笛卡尔:《第一哲学沉思集》,庞景仁译,商务印书馆,1986,第15页。)

个内核"。① 比如，笛卡尔用绘画之于颜色的例子来说明。颜色在任何绘画作品里都是真实的，但是绘画作品中的形象却是虚构的。颜色构成大写意义上的单纯的普遍性，从认知角度看，颜色本身是完全不变的，可以成为"绕过了怀疑"的"一个可靠性之基地"。② 显然，笛卡尔并不从根本上排斥感觉，他所排斥的是看似与感觉相关的疯癫这样一种精神状态。德里达评价说："福柯是第一个在阅读这一《沉思》中把妄想和疯狂从感性与梦幻中分离出来的人……这是他的独到之处。"但是，"看来笛卡尔没有像他挖掘梦的经验那样去挖掘疯狂的经验以求找到一个不可还原的而且是内在于疯狂自身的核心。他对疯狂的兴趣不大，他没把它当作一个假设来接待，他不考虑这个问题。他注定要排除它"。③ 叙述到此，福柯对笛卡尔的诠释和不满已经大致呈现出来。福柯试图指出，尽管以理性为沉思核心的笛卡尔不惜讨论了感觉和梦幻，不惜为感官寻找某种意义上的避难所，但是却没有表现出观照疯癫的意愿，没有合理地去裁决与感觉和梦幻比邻而居的疯癫的价值。这就是德里达指出的福柯批判笛卡尔的问题之所在。

那么，笛卡尔的如此好恶和取舍，也即不完全排斥感觉和梦幻而只是排斥疯癫，其逻辑力量来自何处呢？站在德里达的立场上，这无疑是理性作怪的一个结果，是理性在本质上对它所认可的真相的亲近和关爱的结果。德里达跟随福柯的分析思路提出，笛卡尔区分了两类知识，一类是物理学、天文学、医学等，另一类是算术、几何学等，两者的不同一目了然。后者涉及"知性的单纯性或普遍的确定性"，它们构成了知识的合理内核，是绝对意义上的真，它们对错误的态

---

① 雅克·德里达：《书写与差异》上册，第76页。
② 雅克·德里达：《书写与差异》上册，第76页。
③ 雅克·德里达：《书写与差异》上册，第77页。

度，是以求得知识的正确与谬误为唯一原则，而从这一原则出发只要能够验证感觉干扰下出现的逻辑错误就足够了。当然，感觉在某种意义上也是认知的必不可少的一个环节，尤其表现在前者的知识获取上，但无论如何这一切都显然与疯癫没有任何关系。从思维活动看，感觉属于思维活动中的一环，它可能妨碍理性思考，也可能对理性思考构成危险，可能造成对真实的偏离，但是理性活动的进行不会受到它的根本性干扰，理性思维时刻防范和清除不必要的感觉，这也就成为通达理性纯粹性和普遍有效性的必经之路；而疯癫仅与思维主体相关，也恰恰是疯癫使理性思维无法有效进行，疯癫自身也根本谈不上任何的理性逻辑。感觉和梦幻与主体的思维方式有关，会对主体思维的结果产生影响，但不会导致主体思维的终止或完全丧失。从这一意义上说，疯癫不可能被纳入理性活动过程，成为理性思维活动中的一分子，疯癫之人也不可能具有一般意义上的思维，也根本谈不上理性本身的存在。① 这样一来，我们大致明了疯癫在构建知识时并不处于必不可少的位置的原因，也难怪笛卡尔对疯癫并没有给予关注。德里达为福柯设计了至少两种处理这一问题的方式：

> 疯狂不过是一种感官与肉体缺陷，它只比那种威胁所有醒着的正常人的缺陷稍微重要一些，但从认识论角度着眼，它却比我们屈从于梦境的缺陷要轻得多。那么福柯一定会问，在这个把疯狂当成感觉错误之一例一种的简化中，难道

---

① 笛卡尔曾这样描述疯子的情形："那些疯子的大脑让胆汁的黑气扰乱和遮蔽得那么厉害，以致他们尽管很穷却经常以为自己是国王；尽管是一丝不挂，却经常以为自己穿红戴金；或者他们幻想自己是盆子、罐子，或者他们的身子是玻璃的。但是，怎么啦，那是一些疯子，如果我也和他们相比，那么我的荒诞程度也将不会小于他们了。"（笛卡尔：《第一哲学沉思集》，第16页。）

没有一种对疯狂的排斥和禁闭，尤其是把我思保护起来，把所有那些与智力和理性相关者保护起来的倾向？①

……他（笛卡尔）也试图使疯狂的独特性淡化。他甚至被迫像处理所有错误那样将疯狂不仅处理成认识论的缺陷而且当作一种与意志极其相关的道德衰竭，因为这种意志本身就能把感觉的认知有限性当作错误来确立。只有一步之差就能把疯狂当作罪孽，而这一步如福柯在其他章节指出的那样很快就轻而易举地被迈过了。②

如果从本体论角度看，疯癫自然是人体的一种严重的病态；如果从认识论角度看，疯癫的危害性显然要低于幻觉和梦境。但是，对疯癫做简单化归并，把它与梦幻等量齐观，其实是在把疯癫纳入认知错误乃至道德问题，这样的处理实际上是在降低与理性相关因素的负面作用，从而为疯癫寻求某种程度的解脱。而问题的另一面则是，如果福柯对笛卡尔"我思"提出这般探问，那么，对笛卡尔理性的诠释乃至指责是恰当的吗？德里达认为，这里无疑又涉及两方面问题：一是对于笛卡尔所说的或者人们以为他所说的或他想要说的，我们真的能从言说符号完全了解言说本身吗？换句话说，我们真的很明白笛卡尔所言和他所欲言吗？这种从言说符号出发来还原言说本身意义的做法，不妨说只不过是最初阶段而已，但却是整个诠释学及任何从符号过渡到其所指的必不可少的条件。二是笛卡尔公开的意向一旦在语义层面上被当作一种符号来理解，它与人们为了解释它而给它选择拉近的历史条件（结构）真的有关系吗？它具有人们要赋予它的那种历史

---

① 雅克·德里达：《书写与差异》上册，第84页。
② 雅克·德里达：《书写与差异》上册，第84页。

意谓吗?

  细细品味,德里达在这里把问题拓展一步,从理性本身拓展到符号与历史结构(语境)之间的关系,而后者的介入会从一个不同的维度指向福柯对笛卡尔"我思"认知的偏差。

  德里达之所以拓展福柯提出的问题,之所以在福柯设计的疯癫与理性的对立之外尝试还原福柯与笛卡尔之间对话的场景,大抵是因为他并不认可福柯在《疯癫与非理智——古典时期的疯癫史》里划下的理性与非理性乃至理性与疯癫之间的界线,并把这一划定界线的责任推到笛卡尔头上的做法,似乎是笛卡尔的"我思"理性阻止了疯癫的可能存在,疯癫的被边缘化、被隔离、被驱逐,都成为以"我思"为代表的理性犯下的滔天罪行。其实,这样一种书写路数正好呈现出福柯本人对于一种更为深刻的理性的由衷地爱戴和欣赏。这一"更为深刻的理性",我的理解就是一种理性思维的价值取向诡计,即一种边缘反抗中心、疯癫对峙理性、疯子不屈常人的一种书写策略和立场,而福柯的考古学正是这样的一种书写策略和立场所编织出来的"历史",它的核心意义就在于对一种边缘化的生存状况的发掘,一种边缘化的书写向中心的跃动和突进。凯尔纳在评论福柯考古学时曾指出:"福柯反对那种从传统或主体的意识产品中追溯思想之连续演化史的唯心主义的、人本主义的写作模式。"[①] 而这样的一种反抗本身构成一种"反抗伦理",由此构造了一种历史境遇中的更为隐蔽的反理性的理性价值。福柯首先看到的是笛卡尔历史观里理性唯一的绝对景观,在"我思"的作用下,理性获得了人之历史的唯一可能性和合法性,于是,他对笛卡尔的做法进行了彻底的颠覆,大胆尝试让被理

[①] 道格拉斯·凯尔纳、斯蒂文·贝斯特:《后现代理论——批判性的质疑》,第52页。

性压抑和排斥的疯癫站出来说话，而且是不借助理性、把理性放在一边地说话，是自己说话。疯癫的舞台已经没有了理性的任何地位，甚至也不需要理性的面具。福柯对笛卡尔的颠覆的义无反顾和决绝，既是在葬送理性，又是在以一种理性的思维方式塑造另外的一种非理性的理性。

三、说明

德里达一眼就洞悉出福柯考古学的偏颇之处。在德里达的细密诠释之后，一个结论浮出水面：笛卡尔并不盲目地排斥疯癫。也就是说，福柯为了自己的考古学而设计的书写目的，刻意强化笛卡尔"我思"中理性与疯癫的分野乃至理性压抑疯癫、囚禁疯癫、消灭疯癫的历史，使其具有危言耸听的效果，这正是福柯对笛卡尔不惜以误读为代价来构建一种考古学的书写诡计。德里达的相关结论，笔者抄录如下：

> 我思之动作与存在的确定性首次有效地避开了疯狂；但除了它首次不再意味着一种客观的具有再现性的认识外，字面上人们不可以再说"我思"避开了疯狂因为它在疯狂的掌心之外或者因为像福柯所言，"思想的我不可能是疯子"；我思之所以避开了疯狂，那是因为在它行动的时刻，在其权限范围内，其行为是有效的，哪怕我是个疯子，哪怕我的想法疯狂无余。我思有一种作为存在的意义和价值，它们逃脱对某种既定疯狂和既定理性的取舍。在我思的敏锐经验面前，精神错乱如《论方法》所言不可阻止地落在怀疑主义一边。思想因而不再惧怕疯狂："……'我思，即我在'这一真理是那么确实无疑，以至于所有怀疑论者最疯狂的假设也无法动摇它。"（《论方法》第六部分）这个因此获得的确定性不

> 需要避开被囚禁的疯狂，因为它是从疯狂本身获得并得以确定的。即便我是个疯子它也是有效的。它是一种至高无上的确然，它似乎既不要求排斥也不要求绕过疯狂。无论是在自然怀疑阶段还是在形而上学怀疑阶段，笛卡尔从未禁锢过疯狂。他只是在第一阶段的首期，在自然怀疑的非有意夸大时期佯装着排斥疯狂。①

这便是德里达在经过谨慎的分析后对笛卡尔"我思"与疯癫之间关系得出的一个基本结论，这也初步呈现了他所认为的福柯对于笛卡尔的"我思"排斥疯癫的有意或无意的误读。在德里达看来，"我思"至少在两个基本层面没有排斥疯癫：首先是"我思"本身没有必要排斥疯癫，疯癫在"我思"的范围之外，即在"我思"的实际过程中，"我思"不可能与疯癫共处，但这不是"我思"有意为之的结果，对于疯癫和理性的取舍不是"我思"的必要条件。其次，一旦"我思即我在"成为确定无疑的真理，它的力量足以强大到应对任何怀疑和干扰，即使像疯癫这样的反对力量加入检验"我思"的行列，从这一意义上说，"我思"没有必要也不可能躲避疯癫，而疯癫实际上恰恰成为它验证和确立"我思"的不可多得的帮手。德里达还指出，从知识的角度看，"做梦者比疯子更为远离真实的感觉，"②也就是说，笛卡尔之所以更加注重幻觉、梦觉、感觉，是因为对于鉴别知识的真伪它们具有比疯癫更为典型的意义。可见，任何对符号的认知都具有某种程度的危险性，还原符号本身或者具体地说确定笛卡尔"我思"内涵以及它对疯癫的影响，都会遭遇意想不到的障碍。在此基础上，德里达有理由认为，理性与历史结构相对接，上演一场理性全面胜利的戏

---

① 雅克·德里达：《书写与差异》上册，第90—91页。

② 雅克·德里达：《书写与差异》上册，第83页。

剧，福柯的这一过于明显的用意在他的具有颠覆意图的考古学中不能不走向自己的反面。

在上面这段长长的引文里，还值得注意的是，德里达提出笛卡尔在某个时期的一些文字里对疯癫所表现出来的排斥态度，其实只是一种刻意的夸大——"佯装着排斥疯癫"。关于德里达的这一说法，笔者以为有必要简要提示一下。或许正是由于这一说法特别迎合福柯的内心期待，使其几乎不假思索地依此得出完全有利于他的"沉默的考古学"建构的若干结论。

德里达在文中提及笛卡尔"我思"的两个阶段，即自然怀疑阶段和形而上学怀疑阶段，如果说笛卡尔有排斥疯癫的迹象的话，也是在第一阶段，但仅是"佯装"。也就是说，笛卡尔在此一阶段里对待疯癫的态度不具有实质意义，他是在采取一种夸张逻辑来完成一种疯癫版的"我思"。德里达的这样一个说法值得注意。他说："我之所以将我思中的夸张法（我坚持不让它封闭在规定了的事实历史结构当中，因为它是一种超越一切有限的既定整体的方案）一方与那些在笛卡尔哲学（或在那些支持奥古斯丁或胡塞尔我思的哲学）中属于一种事实历史结构的另一方区分开来，并非是在主张以永恒哲学的名义在每一哲学中区分精华与糟粕。恰恰相反，是由于考虑到哲学自身的历史性。"① 这里的所谓的"历史性"既是历史规范（结构）又是历史写意（夸张），更确切地说，是两者的混杂。就在这种混杂中，符号问题完全有一个合理的理由和途径嵌入历史现实之中，也就是德里达所谓的"历史性"之中。由此，历史的纯粹性、历史的唯一性就必然会受到质疑，一种原初的历史形态在夸张的符号使用中隐约呈现出来。这一点构成了笛卡尔"佯装"排斥疯癫的基础。德里达说：

---

① 雅克·德里达：《书写与差异》上册，第99页。

>笛卡尔式我思夸张法之大胆……所强调的是回到一个原初点，回到那个既不再属于既定理性也不再属于既定非理性，既不再属于二者之对立也不再属于二者之选择的原初点。无论我疯了与否，我思即我在。因而从该词的任何意义上讲，疯狂都只是思想的一种衰落的个案 cas（在思想范围内）。①

之所以说是"佯装"，由此可以看出，此阶段"我思"只是把疯癫作为"我思即我在"的一个反面衬托来使其出场的，疯癫的存在只是"思想的一种衰落"，它恰恰是在为"我思"确立而服务，而这种表面上笛卡尔设计"我思"结构时对疯癫的排斥，疯癫本身之不可能成为被思考的对象，其实在"我思"结构设计的起源处，在那里的理性与疯癫的合一中，已经被彻底地消弭了。"我思在其最敏锐端倪时的那个瞬间体验，在那里理性与疯狂尚未分离，抓住我思，既不是要把理性当作合理的秩序进行偏袒，也不是要站在无秩序与疯狂一边，而是要去重新抓住那个理性和疯狂从中得以确立和被说出的起源。"②疯癫没有任何理由被轻视，也没有任何理由像福柯所指出的那样遭到流放。只不过，德里达的这样一种为笛卡尔辩护的说辞似乎也在福柯设计的历史结构中出现过，福柯的设计意图旨在说明疯癫是理性发展到一定阶段的产物，疯癫不是原初就有的，疯癫实际上是一种历史合理性的牺牲品。

德里达在文章的结尾处这样表述了他的哲学观念："哲学本身的历史性有它自己的场所，它在这个间于夸张与有限结构，溢出整体与关闭整体的过渡和对话中，在历史与历史性的差异中得以构建：也就

---

① 雅克·德里达：《书写与差异》上册，第91页。
② 雅克·德里达：《书写与差异》上册，第97页。

是说我思及所有它这里象征的东西（疯狂、过分、夸张等等）在那个地方，更确切地说在那个时刻，被说出并确认自身，而后必然衰退并被遗忘直到它们得以在另一个超过陈述中激活与复苏，而后者以后也将面临另一次衰退和另一次危机。从它的第一口呼吸开始，受制于这种危机与复苏交替之时间韵律的言语就只在禁闭了疯狂时才敞开其言说空间。而且这个韵律并非一种更加时间性的交替物。更确切地说，它是将韵律统合于逻各斯运动中的时间化运动本身。"①德里达在这里暗藏伏笔，即把"历史性"问题进行重新整理，从单一线性时间过渡到历史时间的"韵律"，一个具有开启和禁闭周期的过程，这样的一种历史观念实际上是在使历史描述进入一个德里达预先安排的"延异"的历史之中。当然，这一"历史性"设计已经离开福柯的视野，滑向他自己的延异哲学，而相关的话题就无法在这里继续讨论了。

戴阿宝

1960年生，2004年毕业于北京师范大学文学院文艺学专业，获博士学位。中国艺术研究院研究员，主要研究领域为西方文论和文化研究，主要著作有《终结的力量——鲍德里亚前期思想研究》（2006）等。

---

① 雅克·德里达：《书写与差异》上册，第100页。

暗恐和幽灵
—— 弗洛伊德和德里达的神秘理论比较

肖锦龙

20 世纪以来，西方思想理论界最大的突破就是对超自然现象、幽暗心理、疯狂举动、不可把控的命运等神秘现象展开科学探索，实证研究和理性解释。其中两个人的理论探索成果最引人注目：即 20 世纪前期的思想大师弗洛伊德和 20 世纪后期、21 世纪初的理论巨擘德里达。他们平生关注探讨的焦点问题是人身上和现实世界中不可思议的神秘现象，各自创建了一套自成一体的独到的理论体系。下面我们就以他们的两个理论关键词暗恐和幽灵为切入点，对他们的神秘理论学说作些管窥式考察。

一、暗恐和幽灵的实质：大脑幻觉和现实存在

暗恐，德语原词"unheimlich"，英语译作"uncanny"。本义指怪诞和令人惊惧："暗恐（umheimlich）明显是习常(heimlich) 的对立面。习常即是熟悉，暗恐明显指某种东西很可怕，因为它是不可知和不熟悉的。"[①] 据弗洛伊德考证，在西方各种语言辞书如拉丁、希腊、英、法、西班牙、意大利、葡萄牙、德语的权威词典中，暗恐都指现实中

---

① Sigmund Freud, *The Uncanny*, trans. By Dacid Mclintock, London and New York: Penguin Books, 2003, pp. 124-125.

令人惊恐的几近于鬼神的怪诞之人或事。1919年弗洛伊德发表了一部专论《暗恐》，将之引入心理学领域，特指人的恐怖精神心态。

在弗洛伊德看来，暗恐本质上不是一种超自然物，而是一种心理现象。它形成于一个人的幼儿阶段，源于男孩害怕自己的菲勒斯（阳物）被割的"阉割情结"（castration）："我们知道这种暗恐与阉割情结的紧密关联"①，"从经验中我们知道暗恐因素出自以下情境：当被压抑的幼儿情结被某种印象激活时，或当被克服的原始信仰再一次得到肯定时"。② 弗洛伊德认为，男孩天生有一种本能冲动，就是爱恋母亲。他爱屋及乌，爱恋母亲的同时也爱恋母亲的所爱即父亲的菲勒斯，从而对菲勒斯产生了崇拜之情。与此同时，也产生了恐惧心理，生怕自己的菲勒斯被父亲阉割掉，变成母亲或姐妹的样子。此恐惧心理引发了他的幻觉，他把对其菲勒斯构成威胁的危险力量父亲想象成可怕的恶魔，对之持敌视仇杀态度。此令人恐惧的既熟悉又陌生的恶魔形象就是暗恐的原型。

他以19世纪初德国杰出浪漫派作家霍夫曼《沙人》中的沙人为例对暗恐的根基本质作了具体的分析说明。《沙人》发表于1817年，是一部书信体小说，讲述的是主人公纳塔内尔平生受一个魔幻式的人物沙人影响的奇特人生经历。作品首先描述了沙人的形成过程。每天晚上九点，当纳塔内尔和全家人一起玩得正开心时，母亲会突然催他们兄弟姐妹赶紧上床睡觉。因为他们如果不按时睡觉，沙人（Sandman）会挖走他们的眼睛。纳塔内尔很好奇，私下问保姆沙人是

---

① Sigmund Freud, *The Uncanny*, trans. By Dacid Mclintock, London and New York: Penguin Books, 2003, p. 150.

② Sigmund Freud, *The Uncanny*, trans. By Dacid Mclintock, London and New York: Penguin Books, 2003, p. 155.

谁。保姆回答说，沙人是月亮上的魔鬼，晚上来到大地上，看到哪家的孩子不按时睡觉，便将沙子抛进小孩眼睛，弄瞎他的眼睛，然后将眼睛挖出来，带回去喂他那长着鹰嘴的小孩。纳塔内尔听了很害怕。每晚一上床，他就听到一串沉重的脚步声闯进父亲的书房。他认定那就是沙人。因而吓得心惊肉跳，久久不能入睡。因为在他看来世界上没有比失去眼睛更可怕的事。

弗洛伊德认为，纳塔内尔的故事说明了如下真理：暗恐不是客观存在，而是主观幻觉，是纳塔内尔的恐惧心理，根之于"阉割情结"。弗洛伊德分析说：

> 心理分析经验告诉我们，一些小孩有这种害怕身体器官受损坏或失去眼睛的恐惧心理。大部分将这种焦虑带进成人生活中，在他们那里没有什么伤害比对眼睛的伤害更可怕。常言道，人们应该"像保护掌上明珠一样保护眼睛"。对梦、想象和神话的研究表明，对失去眼睛的焦虑，对瞎眼的恐惧在很大程度上是对阉割之恐惧的替换。[①]

意即暗恐是主体的恐惧心理，本根是"阉割情结"，即怕失去最重要的身体器官。

幽灵，拉丁语为 spectrum，德语为 spukt，法语为 spectre，英语为 specter，与鬼魂（ghost）、幻影（phantom）等同义。本义："鬼魂，幽灵；幻影。"[②] 通常指超现实的奇异之物，属于神灵世界、死亡世界或非人类世界："某种出自想象臆造的东西，神的信使，慈祥或严厉的

[①] Sigmund Freud, *The Uncanny*, trans. By Dacid Mclintock, London and New York: Penguin Books, 2003, p. 139.

[②] 陆谷孙：《英汉大词典》，上海译文出版社，1993，第 1802 页。

祖先，恼人的其他世界之受造物，等等。"① 德里达在《马克思的幽灵》中借鉴弗洛伊德和海德格尔的暗恐学说，排除了传统幽灵概念的超现实色彩，将之理解成现实世界中"让大脑发晕"的东西。②

德里达反复宣称，他的幽灵概念在很大程度上是继承发展了弗洛伊德和海德格尔的暗恐的产物。他在《马克思的幽灵》中说："在《暗恐》不可思议的短论中，弗洛伊德承认他的研究开始于讨论暗恐、死亡冲动、重复本能、超越快乐原则等，开始于他所说的'幽灵'（es spukt）。[……]海德格尔在《存在与时间》和其他地方频繁地、明确地、系统地求助于暗恐的价值，我们认为海德格尔对暗恐的倚重总体上被人们忽略了或遗弃了。在弗洛伊德和海德格尔的两种话语中，这种对暗恐的求助使他们的基础理论设想或思想轨迹成为可能。"③ 他在《幽灵书写：雅克·德里达和伯纳德·斯蒂格勒》中重申了这一看法："无疑，'暗恐'的概念——在海德格尔与弗洛伊德那里，得到了最好界说，被界定为幽魂的要素——是《存在与时间》的内核。"④ 德里达在《明信片》中明确指出，他的思想理论元宗是弗洛伊德和海德格尔："弗洛伊德和海德格尔，像过去的'伟大时代'的两个伟大的幽灵，我将他们在我心底结合到一起。他们像两个依然

---

① Maria del Pilar Blanco and Esther Peeren, *The Spectralities Readers: Ghosts and Haunting in Contenporary Cultural Theory*, London：Bloombury, 2013, p. 1.

② Jacques Derrida, *Specters of Marx*, trans. By Peggy Kamuf, New York and London：Routledge, 1994, p. 127.

③ Jacques Derrida, *Specters of Marx*, trans. By Peggy Kamuf, New York and London：Routledge, 1994, pp. 173-174.

④ Jacques Derrida and Bernard Stiegler, "Spectrographiew", *The Spectralities Readers: Ghosts and Haunting in Contenporary Cultural Theoty*, edit. by Maria del Pilar Blanco and Esther Peeren, London：Bloombury, 2013, p. 48.

存活在我心中的先祖。"①正像德里达自己所宣称的,他的幽灵概念源自弗洛伊德和海德格尔的暗恐概念。说得具体些,是用后者改造前者的结果。

暗恐也是海德格尔的著作中频频出现的关键词。他在《存在与时间》(1927)、《形而上学导论》(1935)等多部著作中反复阐发论证过它。他从存在论的角度将之理解为不可思议的神秘存在。他在《存在与时间》中指出,包括人类存在者在内的所有存在者的根基是人的存在。人的存在在空间层面上指的是"存在在那里"(Being-There)、"存在在世界中"(Being-in-the-World)。即人或此在(Dasein)不可避免被抛进世界中,与异己的其他存在者栖居在一起。在时间层面上包括在场的当下和不在场的过去、未来。自我、现在在场,是人自己最为熟悉的,海德格尔称之为"习常"(canny)。世界、过去未来不在场是人所不熟悉的,海德格尔称之为"暗恐"(uncany)。所谓暗恐,首先指的是自我或此在的对立面世界:"暗恐自身是在最基本的大脑焦虑状态中本真地显示自己的。而且是被抛入世界的此在打开自己的最基本的方式。"②其次指的是当下在场的对立面过去未来不在场:"人类存在者之所以是最暗恐的,不仅因为他们是在这种感觉层面上的暗恐中本质性地度过他们的人生;而且因为他们迈步走了出去,跨越了各种界限,这些界限首要和最大的部分是习以为常和熟悉的东西。"③意即暗恐是跨越人们熟悉在场的不熟悉不在场之物,是驱使人

---

① Jacques Derrida, *The Post Card: From Scorate to Freud and Beyond*, trans by Alan Bass, Chicago: University of Chicago Press, 1987, p.191.

② Martin Heidegger, *Being and Time*, trans. By Joan Stambaugh, Albany: State University of New York Press, 1996, p.321.

③ Martin Heidegger, *Introduction to Metaphysics*, trans. By G. Fried and R. Polt, New Haven & London: Yale University, 2000, p.161.

们跨越各种界限的东西。

　　德里达的幽灵在很大程度上综合了弗洛伊德心理学意义上和海德格尔存在论意义上的暗恐，是二者的融合体。他在《马克思的幽灵》中说幽灵就是暗恐："没有暗恐、没有某种幽灵的暗恐，就没有此在"，[①] "总体上鬼魂的本质是恐怖。这是人类的特殊真相，是所有鬼魂的最为'暗恐'之真相"[②]。德里达的幽灵同时包含人类主体精神和现实世界中所有无法理解无法把控的神秘之物："如果有像幽灵一样的东西，那么就有怀疑这种当下的安全可靠秩序的理由，尤其是有怀疑当下、当下之事实的或表征的现实和与当下现实相对的东西之间的边界的理由。这种与当下现实相对的东西是：不在场、非－当下－在场、非－实效性、虚拟性或一般鬼影等。"[③] 意即它是与可知实证的一面相对的不可知虚幻的一面如"虚拟性""鬼影"，与当下在场相对的"非－当下－在场"等。

　　德里达说，幽灵是超出了人们认识框架和知识水平的神秘现象，属于不可知领域或未开启的世界："人们不知道它：不是出于无知，而是因为这种非－客体、这种非－当下在场、这种不在场的存在、这种已故的东西不再属于知识，至少不再属于人们认为他们可以借知识名称认识的东西。"[④]

----

① Jacques Derrida, *Specters of Marx*, trans. By Peggy Kamuf, New York and London: Routledge, 1994, p. 100.

② Jacques Derrida, *Specters of Marx*, trans. By Peggy Kamuf, New York and London: Routledge, 1994, p. 144.

③ Jacques Derrida, *Specters of Marx*, trans. By Peggy Kamuf, New York and London: Routledge, 1994, p. 39.

④ Jacques Derrida, *Specters of Marx*, trans. By Peggy Kamuf, New York and London: Routledge, 1994, p. 6.

它有空间和时间两种形式。空间形式有三种形态：一是死者，老王哈姆莱特就是典型案例："国王占据了那位置，即父亲的位置。"① 老王处在已故的前国王位置，是死人。二是死者的亡灵："鬼魂的显灵就像死人的再显灵一样，那里是某种已消失的东西，某种已死的东西"②，"一个幽灵永远是一个亡魂"③。三是死者的表象虚体："即使国王的鬼魂跟国王本人完全一样（正像霍拉旭所说：'正像你是你自己一样，国王的鬼魂就是国王本人'），但他本人是我们看不到的：他本人藏在盔甲下面，是不可见的，呈现出来的只是他的表象（'这正是他穿的盔甲'）"④，"盔甲，那戏剧表演产品无法减省的'戏装'，它从头到脚覆盖了被哈姆莱特视作是父亲的全身。我们不知道它是不是那幽灵鬼魂的一部分。此保护物是不确定的（不确定也是一种保护伞）。因为它阻碍人们的观察，使人们无法辨识严严实实包裹在它外壳下的真实身份。盔甲也许只是真实的人工制品的身体，只是技术假体（prosthesis），一种外异于幽灵身体的身体，它是对幽灵的身份的掩盖、虚饰、保护、伪装"⑤。

幽灵的时间形式有两种形态：第一，过去不在场："无疑阴魂

---

① Jacques Derrida, *Specters of Marx*, trans. By Peggy Kamuf, New York and London: Routledge, 1994, p. 9.

② Jacques Derrida, *Specters of Marx*, trans. By Peggy Kamuf, New York and London: Routledge, 1994, p. 6.

③ Jacques Derrida, *Specters of Marx*, trans. By Peggy Kamuf, New York and London: Routledge, 1994, p. 6.

④ Jacques Derrida, *Specters of Marx*, trans. By Peggy Kamuf, New York and London: Routledge, 1994, p. 7.

⑤ Jacques Derrida, *Specters of Marx*, trans. By Peggy Kamuf, New York and London: Routledge, 1994, p. 8.

(huanting) 是历史性的,但它的显灵不是定期的,它从来都不是温顺地依照人们设定的日历秩序,在当下的链条中,日复一日按约定时间被给予的。它是不适时的错序的,不按时到来,不按时发生,不按时降临。"[1] 过去的幽灵又有两个层面:(1)过去的记忆、历史遗迹(traces):"人们的历史继承总是基于幽灵——幽灵说'阅读我吧,你能做到吧?'当下的批判性选择是由历史遗产决定的,就像由历史记忆决定的一样,是有限度的。"[2](2)过去的声音、语言话语:"除非依靠语言——特别是声音,否则人们无法谈论头颅或精神之类的幽灵的传宗接代(康德生成黑格尔生成马克思),在任何情况下,头颅或精神是由声音命名的,或在声音中发生的('哈姆莱特:那个头骨曾有一条舌头,它曾经可以唱歌')。"[3] 幽灵首先指的是过去被人们遗忘或掩埋的历史记忆和语言话语。第二,未来不在场:

> 在《哈姆莱特》中,在腐烂国家的王子那里,一切都是从一个幽灵的显灵开始的,确切地说一切是从等待幽灵的显灵开始的。对它的期盼顿时变得迫不及待,十分急切和心驰神往:此东西,此物('此事物')的光临有可能会结束。鬼魂即将来临,不会太久。但那是多么难熬的时刻啊!更确切些,一切都是在鬼魂再显灵的临近中开始的,而作为鬼魂的

---

[1] Jacques Derrida, *Specters of Marx*, trans. By Peggy Kamuf, New York and London: Routledge, 1994, p. 4.

[2] Jacques Derrida, *Specters of Marx*, trans. By Peggy Kamuf, New York and London: Routledge, 1994, p. 16.

[3] Jacques Derrida, *Specters of Marx*, trans. By Peggy Kamuf, New York and London: Routledge, 1994, p. 9.

幽灵的再显灵在剧本中却是第一次。①

幽灵也指人们以前从未听闻和接触过的弥赛亚式的预见期望。说到底，幽灵外表虽然是超自然非现实的，但内质完全是自然现实的。它代表的是与生命相对的死亡，与当下在场相对的过去未来不在场，代表的是超出人们当下认识实践能力的不可思议的神秘现象。

简而言之，幽灵指的是现实世界中与人们熟识的一面相对的怪异的一面，具体如与生命相对的死亡，与当下在场相对的过去未来不在场。而此怪异的一面如死亡、过去未来不在场永远与它的对立面即熟悉的一面如生命、当下在场相反相成，相互纠缠在一起，水乳不可分。没有死亡就不会有生命，没有过去未来就没有当下，反之亦然。德里达反复强调说："死的东西常常可能比活的东西更强劲有力"②，"人们从来无法在幽灵从未来走来和向过去走去之间做出明确区分"③，"当下的时间通道从未来出发，走向过去，走向正逝去的过去"④。死亡与生命、未来过去不在场和当下在场相互渗透，二位一体，浑然不可分。两者相伴而生，相辅相成。它们之间是一种二元平行共生关系，而不是一种一方决定另一方的源流关系。它们背后没有更深厚强大的动力机制。它们的发生是异性相吸、相互碰撞的结果。由此而言，幽灵不是基于这样或那样的终极动力，不是派生的，而是

---

① Jacques Derrida, *Specters of Marx*, trans. By Peggy Kamuf, New York and London: Routledge, 1994, p. 4.

② Jacques Derrida, *Specters of Marx*, trans. By Peggy Kamuf, New York and London: Routledge, 1994, p. 48.

③ Jacques Derrida, *Specters of Marx*, trans. By Peggy Kamuf, New York and London: Routledge, 1994, p. 38.

④ Jacques Derrida, *Specters of Marx*, trans. By Peggy Kamuf, New York and London: Routledge, 1994, p. 24.

基于自己与异己力量之间的矛盾运动，是自发的。

弗洛伊德和德里达都认为人间的奇异神秘现象暗恐和幽灵不是超自然物，而是现实存在，属于人们无法明确认识和有效控制的无意识领域。不同在于前者认为，此类神秘体是心理现象，大脑幻觉，根之于主体的本能冲动。后者认为，它是存在物，弥漫于人的死亡、记忆、期许、历史遗迹、语言话语等所有领域层面。它们是现实世界不可或缺的重要组成部分，自然天成，无法禁绝，无法擦抹。

二、暗恐和幽灵的运行机制：机械重复和生动重复

弗洛伊德和德里达不仅对现实世界中这种人们无理解把控的神秘现象的实质持相近看法，认为它是实际的心理现象和存在现象，而且对它的运行机制持类同观点。两者都认为此类神秘物死而不灭，时来时往，是重复性的。区别在于前者认为，它的重复是机械的，同语重复，自我复制。后者认为它的重复是生动的，既沿承又重构，自我变异。

弗洛伊德分析指出，主体的这种恐惧心理虽形成于幼儿阶段，但远不止于此。"一些小孩有这种害怕身体器官受损坏或失去眼睛的恐惧心理。大部分将这种焦虑带进成人生活中。"[①]而一个人心中一旦形成这种创伤性的暗恐心理，很难去除。它时不时会浮现出来："暗恐是类似于这样的东西：某种熟悉的东西曾经被压抑，然后突然显现出来"[②]。它严重影响主体的视野和心象："暗恐是魔幻实践的根基所在。

---

① Sigmund Freud, *The Uncanny*, trans. By Dacid Mclintock, London and New York: Penguin Books, 2003, p. 139.

② Sigmund Freud, *The Uncanny*, trans. By Dacid Mclintock, London and New York: Penguin Books, 2003, p. 152.

幼儿身上的这种因素，主导着他的大脑神经，它极度强化与物质现实相反的心理现实——其突出特征是思想的全能性。"① 它无形中会使主体将"物质现实"变成"心理现实"，从而走上误解误为之途：

> 一个人可以用他人认证自己，因而无法确定真正的自我；或者用他我替代自己。自我因而进行重复、分化和内在交换。最后形成如下局面：同一事物的不断复发，同样的表面特征、同样的特性、同样的命运、同样的恶行、同样的名字的重复，一代又一代。②

弗洛伊德认为暗恐的这种机械重复机制在纳塔内尔的心路历程中表现得非常明显。幼儿阶段，纳塔内尔听完保姆讲述的月亮上的魔鬼沙人的故事后，不是因受奇特怪异的人物沙人惊吓而形成恐惧心理，而是因受沙人挖取小孩的眼睛的举动所惊吓而形成恐惧心理。此恐惧心理一旦形成，便变成他看待理解事物的基础视野框架。它不仅反复出现，而且还将所有相近的东西吸纳进去，建构成虚幻的现实。如自从纳塔内尔听到保姆的故事后，将每天晚上听到的走进父亲书房的一串沉重脚步误解为沙人。十岁左右，出于好奇心，他偷偷藏到父亲的书房中，想看看沙人到底是什么样子。结果发现每晚九点之后进父亲办公室的沙人是镇上的老律师考普留斯。当考普留斯发现纳塔内尔偷看他们的工作时，十分愤怒，顺手从壁炉中抓了一把晶粒准备扔进他的眼睛中。在父亲的请求下，考普留斯才松了手。从那以后，纳塔内尔认定考普留斯就是沙人。一年以后的一个深夜，父亲的房间起火爆

---

① Sigmund Freud, *The Uncanny*, trans. By Dacid Mclintock, London and New York: Penguin Books, 2003, p. 151.

② Sigmund Freud, *The Uncanny*, trans. By Dacid Mclintock, London and New York: Penguin Books, 2003, p. 142.

炸，父亲被炸死。考普留斯从此再没有露过面，纳塔内尔认定他就是杀死父亲的凶手。之后，沙人考普留斯的身影老盘旋在他的脑海里，挥之不去，时不时令他惊惧发狂。

上大学后，他将自己的心境写信告诉亲密无间的女友克拉拉。克拉拉是一个十分理智的女孩。她回信说考普留斯不是沙人，而是和他父亲一起做化学实验的合作人，他父亲的死亡是由意外事故引起的，考普留斯不是凶手。她劝导纳塔内尔排除幻觉，回到正常状态。纳塔内尔认为她过于冷漠，像个机器人。对她失去了兴趣，热恋上了另一个女孩，斯帕兰扎尼教授美丽的女儿奥林皮娅。他与后者相处的一段时间唱歌跳舞，吟诗作文，极度疯狂快乐，充满生命活力。可奥林皮娅的真实身份不是活人而是机器人，她是由斯帕兰扎尼制作的人体和眼镜商科波拉提供的眼睛共同构成的。后来斯帕兰扎尼和科波拉发生争执，科波拉挖去奥林皮娅的眼睛，奥林皮娅破损崩溃。纳塔内尔的幻觉破灭，再次失恋。他认为科波拉是杀死奥林皮娅的罪魁祸首，是沙人。

弗洛伊德认为霍夫曼《沙人》的主人公纳塔内尔的精神状态证明人精神中不仅有意识无法感知认识的幻觉的方面和理性无法控制的非理性的方面，而且后一个方面一旦具形，便会顽固盘踞于人的精神深处，一再复现，严重影响人的认识，误解事物。譬如保姆讲述的沙人故事在纳塔内尔的大脑中塑造成专门挖小孩眼睛的沙人形象后，后者便一直潜伏在他的精神深处，一遇到类似情景便会冒出来，主导他的精神视野，创建相应心理现实。如最早他将每晚九点以后走进父亲书房的沉重的脚步声当成沙人。十岁看到要烫瞎他的眼睛的律师考普留斯后，又将他当成沙人。上大学时遇上挖去他的机器人女友奥林皮娅眼睛的眼镜商科波拉后，又将他当作沙人。纳塔内尔的暗恐心态一旦形成，便反复呈现，使他不断幻化误解事物，不断创造虚幻的心理现实。足见，暗恐不仅是人的心理幻觉，而且是可重复性的心理幻觉。正是这种可重复性使主体相信他所建构的心理现实是真实现实，赋予心理现实以真实性品格。

德里达认为，任何一个事物如果只出现一次，就不能延续，不会存在。所以所有的存在物都是自我重复性的。幽灵不例外也是重复性的："重复的问题：一个灵魂永远是一个鬼魂。人们无法控制它的回来和归去。因为它是通过回来显现的。"① 幽灵本身是死人的重现，它不断回来归去，是重复性的。那么幽灵的重复具体是什么样的？

重复和第一次：这也许是事件的问题，也是鬼魂的问题。什么是鬼魂？什么是幽灵的实在性或在场？换言之，什么是那看似是不实在的虚拟的非实体的模仿物的实在性或在场？在事物本身与它的模仿物之间存在着坚挺的对立吗？既是重复又是第一次，而且也既是重复又是最后一次。因为任何第一次的独体都将它自己变成最后一次。每一次它都是事件本身，第一次就是最后一次。是完全他者。表演的是历史终结的景象。[……]它栖身于自身中，但又喜爱包围着它的地点或特殊物品、末世论和目的论本身。它理解把握它们，但又无法理解把握。[……]《哈姆莱特》同时形象表现了一个死而复活的故人和一个期待回归、一次接一次重复自己的鬼魂。②

德里达明确指出，重复有纵向和横向两个层面。所谓纵向重复就是上下移动，通常叫隐喻（metaphor），指幽灵从"实体"向"非实体"、从"事物"向"模仿物"的过渡。它是幽灵得以形成的法则：

---

① Jacques Derrida, *Specters of Marx*, trans. By Peggy Kamuf, New York and London: Routledge, 1994, p. 11.

② Jacques Derrida, *Specters of Marx*, trans. By Peggy Kamuf, New York and London: Routledge, 1994, p. 10.

"实体"自我运动延展,与外异于它的"地点""物品""末世论"或"目的论"等交合,从而生成"非实体"的虚拟之物幻象(phantom);换一种说法,"事物"本体在特定时空中延展,与时空杂交,生成它的"模仿物"即现实表象;因而它完全是重复性的。

所谓横向重复就是平行移动,通常称为转喻(metonym)。指幽灵在不同的时间空间中反复显现。它是幽灵得以变化发展的法则:它在不同的情境中反复显灵,在每一个情境中都是独一无二的;因而既是自我重复又是自我变异;"既是重复又是第一次,而且也既是重复又是最后一次";既是自我又是他者;永远处于矛盾变化、自我解构、自我超越状态。譬如老王的幽灵在作品中出现过多次:第一、二次是在两个守城军官面前出现的,第三次是在两个军官和霍拉旭面前呈现的,第四次是在前三人及哈姆莱特王子面前出现的,第五次出现在哈姆莱特和王后面前。同一个幽灵,每一次显灵,在每一个人眼中所呈现的状态大相径庭。"它栖身于自身中,但又喜爱包围着它的地点或特殊物品",因而变成了它的他者。德里达的幽灵跟弗洛伊德的暗恐一样,一旦形成,便不断自我复现,是重复性的。不过它不是同一性重复,不是机械拷贝式的,而是差异性重复,同中有异,是生动变异式的。

三、暗恐和幽灵的功效:破坏和建设

主体性是西方现代思想理论界关注的焦点问题。西方现代哲学家,从17世纪的笛卡尔到20世纪初的胡塞尔,不仅普遍认为人的主体性如我思、理性、意识等是世界人生的基础,而且认为它是先天的、一元统一的。弗洛伊德石破天惊,提出了与现代理性主义主体性观念相反的观念,认为主体性不是一元统一的,而是二元矛盾的。因而他被誉为现代历史上将人拉下神坛的三大哥白尼式的伟大思想家之一。①1900年他在《梦的解析》中明确指出，人身上不仅包括可以自主的意识的一面，而且包括无法自主的无意识的一面。而且无意识远比意识深厚广袤，是人类主体性的根本。十九年后他在《诡异》中进一步指出，基于"阉割情结"的暗恐是主体无意识领域的重要组成部分。它属于顽固抵制意识的力量，始终处于受意识压抑（repression）的位置。因而它很大程度上起的是破坏主体的精神统一、撕裂主体的作用。它常常会引发"癫痫或疯狂后果"②，造成精神障碍，严重影响人的健康和生活。其功效是破坏性的、负面的。

以《暗恐》中纳塔内尔为例，他害怕失去眼睛的暗恐心理是他平生心绪惊悸怔忡，痛苦不幸的根由所在。暗恐给他的人生造成了灾难性影响。如他幼年阶段听完保姆的故事后，生怕沙人闯进他的房间挖走他的双眼，每晚久久不能入睡。童年看到考普留斯要烫瞎他的双眼的举动后，一度患了妄想症，时刻担心沙人考普留斯损坏他的眼睛。青少年时，他看到科波拉挖走他的恋人奥林皮娅眼睛的景象，当时昏厥过去，后来有一段时间处于疯癫状态。奥林皮娅毁灭后，纳塔内尔重新爱上了克拉拉。有一次二人去爬城市中心的高塔，纳塔内尔拿着望远镜远眺，突然看到销声匿迹多年的沙人考普留斯在塔下的人群中露面亮相。他顷刻心智失控发狂，先是准备将克拉拉扔下塔去，被后者的哥哥阻止。然后自己从塔上跳下去，摔死了。

德里达在《马克思的幽灵》中一开篇明确指出，《哈姆莱特》中

---

① Jacques Derrida, *The Beast and the Sovereign I*, trans. By Geoffrey Bennington, Chicago and London: The University of Chicago Press, 2008, p. 131.

② Sigmund Freud, *The Uncanny*, trans. By Dacid Mclintock, London and New York: Penguin Books, 2003, p. 150.

主人公哈姆莱特的一切是由幽灵的显现开启的："在《哈姆莱特》中，在腐烂国家的王子那里，一切都是从一个幽灵的显灵开始的。"①意即王子哈姆莱特的新人生是由其父王的幽灵开启的，他的身份是由后者建构的。

1975年西方著名心理分析批评家亚伯拉罕在《哈姆莱特的幻觉或第六幕》中称哈姆莱特父王的鬼魂实质上是哈姆莱特本人的无意识幻象："它（剧本）始终贯穿着哈姆莱特的'幻像'。剧本一开始父亲鬼魂的显现客观化了儿子的意识之非意识。"②德里达对亚伯拉罕的理论观点耳熟能详。③跟亚伯拉罕一样，他认为老王的鬼魂实质上是哈姆莱特面对不可知不可把握之神秘物的恐惧心理的外显形式。老王的幽灵与王子的关系说到底是哈姆莱特本身之不可理解不可把控的无意识和可理解可把控的意识之间的关系。德里达明确指出，老王的幽灵的一大本质特征是"面甲效果"：

> 这种东西，而不是其他任何东西，这种凝视着我们的东西，这种关注着我们的东西，前来挑战语义学以及本体论，心理学以及哲学。[……]当它再显灵时也是不可见的。这东西看着我们，而我们却看不到它，即使它站在人们面前。这里，幽灵性的不对称搅乱了一切壮观景象。它解-整一化，将我们带向时序错乱。我们将此称作面甲效果：我们看不见谁在看我们。[……]这里时间错序制造法规。自己被观看的

---

① Jacques Derrida, *Specters of Marx*, trans. By Peggy Kamuf, New York and London: Routledge, 1994, p. 4.

② N. Abraham and M. Torok, The Shell and the Kernel, N. T. Rand, Chicago & London: University of Chicago, 1994, p. 188.

③ 参阅 N. Abraham and M. Torok, The Wolf Mans's Magic World: A Cryptonymy, trans. By N. Rand, Minneapolis: University of Minnesota Press, 1986, pp. xi-xlviii.

感觉永远不可能被跨越,这就是面甲效果,基于此我们传承法。因为我们看不到看我们的人,他制造法规,他下达指令(而且是一种自相矛盾的指令)。因为我们看不到命令我们"发誓"的人,所以我们不能完完全全与它保持一致,我们必须倾听它的声音。我们只能通过他的词语把握那说"我是你父亲的魂灵"的人。实质性地盲目顺从他的秘密、他的本源的秘密:首先服从他的指令。幽灵是所有他者的前提,它永远是另一个某人的实况。另一个某人可能永远是谎言,可能将自己伪装成鬼魂,此鬼魂也许还会被另一个鬼魂顶替。①

首先需要说明的是,由于幽灵介于物与人之间,所以德里达提到幽灵有时用物主代词"它"(it),有时用人称代词"他"(he)。德里达强调说,幽灵虽然身份不明,无法捉摸,但人们却能深深感受到它的存在和力量。它在暗处,观看它的活人哈姆莱特在明处。它与活人的关系是看与被看、决定与被决定的不对称关系。它能看到看它的人,后者却看不到它。它无时无刻不在纠缠着活人,影响着活人。它不停地向活人哈姆莱特发号施令,规导决定后者的思想方式和行动路线。它有如下两大功效:(1)解构和重构了王子所接受的现成知识话语和机制法则:"这种关注着我们的东西,前来挑战语义学以及本体论,心理学以及哲学","它解-整一化,将我们带向时序错乱","他制造法"。(2)促使王子进行自我解构和建构。正是老王的幽灵向王子揭露了新王克劳狄斯阴谋杀害王兄、篡夺他的王位的罪行,使他认识到了事实真相,立志拨乱反正。正是老王的幽灵对王子发出了报仇雪恨、恢复正义的指令,促使王子走上了除恶扬善、重整乾坤的人生

---

① Jacques Derrida, *Specters of Marx*, trans. By Peggy Kamuf, New York and London: Routledge, 1994, pp. 6–7.

道路。老王的幽灵在很大程度上改变了王子的精神境界和存在方式，重塑了王子的身份人格。显然，关于神秘物的功效德里达与弗洛伊德持相反的看法：它不是破坏性的，而是建设性的；不是负面的，而是正面的。

总之，对现实世界中离奇古怪的神秘之物的实质、运行机制和功效，弗洛伊德和德里达的看法既相同又不同。关于实质，两人都认为暗恐或幽灵等神秘物不是某种超出现实世界界域的东西，不是超自然物，而是现实世界的一部分，是现实中的超常诡秘之物。不同在于，弗洛伊德认为它是超常诡秘的主体心理状态，德里达认为它是超常诡秘的现实存在。关于运行机制，两人都认为它是重复性的。不同在于前者认为它的重复是同一性的，机械的，后者认为是差异性的，生动的。关于功效，两者都认为它在人们的现实生活中扮演着至关重要的角色。不同在于，前者认为它的功效是破坏性的，后者认为是建设性的。

弗洛伊德在《暗恐》中一开篇宣称，过去理论批评界对人类感情的探索研究仅限于正面肯定性的维度："总体上优先关注的是美妙、吸引人、崇高的东西——也就是说，正面肯定性的感情，以及引发它们的情境和客体——而不是它们的对立面，惊恐和痛楚的感情。"[①]他的研究将着力开发这种人们以前很少过问的惊恐和痛楚之感情即暗恐。无独有偶，德里达在《马克思的幽灵》中宣称："以前从来没有一个学者真正地，像一个学者那样，研究过鬼魂。因为传统的学者不

[①] Sigmund Freud, *The Uncanny*, trans. By Dacid Mclintock, London and New York: Penguin Books, 2003, p. 123.

相信鬼魂——也不相信一切被称为幽灵的虚拟空间。"① 而他研究的正是以前的学者从来没有研究过和不屑于研究的这种怪诞不经的神秘物幽灵。他给自己的研究取了一个名字叫"幽灵学"（hauntology）。正像弗洛伊德和德里达自己所言，他们开发研究的领域即诡异神秘的心理状态暗恐和现实存在幽灵是前人未曾涉足的全新领域。他们的研究开启了一个全新的理论空间，为人们深刻认识人类主体和现实世界打开了一个新窗口，具有空前巨大的理论价值。这也正是他们的研究在现当代哲学思想界和理论批评领域产生空前巨大影响的根由所在。

肖锦龙

1960年生，2006年毕业于北京师范大学比较文学专业，获博士学位。现为南京大学文学院教授、博士生导师。主要研究领域为解构理论批评和英国文学，主要著作有《德里达的解构理论思想性质论》（2004）、《意识批评、语言分析、行为研究——希利斯·米勒的文学批评之批评》（2011）、《文化洗牌与文学重建：英国当代先锋小说的后现代性》（2018）等。

---

① Jacques Derrida, *Specters of Marx*, trans. By Peggy Kamuf, New York and London: Routledge, 1994, pp. 11.

"准—先验性"和"与—在":
德里达与南希论素描

苏林

本文将以德里达的《盲者的记忆》与让-吕克·南希《素描的愉悦》为中心,尝试解读两位思想家的素描之思。如人们所知,解构式的思考总是倾向于揭示同一化系统中不可化简的他异性要素,从而质疑体系的封闭与统一并迫使思想敞开以迎接那久被形而上学放逐的他者。在德里达与南希对素描的思考中,他者与他异性皆据有重要位置。虽然立场并无巨大差别,但他们对于差异的强调却有着不同侧重。德里达在对于素描的思考中所确认的是,他者总是嵌入主体的自我建构之中,既使自我得以可能又使之出现了绝对的断裂,此他者作为全然他者(wholly other)将据有准先验(quasi-transcendental)位置。南希同样肯定他者与他异性在意义建构之中的重要位置,素描之于他,在作为一种建基于感觉的模仿之中,正是"我"自身作为他异者向"我"浮现。但南希又在此基础上更倾向于思考他者与我如何共显(comparution),进而将存在诠释为一种"出离—存在"(ek-istence)的"与—在"(être-avec)。素描在此不仅作为一幅幅作品被思考,它胀破了单纯的艺术理论框架,成为一种人追寻世界并在世界中安置己身的行动。解读这前后相继的素描之思,既能帮助我们理解解构思考对于差异的热情,又有助于探明解构阵营之内的差异。

一、德里达：盲目作为可见性的他者与其准—先验性

德里达说："素描（dessin）永远不只是素描（描绘）。"① 那么素描还是什么？当我们论及绘画时，我们主要与色彩遭遇，而在素描之中，更多的是线痕（trait）的延伸。在《素描的四条进路》里，德里达称素描的价值将无法脱离于这线痕所承载的东西被思考。以此为基础，他简要地给出了思考素描的四种方式：描绘（dessiner）、设计（designer）、签名（signer）、教学（enseigner）②。素描固然是一种描绘，如其名所示，它是"素朴的"，不设色彩，主要由线条构成。线条一方面突出了手的参与，其轨迹本身铭刻下手的运动姿态，并因此更直接地体现了描绘行为。另一方面，线条在自然中本不具现，乃是于描绘中从被再现的世界抽离而出，相较于色彩，它更接近于一种符号。两者共同让素描关联于"设计"：无论在法语还是在意大利语中，"素描"（dessin，disegno）皆与"设计"（dessein，disegno）同源。素描由此区别于机械再现，它更近于一次意指行为、一次象征或一个签名。同时，素描又受到一种前在的教学的影响，它将受制于其自身的规则，此规则不仅是种种狭义技巧，更与经验的组织有关。素描是对两种经验的组织，人对自身的经验与人朝向他者的经验，恰是这一内在结构使它胀破设计的内在性与签名的专有性。"线痕"一词在此凝聚了这四种思考的价值，它有其作为动词（tirer）的"划线""刻画"之意，关联于素描与其线条带出的人的描绘行动，同时又兼有其作为名词（trait）的"刻画""划线"之意，不仅是机械再现 [区别于常被

---

① Jacques Derrida, "Le dessin par quatre chemins", *Penser à ne pas voir. Écrits sur les arts du visible 1979-2004*, Paris: La Différence, 2013, p. 202.

② Jacques Derrida, "Le dessin par quatre chemins", *Penser à ne pas voir. Écrits sur les arts du visible 1979-2004*, Paris: La Différence, 2013, p. 202.

| 情感与阐释：
| 文学理论的未来

狭隘地关联于轮廓或形象的线条（line）]而更具符号特质，并且有着自身的独特规则。我们可在它与其指示对象的分离、它所牵引出的整个表达行动、它遵循的自身语法之中窥见它与"书写"的关联。

关于这一规则具体为何，德里达并未于这篇短文中加以阐说，而在《盲者的记忆》里，他则集中思考了素描之为可能的条件：盲目。正是盲目成为了线痕自身的语法，它闪现于线痕的刻划瞬间，又深居于每一道线痕之下，成为对可见的描绘得以开始和可见的形象得以形成的条件。素描之描绘因此没有被完全归属于独一的起源，而是首先铭刻了盲目这异质于可见的他者的踪迹。

德里达首先着意于颠倒长久以来统治着图像再现观念的视觉中心主义，将素描关联于盲目而非看视。他以两个假设为导引进行思索，第一个假设是："素描是盲目的，即使那男性或女性绘图者自身并非盲人。"[1]当素描者在进行描绘之时，他不能既看着所画对象又看着笔端纸面，其视线不得不在模特与纸张间不断游移，他无可选择地必须对其中之一盲目。此假设呼应于素描起源的寓言：陶匠布塔德斯（Butades）的女儿在恋人将离自己而去时，以笔在墙上追描经由烛光投射到墙上的恋人的影子，但当她描绘之时，她实则是背对着且并没有看着自己的恋人。与此相似，当笔尖接触纸面之时，绘画者对于所画对象的凝视不得不被打断，他必须依靠记忆的中继，而记忆又转而被交付描绘中的手，就像手上长出了一只增补的义眼。素描亦因此无法被完全还原于看视，一种异质于可见的盲目先在地渗透其中。于是

---

[1] Jacques Derrida, *Memoirs of the Blind: Self-Portrait and Other Ruins*, trans. Pascale-Anne Brault and Michael Naas, Chicago: The University of Chicago Press, 1993, p.2.

则有了第二个假设："一幅盲者的素描是一幅盲者的素描。"① 这并非同义反复，而是素描的宿命使然。素描者在绘制行动之中无可避免的盲目使得他倾心于描绘盲者，而当他描绘盲人之时，他亦是在描绘自身的盲目状况，即也是在刻写关于描绘行为本身的盲目。

《盲者的记忆》收录了诸多以盲目和盲人为主题的素描，在对总是被联系于视觉的图像艺术进行思考时，德里达颇为挑衅地选取了"盲"这个主题。长久以来，西方形而上学传统倾向于让观看行为服务于被预设的可见性，看之所以有所见源于预先给定的可见性，对于可见者的呈现依托可见性并最终为确证可见性。于柏拉图，可见性之意义在于太阳与理念的类比，眼睛之所以能看见，源于太阳光照万物使一切可见，正如稳固知识之可能源于那由理念所支撑的真理，太阳被联系于"善本身"，看也被联系于知。眼睛须从只能窥见影与相的洞穴中上升转向凝视智性之地，观看从可见性中出发并最终以关于可见性本身的知识作为回报。② 在笛卡尔看来，可见性源于"我思"主体，当自然之光触及双眼时，正是主体心灵（mind）向我们表现了光的观念③，由此"我"之能见源于心灵之光，世界万物亦可被还原为特定主体的视觉再现。在这一传统中，表达与意义都统归于形而上的独一核心，同一化的秩序也因此整饬了世界。德里达无疑反对这种回归，他开篇便引入两个假设，指出盲目内在于描绘行为之中，希望对此秩序进行解封与再限定。盲目在此破坏了可见对于表达的统治性占

---

① Jacques Derrida, *Memoirs of the Blind: Self-Portrait and Other Ruins*, trans. Pascale-Anne Brault and Michael Naas, Chicago: The University of Chicago Press, 1993, p.2.

② 柏拉图：《理想国》，张竹明译，译林出版社，2012，第237页。

③ Rene Descartes, "Treatise on Light and Other Principal Objects of the Senses", *The World and Other Writings*, trans. and ed. Stephen Gaukroger, Cambridge: Cambridge University Press, 2004, p.4.

有，它成为异质于可见的同一秩序的他者，在昭明他异性要素的存在之时破坏了同一性的闭环。在此基础上，德里达阐述了盲目的"准—先验"逻辑①：盲目没有成为素描的缺点或弱点，而是素描之为可能的不可见条件。

有三种"表征"或三种类型的"眼的失能"可以帮助我们理解盲的"准—先验性"。第一种："图示性行为中的非见（apperspective）"②。它紧密相系于第一个假设：绘画者不能同时看着画布与所画对象，在盲目的侵扰中，其凭依只有记忆。德里达在此指明记忆与手的中介，实际是希望引入一种在看视与图像之间的间隔，从而揭示素描之中不可还原为看视的他异性成分。他在书中花去相当的篇幅讨论了波德莱尔的《记忆的艺术》(Mnemonic Art)。此文乃波德莱尔对于"G先生"的素描所发之论，在他看来，这位先生正是"凭借记忆而不是模特"③作画。波德莱尔首先将记忆解释为一种自然能力，而非处于历史与文化矩阵中的、带集体性质的前设内容。其次则关于在仰赖视觉的画家与依赖记忆的画家之间的"决斗"：前者执着于自己的眼之能与知之能，企图将眼前对象的一切都置于自身的把握之中，但既发现自己被淹没于琐碎细节，又因对于视—知之能的执着而导向一种堵塞任何其他解答的唯一再现；相反，依靠记忆的画家则通过对于当下视觉的暂时牺牲以换取更多表达的自由。在德里达看

---

① Jacques Derrida, *Memoirs of the Blind: Self-Portrait and Other Ruins*, trans. Pascale-Anne Brault and Michael Naas, Chicago: The University of Chicago Press, 1993, p.44.

② Jacques Derrida, *Memoirs of the Blind: Self-Portrait and Other Ruins*, trans. Pascale-Anne Brault and Michael Naas, Chicago: The University of Chicago Press, 1993, pp. 44-45.

③ Jacques Derrida, *Memoirs of the Blind: Self-Portrait and Other Ruins*, trans. Pascale-Anne Brault and Michael Naas, Chicago: The University of Chicago Press, 1993, p. 47.

来,当波德莱尔让素描从属于记忆而非视觉之时,他实际上将我们带回到布塔德斯的叙事之中,而这个叙事正将图示性再现联系于模特的缺席与不可见。描绘行为与描绘者之视觉感官相分离,因而规避了主体的完满在场对笔施加的暴政。同时,德里达更加强调了记忆之中的磨蚀与缺失:"在记忆之能(anamnesis)里,有失忆(amnesia)这记忆的孤儿[……]"① 记忆本身已然在其作为记忆之中标识了延迟,又不可避免地在与遗忘相伴而生时有着失真的可能,两者一道使得记忆之中发生着时间与内容上的延异。于是记忆的中介既中断了在场的连续凝视,又没有让主体在凝视断裂之后再行掌控客体。也是因此,素描行为之中的盲目没有成为另一种可见或潜在之可见,它溢出了可见的同一秩序。

进一步而言,不仅线痕在其刻画的瞬间是盲目的,那被描绘下的线痕本身也是盲目的。于是则有了第二个表征:"后撤(withdrawal [retrait])或蚀去,线痕的区别性非显现"②。在素描里,每一道线痕不能以自己独特的颜色与形象性脱离画布站出,它们既不单独描绘形象,也不内在地具有意义,而是在彼此的间隔和区别之中标识出轮廓的边际,形象就在这些线痕的区别网络之中形成。如果说记忆的介入,它对在场的具连续性的凝视的打断,已经让素描接近将人从在场言说的自我倾听里打断的书写的话,那么这线痕的后撤则让它与书写之延异进一步联系起来:就像意义在书写之中的产生不来源于能指与所指的有机同一那样,线痕作为切割开视线的一道道盲区,它自身

---

① Jacques Derrida, *Memoirs of the Blind: Self-Portrait and Other Ruins*, trans. Pascale-Anne Brault and Michael Naas, Chicago: The University of Chicago Press, 1993, p. 51.

② Jacques Derrida, *Memoirs of the Blind: Self-Portrait and Other Ruins*, trans. Pascale-Anne Brault and Michael Naas, Chicago: The University of Chicago Press, 1993, p. 53.

不内在地占有意义，仅仅是在与另一线痕的间隔与区别之中让形象站出。在德里达看来，这一区别的网络将"不具有任何占有性的可能"，因此也"没有什么东西属于线痕"①。线痕本身内在的一无所有成为它的盲目，它给出东西让人看，但仅仅让人透过盲目去看。综合这两个表征，我们能发现盲目同时标记了素描的可能性与不可能性，它闪现于划线的瞬间与形象站出的瞬间，是对可见之经验进行描绘的条件，但同时又让可见性在线痕之中不断破裂。

线痕的后撤指明了线痕与语言之间的关联，同时也产生了在线痕与语言之间的"决斗"。我们不仅观看素描，更是在阅读它：既在画面之内将之作为又一种书写予以阅读，又在画面的表达之外更加关注于签名、标题、说明、评论……而标题被隐去签名亦不可辨的画作亦不能逃脱此命运，仍然有着无尽的叙述、母题、框架为我们在观看之前便选好读解的方式。于是我们便来到了第三种"表征"："线痕的修辞"，即线痕与语言间的"纠缠（haunt）"与"决斗（duel）"②。这种纠缠和决斗再次引导我们思考惯常的内/外二元认知范式中可能存在的问题，毕竟外部的话语会渗入画框之内，而画框之内的形象与叙事又无时不处于向外延伸的互文之中。

这一系列准一先验性的盲目将我们带到了自画像这一特殊场景。如果描绘行为中的盲目和线痕的盲目皆使得素描之表达无法被完全归属为主体的看视之能的话，那么它们也同时将自画像的源流点悬置了起来。主体的失能被揭示，它无法将所有的意义内化占有，自画像本

---

① Jacques Derrida, *Memoirs of the Blind: Self-Portrait and Other Ruins*, trans. Pascale-Anne Brault and Michael Naas, Chicago: The University of Chicago Press, 1993, p. 54.

② Jacques Derrida, *Memoirs of the Blind: Self-Portrait and Other Ruins*, trans. Pascale-Anne Brault and Michael Naas, Chicago: The University of Chicago Press, 1993, pp. 56-57.

身所预设的自我封闭的结构（对于一个在看且能看到的自身的看视与呈现）亦变得可疑。同时，对自画像的认定总是显示了语言的读解与画面的纠缠。肖像被辨识为自画像所依赖的并非是形象的相似性，而是场景：一个画家对着镜子般的东西自我审视并描绘这一审视的场景。在众多自画像中，这个镜子的位置常被略去，误认便因此发生。德里达所举的例子是方丹－拉图尔（Fantin-Latour）的一组自画像素描，在拉图尔的这一系列作品中，并没有什么内在于画的东西能供我们判断这就是自画像，我们所依靠的只是假设："想象绘画者正凝视着一个点，凝视着那个面对着他的镜子中的聚焦点。"① 假设本身仍是由观者所作之假设，于是当一幅画被看作是自画像之时，观者取代了镜子的位置。正是观者，这个自画像的自我呈现场景之中的第三方，这个他者，使一幅自画像成为自画像。就描绘者而言，镜子的位置也暴露了他无法在不借助外在假借的情况下看到自身的事实，当描绘者在对于自身的盲目之中将视线投向镜子时，他实际上把自己的眼睛替换成了观者的眼睛——他者的眼睛。主体在此无法在自我封闭之中表象自身，他越是想要把握自身，就越是要将自身交付于他者的视线。无论是作为他者来描绘自身还是将自身作为他者予以描绘，他者的位置都是不可化简的。德里达说："它（自画像）成为自画像仅仅只是因为他者，因为一个观者占据了那独一的焦点，那本应当是一面镜子的聚焦点。"② 正是镜子的位置标识了盲目与可见之源。当主体的自我经验乃是在与他异性的关联之中方可建立时，他者也准一先验地

---

① Jacques Derrida, *Memoirs of the Blind: Self-Portrait and Other Ruins*, trans. Pascale-Anne Brault and Michael Naas, Chicago: The University of Chicago Press, 1993, p. 60.

② Jacques Derrida, *Memoirs of the Blind: Self-Portrait and Other Ruins*, trans. Pascale-Anne Brault and Michael Naas, Chicago: The University of Chicago Press, 1993, pp. 60-62.

铭刻于主体，一方面迫使后者向着他者敞开自身，另一方面也让自画像首先铭刻下主体在安置自身时不可避免的对于他者的债务。自画像因此被称为"废墟"，并且是一种结构性的废墟，它给出一切让人观看，又只将人引入更深的盲目。但就在这自画像被禁止的瞬间，它也同时被召唤，素描与自画像成为对盲目的铭写与承担，它们在诉说了自我封闭的不可能之时聆听他者并向他者发出呼唤。

对德里达而言，在此以不可化简的盲目形式出现的他者，实际就是解构所一直致力于寻找并肯定的异质要素，它拒绝被内化占有，也拒绝被纳入任何同一性秩序之中。德里达早期文字学所论延异，实际所指明的是意义并非内在自发，它总是通过与其他意义的差异与关联得到标识并被延迟，当意义有赖于这胀破了同一与内在封闭的差异之时，其之为可能便首先来自一个以不在场的方式在场的他者的赠予。在一次访谈中，德里达明确表示："解构永远深深地牵涉于语言的'他者'[……] 对于逻各斯中心主义的批判首先是寻找'他者'与'语言的他者'。"① 他对于素描的思索，其实也正是通过指明线痕的盲目与自画像之为废墟来寻找他者。准一先验性之为盲目的逻辑，实际也是对于他者的定位。关于德里达所思考的"准一先验性"，本宁顿在1993年出版的《雅克·德里达》中就曾予以阐说，在他看来，解构总是寻找一切被设定为先验在场者的准一先验条件，以此"在同一的核心引入一个彻底非辩证的他异要素"②。这一引入并非"发明"，它所要指出并强调的毋宁是他者之不可化简。此他者纠缠着被

---

① Richard Kearney, ed. *Dialogues with Contemporary Continental Thinkers*, Manchester: Manchester University Press, 1984, p. 123.

② Geoffrey Bennington and Jacques Derrida, *Jacques Derrida*, trans. Geoffrey Bennington. Chicago: The University of Chicago Press, 1993, p. 291.

设定为先验在场的起源，甚至成为先验得以建立自身的条件，但它又破坏了其自我建基的纯粹性，迫使之向着差异敞开。而"准—先验"之"准"在于，他者总是逃离入不在场，它拒绝成为新的先验在场核心，但在超越于经验尺度的同时又召唤着我们对它进行不可能的承担。于德里达，解构并非意在否定，它总是与肯定有关，与说"是"有关①，而这一肯定将首先包含对这全然他者的先行肯定。一个伦理命令一般的声音可以在此被听到，它召唤我们聆听与铭记下债务。

二、南希：素描作为共振

南希的《素描的愉悦》同样也涉及素描与他者和他异性的关联，但最终落脚点却有所不同。南希的起点与德里达一致，他同样强调他者与差异在突破主体形而上学的封闭性时所具有的重要意义，却更倾向于将之导向对"与—在"的思考。南希的思考有着更明显的海德格尔式存在论色彩，同时又更明确地将"分享"作为存在者进入存在通路，以此将存在论再阐释为一种"共—存在论"（co-ontology）。在他看来，存在是"出离—存在"的运动，存在者须从自身封闭的牢狱中走出，他之去存在就是出离于自身，将自身赋形于外部并向着他者暴露。此进程总关于一种共振，关于"我"与另一存在对于自身的分享与送出，关于一次彼此的暴露，存在在且仅在这一分享中的"出现"里诞生，此即南希所思考的自我与他者共显的"与—在"。正是这对于"与—在"的强调使得南希区别于德里达。当后者以"准—先验性"强调对超越经验尺度的他者的责任与债务之时，南希则将素描视为一种共振，在此"我"与"他"的共同敞开取代了某一方的准先验

---

① 雅克·德里达、张宁：《解构之旅·中国印记》，张宁编译，南京大学出版社，2009，第173页。

性，自身被我体验为差异，而这种体验又总处于分享之中，世界便在共同的敞开之中成为被分享的世界。

对于"素描是什么"这一问题，南希于《素描的愉悦》的开篇就直接给出了回答："素描是敞开之中的形式（form）。"①此表述可以从两个方面予以思考，其一，素描关乎形式、展现了形式，其二，"敞开"相对于封闭，它要求超越内在性去建立关系。并且，敞开总是处于敞开着的动态过程之中，它抵抗着"完成"与"同一"所隐含的定型，在此所呈现的不是某一给定的完成形式，而是形式的形成或诞生。素描总是处于未完成的草绘状态，形式在此草绘过程之中开端并显明。那么何谓"形式"？南希不惮于使用形而上学传统之中的术语，他将形式直接联系于"理念"（idea），而所谓"理念"不过就是"可见的形式"，它承载了某物"进入显明和在场中的方式"。"可见"置于其"可知"之前，"可知"不过是对物的可感特性本身的一种更为迫切、更具强度的把握。②不同于德里达在讨论之初便将视觉予以悬置，南希重新强调了感觉（sens）在描绘活动中的重要性。当他将可见置于可知之前时，则又抵抗了传统形而上学迅速地将可见与可知同一的欲望，毕竟可知总是趋向于将一种暂时的身体知觉予以提纯并形而上化，以便开启通往真理的路途，真理进一步将物与感觉予以封装并唯一化，与此同时完成与封闭了意义。形而上学之真理不是意义的生成，它在封装感觉（sens）之时封闭了意义（sens）。素描似乎天生就抵抗着这种真理，它作为一种草绘，在自身的未完成之中将之悬

---

① Jean-Luc Nancy, *The Pleasure in Drawing*, trans. Philip Armstrong, New York: Fordham University Press, 2013, p. 1.

② Jean-Luc Nancy, *The Pleasure in Drawing*, trans. Philip Armstrong, New York: Fordham University Press, 2013, pp. 5-6.

置或推迟。

因此,素描(dessin)的设计(dessein)是展现形式的形成,其任务是"让形式置于显明"[①]。在此南希游走在理论的两极,将素描激活为某种居间的张力。两极之一端是表现,即将世界还原为人的主观把握,另一端是再现,即将描绘视为对于世界的客观再现。素描并不创造形式,它所跟随的不过是形式自身的诞生,也就是一事物如何进入在场,如何自身显现于世界。事物在其独一性之中未被还原为一个意向对象,它仍然属于外部,不为"我"所居有。素描要追寻与跟随的是它的"出现"。另一方面,素描之中又总有着"观形",即总有着处于运转之中的感觉,在这一运转的感觉中描绘者追摹那超出他自身的形式,他既感受自身被这超出自身的形成之力所压倒,又在感受这超出自身的感受之中自我溢出或自我出离。描绘者有其自身的感觉,但这一感觉在其运转开动前仍属于潜能或一种丰饶的"无",它是一种存在的不定可能性,仍有待于来到在场并建立起一种与自身的亲密性。在线条的延伸里,正是这感觉潜能得以被外在实现并被赋形。此感觉没有回返至先验主体,而是作为运转之中的感觉得以被感觉到。于是一具感觉中的身体在追索外在之物的诞生之时向着自我作为一种外在浮现出来。是故描绘者之"观形"也是为自身赋形,即"发现自身,学习自身,将自身置入形式,让自身面对这构型中的自身,同时,发现自身并让之进入存在"[②]。

这一自我赋形的过程于南希实际上就是存在者真正进入存在的过

[①] Jean-Luc Nancy,*The Pleasure in Drawing*, trans. Philip Armstrong, New York: Fordham University Press, 2013, p. 22.

[②] Jean-Luc Nancy,*The Pleasure in Drawing*, trans. Philip Armstrong, New York: Fordham University Press, 2013, p. 38.

程。但此过程又非纯粹的自我领悟,它不是某种先在之物(灵魂或理念)的"具象"或"具身",而是在自我出离之中标识出"我"身上的差异与间隔。感觉在此遵循一种南希曾予以阐说的触觉的逻辑:触觉即在触摸中感觉到某物或人,并且在这个时刻感觉到自身在触摸。因此触感总不只是触摸之中的对于他物的感觉,总还有着自身在触摸的感觉,它"感受到自身在感觉",同时"感觉到自身在感觉着自身"①。它将人作为一个有感觉者呈上与被呈上,并且是在感觉到自身之感觉时让自身被呈上。这种感觉之中"我"的二重化打开了自身的差异与间隔,将那被感觉到的身体体认为一种向着世界进行感觉的外部。同时,当触感之中的感觉总是那对于他物的感觉,并且总是伴随着我向着它的暴露时,此触感将总是来自于外部,是那感受的外在性的专有时刻。由此,存在者之进入存在就是将自身安置(posit)于外并向着外部—他者暴露(exposure),此之为南希所谓"外展"(ex-positioning)。主体的内在封闭在此被敞开,它之进入存在就是去发现自身,是在将内部暴露向外部时如同发现一个陌异者、一个他者一般地发现自身:就像南希在别处所强调的那样,在此之前,"没有自身(soi)"②。向着外部的敞开在此成为个体安置自身的前提,所谓存在(existence)即为"出离—存在"。素描之中的自我赋形即是此自我出离,艺术于南希也总是这种在出离自身时认识自身的震惊:"人始于其自身人性的陌生性[……]他通过这种陌生性呈现自身:他向自身呈现或描绘这种陌生性。[……]人的图式(schema)就是展现这一

---

① Jean-Luc Nancy, *The Muses*, trans. Peggy Kamuf, Stanford: Stanford University Press, 1996, p. 17.

② Jean-Luc Nancy, *La Communauté désœuvrée*, Paris: Christian Bourgois Éditeur, 1999, p. 205.

惊奇：外在于自我的自我，那站出成为自我的外在，他因面对着自我感到惊奇。绘画描绘这一惊奇。这一惊奇即是绘画。"①

　　这种自我出离破坏了内在同一性，将自我关联理解为一种自我间隔（écart）。这一间隔是对德里达所思考的间隔化的肯定与延续，南希在此所论毫无疑问涉及延异的运动，主体之在场不是被先验给定的，而是一个在自身的分隔之中来到在场的过程，差异与延迟皆被铭刻入其中。但德里达更加强调这种间隔化之中主体的失能，并进而去言说责任与债务，而南希则希望以对于感觉的再思来思考礼物的收受本身，自身进入在场的间隔化过程被他视为敞开的共在空间，那作为一次动态的诞生的外展将是共同的外展。素描，作为一种绘画之前的草创，是对事物之在世显现的跟随。但在南希看来，这一跟随不是机械复制，也并非从主体出发去再现一个相对而言的客体。它总和"分有"（methexis）相关，涉及人对于物之自身关系（某事物如何来到在场）的参与和共鸣，它是对于一种出现之力的分享。

　　在论及绘画之时，南希曾表示："绘画者描绘的不是光照下的事物，而是事物之光，是它们那光耀的在场。"② 这一在场的光照，这一事物本身之光不属于超自然或超实体的另一世界，它关于事物自身如何来到在场，如何以其感性在世界之中出现。描绘所追寻的是事物如何成其为自身，但这个事物之自身，它之"同"（même, soi-même）所要求的并非是"同一性"，而是事物同其自身之关系，即"事物与

---

　　① Jean-Luc Nancy, *The Muses*, trans. Peggy Kamuf, Stanford: Stanford University Press, 1996, p. 69.

　　② Jean-Luc Nancy, *The Birth to Presence*, trans. Brian Holmes, et al. Stanford: Stanford University Press, 1993, p. 351.

其自身特点，与其差异，与其形式的关系"①。素描所描绘的，正是事物在这与自身的关系之中通过自身分异与自身间隔，在其不可见的混沌中（即也是一种封闭中）走出，走向在世的延展（它的外展）。此过程中有着双重的暴露：事物之外展即事物在世界之中的暴露（exposure），向着他者（作为描绘者的我们）暴露；作为描绘者之"我"在这一暴露中感知到感觉，让感觉被外在赋形以让自我诞生，并且也是外在于自身去形成自身，将自身向外安置在世界之中，因此同时也向着他者暴露。描绘者在模仿之中所分有的即事物在外展之中的出现之力，并且立即就将之在自己身上予以再生产。最终，是我们自己在对于诞生形式的模仿中诞生，物与我共同显现于、外展于素描的线条之中。在南希看来，去存在之通路构形于这既被动又主动的张力关系之中，"我"将自己暴露向他者，暴露向他者的暴露，又同时将这向外暴露的自身确认为差异来形成自身与肯定自身，即"将他异性经验为其自身的，又将其自身经验为他异的"②。在此，一方面是主体进行的自我切分（partage），它由一分裂为多元，进而将这切分的自身向外暴露并分享（partage，这个法语词同时指"切分"与"分享"）。另一方面，这一自身切分与分享又伴随着独一的他者（另一存在者）对于自身的切分与分享。于是所谓的存在只能以"独一的复多/多元存在"（being singular plural）的形式被思考。在这一共显的诞生图景中，"与"不是加诸于存在身上的修饰，而是存在的必然姿态。

南希在此确实调用了现象学资源，但目的却是为了穿越其封闭性

---

① Jean-Luc Nancy, *The Pleasure in Drawing*, trans. Philip Armstrong, New York: Fordham University Press, 2013, p. 63.

② Jean-Luc Nancy, *The Pleasure in Drawing*, trans. Philip Armstrong, New York: Fordham University Press, 2013, p. 68.

以将之导向敞开。在他看来，胡塞尔所构想的"他我"（alter ego）实际停留于"为我而在"，在此基础上的交互主体性仍然只能导出一种单子式的宇宙。海德格尔虽声言此在本质上是共在，但却又在完成了对此在之生存论的独立阐发之后才引入了共在的问题，仿佛后者只是前者的一种增补，是故在他那里"共在的存在论仍然只是草图"。就此而言，胡塞尔与某些方面的海德格尔实际皆设定了一个仅凭自身就能完满地再现并反思自身的大写存在（Being），此大写存在实际上仍然停留在内在性之中，无法真正地与他者建立关联，因此也无法真正触及共在（Mitsein）。①而为了要触及一种共在形式，就必须要首先将封闭于唯我论中的自我真正敞开。在对于素描的思考中，南希首先将延异内置于去存在的运动，使得差异渗入来到在场的过程，又将这一过程确定为双重的向着他异性的暴露，当成为自身与暴露、分享自身是一体两面之时，主体进入在场的过程便总是与外部—他者相关联。由此素描之愉悦成为了关系的快感，在"与—在"中诞生的快感。

我们在南希的思考中不难发现，素描中的外—铭写实际亦首先标识了延异，它成为一次出离于自身的断裂。德里达正是借此断裂质询形而上学所提供的在场形式，并将之导向对于他者与他异性要素的先行肯定，而南希则将"延异"（différance）中的"a"提取为更强调指向性的法语的重读介词"à"（即一个"朝向……"的具方向性的运动）②，侧重于其中的送出与分享维度，进而展开在遥相感应之中的来到在场的过程。

---

① Jean-Luc Nancy, *Being Singular Plural*, trans. Robert D. Richardson and Anne E. O'Byrne, Stanford: Stanford University Press, 2000, pp. 44, 76-77.

② Jean-Luc Nancy, *The Sense of the World*, trans. Jeffrey S. Librett, Minneapolis: University of Minnesota Press, 1997, p. 14.

三、结语

综上而言，德里达在将他者置于准一先验性位置之时，以他者或异质性要素来对于主体等问题进行先行切入。盲目被视为主体之失能，它既溢出经验把握，又作为主体得以建构的条件，揭示了他者的痕迹如何构成了我并使得我对之身负责任与债务。这一方面强调他者拒绝被还原为某种为我显现的现象，另一方面则肯定他者之为意义建构的条件。两方共同导向了尊重他者之为全然他者与对他者敞开的伦理命令。就此而言，我们能在德里达的思考中发现一种质疑与肯定的缠绕：质疑体系的封闭，肯定那让体系封闭不再可能之物，后者既是前者成为可能的条件与前者所指向，又让前者瞬间转为对他者的聆听与承担。如果说早期德里达的解构较为侧重怀疑向度的话，那么在中后期对于艺术与政治哲学的思考之中，他更加侧重于将怀疑引向肯定，德里达自己曾表达过这一变更："大体来说，我改变了'问题'一词，我将把对它的强调转向对召唤的强调。对问题的坚持是必要的，但对召唤（或者说，命令、欲望与要求）进行理解更为必要。"[①]

尽管南希同样强调"敞开"的重要性，但当德里达主要言说意义和主体建构之中他者的赠予时，南希则更加强调了主体对于馈赠的接受方式，即它在关系之中如何通过感觉的自身分异来为自身赋形并进入在场。是故德里达一开始便悬置起视觉，再次强调了主体不经由外在假借便看不到自身与因此匮乏而建立起的与他者的不对称关系，南希则把感觉活动置于重要位置，以提供存在者感知差异、于差异中肯定自身的通路。同时，南希又将这一通路确定为出离与外展，

[①] Lacoue-Labarthe, Philippe, and Jean-Luc Nancy, *Retreating the Political*. Ed. Simon Sparks, London and New York: Routledge, 1997, p.54.

把"我"之存在确定为向着外部—他者的暴露与分享,而暴露总是共通的外展之中的暴露,主体在自身的切分/分享(partage)之中与他者(另一存在)对自身的切分/分享共鸣,此即他所谓"在共同中存在"(being-in-common)。我们可以发现,南希在反思现象学之时又保留了鲜明的海德格尔式存在论语言:出离联系于此在之绽出,只是绽出之中我与自身之间的绝对间隔被突出强调;暴露与敞开联系于此在的被抛,只是此过程之中与他者的分享让安置首先处于共在场域。南希在此实则是一方面以延异来重思存在,另一方面又把延异引向了"与—在",他希望能以此为基础将存在论调整为"共—存在论",让"与—在"之中所蕴含的向着他异性的敞开与分享来让存在论与伦理彼此接洽,让伦理不再独立于存在论并同时让存在论被灌注以伦理。对于他而言,"重要的并非是从'一'开始还是从'他'开始[……]而是绝对地与毫无保留地,从'与'(with)开始"①。

在德里达看来,南希从来不惮于使用传统形而上学之中的重要概念,如"理念""意义""本质"等,虽然南希对于这些概念的借用都是高度语境化的并且皆包含着对这些概念的再解读,但这类借用依然有如背负高利贷,它们有可能让形而上观念隐秘地重新回到思考之中并最终动摇南希的姿态本身②。择要而言,南希以与—在为核心,将之作为存在者进入存在的形式,实际上有再次恢复"起源"的位置与"本质"之虞。尽管南希既多次强调诞生形式的多样性以抵抗"本质",又希望将起源播撒入复多之中以抵抗其专有化,但外展和出离

---

① Jean-Luc Nancy, *Being Singular Plural*, trans. Robert D. Richardson and Anne E. O'Byrne, Stanford: Stanford University Press, 2000, p. 34.

② Francis Guibal and Jean-Clet Martin, eds, *Sens en Tous Sens. Autour de Travaux de Jean-Luc Nancy*, Paris: Galilee, 2004, pp.167-168.

于存在仍然沉潜于两方之下被视为共有的与普遍的。因此，在保留存在论立场之时，南希也潜在地给出了"本真"的存在方案，在将"与"置于首位予以优先思考时，一种普遍的进入在场的形式则被作为应然与必然重新确定。相较于此，德里达则希望更彻底地离开存在论，他给出的是关于准先验之他者的"纠缠论"（hauntology）①，一方面让他者之幽灵不断纠缠着起源，将存在论所给出的任何可能的在场形式拉回到他者的不断回撤之中，另一方面指明他者之为意义建构的条件并给出对他者永远开放的伦理命令。

苏林

1989年生，2023年毕业于清华大学人文学院中文系文艺学专业，获博士学位。现为广西大学文学院预聘副教授。主要研究领域为现代法国哲学与文艺理论。

---

① Jacques Derrida, *The Spectres of Marx*, trans. Peggy Kamuf, London and New York: Routledge, 1994, P.10.

德勒兹的空间理论与媒介诗学

麦永雄

当今全球史正在进入"数字化生存"时代。电子媒介和电脑网络渗透了我们的世界,赛博空间与日常生活空间互相交叠缠绕,变动不居,呈现出万花筒式的社会文化景观。作为当代西方"一流哲学家"①,法国哲学家德勒兹(1925—1995)的哲学概念与文艺美学思想,对目前电子传媒理论领域的影响日益凸显。齐泽克曾经化用詹姆逊关于跨国资本主义的观点和德勒兹的"无器官身体"概念,在其著作《无身体的器官》(2004)中把德勒兹称为"晚期资本主义的意识形态思想家",并认为"赛博空间的诺斯替幻想"(Gnostic fantasies of cyberspace)是晚期"数字"资本主义的重要组成部分。② 电子数字媒介正在挟蓬勃发展之势,压倒或糅合各种传统媒介,后来居上,渐成文化数字化时代的主导传媒。而德勒兹空间思想,尤其是其著名的"块茎"论,构成了其数字媒介诗学的核心,是我们理解和研究赛博

---

① Gary Genosko 曾经主编三卷本《德勒兹与加塔利:一流哲学家评价》(*Deleuze and Guattari:Critical Assessment of Leading Philosophers*, London; New York: Routledge, 2001),篇幅达 1500 余页。编者从西方浩如烟海的人文社会科学著作和学术刊物中精选了关于德勒兹与加塔利的重要章节或论文,汇集成三卷本皇皇巨著。

② John Marks,"Information and Resistance: Deleuze, the Virtual and Cybernetics", in Ian Buchanan and Adrian Parr ed., *Deleuze and the Contemporary World*, Edinburgh University Press, 2006, p. 198.

空间和视觉文艺的一个重要的理论资源。

德勒兹和加塔利合作的学术名著《千高原》，尤其是开篇的"块茎"论，被视为"游牧"星球——赛博空间的"哲学圣经"。[1] 2006年11月美国加州大学伯克利分校曾经举行"德勒兹研讨会：论媒介与运动"。主办者在阐发研讨会论旨时提出：媒介是一种文化刻录的境遇，是生活的一种可能性。德勒兹的媒介理论可以引发一系列不同领域（美学、实践、观念、技术，等等）的共振。[2] 当代视听文化及其产品（涵盖了电影、电视、网络视频、多媒体广告、光驱、数字图书馆等领域）正在从传统社会的经济文化的边缘移到了当代资本主义文化和电子传媒网络社会的中心。[3] 作为"哲学中的毕加索"，德勒兹所创造的一些重要概念如千高原，块茎，光滑空间、条纹空间和多孔空间，辖域化－解辖域化－再辖域化与逃逸线，运动－影像与时间－影像，晶体影像，褶子，无器官身体，欲望机器，游牧美学，生成论，多元符号论等，在电子传媒文化语境下具有重要的理论意义。本文拟从德勒兹关于光滑空间、条纹空间和多孔空间的理论话语，探讨德勒兹游牧美学、块茎思维与树状模式等关系，揭橥其数字媒介诗学的哲理内蕴、特质与文艺美学意义。

---

[1] John Marks,"Information and Resistance：Deleuze，the Virtual and Cybernetics ", in Ian Buchanan and Adrian Parr ed., *Deleuze and the Contemporary World*，Edinburgh University Press，2006，p.194.

[2] 彼斯特：《媒介文化的微观政治学：解读德勒兹与加塔利的块茎》（Patricia Pisters，Micropolitics of Media Culture：Reading the Rhizomes of Deleuze and Guattari，2002. Editorial Reviews Book Description，http：//www.nicebooks.info/nice-books-067/089. html）。

[3] http：//webcast.berkeley.edu：8080/ramgen/podcast/deleuze/trinh_minhha_opening_remarks. 2007-5-6 查阅。

一、三种空间与赛博空间：德勒兹的游牧美学

德勒兹不仅贡献了极为丰富的空间概念，而且空间也正是他从事哲学的方式。他曾言万物皆在内在性的平台上发生，而哲学概念则犹如游牧者一样在其间聚居流散。德勒兹哲思中的三种空间概念——"光滑空间"（smooth space）、"条纹空间"（striated space）和多孔空间（holey space），对研究赛博空间和电子传媒文化有着重要的诗学理论意义。

赛博空间（cyberspace）与德勒兹的三种空间之间存在着复杂流变的关系。光滑空间、条纹空间和多孔空间的概念主要出自德勒兹和加塔利的名著《千高原》。他们指出：空间可以是政治的、历史的、文化艺术的、传媒的、事件的，可以根据光滑、条纹和多孔的程度加以测度。空间总是混杂着光滑与条纹的力量。这是地理哲学、游牧美学的特殊表达。

"光滑空间"是一种无拘无束、可能浩如烟海的空间，它没有等级制的边界或分野，没有凌驾于其他事物之上的特权制和区域。光滑空间意味着强度过程和装配空间，它无中心化的组织机构，无高潮，无终点，处于不断变化和生成状态。块茎、火、中亚游牧族的大平原、沙漠、大海、极地冰雪、空气、风景、思想、音乐等等，皆是光滑空间，传媒、娱乐工业、资本主义皆可创造"新的光滑空间"。光滑空间没有长期记忆，没有宏大理论和堂皇叙事，只有微观历史、微观社会学。[①] 它由欲望机器和力量流所充盈，更多地为"事件"或"此性"（Events or haecceities）所占据而不是为既定的事物所占据。"条

---

① M. Bonta and J. Protevi, *Deleuze and Geophilosophy*, Edinburgh: Edinburgh University Press Ltd., 2004, p.143.

纹空间"与此对应，以规训、等级制、科层化、封闭结构和静态系统为特征，已设定了路线与轨迹，有着判然而分的区域与边界。而"多孔空间"则"通过其自身与光滑空间和条纹空间互通"，跟"机器系"一样，它作为一种块茎，"有着跃变，迂曲，地下通道，茎，开口，线条，孔洞，等等"。[①] 人类社会的发展不断积蓄的力量——政治、历史、经济、文化的冲突不断地对空间命名、测量、绘图、占有和分配。

光滑空间、条纹空间与多孔空间既分且合，既历时又共时地存在着，并且不停地互相转化与调适。光滑空间是"强度"的，条纹空间是"广度"的，而多孔空间则是"深度"的。在赛博空间，人们似乎可以在光滑空间享受嘉年华式的游牧或自由自在地"冲浪"，同时也可以明显感知条纹空间的规训与限制，而多孔空间犹如地道战，既有随时隐身的洞穴，亦有四通八达的出口，故而网络诈骗和黄色网站禁而不绝，极易死灰复燃。德勒兹从其差异哲学和游牧美学的立场提出上述三种空间概念，由此启迪了空间诗学与电子传媒相结合的思路，为哲学空间与赛博空间之间的逻辑与学理联系奠定了基础。

赛博空间的出现是以新型电子传媒为标志的，是一种社会文化的"千高原"，是思想交流、碰撞的多元性平台，其中既有光滑空间，也有条纹空间，也不乏多孔空间；虽然也有定居空间，但更多的是游牧空间。

由数字媒介开启的赛博空间主要是一种"光滑空间"，其中充盈着自由流变的游牧美学旨趣。虽然条纹化的、辖域化的现象在电脑网络上无处不在，在某种意义上，各种门户网站、网络游戏、网络

[①] 吉尔·德勒兹、菲利克斯·加塔利：《资本主义与精神分裂（卷2）：千高原》，姜宇辉译，上海书店出版社，2010，第599页。

聊天、个人网页、博客……都在建设属于自己的辖域，设置自己独特"处境"（place）的话语实践，但电子传媒的数字化链接所具有的主要特质如瞬息同步性、多媒体性、超链接性、虚拟性、互动性等①无时无刻不在对这些条纹空间进行解辖域化，从而创造出开放式的光滑空间与游牧空间。深受德勒兹影响的法国社会学家皮埃尔·列维（Pierre Levy）把赛博空间界说为由新的传播媒介构成的电子网络空间，认为全球电脑互联和电子网络"海量信息"（犹如流转不息的新洪水）的积极潜力使信息闭锁的条纹空间（信息诺亚方舟）解辖域化，成为无法焚毁的图书馆和巴别塔。列维宣称："赛博空间是我们所居住的不断扩展的'游牧'星球的一个重要构成。"②德勒兹和加塔利在《千高原》第 14 原以"1440：光滑与条纹"为题，专门从技术、音乐、海上、数学、物理、美学及游牧艺术等层面对光滑空间与条纹空间的问题加以天马行空般的精微阐发，凸显了汪洋恣肆的风格。他们认为，资本主义运作的复杂过程带动符号系统——交通模式、都市模式、传媒与娱乐工业，以及感知方式等，条纹资本与光滑资本都在生成与发挥作用，"作为条纹化的结果，资本主义带来了完美的非平衡点，而循环资本有必要重新创造，重新建构一种光滑空间，人类命运在其中将会重铸。……在新的光滑空间的生成中，资本主义达到了'绝对'速度"，这是一种"解辖域化的光滑空间"③。"辖

---

① 关于这些特征的讨论，可参阅拙文《赛博空间与文艺理论研究的新视野》，《文艺研究》2006 年第 6 期。

② John Marks, "Information and Resistance: Deleuze, the Virtual and Cybernetics", in Ian Buchanan and Adrian Parr ed., *Deleuze and the Contemporary World*, Edinburgh University Press, 2006, p. 203.

③ Deleuze and Guattari, *A Thousand Plateaus: Capitalism and Schizophrenia*, University of Minnesota Press, London, 2000, p. 492.

域化－解辖域化－再辖域化"以及"逃逸线"是德勒兹经常使用的一组关键概念,可以借此从哲学和美学的维度思考和看待世界万物,包括赛博空间与电子数字传媒。例如,网页的建设是一种辖域化或条纹化的过程,它在赛博空间圈定了属于自己的地盘,但是电子数字媒介的超文本、超媒体、超链接的特质使之能够轻而易举地解除其封闭性,促使它呈现开放性。超链接可以打开一个个"窗口",让条纹空间变成光滑空间,亦即解辖域化,并且由此与形形色色的网页链接起来,形成新的辖域即"再辖域化"。多孔空间则典型地体现出"逃逸线"功能。这个过程永恒流转,充满差异,不断履新,恰如尼采的"永恒回归"。只不过尼采谈的是时间,而德勒兹关注的是空间而已。光滑空间和解辖域化是德勒兹强调的重点,它们都与赛博空间及游牧美学的特质契合。我们可以把赛博空间喻为气象万千、重重叠叠的"千面高原",网民犹如这些高低不一的高原或平原的"游牧者",电子数字媒介则好像他们的神骏,供他们尽情地驱策和游牧,饱览数字文化艺术无限风光,进入各种话语实践的"处境"。

在微观论析层面,德勒兹与加塔利在《千高原》第14原的"美学模式:游牧艺术"论题中,结合绘画、音乐、动物撕咬、欧洲北部的日耳曼、凯尔特移居与东方帝国之间的游牧民族,以及埃及、亚述、希腊、中国等"帝国之线"等等,对光滑空间与条纹空间加以诠释。例如,他们认为光滑空间在艺术上是一种近景和短期记忆,融艺术的视、听、触觉为一体;而条纹空间的艺术是一种远景和长期记忆,主要是一种视觉空间。绘画是近距离、通过多种感官功能完成的,但是要从远距离观赏它。描画麦田时光滑空间太近,不见标志,需要条纹空间的呈现:画线、分层、严格的几何学构图,等等。类此,作曲家近听,而听众远听;作家以短期记忆写作,而读者以长期记忆接受。光滑空间是一种游牧空间,如动物撕咬扭打之际,它们脚下的土地不断地变向，空间不断地流转。不同于条纹空间，光滑空间没有背景、平台或者轮廓，各部分之间的方向、标记、链接不断变异，如荒漠、陡坡、冰雪、海洋……条纹空间会消失，打开通向新的光滑空间和另一个条纹空间的道路[1]。因此，光滑空间与条纹空间、游牧空间与定居空间并不是简单的二元对垒，我们的日常的现实生活空间与网络的虚拟现实空间、传统文化艺术与数字媒介新型艺术之间也不是简单的真实/虚拟、原本/摹本的二元论关系。按照德勒兹和加塔利的观点，各种空间的属性不同，但是可以混合并存，光滑空间与条纹空间也是如此。"一旦简单地指出了两者的分别，就必须讲清楚它们更复杂的差异。我们必须提醒自己，这两个空间实际上是糅合共存的：光滑空间不断地转化为条纹空间；条纹空间不断地修正、返回光滑空间。两者可共时发生。但共生并不妨碍对它们的抽象、区分。两个空间并不以同样地的方式交流。"[2]从逻辑关系来说，光滑空间与条纹空间的关系既可共存亦可彼此转化。多孔空间则成为光滑空间与条纹空间之间秘响旁通的"第三空间"[3]或者暗道。

  "游牧美学"是光滑空间、条纹空间与多孔空间的关系的理论图式中极为重要的审美取向和诗学内核。游牧美学具有破除既有状态，在差异与重复中不断逃逸或生成新的状态的性质。德勒兹常被视为"游牧思想家"，这并非空穴来风或者单纯的文学隐喻。"游牧"这一概念几乎贯穿于德勒兹全部重要的著述之中。游牧论（nomadism）集

---

[1] Deleuze and Guattari, *A Thousand Plateaus: Capitalism and Schizophrenia*, University of Minnesota Press, London, 2000, pp. 493-497.

[2] Deleuze and Guattari, *A Thousand Plateaus: Capitalism and Schizophrenia*, University of Minnesota Press, London, 2000, pp. 474-475.

[3] Mark Bonta and John Protevi, *Deleuze and Geophilosophy: A Guide and Glossary*, Edinburgh: Edinburgh University Press, 2004, p. 95.

中体现为"生成"状态，发挥着挣脱严谨、固定、独裁、等级制的符号体系藩篱的逃逸线的功能。德勒兹认为游牧"没有历史""只有地理学"。① 因为历史是极权主义和权威叙事的产物，历史总是拒斥游牧者。在他的哲学著作《差异与重复》中，游牧意味着由差异与重复的运动构成的、未科层化的自由装配状态。在游牧美学的意义上，赛博空间充满着非确定性和可能性，其多种因素的影响导致千差万别的结果，因而是一种具有游牧韵味的魅力十足的"光滑"的空间。"网上冲浪"意味着从一个辖域到另一个辖域，从给定世界的条纹空间走向光滑空间和多孔空间。德勒兹和加塔利由此建构了一种文化哲学意义上的审美价值与诗学叙事。

二、块茎图式与树状模式：德勒兹数字媒介诗学的哲理内蕴

德勒兹和加塔利最负盛名的著作《千高原》具有赛博空间的"哲学圣经"之誉。其"块茎"（Rhizome）论则可视为德勒兹数字媒介诗学的核心概念。

在德勒兹差异哲学与游牧美学的意义上，日常生活的"块茎"概念呈现出开放性、非中心、无规则、多元化的形态，具有斜逸横出、变化莫测的特质。因此，"块茎"导向的是一种无限开放的光滑空间和多孔空间。柏拉图以来主导西方思想形态的是一种"树状"模式或"树状逻辑"。"树状"模式则具有原点论、基要论、中心论、规范化和等级制的特征，指涉辖域化和归属关系，因此与条纹空间密切相关。在此意义上，块茎不再是植物学概念或文学隐喻，而是一种游牧

---

① Deleuze and Guattari，*A Thousand Plateaus*：*Capitalism and Schizophrenia*，University of Minnesota Press，London，2000，p. 393.

论的思想挑战和诗学实践。

德勒兹和加塔利《千高原》的旨趣在于阐发"一切事物变动不居的复杂互联性"。① 他们的"块茎"图式与"树状"模式的对比涉及三种类型的书：

第一种是树根之书（root-book）。这种书摹仿既有的世界意象，犹如艺术摹仿自然。它以反映论和一分为二论为律则，"是最经典、反映最佳、最古老、最软弱的思想形式。但大自然却并不以这种方式运转"。② 自然的方法则是直接从一生发出三、四或五⋯⋯

第二种是胚根系统或簇根（radicle-system, or fascicular root）之书。这是现代性所服膺的形式。在现代，树根的原则夭折了，但是根的单元仍然存活了下来。簇根体系并未真正地与二元论决裂。世界进入更高的统一性，即含混的或多元决定论的统一。

第三种是"块茎"（rhizome）之书。它蕴含了德勒兹数字媒介诗学的哲理内核。块茎在地下匍匐衍生，既无法用树根一分为二的"辩证逻辑"分析，也无法用簇根的多元决定论加以界定。它本质上是不规则的、非决定性的、无法预料的。

德勒兹通常被视为西方后结构主义具有代表性的哲学家和美学家，"块茎"论则可以视为理解学术当代性和分析数字文化艺术的一种理论图式。"块茎"的主要特征包括联系性原则、异质性原则、多元性原则、反意指裂变的原则、制图学与贴花原则。它们在思考电子传媒所引发的"图像时代"、阐释赛博空间的视觉文化艺术等方面

---

① Neil Spiller ed., *Cyber-Reader: Critical Writings for the Digital Era*, London: Phaidon, 2002, p. 97.

② Deleuze and Guattari, *A Thousand Plateaus: Capitalism and Schizophrenia*, University of Minnesota Press, London, 2000, p. 5.

具有理论上的契合意义。前两个特征的核心是"多元异质链接",而电子媒介的特质与块茎的这些特征颇为吻合。"块茎持续不断地在符号链、权力的组构与关涉艺术、科学、社会斗争的环境之间建立联系"。① 电子网络空间正是这样一个"多元异质链接"、充满复杂权力关系的当代"处境"。

"块茎"的第三个特征是"多元性原则"。多元性的块茎图式与树状模式、簇根模式的伪多元性不同,它既非主体,亦非客体,只是决定、量值、运动与维度。块茎联系的拓展必然带来其性质的改变。"多元性原则"的要旨是反对传统的树状思想范式,否弃文艺美学关于真实/虚拟二元对立理论图式。德勒兹认为,西方传统思想倾向于看重真实,忽视拟像(或"摹本""类象"),这实际上是忽视了生成(意味着潜在性或尚未完成的状态)的虚拟力量。虚拟是一种亟待生成的强大力量,拥有丰富的差异性,它以无法预料的方式进行创新。文学艺术的力量在于它迥异于现实,其独特性不在于描述这个世界"是"什么,而在于通过亦真亦幻的艺术形象转化这个世界。而只有当虚拟的潜能现实化之后,我们才能意识到它们。概言之,虚拟与现实之间,德勒兹认为是一种动力学的、充满着生成际遇的联系。

"块茎"的第四个特征是"反意指裂变的原则"。块茎可以碎裂、散播开来,但它在新旧环境仍然能够生长繁衍。人们永远无法清除蚂蚁,因为蚂蚁构成了动物的块茎。逃逸线也是块茎的组成部分。但逃逸仍然会遇到条纹空间的组织化的危险。组织化给万物分层、赋形,

---

① Deleuze and Guattari,*A Thousand Plateaus*:*Capitalism and Schizophrenia*,University of Minnesota Press,London,2000,p. 7.

把权力还给能指……块茎是反系谱学的①。块茎式的电脑网络是诠释"反意指裂变的原则"的一个佳例。电子传媒可以十分便捷地、随心所欲地进行各种复制、剪贴与数码合成,用于各种目的,包括网络犯罪与创造新型的多媒体文艺形式。其意义生生不已、其形态瞬息万变,文学艺术经典的续写、改写、逆写、戏仿乃至恶搞,在电子网络世界已经司空见惯。赛博世界动态地交织着光滑空间、条纹空间和多孔空间。

"块茎"的第五个和第六个特征是"制图学与贴花的原则"。德勒兹提供了异质事物之间互相生成的图式和具有后结构主义美学意味的多元流变的拼贴模式,这主要是通过对块茎图式与树状模式的思辨来加以阐发的。著名例子是兰花与蜜蜂(动物与植物)的互相生成的块茎图式:两者是异质因素,却构成了一种共生和共赢的块茎图式。蜜蜂采蜜时为兰花授粉,双方由此延续了生息繁衍的生命链。

这种关于块茎图式与树状模式的多重思辨,凸显了德勒兹差异哲学与游牧美学的思想特征,启迪我们从哲学角度思考赛博空间和电子传媒问题。

从数字媒介诗学的维度来看,电子传媒作为信息时代功能最强大的媒介,创造了块茎式的"光滑空间"——赛博空间,块茎最重要的特征之一就是它总有"多元性的入口、出口和自己的逃逸线",这与赛博空间的形态及特质密切相关。块茎和万维网都由多维度或多方向的运动构成。块茎普遍存在于世界,也存在于赛博空间:"块茎本身设定了多种多样的形式,从分叉的层面向四面八方衍生……包括了最

---

① Deleuze and Guattari,*A Thousand Plateaus:Capitalism and Schizophrenia*,University of Minnesota Press,London,2000,p. 11.

好和最差的东西：土豆和野草。"① 网页是块茎，网聊、网恋是块茎，博客、黑客、威客皆是块茎。块茎是由"原"构成的，而网页何尝不是大千世界或者"千高原"。鼠标的点击也犹如块茎，激活极为不同的符号体系，激发信息内爆和点击经济，通过变异、拓展、征服、捕获、分衍而运作。

N. 斯皮勒主编的《赛博读本：数字时代的批判著述》（2002）精选和收集了西方学术界论述赛博科技文化的重要文献。其序言指出：在对赛博空间的思想探索中，"德勒兹和加塔利以他们的'块茎'概念在哲学家中获得了最大的成功，众多性质迥然不同的学科都攫住这个概念，用来描绘我们新千年的变迁。……这种模式被赛博文化用作一种方式，去构想互联网和其他非等级制系统互相联系却又难以预测的特质。一旦电脑被链接在一起，信息的流动渠道可以以任何方式出现——创造一种'块茎'式的系统，它没有中心，持续不断地运动，变化莫测，不断地链接和重新排列组合。"② 块茎作为"反中心系统"的象征，是一种"无器官身体"，是理解"无结构"之结构的后现代文化观念和德勒兹后结构主义诗学的佳例。"块茎"作为一种哲学思维方式，提供了诗学新视野以看待数字化时代的新问题。

三、赛博空间与数字艺术：德勒兹的媒介诗学

在最近数十年里，信息与传播技术，尤其是电子终端设备和公众平台在如火如荼地发展，互联网与（移动）电讯、视听传媒日益融为

---

① Deleuze and Guattari，*A Thousand Plateaus：Capitalism and Schizophrenia*，University of Minnesota Press，London，2000，p. 7.

② Neil Spiller ed.，*Cyber_Reader：Critical Writings for the Digital Era*，London：Phaidon，2002，p. 13.

一体。在全世界亿万用户的鼠标点击中,互联网正处于一个变成最重要的传媒的过程。对于文化艺术的交流与传播来说,作为超媒体的万维网(WWW)几乎熔铸了传统文化传媒的所有类型与特征。"作为一种表现媒介,万维网模糊了形形色色的艺术形式之间的区别,还抹掉了五花八门的传统媒介类型如广告、新闻、娱乐和艺术之间的边界。……万维网边界消弭的品质却使得它成为了卓越的后现代媒介。……它的广袤无垠与异质丛生是并行不悖的。"[①]而德勒兹媒介诗学思想,对这种新的视觉文化艺术空间与电子数字文艺现象的理解和分析具有思想穿透力,体现出当代西方后结构主义思潮对媒介文化的理论分析特征。

从口耳相传的口头媒介、书写媒介、印刷媒介到当代电子传媒文化如火如荼的发展,促使以文本阅读为中心的传统文学时代走向以视觉为核心的"图像时代",超文本与超媒体的问题摆上了文艺美学的议程。纳尔逊(Theador H. Nelson)创造的"超文本"(hypertext)和"超媒体"(hypermedia)术语,意味着电子链接不限于文本,还包括图表、影像、声音等。这两个术语都指向全新的信息技术——电子传媒所创造的多媒体文本形式。当代许多文艺美学理论家都曾经从不同角度思考与论述过超文本与超媒体问题。例如罗兰·巴尔特和福柯关于文本的描述和思考都与电子超文本领域有程度不同的暗合。罗兰·巴尔特在其名著《S/Z》中曾描绘了一种理想的文本性,类似今天电子传媒的超文本概念:"这种文本是能指的星系,没有所指的结构;它没有开端,它是可逆的;我们通过多个入口进入它,没有哪一个入口可以钦定为主要入口;它动态地进行编码,延展无限,穷目

[①] 约斯·德·穆尔:《赛博空间的奥德塞:走向虚拟本体论与人类学》,麦永雄译,广西师范大学出版社,2007,第179页。

难尽。"① 福柯在《知识考古学》中也曾从网络与链接的维度来思考文本问题:"一部司汤达的小说或一部陀思妥耶夫斯基的小说的各自差异不同于《人间喜剧》的诸篇的各自不同,而《人间喜剧》中各不相同的诸篇又相异于《奥德塞》《尤利西斯》之间的差异。这是因为书的界线从来模糊不清,从未被严格地划分。"② 德勒兹的"块茎"理论图式更具阐释电子媒介特质的哲学力量。兰铎在《超文本2.0》(1997)辟专节"作为块茎的超文本",引证德勒兹和加塔利的媒介诗学思想,认为他们把《千高原》写成了一部印刷版的原型超文本。这部块茎之书是超文本的蓝本,读者可以从任何地方、以任何顺序阅读它……作者的任务,就是要建立一个"虚拟联系的网络,形成一种超文本链接的网络"。③ 万维网意味着一种电子网络的超文本和超媒体环境。

当我们把光滑空间与赛博空间,把德勒兹块茎思维的游牧美学与媒介诗学思考结合起来,可以发现赛博空间的主要趋向是一种不断地拓展的开放式光滑空间,超媒体、超文本、超链接实际上是一种块茎链接,网民们在国际互联网上面的遨游可以说是一种万花筒般虚拟现实的游牧,充满着身份、年龄、性别、种族、主体的戏仿和互动。电子传媒的剪贴、数码合成导致传统文化艺术边界消失,多媒体文本、视频、音频的综合使得人们能够体验到前所未有的丰富审美效应。最近数十年来,我们看到了新旧媒介的混合,创造了形形色色的、复杂如迷宫的新艺术类型,创造了"互动小说""互动音乐"和"互动电

---

① G. P. Landow,*Hypertext 2.0*,The John Hopkins University Press,1997,p.9.

② 米歇尔·福柯:《知识考古学》,谢强、马月译,生活·读书·新知三联书店,1998,第26-27页。

③ 参阅 G. P. Landow,*Hypertext2.0*,pp.38-42.

影"等新类型。① 当我们阅读传统文学文本和电子版的超文本、获取文学艺术的知识与资料之时，两者的分野与特征颇为明显：前者是人们熟悉的、线性时间的、条纹化的、有序发展的阅读体验，后者是不断激发新异感的、块茎思维的、光滑空间的、主体与身份隐匿的、千高原式的游牧美学感受。例如点击"微软英卡特大百科全书"光盘版的"莎士比亚"（Shakespeare），可以很便捷地找到文艺复兴时期英国伊丽莎白戏剧与莎士比亚的介绍，点击超链接功能的蓝色字体，如"university wits"（大学才子）、"Macbeth"（麦克白）等等，可以打开旁边的窗口（sidebar），看到莎翁肖像画，欣赏《麦克白》一剧著名独白的英语朗诵。甚至还可与电子网络实时链接，进入秘响旁通的"海量"信息空间。

阿·帕尔主编的《德勒兹词典》（2005）专门设置了"空间与数字艺术"（Space +Digital Art）词条，② 讨论德勒兹哲学、美学思想与电子传媒艺术之间的关联性，作者指出：开放式空间、光滑空间、边界缺席、速度、性别或种族边界含混、块茎链接和杂交式的创造，这一切描述萦绕着德勒兹的著述，并使得德勒兹成为数字艺术家们的最爱。当树状思维让位于块茎思维时，空间就不再与人类表演者相分离了。块茎思维能够进入电脑与数字艺术的虚拟空间。它摧毁限度，破坏二元对垒，创造新空间。在虚拟空间，（审美）体验是通过媒介形成而不是自然形成的。拟像取代了再现。人们强调的是建构性而不是终极性。网络不停地流转，使得虚拟诸空间的艺术创造成为可能。德

---

① 约斯·德·穆尔：《赛博空间的奥德塞：走向虚拟本体论与人类学》，第59-60页。

② A. Parr ed., *The Deleuze Dictionary*, Edinburgh University Press, 2005, pp.259-260.

勒兹和加塔利站在数字化时代的门槛上思考与写作，创造了来自哲学、控制论和电脑屏幕的虚拟空间理论，数字艺术家常常得益于他们。这两位哲学家把世界视为一种充满差异的循环运动，而电脑网络则承载了这种功能。他们也警告我们，人类不要愚弄自己：电脑与互联网目前是在金融资本主义魔咒之中，资本抽绎永恒，帮助巩固"控制社会"。然而，艺术却具有逃逸资本主义控制社会和经济领域的潜力，尤其是数字艺术可以消解边界，在虚拟空间获得审美体验，持续不断地通过杂糅式的链接，创造与再造新的虚拟空间。

德勒兹和加塔利学术思想最具活力、最成熟的 20 世纪八九十年代，国际互联网作为一种后现代文化传媒对人类文化艺术生活的全面影响尚不彰显，他们对电脑也并不十分熟悉，但是，作为具有强烈问题意识的当代西方哲学家和思想家，他们对隐匿在电脑与互联网背后的那种强大的、异于传统思想定势的科技文化力量敏于感受，他们描绘和帮助我们理解这些力量对人类生活空间和精神空间的重大影响，他们对数字媒介和电子文化艺术进行了新的哲学思考，提出了具有重要价值的美学与诗学观念。

值得注意的是，德勒兹和加塔利的最负盛名的两部学术著作《千高原：资本主义与精神分裂症》《反俄狄浦斯：资本主义与精神分裂症》都与欧洲反法西斯主义思潮及"五月风暴"后的社会文化反思相关，都共享着反精神分析与资本主义批判的题旨。在德勒兹和加塔利的资本主义与精神分裂症的命题中，无意识欲望具有两极：一极是"精神偏执症"（paranoia），另一极是"精神分裂症"（schizophrenia）。它们既是精神病学的富于特征的症状类型，更是哲学和美学意义上互相对照的不同取向，分别代表着不同的力量和运动方向。前者是顽固或执着地追求统一、秩序、类同、整体、身份认同和辖域化；后者则是弥散性的和游牧性的，具有多元、增殖、生成、流变、片段、解辖域化等特色。在资本主义体制和全球化的历史的发展中，精神偏执狂类型追求的是全球性的体系、唯我独尊的控制力量、全景主义和中心主义，将个人置入其形象模子中加以重塑，因此是法西斯式的、控制社会的类型，是树状体制，而德勒兹和加塔利所倡导的精神分裂式的方式则是块茎式的，光滑空间的，没有由中心与边缘构成的僵硬的结构。德勒兹和加塔利倡导"分裂症"的概念以抨击资本主义体系，在哲学意义上把分裂症视为建设性、革命性的审美取向，把文学艺术视为类似分裂症的革命机器：晚期"数字"资本主义时代的电子媒介和文学艺术能够通过审美超越，打破现存体制，孕育新的视界。他们关于三种空间的哲思，以及块茎理论图式和游牧美学都体现出这种哲理精神和批判锋芒。

麦永雄

1955 年生，2003 年毕业于北京师范大学文学院文艺学专业，获博士学位。现为广西师范大学教授，主要研究领域为当代文艺美学、比较文学与世界文学，主要著作有《当代西方文论范式转向》（2019）等。

抵制：避让但不逃离
—— 米歇尔·德塞都的日常生活实践理论

练玉春

一、德塞都的日常实践研究

米歇尔·德塞都（Michel de Certeau，1925—1986）的文化理论家地位开始确立于1968年。更准确地说，1968年5月至6月间，法国巴黎爆发的"五月风潮"扭转了德塞都的学术走向。

20世纪60年代，法国开始向工业化国家迈进，在这一过程中，一直隐藏的对法国社会现状、父权文化的不满也开始日益明显。"五月风潮"的爆发使得当时的法国出现了短时间的社会瘫痪和国家权力真空。此后，政府内阁被迫改组，法国总理蓬皮杜下台，国会全面改选。一时间，"五月风潮"似乎将宣布法国资本主义社会的终结。所有一度高高在上的权威机制、秩序体制，全部让位给了突然之间从教室、工厂、办公室、街道上冒出来的另类声音。不过，这场席卷整个法国社会的风潮仅仅历时一个月就迅速平静下来。法国社会重归稳定，国家的政治、经济、文化生活一如既往地高速运转。但是，在这种一如既往的表象之下，一些深层次的变化已经开始出现——"五月风潮"带来了对当时法国社会政治既定秩序和标准的质疑，也培育出新思想的苗头。这种思想在1968年之后的时代，成为欧美思想界、学术界肥沃丰厚的土壤。与"1968"对话，成为当代很多思想家理论活力的源泉。这其中就有德塞都。

德塞都强调：在风潮期间，"有些事情冲我们来了。有些事情在我们中间开始搅动起来。它们从无人知晓的什么地方冒了出来，突然充斥街道和工厂，包围了我们，说出了我们不再被消音的孤独状态，这些先前从未听到过的声音开始改变我们。至少，这是我们所感觉到的。从这没有听到过的声音里，产生了些什么：我们开始说话。就好像是第一次。那些从未被说出来的经历，那些奇珍异宝从不同的地方——或是呆滞或是缄默——冒出来"①。

这些新"冒出来"的东西，激发了德塞都，使他注意到先前被有意无意地忽略了的某些东西。它来自一直处于被压制状态、趋于无声的底层，是作为机制的证明物、维持者而存在的"沉默的他者"。这促使德塞都关注这些被压制在社会底层的"他者""差异性"，了解它们身处的"边缘""社会缝隙"，关注他们的存在状态、生存方式，关注他们的力量和智慧。"一种新的文化，一种新的现实，开始被觉察到，但它仍然被现代性，即那些未被置疑的权力和规条的残余压在底层。"②

因此，德塞都义无反顾地开始追问：维持社会秩序的精神部件是如何构成的？社会在怎样的契约关系上形成？社会规训的基础何在？这个基础又如何形成？规训的建立是否一帆风顺？这些对立的力量是一夜之间出现的吗？如果不是，它先前存在于何处，如何存在？对于这些问题的回答，德塞都把目光转向普普通通的日常生活。因为，在

---

① Luce Giard, *Introduction:How Tomorrow Is Being Born*. 见 Michel de Certeau, *The Capture of Speech and Other Political Writings*, University of Minnesota Press, 1997, p.vii.

② Graham Ward, *The Certeau Reader*, BLACKWELL Publishers, 2000, p.5.

他看来，普通人的日常生活实践正是权力落实、规训普及、社会成形的具体场所和必然步骤。

1974年，德塞都获得一个很好的机会来展开自己的研究。他被授权负责承担一项重要的研究计划——预测法国社会的文化发展趋势，为当时的政府决策机构提供咨询，以便政府制定相对应的政策。此项计划的本意是要求德塞都从事一种类似未来学的前瞻和预报，因为当时的官僚机构普遍对此感兴趣。不过，德塞都的目的却在于将1968年"五月风潮"所触及的文化问题引向深入。在所提交的研究报告中，德塞都就明确了自己的研究目的和主要方向在于"勾勒出日常生活实践的理论，以显示这些实践暗中所遵循的'运作方式'"①。为此，德塞都先后组织了3批研究人员来协助自己，展开针对法国普通人群普遍日常生活状态的调查。他的研究小组所调查接触的对象既有工人、雇员、商店保安，也有受过良好教育的中产阶级。

此项研究从1974年年底一直持续到1977年年底，研究报告在1979年提交。一年之后的1980年，德塞都在此项研究的基础上出版了《日常生活实践》一书。

二、作为实践的日常生活

研究日常生活，德塞都并不算是开山鼻祖。当时一部分法国知识分子就已经开始接触到这个领域。但是，很多从事日常生活研究的学者，对日常生活抱着一种类似于马尔库塞式的悲观态度。保尔·路耶特（Paul Leuilliot）就表露了这种典型心态，他认为："日常生活就是我们每天被赋予的（或者遗赠给我们的）、挤压我们，甚至逼迫我们

---

① Luce Giard，*History of Research Project*，见 *The Practice of Everyday Life*：Volum 2．University of Carlifornia Press 1988，p.xx.

的那些事物，因为当下的确就存在着这样的逼迫。每一个清晨，在我们醒来时，再次承受的是生活的重量，生活的困难，或者在一个确定条件中的生活，带着我们特定的虚弱或欲望。日常生活是从内部紧密地掌控着我们的那些事物。"① 也许是受到福柯的影响，很多人认为日常生活中规训和教条林立，这些规训无处不在，而人类的心灵就建立在规训的世界中。

在这样的学术环境中，德塞都却倾向于从实践中来看待日常生活，而不是依附于大家既定的对于日常生活的描述。就像德塞都认为"历史从不确定"一样，日常生活对于德塞都也不是一个既定的模式，他要追问的生活是"活生生的"生活。

这种活生生的生活是什么样的呢？德塞都认为：生活是呼吸着它周围的空气而存在的。也就是说，生活的的确确接受着环境、时代、机制这些支配性力量的控制，福柯启示我们的规训在生活中时时处处实施着自己的权力，生活的确犹如被一张细密的大网严严实实地笼罩，日常生活中的每一个人都处于它的"关照"之下。但是，德塞都所关注的"活生生的"日常生活不同于马尔库塞"单向度"的生活。德塞都认为，在机制化的压制之下，日常生活并不是那么没有希望。而希望之所在，就在于日常生活虽然处于绝对占优势的权力压制之下，但是它却没有被这种权力挤压成为索然乏味的单面体——日常实践中，生活并不单一。

因此，德塞都更趋向于从实践的角度来理解日常生活——在日常生活的舞台上，既存在着支配性的力量，又存在着对这种支配力量的反制；压制者和被压制者都在这个场所中出现；日常生活在很大程度

---

① 转引自 Michel de Certeau, *The Practice of Everyday Life: Volum 2*. University of Carlifornia Press, 1988, p.3.

上就是一场持续的、变动的实践运作，而不是静态的画面，更非统计数据。在德塞都看来，要涉及日常生活的问题，就必须进入日常生活的"实践"，也就是人们相应于具体环境、具体的规训机制而采取的具体行动。"一个社会是由一定的实践来构成"①，每一个个人、集团、阶层的实践就构成了他们所身处其中的生活。

同时，"实践"所牵涉的范围很广泛——谁在实践？在什么地方、什么环境中实践？面对什么条件展开实践？"实践"具有场所性、主体性特征，"实践"就在这些错综复杂的因素中，在这些机制力量、具体欲望、特定环境之中，小心翼翼地追求各方面都满意的一个微妙平衡。在德塞都看来，这种"实践"模式其实就透露出日常生活中实实在在地存在着一种潜在的文化机制——实践主体或者完全按照身处其中的既定规训的要求来行事，或者结合既定规训来审视、增减、改编自己的欲望，在机制内寻求一定限度的实现——这就是日常生活实践的实际处境。

德塞都就在这种实际处境中发现了支配机制的一个缺口：日常生活中那些支配性的机制，本身就存在着一些差异性的因素，因此，与机制间接或者直接的对立，并非不可能。对这些差异性因素的重视，最终形成了德塞都对于日常生活、社会、文化的定位和观念。更重要的是，这使得德塞都认识到权力机制内部的复杂运作，从而使他打开了知识的另一种可能性——走向对差异性的同情，走向文化的多元。

因此，在《日常生活实践》一书所作的总序中，德塞都就开宗明义地指出："本书是一种连续调查的组成部分：它针对那些通常认为

---

① Michel de Certeau, *Heterologies: Discourses on the Other,* University of Minnesota Press, 1986, p.188.

被既定规则压制和引导的使用者的运作方式。"①德塞都就是要努力寻找着这种"使用者的运作方式"。

三、避让但不逃离

德塞都对于"既定规则"的置疑，确立了他面对日常生活中"使用者的运作方式"的基本态度——稳定和完整是社会表面的显性常态，而"使用者的运作方式"是这常态下的隐性暗流，它展示了那些静态社会表象之下时时涌动的差异性力量。正是这种差异性力量，在社会构成过程中形成对社会常态的反动，反映出日常生活实践的真实状态。于是，实践的这一真实状态，引发了德塞都最为重要的一个概念——"抵制"（resistance）。

"抵制"并不是德塞都首先使用的概念。但是，与众不同的是，德塞都所关注的"抵制"，属于日常生活，属于那些长久以来被压制在社会底层的平常人的活生生的生活。而这些普通人的"抵制"战术始终带有来自底层的烙印——处于"压制"性的规训之下，但是又时刻反制这种规训。如果准确地概括德塞都所谓的"抵制"，那就是——"既不离开其势力范围，却又得以逃避其规训"②，简言之，就是"避让但不逃离"。

德塞都眼中的"抵制"战术不是暴烈的革命行动，它不是要与压制机制、支配性权力以及这种权力所代表的秩序和势力集团进行针锋相对的正面冲突。相反，它是弱者和他者被规训、压制、控制在权力角落之中时的战术反应。弱者和他者的力量过于分散、微小，因此表

---

① Michel de Certeau, *The Practice of Everyday Life,* Berkeley: University of California Press, 1984，p.xi.

② Graham Ward, *The Certeau Reader*, BLACKWELL Publishers, 2000, p.105.

现出对于强大压制力量的驯服；而这种驯服的形象，在某种程度上逐渐麻痹了压制力量的警惕性，弱者和他者借此得以一种相对自由、安全的方式混迹于这种权力关系之中，并借助这种地位和姿态，悄悄地迂回、避让开压制力量的权力锋芒，在一些细微的、不易引起过多觉察、不会激发过分反应的地方，针对压制性的权力、规训，运用一些巧妙的计策、战术，实施个人的、小集团的违规、违反，从而显示出自己的独立性，完成一种个人确认。这种抵制战术实际揭示出一个真相——他者和弱者，其实并不完全屈服于压制权力、规训机制的统辖，它们的个性和创造力量在这种小规模的违抗中得到了保持和延续；同时，这种违抗将一种细微的改变注入和渗透到压制权力、规训机制的结构之中，在这貌似强大的大厦外部，迸裂出一些细密的裂纹、裂缝。由于这些他者和弱者在现代社会处于边缘性的大多数，它们的这种抵制战术，就存在于社会机制的各个角度，也从各个角落改变着权力机制的面貌，揭示着我们眼中习以为常的日常生活。

德塞都认为在当代社会的日常生活实践中，"抵制"战术随处可见，他用"假发"（la perruque）① 来作为这种战术的典范。

德塞都是在分析当代法国日常经济活动时，注意到企业雇员的"假发"战术。他说："'假发'就是指一些雇员装作是在为雇主干活，但实际上是在给自己工作。'假发'现象不是小偷小摸，因为工作的原材料的物质性价值并没有被偷走。它也有别于旷工，因为这个雇员事实上正儿八经是在工作现场干活。'假发'现象形形色色，简单的可以一如某位秘书在'上班时间'写一封情书；复杂的又可以发展为某个木工'借用'工厂的车床给自家的起居室打造一件家具。对

---

① 此为法语词，英译对应的词汇是 wig。见 Michel de Certeau, *The Practice of Everyday Life,* Berkeley: University of California Press, 1984, p.25。

此现象,不同的国家有不同的叫法,即使企业经理们对此给予惩处,或者干脆'睁一只眼,闭一只眼',装不知道,'假发'这个现象正变得越来越普遍。……将工厂原料用于私人目的,用工厂机器服务于个人利益,惯于施展'假发'小技的雇员并没有挪用商品,因为他仅仅是利用了一些边角余料;他实际上是将工作时间从服务于工厂,转向于那些自由的、具有创造力的、并不直接给他个人带来利润的工作。"①

德塞都认为,这种"假发"现象恰恰出现在规训力量最为强大的地带——工厂、办公室。在这些地带,权力机制本应该使得这些雇员顺从于种种规训:服从管理,遵守规章制度,按时上班,定点下班,为获取工资而认真工作、恪尽职守,以严谨的生产态度,集中精力从事生产,以严格保证产品质量和产量,实现利润的最大化……与此同时,工厂等经济场所也将强大的社会规训力量渗透到工人、雇员的行为之中、意识之中,并转换为某一种形式的意识形态——诚实、服从、尽职、守责,并最终成为规范社会的构成因素;这种意识形态又将借助支配权力获得合法性,进而影响到雇员团体在工厂之外所扮演的社会角色;这种角色还将一代一代地传递下去,培养出源源不断的新的劳动力。在这样的模式中,工人等雇员阶层已经完全被固化、定型。这似乎应该是规训权力所应当取得的效果,但是,德塞都发现事实远不是这样——雇员们在"法定的"已经出售给工厂的工作时间里,居然并不是按照规章制度按部就班地从事生产,他们或者利用工作时间干私活;或者思想开小差;甚至于利用职务之便,"借

---

① Michel de Certeau, *The Practice of Everyday Life*, Berkeley: University of California Press, 1984, p.25. 部分参考 陆扬、王毅所著《大众文化与传媒》一书,上海三联书店,2000,第126页。

用"虽然价值不大但是并不属于他们个人的边角料，使用工厂设备，来服务于私人的目的……他们貌似在忙碌，实际却没有工作，总而言之，这些雇工带上了"假发"。虽然并不是时时刻刻都带着这套假发，但是，德塞都认为，这种行为，的确很巧妙地让工厂雇员体会到一种快感。这种快感，表面上是因为雇员不必花费自家的钱财、不必动用 8 小时之外的私人时间，就得以完成一项自己想要完成的私人工作——或者是一些免费的小物件，或者是一封私人信件，甚至于就是短短时间里打个盹儿、聊会儿天。于是，私人的目的得到实现，私人的利益得到增值。

在这些私人目的和私人利益之外，还存在着更深刻的原因强化着雇员们的快感。德塞都认为，当雇员在工作场所带上"假发"的时候，他通过自己对工作规章的违反，利用手边现成的材料生产了一些不会给工厂、企业带来利润的东西，一些与原定生产目标并不一致的物品，一些小玩意儿，恰恰是通过这些小玩意儿，这些与大规模、大批量生产相抵触的物件，这些雇员展现了他自己作为一个生产者的能动性和创造能力——不必根据图纸，不必根据指令，没有现成的设计，甚至没有个人既定的明确目的；他们只是利用现成的边角余料，随手改动它的形状，规划它的用途，即席构思加工蓝图。这个过程，使得处于枯燥乏味、毫无生气的大生产中的雇员，重新成为一个生产者，确保了他作为生产者的技能和创造力，完成了一项主动性的生产，从而避免了类似于马尔库塞所说的"单面化"的命运。

德塞都还发现：当这些雇员带上"假发"的时候，通常并不是只有他（她）一个人在这个工作场所之中，周围还有别的工人、秘书，甚至一些管理人员——经理。但是，当工人为自己生产时，对于既定生产环节和步骤非常熟悉的其他一些工人，在大多数时候并没有去"告密""揭发"这种与规章制度相抵触的假公济私的行为，他们保持了一种富有深意的沉默。这种沉默一方面使得"假发"行为得以实现，另一方面，也许为他们自己戴上"假发"奠定了基础——雇员之间达成了一种默契的共谋关系，他们共同实施了一次战术配合；同时又为下一次，甚至是更多的下一次创造了可能性。这就将个别雇员的行为，扩展成为整个雇员团体的共谋行为，那么，雇员之间也就形成了一种心照不宣的紧密的团结。于是，在"假发"的掩饰下，雇员——这些处于循规蹈矩地位的被压制者——的力量得以积聚和增值，一方面显示出自己的独立性，另一方面也开始为这种独立性储备自己的力量。

更为重要的是，这种"假发"有效地迷惑了作为规章制度的执行者、监督者的企业经理们。这些人对于规章制度的规训力预期很高，很容易产生虚幻的权力幻想。当经理们看到下属雇员在工作现场手脚不停地忙碌，就觉得一切似乎合乎规章，一切似乎都很正常，他们也许就心满意足地回到自己的地盘，让正在伏案动笔——实际可能是一封刚刚动笔的情书——的秘书给自己拿来一份需要审阅的报表。这样，雇员的"假发"战术就成功了。有时，经理们也许会发觉并惩处装模作样的雇员。但是，德塞都认为，这些经理们很多时候干脆就会抱着"眼不见心不烦"的心态，对这些晃来晃去的"假发"视而不见。因为，这些小规模的与规章的冲突、对制度的抵制，与整个工厂的生产相比，看上去规模太小、力量太弱，顶多是些鸡毛蒜皮的小事，有些无伤大雅、不关宏旨，不会成什么气候，自然就不会对生产造成负面的影响。那么，管理者就倾向于不去自寻烦恼。何况，这些管理者本身还有更高一级的管理者，他们自己也可能会时不时地顶上一套"假发"。如果是这样，"相安无事"的默契就会延伸到这些规章制度的执行者和监督者的身上。"假发"于是有了一个更广泛的联盟。

所以，德塞都认为，雇员们每每借助"假发"战术，达到这样的战术目的——"成功地将自己置于周围的既定秩序之上"①。凭借这种抵制战术，他们可以避免被既定机制的权力所压制。因为，这种小规模的、小集团的抵制，已经为他们打破了规训机制的大一统，暂时突破了规训的管束和限制，营造出一个相对自由的空间。这个空间的日常化，使得抵制的力量开始以一种合法的姿态出现，并更具迷惑性。

德塞都借助"假发"这个概念，形象地揭示了日常生活实践中一种常见的抵制战术。而他所使用的这个概念——"假发"，本身就是一个充满象征意味的术语。为什么会选择"假发"这个术语来揭示日常生活中的这种抵制呢？理解这一点，对于理解德塞都这一概念有着十分有趣的启发意义。

"假发"（la perruque）是一件常见的物品，这种用真人头发或者某种织物制作成的假发，供那些秃头人士戴用，以掩饰其秃顶。从这个意义上来说，"假发"这个术语正可以描述在法国和其他很多国家流行起来的那种怠工现象和抵制战术：貌似工作实际上却没有工作。更为意味深长的一点是，"假发"在法国乃至欧洲，能够引发我们产生一个有趣的联想——权力。从18世纪开始，假发就是流行于法国和欧洲宫廷、上流社会的一种标准头饰；从国王、贵族，到普通官吏，在上层社会的男性和女性中，假发都是一种标志性的装束，它代表着权力、身份和地位。当然，在下层官吏和贵族的仆从中，也戴用假发，这表示对于其上司和主人的权力和地位的服从。甚至在当代部分国家和地区，假发还是法官、律师等职业人士的必需装备。头戴假发的法官是秩序的维护者，他根据授权，可以依据法典——这种代表支配集团利益、意愿和意识形态的工具，对违法者做出审理、量

---

① Michel de Certeau, *The Practice of Everyday Life,* Berkeley: University of California Press, 1984，p.26.

刑、判决。因此，法官成为权力秩序的集中代表，他体现、实施、并维护规训力量。律师的角色就复杂一些：他有时是要协助法官来维持既定秩序，有时是要利用法典的漏洞或者不同法典之间的矛盾，解除即将实施的某种惩罚。但是，律师的职责总体而言，还是与法官相同，他们都要按照既定的权力规则来维护既定的正常秩序。"规训与惩罚"的运作，在法官和律师的身上集中体现着，他们的目的都是惩治对权力秩序的侵犯、违规，通过惩罚，建立和巩固规训。那么，他们所戴用的职业性的标志——假发，在某种程度上就成为一种象征——维护秩序，维护权力。可见，"假发"这个词语本身就蕴含着一种与权力、规训、机制紧密相连的含义。

因此，德塞都用"假发"不仅仅揭示了生产场所的抵制，也就可以更加顺理成章地将这种抵制战术引向更为宽广的权力层面，使"假发"的抵制对象更为宽泛，深入到机制之后的权力背景。于是，"假发"就具有了社会战术的意义，"出现在现代社会的大多数秩序领域中。"①

如果说，德塞都使用"假发"这个概念，揭示出当前社会生产环节的抵制战术；他同样将这种揭示引申到了生产环节的下一链——消费。与马尔库塞对于消费社会的悲观失望不同，德塞都认为，就像生产环节的工人、雇员可以采用"假发"战术来营造自己的主动性、创造性空间一样，身处消费社会的消费者，照样有机会，以自己的消费实践，来实施自己对于大规模生产所确立的消费法则的战术抵制。在德塞都看来，消费者不是被动的、消极的，他们同样充满创造力，因为他们可以在消费种种工业生产的产品的时候，也进行一

---

① Michel de Certeau, *The Practice of Everyday Life,* Berkeley: University of California Press, 1984, p.26.

种显示出其自由、个性、创造力的生产——"消费者的生产"①。

德塞都所揭示的"消费者的生产",可以视为是对20世纪40年代以来,由阿多诺、霍克海默等人所确立的"大众文化工业"理论的反动而提出的。阿多诺在《启蒙辩证法》中就对美国社会高度发达、高度垄断的大众文化工业提出批判。他认为,美国凭借现代科技手段,大规模地简单复制、批量生产了大量文化产品——电影、杂志、报纸、广播、音乐、广告等等,并在全球推行它的这些文化商品以及消费这些文化商品的模式。阿多诺认为,这种文化工业,生产出的文化产品,带有深厚的商品化倾向和拜物教色彩,文化成为一种商品,地位沦落;这种文化商品化的倾向,使得消费者的精神创造力量被扼杀;同时,文化工业通过提供统一化的文化产品来控制和规范了消费者的需要、消费,从而助长了工具理性的滋生蔓延,削弱了消费者的主体性、个人意识和独立的判断精神、审美态度。这种理论在文化研究尤其是大众文化研究的初期拥有强大的影响力。

对于这种"文化工业"的强大声音,德塞都是熟悉的。他同样认为,处于当代消费社会,"从醒来的那一刻,人就被无线电俘获,听众整天穿行在叙事的森林中,广告和电视,就是他打算上床了,叙事也能找到时机,在他进入睡眠时,滑进他的头脑中来……这些故事有一个幸运的、宿命的功能;它们事先组织起我们的工作,我们的庆贺,甚至我们的梦境"。② 但是,德塞都认为,这只能说明消费者所面临的压制是强大、无孔不入的,但是并不能说明消费者是无能为力

---

① Michel de Certeau, *The Practice of Everyday Life,* Berkeley: University of California Press, 1984, p.xii.

② Michel de Certeau, *The Practice of Everyday Life,* Berkeley: University of California Press, 1984, p.186.

的。这就像了解一个社会，既要认识这个社会的诸多表象，同时也要认识和了解这个社会中不同的行为模式。德塞都认为要理解文化工业，就有必要也应该研究消费者的行为模式，无论是个体的还是集体的消费模式都在研究之列。他认为："对电视传播的图像以及人们用多少时间来看电视进行分析的时候，应该补充进行一种研究——文化消费者在这段时间里用这些图像都'制作'（makes）或者'干'（does）了些什么。同样要研究的还有消费者对城市空间、从超级市场买来的商品、报纸传播的故事和传奇等等商品的使用（use）。"①

对于德塞都来说，这种使用就是一种生产，就是消费者的创造力得以施展的空间，就是消费者对于统辖性的商品生产的抵制。同时，这种消费者的生产是一种隐藏的生产。因为，消费者活动的领域本身是被电视、城市发展、商业等生产系统占据并定义的。因此，消费者的生产只能是一种"另类的生产"，而且这种生产是静谧无声的、几乎无法看见的。而且，消费者的生产"并没有自己固定的产品，它也不是用自己的产品来证明自己的'生产'，相反，这个证明来自于消费者如何使用支配性的经济秩序提供给他的那些产品"②。它再次概括了德塞都"避让但不逃离"的抵制战术。

消费者的这种抵制战术的手段是丰富的，德塞都总结为"用作"（making-do）、"现用手边材料"（bricolage）。消费者通过此类抵制战术，控制了消费方式。工业产品不再是必须由消费者原模原样接受下来，中规中矩地按照说明书来使用的物件，而成为了消费者手上的某种生

---

① Michel de Certeau, *The Practice of Everyday Life*, Berkeley: University of California Press, 1984, p.xii.

② Michel de Certeau, *The Practice of Everyday Life*, Berkeley: University of California Press, 1984, p. 31.

产资料。消费者有充分的权力来按照自己的爱好、感觉、心情、兴趣，对产品进行改装、改制、组合，来达到自己的使用目的和消费意图。德塞都认为，"居住、晃悠、说话、阅读、采购，以及烹饪，都是制造出这种战术诡计和惊奇效果的活动"①。

在提到这种消费者的抵制战术时，德塞都使用了一个具体形象的例子来加以说明，那就是房客在租用住房期间，对于所租房屋的具体使用。

房屋是一件消费品。对于房主来说，它为自己赚取房租；对于房客来说，租赁房屋就是一次投入金钱、换取使用房屋权力的消费行为。但是，这是一种特殊的消费，因为，房客只在租赁期内拥有房屋的使用权，而没有房屋的所有权；所有权属于房主，但是，在租赁期内，房主不得随意进入自己拥有所有权、但是已经租赁出去的房屋。这样，"租房"这种行为中，就暗含着强烈的权力之争。相较而言，房主占据着力量优势，他（她）可以给房客颁定种种在租赁期间必须遵循的规训条例，这些限制和控制是相当具体的：房客必须在规定时间内缴纳房租；房主有权根据行情提高房客应缴纳的房租数额；不许损坏房屋及其设施，否则必须赔偿并缴纳罚款。房主甚至对于房客在租房行为之外的社会交往也产生暗中的影响——房主可以要求房客不得聚众开晚会、高声喧哗，以此限制房客的社会行为和社会定位。但是，房客也有自己的权力，那就是使用。房客在签订租房合同后，也就获得了"使用但是不必拥有商品的权力"②。房客有权将自己的财

---

① Michel de Certeau, *The Practice of Everyday Life,* Berkeley: University of California Press, 1984, p.40.

② Michel de Certeau, *The Practice of Everyday Life,* Berkeley: University of California Press, 1984, p.33.

产搬到这间租来的房屋之中,他有权随心所欲地在房间中安排自己的物件,他可以完全自主地规划家具的摆放位置,布置房间。他可以完全自由地决定:客厅的沙发是用新的布罩还是将就着仍然用旧的;要不要买一两盆鲜花装点一下卧室,是要玫瑰还是月季;门口的花园的草地是不是可以少修剪修剪,让草尽管长得再高点,这样看起来更符合自己的口味……总之,把这房子打扮得像自己心目中的家的样子。房客就是通过自己对房屋具体的使用,营造出属于自己的空间。在这个空间中,房客充分发挥自己的想象力和创造力,随意打扮、装点、使用这间租来的房屋,服务于自己的个人目的。这样,处于弱者地位的房客就用自己手中的使用权,对房主的所有权和种种规则和要求,发起了一次次冲击,从而最大程度地抵制房主的权力。

"租房"这个例子,强调了房客对于房主权力的抵制。这还是一种特殊的抵制,因为租房是一种特殊的消费,是一种受到限制更多的消费,因为房客在始终都无法拥有房屋的所用权的情况下,他只有使用权,也只能依赖自己的使用权。但是,我们已经看到,单单凭借自己的使用权,房客已经可以用各种方式的使用,来达到抵制的效果。这样,德塞都所强调的"使用"就展示并突出了自己在消费过程中的主动性和创造力。如果在只有使用权的租房消费中,尚且可以用抵制战术为自己创造个人空间,那么,在普通的消费中,在购买商品,拥有了商品的所有权之后,在对于使用权的限制大大降低之后,"使用"的主动性和创造力将更为自由,消费者就更有可能创造更为多元的个人空间,从而大大地抵制消费社会通过统一化产品、统一化消费所施加于消费者的压制。

从这个角度来看,穿着牛仔裤就是这样一种更为典型的消费方式。当消费者从形形色色的商店、商场、超市中购买了牛仔裤,就获得了牛仔裤的所有权和使用权。他们凭借购买,将商品转变为个人财产。在穿用这牛仔裤的时候，消费者，尤其是美国社会的青年消费者，往往用牛仔裤来发挥自己"现用手边材料"的才能——他们或者将崭新的牛仔裤故意做旧，用泥土、燃料进行"加工"；或者就有意长期穿用这一件牛仔裤，到处磨蹭，故意弄脏，不予爱惜；或者就使用手头现成的一些工具和材料来加工自己的牛仔裤。于是，作为一件商品的牛仔裤消失了，作为一件个人消费品、私人财产的牛仔裤被消费者这一系列"使用"手段给"生产"出来。原本代表一种干练、利落、力量的牛仔裤，也许就表现出懒散、无力、邋遢。这样，消费者对牛仔裤所代表的社会价值给予了彻底的改造。穿用这种"现用手边材料"制作出来的牛仔裤，这些青年人表现出极为明显的表现欲望，既展示了自己富于想象的创造力，同时，也展示了自己与社会既定消费规训所保持的距离——他们以此来抵制和违反消费社会对于自己的压制。这种现象引发了著名文化学者约翰·费斯克的兴趣。他认为：这其中包含的抵制战术是昭然若揭的：一方面，牛仔裤要很长时间才能穿破，才需要更新。因此，青年人穿牛仔裤，就间接地减少了一次商品消费动机，也就减少了一次机会让消费者接触到消费社会的规训，从而抵制了消费社会对消费者的压制；另一方面，穿破洞的牛仔裤，"主要的力量在于'否定'，是对1960年代牛仔裤抵抗能力的复兴……更为重要的，是这样一个事实：此'破旧性'是使用者自己的生产与选择，也就是说，它将商品'外置'（excorporation）到被支配者的亚文化当中，并至少转变了商品化过程所包含的若干权力。这是对商品化的拒绝，亦是对个人权力的首肯，即每个人都可在商品系统所提供的资源之外，创造自己的文化"[1]。

---

[1] 约翰·费斯克：《理解大众文化》，王晓珏、宋伟杰译，中央编译出版社，2001，第22页。

所以，消费者虽然处于弱势，但并不是被动的。这就像德塞都总结的那样，"在任何情况下，消费者都不会被他所消费的报纸或者商业产品来确定身份或者定性：在人（商品的消费者）和这些商品（强加于消费者的'秩序'的索引）之间存在一条鸿沟，它随着消费者使用这些商品的不同方式而有所变化"①。消费社会妄图强加给消费者的压制性规训，就这样被消费者的"使用""用作""现用手边材料"的消费战术所抵制。

这样，从生产环节的"假发"，到消费环节的"消费者生产"，德塞都已经展示了在当代社会的经济系统这一"核心要塞"中所存在的抵制力量和抵制战术。当然，抵制并没有停步于日常生活的经济层面。在德塞都看来，形形色色的抵制战术同样出现在日常生活的政治、法律、教育等层面上：选民在选举中投出空白选票，胡乱填写选举人姓名，以此来给选票统计工作制造障碍，从而讥讽了所谓民主选举的形式，抵制选举所代表的民主假想；司机在高速公路上行驶时，有时严格遵照路牌所标明的速度限制，但是又经常在警察的视野之外开始超速行驶，以此来抵制通常震慑人心的警察力量——一方面得到飞车的快感，另一方面又得到挑战警察权力的满足；学生上课时，漫不经心地在书本上随笔涂抹，虽然可能已经被老师发觉，甚至早已被警告和责罚，但是依然信手涂鸦，从中得到快感——书本代表了学生必须尊重的教育、学校、教师的权威，必须遵守的学校课堂秩序，学生被书本压制在单纯的接受者的地位上，对书本的这种损坏，就是对这种压制的、难耐的教学秩序的反抗，对自我自由的体会和尝试……

---

① Michel de Certeau, *The Practice of Everyday Life*, Berkeley: University of California Press, 1984, p.32.

对于德塞都而言，"抵制"始终藏身于那些既定的秩序、机制、场所之中，它们接受这种宏大机制的规训，但是又偷偷地、无声无息地突破了规训机制的防范，灵活随机地实施针对规训机制的小规模违反，并且随时准备改头换面。它们在人们的日常生活中层出不穷，根据场所情况、环境时机而不断推陈出新；为自己赢得安全的、相对自由的个性空间。所以，德塞都认为：抵制，"这是一种'弱者'在'强者'建立的秩序中存活的巧妙诡计；是在敌手自家的地盘上，凌驾其上的艺术；是猎人的窍门；是机动变化、令人喜悦的、充满诗意的战争探险"①。

这种"战争探险"不是仅仅为弱势者提供一个空间，抵制战术的运动、变化、丰富性也并非仅仅局限于被压制的弱势者这一个环节。德塞都认为，弱势者在用抵制战术为自己创造自己的空间的同时，也将自己的差异性迂回渗透到它"避让但不逃离"的那个机制之中，从而改变了这个强者本身的场所、规训，或者迫使强者面对抵制，做出自己的改变。也就是说，德塞都的抵制概念，并不是一个被动的防卫性的战术，它同样具有进攻性。

对于这种进攻性，欧辛·豪威尔（Ocean Howell）关于街头滑板运动的研究论文——《滑板、城市设计和新的公共空间》②——就为我们提供了一个很好的分析个案。

滑板运动最初出现在 20 世纪 50 年代。美国加州南部海滨城市的一些冲浪爱好者，将一种陆上代步工具——双轮滑行车的车把手拆

---

① Michel de Certeau , *The Practice of Everyday Life,* Berkeley: University of California Press, 1984，pp.32、40.

② Ocean Howell, *The Poetics of Security: Skateboarding, Urban Design, and the New Public Space,* Urban Action，2001.

下来，在当地学校的沥青路面上滑行，模拟冲浪。这成为随后出现的滑板运动的雏形。当时，这一运动迅速获得了青少年的青睐，他们开始在自家住宅空地上和后院的空游泳池里玩滑板。这种运动也很快被一些企业视为巨大商机加以利用。在一些城市，开始出现私人公司建造的专用滑板池，为滑板爱好者提供专业的滑板场地。当然，使用这些专业滑板池，必须支付费用，并遵守一系列的规定。而在20世纪80年代初，在加州维提尔城（Whittier）的一处名叫"滑板城"的公园，一群滑板爱好者被驱除出来，因为他们没有钱支付入场费。在被保安人员驱除出来之后，这群年轻人在一个专业滑板手的带领下，在滑板城的停车场上进行了一次抗议——他们开始在街边滑起滑板来了，而且开始自创一些杂技般的动作：用滑板底部在街沿的路肩上做出滑行动作。这个动作类似于滑板手在专业滑板池顶部边缘所做的动作，但因为是在街道路面上展示，因而倍添新奇。当时，在滑板城的物主和支付费用进入滑板城里面的滑板手看来，这群人简直是捣乱，不必大惊小怪。但是，这群被驱除的滑板爱好者日复一日地在滑板城外的街道上坚持这种并不受欢迎的捣乱。逐渐地，公园里的滑板手也开始来到街道上尝试这种新的风格——街头滑板于是出现。80年代中期，这股风气迅速蔓延开来，先是传播到加州的洛杉矶和旧金山，紧接着在美国的大多数城市中流行起来。除了很少一些能够而且愿意支付入场费的人还去那些专业滑板城玩滑板之外，更多的人更愿意在城市的街头巷尾、城市中心，甚至城市广场等公共场所，展示街头滑板的技巧。这样，花样翻新的街头滑板迅速成为美国青年的一种流行运动。据估计，在1999年，单单美国就有950万滑板爱好者，而在全球的几乎所有现代化城市，街头滑板都成为一大景观。

从德塞都的角度来看，创造了街头滑板的这群青年人就实施着典型的抵制战术：他们是一群没钱进入专业滑板城的普通爱好者；

他们被滑板城的经济规训驱离;规训机制不给他们提供实现个人愿望的场所;但是,这帮年轻人就在规训力量的大本营——专业滑板城——的边缘,开始了抗议,用现创的路肩上的滑行来展示自己的技巧、创造力,并讥讽规训机制的封闭;这符合抵制战术的所有特征。更为重要的是,街头滑板迅速在城市的其他场所蔓延,在街头、城市广场、城市中心,这些一度代表秩序的经典场所,统统成为滑板爱好者一展身手的自由空间——原本应该无形无声、静悄悄地抵制——发出巨大的声响,公然侵入到了秩序的公共空间之中。这些街头滑板手穿行在城市的公共空间之中,虽然仍然承认诸如交通法规、行人权利、他人安全等等规训,但是,他们的滑行已经使得一向严谨严肃、秩序井然的城市空间变得生动起来,从而改变了这些公共空间。也使得原先的规训机制被迫做出调整——警察、保安人员、门卫,这些秩序维护者,不得不承认滑板手在城市空间中滑行的权利;而且,原先趋于经济利益的城市空间也开始做出让步,那些专业滑板城开始减少,"几乎每一个滑板公园都面临被'家庭娱乐中心'取代的威胁"[①];城市空间设计开始考虑一些原本因为经济利益原因而被遮蔽的人群——老人、儿童、学生——的利益;经济规训开始在城市空间中让位于更多人性化的规划——更多的绿地,更宽敞的街道……

这就是抵制战术所具有的主动性和进攻性的特征。对于德塞都来说,在了解"假发""消费者生产"等抵制战术为被压制者营造的自由空间的同时,也有必要关注抵制战术中所蕴含的对于压制机制本身的改造。从这样两个层次来理解"抵制"这个概念,可能会

---

① Ocean Howell, *The Poetics of Security: Skateboarding, Urban Design, and the New Public Space* Urban Action, 2001.

更加完整一些。

四、文化研究的新走向

德塞都的"抵制"理论,似乎是打开了一扇窗,使得我们对于那习以为常的日常生活和日常生活中的普通人有了新的理解;它发掘出日常生活中那些无处不在的权力斗争的战略和战术,呈现出看似平淡的日常生活所蕴含的丰富、复杂和多元。

在理解了德塞都的"抵制"概念之后,再来理解作为文化理论家的德塞都,理解他关于"文化""大众文化"的态度和立场,理解他对于文化研究的启发意义,也就有所凭据了。

从 20 世纪 50 年代末、60 年代初开始,理查德·霍加特的《文化的用途》,雷蒙·威廉斯的《文化与社会》《漫长的革命》,以及汤普逊的《英国工人阶级的形成》为"文化研究"奠定了基石。[1] 到现在,"文化研究"已经从英国、美国、欧洲发展到全球,成为当前国际学术界最有活力的学术思潮之一。文化研究学者们,纷纷从跨学科的角度,对以电影、电视、报纸、杂志为传播媒体的大众流行文化、被所谓"精英文化"排斥和压制的社会边缘文化以及"亚文化",进行了各个侧面、各个层次的批判。

约翰·费斯克认为,在近期面对大众文化的文化研究中,出现了两种主要的倾向。第一种倾向是:为大众文化的发展大声叫好,但是并不把大众文化置于文化场域的权力关系之中加以分析。这种倾向,实际是用代表文化精英理想的"民主观"为社会文化中的差异性因素做出解释,从而将这种差异给予抹除,实现一种互不相扰的"和

---

[1] 此处参考 罗钢、刘象愚主编《文化研究读本》,中国社会科学出版社,2000,第 2 页。

谐"。这样，某一种文化、某一个国家的文化生活模式，就以一种貌似和平的姿态，开始传播给其他国家和社会的大众。第二种倾向是：研究者们的的确确考虑到了大众文化所面临的种种复杂的权力关系，并将它放置在这种权力场所中加以考察。但是，他们又过于强调压制力量和规训机制的权力。所以，在他们看来，丰富多彩的大众文化始终处于绝对的被宰制状态，大众文化不可能表现出大众真正的丰富性，大众文化仅仅成为文化工业强加给这些无权、边缘大众的产品和消费。这种大众文化直接服务于主导生产的支配集团，而对立于大众的利益。大众被这种文化压制成为静态、被动、消极的人群，丢失了自身的群体归属，完全处于孤立无助的境地。

在这种学术语境中，德塞都"避让但不逃离"的抵制理论，展示出日常生活中大众原本被埋没的力量。这一敏锐新奇的立场为当前的文化研究提示出第三种可能的发展方向。正如费斯克所指出，在最近的文化研究中，"第三种走向"已经开始出现："虽然它同样视大众文化为斗争的场所，但在承认宰制力量的权力时，它却更注重大众的战术。大众正是凭借这样的战术，对付、规避或抵抗着这些宰制性力量。……这一走向并不死盯住主流意识形态那无所不在的、阴险狡诈的实践方式，而是企图了解日常的抵抗与规避怎样使主流意识形态的运作如此费力，而不得不一而再、再而三地维系自身及其价值观念。"①

这"第三种走向"将大众和大众文化从绝对的被压制状态中解放出来；它乐观地注意到了大众潜在的、虽不激进但是实在的自主力量；它注意到了大众的创造力，以及由这一创造力量给大众文化带来

---

① 约翰·费斯克：《理解大众文化》，王晓珏、宋伟杰译，中央编译出版社，2001，第26—27页。

的生机和活力;它对由此而来的进步和变革的可能性,表现出乐观的期待。而这"第三种走向",正是德塞都的抵制概念所致力营造的。在费斯克的理论话语中,直接出现了"战术""规避""抵抗"等德塞都经常使用的术语;实际上,费斯克本人就承认,他对于英语国家中大众文化的分析,其理论后援力量就有一部分直接来自德塞都。因此,可以毫不过分地说,德塞都关于日常生活实践的抵制理论,的确为当前"第三种走向"的文化研究提供了源泉,为当下的文化研究提供了一个新的视点,开辟了新的理论发展空间。

练玉春

1972年生,2003年毕业于北京师范大学文学院文艺学专业,获博士学位。现为北京城市学院副校长、教授。主要研究领域为教育发展和文化研究,主要著作有《虎虎生风——中国教育观察笔记》(2022)等。

悬置与去功用化：阿甘本的抵抗策略及其来源

黄晓武

在阿甘本的思想发展中，福柯和本雅明所起的作用是非常明显的，对权力及权力机制设定的各种边界的重新思考就是福柯式影响的一个重要表现。在阿甘本的分析中，这些权力和权力机制的表现是多种多样的，既包括我们常见的民族国家的政治权力，也包括历史上的神学机制和日常生活中的各种技术的发展所产生的权力机制。权力的重要作用就是设定边界，因此考察边界问题就成为我们反思权力机制的一个切入口。边界总是表现为各种对立机制，比如创造与救赎的对立、裸体与穿衣的对立。阿甘本认为，一种真正严肃的研究必须首先考古学式地回到这些对立的源头中去，"它的目标不是要找到先于对立的原初状态，而是掌握产生这一对立的机制，并使其失效"[①]。

一、边界及其机制

在考察边界和各种对立机制时，考古学式地回到这些对立的源头中去，这是阿甘本最常用的分析策略，这使他和芝加哥学派的新古典主义看上去很相似，都有大量的对古典哲学和宗教文本的非常繁琐的词源学的阐释，都追溯到宗教和哲学的源头。阿甘本认为，当代问题

[①] Giorgio Agamben，*Nudities*，Stanford University Press，2011，p.66.

如果不追溯到古代源头,是无法彻底理解的,因为"开启现代之门的钥匙隐藏在远古和史前","正是在这个意义上,我们可以说,当下的切入点必然采取考古学的形式;然而这种考古学并不是回归到历史的过去,而是返回到我们在当下绝对无法亲身经历的那部分过去"。[①] 在阿甘本看来,这就是福柯所说的,"对过去的历史研究不过是他对当下的理论探究投下的影子",也是本雅明所说的,过去的意向"只有在其历史的确定时刻才是可以理解的"。[②] 但是,在相似的外表下,阿甘本和芝加哥学派的新古典主义的理论旨趣是不同的,虽然对古代的分析都指向当代,但在新古典主义看到古代理想范式的地方,阿甘本看到的却是深渊和"折断的脊骨",是当代问题的源头和转折点。

阿甘本通过边界问题对卡夫卡的小说《城堡》进行了全新的解读,他认为小说主人公 K 所做的就是重新勘定边界的工作。阿甘本把 K 和古罗马的土地测量传统联系了起来。古罗马的边界具有神圣的性质,它来源于对应的天体运行位置。因此,K 的职业选择具有决定性的意义,因为像小说所描写的那样,没有人请他来干这个活,因此,他的工作是自己给自己指派的,在阿甘本看来,这一职业选择既是一种开战宣言,也是一种策略,因为它使原有的边界成了问题,"K 后来全身心关注的,不是花园与村子的房屋之间的边界问题。相反,由于村子里的生活实际上完全是由村子与城堡之间的边界决定的,这些边界同时又使村子和城堡紧紧地联系在一起,土地测量员的到来首先使这些边界成了问题"[③]。

在写作《城堡》的同时,卡夫卡在他的日记里也记下了他对边界

[①] Giorgio Agamben, *Nudities*, Stanford University Press, 2011, p.17.

[②] Giorgio Agamben, *Nudities*, Stanford University Press, 2011, p.19.

[③] Giorgio Agamben, *Nudities*, Stanford University Press, 2011, p.24.

问题的一些思考，这是以对精神世界的反思为起点的，经历的精神崩溃使卡夫卡开始反思精神世界的内部和外部之间的边界问题，内心所产生的狂野被描述为追捕，其中"自我观察不让任何表象停歇，不停地追逐它们，使它们成为新的自我观察的表象"①。阿甘本认为，在这里，追捕的形象让位于对边界问题的反思，也就是对人类与人类之上的、超越人类的事物之间的边界问题的反思。这也就是卡夫卡所说的，追捕"只是一种表象"，可以说是"对最后的人类边界的一种攻击"，而所有这些文字，"都是对边界的攻击"。②阿甘本认为，在《城堡》中，"对于最后边界的攻击"正是这样一种攻击，"它针对的是把城堡（上层）与村子（下层）分隔开来的那些界限"③。

对边界的攻击的真正目标并不是上帝或最高权力，这就像在卡夫卡的小说中，城堡主人伯爵老爷从来都没有被真正讨论过，斗争的目标只是天使、信使和作为其代表的各级官僚，因此，这里关键的不是人与神之间的冲突，而是在神的问题上与人类的谎言之间的残酷斗争。阿甘本认为，这就像"在法的大门口"这个寓言故事所表现的，重要的并不是对法的研究，而是"对守门人的长期研究"，在法的大门口的乡下人，正是由于持续地坚持这一研究，才能在诉讼之外终其一生，而不像约瑟夫·K一样被卷进诉讼致死。因此，真正的欺骗恰恰是守门人的存在，也就是从最低级别的办事人员、检察官直到最高法官的存在，他们的目标就是诱使他人进行自我诬陷，从而进入法的大门，而这一大门只通向诉讼。因此，阿甘本认为，土地测量员要清除或推翻的，"就是在人与人之间、人与神之间建立起来的界线、区

---

① Giorgio Agamben, *Nudities*, Stanford University Press, 2011, p.23.
② Giorgio Agamben, *Nudities*, Stanford University Press, 2011, p.23.
③ Giorgio Agamben, *Nudities*, Stanford University Press, 2011, p.24.

分和障碍"①。

边界或界线的设定是为了区分事物,但边界的设定并不能阻断事物之间的隐秘联系,并且这一联系会以各种伪装继续发挥作用,就像先知虽然早就从西方历史上消失了,但他在各种伪装下继续从事这一工作。阿甘本追溯了先知这一形象在西方历史中的演变,指出与先知这一形象联系在一起的,正是创造和救赎之间的对立,在伊斯兰教、犹太教和基督教传统中,这种对立都统一于真主或上帝的两种不同类型的工作或实践。阿甘本认为,不管这两种工作的起源是什么,创造和救赎确立了神圣行为的两极,同时神圣行为作为人类反思自身问题的场所,也反映了人类行为的两极。但更重要的不是这两种行为之间的区分,而是它们之间的联系:它们既相互区别、相互对立,但又密切联系、不可分割,仍然以某种方式隐秘地联系在一起。在阿甘本看来,在人类的每一种生存状况中,真正独特的是这两种工作无声的、不受外界影响的相互交织,"是预言性词汇和创造性词汇极为密切而又断裂的展开过程,是天使的力量和先知的力量极为密切而又断裂的展开过程"②。

并且,创造与救赎之间的关系并不像我们想象的那样是创造在先,救赎在后。阿甘本通过对《古兰经》的分析指出,在伊斯兰教中,具有决定意义的是救赎先于创造,因此,看起来在后的实际上却是在先的。"救赎不是对堕落的造物的一种拯救,而是使创造变得更易理解,它赋予创造以意义。因此,在伊斯兰教中,先知之光被认为是所有存在中的第一道光……救赎作为对修复的一种迫切要求而出现,而在被创造出来的世界上,它先于任何恶行而出现,没有什么

---

① Giorgio Agamben,*Nudities*,Stanford University Press,2011,p.36.

② Giorgio Agamben,*Nudities*,Stanford University Press,2011,p.4.

比这一事实更好地表达了救赎之于创造的优先性。"[1]因此，阿甘本认为，实际上拯救先于创造，"行动和生产的唯一合法性似乎来源于这样一种能力，即拯救已经做的和生产的一切"[2]。在创造与救赎的关系中，和它们之间既分割对立又密切联系这一关系同样重要的，是二者之间的先后顺序，这也就是阿甘本所说的，"同样独特的，就是把这两种工作联系在一起的那一时间，以及创造先于救赎但在现实中后于救赎，正如救赎后于创造但在现实中先于创造的那一节奏"[3]。

二、悬置、非功用性与停歇

如何清除或推翻边界所设立的对立机制呢？仅仅考古学式地追溯对立机制，并逆转对立双方的位置是不够的，就像阿甘本在评论当代诗歌和哲学之间的对立时所论述的，诗歌与哲学之间的对立在今天取代了创造与救赎之间的对立，经由宗教传统的世俗化过程，这些领域逐渐失去了对之前把它们紧密联系在一起的那种关系的全部记忆。因此它们之间的关系现在表现出了一种复杂的、近于精神分裂般的特征。今天，这两种被割裂为不同主体的神圣行为迫切需要一个交汇点，迫切需要一道跨越冷漠的门槛，从而找回它们之间失去的统一性。它们通过互换角色实现了这一点，但这其实仍然是分裂的。"因为，批评家成了'监护人'，为了模仿艺术家已经放弃的创造工作，不经意地取代了艺术家的地位，而已经没有创造能力的艺术家则以极大的热情献身于拯救工作，尽管不再有任何东西需要拯救。在以上两种情况中，创造和救赎都不再触及它们之间割舍不断、爱恨交织的印

---

[1] Giorgio Agamben, *Nudities*, Stanford University Press, 2011, p.2.
[2] Giorgio Agamben, *Nudities*, Stanford University Press, 2011, p.3.
[3] Giorgio Agamben, *Nudities*, Stanford University Press, 2011, p.4.

记。"①

在探讨复活之后的荣耀的身体问题时，阿甘本从另一方面触及了这一问题。荣耀的身体的问题，也就是在天国中得到复活的身体的本质和特征问题，在宗教神学中是非常重要的部分，阿甘本以荣耀的身体为范式，探讨了人类身体的形象和可能的使用方式问题。荣耀的身体遭遇的最大挑战是生殖和抚育问题，因为在宗教传统中，复活的身体不再具有这些实际的功能，那么如何解释荣耀的身体还具有和这些功能相关的器官呢？在神学的阐释传统中，这些器官不可能是无用的、多余的，因为在完美人性的状态中，没有什么是多余的。阿奎那的策略是，使器官与其特定的生理功能区分开来，从而处于某种悬置状态，而悬置的器官因而获得了一种新的功能，展示的功能，它展现了本身的善，也就是说，虽然每个器官有其生理功能，但生理功能没有实现并不意味着它没有用处了，它展示了原本具有的生理功能。阿甘本认为，正是在这里，身体的其他使用方式第一次得到了阐述，并因此提出了他关于非功用性(inoperality)②的理论。"就像在广告和色情图片中，商业或身体的拟像只具展示性而毫无实际用处，它们正是在这一点上施展了其诱惑力，因此，复活中被闲置的性器官将展现生育的潜能或善。荣耀的身体是明示的身体，它只具有展示性功能，而不具有实际功能。在这一意义上，荣耀是与无功用性(inoperality)紧

---

① Giorgio Agamben, *Nudities*, Stanford University Press, 2011, pp.6—7.

② 阿甘本在《裸体》一书的各章中频繁地使用了 inoperality 一词，因为行文和语境的不同，我们分别译为非功用性、无功用性、停歇和安歇，它都意指某物不再使用，某些行为不再发生，这和他所说的另一个词汇——悬置是对应的。在类似语境中，他还交替使用了另一个词汇 neutralize，消解、中和，指对原有各种权力机制包括神学机制的消解。

密联系在一起的。"①

　　基于荣耀的身体的这一悬置的、非功用性的器官，阿甘本探讨了对身体的不同使用方式的可能性问题。他认为，悬置的器官和工具并不意味着另一种使用方式，相反，它表明它的存在超出了任何可能的用途，也就是说，超出了原有的对立框架，并因此带来了消解这一异化的对立框架的可能性。"就像丢勒作品中散落在忧郁天使脚边的各种人类工具，也像孩子们游戏之后散落一地的玩具，脱离了使用功能的客体成了谜，甚至使人不安。同样，复活之人的身体中永不再使用的器官——即使它们展现了人类特有的生育功能——并不表现这些器官的其他用途。复活之人的明示的身体，不管它看上去多么真实和'有机'，其实外在于任何可能的使用领域。"②在这里，阿甘本借鉴了哲学家阿尔弗雷德·佐恩-雷特尔的"无用哲学"对非功用性问题进行了阐述。佐恩-雷特尔通过对那不勒斯渔民尽力驾驭小摩托艇、司机努力发动废旧汽车的观察，提出了一种关于技术的理论，他开玩笑地称之为"无用哲学"，也就是说，只有当某物不再有用时，它才对那不勒斯人有用。他的意思是，那不勒斯人总是在技术工具和机器坏了的时候才开始使用它们。一个完整的运行良好的事物总是让那不勒斯人烦恼，因此他们总是回避它。并且，通过把木块推到合适的位置，通过在合适的时机顺手做一些小的调整，那不勒斯人使他们的工具按照他们的意愿发挥作用。佐恩-雷特尔认为，这一行为包含了一种比我们日常的技术范式更高的范式：当人们能够对机器盲目、充满敌意的自动性提出反抗，并学会如何把它们应用到未知的领域和使用中去时，真正的技术才开始出现。他举的例子是卡普里岛大街上的

---

① Giorgio Agamben, *Nudities*, Stanford University Press, 2011, p.98.

② Giorgio Agamben, *Nudities*, Stanford University Press, 2011, p.99.

年轻人把一个坏了的摩托引擎改装成了一个可以制作冰激凌的设备，在这个例子中，引擎继续转动，但完全基于新的欲望和新的需求。阿甘本认为，"无法使用（inoperality）在这里不是停留于自身，而是成为一种敞开，成为一种'开门咒语'，指向一种新的使用方式"。①

在荣耀的身体中，器官与其生理功能之间的分离第一次成为了可能，也就是说，对原有边界的悬置发生了，在这里原本可以打开对新的可能性的探索，但宗教神学却在此止步不前，它把这种分离移置于神圣领域，使它本身崇高化，而不朝向任何可能性。这就是阿甘本所说的，对非功用性（inoperality）的展示被置换成了对上帝的无限崇拜。"在其位置上，我们找到的是荣耀，它被视为非功用性在特定领域的凸显。对器官脱离其生理功能的展示或空洞地重复其功能，这无非是为了显示上帝的荣耀，正如罗马凯旋中胜利的将军展示其武器和勋章，它们既是其荣耀的象征，同时也是实现其荣耀的方式。复活之人的性器官和肠道仅仅是神圣荣耀镌刻在其罩袍之上的秘密符号和象征花纹。"② 荣耀不过是在一个特殊领域（即宗教神圣领域）把非功用性独立了出来，用这一方式，原本朝向一种新的使用方式的可能性，现在被转化成了一种永恒的状态。阿甘本在此也对常见的编年史进行了批判，认为并不是宗教现象是起源，后来才出现了世俗化，而是教会和神职人员在某一时刻捕获了人类行为的某个方面，在这一时刻宗教介入进来，把悬置和变得失去作用的人类活动独立出来，移置到神圣领域。在这里，阿甘本借鉴了列维－斯特劳斯对宗教的解读，列维－斯特劳斯把我们常用的基本宗教概念解读为能指过剩，认为它们本身是空洞的，并因此可以承载各种象征性内容，即具有"零度象征价

---

① Giorgio Agamben，*Nudities*，Stanford University Press，2011，p. 100.

② Giorgio Agamben，*Nudities*，Stanford University Press，2011，p. 100.

值"的能指，对应于某些人类活动和客体，宗教通过仪式性机制使其悬置，把它们分离出来，并重新加以符码化。

宗教把这一悬置行为仪式化，使其变成一个静止的姿态，使其成为上帝的荣耀的象征；而阿甘本所提倡的非功用性（inoperality）则强调，这一悬置是一种敞开，它具有积极的意义，它停止了原有的行为或对立模式，使其失去效力，因而开启了新的可能性，但这种新的可能性不是对旧的对立的完全否定，而是对旧的对立的一种展示。"这里要做的是使任何朝向某个目的的行为实践变得无效，从而开启一种新的使用方式，这不是对旧的使用方式的废弃，而是始终立足于旧的使用方式并使它呈现出来。"①因此，赤裸的、单纯的人类身体在这里不是被移置于一个更崇高的实在领域；相反，它是被从一种曾使它与自身相分离的巫术中解放了出来，第一次获得了通向自身真理的途径。这种使身体与自身相分离的巫术，也就是附加在身体上的各种边界及其机制，而悬置并展示这些机制，则是破除这些边界的一个切入口，是导向新的可能性的入口。因此，在阿甘本看来，真正荣耀的身体不是他者更为机敏、优美，更具光辉和精神性的身体；它就是身体本身，"这时非功用性去除了身体上的魔咒，并使它朝向一种新的可能的公共用途"②。

在荣耀的身体中，神学阻碍了身体通向真理的途径，但神学也往往给我们提供了很多可能性范式，正如阿甘本所说的，"具有深厚神学渊源的分析往往是切中要害的"③。他认为关键在于既在神学复杂性中对问题进行思考，同时又超越神学视野。正是在犹太教传统中，阿

---

① Giorgio Agamben, *Nudities*, Stanford University Press, 2011, p.102.

② Giorgio Agamben, *Nudities*, Stanford University Press, 2011, p.102.

③ Giorgio Agamben, *Nudities*, Stanford University Press, 2011, p.75.

甘本发掘出了悬置、停顿和非功用性的神学范式,他认为在犹太教的安息日中,神圣的不是创造,而是所有工作的停顿。他引用了《圣经》中的两段话:"第七日,上帝完成了造物的工作,就在第七日放下一切工作安歇了。上帝赐福给第七日,定为圣日,因为上帝在这一日安歇,放下了创造万物的一切工作。"① "要谨记安息日,奉为圣日。六天要从事劳动,做一切工作。但第七天是耶和华你上帝所定的安息日。"② 在这里,以色列人在庆祝安息日时的情形被称为 menuchah,阿甘本称之为安歇,即 inoperality。安歇的不仅是世人,也包括上帝。犹太教传统界定了安息日不能从事的活动,它们广泛地包括生产和生活的整个领域。阿甘本认为,这并不是说人们必须在安息日弃绝一切活动,问题的关键只在于这些活动是否以生产为目的。因此,在犹太教传统看来,不具建设性含义的纯粹破坏性行动并不构成被禁止的行为,因此也不被视为是对安息日静养的一种违背。做饭和点火是禁止的,但节日大餐是可以的,也就是说,"界定庆典的安歇不是不活动和弃绝一切活动,而是敬奉,一种特定的行为和生活模式"③。

这一节日范式的意义是什么呢?阿甘本认为,在当代生活中,我们尽管还在庆祝各种节日,但这一神学范式所包含的意义已经失落了,他从普鲁塔克在《宴饮问题》中记述的"驱逐贪食"的庆典仪式来追溯了这一庆典模式的意义。他认为,在这一庆典仪式中,赶走象征"贪食"的奴隶,并不是为了安抚上帝,从而获得物质的财富和丰盛的食物,"因为被驱逐的不是饥饿和灾荒,而是'公牛般的饥饿':

---

① 《圣经·创世纪》(2: 2-3)。

② 《圣经·出埃及记》(20: 8-10)。

③ Giorgio Agamben,*Nudities*,Stanford University Press,2011,p. 105.

这一兽类般的永不能满足的进食"①，因此，赶走"贪食的"奴隶意味着驱逐某种形式的贪食（像野兽一样贪吃或狼吞虎咽，以满足某种从本质上来说永远无法满足的食欲），从而为另一种进食模式腾出空间，也就是说，使贪食失去作用。因此，在阿甘本看来，吃不再是某种被禁止的行为，它不再朝向某一目标，而是一种无功用性和安歇。

阿甘本认为，在现代语言中，古希腊术语"公牛般的饥饿"仍然在医学术语中保留着，它逐渐指代一种饮食方面的紊乱。20世纪70年代末以来，饮食紊乱已经在当代社会中成为一种常见现象。这一紊乱的症状典型地表现为反复地暴饮暴食，无法控制自己的食欲，并且在暴饮暴食后立即催吐，强行吐出吃下的东西。催吐，是指暴饮暴食症患者把手指伸到喉咙深处，或者通过服用催吐剂，把之前吃的东西强行吐出来。阿甘本认为，在暴饮暴食症研究的一开始，求助催吐手段就被视为诊断这一病症的必要部分，尽管确实有一小部分病患没有发生过这一行为。催吐，这一看上去似乎与暴饮暴食完全相反的行为，为什么会被视为暴饮暴食症诊断一个必要的组成部分呢？阿甘本认为，催吐体现了某种净化的功能，通过催吐，暴饮暴食症患者似乎是在消解他们身上的公牛般的饥饿，从而用某种方式净化自己。在这里，起作用的同样是悬置、非功用性和停歇机制。暴饮暴食症患者吃下食物后立即用催吐的方式吐出吃下的东西，同样是把动物性的饥饿吐出来，使其失去作用。

因此，阿甘本所提出的悬置、非功用性和停歇是指通过有意为之的停顿，使之前发生作用的机制展现出来，从而使这一机制失去作用。就像在安歇与安息日之间的关系问题上，"安歇既不是庆典日的结果也不是其前提（劳动的弃绝），而是与庆典性本身相吻合的，因

---

① Giorgio Agamben, *Nudities*, Stanford University Press, 2011, p.107.

为它恰恰使人类的姿态、行为和劳作中性化了,使其失去了作用"①。同时,这一停歇(inoperality)不是简单地对之前的机制的弃绝,而是前者的完美实现,在阐述安息日、工作和安歇之间的接近关系和几乎相互的内在性问题时,阿甘本引述了拉什对《创世记》的评论,认为在安息的第七日,也有某种东西被创造出来,那就是工作的停顿、安歇本身。"甚至是工作的停歇也属于创造;它是上帝的劳作。但它是一种非常特殊的工作,因为它使所有的工作都失去了作用,使所有其他的工作都停歇了。"②原来可以做的事情现在不能做了,被从"现实生活"、从工作日界定它的理性和目标中解放了出来,暂时被悬置了,因此,"吃,不是为了果腹;穿,不是为了蔽体或防寒;醒来,不是为了工作;走路,不是为了去某个地方,说话,不是为了交流信息;交换物品,不是为了买卖"③。阿甘本认为,在某种程度上,每一个庆典日都包含了这一悬置因素,并主要地从人们工作的停歇开始。通过这一方式,庆典揭示性地把自己表现为是对现有价值和权力的一种消解。同样,同时代人既依附于时代、又与其保持距离的这一奇特关系,"更确切而言,这种与时代的关系是通过脱节或时代错误而依附于时代的那种关系"④,也是一种悬置与非功用性的关系。然而,正是通过这种断裂与时代错位,同时代人比其他人更能够感知和把握他们的时代。

在阿甘本这一关于悬置、非功用性和停歇的理论框架中,悬置和非功用性不是逆转和推翻现有的权力关系,而是使其体制机制呈现出

---

① Giorgio Agamben, *Nudities*, Stanford University Press, 2011, p. 109.
② Giorgio Agamben, *Nudities*, Stanford University Press, 2011, p. 110.
③ Giorgio Agamben, *Nudities*, Stanford University Press, 2011, p. 111.
④ Giorgio Agamben, *Nudities*, Stanford University Press, 2011, p. 11.

来，对其进行反思，从而打开可能性空间。这与20世纪60年代意大利工人运动中的"拒绝劳动"这一思想传统有很大的关联。作为一个基本的口号，"拒绝劳动"不是像恩格斯所描绘的那样，是工人自发地在生产线上捣毁机器，而是说拒绝在已确立的资本主义生产关系中劳动，通过这种拒绝和停止劳动，来质疑现有的生产关系和体制，从而开拓新的可能性。正像迈克尔·哈特教授在谈论当代对"非物质劳动"的颂扬时，认为我们对"非物质劳动"的积极性的肯定应当与"拒绝劳动"的传统联系起来，对非物质劳动的肯定不应当简单地混同于提倡回到工作中去，回到劳动中去，提倡享受工作，而是对现有劳动形式的拒绝。他认为，"任何对劳动的肯定首先都来自于60年代工人运动中'拒绝劳动'这一传统。激进工人总是试图超越劳动，把自己从剥削和资本主义生产关系中解放出来"[1]。因此，与"拒绝劳动"联系在一起的实际上是对"真正的"劳动的一种重新确认和对日常异化体制的揭示。在写作于1965年的《拒绝的策略》一文中，马里奥·特龙蒂对当时这一思想作出了解释，认为"停止劳动意味着对资本的命令的拒绝，这里的资本是生产的组织者。停止劳动是在特定时刻说'不'的一种方式，是对于被设定的具体劳动的拒绝；是工作过程的暂时中断，作为一种持续的威胁，其内容来源于价值创造过程"[2]。"拒绝劳动"反对传统工会斗争模式，认为它在资本主义框架内要求分享劳动成果，实质是对既有秩序的肯定，成为了现有秩序的积极参与者，而"拒绝劳动"则在资本主义生产中设置了一系列危

---

[1] Paolo Virno & Michael Hardt, Edt., *Radical Thought in Italy*, University of Minnesota Press, 1996, p.6.

[2] Mario Tronti, "The Strategy of Refusal", http://libcom.org/library/strategy-refusal-mario-tronti.

机，危机的每一时刻都需要发挥策略性，以便为新的飞跃打开大门。

"拒绝劳动"的理念也是跟这一时期左翼特定的历史观联系在一起的，即他们提出的自下而上的工人阶级史观。也就是说，工人阶级是创造历史的积极力量，工人阶级的斗争推动了资本主义的发展，资产阶级利用或者说收编了工人自发抵抗的力量，从而实现了资本主义的发展。从这一自下而上的史观出发，这一时期的左翼知识分子从各个角度对资本主义制度进行了反思，比如对现有的自上而下的福利国家制度的反思等。① 这一自下而上的历史观也能为我们理解阿甘本的一些理论观点提供某些线索，例如在创造与救赎的问题上，他更强调救赎，因为救赎是托付给人类的任务。阿甘本通过考古学式的研究发现，在伊斯兰教和犹太教中，尽管拯救的工作在重要性上先于创造，但却被托付给一个造物。他认为，"这里真正让人惊奇的是，对创造的救赎不是被委托给了创造者（也不是委托给直接来源于创造性力量的天使），而是托付给了一个造物。这意味着创造和救赎仍然是相异的，也就是说内在于我们的创造性原则并不能拯救我们所生产出来的东西。然而，可能拯救创造的或者说必须拯救创造的东西源自于这一原则，在地位和尊严上排在前面的实际上来源于在它之后的"②。因此，拯救世界的将不是精神性的、天使的力量，而是更为谦卑的肉体性力量，是人类作为造物拥有的力量。

三、潜能与拯救

阿甘本批评宗教把悬置和非功用性剥离出来，放到一个独立的神

---

① Paolo Virno & Michael Hardt, Edt., *Radical Thought in Italy*, pp.81-95.

② Giorgio Agamben, *Nudities*, Stanford University Press, 2011, p.5.

圣领域，使其静止化，"用这一方式，原本朝向一种新的使用方式的可能性，现在被转化成了一种永恒的状态"①，从而阻碍了向新的可能性的敞开。那么，这一新的可能性究竟是什么呢？阿甘本在不同的文章中用不同的概念来对此进行探讨，但从未给出确定的答案。如果土地测量员质疑的那些边界和界线不再有效，那么"真实世界"又会发生什么呢？阿甘本只是提到，这就是土地测量员被允许惊鸿一瞥的东西，但语焉不详。在《裸体》中，他也谈到，对裸体经验中美的去魅，在某种程度上可以冲淡神学机制，使我们超越恩典的荣光和本性堕落的幻觉，看见一个单纯的、隐秘的人类身体。而在《公牛般的饥饿》中，阿甘本认为，在庆典中日常的人类活动被悬置和变得失去功用，"其目的不是要把这些行为神圣化，变得不可触及，而是相反，使它们朝向一种新的——或更古老的——符合安息日精神的可能用途"②。但具体的可能用途从来没有在阿甘本的论述中出现过。而在《无人格的身份》中，阿甘本提出，我们必须为寻找人类的新形象做好准备，但"我们仍然没有尽力去看清楚这一形象"③。在《世界历史的最后一章》中，阿甘本甚至对这一突然闪现的新世界进行了质疑，正如他对无知领域所作的界定，"这里重要的不是一种秘密学说或高深的科学，也不是我们未知的某一知识。无知领域实际上可能并不包含任何特殊的东西……也许无知领域根本不存在；存在的只是其姿态"④。

那么，如何理解阿甘本所说的这种姿态呢？在阿甘本看来，重要

---

① Giorgio Agamben, *Nudities*, Stanford University Press, 2011, p. 101.
② Giorgio Agamben, *Nudities*, Stanford University Press, 2011, p. 112.
③ Giorgio Agamben, *Nudities*, Stanford University Press, 2011, p. 54.
④ Giorgio Agamben, *Nudities*, Stanford University Press, 2011, p. 114.

的不是未来新世界是什么样的，而是我们打断现状的行动和能力，是悬置和停歇行为本身所包含的积极力量。这也就是他在分析何谓同时代人时所说的，同时代人是紧紧凝视自己时代的人，以便感知时代的黑暗而不是其光芒。"感知这种黑暗并不是一种惰性或消极性，而是意味着一种行动和一种独特能力。"① 那么，我们为什么要热衷于感知黑暗呢？ 阿甘本从当代的天体物理学对此作出了解释：我们所仰望的夜空群星璀璨，而围绕群星的是浓密的暗夜，但暗夜并不是虚空，它也是由光构成的。"在一个无限扩张的宇宙中，最远的星系以巨大的速度远离我们，因此，它们发出的光永远无法抵达地球。我们感知到的天空的黑暗，就是这种尽管奔我们而来但无法抵达的光，因为发光的星系以超光速的速度远离我们而去。"② 同时代人就是感知时代之黑暗的人，他将这种黑暗视为与己相关之物，视为永远吸引自己的某种事物。与任何光相比，黑暗更是直接而异乎寻常地指向他的某种事物。同时代人是那些双眸被源自他们生活时代的黑暗光束吸引的人，"在当下的黑暗中去感知这种力图抵达我们却又无法抵达的光，这就是同时代的含义"③。

　　暗夜不是光明的对立面，不是光的缺乏，而是尚未抵达的光，这种对黑暗的感知也与阿甘本对知识的理解联系在一起。阿甘本认为，我们对事物无知的方式可能和我们认识事物的方式同样重要，甚至更为重要，因为恰恰是我们对事物的无知界定了我们的认知范围，阐明无知领域可能恰恰是构成我们所有知识的条件——同时也是其试金石。强调无知领域并不意味着要对其进行探索，正像阿甘本所说的，

---

① Giorgio Agamben，*Nudities*，Stanford University Press，2011，p. 13.
② Giorgio Agamben，*Nudities*，Stanford University Press，2011，p. 14.
③ Giorgio Agamben，*Nudities*，Stanford University Press，2011，p. 14.

无知领域甚至可能并不包含任何特殊的东西，而是要在无知与知的这一关系中对知识领域进行重新思考，"它意味着使自己与无知保持一种正确的关系，使一种知识的缺场指导并伴随我们的举动，使一种顽固的沉默清晰地回应我们的言说"①。

阿甘本也用这一关系来重新解释了潜能概念，潜能不仅仅是一种可以去做的能力，它同时也是一种能不去做的能力，在结构上也是一种非潜能。"非潜能"在这里并不仅仅是指潜能的缺乏，没有能力去做，更重要的是指"有能力不去做"，可以不施展个人的潜能。阿甘本认为，正是一切潜能特有的这一矛盾——它总是一种在或不在、为或不为的权力——界定了人类的潜能。这就是说，人类作为以潜能的方式存在的生物，有能力做某事，也可以不做，能够有所为有所不为。因此，"界定个人行动地位的，不仅是一个人的能力范围，而首要的是在与自身的可能性关系中使自己可以有所不为的能力"②。阿甘本并因此对当代社会中的权力机制进行了批判，认为德勒兹所批判的权力只是把人与其所能隔离了开来，但当前所谓的资本主义民主权力更阴险的方式是将人与其所不能隔离了开来，导致无所不能概念的泛滥。"今天的人们被与其所不能完全隔离了开来，被剥夺了能够不做什么的体验，相信自己无所不能，于是他总是愉快地重复'没问题'，不负责任地回答'我能行'，而正是在这些时刻，他本应意识到自己其实已经对不在自己控制范围内的权力和过程束手无策了。不是对自己的能力盲目，而是对自己的无能盲目无知，不是对自己能够做什么盲目，而是对自己不能做什么，或者说，能够不做什么盲目无

---

① Giorgio Agamben，*Nudities*，Stanford University Press，2011，p. 114.

② Giorgio Agamben，*Nudities*，Stanford University Press，2011，p. 44.

知。"① 而每个人可以胜任任何岗位的这种灵活性正是新自由主义资本主义本身的逻辑,它是今天的市场要求每个人都必须具备的首要品质,现在被内化于每个个体的主体性中,成为日常行为的准则。

阿甘本认为,那些被与自己的所能隔离开的人,仍然可以作出抵抗,仍然可以有所不为。但那些与自己的非潜能隔离开的人,却丧失了抵抗能力。那么,除了与同时代保持距离,并死死地凝视时代的黑暗之外,如何实现拯救呢?在阿甘本看来,拯救的对象并不是创造出来的一切,不是被创造的存在,也不是潜能,因为它除了是对创造的消解外没有确切内容,而是把创造与潜能结合在一起的悬置行为本身,用阿甘本的话来说,就是通过悬置和非功用性,使创造与救赎的对立范式显示出来,这一显示既是对原有对立的悬置,也是一种开启,这一悬置、展示和开启本身构成了一个张力场域。这一场域的意义,正如他在探讨荣耀的身体问题时所说的,"身体的新的使用方式只有在以下条件中才是可能的,即把非功用性独立出来,成功地在一个位置、一个姿势中把机能的运行与非运行、实际的身体与荣耀的身体、功用及其悬置结合起来。生理机能、非功用性和新的使用方式共存于身体的某一张力领域中,无法脱离这一领域。这是因为非功用性不是惰性;相反,它使行为中已经表现出来的潜能呈现出来。它不是在非功用性中失效的潜能,而是已经铭刻在器官的机能运行中并已分离出来的目标和模式。正是这一潜能,才能造就具有可能的新用途的器官,造就生理机能被悬置并失去作用的身体器官"②。在论述创造与拯救的关系时,他使用的是新门槛这一意象:"造物和潜能现在都进入了一个新的门槛,在这里二者再也无法区分开来。这意味着当创

---

① Giorgio Agamben,*Nudities*,Stanford University Press,2011,p. 44.

② Giorgio Agamben,*Nudities*,Stanford University Press,2011,p. 102.

造和拯救在无法拯救之物中重合时，人类和神圣行为的终极形象就出现了。因此，不可拯救之物，是指创造和救赎、行动和静观、运作和停顿每一时刻都并存于同一存在（或同一非存在）中，不留下任何剩余。"[1]在这里，拯救开启并"拯救"自身。当拯救把已经逝去的、无法忘怀的一切聚集于自身时，"这一工作本身也发生了变化。当然，它仍然是拯救，因为和创造相反，拯救是永恒的。尽管拯救比创造更持久，但它的迫切需求没有在拯救之物中耗尽，而是遗失在了不可拯救之物中。拯救诞生于行将迫近但没有实现的创造，终结于无法预测、不再有目标的救赎"[2]。正是因为没有目标，或者说取消了之前的目标，我们才可以说，一切皆有可能。作为一个激进理论家，阿甘本的意义不在于提供一套替代方案，对未来新世界提出构想，他提供的只是反抗的策略，他的分析永远立足此时此刻，就像同时代人死死地盯住自己时代的暗夜，阿甘本的意义就在于此。

黄晓武

1977年生，2008年毕业于清华大学中文系中国现当代文学专业，获博士学位。现为中央党史和文献研究院第四研究部副主任、编审。主要研究领域为国外马克思主义思潮、西方文论，主要著作有《马克思主义与主体性》（2012）等。

---

[1] Giorgio Agamben, *Nudities*, Stanford University Press, 2011, p.8.
[2] Giorgio Agamben, *Nudities*, Stanford University Press, 2011, p.9.

再谈詹姆逊对"间离效果"的阐释
——从"V-effect"说起

张墨研

某种意义上，詹姆逊的著述都互文见义地指向了同一种美学形式，无论是以"辩证批评""寓言批评"还是"认知图绘美学"的表象出现，解释辩证法的辩证发展是詹姆逊思想的基石。所以，它也是解读詹姆逊的布莱希特阐释的前理解，大体上看，这一阐释是一个发轫于《美学与政治》（Aesthetics and Politics）中的"总结陈词"而于《布莱希特与方法》（Brecht and Method）中成熟和丰富的过程，而后者中的一处细节是进入上述前理解的一把方便钥匙。

在《布莱希特与方法》的一处脚注里，詹姆逊在表达了对英译者约翰·威利特（John willett）所做工作的充分尊重后，仍不由得指出了翻译中的一个问题，即布莱希特著名的"间离效果"从德语的 verfremdungseffekt 被"误译为"alienation effect，而作为马克思的重要概念"异化"的英译，alienation 在德语中的对应词应该是 entfremdung，为此詹姆逊建议，此处的"间离"最好译为 estrangement，一来与马克思的"异化"相区别，二来与其俄语先驱"陌生化"（ostranenia）相关联。注释的最后，詹姆逊为了说明文稿的体例又补充到，尽管有人支持更具美学意味的概念"defamiliarization"（陌生化）来作为布莱希特"间离"的英译，他本人仍倾向以"estrangement effect"或干脆以"V-effect"来指代"间离效果"。①詹姆逊是后现代理论的研究者,他对生产性误读有着深刻的体会和创见,这点早在他此前的论述中得到证明,那么詹姆逊在此对布莱希特这一范畴的英译略显固执的要求是为何故?

为了回答这个问题,我们首先要回到詹姆逊对那场重要论争的介入之中。

一

以评论的侧重不同,那场论争往往以"现实主义论争",但有时也以"表现主义论争"乃至"现代主义论争"示人,其中重要的理论文本被结集为《美学与政治》。关于论争中的成败得失此处不提,我们关心的是这一历史的旁观者詹姆逊富有个人色彩的"结论"。

处于后见之明的位置上,詹姆逊首先指出了卢卡奇的错漏,"卢卡奇分析的真正错误并不在于过于频繁和轻率地提及社会阶级,而在于对阶级与意识形态之间关系的认识过于不完整和断断续续"②。作为例证,詹姆逊把握到卢卡奇对"颓废"范畴使用上的不稳定性,但更甚者实际上已经出现在卢卡奇对所谓"斯大林主义"的理解中,在詹姆逊看来卢卡奇对阶级和意识形态关系的认识是草率的,其症结首先在于对内容往往有着孤立或僵化的认识,也未能从詹姆逊的角度理解内容与形式的辩证法。通观全文,詹姆逊对卢卡奇的批评属于一种先抑后扬的写作技巧,而指出卢卡奇辩证法的僵化性正是为了以布莱希特等人予以调和。

---

① Fredric Jameson, *Brecht and Method*, New York: Verso, 1998, pp. 85-86.

② Theodor Adorno, et al. *Aesthetics and politics*, Verso Books, 2020, p.201.

詹姆逊充分表达了对布莱希特的认可，将后者的美学思想提炼为具有科学性的，它至少蕴含着三个特点，第一，它是一种无中介的直接表述；第二，对布莱希特而言，科学"与其说是知识和认识论的问题，不如说是纯粹的实验和近乎手工的实践活动"①；第三，这一看法实际上取消了体力劳动和脑力劳动之间的区别，以及由此产生的劳动分工。三者综合起来，布莱希特美学的科学性在于他将认识世界和改造世界直接联系在一起。《美学与政治》出版两年后，塔马斯·乌格瓦尔（Tamás Ungvári）进一步拓展了詹姆逊的意见，从整体上来看，作者更为专注的历史性梳理与詹姆逊尚未深入的逻辑分析体现出一定的一致性，都指出了布莱希特美学对艺术的现实批判性的要求。所不同的是，詹姆逊在提炼这一线索时表面上与本雅明而实际上与德勒兹相连接，而乌格瓦尔则致力于描绘一条马克思至列宁的"革命之路"。

乌格瓦尔认为根本上来说，布莱希特对马克思主义的认同之处在于后者致力于以革命联结理论与实践。首先，"间离效果"自身就不是一种从理论到理论的推演，它一开始便是一种在实践中建立起来的方法。其次，相对于黑格尔将小说诗学的任务视作"描绘与现实的和解"，"布莱希特的目标是对现实的批判"，②乌格瓦尔认为黑格尔艺术思想的两个最重要的当代复兴，一个是卢卡奇，一个是布莱希特。而尽管黑格尔构成了卢卡奇与布莱希特美学共同的源头，但后者对"实践哲学"的理解使两者产生了分歧，布莱希特始终要求以马克思的革命和解放理论扬弃黑格尔的辩证法。"卢卡奇的美学是建立在黑格尔

---

① Theodor Adorno, et al. *Aesthetics and politics*, Verso Books, 2020, p.204.

② Tamás Ungvári. "The origins of the theory of Verfremdung". Neohelicon 7.1 (1979): 174.

和马克思的总体性理论基础上的，而布莱希特则似乎绕过了总体性理论，旨在对抗作为总体性假象的异化。因此，V-Effekt，即间离的方法，本身并不是一个完整的艺术理论，也不包括黑格尔'决定'的所有因素，而是选择了一种更温和的方法，将自己限制在一个单一的方面，即习惯和意外之间的对立。"①温和的方法是一种突出观众的"接受美学"的方法，通过这种方法布莱希特得以绕过卢卡奇总体性的封闭性，如果说詹姆逊对卢卡奇的批评旨在扩大现实主义的空间，从内容方面要求更新卢卡奇的辩证法，乌格瓦尔则通过对比指出布莱希特对卢卡奇形式主义的超越是对辩证法形式的发展，故而两者殊途同归地指出未能更新辩证法的卢卡奇自身的意识形态效果，所不同的是，在最终目标上，詹姆逊要将布莱希特绕过的总体性重新写回卢卡奇之中，也就是通过布莱希特共时性的偏颇解决卢卡奇历时性的局限。詹姆逊对布莱希特的现实主义美学的认可都浓缩在下面这句话里，"事实上，'现实主义'的艺术作品是一种尝试'现实'和实验态度的作品，不仅在其人物和他们的虚构现实之间，而且在观众和作品本身之间，以及——尤其重要的——在作家和他自己的材料和技术之间。这种'现实主义'实践的三重维度显然打破了传统模仿作品的纯粹再现性范畴"②。而卢卡奇的现实主义要么没有达到这样的复杂性，要么只代表其中一个侧面。

布莱希特的美学理念与艺术实践是一致的，而更重要的是，其实践目的是明确的，是在与社会异化进行斗争的过程中建构其艺术效果，这正是要求"社会形式诗学"运动起来的詹姆逊所认可的一种总

---

① Tamás Ungvári. "The origins of the theory of Verfremdung". Neohelicon 7.1 (1979): 180.

② Theodor Adorno, et al. *Aesthetics and politics*, Verso Books, 2020, p.205.

体性美学，也正是在这里，詹姆逊又将布莱希特与布洛赫联系起来，非异化生产的美学是对乌托邦象征（Utopian emblem）的再现。

二

乌格瓦尔曾作出解释，何以"间离效果"进入布莱希特理论的时间较晚，他认为这或许是因为马克思关于"异化"理论的著作直到1932年起才为德国人所了解，[①]如果说阿尔都塞、马舍雷乃至德勒兹等人为詹姆逊提供了"结构性因果律"的美学构型与意义，那么布莱希特为詹姆逊的马克思主义文艺理论提供了能动的现实关联性。乌格瓦尔同样强调的是，布莱希特的间离效果的两个主要来源是德国古典哲学与俄国形式主义的语言论（同时都只是间接的来源），[②]而这两个资源无疑都参与了詹姆逊的社会形式诗学的构建。

所以20年后，当詹姆逊在《布莱希特与方法》的开头专门把问题提出，"作为一种学说，布莱希特的马克思主义首先在哪里被发现呢？他的想法在哪里？"对此卢卡奇的《什么是正统的马克思主义》提供了答案，以后者的名言"正统的马克思主义……仅指方法"，詹姆逊所试图寻找的布莱希特的"有用性"（usefulness）便正是这种方法，即"伟大的方法"（Great Method）[③]。总体而言，布莱希特美学作为一种马克思主义美学要提供一套"框架"（framework）[④]，在这个意

---

① Tamás Ungvári. "The origins of the theory of Verfremdung." Neohelicon 7.1 (1979): 171−232.

② Tamás Ungvári. "The origins of the theory of Verfremdung." Neohelicon 7.1 (1979): 171−232.

③ 是布莱希特在《成语录》（Meti Buchder Wendungen）中对辩证法的称谓。

④ Fredric Jameson，*Brecht and Method*，New York：Verso，1998，p.24.

义上，那些布莱希特戏剧中的"矛盾"并不像"非辩证思想"所想象的"静止的结构"，后者权威的哲学论述来自德勒兹以"差异"对"否定"的超越，不过，詹姆逊认为布莱希特的方法自有其"德勒兹主义的朋友（必然存在！）"①，因为在詹姆逊的解读中，对于布莱希特来说，辩证法正是通过寻找和发现矛盾来定义与构成的，②简言之，没有动态过程就没有辩证法，同时辩证法又是一种对立统一，统一是对立的，意味着黑格尔所说的"同一是作为自身同一的区别那样的同一"③，而对立又是统一的，意味着"同一性与非同一性的同一性"。④

面对同一问题，又是乌格瓦尔将布莱希特方法最要紧之处点明出来，"就布莱希特而言，在谈论理论和实践之间的'差异'时，我们必须极为小心"⑤。这一"极为小心"的一个细节化的表征可以对应于《布莱希特与方法》中詹姆逊对"间离效果"英译的小心翼翼。引用海因茨·施费尔（Heinz Schfer）的分析，乌格瓦尔指出，间离效果是一种"外推（extrapolation）的技术"，"再次重申布莱希特的中心思想：艺术不仅仅是反映现实，而是将其置于冲突之中；整体性是'做出'的……V-effect 代表着一种连续的纠正，它过滤掉了'理想化'，

---

① 括号和括号中的文字均为原文，包括感叹号。

② Fredric Jameson, *Brecht and Method*, New York: Verso, 1998, pp. 79–80.

③ 此处黑格尔《逻辑学》的两处说法均采用商务印书馆中文译文（下同），参见黑格尔《逻辑学》（下卷），杨一之译，商务印书馆，1976，第 32 页。

④ 黑格尔：《逻辑学》（上卷），杨一之译，商务印书馆，1966，第 59 页。黑格尔使用这一概念解释"科学的开端"，故詹姆逊在引述时采用了某种隐喻性的表达（"if not, indeed,"），参见 Fredric Jameson, *Brecht and Method*, New York: Verso, 1998, p.81。

⑤ Tamás Ungvári."The origins of the theory of Verfremdung."Neohelicon 7.1 (1979): 184.

开启了一场运动，在这场运动中，主体性确实与客观化相遇，历史的形成趋势与经济过程的形成趋势相遇；在这场运动中，V-effect 的积极方面穿透了客观化的表面，揭示了其异化的特征，并显示了表面现实的'相对性'"。①

对于詹姆逊而言，这一外推有着另一个例证或者中介，那便是《美学与政治》中的首位作者——恩斯特·布洛赫。詹姆逊在《美学与政治》的总结中给了布洛赫的乌托邦理论以"二分之一"的比重，"如果资本主义下政治艺术的核心问题是合作，那么社会主义框架下文化的关键问题之一肯定仍然是恩斯特·布洛赫所说的遗产（Erbe）"②，它既是布洛赫"乌托邦原则"的主要条件，也是布洛赫区别于卢卡奇阐发社会主义与资产阶级文化连续性问题的根本，简言之，遗产意味着"前资本主义社会的记忆"，因此当詹姆逊指出"布洛赫对遗产的沉思，对过去被压抑的文化差异的沉思，以及对创造一个完全不同的未来的乌托邦原则的沉思，在现实主义和现代主义之间的冲突消退之际，首次彰显价值"，而这一价值便是詹姆逊将现实主义与现代主义相结合考虑的基础，我们既能从中看出詹姆逊对"怀旧"的考察，又能理解布洛赫时间美学的空间化效果。正是试图实现西马"总体性"理论"资源整合"的詹姆逊将布洛赫与布莱希特的科学性联络起来，在这一背景中，布洛赫关于"间离"范畴的考察显示其独有的价值。

---

① Tamás Ungvári. "The origins of the theory of Verfremdung". Neohelicon 7.1 (1979): 214.

② Theodor Adorno, et al. *Aesthetics and politics*, Verso Books, 2020, p.209.

三

布洛赫在《间离、异化》(Entfremdung, Verfremdung)一文中强调了间离与异化的关键分歧，我们有必要回到这篇往往被忽视的文本之中。

首先，作者描述到当孩子与不认识的成人在一起时，感到"陌生"(strange)，他们可能表现出手足无措，但仍是"身处家中的"，没有"远离"(alienated)自己的生活。成人则没有此种问题，他们懂得依靠自己，甚至环境越陌生他们越能依靠自己。然后，布洛赫提出了他的基本认识，"与自己的异化是完全不同的东西，而间离又与之不同"。[①] 这一陈述至少包含两个意思，一方面布洛赫要求明确异化与间离的区别，更为重要的是，间离指向心理学（感受），而异化则关乎实际。

布洛赫先分析了与异化(alienation)相关的词源学。entfremden (to alienate)由来已久，最早在商业上使用，与之相关的拉丁语 abalienare 意味着"摆脱某种事物"（出售），但是德语的"entfremden"作为"摆脱某种事物"的本源含义已经完全消失，"entfremdet"（entfremden 的第三人称单数）意味着关系的冷淡。布洛赫认为 entfremdet 与 abalienare 仅仅在"专业语言"(specialized language)中尚存在联系，这种专业语言指的便是德国古典哲学。首先黑格尔用"entfremdet"表示"理念外化为自然，也指人外化为他的工作"，费尔巴哈为其增加了一个否定内涵"人与自我的异化(alienation)"，后来便是马克思在扬弃中对这一概念的继承。其次是间离，布洛赫认为

---

① Ernst Bloch. "Entfremdung, Verfremdung: alienation, estrangement". Anne Halley, and Darko Suvin trans. The Drama Review 15.1 (1970): 120-125.

从最早表示"疏远"的Verfremden（to estrange），到布莱希特使用的"间离"（verfremdung）概念之间发生了一个跨越，"Verfremdungseffekt（间离效果）的出现是将一个人物或行为移出其通常的语境，使得这个人物或行为不再被认为是完全不证自明的。"①布洛赫总结道，"异化、间离：这些术语是由异己的，外在的事物联系在一起的；然而在它们中，恶与善的经验模式可以以特定的、非常特殊的方式加以区分"。作为"恶"的异化至少在一定程度上属于马克思主义的批判对象，"今天，我们重新体验到了这种感觉，尽管它不是一个遥远、陌生的地方的特征，而是在我们自己的世界里，我们的生活已经被出售，变成了商品，被物化了"。与之相反，"不会背叛和出卖我们的陌生感（strangeness）有着完全不同的效果。它让观看者抬起头看；它看上去是巧妙的，而不是做作的；它在它的差异性中显示出它自己的品质"。②这便是"间离"的"善"的意味，可以引起惊讶，乃至震惊，但绝不会产生"令人反感"（uninviting）的效果，正是因为它最终致力于对抗恶。间离是一个状态或感觉，间离感所造成的效果是间离效果，而在艺术技巧的意义上为实现这一效果所需之手段即"间离的手段"（device of estrangement）。

　　布洛赫以一种近似伦理学的评价方式将异化及"异化的扬弃"纳入了不同的概念空间之中，也实际上"捋顺"了布莱希特的艺术真实与生活真实之间的通路，"间离"的善正是因为它作为手段产生的效果提供了"异化的扬弃"，即"对恶的扬弃"的机会。这一手段的关

---

① Ernst Bloch. "Entfremdung, Verfremdung: alienation, estrangement". Anne Halley, and Darko Suvin trans. The Drama Review 15.1 (1970): 120-125.

② Ernst Bloch."Entfremdung, Verfremdung: alienation, estrangement."Anne Halley, and Darko Suvin trans. The Drama Review 15.1 (1970): 120-125.

键在于提供"陌生的外部性",它使得观众能够与现实经验分离,从而展开省思。艺术实践上如同把观众放置在框架中,或抬离地面,置于雕像的基座(pedestal)上,或许这种"神思"不是最重要的,当观众们离开现实的土壤,也就有了反异化的可能,它是从与"看戏"一样的"旁观"开始的。

正因如此,布洛赫为间离手段提供了一个隐喻,"间离的真正功能是,而且必须是,在唯一太熟悉的现实之上,提供一个令人震惊和距离的镜子;镜像的目的是引起惊奇和关注"。这个镜子的隐喻并不来自"生产之镜"或"自然之镜",也不来自拉康(如果深究的话,或许与之均有关系),布洛赫的灵感来自古波斯人,后者认为月亮是一面反映地球的镜子,布洛赫指出这个解释是谵言(nosense),但这个远距离的、非凡的(out-of-the-way),以及处于高处的意象是有用的,这正是属于间离效果的那面镜子。"观察者通过间离效果获得洞察力,间离效果就可以转化为其辩证对立面——认知(recognition),即认识或'啊哈!'的经验;观察者对离自己最近事物的洞察力来自于他面对最遥远事物时的震惊。"正因如此,"间离的迂回方式是避免异化和自我对抗的最短路径"。[①]

在《美学与政治》的"总结"中,詹姆逊将现实主义与现代主义论争的问题域螺旋式地提升到了作为马克思主义美学所可能达到的最高层次,而为了说明这一点,他恰恰试图唤醒布洛赫在一个更具动力和总体性视野中的"遗产","从这个角度来看,卢卡奇对伟大的资产阶级小说家的强调看起来是最不足以应对这一任务的,但是,那些伟大的现代主义作品里的反资产阶级锋芒同样也显得不合时宜。于

[①] Ernst Bloch. "Entfremdung, Verfremdung: alienation, estrangement". Anne Halley, and Darko Suvin trans. The Drama Review 15.1 (1970): 120–125.

是布洛赫关于'遗产'的思考，关于历史上被压抑的文化差异的思考，关于发明一个完全不同的未来的乌托邦理念的思考，将在现实主义与现代主义之争逐渐被我们甩在身后之时第一次获得它应有的承认"。① 在詹姆逊看来，布洛赫的乌托邦原则打开了一个尚未命名的社会主义的开放未来，将社会主义从西马传统中某种狭隘的"自我定义"（self-definition）中解放出来，布洛赫提供给失去了"现实的社会主义"庇护的西方马克思主义学者一种重新想象社会主义的勇气，他的方法是将时间的指针拨回"史前"，在"今月曾经照古人"的怀古与鉴今的辩证统一中理解历史的解放，"前资本主义社会的记忆现在可能成为布洛赫乌托邦原则和未来发明的重要组成部分"。②

四

在《布莱希特与修辞》一文中，伊格尔顿有一句表述构成了对詹姆逊的布莱希特阐释最好的注解，间离效果的"内部结构是一种存在与缺席并存的结构，或者更确切地说，是两者之间有问题的争论，其中'再现'与'非再现'之间的区别本身就受到质疑。舞台动作必须具有足够的自我同一性（self-identical），才能将一个表面上自我同一的世界表现为非自我同一的，而正是在这个动作中，它自身的自我同一性就受到了质疑"。③ 因此，詹姆逊自己的章节标题"间离效果的间离"涉及了一个"含混"（ambiguity）修辞，因为詹姆逊试图证明布莱希特的辩证法在所有可能的非辩证（教条）线索上仍表现为辩

---

① 转引自张旭东《走向当代中国文学批评阐释的再理论化——〈美学与政治〉中译版序》，《文艺理论与批评》2021 年第 6 期，第 4-16 页。

② Theodor Adorno, et al. *Aesthetics and politics*, Verso Books, 2020, p.210.

③ Terry Eagleton. "Brecht and rhetoric." New Literary History 16.3 (1985): 633-638.

证法，由此，为了理解间离效果中的间离，要对"间离效果"自身进行"间离"，唯有这一方法，"使其原始与历史的功能得以表达，使人得以惊喜地发现它能够采取的多样形式"。① 在《差异与重复》的意义上，这也可以看作是詹姆逊将德勒兹纳入论证的细节，但从根本上来说它仍是以解放的辩证法为最终目标的，因为间离效果要做到两件事情"它必须把我们从日常生活中醒着的沉睡中惊醒，它必须让我们思考是什么让我们惊醒；但它也必须防止我们再次陷入沉睡"。②

这一对间离效果的间离是对间离在形式上的四重阐发，第一种是对"间离效果"本身范畴的使用，也就是当我们使用这一概念去审视习以为常之物时的效果，"让某种事物看起来很奇怪，让我们用新的眼光去看它"，第二种"积累使'事物'确实可被'间离'的技巧"，第三种是对"移情作用（Einfuhlung）的关闭或封停"，这便指向了布莱希特针对亚里士多德和斯特拉文斯基的论战，而因为"移情作用"自身作为一个艺术效果的属性，第三种与第四种共同分享了这一前提，第四种便是间离效果最终的政治性表述，它"旨在将前面所有的表述归纳起来，并将它们放在一个新的角度"。具体而言，"熟悉的或习惯的（habitual）事物被重新认作'自然'的事物，它的间离就揭示了表象，暗示着不变的和永恒的事物，并表明对象反倒是'历史的'，而作为一种政治推论，它由人类制作或建造，故而也能够被他们改变，或完全取代"。③ 由人类制造或建造的是社会现实，对詹姆逊来说，其基本特征是以劳动实践（practice）所历史性地造成的资

---

① Fredric Jameson, *Brecht and Method*, New York: Verso, 1998, p.39.

② Ian Buchanan. *Fredric Jameson: live theory*, Continuum International Publishing Group, 2006, p.43.

③ Fredric Jameson, *Brecht and Method*, New York: Verso, 1998, p.40.

本主义生产方式反过来实现的不止对劳动及劳动者,而是对整个社会的"异化"。那么,如果詹姆逊对布莱希特"间离效果"理论的"最终的"解释要求将艺术效果与社会实践联动起来,就在能指上不能允许不同时刻的相同术语,也即作为艺术方法的"间离效果"中的间离不能与其最初(最终)生成物作为社会现实的"异化效果"中的异化采用同一个能指。

在谈到"伟大的方法"时,詹姆逊指出布莱希特这一概念唯一的"对位者"是葛兰西为马克思辩证法设计的"委婉语"(euphemism)——"实践哲学"(philosophy of praxis),[①]后者一方面是对马克思主义的转喻,一方面是理论与实践(practice)的整合。詹姆逊又动用了伊格尔顿对"美学意识形态"和"一般意识形态"分别关于形式和内容的区分,[②]指出"布莱希特'方法'本身的一个基本特征——他没有给我们提供一个关于意识形态中的后果和利益的积极理论,而是一个否定的理论:其中关键术语和主旨(正如我们上面所展示的)确实是关键词'folgenlos','没有后果'"。它同时构成了对"再现"和"介入"问题本身的扬弃,在葛兰西的"实践哲学"的意义中,认识通过其客观性获得现实性,[③]这时"产生结果"与"没有结果"之间的区别进入了辩证法的"量变"与"质变"间的生成地带,其极限是葛兰西的"实践的一元论",所以"我们可以判断什么时候知识或文化没有产生后果,但要判断什么时候产生了后果却要难

---

① Fredric Jameson, *Brecht and Method*, New York: Verso, 1998, p.37.

② Fredric Jameson, *Brecht and Method*, New York: Verso, 1998, p.129.

③ 葛兰西在《狱中札记》的"认识的'客观性'"中阐发了其承继自拉布里奥拉"实践哲学"的实践一元论理念,国内学界关于这一理念的考察可参见田时纲《论葛兰西对马克思主义的理解》,《马克思主义研究》2001年第3期:77-85、94页。

得多，因为在这一点上，所讨论的形式或作品便已不再是纯粹的文化或知识，它已然成为实践（praxis）本身的一部分"。①

而另一方面，"间离效果"形式性的理论内核是这一实践理论的承担者，如果将艺术作品视为意识形态的寓言性再现，那是因为它把社会的异化纳入了其自己的形式里，"布莱希特的中心思想：艺术不是简单地反映现实，而是将现实带入冲突之中；总体性是'做成的'（made）"。②并且这种形式是难以被察觉的，间离的效果就是在自身的形式里复制异化的形式，以对自身的否定实现对社会形式的否定，从认识论的角度，这是浪漫主义与现实主义的辩证统一，从实践论的角度这是古典哲学与实践哲学的辩证统一，这种统一早在康德美学的"想象力联结"中便已构成，它是知性与对象形式间的"形式的合目的性"，这便指向詹姆逊美学在形式层面所体现的康德特征，但它当然不仅仅是詹姆逊个人的"判断力批判"，它同样也是"差异与重复"意义上功能性的新的理论工具。

詹姆逊所理解的布莱希特的科学认识论意味着"消除身体活动和精神活动之间的分离以及由此产生的基本劳动分工（尤其是工人和知识分子之间的劳动分工）的手段：它将认识世界与改变世界结合在一起，同时将实践的理想与生产的概念结合在一起"。③因此，在詹姆逊看来，布莱希特的艺术理论相较于卢卡奇更为保守的反映论，本身已经超越了中介问题，它不仅是"寓教于乐"的而且是"知行合一"

---

① Fredric Jameson, *Brecht and Method*, New York: Verso, 1998, p.159.

② Tamás Ungvári. "The origins of the theory of Verfremdung". Neohelicon 7.1 (1979): 171–232.

③ Theodor Adorno, et al. *Aesthetics and politics*, Verso Books, 2020, p.204.

的。① 在这种意义上，布莱希特的现实主义是这样的一种模式，"'现实主义'艺术作品是一种尝试'现实主义'和实验的态度的作品，不仅在人物和他们的虚构现实之间，而且在观众和作品本身之间，以及——最重要的——在作家和他自己的材料和技术之间。这种'现实主义'实践的三重维度，显然打破了传统模仿作品的纯粹再现性范畴"。②

"在这种情况下，的确存在一些问题：现代主义的最终更新，对现在自动化的感性革命美学惯例的最终辩证颠覆，可能不仅仅是……现实主义本身！因为当现代主义及其伴随的'隔离'技术成为消费者与资本主义和解的主导风格时，分裂本身的习惯需要被'隔离'，并通过一种更全面的观察现象的方式来纠正。"③这一表述最终成为了对《美学与政治》之"结论"的遥远回响。此时，"介入"的形式也就不是一个阿多诺所强调的艺术自为性的"态度"问题，而是艺术对物质性的革命实践的模拟，甚至体现了德勒兹的"生成"意味的生命动态，也就是詹姆逊在其著作开篇便阐明的，是"有用"联结起了理论与实践，④ 所以这种"有用"往往也被理解为一种理论中的"实用主义"，"有用"意味着"用"的存在性，"间离效果"便是以实践形式存在的美学。

五

行文至此，詹姆逊对前述"误译"如此在意便有了一种解释，因

---

① Theodor Adorno，et al. *Aesthetics and politics*，Verso Books，2020，p.205.
② Theodor Adorno，et al. *Aesthetics and politics*，Verso Books，2020，p.205.
③ Theodor Adorno，et al. *Aesthetics and politics*，Verso Books，2020，p.211.
④ Fredric Jameson，*Brecht and Method*，New York：Verso，1998，p.4.

为倘若在能指层面直接将间离与异化混为一谈，通过对布莱希特的解读而企图实现的理论与现实，艺术与社会的辩证联动便失去了自身的辩证法，语言上的"混为一谈"反映在后结构主义的"居间""混杂性"与"模棱两可"之中，而如果说詹姆逊思想有唯一一以贯之的线索，那便是对马克思主义辩证法的重新唤醒，而这一唤醒还不是自发的，而恰恰是针对英美学界的"反黑格尔"思潮。[1]而布莱希特的间离效果则是詹姆逊众多西方马克思主义理论素材之一，为构建整体性的"社会形式诗学"贡献了力量。

在《语言的牢笼》中，詹姆逊便对什克洛夫斯基的陌生化理论与布莱希特的"间离效果"概念做了比较。首先，布莱希特所使用的间离的德语 verfremdung 与什克洛夫斯基陌生化的俄文意涵相一致，其次，布莱希特理论的独创性（originality）在于，"以一种新的方式跨越了社会和形而上学之间的对立，并将其置于一个完全不同的视角"。这一视角便是政治的视角，根本上是寻求社会变革的机会，间离效果"是为了让你意识到，你认为是自然的事物和制度实际上只是历史性的：是变化的后果，由此它们自身也成为可以改变的"。[2]这一点早已成为定论，即"布莱希特的 V-effect 具有明显的解放轨迹，旨在提高对压迫和剥削的认识，从而为政治斗争奠定认知基础"。[3]我们同样不能忘记对于詹姆逊来说，以历时性的理论模式来理解艺术形式的基本旨趣，在这个意义上卢卡奇和布莱希特分属现实主义和现

---

[1] Timothy Brennan，*Borrowed light*：*Vico*，*Hegel*，*and the colonies*，Stanford University Press，2014，p.112.

[2] Fredric Jameson，*The Prison-House of Language*，Princeton University Press，1972，p.58.

[3] Holger Pötzsch."Playing games with Shklovsky，Brecht，and Boal：Ostranenie，v-effect，and spect-actors as analytical tools for game studies."(2017).

代主义两个特定时期（distinct moments），①换言之，将解构视为唯名论问题的詹姆逊并非在概念的限定性做出一般的理解，而恰恰是在布莱希特的"功能性"的意义上来施行了这一历史化的操作，一言以蔽之，布莱希特美学在"社会形式诗学"的意义上对应着其所要面对和解决的现代主义文化逻辑的客体——垄断资本主义。詹姆逊对布莱希特的阐释可以在某种程度上为其理想的马克思主义文艺创作论提供范本，他对布莱希特的评价是极高的，"布莱希特似乎是第一位真正的马克思主义艺术家，他完成了马克思主义和辩证法作为一种思想模式的原创性，并实现了作为一种新的美学（超越了社会主义现实主义枯燥的可预见性）全部原创性"。②

而一种辩证法的动力学也就在詹姆逊的解释中变成了这样，"布莱希特对可以被视为两个方向的运动（流动与介入）的'解决方案'是表征其'持续性'（ceaselessness），同时疏离（alienating）它，也就是说，通过使其变性来打断它，或通过使它变得不可理解、怪异来使其可理解……历史，作为一切事物的流逝，主体，作为决定性的力量时刻，以布莱希特的方法保存。如果把两个方面结合起来，革命就有了前景。通过分析，在分裂的表征中，在新法则下世界性重构的可能性便会出现"。③由此一来，詹姆逊也就通过对布莱希特的阐发完成了马克思在《巴黎手稿》中所补充强调的"自我异化的扬弃同自我异

---

① Fredric Jameson, *Postmodernism, or, the cultural logic of late capitalism*, Duke university press, 1991, p.50.

② Fredric Jameson, *Brecht and Method*, New York: Verso, 1998, p.172.

③ Esther Leslie."Jameson, Brecht, Lenin and spectral possibilities". Fredric Jameson: A Critical Reader (2004): 195-209.

化走的是同一条道路"。① 正是因为这一辩证发展沿着同一条路，詹姆逊必须将异化效果的不同化身（异化与间离）在这一轨迹上明确为两个时点，或者用结构主义者常见的表述，将它们的初始"标记"为不同的能指，能指的共时的差异恰恰是为了辩证的历时的转化，正是因为詹姆逊要理解一套艺术形式外延为社会形式的诗学，才有了对逻辑线索锱铢必较的谨慎态度。

张墨研

1983 年生，2021 年毕业于清华大学中文系文艺学专业，获博士学位。现为中国艺术研究院马克思主义文艺理论研究所助理研究员。主要研究领域为后殖民理论与研究、马克思主义美学、西方文论前沿，在《文学评论》《文艺理论研究》等刊物发表论文 20 余篇。

---

① 《马克思恩格斯文集》（第一卷），人民出版社，2009，第 182 页。

民族国家之后
—— 帕沙·查特吉"政治社会"思想研究

魏妙

一、引言

帕沙·查特吉[①]（Partha Chatterjee，1947- ）出生于加尔各答，是著名的印度后殖民理论家，也是底层研究[②]第二代的代表人物之一。作为一名后殖民理论家与移民教授，查特吉有着萨义德笔下的"两

[①] 也译作帕尔塔·查特吉、帕萨·查特吉或帕萨·查特杰，现多被译为帕沙·查特吉。

[②] 底层研究，即Subaltern Studies，subaltern又被译为"庶民"或"底层"，而我国台湾学者多将之翻译为"下层"。在本文中，笔者统一采用"底层"这一译法。"底层"概念最初来源于意大利马克思主义理论家葛兰西，在《狱中札记》中，"底层"主要指的是产业无产者和意大利南部作为从属阶级的农民。底层研究学派从葛兰西那里借用了"底层"这个概念，但在印度的语境中，它指的是农民与工人。随着斯皮瓦克对底层研究的批判，"底层"一词也开始涵盖第三世界的女性。而在查特吉的"政治社会"研究中，"底层"实际上也包括城市中的非法居住者和小摊贩。关于对"底层"这一概念的详细梳理及对底层研究学派的介绍，学者陈义华有相关专著进行论述。参见陈义华：《后殖民知识界的起义——庶民学派研究》，中央编译出版社，2009；《后殖民主义、女性主义、民族主义与想象——佳亚特里·斯皮瓦克访谈录 (下)》，《文艺研究》2007年第12期，第59页；查特吉：《关注底层》，《读书》2001年第8期。

栖人"(Amphibians)①的特征。这些理论家"拥有对位(Contrapuntal)意识,能同时感应东西方文化"。②他们最初继承的是自启蒙叙事以来的帝国遗产,但由于他们来自后殖民国家,有着迥异于欧美学界的问题意识,所以在其研究中往往设法利用、改变西方的启蒙叙事,进而转向对后者的反思与批判。查特吉在其著作《被治理者的政治:思索大部分世界的大众政治》(The Politics of the Governed: Reflections in Popular Politics in Most of the World)中提出的"政治社会"这一思想揭示的正是西方语境中的形式民主与印度语境中的实质民主这两者之间的张力。

二、西方与印度语境中的"公民社会"

查特吉的"政治社会"这一概念是相对于西方"公民社会"(civil society)③而言的。如果我们要探究查特吉为何要在"公民社会"之外,探究一个新的政治空间,就有必要先对西方的"公民社会"作一

---

① 赵一凡:《从卢卡奇到萨义德:西方文化讲稿续编》,生活·读书·新知三联书店,2009,第791页。

② 赵一凡:《从卢卡奇到萨义德:西方文化讲稿续编》,生活·读书·新知三联书店,2009,第791页。

③ "civil society"在大陆学界多被翻译为"市民社会",在本文中笔者将之统一翻译为"公民社会"。一来是为了行文方便,不至于概念相混淆;二来是因为查特吉是在公民参与国家事务这一层面上使用"civil society"的,强调的是由法律保障的公民的平等与自由。此外,我国台湾学者陈光兴最早主张将查特吉的"civil society"翻译为"公民社会":"Chatterjee教授用这个字:civil society,非常确切地是在讲公民社会,是针对这个国家、nation、state来的这个概念……公民又是一个法权观、观念,是在这个整个自由主义的系统里面出来的一套东西","公民是一个法权观念、与国家在同一个层次被概念化"。参见陈光兴主编:《发现政治社会:现代性、国家暴力与后殖民民主》,台北巨流图书公司,2000,第83-84、177页。

个简要回顾与梳理。

（一）西方语境中的公民社会

"civil society"理论来源于西方，关于"civil society"的翻译在国内学界有很大的模糊性。它有时被翻译为"市民社会"，有时被翻译为"公民社会"，还有时被翻译为"文明社会"。在具体运用过程中，虽然是同一个名词，但却很可能是在不同的层面上被使用的。①

"civil society"的来源可以追溯至古典时期。亚里士多德是使用"Politike Koinonia(Political Society/Community)"的第一人。在他的著作《政治学》中，亚里士多德用该词来指区别于野蛮社会的城邦。所以，"政治社会即城邦社会，它只存在于古希腊；野蛮社会则是指以波斯为代表的君主专制社会"。② 在古典时期，公民社会和政治社会是二而一的。它既指的是相对于野蛮社会的文明社会，还指的是政治国家。在启蒙时期的洛克、卢梭、康德等人那里，"civil society"则是"反对君权神授思想的重要理论武器"。③ 此时的公民社会仍等同于政治社会，其含义是国家。

再到了黑格尔这里，国家与公民社会开始相分离。在黑格尔的理论中，国家是人类的伦理活动所能达到的最高阶段，而公民社会则处

---

① 关于"公民社会"与"市民社会"的讨论可参见张康之、张乾友：《对"市民社会"和"公民国家"的历史考察》，《中国社会科学》2008年第3期；孙杰：《近年来中国公民社会理论研究综述》，《宁夏大学学报（人文社会科学版）》2013年第3期；何增科：《市民社会概念的历史演变》，《中国社会科学》1994年第5期；张镇镇：《中国的公民社会与市民社会》，《福建论坛（社科教育版）》2010年第6期。

② 周永坤：《Civil Society的意义嬗变及其内在逻辑》，《清华法学》2014年第4期。

③ 王绍光：《安邦之道：国家转型的目标与途径》，生活·读书·新知三联书店，2007，第402页。

于第二个阶段,是国家和家庭之间的过渡阶段。显然,黑格尔认为国家的地位比公民社会高,而公民社会的最终归宿也是国家。

在历史上对国家和公民社会二者的关系进行了深入研究的还有马克思。他继承了黑格尔将国家与公民社会分开的论述,不赞同黑格尔的国家至上论,对黑格尔的公民社会理论也提出了批判。马克思对国家并不抱有浪漫主义的幻想,他看到了国家维护统治阶级利益的本质,并批判黑格尔对君主立宪制的肯定,主张民主制。对观念中的国家和现实中的国家间的差距的清醒认识导致了马克思对国家的不信任。在他这里,公民社会占据比国家更重要的地位。

学者韩立新认为,马克思关于公民社会的论述实际上有两层含义,一层是"以商品交换为核心的社会组织",一层是"以资本和雇佣劳动为核心的资产阶级社会"。① 可以看出,二者都指向了经济基础。

继黑格尔与马克思之后,法国政治理论家托克维尔也对国家与公民社会进行了论述。在他这里,国家的角色由"守夜人"俨然一变,以管制者的身份出现,而此时公民社会则成为抵抗国家暴政的主要力量。与托克维尔不同,意大利左翼思想家葛兰西则认为公民社会是一个权力争夺的场所,其间充满了压制与反抗。他把市民社会从经济基础之中剥离了出来,将黑格尔、马克思的国家与公民社会两分法变为经济基础-公民社会-国家三分法。在葛兰西的理论中,公民社会属于上层建筑,更确切地指向"文化-意识形态关系"② 领域。他强调

---

① 韩立新:《〈德意志意识形态〉中的市民社会概念(上)》,《马克思主义与现实(双月刊)》2006 年第 4 期。

② 王绍光:《安邦之道:国家转型的目标与途径》,生活·读书·新知三联书店,2007,第 407 页。

文化领导权（文化霸权），将"推翻资本主义制度的主战场"①由马克思的政治领域转向了公民社会。

（二）印度语境中的公民社会

查特吉并不否认公民社会中的现代性机构对推动非西方世界的社会机构变革的作用，所以仍保留了公民社会的古典意义，即布尔乔亚社会。但他认为，自十九世纪以来，国家与公民社会二分法已经丧失了其分析优势，因为这种分析方法将国家与公民社会决然对立。要么就是国家完全介入公民社会，要么就是国家实践取决于社会机构。在印度的具体语境当中，西方公民社会理论并不适用于分析其实际情况。

印度建国后，国家官僚机器的运作在法律和理想形态中触及了境内所有居住人口，但是公民社会实际上却由少数精英把持、操控，他们才是真正意义上的"公民"。在现实中，印度大部分底层民众并不能完全享有在宪法意义上被赋予的平等的公民权利。他们处在公民社会的边缘，既不能被排除在政治场域之外，也不能被完全整合进理想形态的公民社会中。

虽然借助西方公民社会理论不能有效地分析印度的政治空间，但查特吉并没有舍弃公民社会这个概念，也未将其内涵进行扩充。他认为，公民社会中有活力的部分仍旧推动着传统社会向现代社会的转化。那么该如何定义在后殖民国家中处在公民社会边缘的政治空间与另类民主实践？传统/现代的二分法只会导致对"传统"的去历史化和本质化处理，而在这个被贬入"传统"的场域中，印度原住民以

---

① 王绍光：《安邦之道：国家转型的目标与途径》，生活·读书·新知三联书店，2007，第405页。

他们自己的方式回应着"现代性",他们的方式是完全不符合现代西方布尔乔亚社会的原则的。因此,查特吉提出,在国家与公民社会之间,加入"政治社会"这个概念,可以让我们看到现代性在政治场域另一种民主的实践与可能。

三、民主再思索——"政治社会"

"政治社会"是将印度底层政治实践理论化、概念化的一个尝试。作为底层研究的一员,查特吉受到前者对印度殖民地时期底层政治自主性的研究的影响。此外,结合19世纪以来的民族国家治理现状,"政治社会"这一概念或许可以表明后殖民国家另类民主实践的可能。

(一)底层研究:精英政治与底层政治的分裂(spilt)[①]

底层研究学派兴起于20世纪70年代末80年代初的印度,以印度加尔各答社会研究中心为依托,最初的发起人是印度史学者古哈(Ranajit Guha)。除了印度加尔各答社会研究中心之外,也有几位学者在国外进行研究(如古哈)。[②]

底层研究学派拒绝两种历史叙事:一种是帝国主义精英的历史叙事,另一种则是本土民族主义精英的历史叙事。在底层研究者看来,前者仅仅以简单的"刺激—回应"来解释殖民地印度的民族主义历史,而后者的历史叙事则强调民族主义精英对殖民主义的对抗,忽

---

① 参见陈光兴主编《发现政治社会:现代性、国家暴力与后殖民民主》,巨流图书公司,2000,第21页。

② 参见陈光兴主编《发现政治社会:现代性、国家暴力与后殖民民主》,巨流图书公司,2000,第20-21页。

视、淡化了二者的合谋，只突出了精英的动员地位，而底层只是作为一个策略性的动员对象。在这两种历史叙事中，底层都被排除在外。因此底层研究学派企图拨开殖民主义精英和民族主义精英的历史书写对底层政治的遮蔽，挖掘底层的政治自主性，揭示底层政治在目的和方法上与精英政治的差异。①

在殖民主义精英的历史书写中，印度需要由西方的导师——英国来加以引导以便走向现代化的道路。因此，在帝国主义的历史叙述中，印度还没有准备好自己完全的自治。底层研究学派的另一位成员迪佩什·查克拉巴蒂（Dipesh Chakrabarty）认为，这种"时机未到结构（not yet structure）"②是帝国主义的时间结构。虽然英国的马克思主义历史书写将目光投向平民，战后的马克思主义历史书写也开始关注本国的工人阶级，但是这些历史学家，如霍布斯鲍姆，在处理亚洲、非洲地区的殖民地历史时，仍旧认为殖民地农民、部落民的意识是"前政治的"（pre-political），因此他们的政治意识"时机未到"。③

因此，底层研究虽然受到英国左派历史学家的影响，但两者之间有着根本区别：前者拒绝将底层历史作为精英历史的补充而被再次整合进精英历史当中，后者只会让西方现代性叙事更加完整，而不会挑战这种历史书写的合法性。

这种"时机未到"的历史书写假设不仅深刻地影响着帝国主义对殖民地历史的书写，也深深嵌入了印度本土的精英历史书写中。殖民

---

① 参见陈义华《后殖民知识界的起义——庶民学派研究》，中央编译出版社，2009，第4-5页。

② 参见张颂仁、陈光兴、高士明主编《从西天到中土——印中社会思想对话》，上海人民出版社，2014，第303页。

③ 参见张颂仁、陈光兴、高士明主编《从西天到中土——印中社会思想对话》，上海人民出版社，2014，第304页。

时期的印度，为了建立民族国家，印度农民被民族精英动员加入了反殖民主义的运动当中，但是当民族国家建立之后，他们却被民族精英忘却了。民族主义精英认为殖民地时期的底层暴动和起义是在其动员之下发生的，不是独立的政治行动。

底层研究学派正是注意到了民族主义政治空间中精英与底层的这种分裂，所以才会将农民的政治行动纳入研究范围。他们拒绝在西方"文明/落后"历史观的参照下将农民政治看作是"前现代"的。在他们看来，农民的政治实践并不是落后的，只不过他们的方式和精英有所不同。

然而，从精英撰写的历史当中挖掘底层历史并非易事，因为在前者当中，底层总是占据从属地位，是被动的，所以只有在底层造反的时候，底层才表现为独立的主体。① 因此，底层研究最初的对象就是殖民地时期的农民暴动和起义，因为只有在暴动和起义中，底层的自主性最易凸显。

底层研究学派早期对底层政治自主性的挖掘遭到了批判。② 例如斯皮瓦克在其《属下能说话吗？》(Can the Subaltern speak？) 一文中认为底层实际上是不可能发声的。"事实上，只是历史学家在历史的页码间表述底层，底层不会发声。"③ 同时，斯皮瓦克还指出，底层研究完全忽视了底层的女性，因而造成了底层话语之中男性对女性的另一重话语压迫。因为意识到了底层政治自主性的来源是日常行动，而且没有必要等底层斗争成为历史之后再对其进行研究，所以当底层研究学派的刊物《底层研究》出版到第五和第六卷时，底层研究的方向

---

① 参见查特吉《关注底层》，《读书》2001 年第 8 期。
② 参见查特吉《关注底层》，《读书》2001 年第 8 期。
③ 转引自查特吉《关注底层》，《读书》2001 年第 8 期。

和方法开始发生改变，研究的对象不仅仅限于农民起义和暴动，而开始将范围扩展到日常生活中的底层意识及其表现形式。换言之，底层研究学派的问题意识开始从"什么是底层真正的形式"转变为"底层如何被表述"。①

（二）大众民主与治理术

除了底层研究的理论背景之外，查特吉对大众民主实践方式的深入考察也是"政治社会"思想的重要来源之一。

查特吉认为，在19世纪时，民族国家建立在大众主权之上，大众主权为民族国家的统治提供了合法性，也奠定了现代民族国家民主政治的基础。但大众主权无疑是一种民族的同质性时空体建构，是一种崇高的政治想象，它无力应对生活在异质时空体中的民族现状。②进入20世纪后，"大众主权的抽象许诺"③开始转向了实际的治理行为，而强调公民参与政治事务的公民权利在治理现状面前隐匿了。因此，如果说19世纪社会学理论的焦点在于谁能够成为公民的话，那么20世纪的社会学理论不能忽略的就是治理术。

因此，大众民主在西方发达资本主义国家，已经形成了公民和人

---

① 参见查特吉《关注底层》，《读书》2001年第8期。

② 查特吉不同意安德森在《比较的幽灵》中关于公民民族主义的论述，认为其是普遍主义的，而民族实际上因为特殊的文化认同而分散存在于异质时空体中。查特吉并不主张放弃同质性和公民社会，认为它可以在某些方面策略性地解决异质性问题，比如印巴的分治等等。与此同时，区别于同质性政治的乌托邦，异质性政治虽然不可能为所有时代的人提供一个永久的解决方案，但它却可以避免将同质性政治下的不平等永久化。参见〔印度〕帕萨·查特杰《被治理者的政治》，田立年译，陈光兴校，广西师范大学出版社，2007，第6—8页。

③ 帕萨·查特杰：《被治理者的政治》，田立年译，陈光兴校，广西师范大学出版社，2007，第90页。

口两种区分。查特吉指出，公民更多出现在理论和规范的领域，而人口则属于行政政策领域，具有描述性和经验性的特征。在官僚制下，政府机关可以通过人口概念进行一系列工具性、策略性的操作，为他们的政治、经济、法律、行政政策进行动员。

这里需要补充的是，在历史的各个时期中并不是每个社会成员都可以成为合格的公民，奴隶、妇女、黑人、殖民地底层民众在相当长的时期内都不被当成是公民。即便是其合法性建立在大众主权之上的现代民族国家，也不能保证大众民主的实质履行，尤其是代议制民主，只会将底层民众的民主架空。

西方的公民社会尚且不能保证大众民主的落实，其"复制品"——印度公民社会的民主就更是沦为了上层精英权力的游戏。精英政治与底层政治的分裂这个历史遗留问题导致了当下印度的民众只是微弱意义上的享有宪法赋予权利的公民，"甚至连这微弱的意义也是含混的和情境性的"。[①] 因此，大部分印度居民都不是真正意义上的公民，但是他们民族国家并不能将他们排除出去，视为政治空间之外的人。作为民族国家内居住的人口，政府机关必须照顾、管理他们。在这里，民族国家的合法性不是通过保证公民参与公共事务来彰显的，而是通过保障人口与多重安全以及为民众提供一系列的福利政策来显现的。

印度作为后殖民国家，延续了殖民时期划分多重人口群的治理策略，而这些人口群则成为了政治社会的实践主体。这些人口群由来自过去的东巴基斯坦和南孟加拉的难民和城市小摊贩等构成。他们的权利资格是由治理行为下的人口统计学来界定的，这些人口群组成的政

---

① 帕萨·查特杰：《被治理者的政治》，田立年译，陈光兴校，广西师范大学出版社，2007，第46页。

治社会共同体对治理行为的诸多范畴进行填充。因此,当仅仅在形式上和法律上平等的公民身份与实际的治理行为的分层之间出现张力时,一种"被治理者的政治(the politics of the governed)"①就出现了。

(三)政治社会实例

查特吉认为,"政治社会"肇始于20世纪80年代,这是由道德纽带维系的一个共同体,它为大众民主提供了一个实践的空间。这个空间由治理行为作为支撑,实际上将底层可参与的民主实践的范围扩大了。

他在《被治理者的政治——思索大部分世界的大众政治》中,向我们描绘了这样的政治空间:铁道村一号位于印度加尔各答南部,全称"戈宾达普尔铁道村一号门(Gobindapur Rail Colony Gate Number 1)"。②它实际由一片位于铁路沿线的棚户区组成,初步形成于20世纪40年代后期。居民大多为逃荒的农民和印巴分治下的难民,他们大部分人非法地居住在公共或者私人的土地上,在行政当局默许下获得"村"这一正式的名字。

20世纪80年代之前,这些"村"还处于一种由地主管理的"恩庇—侍从关系"下,但之后情形发生了极大的改变,他们开始组织起来,从治理机构的规划中获取利益,为自己的生存权利进行斗争。

在铁道村内部,居民们由一种类似家庭式的团结联合在一起。当他们谈及自己的"村"时,首先强调的并不是共同利益,而是将铁道

---

① 帕萨·查特杰:《被治理者的政治》,田立年译,陈光兴校,广西师范大学出版社,2007,第4页。
② 帕萨·查特杰:《被治理者的政治》,田立年译,陈光兴校,广西师范大学出版社,2007,第63页。

村比喻为一个大家庭。这些难民们并没有先天的生物上或者后天的文化上的联系，对一块公共土地的非法占有是他们身上唯一的共同点。他们以"村"作为彼此之间界定的标记，并不会越界。同时，"村"作为一个领土上的界线还用来区分资格、责任与义务。比如"谁可以成为联合会的成员，谁必须为集体节日出力，或者谁可以要求在附近中产阶级公寓里当保安的工作"。①

可以看出，虽然铁道村一号实际上是一个非法占用土地的贫民区，但是政府却不能将它排除在民族国家之外。在这里，政府面临着两难的选择：如果承认其合法性，那无疑会使真正的公民的权利和利益受到损害，进而威胁到公民社会的合法性，模糊宪法的界限；如果承认其是非法的，使用法律武器将之强行整合进公民社会，那就会剥夺这些居民的生存权利，他们将因无法维持生计而发生一系列暴动，从而引发更多的社会矛盾。因此，从保障人口与多重安全的治理策略出发，政府经常为这些居民提供福利政策，如果有恰当的时机，再将他们搬迁至合适的居住地。

对于居住在铁道村的居民来说，他们承认对公共土地的占有是非法的，但因为他们属于治理行为中人口统计的某些范畴（比如难民），所以他们有权利要求政府提供居住地和生活保障，并且他们也会通过居民联合会这样一种集体工具来实现自己的目标。

查特吉指出，铁道村的这个例子体现了"法权（right）"和"权利资格（entitlement）"②的区别，前者指的是土地或者建筑的合法拥有

---

① 帕萨·查特杰：《被治理者的政治》，田立年译，陈光兴校，广西师范大学出版社，2007，第68页。
② 帕萨·查特杰：《被治理者的政治》，田立年译，陈光兴校，广西师范大学出版社，2007，第80页。

者,也就是严格意义上的公民。如果其财产受到损失,可以向政府部门要求法定的赔偿,而后者则不拥有这些法权,他们得到的不是赔偿,而是一块新的居住地或是生活来源。值得注意的是,在公民社会中,公民个人是"法权"的拥有者,而在以铁道村为代表的政治社会中,拥有"权利资格"的是其所有居民。他们作为一个集体向政府机关、治理部门要求其生存权利。

从以上论述看出,查特吉提出的"政治社会"有着以下特点:

首先,在政治社会中,人口成为主要的治理行为作用的对象,这些特定的人口群以"权力资格"作为他们集体的抗争工具。

其次,政治社会包含在两个层面上的操作:一是对外的反抗,主要针对的是公民社会中的行政、执法机构,通过协商、谈判甚至是经过精心计算过成本与收益的暴力行动与其斡旋。二是对内的动员,政治社会这个共同体被赋予一定的道德色彩,成员们因其对一块公共土地的非法占有建立起了家庭式的归属感,通过动员建立起自下而上的联系。

再次,政治社会的空间是不稳定的、是动态的、变化的。处在政治社会中的底层人民、政党、调停人或是治理机关任何一方力量的变化都会对政治社会有着非常大的影响。

最后,查特吉认为政治社会介于国家与公民社会之间,可以与后两者发生互动,成为底层参与民主实践的一个重要场域,因此也是大众政治的重要组成部分。在印度的语境中,民主政治只能游走于现代性的各种规范价值和底层的道德诉求之间,而政治社会则代表寻找现代国家中的民主新形式的尝试与努力。

四、结语

查特吉提出的"政治社会"这一思想具有非常强的在地性，可能不足以概括世界上真正其他四分之三人口的民主政治，但其意图并不是将其他各地的民主实践都包含在"政治社会"之内，而是像查克拉巴蒂一样，将欧洲边缘化，以便我们看清民主政治在非西方国家的真正实现方式。西方公民社会中的民主本身就具有想象性，而当印度的本土精英将之复制到后殖民国家时，由于忽视了种姓、宗教、性别等差异，就更不能满足底层民众的权利需求。我们在考察查特吉的"政治社会"思想之时，不应将之视为绝对的东西方民主的二元对立，而是应该将之视为查特吉根据印度底层政治的民主实践提供的另一种想象现代性与民主的关系的可能。

魏妙

1990 年生，2021 年毕业于清华大学文学院文艺学专业，获博士学位。现为中国民族报社编辑。主要研究领域为解放区文学。

2

文化研究的反思与实践

霍尔的理论化探索及其对文化研究的反思

孟登迎

用特里·伊格尔顿的话来说,斯图亚特·霍尔(Stuart Hall,1932—2014)几乎"可以娴熟地处理六门学科所涉及的问题",而且总能紧跟各个时代的新潮理论,在近半个世纪以来几乎亲历和参与了英国新左派发起的各种社会运动。① 其实霍尔还是一位高产的学者和演讲家,据不完全统计,他发表的大小文章有300多篇(含少数重复或修订的篇目),另外还有100多篇演讲与访谈稿件。② 不过,由于他一直强调"理论"的"语境性"和"局势介入性",重视研究结论的暂时性、未定性和开放性,因此除了在朋友马丁·雅克(Martin Jacques)的劝说之下出版过一本以他个人署名的小册子《走向艰难的复兴之路:撒切尔主义和左派的危机》(The Hard Road to Revival:Thatcherism and the Crisis of the Left,Verso 1988),他生前几乎没有出

---

① 伊格尔顿:《最新潮的人》(The Hippest),首发于《伦敦书评》(London Review of Books)1996年第5期(https://www.lrb.co.uk/v18/n05/terry-eagleton/the-hippest)。

② 转引自黄卓越为《斯图亚特·霍尔文集》中文版所写"前言",见该书第2页。霍尔著作(包括音像作品)的详细名录可参考霍尔基金会网站(https://www.stuarthallfoundation.org)相关链接。

版过一部自己独立署名的专著或论文集。①留英归国学者章戈浩也认为,"霍尔本人反对以选本、读本、全集等方式出版他的作品,主要是他不愿意在这种选编过程中生产出对他作品本来不具备的一致性……分散的文章更便于他根据现实,不断地作出修订与重述"②。

这些解释对于我们理解霍尔因应时代需要所做的理论立场选择,以及他所推动的文化研究实践所带有的浓厚的集体合作和实验介入特色,的确都有切实的参考意义。不过话说回来,由于霍尔在文化研究、传播研究和左翼政治批评等诸多领域的杰出贡献和广泛影响,尤其是他在借鉴、消化和创造性地运用各种经典理论资源方面所做的诸多卓越的探索(对于构建文化研究这一极富创造力的学术领域有奠基作用),必然引发世界学术界对其思想遗产的持续关注和研究。

一、《霍尔文集》的出版情况

自霍尔于2014年逝世以来,他的家人、学生和同事建立了霍尔基金会和档案馆,陆续编辑出版他的文集和演讲集。目前至少已经出版了8部,大部分收入"霍尔文选"丛书(Stuart Hall: Selected Writings)。其中包括戴维·莫利(David Morley)编辑的两卷本《霍尔精要文选》(Essential essays,2019),共收录论文和访谈23篇;格雷戈尔·麦克伦南(Gregor McLennan)编辑的《霍尔论马克思主义文选》(Selected Writings on Marxism,2021);保罗·吉尔罗伊(Paul Gilroy)和露丝·威尔逊·吉尔摩(Ruth Wilson Gilmore)合编的《霍尔论种

---

① 见格罗斯伯格和斯莱克为他们合编的斯图亚特·霍尔演讲集《文化研究1983:一部理论史》所写"编者导言",周敏、程孟利译,商务印书馆,2021,第6-7页。

② 章戈浩:《分析当下:霍尔与情势的相遇》,载王晓明、蔡翔主编《热风学术》第9辑,上海人民出版社,2015,第284页。

族和差异文选》(Selected Writings on Race and Difference, 2021)等。

中国学界近 20 年来对霍尔的译介和研究也在日渐增多。霍尔大约有 15 篇论文及其主编（或主撰）的《表征》《做文化研究》《通过仪式抵抗》《管控危机》等著作，已有中译本出版。① 据笔者所知，自 2006 年起，黄卓越老师就与霍尔商谈中文版《斯图亚特·霍尔文集》（以下简称《霍尔文集》）的编辑事宜。由黄老师初拟出文集的目录，霍尔随后对所选文章篇目做了一些压缩，并加入了他 2008 年前后的几篇访谈，在他去世之前最终将篇目确定了下来。戴维·莫利作为他们之间的联络人，对中文版《霍尔文集》的编辑也贡献了力量。2015 年后，黄老师开始找学者分头翻译该文集，后经七年多的统稿和校译，终于出版。

《霍尔文集》厚达 930 多页，共收录霍尔的 30 篇文章和 6 篇访谈稿，写作（发表）跨度长达半个世纪。全书分为"文化研究与阶级""理论与方法实践""媒介、传播与表征""政治形构：作为过程的权力""种族、族性和身份""全球化：后殖民与流散"和"新近的访谈和反思"七大部分（辑），内容比戴维·莫利所编英文版《霍尔精要文选》还要充实，涵盖了文化研究、传播学、符号学、政治研究、知识社会学、后殖民研究和种族研究等多个领域。该文集向读者基本呈现了霍尔的多重思想"面相"，也体现出文化研究这种介入性的"反学科知识实践"所具有的强大扩张力。

面对这样一本收录了多篇理论分析长文的《霍尔文集》，那些能耐着性子读完大部分章节或整本书的读者，想必都希望能对霍尔及其思想实践做进一步的了解，并从中各取所需，获得新的思想启发和实

---

① 我国台湾学者陈光兴、唐维敏编译《文化研究：霍尔访谈录》，1998 年由台湾元尊出版社出版。

践参照。像笔者这类对文化研究依然抱有关注和期待的人，面对这本几乎展现了英国文化研究各个阶段之独特思想风貌和霍尔本人之丰富思想历程的综合文集，期待感自然会更加迫切。的确，关于霍尔的特殊成长经历和移民知识分子特征，关于他动用和加工的各种理论资源，关于他对于英国乃至世界范围内的文化研究的意义，汉语学术界目前已有不少介绍和研究。[①] 但是，总体来说，这些介绍和研究还未能有效传播到更多的读者和研究者当中，也未能激发起应有的理论效应。我们目前对于霍尔和英国文化研究的了解，尤其对于如何借鉴英国文化研究的"经验"来开展更有效的"在地化的"文化研究，依然缺乏比较完善的思考和可行的进路。一方面，文化研究的相关观念、思想和方法已经广泛渗入各类人文社科研究领域，但另一方面，大学建制内的文化研究教育、我们对于中国文化研究的学术（科）反思和实践路径探索却似乎依然原地踏步（困于"十字路口"）。在这种情境之下，阅读《霍尔文集》，更为全面地了解、理解霍尔的理论选择、思想创新和现实应对，重新思考霍尔的理论探索在多变的表象背后究竟有哪些可取之处；这也许能对中国的文化研究带来一些新的启示。

二、霍尔在不同时期的理论探索

《霍尔文集》收录了霍尔在各个历史时期发表的代表性文章和访谈文稿。这些文章基本上是霍尔对于各种理论原理和思潮的研读和运用，大都缘于他要积极回应和介入的社会情势之变。期间经历了好几个阶段，也经受了数次较大的理论转折。

[①] 可参考曹顺庆、石文婷《超越文化研究：我国学界与国外学界斯图亚特·霍尔研究的对比与思考》一文的相关信息梳理，《中外文化与文论》2020年第4期。

大体来看，从1950年代中期到1968年，霍尔的文化研究探索主要承传的还是第一代英国新左派的思路，还在英国本土色彩较浓的文化主义（人道主义的社会主义）和工人阶级文化传统中进行问题考察。他这一时期主要检讨的是阶级文化的新形态和流行艺术（popular arts）影响下的青少年文化和教育问题。

从1960年代末到1970年代末，是霍尔大量筛选和研读马克思主义经典论著、20世纪欧陆马克思主义诸流派（阿尔都塞意识形态理论、葛兰西政治文化理论和法兰克福学派批判理论等）、后马克思主义和其他欧陆理论思潮（现象学、知识社会学、结构主义、符号学、话语理论）及符号互动理论的时期。《霍尔文集》收录的文章，有一小半就发表或孕育于这一时期。霍尔带领伯明翰当代文化研究中心（以下简称"伯明翰中心"）的师生集体治学，在基本理论研究、青年亚文化、传播研究、种族表征等领域取得了较多突破。可以说，这是大力开拓文化研究的理论路径和现实关注对象，推动其走向理论化、方法论探索和现实介入（研究）齐头并进的"英雄时期"。尤其在学生运动极度活跃的1968年之后，霍尔和伯明翰中心的文化研究开始大量借用阿尔都塞意识形态理论和葛兰西领导权理论等更为复杂的新型马克思主义资源，同时继续积极吸收和融合其他各种最新的理论思潮。这些努力，使得英国文化研究的理论水准大为提高。或者说，唯有如此，他们才能对消费主义时代那些更为复杂而隐蔽的阶级、种族、代际、性别等结构性紧张所制约的各种意识形态、话语表征和日益多样的文化展现形态（仪式或风格），做出更富有学术说服力的、趋向专业化的文化形式分析。

1970年代末，霍尔因遭遇一些更激进的女性主义信奉者（学生）的冲击，离开伯明翰中心，去了授课对象更为多样化和平民化的开放大学任教。但他的理论探索并未停止，更为自觉地辨别和接受后现代思潮、后结构主义和后殖民理论对文化研究带来的复杂影响,并开始公开以自己的独特身份(来自英属殖民地但居于英帝国内核地带不断发声、流散漂泊的左翼黑人)来回应和扩展各种身份政治研究。霍尔把从对"小我"身份形构和认同的分析,扩展到了结合国内外阶级和种族结构、殖民史、全球化重构、文化认同差异等因素对种族和族裔的全新研究。1980年代末/1990年代初,他又同一些弟子积极因应现实社会发生的巨大变化(比如,"冷战"貌似以资本主义大获全胜而终结,资本主义生产转向"后福特主义",福利国家制度、左派民主政治面临危机,流行文化和消费文化泛滥等),提出了"新时代"(New Times)议题,同时继续坚持之前活学活用葛兰西政治理论对"撒切尔主义"(Thatcherism)和"威权民粹主义"(authoritarian populism)展开深度批判。21世纪之后,这些批判逐渐转化为对于新自由主义及其全球化消极后果的批判。

霍尔像有些学者所说,"在很大程度上承担了开掘和阐释文化研究理论阵地(theoretical positions)的责任"[①];甚至有学者认为"他的著作提供了一幅文化研究的路线图,即从文化主义到结构主义、结构主义马克思主义再到后结构主义和后马克思主义"[②]。霍尔因应时代情势所做的这些理论化的探索,的确呈现出相当善变或多变的特征。但是,如果我们细心观察霍尔的理论探索历程,会发现他的每一次理论化突围都不是简单追逐新潮理论,更不是随波逐流的人云亦云,而是凭借自己顽强的使命坚守和艰苦的独立思考所获得的真知灼见。

---

① Dennis Dworkin, *Cultural Marxism in Postwar Britain: History, the New Left, and the Origins of Cultural Studies*, Duke University Press, 1997, p.169.

② 可参考张亮、李媛媛、宗益祥等主编《霍尔文化批判思想研究》,北京师范大学出版社,2020,第17页。此处对所引译文有改动。

三、对文化研究政治使命的反思

霍尔 1979 年离开伯明翰中心之后，陆续发表了五六篇专门回顾和介绍英国文化研究形成史、学术旨趣和文化政治追求的文章。这批文章包括《文化研究：两种范式》（1980）、《文化研究与伯明翰中心：若干问题架构和问题》（1980）、《第一代新左翼的生平和时代》（1989）、《文化研究的兴起与人文学科的危机》（1990）、《文化研究及其理论遗产》（1992）、《种族、文化和传播：回顾和展望文化研究》（1992）等。

霍尔在追溯文化研究的形成史之时明确指出，文化研究与第一代新左派 1956 年反对美苏霸权并探索第三条道路的文化政治实践指向有密切关联。他认为"这种联系从一开始就将'学术工作的政治'毫不含糊地置于文化研究的核心地位"，并指出"文化研究从来也没有、也决不能放弃这种关注"[①]。霍尔强调英国文化研究初创者们对于学术政治使命的高度自觉，不只是在澄清那段学术史，更是要表达自己对于文化研究作为一种学术政治实践的独特理解。

十年之后，面对文化研究思潮已经向世界多国扩散并日益职业学术化的"繁荣"现状，霍尔抱以警惕的态度，数次重申文化研究固有的政治使命。他结合撒切尔夫人执政时代的政治形势（如占据主导权的威权民粹主义对边缘群体、移民、有色人种、下层人群的排斥，对英国日渐衰落而感受的各种威胁以及在民族－国家和民族文化认同方面出现的各种焦虑），再次明确"文化研究的使命一直是致力于帮助人们理解正在发生的现实，尤其是向那些现在遭受排斥的所有人提

[①] 斯图亚特·霍尔：《文化研究：两种范式》，孟登迎译，见黄卓越、戴维·莫利主编《斯图亚特·霍尔文集》，中国社会科学出版社，2022，第 64 页。

供思考方法、生存策略及进行抵抗的资源……从这个意义上讲，文化研究仍然肩负着它曾经在 1960 年代及 1970 年代所肩负的历史重任"①。霍尔将文化研究的使命明确界定为要对受歧视群体提供"抵抗的资源"，说明他不仅善于结合时代形势开辟新的研究领域，而且在开辟新领域的过程中坚守了英国文化研究的政治介入传统。

1980 年代末，当马克思主义在全球遭遇重大现实危机，以工人阶级运动为代表的传统左派政治运动逐渐式微，各种身份政治运动勃兴，西方发达社会日益走向消费文化和多元文化主导的"新时代"时，他提醒大家，即将来临的 90 年代依然是一个资本主义的"新时代"。②他指出，此时资本的全球性更胜于往，"与新时代一起，正在生产出新的社会分裂、新的不平等和剥夺权力的形式，它们将原有的形式都覆盖了"③。进入 21 世纪，霍尔更多关注新自由主义思潮泛滥带来的全球社会结构的新变化，关注种族研究、流散研究、移民问题与历史上的殖民主义与现实中的后殖民存在等诸多因素之间的复杂交错关联。与这些学术性的讨论相较，他最为关注的，似乎还是与资本和富人群体的全球化流动（所谓"全球公民身份"）所对应的那些底层劳动者的全球流动（困境）问题。④

---

① 斯图亚特·霍尔：《文化研究的兴起与人文学科的危机》，孟登迎译，载《文化研究》第 20 辑（2014 年·秋），社会科学文献出版社，2015，第 234 页。

② 参阅朱菲的长文《"新时代"理论：新主体与新政治》，见黄卓越等著《英国文化研究：事件与问题》，生活·读书·新知三联书店，2011，第 120-158 页。

③ 转引自张亮、李媛媛、宗益祥等主编《霍尔文化批判思想研究》，北京师范大学出版社，2020，第 15 页。原文见 Stuart Hall & Martin Jacques ed., New Times: The Changing Face of Politics in the 1990s, London: Lawrence & Wishart Ltd, 1989, p.17。

④ 可参阅霍尔与尼娜·韦伯纳的对谈录《世界主义、全球化与流散》(2006)，丁珂文译，见《斯图亚特·霍尔文集》，第 885-886 页。

不难发现，霍尔半个世纪以来都在努力从全球资本主义的生产方式、社会结构、文化认知、文化认同等各种层面一以贯之地关注边缘（弱势）群体的生存处境，关注他们的反抗性的文化表达和表征这些文化表达的话语型构。他的这些关注、理论认识和理智判断，不断地将文化研究推向可以随时应激现实处境并富有思想活力的介入性学术政治实践。这样的精神坚守和知识追求，散发着为了平等与正义而奋斗不懈的热情和意志力，这对于开拓文化研究事业都是弥足珍贵的精神遗产。

四、霍尔如何对待"理论"

由于霍尔在理论探索方面的不断创新和多变，他在多次演讲和访谈中都被问及或提及自己如何对待和使用"理论"这一问题。霍尔究竟如何对待"理论"？他 2005 年底在回应我国学者金惠敏的提问时，就提醒我们（纯粹的）"理论"并不像想象的那么重要，而是"要研究自己的问题，从中国现实中提取问题……重要的是你们自己的问题。对于理论，你要让它对你发生作用（make it work for you）"[①]。可见，他其实并不是不重视或者不要理论，而是更着力于运用各种理论资源来对政治现状和文化现象进行更为细致入微的情势分析。

早在 1985 年，霍尔接受访谈时就对如何运用理论有过较为完整的阐述："这意味着在站稳脚跟去考虑某种立场的同时，你的视域也要向理论化过程保持开放，并以此方式表达你的立场。保持这一点对文化研究而言非常重要，至少，如果要保持批判和解构的目标的话就必须如此。我是说，文化研究总是会自我反思式地解构自己；它总

[①] 金惠敏《听霍尔说英国文化研究——斯图亚特·霍尔访谈记》，《首都师范大学学报》2006 年第 5 期。

是在理论化需要的前进／后退运动中运行的。我对大写的理论不感兴趣，但对正在进行的理论化过程感兴趣。这意味着文化研究必须对外界的影响保持开放，如新社会运动、心理分析、女性主义、文化差异理论的兴起等。"① 由此可知，霍尔开展理论工作的重心和兴奋点就在于推进这种理论化的过程。

更有意思的是，他对这种理论工作还有非常形象的描述："我想提出一种有关理论工作的不同的比喻：搏斗的比喻，与天使进行较量的比喻。值得拥有的理论恰恰是你不得不竭力击退的理论，而不是你可以非常流畅地言说的理论。我随后会对文化研究在今天显示出的这种令人惊异的理论流畅性进行讨论。我自己对于理论的体会——马克思主义当然是一个恰当的例子——就是与天使进行较量，一个你可以切实地按你喜欢的方式来理解的比喻。"② 在圣经故事中，雅各在晚间同看不见的富有神力的天使一次次"摔跤"和较量。他虽然无法战胜对方甚至被搞瘸了腿，但也不会轻易服输和放弃。通过这种搏斗，反使得自己的功力大增。这有点类似于中国武术中的太极推手，两人一遍又一遍地你来我往彼此较量和纠扯，在这种你来我往的反复纠缠中不断提升各自的内功。霍尔把理论化的过程比作"与天使摔跤"，生动地指明了文化研究中的理论应用者应该保持耐心、细心和谦逊之心，并以此来不断磨砺自己应用理论的功力、睿智和勇气。

霍尔是这么说，也是这么做的。他那些被学界所推崇的理论文章，其实都是他在与其他前辈、同代学者或理论流派的"角力"中

---

① 斯图亚特·霍尔：《"后现代主义"与"接合"——斯图亚特·霍尔访谈录》，张道建译，见《斯图亚特·霍尔文集》，第280页。

② 斯图亚特·霍尔：《文化研究及其理论遗产》，孟登迎译，见《斯图亚特·霍尔文集》，第90-91页。

逐渐成形的，因此充满了语境感和争辩色彩。这种融知识分析与知识介入为一体的情势干预式写作，充分体现了他对理论化过程的重视和推进。他通过与诸多理论名家（尤其是马克思、阿尔都塞、葛兰西等）不断角力和搏斗，最终试图给那些已经成为"常识"的经典的理论范畴赋予新的思想活力和新的关联性，努力构成新的富有相互联动性的概念系列，并以此来重新组织自己的文化分析路径。比如，霍尔在阅读马克思1857年《政治经济学批判大纲》"导言"时，从生产—消费—分配—流通等循环中完成了对传播信息时编码—解码过程的重构；在梳理文化研究的结构主义范式转型时，从列维－斯特劳斯的结构人类学分析、罗兰·巴特对流行文化的符号学分析及米歇尔·福柯的话语理论等资源中，重组了可以用来解读青年亚文化构造和表意机制的"拼贴"（bricoleur）和"风格"（style）等范畴；在与阿尔都塞和福柯的较量中，进一步深化了对于意识形态、多重不均衡决定（overdetermination）、主体建构与话语型构等范畴的讨论，最终促成了对于社会结构复杂结合体、身份认同以及由此延伸出来的种族、族裔和后殖民问题的具体而独特的思考；在与葛兰西和拉克劳的艰苦对话中，既获得了对于领导权（霸权）和"接合"理论的更为全面、辩证的思考，又创造性地将这一理论灵活运用到了对于英国当代政治的恰切分析当中，创用了"撒切尔主义"和"威权民粹主义"等富有概括力的新范畴。

不难看出，霍尔对所谓"大写理论"的每一次"理论化"应用，都促成了一些可以有效针对具体分析对象的新思想方法的诞生，都能让那些观念性的理论主张获得某种新生，同时又保持了这些理论应用的开放性和讨论性。这大概也是他所推崇的那种文化研究者应有的"谦逊"。比照我国学者贺照田在中国当代精神／思想研究方面的治学心得，我们也许会获得更切身的感受。贺照田在与师友的交流中多次提醒，人文学者要对自己所用的理论工具、自己所讨论的对象的复杂性，保持高度的敬畏、谦逊和谨慎，千万警惕不要用那些大而化之的"理论模式"顺畅地、粗暴地介入对具体研究对象的切割式"讨论"。他强调不要以后来人的观念和价值为标的去切割历史，而是紧贴千变万化的历史对象的不同形态，紧贴当时的叙述者和当事人所处的具体时代语境和精神成长氛围，去体会和把握历史对象的内在构成方式。他还提示我们，一些看似影响力很大的学术论断，其实往往存在研究方法预设和研究对象简单化对待这种双重意义的草率化，从而导致了他称之为"病药相发"的思想困境。[①] 笔者以为，这些思考、提法和努力，一定意义上可以与霍尔的理论应用心得和实践相互映照。对于我国文化研究界来说，重新体会霍尔所做的理论反思、理论探索和具体应用，很有必要。

五、霍尔的学术身份反省

霍尔虽然是英国文化研究和文化研究教育的主要引领者和推动者，但他从不以文化研究的权威阐释者和"正统"裁断者自居，[②] 相反却是一位对文化研究学术的进展和自己的工作角色不断进行反省和自我批判的身体力行者。这一点似乎不能简单看成是他对某种令人敬仰的人格的追求，而应该更多出自于他对文化研究学术的自反性特征的尊重。

---

① 转引自何浩《时代课题的构造与从苦恼出发的学术——贺照田的学术研究及其新著〈从苦恼出发〉》，《开放时代》2017年第4期，第94页。

② Kuan-Hsing Chen, "Cultural studies and the politics of internationalization: An interview with Stuart Hall", in D. Morley and K.H. Chen, eds., Stuart Hall: Critical Dialogues in Cultural Studies, Routledge, 1996, pp.396-399.

在霍尔看来,"理论化的目的不是提高一个人的知识或学术声誉,而是使我们能够掌握、理解和解释历史世界及其过程并生产出更充分的相关知识,进而传递给我们的实践,以便我们可以去改变它"①。抱定了这样的学术宗旨,他才会成为推动集体性的知识工作、忽略个人名号的社会思想推动者。他 20 世纪 90 年代开始更为强调文化研究对于学院政治以及文化研究者自我身份反省的重要意义。他认为,文化研究是"一种知识上的自我反思活动(an activity of intellectual self-reflection)",它不但"推进了一些新的问题和新的研究模式和方法,以检验学术严谨性与社会相关性之间的微妙界线"。他强调"大学里的学者们要不时地关注现实生活",又强调文化研究应该在学术严谨性与社会关怀之间保持这种"特有的张力",并认为"这种张力一直就标示着我自己的学术发展和我自己的学术工作。也就是说,对一个人所能聚集的所有知识、思想、批判精确性以及概念的理论化进行的最大限度的动员,都变成了一种批判性反思的行动,后者不害怕说出常识的真相,而关注那些最重要、最微妙和隐藏的对象:由一个社会及其文化生活构成的诸种文化形式和行为"②。霍尔对于自己所从事的学术工作的使命感和关注点所作的这番深刻反省和精辟概括,对于我国的文化研究者甚至知识界也有很强的参照性。在一定程度上,我们也可以将此看作他对自己大半生所期待的那种富有"批判性的有

---

① 斯图亚特·霍尔:《花园中的癞蛤蟆:理论家中的撒切尔主义》(1988),和磊译,见《斯图亚特·霍尔文集》第 497 页。笔者对译文略有改动。

② Stuart Hall,"Race, Culture, and Communications: Looking Backward and Forward at Cultural Studies", *Rethinking Marxism*, Volume 5, Number 1, Spring 1992. See also in Marcus E. Green ed. *Rethinking Gramsci*, London: Routledge 2011, pp.12-13.

机知识分子"理想人格的具体化思考。①

读完《霍尔文集》之时，也许人们禁不住要问：霍尔对"有机知识分子"的批判性角色（功能）做了那么多的限定，那么一个活生生的"有机知识分子"到底应该是个什么模样呢？我想，霍尔本人作为一名流散知识分子（diasporic intellectual），他半个多世纪以来坚持不懈的学术政治生涯，也许就是一个最好的例证。他生于英国海外殖民地牙买加的一个中产阶级家庭，却从少年时期受到反殖民思想和平等思想的影响，对弱国弱族和下层民众充满同情；他的家庭血统混杂，兄弟姐妹众多，肤色深浅不一，而他却肤色最深，深谙种族歧视之害；他远涉重洋来到牛津求学、教书并成为英国公民，却对英帝国内部的种族主义表征和撒切尔主义充满怀疑并展开深度批判；他是第三世界出身的学术巨星，却"拒绝在第一世界代表第三世界发言，拒绝成为流离海外的投机分子（diasporic opportunist）"；他在以个人声名为资本的文教和学术领域工作，"却拒绝个人的名号积累，积极推动集体的知识生产"；②他发表的论文和接受的访谈数量繁多、影响巨大，却没有出版一本专著；他喜欢时时处处与各种马克思主义进行对话和"较量"，却否认自己是正统的马克思主义者；他广泛接触和吸纳各式各样的新潮理论，却始终坚守独立的批判立场；他研究过从街头青少年小混混、美国嬉皮士到英国首相撒切尔夫人，从下层社区表达到传媒妖魔化"监控"等等丰富的个案，但没有一次不在努力追求

---

① 霍尔对于文化研究应该培养批判性"有机知识分子"多有论述，可参考其《文化研究及其理论遗产》《文化研究与伯明翰当代文化研究中心》等论文和相关访谈。笔者拙文《文化研究的政治自觉和身份自省——兼谈如何看待我国"文化研究"的困境》（载《马克思主义与现实》2012年第6期）对此也有探讨。

② 陈光兴：《霍尔：另一种学术知识分子的典范》，载台湾《当代》杂志1997年10月号，第20页。

理论应用上的推陈出新；他被称为"文化研究之父"、社会学教授、文化理论家、媒体理论家、批评家、思想家……但他自己从未以这些权威身份自居过。霍尔的流散型文化身份无疑充满太多的未定性和流动性，他具备空前开放、柔韧的学术胸襟，愿意吸纳各类新潮理论，对中心论、本源论、本质论和决定论进行游刃有余的跨学科瓦解。但他绝不是一个后现代主义者，他不向任何理论流派做"保证"，也不拿自己的理论化探索做"担保"，而永远坚持批判性对话的姿态。他虽然永远不对任何理论或主义做"保证"，但却力求保持自己永远会"有机地"介入社会政治批判，保持自己的批判知识分子角色和使命感。

　　霍尔的终身努力似乎在显示，文化研究要想取得知识性（真理）和实践性（正义）的统一（平衡），至少得思考五个方面的相关问题：1. 世界究竟是什么样子的？这要对现有社会的意识形态表征/符号化展现做出深度的认知和测绘。2. 世界为什么会变成这个样子？这要对现实社会结构及其话语展现/形构过程之间的契合度进行语境化和历史化的恰切分析。3. 世界将会变成什么样子？这要展开对现实社会结构之未来趋势的某种预知性分析。4. 世界应该变成什么样子？这要依据价值取向对现实社会和即将展开的未来社会趋势做出负责任的反思与实践性调控。5. 当知识上的严肃认知与意愿上的正当诉求出现明显的差距，是不是只能以"知识上的悲观主义，意志上的乐观主义"来支撑行动上的积极介入和永不放弃？

　　《霍尔文集》对以上问题似乎都有探索，但都没有做出"担保"或"保证"，也没有给出确定的答案。而中国的文化研究，因为面临中国独特的社会语境，必须对中国作为一个已经融入全球不均衡矛盾结构、自身又是一个不均衡矛盾结构的存在形态，做出更富有说服力的解释。就此来说，阅读《霍尔文集》可能也只是一次知识上的激发和重新启动。

孟登迎

1970年生,2000年毕业于北京师范大学文学院文艺学专业,获博士学位。现为中国社会科学院大学文学院副教授。主要研究领域为西方马克思主义文论、文化研究,主要著作有《意识形态与主体建构——阿尔都塞意识形态理论》(2002),译作有《法兰克福学派:历史、理论及政治影响》(2010)、《通过仪式抵抗》(2015)等。

经验与历史
——论霍加特的《识字的用途》

程祥钰

在英国新左派运动的历史当中，横跨20世纪50年代后期和60年代的"文化论争"无疑是一个重要的事件。这场论战由理查德·霍加特的《识字的用途》、雷蒙德·威廉斯的《文化与社会》《漫长的革命》、E. P. 汤普森的《英国工人阶级的形成》以及围绕它们的讨论首先引发，并在英国新左派内部掀起了一场旷日持久的，自始至终充满着内在异质性的激烈争论。在这些争论声当中，最早面世的《识字的用途》被认为处处可见文化保守主义者利维斯的影子，是利维斯主义影响下的左翼产物，因而作者霍加特也常常被冠以"左派利维斯主义"的名号。毋庸讳言，当时的霍加特无论在理论资源还是在分析方法上都深受利维斯的影响，然而简单地以"旧习难改"来看待《识字的用途》，却是远远不够的。同样被视作"左派利维斯主义者"的威廉斯曾说："一个新的时代，需要一本完全不同的书。《文化与社会》也许充当了从一个时代通往另一个时代的桥梁，但是现在人们忽略了它只是一个桥梁。"[①]这番话提示我们，对《识字的用途》和《文化与

[①] 雷蒙德·威廉斯：《政治与文学》，樊柯、王卫芬译，河南大学出版社，2010，第93-94页。

社会》这样"生逢其时"的作品,我们不能满足于仅仅用一些后来归纳出的问题框架来加以度量,而应该更加注重"时代的差异",或者更准确地说,是"时代的需求的差异"。对于1956年以后接连受到来自东欧社会主义阵营和西方资本主义世界一系列事件冲击的英国左翼而言,《识字的用途》和《文化与社会》带出的一连串讨论,刚好是他们所需要的;而对于霍加特和威廉斯而言,他们在书中真正应对的却是"第二次世界大战"前后直到五十年代中期的英国社会。因此,值得关注的首先是推动《识字的用途》诞生的内部与外部动力,是其意图与之对话和抗争的对象,以及这种独特的关注如何能够成为被新左派所共享的一个主题;其次是所谓的"利维斯主义"如何与激进的左翼思想获得了共同的关注,而这种交汇碰撞又有着哪些形式的争夺与取舍,它们又对后来的历史产生了怎样的影响。

一、断裂的文本

在英国,关于文化的讨论显然要远远早于新左派的关注。从马修·阿诺德的《文化与无政府主义》到艾略特的《关于文化定义的笔记》,再到利维斯等人的著述,所谓的保守主义者内部形成了一条逐渐明晰的"文化的观念"[①]。反过来也不难发现,文化几乎从来都是保守主义思想谱系中的重要一环,是思想精英们用来或反对或欢庆现代文明的重要武器。这样一部关于文化的观念史显然与霍加特等人的左翼的政治立场相冲突,后者想要谈论文化而又不限于保守主义的问题框架之中,则必须重新选定讨论的方向与重点。在当时,霍加特首先面对的两个问题是:"谁的文化"以及"这种文化与整体世界的关系"。

---

① 雷蒙德·威廉斯:《政治与文学》,樊柯、王卫芬译,郑州:河南大学出版社,2010,第79页。

出身于工人家庭并且长期从事成人教育的霍加特，对这一问题有着自己独特的理解。他对于抽象地讨论文化明显没有任何兴趣。在《识字的用途》中，霍加特为自己设立的讨论对象非常简洁明了——工人阶级的文化。与知识精英们谈论文化时动辄便联系到"传统""道德""民族"乃至种种自然法则与神圣律令的抽象化叙述完全不同，霍加特对英国工人阶级文化传统的阐释紧贴着工人阶级所生活的经验世界，他称之为"人民的'真实的'世界"。在这个世界中，"真实"不再是柏拉图以来长期统治着西方观念世界的"抽象本质"，而是具体的、活生生的生活中的经历，是这种丰富而且绵延不绝的生活经历所展现的"自下而上"的历史；而他笔下的"文化"则是在这一"自下而上"的历史中逐渐形成的属于工人阶级自己的传统。显然这种自下而上的文化与精英们打造的传统文化之间有着天壤之别，但霍加特并不急于在这种对立关系中展开论述，相反，他往往会从两种文化的交集处发掘出工人阶级文化对对手的各种堂皇说教的颠覆性使用和创造性转化。例如"宗教"：

随便找几个工人问问他们如何理解宗教，他们很可能非常简单地，但并非毫无意义地给出下面这些答案中的一个：

"做好事"，

"起码的礼貌"，

"救助瘸腿的小狗"，

"待人和善"，

"像你期望受到的对待那样去对待别人"，

"我们应当帮助其他人"，

"帮助你的邻居"，

"从错误中学到正确的东西"，

"过得体的生活"。

这就是家长们长久以来一直给孩子报名参加主日学校（Sunday school）的主要原因。次要原因我们也不陌生：父母们期望有一个属于他们的宁静的周日下午，有时候他们会用命令孩子在课后到下午茶的这段时间里出去跑步的方法来延长这份宁静时光；或者妈妈已经辛勤地做了一上午的饭并已筋疲力尽；又或者爸爸想在看过了周日报纸之后小打个盹。不过所有这些背后都有一个意识，即主日学校能提供一种熏陶，避免孩子"走上歪路"。①

在霍加特的记录中，强调经典与权威的宗教道义遭到了瓦解，原先的神秘与神圣的特质被鲜明的世俗情感所取代。工人阶级用朴素的"善"取代了烦琐晦涩的教义，而这个"善"的定义权，显然也不是在权力精英的手中，而是在通过家庭、社区、工厂、地域等单位建立起广泛的共通的阶级意识的工人阶级手中。同样地，宗教原本的说教与归化功能被篡改。表面上看，工人家庭为子女报名参加专事布道归化的主日学校的热情始终高涨，仿佛是宗教的"道德感化"的胜利；然而霍加特幽默地告诉我们，其实这不过是家长们顺水推舟的小伎俩罢了，是工人们对"神圣教化"的"日常使用"而已。

另一个例证出现在同样一向被权力精英把持的文化的精髓之一——"艺术"方面。霍加特不仅大张旗鼓地提出了"工人阶级的艺术"这一概念，而且赋予它与任何"经典艺术"都截然不同的意义与特征：工人阶级的艺术是"对人类生存境遇细微之处的至高无上的兴趣"，是一种本质意义上的"展示"而非"揭示"，因此它不去理会抽象的本质理念或"超级真实"，而是将生活世界中的存在直接视作真实，将意义直接赋予生活本身，将贴近生活的细节作为接近这种真实和这

---

① Richard Hoggart，*The Use of Literacy*，New Brunswick，New Jersey：Transaction Publisher，1998，p.84.

种意义的有效途径。而在摆脱了本质主义的美学观念的同时，工人阶级的艺术也能够避开形式主义的陷阱：它虽然抵抗那些"崇高的理念"，但却不服膺于"为艺术而艺术"的法则，而是"依靠一些简单但却稳固的道德规范来加以巩固"[1]。

霍加特还对英国工人阶级的朴素的阶级情感与道德观念不止一次地表达过信心。他指出，各种群体往往会通过排他性来获得自我认同的力量，最直白的方法就是划分"他们"和"我们"。在工人阶级的自我意识中，"他们"的世界是属于老板们和为这些老板们服务的公职人员的世界[2]。看起来这会是一个排他性极其强烈的自我意识，但霍加特同时告诉我们，工人阶级的阶级意识和阶级情感不会被这种社会成分的划分完全束缚。他以全科医生为例说道："如果他通过专注于治病救人而赢得了大家的信任，那么，虽然他和他的妻子在社会存在的意义上属于'他们'，但作为一位全科医生，他则不属于'他们'。"[3] 也就是说，现实生活中的工人阶级对"我们"与"他们"的区分并不严格依照某些教条，而是更多地采取经验式的判断。这一点在后来反对斯大林主义的僵化阶级论的新左派读来，自然具有非同一般的意义。

霍加特对工人阶级文化的叙述不仅包括了宗教、艺术、道德情感这些文化的传统观念中的常见领域，同时还包括了许多"生活的细节"，如"习语""报纸""广播""邻里"等工人家庭和工人社区中

---

[1] Richard Hoggart, *The Use of Literacy*, New Brunswick, New Jersey: Transaction Publisher, 1998, p.86.

[2] Richard Hoggart, *The Use of Literacy*, New Brunswick, New Jersey: Transaction Publisher, 1998, p.48.

[3] Richard Hoggart, *The Use of Literacy*, New Brunswick, New Jersey: Transaction Publisher, 1998, p.48.

常见的生活形态。将这些一向被视为"不够高雅"的生活形态纳入文化的考察范围当中,这本身就已经是一种了不起的突破;而霍加特独具开创性的主张更体现在,他将它们阐释为一种不逊于其他文化形式的有价值的存在,并且是和上述那些已被"工人阶级化"了的大的概念范畴一起成为了支撑英国工人阶级连接过往、当下和未来,以及不断争取政治前途的内在动力。

然而,这种对于英国工人阶级文化充满信心的叙述只是《识字的用途》一书的前半部分内容,书的后半部分进入到了完全不同的语境当中。一个或许还并非众人皆知的事实是,《识字的用途》的"最初计划是分析大众出版的各种新形式,而它在第一部分所提出的激进革新——即试图在一种对其读者及受众文化的深度'阅读'中将之语境化——只是后来才加入的"①。换句话说,霍加特对英国工人阶级文化的历史传统所采取的带有理想主义色彩的描述,很大程度上是出于与第二部分,即当下的工人阶级文化境况进行今昔对比的目的。与霍加特共事多年的斯图亚特·霍尔对《识字的用途》的根本用意做出了如下概括:"该书试图对以下问题提供一个综合性答案:大众报纸杂志与它们重点针对的工人阶级读者的各种态度之间是什么关系?更为紧迫的是,新兴而又更受商业驱动的大众交往形式正如何改变着旧的工人阶级态度及价值观;简而言之,这种新的'识字能力'是在被用于什么'用途'?"②作为半个世纪之后的回顾,霍尔的概括有意保持了一种较为中立、客观的语调,其目的是将霍加特在此开启的问题

---

① 斯图亚特·霍尔:《理查德·霍加特、〈识字的用途〉及文化转向》,张亮编,《英国新左派思想家》,江苏人民出版社,2010,第38页。

② 斯图亚特·霍尔:《理查德·霍加特、〈识字的用途〉及文化转向》张亮编,《英国新左派思想家》,江苏人民出版社,2010,第38页。

意识与后来几十年的英国文化研究工作建立起紧密的联系。然而真实的情况是，身处当时的历史情境下的霍加特其实很难完全保持一种冷静、中立的态度。关于新兴的大众传播方式对工人阶级文化的影响，当时的霍加特整体上持负面的评价。[①] 最能体现这种倾向性态度的是霍加特为 The Uses of Literacy（《识字的用途》）最初拟定的书名 The Abuses of Literacy（《识字的滥用》）。

霍加特做出这种评判并非完全来自关于传播媒介、受众影响等方面的研究，这些后来成为英国文化研究核心议题的主题在当时还没有来得及得到充分的讨论；更为重要和直接的影响来自"第二次世界大战"结束后十余年间的英国社会现实，来自于执政当局令人失望的决策和左翼群体面临的内外交迫的窘困。而对于霍加特来说，更直接的危机感和挫败感来自英国工人阶级处境的改变，以及这种改变在他所珍视的工人阶级文化上的反映。所谓的"改变"其实就是自工党战后执政以来便开始推行的"福利国家"制度。这种福利化制度并没有改变英国的社会结构和生产方式，但却能通过提供一定幅度的经济与政策资助来实现短期内的社会平衡。弗兰西斯·马尔赫恩曾揭示这种福利体系的两种危险作用：一方面消解激进政治的力量，另一方面美化保守乃至反动的政治策略[②]。在霍加特看来，工人阶级生活水平表面上的提高，其实仅仅是在经济和文化教育等方面的消费能力的提高，乘势而起的则是消费社会和大众消费文化。消费社会的"丰盛"对工

---

① 确切地说，虽然在后来长期的文化研究和文化论争当中，霍加特也对新兴媒介以及当代文化有了更为复杂化的认识，但他的总体评价依然偏向于负面。参见 Hoggart, Richard, *Mass Media in A Mass Society: Myth and Reality*, London, New York: Continuum, 2005, 第一章 "Mass Society: An Outline"。

② 参见弗兰西斯·马尔赫恩：《一种福利文化？——50年代的霍加特与威廉斯》，《马克思主义美学研究》第 3 辑，广西师范大学出版社，2000，第 472 页。

人阶级的政治动员和阶级意识造成的影响是显而易见的。法国思想家波德里亚在《消费社会》中将消费社会自命的正当性提炼为"增长的神话",而其逻辑可以简明扼要地概括为一句话:"增长即丰盛,丰盛即民主。"① 它对个体的影响则是制造出这样一种观念:"哪怕是生活在社会底层的人,从生产的加速增长中所获得的益处,也远远胜于任何一种形式的再分配。"② 因此,消费社会的兴盛和福利待遇的提高,在当时带来的是工人群体的阶级意识的退化和对现实政治的迟钝,其表现正如《识字的用途》的开篇第一句话:"人们常说,现在的英国没有工人阶级,一种'不流血的革命'已经发生了,它大大减少了社会差异,以至于我们大多数人都已经栖居于一种几乎平坦的平原中,一个中产阶级下层到中产阶级的平原。"③ 这是一个"糖衣裹着的世界"④,在这个世界中,工人阶级的自我意识正在消融。

上述历史现实反映在霍加特的思考中,就成为了英国工人阶级文化生活的"堕落"。这种堕落表现为两方面的变化,一方面是传统的工人阶级文化逐步丧失,另一方面是新兴的大众传播媒介和消费文化所导致的阅读、思考乃至整体生活方式的"庸俗化""个人化"与"碎片化"。霍加特明确地将传统的与新兴的这两类事物分别称为"旧的秩序"和"新的转向"。这种区分基于他的一个判断,或曰假

---

① 波德里亚:《消费社会》,刘成富、全志钢译,南京:南京大学出版社,2006年,第25页。

② 波德里亚:《消费社会》,刘成富、全志钢译,南京:南京大学出版社,2006年,第26页。

③ Richard Hoggart, *The Use of Literacy*, New Brunswick, New Jersey: Transaction Publisher, 1998, p.1.

④ 丹尼斯·德沃金:《文化马克思主义在战后英国》,李凤丹译,人民出版社,2008,第134页。

定,即早期阶段在出版物和其读者之间存在着一种十分紧密的、相互促进的联系,而在工人阶级与大众文化的新形式之间,这种关系不再存在了。正是在这种有待商榷的新旧对比中,霍加特表达了他对"市场化的大众文化形式对工人阶级传统精神气质的影响"[①]的担忧。霍加特的这种处理方式带来了很多问题,霍尔就专门指出,虽然霍加特在书的后半部分中明确提出过他的方法是"描述普通工人阶级生活的性质,以便对出版物更为仔细的分析可以置于现实语境之中",但《识字的用途》第二部分并没有能够一直保持这样的努力[②]。某些潜在且先行的观念深刻影响着此时的霍加特,使得他在讨论"文化的滥用"时,未能完全践行紧贴经验的方法和语境化理解新兴大众传媒的方向,由此造成的后果则是"导致《识字的用途》前后两部分显然不同的两种表述之间出现了无法解决的张力"[③],"号称是工人阶级生活两个时期的比较分析,但第一部分是半自传式的民族志学,第二部分则大部分是大众文化文本的批判性阅读,这两部分没有对比"[④]。

二、"新"与"旧"的对立:"利维斯主义"的影响与转化

这种内在断裂的产生有着多方面的原因,其中有一些带着鲜明的时代烙印,例如美国学者安德鲁·戈德温概括的霍加特的"反美主

---

① 弗兰西斯·马尔赫恩:《一种福利文化?——50年代的霍加特与威廉斯》,《马克思主义美学研究》第3辑,广西师范大学出版社,2000,第475页。
② 斯图亚特·霍尔:《理查德·霍加特、〈识字的用途〉及文化转向》张亮编,《英国新左派思想家》,江苏人民出版社,2010,第39页。
③ 斯图亚特·霍尔:《理查德·霍加特、〈识字的用途〉及文化转向》张亮编,《英国新左派思想家》,江苏人民出版社,2010,第39页。
④ 丹尼斯·德沃金:《文化马克思主义在战后英国》,李凤丹译,人民出版社,2008,第118页。

义"态度，即用"美国的"或"美国化"等字眼来指称、概括他所批判的大众消费文化中的危险、堕落的本质。戈德温一针见血地指出，"这一做法既是'真实的'又是'意识形态的'"①。的确，霍加特用"美国"和"美国的"来指称导致工人阶级堕落的新兴大众消费文化，的确是带有时代的"意识形态性"。美国的消费文化生产方式不同于英国，也不能被直接视为新兴模式的"代表"，美国的文化商品在当时对英国和欧洲大陆的渗透也远远没有达到后来的那种程度，因此用"美国特质"来概括"新的转向"并不妥当，这一点对于注重经验研究的霍加特而言是不能回避的；然而另一个同样不能回避的因素就是战后英国的复杂形势，对左翼而言，即是马歇尔计划和它附带的经济、政治、军事效应——凯恩斯主义、西方阵营、福利—消费社会，以及它们的示范效果——所带来的挥之不去的阴霾。因此我们可以理解，霍加特的这种略显草率的概括其实是一种超越了具体论述对象的，对整体情境的自觉或不自觉的反应。那种随着社会福利化的提高迅速得到普及，渗透到普通民众生活的每个角落的大众消费文化，显然与马歇尔计划以及一同甚至更早进入英国的美国消费文化有着密不可分的联系，而在当时的特殊语境中，这种联系更是会被特别地强调。

如果说时代的因素促使霍加特借用了一种本土与外来的二元对立模式的话，那么我们必须看到，这种本土与外来的二元模式其实是另一种更为根本，也被贯彻得更为彻底的二元模式的变体，后者正是传统与当下，或曰旧与新的二元对立，是这一模式最为根本地导致了《识字的用途》的内在断裂。几乎任何研究者都会很快指出，传

---

① Andrew Goodwin, Introduction. *The Uses of Literacy*, By Richard Hoggart. New Brunswick, New Jersey: Transaction Publisher, 1998, p.24.

统/当下的二元模式是文化精英主义——以当时具体而言是利维斯主义——的标志。对传统的赞誉和对当下的抨击,这是利维斯及其《细察》团体的一贯风格,而现在看来霍加特也是如此。事实上霍加特本人也从不掩饰《识字的用途》和他自己受到的来自利维斯夫妇和"细察"风格的影响。① 在《识字的用途》中他曾说过:"我并不认为在上一代的英国有过一种'属于人民'的城市文化……但曾经至少部分意义上是'属于人民'的大众文化的那些残余也正在被破坏;并且,新的大众文化在某些重要的方面不如它正在取代的那种不事雕琢的文化来得健康。"② 正如霍尔所提示的,"健康"这个表示"诊断"的术语很好地提醒了我们某种影响的存在,这些影响来自于 F. R. 利维斯本人的文化立场,Q. D. 利维斯的《小说与阅读的公众》中关于"衰落"的述说,《细察》的教育方案,丹尼斯·汤普森等人对低劣的广告语言的批判,也来自于他所引用的一批英美保守派批评家和作家的著作:所有这些都赋予了文化衰落——"病"的隐喻对象——以权威性③。

霍加特与利维斯主义的这种亲近关系有着非常复杂的原因。对于英国文学专业出身的他而言,利维斯的风格与方法的影响在当时不仅具有"笼罩性",而且表现出相对的"合理性"。直到 2004 年为 I. A.

---

① 霍加特在自传中就曾感谢过 Q. D. 利维斯的《小说与阅读的公众》,另外他的夫人奎妮·霍加特本人就是《细察》作者的一员,参见 Andrew Goodwin. Introduction. *The Uses of Literacy*. By Richard Hoggart, New Brunswick, New Jersey: Transaction Publisher, 1998, p.16。

② Richard Hoggart, *The Use of Literacy*, New Brunswick, New Jersey: Transaction Publisher, 1998, pp.9-10。

③ 斯图亚特·霍尔:《理查德·霍加特、〈识字的用途〉及文化转向》张亮编,《英国新左派思想家》,江苏人民出版社,2010,第40-41页。

瑞恰慈的《实用批评》新版作序时，霍加特依然明确表示自己深受利维斯夫妇、"细察"团体、丹尼斯·汤普森和瑞恰慈等人的影响①。马尔赫恩也印证了这一点："随着教育中阶级特权的减弱，《细察》坚持职业要向有才之士开放的主张开始获得了一些认可。同时，听到利维斯学派的声音的人也越来越多了。从两次大战期间的这些模式来看，教育界和传媒界中严肃文化的新风格，无论命名与否，在本质上都是普遍化的。"②这或许是一个被后来的批评者常常忽略或视而不见的"历史感受"：在那个特殊的时代，所谓的文化保守主义者很可能会提供一种文化激进主义的方案，并且由此凝结一定的共识。

但我们也必须同时注意到，无论是霍加特还是威廉斯，即使在其早期也都没有被利维斯学派完全占领。戈德温就指出："虽然《识字的用途》被描述为利维斯主义的（就其对大众社会的悲观态度和对'有机的'文化构成之真实性的假设而言），但它在两个关键方面区别于后者。首先，霍加特发现了一种真实的感受和生活，它来自一个被利维斯所反对的工业化进程塑造出来的阶级。其次，霍加特反对简单假设新的文化工业对受众的影响。"③戈德温提供的是一个重要而又矛盾的观点。重要之处在于它揭示了霍加特与利维斯主义在立场、对象乃至方法细节上的深刻不同，而这种不同对于《识字的用途》的意义是决定性的；矛盾在于这种不同很难被清晰地证明，或者说，我们很难区分《识字的用途》中哪些是利维斯的影响，哪些是霍加特"经

---

① Richard Hoggart, *The Use of Literacy*, New Brunswick, New Jersey: Transaction Publisher, 1998, pp.13-14.

② 弗兰西斯·马尔赫恩：《一种福利文化？——50年代的霍加特与威廉斯》，《马克思主义美学研究》第3辑，广西师范大学出版社，2000，第472页。

③ Andrew Goodwin, Introduction. *The Uses of Literacy*, By Richard Hoggart. New Brunswick, New Jersey: Transaction Publisher, 1998, p.17.

验式写作"的自觉。但我们可以确信以下两点：一方面，霍加特对传统工人阶级文化的想象性重建，其基石是"真实的感受和生活"，是诸如群体间的纽带、社会义务、家庭、邻居以及"我们"与"他们"之分别这类工人阶级生活中的"独特"的东西，它们不属于利维斯主义的文化批评的传统对象，也不是后者能够直接阐释的；相应的另一方面是，在这种特殊的重建过程中，利维斯主义的文化观念和批判方式必定会受到质疑和改写。正如德沃金所说，霍加特"承认工人阶级文化的局限性：俗气，对变化和革新的顽固抵抗，对新教的怀疑。但他坚持认为，仅仅是因为阶级偏见，使批评家误把工人阶级生活方式当成大众文化"①。其实对于精英式的大众文化批判的怀疑态度，霍加特在《识字的用途》的第一页就已经表达出来："我倾向于认为，论述流行文化的著作经常会丧失它们的某种力量，因为它们没有充分弄明白何谓'人民'，也因为它们将对'人民的'生活的一些特殊方面的考察与人们更广泛的生活，以及人们对待娱乐的态度，不恰当地联系到一起。"②可见霍加特其实从一开始就有着警惕精英主义大众文化批判的自觉。

然而矛盾几乎是不可避免的，因为如同文本内部存在着断裂一样，在他的分析对象和分析方法之间也存在着难以弥合的断裂：一边是"有机的""传统的"工人阶级文化，一边是鼓吹"有机"和"传统"，但却对工人阶级文化嗤之以鼻的大众文化批判。霍加特在方法上的选择，在当时其实也是"别无选择"，而由此带来的断裂，值得

---

① 丹尼斯·德沃金:《文化马克思主义在战后英国》，李凤丹译，人民出版社，2008，第116页。

② Richard Hoggart, *The Use of Literacy*, New Brunswick, New Jersey: Transaction Publisher, 1998, p.1.

我们去做的已不是简单的是非对错的评判,而是对其产生的意义加以历史化的理解。霍尔就特别强调霍加特的文化观念的开创性,认为"它很不同于激励了文化批判传统的那种文化概念……这种关于文化作为'使之有意义'的实践的看法确实与'文化'作为评判的理想法庭的看法大相径庭,后者的标准是'业已得到思考和诉说的最好东西',也正是这个标准鼓舞了自阿诺德直至艾略特及利维斯的传统"①。虽然与马尔赫恩所说的利维斯主义的文化批判"元话语"依然纠缠难解,但霍加特将文化分析充分地语境化和细致化,从而使得无论是工人阶级文化的传统定义还是大众文化批评的传统方法都被深刻地改变。依靠"真实的感受和生活"——即所谓"经验"——霍加特得以避免传统的大众文化批评的许多自以为是的结论,从而确信"工人阶级受众并非中产阶级与大众媒介可以加以规划的空洞容器——一张白纸——无论他们想要什么。他们并不仅仅是'虚假意识'或'文化荼毒'的产物"②;同时,在这种开创性的研究过程中,霍加特一方面发展了《细察》的批判方法,将这种文学批评的方法应用于活生生的经验,将生活经验作为文本加以阅读和分析,另一方面也同时拆除了精英式的和学院式的研究所设立的学科之间的界限,将历史学、社会学、文学批评和政治批评有效地融合到了一起。③虽然由于时代的压迫感和现实问题的复杂性,"经验化""语境化"和反对"简化论"等诉求并未能始终贯穿《识字的用途》,但这种开创性

---

① 斯图亚特·霍尔:《理查德·霍加特、〈识字的用途〉及文化转向》张亮编,《英国新左派思想家》,江苏人民出版社,2010,第43页。

② 斯图亚特·霍尔:《理查德·霍加特、〈识字的用途〉及文化转向》张亮编,《英国新左派思想家》,江苏人民出版社,2010,第42页。

③ 参见 Andrew Goodwin, Introduction. *The Uses of Literacy*. By Richard Hoggart, New Brunswick, New Jersey: Transaction Publisher, 1998, pp.13-34。

的工作对后来的英国文化研究以及英国新左派运动都产生了深远的影响,因此霍尔赋予霍加特的这种"断裂"重要的历史意义,认为"对文化研究来说,这是一个形成时刻"[①]。

三、来自左翼的争议与问题的开启

除了这些积极的意义,霍加特所暴露的问题同样影响深远。这其中不仅包括与利维斯主义的缠绕关系,以及对"经验的真实性"的不加怀疑的确信,同样也包括了《识字的用途》出版后在新左派内部引发的许多批评性意见。威廉斯作为最早的批评者之一就曾经指出,霍加特过于强调了工人阶级文化与整体文化之间的隔阂,过分强调了工人阶级文化传统的自足性而忽视了与其他的以及整体的文化传统之间的联系。这种失误在书中的典型例子就是霍加特认为的"多数人"的"工人阶级文化"与"少数人"的"劳工运动"之间的对立[②]。威廉斯认为霍加特将积极参与到公共政治事务当中的人视作顺从了"他们的"(主流的)文化与利益诉求的"少数人"是不恰当的,因为在这个追求政治民主的运动中,"没有民众被吸引,而只有这个主流的加入。或许在这里,两种主要的文化观念——一方面是艺术、科学和知识,另一方面是整体的生活方式——在成熟的共同努力下,被有益地集中在一起了"[③]。因此,过分强调不同阶级的文化与诉求之间的

---

① 斯图亚特·霍尔:《理查德·霍加特、〈识字的用途〉及文化转向》张亮编,《英国新左派思想家》,江苏人民出版社,2010,第43页。

② 丹尼斯·德沃金:《文化马克思主义在战后英国》,李凤丹译,人民出版社,2008,第134-135页。

③ 丹尼斯·德沃金:《文化马克思主义在战后英国》,李凤丹译,人民出版社,2008,第135页。

截然对立会带来很大的风险。借由这一批评，威廉斯充分表达了自己在《文化与社会》中通过"共同体"这一概念所确立的作为"整体的生活方式"的文化观念与霍加特之间的差异。

另一位批评者汤普森同样也是在与自己观点的呼应中进行着对霍加特的批判式阅读。他对霍加特的批评可以概括为两个相互关联的方面。一方面，霍加特虽然特别重视经验材料，但却对"工人阶级历史和阶级斗争的更为全面的历史背景"[1]缺乏充分和准确的了解，这导致他过分强调了"第二次世界大战"之后工人阶级状况的转变，进而构成了他笔下新与旧的强烈对比。汤普森指出："从19世纪中叶开始，工人阶级已被社会地位的上升所引诱，以至工人阶级在工业革命时期就已是最初的消费者了，并且教会和国家力量争取同大众文化的主导者一样持久地控制人民意志。"[2]因此，没有理由认为当下工人阶级正在遭遇着完全不同于以往的灭顶之灾，更没有理由认为过去曾经有过田园牧歌般的美好时光。汤普森很好地点出了霍加特不知不觉陷入的一种倾向：虽然借助大量的经验材料和细部观察，但霍加特还是在工人阶级的世界与"他们"的世界的对比中赋予了前者某些先验本质的形态，用汤普森的原话来说，就是"因为忽视阶级权力的背景和逃避'阶级斗争'这一貌似粗鲁的历史学概念而主张文化现象的完全独立性"[3]。这也导致了汤普森批评的第二个方面，也是上文中威廉斯提到过的，即对"劳工运动"等斗争活动的错误评判。汤普森高度评

---

[1] 丹尼斯·德沃金：《文化马克思主义在战后英国》，李凤丹译，人民出版社，2008，第138页。

[2] 丹尼斯·德沃金：《文化马克思主义在战后英国》，李凤丹译，人民出版社，2008，第138页。

[3] E. P. Thompson, "Commitment in Politics", *Universities and Left Review*, vol. 6, 1959, p.51.

价这些斗争的历史意义,认为"在工人阶级运动的整个历史中,尤其是工会和劳工运动的激进活动分子,他们抵抗操纵和控制的形式,并转而为争取民主和社会改革而斗争"①。由于工人阶级的本质并非一成不变的先验存在,因而就必须重视通过激发工人阶级的"创造性潜能"从而改变现实的力量。所以汤普森反对霍加特在"我们"与"他们"的区分中表现出的某种"反智主义"的倾向,认为应当正确看待劳工运动中知识分子的积极作用,因为"压迫当然是始终伴随着组织化的工人,但知识分子可以带给他们希望,使他们意识到自己的实力和潜在的生活方式"②。因此,并不能因为有人采纳了"非工人阶级"的文化观念或政治路径,就将其归为"他们"或工人中的"少数",相反,带有绝对化和本质化倾向的"工人阶级的文化"与"非工人阶级的文化"这样的区分本身是存在问题的。由此可以想见,汤普森在《英国工人阶级的形成》前言中所说的"我们不能有两个泾渭分明的阶级,其存在各自独立,然后再把它们拉进彼此的关系中去"③,某种程度上也是对霍加特这一缺陷的批评。

威廉斯与汤普森的批评,除了指出霍加特的工人阶级文化的过分排他性之外,实际上还涉及了另一个问题,即霍加特对所谓"工人阶级文化"的过于整体划一的理解。德沃金认为《识字的用途》使"读者从知情人的角度获得了工人阶级生活的具体图景,这个知情人的广泛经历使他具有某种超然态度",但另一方面,这个知情人的论述虽

---

① 丹尼斯·德沃金:《文化马克思主义在战后英国》,李凤丹译,人民出版社,2008,第138页。

② E. P. Thompson,"Commitment in Politics", *Universities and Left Review*, vol. 6, 1959, p.55.

③ E. P. 汤普森:《英国工人阶级的形成》,钱乘旦等译,译林出版社,2001,第1页。

然"建立在孩童时记忆的基础上,但它也意指了整体的工人阶级"①。我们可以发现这是一种不恰当的"超然态度",是对自己的经验过于自信导致将其扩展为整个阶级群体的经验。从霍加特的行文中就可以发现这一点:虽然是如此具体的经验描述,但在绝大多数时候他都更愿意使用"工人阶级"而非"工人们"或"工人群体"之类的称呼。德沃金尖锐地指出,霍加特"从来不考虑区域、种族和宗教上的差异造成的影响或英国社会变化的不均衡影响。他的经验方法比建立在观察基础上的社会学研究要更有力,但是他没有把他的主题放在大的社会背景下进行研究,这是一个局限"②。事实上,这种局限不仅导致了霍加特将"旧"的工人阶级文化描述成铁板一块,而且也是造成他对新的大众媒介和新兴大众文化对工人阶级文化之影响缺乏复杂性眼光的原因之一。正如德沃金例举的少年时期深受美国大众文化影响的左翼建筑批评家雷勒·班纳姆所言:"如果某人相信霍加特的思想,那么回想我成长所面对的文化背景,实际上是非常不可思议的事。"③

无论如何,霍加特的《识字的用途》提供了一份极为生动的关于工人阶级的整体经验记录,并且赋予英国工人阶级生活光明正大的文化身份,这对于当时正在紧张思考中的人们来说,无疑是一次自信心上的鼓励和方法视野上的开拓。在霍加特独自写作的时代,历史的契机尚未到来,一系列重大的问题,如历史经验与当前现实的关系,工人阶级文化与整体文化的关系,新兴大众传播方式的复杂性,等等,

---

① 丹尼斯·德沃金:《文化马克思主义在战后英国》,李凤丹译,人民出版社,2008,第118页。

② 丹尼斯·德沃金:《文化马克思主义在战后英国》,李凤丹译,人民出版社,2008,第118页。

③ 丹尼斯·德沃金:《文化马克思主义在战后英国》,李凤丹译,人民出版社,2008,第119页。

尚未得到充分而多样化的讨论。霍加特不仅敏锐地发现了这些问题，并且提供了重要的见解。面对美国消费文化的渗入和高福利所带来的工人阶级自我意识的丧失，霍加特不自觉地，或者说是别无选择地拿起了利维斯主义批判工业文明和大众文化的武器，并且也使用诸如"庸俗""粗鄙化""堕落"等等精英主义者惯用的判词。这种基于紧迫感而展开的迅速反应，既问题丛生，又充满了创造力。他将利维斯式的经验细读和道德批判应用于工人阶级文化和大众传媒的研究，既是方法上的奠基与开拓，又为后世进一步思考精英文化与大众文化、传统思想与激进主张之间的复杂关系架设了桥梁。不难发现，这些问题随着对《识字的用途》的批判性阅读，逐渐构成了英国新左派文化论争与文化研究的一系列主题。

程祥钰

1982年生，2012年毕业于清华大学中文系文艺学专业，获博士学位。现为清华大学写作与沟通教学中心副教授。主要研究领域为文化研究、通识教育等，主要著作有《历史、经验与感觉结构——英国新左派的文化观念》（2020）、译著《理论的危机》（2018）等。

手与劳动[1]

徐敏

迄今为止，人类的各种劳动，无论是早期人类的简单手工劳动，还是工人在机器旁的劳动，抑或是当代自动化的智能劳动，都离不开人的手，都有手的各种动作、出力方式及相应的人体活动姿态，都是主要经由手或借助于手所展开的劳动实践，并通过手来建构并表达人与自身、与劳动对象、工具及世界之间的生命关系。通过不同类型的手的劳动，人的生命进入到特定的生产方式、社会文化形态及其历史变迁之中，手凝结了劳动的工艺学、人类学、政治经济学及哲学等多重相互关联的丰富意义。"手"因此是一个重要的理论概念，可以为理解和阐释人的生命与劳动的关系，提供一个独特的研究思路。[2]

一、手与劳动的起源

马克思对于劳动的系统研究，包含了有关劳动者之手的大量论述，建构了有关"手"及其劳动的理论基础。在马克思看来，人首先是劳动的生命体，劳动是"不以一切社会形式为转移的人类生存

---

[1] 由于篇幅关系，本文的第三部分"手与非物质劳动"及结语省略。

[2] 国内学者关于"手"的主要理论研究成果有：吕品田的博士论文《动手有功——手工劳动的人文特性和意义的当代审视》、李鹏程《当代文化哲学沉思》（人民出版社1994年）。

条件",表现为"人和自然之间的物质变换",是人的"有目的的生产活动",也是人的"脑、肌肉、神经、手等等"密切配合而产生的行为①,既有身体的力量输出,也有经验与智力的参与,总会体现劳动者的"活的机体内本领、才能、能力"②,因而是人的身体及生物力量、技能与意图得以统一的有机过程。在劳动中,人还发明、制造和运用着工具,让工具作为"劳动的实际传导体"③,把人的体力、技能与智力持续地输送到劳动对象上去,同时也在工具上积累技能,并建立起劳动者与劳动对象之间的明确关系。由此,马克思指出,劳动总是人的一种活的生命力形式。它犹如燃烧的火,改变了劳动对象的形态及功能,造就了物即劳动对象对于人类的有用性④,并由此创造出了特定的人类生产方式、社会形态与生活形式。

马克思所定义的劳动,是人的有机力量、技能、意图或合目的性以及工具传导性之结合,人的身体力量与智力都会凝结于劳动者的手上,总是体现为手的具体施力形式,并能直接表达劳动者的主体价值,这种劳动因此带有明显的手工劳动特征。基于马克思的哲学思考,恩格斯在《自然辩证法》中探讨了"手"的人类学意义。在他看来,直立人的出现,人的直立行走,给手带来了自由,让人的手能从事各种手工劳动,使得手习得并积累了各种技能,能够熟练从事于各种劳动,手又反过来成为"劳动的产物",进而促进了人的机体、感官与智力的发展。早期人类的劳动,都是以手为主体和主导的活动,随着这些活动变得"越来越复杂",人与人之间的劳动协作,以及各

---

① 《马克思恩格斯全集》第23卷,人民出版社,2016,第56-57页。
② 《马克思恩格斯全集》第47卷,人民出版社,2016,第51页。
③ 《马克思恩格斯全集》第47卷,人民出版社,2016,第60页。
④ 《马克思恩格斯全集》第46卷上册,人民出版社,2016,第331页。

种手工工具及语言也得以诞生①。因此,在早期人类从一种自然生物逐步进化成劳动主体的过程中,手及其手工劳动,要比人的其他肢体或器官,发挥了更为显著的作用。早期人类以"手"为主导,在手与眼、脑及身体的密切协同下,在手与工具、与劳动对象之间的丰富互动中,展开了各种有目的的物质实践。手既是人的身体施展生物力量的主要器官,同时又凝结着特定的技能与人的劳动目的。手的劳作,因而是一种把劳动者的身体、技能、智力投入于劳动过程及其劳动成果之中的生命活动。而"劳动创造了人"这一论断,实际上是在表明,以手为主体的手工劳动创造了人。

恩格斯有关手的人类学论述,得到了生物学、人类学、技术史等方面的理论支持和补充。从生物学角度而言,手作为人之有机身体的一部分,它既是人之整体身体的一个器官,也是人与外界接触的一个重要端口,能在人与外物之间建构特定的物质性的、感知性的和能动的丰富关系。手首先以其触觉能力产生对外物的认知,感知事物的形态、属性及功能;手还可以向外物施展身体的力量,作用于外物,改变其形态;手还是人的抓握器官,它获取并占有特定的物而为人所拥有。与此同时,手的认知、施力与获取能力,不仅需要人的眼、大脑及整个身体的协助,也正是在手的这些主要功能中,人对外界的认知与实践能力既得到了各自的发展,也能够相互结合起来,使得人从事于有特定意图和目的的劳动。而无论手是在发挥认知性的,还是施力性的或是占有性的功能,它都施展出了特定的力量形式,都是手的不同施力所导致的结果。相对于人的其他器官,手有着更为丰富的动作与发力方式,具有更主动的和更有目的性的实践功能,因而手是人的一个天生的劳动器官。不仅如此,手还能以各种手势动作来表达意

---

① 《马克思恩格斯全集》第20卷,人民出版社,2016,第510-518页。

义，是人的一种重要表意载体，这为劳动的协作及人际的交流提供了有力的帮助。因此，在人类早期，手是人把改造世界与改造自身相结合的最重要器官，是人创造属人的世界及人自身的最重要"手段"，是早期人类劳动及其实践活动的"主角"。早期人类的劳动成果主要来自于手。相对而言，人的眼睛、嘴、脚、大脑及整个身体，只有在与手紧密配合，以手为支点、载体和工具时，才能产生出劳动的使用价值。

古灵长类生物学家约翰·内皮尔在研究灵长类动物创建石器时代文明的漫长进化过程中发现，早期人类主要通过手与外界的实体接触来观察与理解自然环境，手的各种施力动作，如投掷石块，打砸、敲击或打磨某物等等，这些集认知与实践为一体的活动，均与手的各种抓握动作，即以特定的手力与手型来抓住、处置与施力于各种适合上手的物有关。尤其是发明手工工具的过程中，手的抓握能力产生了决定性的作用。某物要成为工具，首先要适于手的抓握，要能内嵌于手的生物构造之中，以便手与工具能构成稳定的技术配置，使得被抓握于手的工具成为了手的力量的延伸，强化或精细化人的力量，并能在此种力量中实现人的意图。石斧就是早期人类的标准化或通用化工具，它标志着人要通过工具来满足长久而稳定的、而非临时或偶然的劳动需要[①]。石斧区别于普通石块，它既有与施力于外物的锋利部位，可以切开或分割对象，表明人对外物的结构或机理有了更加清楚的认知，体现出了早期人类已经开始进行有概念、逻辑及想象的语言化思维。同时，石斧也有适合手握或手持的部位，能够凝聚并传导手及人的力量，尤其是人的爆发力，从而对外物产生更具破坏性的作用。石

---

① 查尔斯·辛格等主编：《技术史》第一卷，王前等主译，上海科技教育出版社，2015，第16页。

斧上所出现的手握部位与施力部位，意味着一件工具出现两种或两种以上相互结合的部件，专供手握的部件是后来各种手工工具之手柄的前身，石斧的出现因而是人的工具技术的一次飞跃。

　　手工工具的作用在于，它能凝结、传导与转化人的丰富力量，提高人的施力效率，并在不同程度上节省人的身体能量。在这里，人及手的丰富力量形式，表现为这些力量总是针对不同的对象，体现出各种力度、速度和向度，以产生特定的施力效果。而正是在工具能够有效传导人的各种力度、速度与向度的丰富力量，从而在不同的力量与不同的工具及施力对象之间建立起稳定的关系时，早期人类的劳动技能或手艺才会得以诞生。也就是说，一旦出现了常规性的各种通用工具，那么，在这些工具上及对这些工具的运用过程中，手所施展的独特力量形式，总是会与施展力量的特定技能及其意图和目的联系在一起，特定的劳动技能也已经内含着特定力量与其意图的统一关系，而特定的劳动意图也需要由特定的力量及其施力技能来得以实现。在这里，人是在自身的力量、技能与意图的相互协调及结合中来发展自己的劳动力乃至生命力的，这样所形成的人类劳动不仅总是有机的，而且人的劳动力、生命力及其创造力总是与手工工具的产生和运用之间，构成了一种密切互动的协同进化关系。而这些都具体地体现于手对于手工工具之手柄的抓握与施力之中。各种工具通过其手柄吸纳、传导与转化了人的各种力量，工具的手柄因而是把人的力量、技能与意图统一起来的一种凝结物，工具及技术的发展，就直接体现在不同工具之手柄，以及手抓握与施力于这些手柄的方法与技能之中，并分别发展了手及人的各种独特力量形式，由此产生出了各种生产方式及物质文明的建构。

　　具体而言，在石斧之后，人所发明的各种手工工具主要有两个不同的技术方向：一是要放大和强化人的爆发力，另一个方向则是要让人的力量更趋精细化。在强化爆发力方面，人发明了刀、投枪、锤子、弓箭及杠杆等等工具。人在抓握与运用这些工具时，手及各手指以一种整体施力器官的方式，紧紧地抓住这些工具，让工具作为力矩，来提高施力的力度和速度，扩大施力的距离及其准确性。这是一种针对外物的压迫力、打击力和移动力，以便改变外物及环境的实体形态。与此种力量不同，人还针对更为微小的事物施展精细化的力量，也发明出了相应的工具，比如，用手指捏捻、揉搓、描摹及聚合某物，或是使用火钻、陶轮或笔等，人及其手在施展着一种诱导性的、而非压迫性的力[1]，这些力更趋向于体现特定的形式化和符号化特征。在施展此种力量时，双手及双手十指之间也会产生细微的分工与协作，这为早期人类发明和运用复杂工具提供了生理的基础[2]。相对于压迫性力量而言，诱导性力量的施展需要有更高的技能，手的触觉感知能力要更为敏锐，手的动作更为细腻，手对工具及外物的控制需要不断地调节，并要以不同方式压制和驯服人的生理颤栗，在手与眼、身体及大脑之间构成一种更为紧密的结合，并要体现出更明确的意图和构想。早期的洞穴绘画、陶器及其纹饰符号、象形文字的书写、乐器的演奏及雕刻等等活动，都是各种手的诱导性与精细化力量的产物，在物质性的劳动成果中也表达了早期人类的思想、情感与想象。

从直立人的手，再到各种手工工具，大约在旧石器文明晚期，人之手的生理特征、施力方式及其劳动过程，就已经进化到了与今天没有多少差异的形态，手与人的身体、眼睛与大脑的关系，以及手的不

---

[1] 约翰·内皮尔，拉塞尔·塔特尔修订：《手》，陈淳译，上海科技教育出版社，2001，第34页。

[2] 理查德·桑内特：《匠人》，李继宏译，上海译文出版社，2015，第184页。

同劳动形式已基本成型①,手所能施展的各种力量,所凝聚的技能及其所表达的意图,表明手已经成为了人的一种多功能工具,是多种工具的集成体,从中产生出不同的手工劳动类型,积极而能动地与自然环境展开各种"新陈代谢"活动,建构出了人类的早期手工文明。如斯蒂格勒所说,人的直立行走,就是以手为中心,"打开了技艺、人为、技术之门"②。在这一手工文明时期,人的生命力不仅依赖于以手为主体的劳动力,而且也围绕着丰富而有机的手工劳动而展开,手的活动从此开始书写了人类劳动的生命谱系。

二、从具体的手到抽象的手

劳动是人维系生命的基础活动。一旦手成为了人的主要施力器官,人就以手及手执工具来展开其劳动,或者准确地说,展开其手工劳动。这种劳动就是要通过手及手工工具,把自己的力量、技能与意图传导到劳动的对象或材料之中,使之转变为劳动成果的过程,这是一种有机的生命活动。无论是"木匠劳动、瓦匠劳动、纺纱劳动",还是其他的劳动,无论这些劳动有着多么大的分工差异,它们都需要消耗一定的劳动力或生命力、不同程度的技能和相应的意图。而且,手及工具的每一次施力,都包含着劳动者的技能和意图,既是劳动的手段与方法,也是一种生命力得以表达的具体过程,其中的每一个环节都在积累着劳动的最终成果,这种劳动因而总是劳动者与劳动对象、劳动过程与结果、劳动手段与目的相互结合的生命实践。而此

---

① 约翰·内皮尔,拉塞尔·塔特尔修订:《手》,陈淳译,上海科技教育出版社,2001,第11页。

② 贝尔纳·斯蒂格勒:《技术与时间1:爱比米修斯的过失》,裴程译,译林出版社,2012,第133页。

种劳动的成果,无论是否表达为商品形式,或者是以何种方式进行社会交换,都是劳动者所耗费的生命力与此劳动成果之使用价值的统一体。在这里,劳动者耗费的生命力,以及包含在这种生命力中的技能与意图,是劳动成果产生相应的使用价值的重要前提之一①。此种朝向使用价值的劳动,就是马克思所说的"有用劳动",也可称之为有用的具体劳动,它与人的生命力形式产生出了积极的互动和协同演化的关系,并能表达劳动者的生命价值。

每个个体都有其独特的生命力,这让手工时期的劳动,总是一种充满着差异性的,能表达作为人的有机生命特质的劳动。手工劳动的特征主要有,首先,人的有用劳动,是其差异性个体生命形式的表达,它难以在劳动者的手及其工具上产生出机械化的等量力度形式,总会有其非平均化的速度与节奏,体现着特定劳动者的独特生命节律,呈现出生命有机体所独有的非几何化施力动作。手工劳动在劳动的材料及对象上的每一次施力,都是一次性的,具有着唯一性,手工劳动就是由这些一次性和唯一性的施力动作而得以累积起来的过程。此种劳动过程是可以修正和弥补的,但却是不可重现的。其劳动成果应由这些施力动作一点一点地汇聚而成,因而总是具有着非均质性的差异性,能以不同方式或在不同程度上体现出劳动者的生命独特性与创造性。其次,每一种手工劳动,手的具体力量形式及其对于工具的运用方式也都有其程式化特征。但更重要的是,一旦手操持起特定的工具,那么人就需要施展此种工具所需要的特定力量,此种力量也对应于特定的劳动材料或对象,并必然有其相应的劳动成果。也就是说,在手及工具、劳动材料与对象、劳动成果之间,一种手工劳动的整体性就得以呈现出来,手工劳动并非是一种微不足道的劳动,相

---

① 《马克思恩格斯全集》第 23 卷,人民出版社,2016,第 56 页。

反，它总是把人及其生命、工具及方法、对象及外界和劳动产物及其人造世界，结成了一种整体性的框架，一种海德格尔所说的存在的"因缘结构"。手工劳动因而是人在世界中演化出来的一种整体性生存方式，手的力量在此种生存方式中占据着主导的位置。

　　手工劳动中的手及其力量形式的第三个重要特点在于，它总是具有摸索性、尝试性和反思性，劳动者会针对不同的劳动对象及材料进行调整其力量和意图，也就是说，手工劳动者总在从事着一种全身心的活动。在这一过程中，劳动者的脸会呈现出一副沉稳、全神贯注和深思熟虑的表情，其手的动作与眼睛的观察、大脑的思考之间密切关联，每一次施力行为受大脑的控制、调整与反思，要在失误或失败中重新开始。这种劳动既不仅针对正在进行着的劳动，也通过不断地积累起来的经验，而为今后的劳动提供了可能性。手工劳动因而总是一种以劳动者为主体，把过去、现在与未来密切关联在一起的劳动形式。最后，由于每一种手工劳动的技能，都积累和施展于特定的力量与意图、材料与过程的互动过程中，其所产生的具体经验，既是高度感性的，内在于劳动者的身体与思维之中，也是一种隐性的，是难以标准化和书面化的表达的，只能以"身教"为主、"言传"为辅的方式加以传授与革新，而学习者则同样也要在生命力的内在体验中对之加以领悟和接受。因此，手工劳动实则是人的一种生命经验。

　　每一个经验丰富的手工劳动者，都会有一双粗糙的手。这双手总在接触着物，总是在向工具或材料施展着力量，也在接受着工具或材料的反作用力，累积着大量手、眼、脑及整个身体的互动。这双粗糙的手的主人可能拥有着精湛的技能和缜密的思维能力，它要比精致的手拥有着更为丰富的力量形式和更复杂的技能，甚至也更擅长于精细的劳动。艺术家是手工劳动者的杰出代表，他们也拥有着一双富有力量、技能和创作意图的手，那些优秀的书法、美术、雕塑及音乐作品，都在直接表达着手的创造性，展示着丰富的力量形态，既能施展爆发力，又保留了生命的细微颤栗，总在表达着特定时空中一种不可重现的"灵韵"特征。无论手是在使用笔、刻刀或是在琴弦上弹奏，艺术家们的手以诱导性方式，发展出了各种符号性的和形式化的力量，能让声音更为悦耳、绘画或雕塑的形象更生动和逼真，赋予了各种实体化作品以独特的文本化形式。因此，优秀的艺术家以及能工巧匠们都因其独特的手，而成为了自觉的劳动主体，从事着富有生命价值的创造性实践，他们的劳动成果具有了自主性，他们自身则成为了不受奴役的现代人的象征[①]。

无数艺术家及能工巧匠们的成就表明了，创造性的手工劳动，总是手的力量、技能与意图的统一体。此种统一意味着，力量的施展过程，既是技能的积累与表达，也是意图的实施与呈现。手的施力及其技能的施展，作为劳动的手段与劳动的过程，都会进入到劳动成果之中，劳动成果就是由表达着技能与意图的力量所一步步累积起来的产物。人的劳动意图、过程及其成果，也都已经包含于手及手执工具的具体施力方式之中，发生于工具化的技能之中。在这里，手作为人的力量渠道，工具作为劳动的方法，技能作为劳动的手段，它们都与劳动者的意图结成了不可分离的关系。因此，手工劳动中的手，因而总是具体的人的具体之手，是具体的活生生的生命之手，每一双劳动的手都代表着一个独特的具体生命。手与手工劳动互为创造者，就如同人的手与人的生命互为创造一样，并总是在表达为人类手工文明的生命力形态。如果说，人是万物的尺度，那么，手工时期的手就是人的尺度，这双手把自身与工具及外部世界连接成一个统一的整体[②]，从

---

① 理查德·桑内特：《匠人》，李继宏译，上海译文出版社，2015，第334页。
② 梅洛-庞蒂：《知觉现象学》，姜志辉译，商务印书馆，2001，第140页。

而成为了人之生命表达和生命演化的主角。对于人之有机生命而言,这双凝聚着人之生命力的具体的手,具有一种根源性的存在价值。

然而,当社会需要更大的生产力规模时,手及人的生命力就体现出了局限性。人开始对牛马等拥有更大生物力量的动物进行驯化,发明了弩机及大型投掷装置、水力磨坊及风车等等非生物动力的复杂机械装置,建立起了的各种规模不等的手工作坊。随后,还发明了火药、蒸汽机、电力及核能等等各种人的生命能量难以企及的动力技术。在此历史进程中,那双曾经让人进化为人的具体的手遭遇到了重大的危机。

马克思指出,在工场手工业这类大型手工作坊中,手工劳动者仍然是劳动的主体,他们的力量与技能仍能发挥重要功能。但由于工场手工业是一个"连续性、划一性、规则性、秩序性"的生产组织[①],其内部已有明确的生产流程与劳动分工,手工劳动者的劳动开始片面化了,不同类型的手工劳动者只在从事着局部性的和环节性的工作,而成为了工场手工业里的单一器官或肢体[②],只需要特定的力量与技能,发挥特定的功能,个体手工劳动者那种手、眼及大脑相互协作的整体性瓦解了。在这里,器官化的手需要通过生产流程及其所规定的劳动协作,才能与其他劳动者一道构建出统一的生产机体。而工场手工业的生产目的,与个体劳动者的意图无关,即生产的目的与劳动的意图开始分离。在文艺复兴时期意大利建造宏伟建筑时,一部分作为砖瓦匠的手工艺人也开始转变为建筑师,他们需要掌握数学及其他以"大脑"为载体的抽象知识,而非以手为载体的具体感性技能;而另一部分人则沦为了纯粹的体力劳动者,他们的劳动与建筑的总体形式

[①]《马克思恩格斯全集》第23卷,人民出版社,2016,第384页。
[②]《马克思恩格斯全集》第23卷,人民出版社,2016,第387页。

不再直接相关①。马克思由此认为，工场手工业让劳动者失去了"多种多样的生产志趣和生产才能"②，破坏了劳动者的力量、技能与劳动意图之间的统一关系。也就是说，在工场手工业里，具体的手开始衰败了。

进入到以煤炭为能源的工业时代，由发动机、传动机、工具机或工作机所构成的机器或机器体系，成为了工厂里最重要的固定资产。发动机所提供的动力独立于工人，传动机则把发动机的动力传到工具机上，工具机则与工人的手直接相连。在马克思看来，工业革命的起点不是以蒸汽机为代表的发动机及其传动机构，而是工具机③，它表达为各种按钮、拉杆、开关等，上面标有指示工人操作的各种符号、数字或图示，是供工人的手进行操作的"手柄"，即把工人的劳动纳入于机器之中的机械装置。在工具机面前，工人无需深度地理解机器的原理，但要严格遵循机器的操作规范。工人的手只需要向工具机施展适度的力，这是一种信号化的力，只启动机器的运转，其力量却并不转化到机器的能量之中。也就是说，信号化的手只在施展一种遵循着机器内在运行逻辑的力。此种力的力度、速度与向度以及动作形态，均由机器的运转形态所设定，是一种机械性的和平均化的力，是一种既无爆发性，也要严格控制其颤栗的力。这时，工人的手无需多少技能，只需体现出一种高度生理化甚至动物化的灵巧状态，以便跟上机器的运转速度④。因此，相对于手工劳动及工场手工业而言，此

---

① 阿尔弗雷德·索恩-雷特尔：《脑力劳动与体力劳动：西方历史的认识论》，谢永康等译，南京大学出版社，2015，第 87 页。

② 《马克思恩格斯全集》第 23 卷，人民出版社，2016，第 399 页。

③ 《马克思恩格斯全集》第 23 卷，人民出版社，2016，第 410 页。

④ 《马克思恩格斯全集》第 47 卷，人民出版社，2016，第 524 页。

种手已经体现出了无机化特征。

  机器的生产意图，内在于机器之中，由抽象化的科学技术知识所设定，外在于工人的感性经验及其生命体验。工人对机器的操作，只是机器运转工艺的一个次要环节或附件①。不是工人在控制机器，而是机器在控制、分配、调节着工人的手及其劳动，工人的手也外在于工人自身的身体与大脑。从表面上看，机器化的生产方式极大地节省了工人的体力付出，让工人不再从事于繁重的体力劳动，但这种节省也同时使得工人丧失了劳动的技能与自主的意图。在机器面前，劳动者不再会发生力量、技能与意图之间的统一和互动关系也被瓦解了。也就是说，工人的手的施力及其活动形态，被工具化和中介化了。

  手及其活动的信号化、无机化与工具化，是机器对工人及其劳动的生命形态所产生的最为重要的影响。如果说，工场手工业如同一个管弦乐队，它需要每个乐队成员以其手上的专业化技能，并发挥出各自的才能，而在共同演奏的生产过程中体现出自己所在声部的最佳效果②。那么，机器工厂则是一个"兵营"，这里不再有人与人之间经由力量、技能及意图的各种有机化协作，而是要求每个工人以一个信号化的和无机化力量的施展者，来严格遵守机器的运转纪律，成为机器得以启动和正常运行的人身工具，勤奋地在工具机上从事着简单而重复性的劳动，成为机器生产的一个必要环节与中介。由此，工人的手的信号化、无机化和工具化过程相互作用，导致了手的抽象化。这种抽象化的手不再表达劳动者的具体生命特质，而是外在于工人的身体及其主体性，在最终的劳动产品上也难以寻觅劳动者的生命踪迹，工人的手及其具体生命力被机器生产方式全面抽象化了。

---

  ① 《马克思恩格斯全集》第46卷下册，人民出版社，2016，第209页。
  ② 《马克思恩格斯全集》第23卷，人民出版社，2016，第367页。

在不断提高生产效率的内在需求驱动下，机器在技术上持续地向一种准生物性的有机系统进行演进①，它在工厂及工业体系中占据了越来越重要的比重，并全面抽离了工场手工业中劳动的质的内涵，让工人们从事于一种可被最大程度量化、机械化和简单化的劳动。工人的使用价值被机器所抽象化了，工人机器所加工的劳动材料一样，只是工厂流动资本的一部分。工人被工厂所雇佣的交换价值，也由此处于一个相对的持续的过程之中，作为一个完整生命体的劳动者，只是工厂里的"人手"而已②。由此，在机器工厂里，一方面是工人以其抽象化的手从事于一种人类学意义上的抽象劳动，另一方面则是工人的交换价值在政治经济学意义也被抽象化。这种双重的抽象化之间既有着技术史的特定历史背景，也构成了一种紧密的逻辑关系，二者之间还产生了相互加剧和强化的作用。工人的手越是被机器抽象化，工人的劳动就越是在人类学意义上被机器技术的工艺流程所抽象化，而工人的使用价值及其交换价值也就在更大程度上被资本所抽象化，成为了一双最便于从事剩余价值的生产的手。工人的劳动也被构建为一种高度机械化的生命政治形式，成为了一种专门从事于抽象劳动的群体或阶级，全面失去了劳动生命的主体性。而当工人认识到了自身与机器及资本之间在经济利益、政治权力和生命价值的全面对抗关系时，会以具体的手及生命来捣毁机器、罢工甚至暴动，试图改变自己的抽象化命运。对此，资本则驱动着技术，在18、19世纪制造出了诸如走锭精纺机、自动浆纱机、铆接机等等机器，通过减少工人的数量、减轻机器的劳动强度和工人对机器劳动的参与程度，也就是通过加快机器的技术发展，来消除工人反抗的可能性，从而进一步加剧了

---

① 让－伊夫·戈菲：《技术哲学》，董茂永译，商务印书馆，2000，第70页。
② 《马克思恩格斯全集》第47卷，人民出版社，2016，第464页。

机器劳动的抽象化①。

马克思的批判理论实则阐明了,手工劳动中具体的手及其所包含的人之全面发展的潜能,与机器生产及其资本主义体系之间,存在着一种全面的对立关系。机器的生产力越是强盛,人的生命力则越是卑微。一种以"抽象的手"为主体的劳动生命在机器工厂中诞生了,机器大生产由此改变了凝聚于"手"的人类生命进化历程,开启了人的"具体的手"向抽象化的全面转向,让此种抽象的手成为了现代人最重要的劳动及生命器官。

徐敏

1964年出生,2004年毕业于北京师范大学文学院比较文学与世界文学专业,获博士学位。现为首都师范大学文学院教授。主要研究领域为文艺理论和文化研究,主要著作有《现代性事物》(2010)。

---

① 《马克思恩格斯全集》第23卷,人民出版社,2016,第478页。

"可读性城市"及其街道空间的辩证法
——"文化的物化"与"物的媒介化"

张意

一、解域化时代的创意城市与街道空间重造

互联网技术的代际更新为我们带来前所未有的革命，互联网具有了与实体空间相似的资源配置和社会组织能力，如新型"物联网"的出现。此外，移动互联网更使普通个体具有出入虚拟空间的无数端口，后人类或赛博格生存正在成为人类的新兴生存形式。社交软件、数字技术、人工智能技术、材料技术的不断重组和更新，符号与信息生产、传播的加速度革命，交通工具的日新月异，人类身体与机器的微妙结合等技术革命深刻地改变着人类关于自然、社会乃至自身的理解。传统的人文主义观念和理想，与这些观念相伴而生的现代性整体化、同一化的制度设置、生产方式、情感结构都受到挑战。在解域化时代，社会生产日渐脱离组织化资本主义道路，与文化符号、创意生产相结合，文化生产成为当代经济的重要内容。生产从工厂蔓延到城市街头，生产呈现出游牧性和流动性特征。新型生产逻辑延展，致使文化所涵纳的情感、心理结构、表征、符号进入日常生活的基础性层面，接受者、消费者参与到文化产品的即兴式意义生产中，生产不再将意识形态、文化生产与经济或基础性生产绝然分开；传统与现代不

再对峙断裂，古典资源被唤醒和吸纳入当代设计，因而当下时空的展开既是传统和记忆的重新绽放，也是未来时刻的现今寄托；文化传统及叙事符号不再受国界、地域的阈限，形成各式各样的"超空间"、奇观空间，使真实与想象、原件与仿真在空间增值中相互映射、"内爆"。人们为这类不断突破阈限、挑战成规，生产新的文化体验、符号和品牌的文化生产命名为创意文化生产，简称创意生产。

传统社会理论曾将文化所涵括的生活仪式、习俗风情、情感态度，规定为"私领域"内容，如今被文化生产的设计者提炼为独特的符号价值赋予商品，借此询唤商品的消费者和新意义的推广者。拉什曾就新媒体生产、后工业化时代的文化经济提出"符号经济"与"空间经济"概念，他认为在后组织化的资本主义生产中，柔性生产成为主导性生产方式，文化符号与空间的生产伴随着设计介入，生产既是实际的也是审美自反性的，既植根于抽象知识也与直接体验相关[①]，方兴未艾的创意经济、符号经济为地方、城市带来巨大活力，这促使人们正视新兴经济的空间关联。譬如，各种时尚和品位的生产者、中介机构聚集在城市的不同角落，他们不断确立时尚标准、品牌战略，赋予城市以新的风格和内涵。聚集各类创意人群的城市，正在推进城市经济转型和城市意象重构。"创意城市"的观念在中国的城市建设中日益扩大其影响力，政府、城市管理机构愈益领会到创意化、知识化、跨领域的新兴经济将引领和推动都市再造、产业重构、资源调配以及战略决策。因而，关注创意经济、创意生产必然要关注创意空间

---

① 斯科特·拉什、约翰·厄里：《符号经济与空间经济》，商务印书馆，2006，第83，252页。

的生产。① 就城市经济、结构的转型而言，一个文化资本、象征资本积累丰厚的城市，无论是活态化非物质遗产保护，多样化文化生产，抑或引领后人类时代潮流，都必须打开封闭视野，给予城市新鲜的活力和创新冲动，为城市竞争赢得机会与舞台。② 当城市作为文化创意基地，空间的构建被纳入城市再造的整体框架。再造新的城市景观、街道空间既包括物理空间、地标空间的营造，还包括非物质文化遗产的保护、文化景观重构和对多样态生活风格的包容、涵养。城市作为创意生产之所，也是培育创意性消费群体的场所，因而城市空间及其街道意象的再造既是创意产业的重要内容，也与城市的传统、遗产、居住者的习性息息相关。③ 在此视域中文化、经济、技术和日常生活彼此塑造、交织与渗透，呈现出新经济生产融物质与精神生产为一体，将符号媒介物质化，又使物理空间中的物质媒介化、符号化的新型空间辩证法。城市景观与街道意象正是这一空间辩证法的具体承载和实现。

二、"可读性城市"的街道空间重构

1. 从"破坏性空间生产"到"创意性空间生产"

从20世纪80年代至今，中国的城市景观发生了天翻地覆的改变，城市经历了新的现代性改造和空间重组。哈维在讨论奥斯曼对巴

---

① 多米尼克·鲍尔、艾伦·J·斯科特：《文化产业与文化生产》，夏申、赵咏译，上海财经大学出版社，2016，第116-117页。

② 唐燕、克劳斯·昆兹曼：《文化、创意产业与城市更新》，清华大学出版社，2016，第205-208页。

③ 丹尼尔斯，何康中，赫顿：《亚洲城市的新经济空间：面向文化产业的转型》，周光起译，上海财经大学出版社，2016，第48页。

黎的空间设计与改造时,称奥斯曼拆除大量中世纪、文艺复兴时期的建筑,采取斩断传统的激进方式为"破坏性创造"。这种叛逃历史、拆除记忆的断裂性现代改造方案,一方面使巴黎成为一座现代之都,另一面更使其成为怀着巨大创痛的资本狂欢之所。哈维以"破坏性改造"为其命名,进而深入巴黎的现代性空间的扩张与收缩辩证法,发现城市空间的生产暗流,城市地理、历史与资本的纠缠逻辑。面对中国的城市空间生产,我们同样发现了"破坏性创造"的车辙印。中国城市的摧毁性改造,从近代(1848—1949)、现代(1949—1978)到当代(1978至今)几度变迁,使得许多中国城市延续千年的文化地貌毁于一旦,"所以'拆'不单是一个动词,它同时也是一个时代空间生产的象征。拆出一片新天地,也拆除了历史遗存和记忆"。① 当中国城市很急迫地呼唤城市品格、城市风貌与城市精神时,才黯然发现急就章的拆建已将最珍贵的城市遗产弃之如敝履。

我们期待城市的空间塑造尽快从破坏性改造过渡到创意性、审美性生产,这才是城市空间生产的要义。林奇曾强调城市意象的可读性:"我们不能将城市仅仅看作是自身存在的事物,而应该将其理解为由它的市民感受的城市","我们正在飞速地建造一种新的功能组织——大都市区,但我们同时还要明白,这种新的组织也需要与其相应的意象"②,独特、可读的城市景观唤醒我们的感知并赋予城市以意象。只有当城市拥有自身的意象时,才拥有了自己的精神与品格。存留在各种媒介、符号中的城市记忆、习性借城市景观得以物化,获得可读性意象;反之物理的城市空间经由人的凝视、叙述、吟唱、传

---

① 周宪:《从空间迷狂走向空间协商》,《中外文化与文论》,四川大学出版社,2016,第13页。

② 凯文·林奇:《城市意象》,方益萍、何晓军译,华夏出版社,2016,第2,7页。

播而媒介化，成为独具品格的文化符号、表征乃至文化品牌。

2. 城市街道空间与场所精神

城市作为人造空间的历史聚集物，它与自然一样庇护、环抱居住者，它蕴育丰饶的存在论意涵，像天空、大地、树、石头、鸟、虫、江河一样与人发生关联，它邀请人、留驻人、更呼唤人的感觉与灵魂苏醒，去回应它的鸣响和充满历史记忆的絮语。诺伯舒兹认为场所非一系列抽象的区位、地点，而是具有自身的特性、气质。若是将城市视为人栖居的空间场所，城市则因其空间肌理、安顿人的城市精神、源远流长的故事伏脉而呈现出与人的关联和照应。在作为场所的意义上，城市街道同样体现着普遍性和地方性的辩证，体现着功能与意象的对抗，也体现着内与外不断反转的空间循环。诺伯舒兹回应海德格尔对特拉克尔的《冬夜》的精辟分析，并引申而至"场所精神"："天、地被结合在一起成为一个世界。经由人的劳力，世界被带进内部成为面包和酒，因此内部的阐释变得很有意义。如果没有天地间'神圣的'果实，内部将仍旧是'空虚的'。房子和桌子的吸收和集结，使得世界更'亲密'。居住在房子里因而意味在世上定居。不过这种定居并没有那么简单，必须在黑暗的路上摸索。同时门槛把内部与外部隔开，说明'差异性'和清楚的意义间的'缝隙'，使得苦痛具体地表达出来，'变成碑石'。"① 诗歌呈现意象，唤起我们对场所的具体感知和想象。而作为场所的城市远非抽象的数学统计、社会调查和城市规划可以道尽，作为后现代人类主要栖居之所，城市依然有其人文的表情、气息与灵魂，也有自己的故事、空间肌理和诗学。

城市空间的肌理在大卫·林奇那里，呈现为"节点""标志""道

---

① 诺伯舒兹：《场所精神：迈向建筑现象学》，施植明译，华中科技大学出版社，2012，第8页。

路""边界""区域"等区分空间功能和空间方位的元素，这些元素与城市景观的可读性、可意象性息息相关。城市空间的肌理在芦原义信的"街道美学"里，则被细化为街道的构成，街道与住宅的内外边界与反转，对街道空间领域的描述与冥思。在莎朗·佐京那里城市空间以纽约的后现代都市景观呈现出来，她剖析了都市空间的功能重叠、阶层区分及其文化政治含义，以及城市作为公共空间和符号经济展开之所的多种意涵。当我们借助各式各样的理论资源，来观照可读性城市空间，我们不禁想到那些借文人墨客的书写和追忆而摇曳生姿的城市，因人与文而获得其文化记忆和生命。因而我们可以说，城市的意象不止与"物"相关，单纯的、没有被流光和人的气息润泽、摩挲的物，以及由抽象的、外在物构造的空间是毫无场所精神的贫乏之地、空白之所。我们在波德莱尔式现代英雄的视线中，看到那个罪恶的渊薮、意象的迷宫和神灵游弋的巴黎；在本雅明的诗意碎片中浮现出魔术师一般令人迷幻的拱廊街，逡巡在大街上、像浪荡子似的艺术家，他们和魔幻般的大街、起伏的人群彼此衬托，互为背景；布罗茨基对威尼斯的忠诚和爱就像"掠过倒映在水晶水面上的那些花边般、瓷器状的廊柱"，竖立在威尼斯的水天之间；奈保尔给昔日帝国的绵长咏叹与伊斯坦布尔辉煌的落日、斑驳的城墙彼此交叠，文明的冲撞和血腥的屠杀与帝国的沉落细密地织成意象繁复的历史挂毯；张爱玲惊鸿一瞥，为上海和香港那荒凉的城市俪影，书写了多少荒腔走板、渐行渐远的市井传奇……繁华绮丽的城市作为都市人的栖身之地，既是外部的环境，更是空间的基本规定，然而在这些城市记忆中，城市空间无不因人的居住而成为有记忆的场所，也无不与人的内在经验交相辉映，由此而获得其特殊性或地方性，获得其内在的品格和气质。

3. 新型空间语法：文化媒介的物化、物的媒介化在当代文化生产中,"创意城市"观念成为城市及其街道空间生产的策源地。以创意文化为组织城市空间和经济的重要方式,成为创意城市的重要依托。一大批以创意文化为业的新兴创意阶层出现,他们包括科学与工程、建筑与设计、教育、艺术、音乐与娱乐等领域,推崇创意特质,重视创新、个性、差异和价值,新阶层的出现将城市的文化、科技和经济紧密联系起来。[①] 因为他们的创意实践,文化媒介得以物质化,成为可触摸、可感知的城市景观。近年来,文化艺术市场催生城市博物馆、美术馆、艺术宫、图书馆、画廊等文化艺术机构蓬勃生长,美术馆、博物馆等作为物理空间的实存,其建筑和布展风格都充分体现了自身的文化追求和品格,往往成为地标性建筑或新的城市景观。在新型文化艺术机构中还会生产和售卖文化衍生品、创意产品,这便是文化媒介得以物化的最好佐证。反之,那些裹挟着历史风尘的文化街区,人群汇集的城市中心或与人口密集的社区相毗邻的购物中心、时尚摩尔,在晨昏中陪伴着人群的路边餐饮、茶馆酒肆等等,则因为这些物质化空间对应于某种生活方式,遂获得某种品牌、口碑等符号价值,继而被符号化、媒介化。在传说、新闻、歌曲和商品中负载着城市故事、城市记忆和历史,如此互通消息的转换,成为新型创意城市的符号生产和空间生产的具体体现。因而蕴涵着丰富"设计"思想的城市,必将转换为融汇人与物的丰富信息,彼此探索、聆听、命名的空间场所。

在"创意城市"的设计视域中,创意成为通货,城市空间与人之间建立的关联更加富有弹性。城市设计者越来越感受到,城市建筑、空间意象、街道肌理对于激发那些为城市带来活力的人群的好

---

① Richard Florida, *The Rise of the Creative Class: and How It is Transforming Work, Leisure Community and Every Life*. New York: Basic Books, 2004, p.73.

奇心（curiousity）、想象力（imagination）、创意（creativity）、革新（innovation）与发明（invention）非常重要。①对于处在技术革新、经济转型期的中国城市而言，城市空间的结构转型既迫于内在的生存冲动与城市精神重建的呼唤，也受到来自全球经济潮流的推动，传统中国城市来到新的十字路口，这是新兴的城市研究亟待探讨的问题。在此问题域中，本文拟将目光投向城市街道的空间生产，并以长江上游城市——成都的两个街区个案为例加以分析与阐释。

成都作为打通中国西部和亚欧通道的枢纽，跻身于中国当代重要都市之列。《中国创业竞争力发展报告（2018）》评选出最具创业竞争力城市前十名，在北京、上海、深圳、苏州之后，成都位居第五，这份报告显示出成都的城市竞争力。②便捷的陆路和空中交通以及发达的电子通信、网络交流，早已将成都与国家共同体、全球城市群落连接起来，技术带来的交流和突围，深度地改变着这座城市自古以来偏安一隅的内陆心态。新媒介经济也极大地改变了空间凝视、空间记忆和空间生产。③旅游、人群迁移带来的空间穿越激活了城市空间、街道景观的生产，使之置于全球性与地方性，普遍性与特殊性的冲突中，且被这些冲突所塑造。所有不可回避的现实冲突也是"创意城市"的题中应有之义，任何创意都不是单向度地朝向未来开启，创意必然与记忆关联，创意须开启传统中被掩埋的文化沉积，唤醒历史长河中的文化征象、符号、仪式与当下对接，更须在断片化的文化消费

---

① 查尔斯·兰德利：《创意城市：如何打造都市创意生活圈》，杨幼兰译，清华大学出版社，2009，第200页。

② 新浪网四川：http://sc.sina.com.cn/news/b/2018-01-27/detail-ifyqyuhy6775861.shtml，2018-1-27。

③ Freya Schiwy, Alessandro Fornazzari. and Susan Antebi. *Digital Media, Cultural Production and Speculative Capitalism*. London & NewYork: Routledge, 2011, p. 76.

内部和外部建立起历史追思和文化记忆。

三、街道空间与文化记忆的再生：以"宽窄巷子"为例

1."宽窄巷子"的历史底片与文化记忆

汉代成都以养蚕织锦而著称，蜀锦已成为华夏土地上的重要丝织品；在三国时代，这里即是蜀汉政权的首都；到唐代成为繁华城市之一，甚至被世人传为"扬一益二"，与扬州并列；一方面，这片富丽丰饶的平原气候宜人、祥和宜居，另一方面由于山脉阻隔，蜀人、蜀文化被地形钳制难以突破，相对沿海城市显得闭塞与保守。至19世纪中期，成都大约有街道400余条，清末有516条，民国有734条。商业区的主要街道整饬干净、货物繁华、舟车往来、人声喧阗。[①]城市空间内包含了两个相对隔离的小城，即皇城与满城。

"宽窄巷子"街道，位于满城南部，毗邻"皇城"。清康熙五十七年，四川巡抚年羹尧奏请朝廷批准，将平定准格尔叛乱的旗兵留下驻防，遂建城中城——满城，亦称少城（小城），以长顺街为脊，向两边延伸形成状若蜈蚣般的33条街道。诚如傅崇矩所载，满城空间格局简明通捷，"形势观之有如蜈蚣形状，将军帅府，居蜈蚣之头；大街一条直达北门，如蜈蚣之身；各胡同左右排比，如蜈蚣之足"。[②]流光迁延，历经军阀混战、抗日战争和内战动荡，满城的蜈蚣状街道格局虽在，但街道坍塌损毁无数。及至中华人民共和国成立，皇城被拆，满城内部的街道肌理几近消失，唯留下宽窄巷子和井巷子这几条保留清代格局的街道，四围都是当代建筑，像城中孤岛，守候着曾经

---

① 王笛：《街头文化：成都公共空间、下层民众与地方政治》，李德英、谢继华译，商务印书馆，2016，第43页。

② 傅崇矩：《成都通览·上》，巴蜀书社，1987，第9页。

繁华的苍凉往事。回望历史"印迹",既是想象"宽窄巷子"曾经的市井风情,更是询唤历史的幽灵,在"逝去"的时间里寻觅属于街道的家世与气息(ethos)。本雅明认为世俗时间并非是线性单向的,逝去的时间与此时此刻,也与将临的未来是彼此糅杂的,"逝去"并不意味着真的一去不返,它以"可能性"的方式,在当下展露,抑或延伸向未来,成为未来的雏形与花蕾。

2. 街道意象对文化记忆的转换

与上海新天地、杭州的清河坊、南京的1912等当代中国著名历史文化街区相似,以文化保护与改造为名的复兴工程必然遭遇"保护什么""如何保护"的问题,街道空间的改造与文化记忆、文化认同关联在一起。宽巷子,街道略宽,当年被称为"兴仁街",窄巷子则是"太平街",井巷子为"如意街",三条街道与北面的支矶石街(据说汉代的道学家严君平曾在这里卜卦讲学,旧名"君平街")并列排开,东至纵向贯通的长顺街,西到下同仁路西50-100米,界限清晰、彼此呼应,形成相对独立而自成一体的街道环境。2003年,成都少城建设管理有限公司成立,与青羊区政府协同负责"宽窄巷子"的保护与复兴事务。少城公司在详细勘察的基础上提出"策划为魂,保护为本,落架重修,修旧如旧"的原则,试图重修这座"老成都名片,新成都客厅"。[①]经过实地勘察,工程方出具报告显示宽窄巷子多数建筑已年久失修,有的保护价值不大。[②]诗意的街道意象能否在现实中呈现?从改造工程承办方提供的数据资料,查知当时小小

[①] 刘伯英,林霄等:《宽窄梦:成都宽窄巷子历史文化街区的复兴》,中国建筑工业出版社,2014,第83页。

[②] 刘伯英,林霄等:《宽窄梦:成都宽窄巷子历史文化街区的复兴》,中国建筑工业出版社,2014,第96页。

的宽窄巷子街区竟容纳了904户人家,在狭窄的街道上,住户搭建起各类违章建筑。改造者指出如果为保留街道的活态性和栖居感,迁出部分住户,这会牵出巨大的法律、经济纠纷,也会使街道的改造变成漫延无期的纸上方案。大的拆迁工程必须在政府、施工方与居民的协商、博弈中,争取互利共赢,这是在全球化时代,历史街区重建文化景观的公共管理问题。所有的争论、博弈都将受到对历史文化的认同,对街区空间和建筑肌理的尊重的影响,因而新的因地制宜的方法应运而生。[①] 迁出居民,腾空院落,落架重修,修旧如旧,这是宽窄巷子空间再造的基本现实。

原住居民搬迁,意味着民间自发形成的闲逸的宽窄巷子,伴随着与之相适应的农业社会的生活方式消失而淡出视野,经过"修旧如旧"的整修,保留建筑格局和街道肌理的宽窄巷子完成了身份转型,既熟悉又有几分陌生的宽窄巷子,遂成为一种文化记忆寄托之所,一个具有仪式感和象征性的空间场所,依稀回荡着老成都记忆。因为街区的存在和部分居民的常驻,使得记忆里的"老成都"获得其物质性转换与记录。

3. 文化记忆的"活态化"与街道符号价值再生

当代文化街区的改造承载着让残留着历史记忆的场所获得新生命的预设。"修旧如旧"即一种唤醒记忆和再记忆的途径,历史文化街区的复原与再生既是对包含符号价值的记忆的传承,也是经由居住者、参与者小心翼翼地活态化,而使街道空间的符号价值获得再生产和增值。窄巷子的改造拆掉了旧街道上非传统建筑的各种附加物,

---

① Ken Taylor. Archer St. Clair. and Nora J. Mitchell eds., *Conserving Cultural Landscapes: Challenges and New Directions*. New York & London: Routledge, 2015, p. 14.

对42座具有保护价值的旧院落进行逐一归档，建立详尽的院落档案，记录、拍照、勘察老院落的格局、门窗、构件、室内、庭院、植被等。这样由院落建筑、墙体形成的街道界限敞亮开来，同时街道沿用旧式尺度，从横剖面看街道宽度不过5-6米，与柯布西耶所倡导的现代功能性建筑格局完全不同，这是传统川西农业社会的日常生息所遗留下的街巷标本，这个街道宽度维护了人群熙来攘往的亲和性，不会因为过宽而稀释了人流显得疏离和冷清。

改造后，宽窄巷子的院落层高不高于3层，建筑高度5-8米，其中有四进院落一座，三进院落5座，二进院落30座。这些传统建筑均是穿斗式木构或砖木混合构造，建筑时期从清代到民国初年，色彩比较素朴淡雅，以青瓦粉墙为主，木柱常以原木色或茶褐色着色。改造后的院落基本沿袭原有体量、结构、色彩和院落空间，不同院落各具特色。例如宽巷子第11号院"恺庐"原样保留了风格独特的三山式门头，院门以青砖砌成，拱门中间带有弧形凸起。拱门上嵌有石匾，其上有阳刻的大篆字"恺庐"（即快乐的院子），字体自左向右书写，显示出最初的房主受西风东渐之影响。石匾上则以特制精砖砌成椭圆形图形，象征高悬的"辟邪镜"，镇慑四方妖魔邪神，永葆安宁。[①] 窄巷子38号是一座四合院，位于窄巷子西北方位，院落坐北朝南。民国初年，法国传教士文幼章在此创办贵族小学，一些传教士也居住于此。主院为一进院落，侧院为两进，门墙以青砖砌成，大门漆黑，主庭院内有四株泡桐树，三小一大，从院落的青瓦顶上伸展开

---

① 张婷：《成都宽窄巷子设计研究——一个历史文化街区经典设计案例的个案考察与理论分析》，四川大学文学与新闻学院博士论文，2016，第166-168页。

去,春天有淡紫色小花缤纷落下。① 诗人兼美食评论家石光华入主院落,取名"上席",主营雅致考究的川菜,他在院落里散放三五泡菜坛做的夜灯,入夜后散放出淡光来,风格闲适、颇为散淡。

芦原义信曾分析街道与建筑的关系,他提出街道的内与外彼此翻转,会带来奇特的审美体验。"今天在城市空间或景观问题上应用'图形'与'背景'观念,是在对原有空间现状进行分析的基础上,为该空间赋予'图形'要素;或把一向作为'背景'考虑的空间,有意识地改作'图形'来考虑。"② 改造后的宽窄巷子当是体会空间设计感的绝佳之所。行人缓步从东入口进入宽巷子,依次会遇见6个街道节点,如东堂序语、蓉城掠影、梧桐依旧等,有雕塑家朱成以青砖墙为背景创作的民俗浮雕,生动地再现旧时成都市民生活。起伏变换的节点和街道墙面的浮雕、小物件在行人的目光中,不断实现着"背景"与"图形"的转换,加强着街道的节奏感与可读性。

作为历史文化老街,"宽窄巷子"已实现商业街的功能转型,引领中国都市历史文化街的转型潮,成为历史文化街功能改造和文化传承的重要品牌。商业街邀请了不少文化人参与经营,如上面提到的诗人石光华的"上席"、莽汉诗人李亚伟的"香积厨"、诗人翟永明的"白夜"酒吧,以及收藏不少川西民居构件的"宽居"和设计质朴的见山书院等等。置身街区中,可以感受到旅行者的杂沓、消费经济的繁荣似乎与青砖院落、碧瓦粉墙彼此扞格,又彼此浸润,构成一道独特的城市景观。如今这片华丽转身的街区已成为成都的一张重要的历史名片,成为承载着历史记忆和文化创意活力的街道品牌。"宽窄巷

---

① 刘伯英,林霄等:《宽窄梦:成都宽窄巷子历史文化街区的复兴》,中国建筑工业出版社,2014,第154-155页。

② 芦原义信:《街道的美学》,尹培桐译,百花文艺出版社,2006,第188页。

子"街区的空间重构,让我们充分地体会到"可读性"街道空间如何使文化记忆得以物质化,与此同时,涵养着文化记忆的街道空间,因其一定程度地将地方性生活方式和历史记忆活态化,而成为都市的文化名片,物质空间再度符号化、媒介化。街道空间在双重转换中实现了价值再生与增值。

四、城市中的新定义,以"远洋-太古里"街道 为例

1.街区中的大慈寺

唐宋以前,天府蜀都就有依时令节气设自由集市的传统。宋太守田况曾在《成都遨乐诗·三月九日太慈寺前蚕市》中记大慈寺的蚕市盛景,"高阁长廊门四开,新晴市井绝纤埃。老农肯信忧民意,又见笙歌入寺来"。可见大慈寺的(又名太慈寺)的蚕市已远近闻名,寺内香火照墙,寺外笙歌丽影。[①]756 年,唐明皇因安史之乱,避难于蜀都,士人与平民百姓流入蜀地,难于计数。唐明皇有感于大慈寺僧众施粥济贫,于 757 年敕建大圣慈寺,之后唐肃宗曾亲书"大圣慈寺"匾额。至唐武宗时期,皇帝推崇道家,下令尽毁天下佛寺,因此匾额是他先祖的亲笔,而得以幸免,大慈寺也得以保全。[②]自唐代以来,大慈寺便是成都的名胜,建址于成都东南,漫延开阔,寺址千亩。相传成都鼓楼洞街就是大慈寺钟鼓楼所在地,北门红石柱街就因大慈寺庙门前的红石柱而得名。陆游在《老学庵笔记》中记,寺庙南面开门即是大河(今之府河),可见当时寺院幅员之盛。[③]到明末大

[①] 冉云飞:《从历史的偏旁进入成都》,中国发展出版社,2015,第51页。
[②] 成都市群众艺术馆:《成都掌故》,四川大学出版社,2007,第84页。
[③] 流沙河:《老成都:芙蓉秋梦》,重庆大学出版社,2016,第251页。

慈寺已有一千多年历史，常住僧人两万多。张献忠第二次进攻成都，放火烧毁寺庙，文物壁画一应付之一炬。如今书有阳刻楷体字的"大圣慈寺"老墙、字库塔等古迹犹在。2004 年，大慈寺重又开光迎佛，恢复被中断的香火及宗教仪式，使这座深居闹市中的寺院再续前缘。

2. 寺与市的链接：街道空间对在地性文化价值的再生

"远洋－太古里"街区的设计与规划者捕捉到内陆都市成都的时尚消费文化的气息，也领悟到卧居闹市的古刹及周边民居从容闲淡的生活节奏。设计者颇受查尔斯·兰德利的"创意城市"观念影响，后者强调创意城市须深得文化之精髓，城市的活力与品格源于文化的独特性和在地性，在城市外观和感觉日渐雷同的世界里，文化差异尤为重要，地方性、在地性的生活方式即潜在的文化价值、符号品质。那些让在地性的历史记忆、日常文化与新兴文化彼此激活的城市，才能使城市空间的文化价值、符号价值更好地再生、增值。① 这正是当代城市的空间经济与符号经济相关联的秘密所在。

千年古刹大慈寺，自古就安住于稠人广坐的繁华地，宗教寄寓同世俗繁华在上只有一墙之隔，从寺内的庙廊、门洞可以望见寺外的街市绮丽，由闹市的店铺、橱窗也可瞻望寺院内静穆古塔、袅袅青烟，然而窥见是窥见，市与寺又各有所属，各有向往，彼此照面，两两心安。一面是出世的朝圣礼佛，一面是入世的交易享乐，一边是晨钟暮鼓，一边则舟车往来，踵彩增华，这道独特的寺与市既交汇又两不牵挂的风景，既是中国佛教承袭"道不远人"的文化精神，尊重日常生活、生发禅意的呈现，也是成都几度繁华，几度沧桑的空间遗存、建

---

① 查尔斯·兰德利：《创意城市：如何打造都市创意生活圈》，杨幼兰译，清华大学出版社，2009，第 247 页。郝琳：《未来的传统——成都远洋太古里的都市与建筑设计》，《建筑学报》，2016 年第 5 期，第 43 页。

筑凝结。

如今，规划改造的远洋－太古里片区北临蜀都大道，西至纱帽街，南至慢广场（漫广场），东至笔贴市街以东40米，面积大约22公顷。片区还西邻成都最繁华的商业步行街——春熙路－红星路等商业交汇带。从2008年始至2015年开街面市，改造工程历经7载有余。改造前，大慈寺以南的多处古建筑的墙体或木结构已损坏，片区内街道昏暗破旧，急需修缮。"远洋－太古里"房地产接手这片地产的创意性改造与开发，首席设计师郝琳认为："从规划建筑设计的角度，我认为项目最大的挑战，是如何将在地经久的文化、历史的因素和社会传统，转化成为人所共享的空间；并且借由这样独特的场所营造，推动我们城市中心的再生和可持续的都市开发与管理运营，特别是公共空间品质的提升、文化资产的传承，以及城市经济的活络。"①

新空间采用小街廓、开放式、变化的步行道穿插于历史建筑策略，与亚洲都市常见的大体量、孤立、封闭型、高密度商业中心的模式拉开距离。街区引入"里"的空间单元，并区分出"快里"（时尚的品牌旗舰店或概念店构成）、"慢里"（老建筑、富有创意风格的"茶舍"、咖啡馆等），"里"与略宽的"街"形成对比，建筑物之间的空间留白自然形成"街"与"里"的穿插和伸展，一改街道匀质、单向推演的面貌，更具有多样性和可读性。新设计使传统建筑基本以独体的方式静立，院落最高三层，一般为一至两层，每座院落间有一定间隔，街面不宽，5—6米或7—8米宽，行走其间有亲和感。建筑间的留白，使得阳光和视线得以穿透，步行体验更闲适、自由。这片低

---

① 郝琳：《未来的传统——成都远洋太古里的都市与建筑设计》，《建筑学报》，2016年第5期，第43页。

伏、绵延的建筑群消息相通、彼此对话，与春熙路、蜀都大道的高层建筑形成空间差异感，行人的目光能穿越巨大的空间留白，看到被远处现代建筑切割的天际线。一个富有活力与创意的城市中心，一个葆有历史沉淀的历史街区，通过人群的穿行、目光的洗礼而获得场所精神。

3. 街道公共空间的新符号："未来的传统"

在电商开疆拓土，而实体零售业有些萧条的今天，太古里自2014年开放以来，营销数据和人气指数一直居高。当传统商家感叹网络虚拟空间带走消费者时，太古里－春熙路一带始终熙来攘往，为什么太古里能够逆流而上、赢得人气？是什么使远洋－太古里创造出多样态的城市体验、购物享受？

城市自古是人类进行社会组织、资源配置的集散地，城市建构就是一种空间生产，包括街道营造。正如本文开篇指出，由于互联网络、人工智能技术的更新与推广，人类生活、城市生活都受到根本性重构。移动互联网允许每个个体拥有无数进入虚拟空间的入口，这意味着虚拟空间也拥有城市实体空间一样的社会组织、资源配置的能力。如果虚拟空间吸引了足够多的资源、人群，实体空间就会受到极大的冲击，因而在"宅文化"盛行时代，城市建构、街道空间生产必然提出为谁生产？生产什么样的空间？新空间追求怎样的文化品质与符号价值？远洋－太古里开发团队以开放的心态，试图为城市公共空间生产新的符号和品牌。他们不满足于构建匀质化、条理清晰的购物路线、商场空间，而是打破封闭式、体量巨大的空间观念，依托城市历史记忆、文化地理特质，建构出开放型、小街廓、多层次、多功能的公共空间，从而将直接单一的购物行为解放为体验性、趣味化的城市游走。

行人从红星路、东大街、春熙路的街道，迎着纯黑、线条简洁的远洋－太古里立柱走来，街道的延伸将人和目光渐至引入沉静淡雅的深灰色坡顶建筑群，街景与意象顺着目光的汇集而生成，两条L形的街道纵贯街区，树枝状蔓延的里、巷将你从古奇屋、字库塔、引至广东会馆、高宅，带入大慈寺、马家禅院，再前往隐在深处的博舍高大的灰色陶砖幕墙……街区的设计考虑到三层空间感，最里面是商铺空间，由顶着深灰色坡顶瓦檐的建筑构成，简明而沉静；第二层空间是快街慢里构成的街巷空间，街道与商铺的玻璃橱窗、门廊彼此含纳，形成内与外的交流；第三层由各种雕塑、雨遮、街灯、林木、五个小而微的广场组成，携带着旧时"解玉溪"记忆的水体，这些都是人群可以穿行与停留的公共空间。

设计师郝琳引用《创意城市》中的话说，"人与人之间的关系、互动与交流是城市发展的重要元素，而街道就是促进这些互动交流的平台"。[①] 设计观念的突破，以人的舒适和随兴为城市设计的核心元素，更以人的交流、互动唤醒街景、商铺，购物不再是扁平的直接功利行为，而是与游逛、闲适、趣味等身体性体验联系在一起的感知行为，商业中心与富含历史记忆的城市公共空间相连，彼此开放与涵容，这是大慈寺－太古里街区依托文化记忆建构物质空间，最终凭借其独具品格的街道空间而再次符号化、品牌化。这片结合当代时尚元素和身体体验的街道空间，将城市的历史记忆活态化，在人群的穿梭往来中，不断再生产混合着记忆与当下经验的新的城市记忆。

至此，本文借成都的宽窄巷子与大慈寺－太古里街道案例讨论了当代城市空间再造，笔者认为创意性的城市空间再造，将城市记忆

---

① 郝琳：《未来的传统——成都远洋太古里的都市与建筑设计》，《建筑学报》，2016年第5期，第43页。

物质化、活态化，通过这种活态化的文化再生产追求城市独具品格的文化资本和象征资本。此为城市街道空间辩证法——文化的物化与物的符号化的体现。当网络虚拟空间在划分和消耗人的时光，城市空间的生产也是人与互联网、实体空间与虚拟空间的战争。① 人与人的情感互动、身体性感知变得尤为重要，石头、水泥建筑营构的街道空间在人的凝视中变得温润，在人之身体的穿梭、连缀、把玩中成为场所、居所。因此城市空间乃至街道空间的风格，既出自一方水土，也烙印着城市人群的生活习性、文化特征。只有深刻地理解未来城市的吸引力、城市的独特品格，城市建构者才能使街道空间成为唤醒人的身体感知、趣味体验的令人向往的空间，成为提供丰饶、多样、流动意义的场所。创意城市作为后工业文明的产物，新型街道空间生产与工业文明的认知性、工具理性、功能主义观念解绑，与当代文化的非深度认知、关注流动、开放的意义，注重文化记忆和身体体验关联。因而新型街道空间充分见证着后工业文化生产中，文化媒介的物化和物的媒介化。人的文化记忆与创意生产通过街道空间的再造而物化，而成为地标或景观的街道空间反之又作为城市的文化资本、文化名片，为城市生产新的文化意义。在此层面上，当代城市的街道空间生产才真正凸显其文化创意的价值，而实现空间－场所－记忆之所的递变，成为照拂人栖居的空间之所。

---

① 周榕：《向互联网学习城市——"成都远洋太古里"设计底层逻辑探析》，《建筑学报》，2016 年第 5 期，第 31-35 页。

张意

1972年生，2002年毕业于北京师范大学文学院文艺学专业，获博士学位。现为四川大学文学与新闻学院教授。主要研究领域为英语文学、文化研究和艺术学。主要著作有《文化与符号权力》(2005)、《知识追求与文化关怀：布迪厄的文化理论研究》(2020)。

从缺席到在场：生态批评的城市维度

马特

1992年，文学与环境研究协会（ASLE）正式建立。自此，生态批评研究"开始成为一个受到认可的研究领域"[1]。经过几十年的发展，生态批评逐渐成为当今学术研究界的显学，但是在生态批评的整个发展历程中，"城市"始终处于边缘甚至是"缺席"的状态。尽管生态批评学者一直强调有必要在理论层面将城市系统地整合入生态批评的研究范畴内，却一直罕有学者真正从事这方面的研究，而是更多地关注诸如"荒野"或其他看似较少受到人类影响的田园空间[2]。相比于城市规划、自然科学、社会学、城市史研究等学科对城市生态研究的重视，文学批评领域内的城市生态批评研究可谓起步晚、发展慢、关注少。

---

[1] Cheryll Glotfelty, "Introduction." *The Ecocriticism Reader: Landmarks in Literary Ecology*. Ed. Cheryll Glotfelty and Harold Fromm. Athens, GA: U of Georgia P, 1996, p.xvii.

[2] Christopher Schliephake, "Review Essay: Re-Mapping Ecocriticism: New Directions in Literary and Urban Ecology." *Ecozon@* 6.1 (2015): 196.

在生态批评的第一波发展浪潮中[①]，学界研究普遍将荒野和乡村空间的价值置于城市空间之上，强调将传统的自然书写即荒野作为研究对象。1999年，生态批评第二波发展浪潮期间，本内特和蒂格首次提出了城市生态批评（urban ecocriticism）的概念，指出其研究目的是"重新认知自然与自然的各种文化再现"[②]，以回应当代城市空间中的各种"社会诉求"[③]。之后，劳伦斯·布依尔提出了环境批评的概念，呼吁生态批评学者关注"城市空间与未开发地区之间的相互关联性以及人们是如何对这种关联性进行想象的"[④]。然而，虽然这些学者提出了城市生态批评（urban ecocriticism）的初步概念，但是相比于生态批评其他研究脉络近年来所取得的丰硕成果，城市生态批评研究在生态批评第二波浪潮中的发展只能称得上是一波微弱的涟漪。更重要的是，初期的城市生态批评不仅论著数量极少，而且整体发展仍处于基础摸索阶段，其深度和影响力也非常有限，更多地只是理论上提出

[①] 截至2016年，生态批评已经大致经历了四次发展浪潮。生态批评的第一次浪潮兴起于20世纪八九十年代；生态批评的第二次浪潮出现在1995年前后；2009年，美国著名生态批评家乔尼·亚当森（Joni Adamson）和斯科特·斯洛维克（Scott Slovic）首次使用了"生态批评的第三次浪潮"这一表述；2012年年末，斯洛维克在《文学与环境跨学科研究》（ISLE）秋季刊撰文指出生态批评正在迎来"第四次浪潮"。

[②] Michael Bennett, and David W. Teague, eds. And tro. "Urban Ecocriticism: An Introduction." *The Nature of Cities: Ecocriticism and Urban Environments*. Tucson: U of Arizona P, 1999, p.10.

[③] Andrew Ross, "The Social Claim on Urban Ecology." *The Nature of Cities: Ecocriticism and Urban Environments*. Eds. M. Bennett and D. W. Teague. Tucson: U of Arizona P, 1999, p.28.

[④] Lawrence Buell, *Writing for an Endangered World: Literature, Culture, and Environment in the U.S. and Beyond*, Cambridge: Belknap Press of Harvard UP, 2001, p.8.

了城市环境的重要性,实际上却更加偏向社会学研究或政治性的生态正义运动。在文学批评中,生态批评学者大多依旧把城市自然看作是理想化自然的"回音"或"残余物",在对待非传统环境如城市环境和其他人造空间方面明显缺乏耐心①。在生态批评的第二波浪潮后,城市生态批评不仅出现了断层,而且再次陷入了漫长的沉寂期。这种沉寂与无声既表现为城市研究中自然与城市的割裂,也表现为自然书写中城市维度的缺席,导致城市环境的美学再现与阐释话语出现了危机。

一、作为文本的城市与文本中的城市

1934年,T.S. 艾略特曾在《磐石》中提出,"这城市的意义何在?"②换言之,如果我们将城市看作一种文本,那么我们该如何对之进行解读?伴随着全球范围内城市化进程的发展,该如何对这一问题进行回答也显得更加重要。根据联合国人口署发布的报告,目前全球已有超过一半的人居住在城市中(United Nations)。与此同时,城市空间扩张的平均增长率已经超过城市人口增长率的两倍③。可以说,在可以预见的未来,城市将对人类产生越来越直接的影响。面对城市化带来的纷杂的社会现象与复杂的空间经验,人们对城市的理解与解读从最初零散的第一反应逐渐积累为系统的城市研究理论,这期间也

---

① Astrid Bracke. "Re-Approaching Urban Nature." *Alluvium* 3.1 (2014): n. pag. Web. http://dx.doi.org/10.7766/alluvium.v3.1.02.

② T. S. Eliot, *Collected Poems*, 1909-1962. London: Faber and Faber, 1963, p.171.

③ Shlomo, Angel, J. Parent, D. L. Civco, A. Blei and D. Potere. "The Dimensions of Global Urban Expansion: Estimates and Projections for All Countries, 2000-2050." *Prog. Plan.* 75.2 (2011): 53.

经历了一个漫长的发展过程。

亚里士多德指出，人类在本质上是一种政治动物，人类建造城邦（polis）、城市（city），并乐于在其中进行社会活动[①]。虽然早期的历史学家有一些关于城市的历史记叙[②]，但总体而言这些论述并不系统，尚不能被看作是真正的城市研究理论。在学术界，最早将城市作为文本进行系统研究与解读的是社会学家。社会学城市研究由来已久，早期的社会学城市分析以芝加哥学派与社会心理学理论为主导[③]，强调重新建构以农业神秘主义为基础的理论框架，往往认为城市切断了人类与作为生命之根的土壤之间的联系，成为了一个封闭的系统，终将导致文明的衰落。[④] 此后，随着20世纪70年代以来传统生态学范式影响减弱，社会学城市研究领域又先后涌现出受西方马克思主义影

---

① Aristotle，*Politics*，I: 2.1253a.

② 如英国历史学家约翰·斯托（John Stow）对文艺复兴时期伦敦的书写，可参见 John Stow. *A Survey of London*，*Reprinted from the Text of 1603*, Cambridge: Cambridge UP，1908.

③ 有关社会学城市理论的早期经典著述可参见 R Park. and R. Burgess, eds.. *The City*. Chicago: U of Chicago P，1925; Simmel Georg. "The Metropolis and Mental Life." *Metropolis*: *Center and Symbol of Our Times*. Ed. P. Kasnitz. Basingstoke: Macmillan，1903. 30-45。

④ 相关的具体论述可参见 Oswald, Spengler. The *Decline of the West*，New York: Alfred A. Knopf，Vol. I，1926; Vol. II，1928。

响的新城市社会学理论①和以城市漫游者（flaneur）②为代表的文化研究转向。近几年，受后现代理论家影响，城市研究还引入了延异、超现实、碎片化、拟像、监视等后现代研究术语③，开始质疑传统的单一的认知世界的方法，认为城市空间是承载了世界主义、多元文化主义、记忆与想象的后现代空间。可以说，城市研究已经呈现出明显的跨学科特色，现实的城市与想象的城市之间的界线也逐步被瓦解。

如果说社会学家与历史学家是从认知角度解读作为文本的城市，那么作家的城市书写则是依赖于个人想象而建构起的文学文本中的城市。一方面，这两种对城市的关注有着明显的区别。作为文本的城市是现实的城市，而文本中的城市则是想象的城市。对于前者，乔纳森·拉班（Jonathan Raban）曾称之为"刚性城市"（hard city），这类城市可以"在社会学、人口统计学和建筑学中用地图和数据予以定位"。与之相对，拉班将想象的城市称为"柔性城市"（soft city），这

---

① 新城市社会学主要有三大学派，包括以雷·帕尔（Ray Pahl）为代表的新韦伯主义学派，以亨利·列斐伏尔（Henri Lefebvre）和大卫·哈维（David Harvey）为代表的政治经济学派，以及以曼纽尔·卡斯特尔（Manuel Castells）为代表的马克思主义学派城市研究学者。此三派的重要主张可分别参见 Ray Pahl. *Whose City*? Harmondsworth: Penguin, 1975; Max Weber. *The City*, Trans. & eds. D. Martindale and G. Neuwirth. New York: Free Press, 1966; H. Lefebvre, *The Production of Space*, Oxford: Blackwell, 1991; D. Harvey, *Social Justice and the City*, London: Edward Arnold, 1973; M. Castells, *The Urban Question*: *A Marxist Approach*, London: Edward Arnold, 1977。

② 有关本雅明（Walter Benjamin）所提出的著名的城市漫游者理论，可参见 W. Benjamin, *One Way Street and Other Writings*. London: Verso, 1985。

③ 例如，20世纪80年代后，一批聚集在洛杉矶的学者形成了所谓的洛杉矶学派，他们宣称一种新形式的城市主义已经出现，即后现代城市主义。具体可参见 M. Dear, and Flusty S. "Postmodern Urbanism." *Annals of The Association of American Geographers* 88 (1998): 50-72。

类城市来源于"幻想、神话、愿景或噩梦,甚至可能比刚性城市更为真实"[1]。而另一方面,在这种刚与柔的碰撞中,现实的城市与想象的城市又是难以彻底区分的。原因在于,城市空间不仅是物理的生存空间,也是想象的空间。正如城市规划师对城市的设想会转化为城市规划方案,最终成为现实的人造环境,文学、艺术或电影文本中的想象的城市也同样可以影响城市空间的建构与实际的城市生活。关于城市的思考不仅存在于意识层面,也是无意识的欲望与想象的产物[2]。城市不同于乡村和小镇,具有很强的可塑性与弹性。现实的刚性城市会刺激或限制文本中关于柔性城市的想象,而被想象的城市也会在文学文本的再现过程中塑造书写者和阅读者。很多时候,作为文本的城市与文学文本中的城市是彼此相通,互相影响的。例如,艾略特在《荒原》中所描述的现代城市的精神荒原,实际上便折射了斯宾格勒的城市理论中对现代城市的封闭性与异化的论述。因此,阅读文学文本的过程与社会学家、历史学家阅读城市的行为虽然是两种不同的过程,但是二者却具有一定的一致性。理查德·利罕(Richard Lehan)提出,"正如文学作品塑造了想象中的城市现实,城市中的各种变革也会反过来对文学文本进行改造"[3]。换言之,城市与文学都具有文本性,阅读城市书写的同时也是在阅读城市。

无论是作为文本的城市还是文本中的城市都拥有不止一种叙述,城市研究理论与文学理论也都只能解读城市复杂多面中的一面。当我

---

[1] Jonathan Raban, *Soft City*. London: Collins, 1974, p.10.

[2] Gary Bridge, and Sophie Watson, eds. "City Imaginaries." *A Companion To The City*. Malden, MA: Blackwell Publishing, 2003, p. 7.

[3] Richard Lehan, *The City in Literature: An Intellectual and Cultural History*, Berkeley: U of California P, 1998, p.xv.

们将城市研究理论与文学研究理论结合起来对城市进行审视时，这一点显得尤为突出。现代城市空间作为人与现代性的相遇点，不仅给生活在其中的人们带来新鲜的空间体验，也对城市中人们的环境感知产生了不同影响。可以说，自最早的文学文本起，城市一直以各种矛盾而复杂的形象出现①。具体而言，支持城市的正面观点认为城市空间象征着机遇、活力、流动性与联系性②；与支持城市的观点相比，自启蒙运动起，城市主义便被认为是"西方文化的核心部分，是政治秩序与社会混乱的源头"③。在文学与艺术话语中，城市常见而主导的形象是负面的。出现在文学文本中的城市常常被描述为是导致社会混乱的场所，滋生了腐败、疾病、道德败坏、污染、拥挤、犯罪与身份异化等负面现象。在这种语境中，城市提供的机遇反而变成了威胁，城市生活中的邪恶与粗鄙更是令作家们感到惧怕。在文学批评中，城市长期以来也被认为"是缺乏价值的，人们过于对之感到绝望，因此缺少对城市的关心，把城市边缘化了"④。这种解读城市的定式思维具有很多弊端，尤其容易"将原本具有历史多样性的多种诠释方式简化为

---

① Lieven Ameel, Jason Finch and Markku Salmela, eds. and tro.. "Introduction: Peripherality and Literary Urban Studies." *Literature and the Peripheral City*. New York: Palgrave Macmillan, 2015, p.1.

② 比较具有代表性的是美国政治哲学家艾里斯·杨（Iris Marison Young）提出差异政治学（politics of difference）的概念，其认为城市实现了"陌生人之间的相聚"。可参见 Iris Marison Young, *Justice and the Politics of Difference*, Princeton: Princeton UP, 1990。

③ Richard Lehan, *The City in Literature: An Intellectual and Cultural History*, Berkeley: U of California P, 1998, p.3.

④ Mary Ann Caws, ed. and tro.. "Introduction: *The City* on Our Mind." *City Images: Perspectives From Literature, Philosophy, and Film*, New York: Routledge, 2013, p.2.

某种单一类型的象征或原型"①。这一点，在人们处理城市与自然/荒野之间关系的问题上体现得尤为明显。

二、自然书写的盲点：城市的缺席

长期以来，城市与自然一直处于分离甚至对立的状态中。这种对立不仅存在于现实的世界里，也存在于想象的世界中。以现实世界中的高等教育和学术研究为例，大学的学科设置往往将城市规划专业与环境研究专业安排在不同的院系；在学术话语中，以1995年至2000年为例，在9家主要的生态研究杂志上发表的六千余篇学术论文中，只有0.2%涉及到城市②。以罗尔斯顿等人为代表的环境伦理学理论更是只强调人类对自然环境的伦理责任，拒绝将人造环境纳入关注的范畴③，认为"人类文明进程就其'本质'而言是对自然进化过程的干扰：文明与自然之间的关系不是共生，而是对立"④。

相比于现实世界中对城市与自然的二元划分，在文学想象的世界中，这种现象更加普遍。在西方发达国家的文学话语中，又以城市化程度最高的美国文学为代表。在美国的自然书写传统中，荒野书写和边疆文学则占据了绝对的主导地位，其中的城市文本可谓极度匮乏。

---

① Raymond Williams, *The Country and the City*, New York: Oxford UP, 1973, p.289.

② Benton-Short, Lisa and John Rennie Short. *Cities and Nature*, New York: Routledge, 2008, p.141.

③ Holmes Rolston, "Living on Earth: Dialogue and Dialectic with my Critics." *Nature, Value, Duty: Life on Earth with Holmes Rolston, III.* Eds. Christopher J. Preston and Wayne Ouderkirk. Dordrecht: Springer Science & Business Media, 2006, p.245.

④ Holmes Rolston, III. "The Wilderness Idea Reaffirmed." *The Great New Wilderness Debate.* Eds. Baird Callicott and Michael Nelson. Athens, GA: The U of Georgia P, 1998, p.371.

迈克尔·班内特（Michael Bennett）曾指出，"尽管在创作和文学课堂中涌现出大量以环境为主题的文本，其中却鲜有文学文本超出荒野空间的范围，涉及到城市空间"①。可以说，自现代城市出现伊始，城市中的自然环境在文学创作与文学批评语境中一直处于被忽略的位置。也正是由于这个原因，相比于女性主义批评、后殖民主义批评、底层理论、全球化理论等各种文学批评流派在美国城市文学批评领域内的丰硕成果，生态批评在美国城市文学研究中一直处于边缘地位，造成了生态批评中城市维度的缺席。

城市与自然的长期分离不仅有悠久的思想渊源，也受到现实世界中经济因素的局限。历史上，欧洲移民离开原本居住的发展成熟的欧洲城市，经过漫长的海上航行后登陆美洲大陆。相较于旧式的欧洲城市生活，未经开发的美洲对他们而言是一个全新的开始，是一个新的伊甸园。这种早期移民生活对新伊甸园的愿景与对旧世界的疏离，导致了将原始自然与城市空间相对立的意识。尤其是早年的美国知识分子受欧洲浪漫主义思想影响，存在一股颇为强烈的反对城市化的思潮。"对我们的梦想者们而言，美国是一个花园，一个土地的伊甸园，而它正在随着城市化而失去纯真。"②可以说，在美国文学发展的二百余年里，腐败的城市空间与纯洁的乡野空间之间的二元对立一直笼罩着美国文学的城市叙事，而这一意识又被处于主导地位的美国自然书写的传统进一步强化③。在美国自然书写传统中，自然与人类的关联

---

① Michael Bennett, "Urban Nature: Teaching Tinker Creek By The East River." ISLE 5.1 (1998): 56.

② Harry Levin, *The Power of Blackness*: *Hawthorne*, *Poe*, *Melville*, New York: Knopf, 1958, p.234.

③ Dixon Terrell, ed.. *City Wilds*: *Essays and Stories About Urban Nature*. Athens: U of Georgia P, 2002, p.xii.

往往被认为因城市的介入而日趋疏远。城市作为自然对立面，一般具有神秘、黑暗、压抑、冷漠、异化与孤立等反生态特征，而作家的生态意识则主要呈现为对城市生活的厌倦与对朴素荒野自然的偏爱。

此外，现代城市的土地经济利益也令城市与自然之间的隔阂进一步加深。随着城市化的不断推进与城市人口增长，城市土地和居住空间不足的问题也愈加凸显。这种空间不足使得城市的空间扩张迫在眉睫，土地的开发价值迅速提升。以芝加哥为例，在城市内有限空间的土地已开发殆尽的情况下，针对城市周边尚未开发的荒野地区与乡村空间的商品化需求越来越强烈，进而吸引了蜂拥而至的土地开发商①。在这个过程中，人们对城市周边以及城市内部空间的环境保护问题并没有给予应有的重视；相反地，近几十年来，环境保护者更多关注的是那些偏远的荒野地区——如亚马逊雨林等地区——的土地保护与开发问题。长此以往，对城市自然的忽视不仅未能解决城市用地紧缺的问题，而且加剧了对现有城市环境内自然空间的破坏，间接地形成了纵容城市及其周边地区自然环境恶化的城市文化。

因此，目前无论是现实中的城市还是想象中的城市，实际上都面临着一种两难的窘境。一方面，现实的城市在人文社科研究中与自然割裂开来；另一方面，想象的城市既在自然书写中被边缘化了，也在城市书写中与自然相分离。生态批评作为一种"为自然言说"②的文学批评理论，这种两难处境必然会成为其城市维度发展的掣肘。虽然生态批评的研究对象是文学文本中的自然，即作家在想象中建构的自

---

① Homer Hoyt, *One Hundred Years of Land Values in Chicago: The Relationship of the Growth of Chicago to the Rise of its Land Values*, 1830-1933, Washington, D. C.: Beard Books, 2000, p.294.

② Lawrence Buell, *The Environmental Imagination: Thoreau, Nature Writing, and the Formation of American Culture*, Cambridge: Harvard UP, 1995, p.11.

然环境，然而环境不仅是地理学实体，也是一个社会过程，具有多维度的意义。只有将环境置于物质、社会、文化与意识形态综合构成的框架之下，我们才能将文学文本中想象的环境与现实社会中存在的环境连接起来，对其有全面的认识。若要发掘生态批评研究中城市维度的可能性，我们有必要重新审视城市自然环境的内涵与价值，进而在当代语境内对"自然"的概念进行再定义。

三、城市自然的再发现与自然的再定义

城市中是否有自然存在？这一看似明显的问题在文学研究——尤其是生态批评——领域内却始终是一个复杂而微妙的问题。表面看来，城市自然（urban nature）这一概念本身似乎是一种"矛盾修辞"（oxymoron）。例如，李·罗泽尔（Lee Rozelle）认为，"当城市与生态学两个词放在一起时，这看起来就是一种冒险的矛盾修辞；无论这种语义学上的混合看起来多么具有学术潜力，还是会让它的所指——即无言的自然——处于被限制的地位"[1]。长期以来，城市化被认为是一种环境形式——即自然环境——被另外一种更加粗糙的"人造"环境所替代的过程。默里·布克金（Murray Bookchin）认为，"现代城市实际上是各种退化的侵入，即人造物侵入自然物，非有机物（水泥、金属和玻璃）侵入有机物，粗糙单一的刺激物侵入多种多样的原生物"[2]。因此，作为自然的对立面，城市被看作象征着"令人厌恶的、由混凝土构成的生态不公正（ecological iniquity）"，而自然则

---

[1] Lee Rozelle, "Ecocritical City: Modernist Reactions to Urban Environments in Miss Lonelyhearts and Paterson." Twentieth-Century Literature 48.1(2002): 109.

[2] Murray Bookchin. *Toward an Ecological Society*, Montreal: Black Rose Books, 1979, p.26.

往往被人们认为是纯洁的未经开发的荒野①。可以说，城市与自然的对立"在西方文化中根深蒂固"②。以英美文学中的田园文学为例，这类文学作品普遍理想化自然环境和乡野生活而妖魔化城市空间，内容多是描述人们从城市逃离至乡野中生活，而在浪漫化的乡野叙述中，作者却隐去了在这类地区实际生活时需要从事的艰苦劳作。在古典田园文学中，自然是人类怀旧的休憩之所；工业革命后出现的浪漫主义田园文学作品常常将"乡野的独立性"作为与城市扩张相对抗的存在；而美国田园主义则推崇唯农论的哲学思想，使农田成为城市空间与荒野自然之间的分界线③。

诚然，城市环境与自然环境有着明显的区别，人们可以轻易区分在繁华熙攘的城市购物中心里所获得的环境体验与身处非洲大草原之中的体验。然而，这种体验的差距并不能说明城市与自然之间存在着不可调和的对立，更不能作为忽视甚至否定城市自然存在的依据。芬兰哲学家海伦娜·斯伊普（Helena Siipi）提出，所谓的淳朴自然与人造环境实际上都是"抽象物"（abstractions）。在她看来，自然性"并不是'非是即非'的问题，而是一个连续的梯度变化……绝对的自然性是位于这种梯度变化末端的一种抽象状态，也就是说，只是有一些生态系统比其他的生态系统更加接近这种理想状态而已"。换言之，虽然人们可以凭借直觉辨别未经开发的草原和城市购物中心之间的区别，判断出二者与这种"理想状态下的自然性"之间的差距，但我们

---

① Ingrid Leman Stefanovic, "In Search of the Natural City." *The Natural City: Re-envisioning the Built Environment*. Eds. Ingrid Leman Stefanovic and Stephen Bede Scharper. Toronto: U of Toronto P, 2012, p.11.

② Greg Garrard, *Ecocriticism*, New York: Routledge, 2004, p.33.

③ Greg Garrard, *Ecocriticism*, New York: Routledge, 2004, p.37-49.

不能因此认为"城市"与"自然"是两个完全彼此分离、相互独立、截然不同的实体，那种想法只是简单化的抽象罢了①。

在重新认知城市自然的过程中，关键的一点在于重新定义人与自然的关系，即如何从旁观者转为参与者。传统的荒野自然书写与研究更多地关注自然是如何被叙述的，忽视了人类在自然环境的作用，即人类是一个身处自然之外的旁观者与缺席者。与之相对，城市自然的概念强调人类与自然之间的紧密联系，主张通过人类在自然环境中获得的经验和亲身参与的活动来完成对自然环境的认知，在这个过程中人类是在场的。城市作为人与自然相遇的场所，是一种约束环境，允许人们在某种程度上对自然进行控制②。换言之，虽然人类对城市空间内的自然环境给予一定程度的约束，城市空间依然是人类与自然同时共存的空间。各类基础的自然元素——如土壤、空气与水源等——不仅支持了城市的建设与运转，也是城市中人类生存的必要基础。在人类活动影响自然世界的客观运转的同时，经过水文循环和大气循环，水源和空气也在城市空间与自然世界之间反复地循环流动，因此任何一方空间内的变化都会对另一方造成影响；城市并非独立于自然界的影响而存在，甚至在面对自然灾害等时常常彰显出无力感。因此，认知自然并非简单地从"水泥森林"逃离。相反地，"自然支撑着城市，并且无时无刻地不在向内渗透"③。人类作为城市自

---

① Helena Siipi, "Naturalness in Biological Conservation." *Journal of Agricultural and Environmental Ethics* 17 (2004): 469.

② Richard Lehan, *The City in Literature: An Intellectual and Cultural History*, Berkeley: U of California P, 1998, p.13.

③ Ingrid Leman Stefanovic, "In Search of the Natural City." *The Natural City: Re-envisioning the Built Environment*. Eds. Ingrid Leman Stefanovic and Stephen Bede Scharper. Toronto: U of Toronto P, 2012, p.13.

然环境的参与者，其参与城市环境改造的行为——如建造城市的行为——既是一种社会行为，也是一种环境行为①。只有将城市的运作过程像对待自然世界的运转一样，同样纳入生态系统功能的研究范畴之内，才能全面认知生态系统本身以及人类所身处的宏观自然环境。

在当代哲学话语中，"自然"一词本身也成为了争议甚至解构的对象。美国哲学家莫顿（Timothy Morton）在《没有自然的生态学：环境美学再思考》（Ecology Without Nature: Rethinking Environmental Aesthetics）一书中便大胆地提出，真正的深层生态学应当摒弃"自然"（首字母大写的"Nature"）这一概念，因为自然本身便是阻碍生态学研究进行环境思考的主要障碍，是造成"我们"（人类）与"它"（非人环境）二元对立的根源。在这里，莫顿所强调的其实并非真的要脱离自然来谈论生态学研究，而是强调并指出现存的"自然"概念在内涵上的局限性，呼吁人们以开放的视角看待自然，接受自然的"非自然性"，关注文本的"环境性"（environmentality）②。在城市环境中，各个组成部分彼此连结成为整体不可分离，超越了孰优孰劣的机械式划分。所有的生命形式，包括人类，都既无法脱离自然环境生存，也不可能完全独立于人类世界的影响，而这也是我们重新思考"自然"概念的内涵、再次发现城市自然的基本立足点。

如今，虽然相比于以荒野和边疆为主题的自然书写，城市自然书写还处于稀缺状态，但是随着时间发展，这类城市书写的数量正在不断增加。可以说，自新世纪开始，城市自然书写已经成为文学与环境

---

① David Harvey, *Justice, Nature and the Geography of Difference*, Oxford: Blackwell, 1996, P.427.

② Timothy Morton, *Ecology Without Nature: Rethinking Environmental Aesthetics*, Cambridge, MA: Harvard UP, 2007, p.16.

研究领域的重要组成部分①，为我们进行城市生态批评实践提供了足够的文本基础。在以往的文学研究中，城市书写中出现的自然环境往往被看作是文本叙事的背景，而非作品的核心主题；城市自然看似在场实则缺席，换言之，是一种在场的缺席。在城市生态批评研究中，城市自然不再是文学文本的物理背景，而是具有独立价值的一种自然环境形式，成为城市文学批评与生态批评的新研究对象。在城市自然书写中，城市自然以丰富多样的形式出现，其中既包括城市中的各种动植物，也可以是人类与城市自然的动态接触，为人们提供了审视城市自然全景的可能性。对城市自然的接纳与理解可以时刻提醒人们反思自己在城市生态系统中所处的位置，探讨城市空间中人与自然、人与人以及人与自我之间的新型交互关系，进而将城市维度纳入对自然环境的阐释与解读之中。

四、结语：城市生态批评的方兴未艾

如前所述，无论是阐释作为文本的城市，还是在解读文本中的城市时，自然与城市都长期处于一种二元对立的割裂关系之中。这种对立的状态反映在文学作品中便是自然书写中城市的缺失与城市书写研究中生态批评视角的不足。归根结底，也就是生态批评中城市维度的缺席。在传统的生态批评研究范式中，"自然"与"环境"等概念往往都将城市空间排除在外，生态批评研究也通常与"自然书写、美国田园主义和文学生态学相联系"②，即大多只关注荒野自然，而忽视城

---

① Dixon Terrell，ed.. *City Wilds: Essays and Stories About Urban Nature*. Athens: U of Georgia P，2002，p.xvi.

② Dixon Terrell，ed.. *City Wilds: Essays and Stories About Urban Nature*. Athens: U of Georgia P，2002，p.3.

市自然的存在。然而，这种做法对生态批评运动本身而言是一种不必要的限制。实际上，生态批评的"生态"（eco-）前缀不只包含生物学上的意义，也指代了更广义的人类与物理环境之间的相互作用。因此，我们有必要从自然环境的旁观者转为参与者，重新发现城市空间中无处不在的自然景观。城市自然并非"缺席"的代言者，它既不是朴素自然的遗留物，也不是激起回归荒野、远离城市之心的触景生情之物，而是具有独立价值的环境形式。只有消解了城市与自然之间由来已久的人为隔阂，我们方能在城市化的当代视域内重新思考自然的概念，进而开拓生态批评的城市维度，使城市生态批评逐渐从缺席走向在场。

生态批评的城市维度不仅关注城市自然本身及其价值，也关注人类世界与自然环境之间的关系，将环境研究、文化研究与城市研究联系起来，以期扩大城市与自然之间对话的可能性。例如，在接纳和解读城市中"绿色声音"的基础之上，批评者可以进一步阐释更加复杂的议题：在日趋同质化的后现代城市空间，城市自然如何影响了人们的空间认知与身份认同[1]；怎样辩证地看待城市空间中自然环境的变化，以及这种变化过程与人造环境之间的相互关系；不同背景的作家对城市自然的再现有何共通性与殊异性等，这些都是城市生态批评可以关注的部分角度。进入人类纪以来，世界面临着严峻的生态危机与迅猛的城市化进程，相比于传统生态批评理论对荒野自然的推崇，生态批评对城市维度的关注不仅是对其自身研究范畴的一次拓展，也是对现实世界诉求的有力回应。目前，相比于国外学界方兴未艾的城市

---

[1] 例如，在美国诗人加里·斯奈德（Gary Snyder）的后现代城市叙事中，多样化的城市自然便有效地解决了城市人造空间雷同化的问题，在生物区域主义视域内促进了城市居民的地方感建构。详见拙文《"城市自然"的再发现：论斯奈德的后现代城市叙事》，载《外国文学》2018年第3期。

生态批评研究，"城市生态批评"的概念还未正式出现在我国国内文学批评的学术话语中，国内学界也鲜有直接针对这一领域进行的研究。在我国高速城市化的背景下，城市生态批评不仅应当得到文学批评界的重视，而且有潜力成为与传统的荒野自然书写研究同样壮大的一根脉络，是生态批评领域未来一个大有可为的研究方向。

马特

清华大学人文学院 2012 级博士，现为中央财经大学外国语学院副教授，硕士生导师，生态文学研究所负责人。

流动的石头与物的生命

桑海

石头在中西文化中都扮演着重要角色,本文拟梳理文化史上化石、石生、石头造人等问题,探讨石头与生命之间流动和转化的可能性,从史前化石、神话、文艺直到科技前沿的硅基生命。但愿这一番游历,可以稍稍打开石头那层坚硬冰冷的外壳,让我们做到"体物"——去贴近"物的生命"。

一、史前化石:黑格尔与朱熹的视角

化石处在有机物和无机物、生命和非生命的交会处,它提醒我们,生物有可能变成石头,石头可能有过生命,二者之间并非全然隔绝。康熙曾将鱼化石加工成文玩置于几案上观赏,并记入自己编著的博物学汇编。乾隆也在蒙古土默特部落见到过鱼化石,认为:"是地昔必潦水滋,水退鱼存僵淤泥。岁久土变石理宜,试看易剖片片披。"(《御制诗二集》卷五十一)乾隆的观点已经接近现代地质学的解释,甚至具有一定科学研究的色彩。[①]

19世纪初,比乾隆年代稍晚的"古生物学之父"居维叶提出了

[①] 梁晓东、梁晴:《康熙、乾隆皇帝对化石的研究及化石文化》,《渤海大学学报》2012年第5期。

"灭绝"的概念,率先将化石标本定义为"已灭绝物种"。他并不赞同新出现的进化论,而以灾变论解释化石,认为动植物都是开辟时由神所造,但开辟不止一次,每次开辟都有大灾变,导致旧物种灭绝新物种诞生,化石就是这些惨烈灾变的遗留物。曾为进化论信徒的鲁迅曾这样评价:"其说逞肊,无实可征,而当时力乃至伟,崇信者满学界。"①

居维叶的同龄人黑格尔对化石也表现出浓厚的兴趣,并将其纳入自己宏大的哲学系统之中。在《自然哲学》里,黑格尔用了不少篇幅来讨论地质史上的岩石的问题,对化石也颇多着墨。在他看来,自然界的开端就是石头,"这个起点已分裂成具体的花岗石的本原和石灰质的本原",②然后一步步沿着某种方向发展和转化,各种地质层渐渐形成。在两种不同地层的交界处会出现暧昧和混合的情形。比如,石灰层系的最后一层,是朝着形成动物骨骼质体的方向变化的,石灰开始是矿物性的,进而出现的石灰则转化为一些"不能说它们是矿物还是动物的东西"。③他认为有机物是从土里而非水中兴起的,化石和一些形成物处在这样的界限之上,"这些形成物既无动物形式,也无植物形式,而是超出晶体形式,作为形成有机形态的表演和尝试"。这些有机形式不能理解为,"好像它们真的曾经生存过,而后又死掉,相反地,它们生来就是僵死的"。④

黑格尔关于化石的这些妙想,要放在他的整体思想中才能理解。

---

① 鲁迅:《人之历史——德国黑格尔氏种族发生学之一元研究诠解》,《鲁迅全集》第一卷,人民文学出版社,2005,第 11 页。

② 黑格尔:《自然哲学》,梁志学译,商务印书馆,1980,第 393 页。

③ 黑格尔:《自然哲学》,梁志学译,商务印书馆,1980,第 402 页。

④ 黑格尔:《自然哲学》,梁志学译,商务印书馆,1980,第 402 页。

世界上的一切都是绝对精神的外在表现：首先是逻辑学，绝对精神规划的范畴体系，万物都按此运动发展；绝对精神凭借内在冲动外化出自然界，自然界也是逻辑理念的一种形式，要经历从低到高的上升发展；从自然界中发展出人和人的精神，便进入精神哲学的领域，经历从主观精神到客观精神再到绝对精神的历程。黑格尔的"概念"就是绝对精神展现的普遍必然方式，概念是存在的本质，而存在是概念的外化，世界就是概念外化及扬弃的结果。因此，他才会把化石形成的过程，比作艺术家在石头或画布上工作，只是自然不用借助任何中介，就直接这样做了。

在居维叶和黑格尔之前几百年，朱熹已经在审视和思考化石。他从化石中看到了宇宙的神奇变化："常见高山有螺蚌壳，或生石中，此石即旧日之土，螺蚌即水中之物。下者却变而为高，柔者变而为刚，此事思之至深，有可验者。"（《朱子语类》卷一）由化石中的螺蚌壳推导出高山或曾为沧海，他关于化石的分析似乎比黑格尔更"科学"。其实朱子所处的宋代，正是中国古代科技发展的高峰期，他的"格物致知"包含了对自然之物的研究，李约瑟称"朱熹是一位深入观察各种自然现象的人"[①]，此言不虚。"格物致知"强调"理一分殊"：天地总的"理一"是"太极"，但万物又有各自的理，这就是"分殊"。朱子比较强调"分殊"，因为"一物不格，则阙了一物道理"。虽然格物的最终目的是"穷天理，明人伦"，乃至于"明明德"，对自然界的探究终属小道，但毕竟为研究自然留下了一个位置。

朱子的宇宙学不脱中国传统的气论。"所谓理与气，决是二物。但在物上看，则二物浑沦，不可分开，各在一处。"（《答刘叔文》）理并非外在于气，而是气的道理和运行规律，理就在气中存在，理与

---

① 潘吉星主编：《李约瑟文集》，辽宁科技出版社，1986，第521页。

气不可分。因而宇宙万物无非都是气的阴阳运行,"天地之间,只有动静两端,循环不已,更无余事"。他对宇宙的生成过程的推想自然也是从气的运行开始,"天地初间只是阴阳之气",又发挥农耕文明特有的想象,把阴阳二气的运行比作上下两片石磨,"磨来磨去。磨得急了,便拶许多渣滓"(《朱子语类》卷一),当天地运行速度减缓时,这些渣滓就沉降为地,正所谓"轻清者为天,重浊者为地"。朱子认为,世界虽然看似由截然不同的五行构成,但"不是阴阳外别有五行",五行只是阴阳二气的不同显现。

站在这样的视角,朱子看到的是山水一体,山并非一开始就这样坚硬,也曾经像水一样柔软,山起伏的形状就是明证:"今登高而望,群山皆为波浪之状,便是水泛如此。只不知因甚么时凝了。初间极软,后来方凝得硬。"(《朱子语类》卷一)所以,当他看到高山的螺蚌化石后,就没有大惊小怪,在石头、泥土和水之间,高耸的山和沉潜的水之间,并没有那种"概念"画出的僵硬"界限",也不需要考虑太多转化过程和中间状态。在天地仿若石磨一般的运转中,在山水同样具有的柔软波纹中,万物就那么自然而然地发生了。

二、末世化石:从福柯到梅亚苏

一如朱熹和黑格尔,福柯也是一位重视化石的思想家。他认为居维叶赋予了化石新的革命意义:"终于有一天,到18世纪末的时候,居维叶将推倒博物馆的玻璃罐子,把它们打碎,解剖古典时代储藏起来的各种可见的动物形式。"[①] 在《词与物》中,福柯把化石放在了知识变革历史的核心。在那个浪漫主义的时代,同时发生着几件轰轰烈

---

① Michel Foucault,*The Order of Things*: *An Archaeology of the Human Sciences*,London:Routledge,2005,p. 422.

烈的大事：以化石为代表的物获得了独立于人的新生命，生物学取代物理学成为科学前沿，泛神论和有机论的新形式重新兴起。① 在这些新迹象中，黑格尔看到了人类历史新纪元的开始。福柯则正好相反，在他看来这意味着人类史的终结，因为这些化石铭刻着史前文明记忆，独立于人的历史，而见证着"物的历史"，历史正在抛弃人，而走向非人的世界，从此"人类不再有什么历史了"。② 在继尼采宣布"上帝之死"后，福柯又宣布了"人之死"。当然，这不是字面上的人类灭绝，而是预言笛卡尔以来的近代主体性、乃至于人类中心主义的消亡。

卡里·伍尔夫在《什么是后人类主义》③中，引述了《词与物》的结尾的一段话："人是近代的发明，也许很快就会终结……人将被抹去，就像在海边沙滩上画的脸一样。"④ 他把福柯视为"后人类主义"在哲学脉络上的源头，因为福柯和德里达、德勒兹等人，着眼于反思西方文艺复兴以来的人文主义传统，解构着关于"人"的话语。由此可见，福柯在 20 世纪 60 年代对于化石的思考，与 20 世纪 90 年代以降"后人类主义"话语的流行之间有着内在的联系。

在一场"末世后人类主义"的思想实验中，化石也曾扮演过主角。昆汀·梅亚苏曾以"原化石"（archifossile）为证据，进行过一场

---

① 参见 W.J.T. 米切尔《浪漫主义与物的生命》，孟悦、罗钢主编《物质文化读本》，第 530–546 页。

② Michel Foucault, *The Order of Things: An Archaeology of the Human Sciences*, London: Routledge, 2005, p. 422.

③ Cary Wolfe, *What is Posthumanism?* University of Minnesota Press, 2010.

④ Michel Foucault, *The Order of Things: An Archaeology of the Human Sciences*, London: Routledge, 2005, p. 422.

思想实验，试图以此超越"相关主义"（correlationism）。①实验方法是，设想一个在人类乃至所有生命形态诞生之前的客观实在的世界。②他指出，原化石是生命尚未出现之前的远古物质，按相关主义的看法，这种原化石不可能存在，然而科学已经证明了原化石的存在。梅亚苏很清楚，在相关主义者看来，一切客观存在都可以加上"为我而存在"的前提，因此这个世界总是为人类思想所限制，难以逃出"我思故我在"的范围。他思想实验的新意或许在于，原化石作为一种"前人类"的存在物，不仅独立于人类且时间上在先，而且是彻底、绝对地"异"于人类。因此，他要在"化石"之前加上"原（archi-）"，强调它并非是人类意义上的化石，它所留存的既非人类的"痕迹"，亦非是人类基于当下的感知和技术手段所逆向追溯的"起源"，独立于任何人类相关的时间尺度，是一种"绝对之物"。

"绝对之物"正在成为"未来学"和艺术家们关注的重要面向。法国艺术家格雷戈里·夏通斯基（Gregory Chatonsky）的《末世化石》，是一组表现人类灭亡的末世情境的作品。与梅亚苏一样，他也在思考在一个无人的世界中，物的持存和异在。在人类灭绝之后，将会出现各种灾变，但这些就和原化石一样，成了与人丝毫无关的物。

对"绝对之物"的兴趣，也体现在文学、电影等文化形态中。人类灭绝已成为一种主流的灾难类型片，从好莱坞大片《终结者》《独立日》《世界末日》《2012》，到中国的《流浪地球》，都可以纳入这一类型。观众热情的与日俱增，或许正是某种后人类危机的表征。小

---

① 所谓"相关主义"，就是那种康德以来在人类视野中观照物、把人和物联系在一起、认为主体和客体不可分割的哲学。

② Quentin Meillassoux, *After Finitude: Essay on the Necessity of Contingency*, London: Continuum, 2008. 中译本参见梅亚苏：《有限性之后：论偶然性的必然性》，吴燕译，河南大学出版社，2018。

说比电影更适合表现人类灭绝,因为小说更容易彻底地从人的世界抽离,进行天马行空的想象。近年相关的科幻小说,如刘慈欣的《三体》和高野和明的《人类灭绝》,多是表现人类面临灭亡处境的心态和避免灭亡的行动,而较少表现人类灭绝这个事实本身,乃至灭绝之后世界的状态。一位观众甚至在《人类灭绝》的豆瓣评论区留言:"结局居然不是人类灭绝,害我过分期待。"特德姜的《呼吸》这类小说可能是更接近绝对之物的,故事背景直接设定在没有人类的星球上,住在那里的是机器人,他们的肺需要拆下来充气反复使用。

在某种程度上,影片《瞬息全宇宙》也触及了"绝对之物"。影片主角秀莲(伊芙琳)和乔伊是一对美国华裔母女,影片开始于伊芙琳一地鸡毛的时刻,但丈夫突然告诉她,宇宙其实有许多重,在某一个版本的宇宙中,需要她去拯救世界。在令人眼花缭乱的宇宙切换和暴力喧嚣之后,影片突然进入了一个静默的石头宇宙。这对母女发现自己身处某个不知名的宇宙,这里不适合生命存在,她们自己也变成了石头。当妈妈说"抱歉我搞砸了一切"时,女儿则淡定地回应:"嘘,在这里你不用担心那个,只需要好好做一块石头。"

三、石生:中国神话中的生命涌现

在安徽怀远,有一座紧邻淮河的涂山,据说是大禹妻子涂山氏当年所居之处。据说,中国第一首情诗《候人兮猗》,就是涂山氏在等待丈夫时唱的(《吕氏春秋·音初篇》)。

据史载:"启,夏禹子也,其母涂山氏女也。禹治洪水,通轩辕山,化为熊。谓与涂山氏曰:'欲饷,闻鼓声乃来。'禹跳石,误中鼓,涂山氏往,见禹化为熊,惭而去。至嵩山脚下,化为石,禹曰:

'归我子！'石破北方而启生。"① 禹在工作时需要变形为熊，从而获得超自然的力量，在石头上跳跃和搬运石块，这样才能打通山脉，将颍水引入洛水和黄河。熊跳得兴起，不小心踩在了鼓上，妻子听到鼓声过来送饭，没想到看到一只熊，于是羞惭地跑了，一直跑到嵩山脚下变成一块石头。丈夫追过来对石头说："把孩子还给我！"于是石头打开自己，诞生出一个婴儿，这就是中国历史上第一个帝王"启"。

启的诞生并非汉族最早的石生神话，他的父亲禹可能也是石生。虽然最流行的传说认为禹诞生于死去的父亲鲧的肚子，如《山海经·海内经》记载的"鲧复生禹"。但有不少史料认为禹也是石生，比如"禹产于昆石，启生于石"（《墨子·墨子后语》），"禹生于石"（《淮南子·修务训》《路史》引《郡国志》）等。在鲧、禹、启祖孙三代的故事中，我们可以看到一个清晰的石生人系列。或是经历了漫长的石器时代，人们在物质和情感上与石头建立了密切的关系，形成了对石头的自然崇拜，甚至视之为具备生育力的神物。

在中国创世神话中，女娲补天和造人都与石头有关。有学者认为女娲造人用的泥，就是未炼成精的石头，甚至说"女娲的最初形象，是一块石头"。② 按闻一多的分析，女娲和涂山氏甚至可能是同一个人物的不同名字。③ 在古代祭祀土地神的社庙里，祭祀的往往也是一块石头，"殷人之礼，其社用石"（《淮南子·齐俗训》）。

---

① 颜师古《汉书·武帝纪注》引《淮南子》，今本《淮南子》中这段文字已经佚失。另有一条类似的记载，见于《绎史》引《随巢子》，文字略有出入。

② 徐华龙：《中国神话文化》，辽宁教育出版社，1993，第116页。

③ 闻一多：《高唐女神传说分析》，《闻一多全集》第一册，开明书店，1948，第81-113页。

中国少数民族中也有大量的石生传说。如苗族有"石生人"的神话，岩石破裂生一男一女，二人遂结合为夫妇，产生多数子孙，形成今日之苗族。① 在台湾高山地区，几乎每个部族都有石头生人的传说。② 比如，在泰雅人的传说中，巨岩裂成两半，走出一对男女，成为部族的祖先。达悟人则相信，天神的大腿肿胀起来，双膝分别生出一男一女，天神将男孩放进石头，女孩放入竹节，石男与竹女在岛上相会，繁衍出这个部族。阿美族的神话则是兄妹成婚生下白石，白石又生下两对男女，相互婚配繁衍。③

在中国古代的想象性作品中，《西游记》继承并重塑了石生神话系统。故事开端于一个从石头中迸发出来的生命："盖自开辟以来，每受天真地秀，日精月华，感之既久，遂有灵通之意。"这块仙石一日突然迸裂，生出一个圆球样大的石卵，见风就化作一个石猴。如果用复杂系统理论解释，可以将石猴的诞生理解为生命的涌现（emergence）。④ 从中国传统的阴阳二气生成万物的宇宙观来看，这种涌现虽然神奇但绝非不可接受。虽然石猴的属性比较暧昧，但却受到了历代读者的喜爱，人们愿意把他看成自己的同类，因为他身上闪烁着人性的光芒。因此，如果把石猴的诞生看作一个石头生人的故事，似乎也没有太大不妥。

《红楼梦》中讲述故事的灵石，明显受到了《西游记》的影响，

---

① 鸟居龙藏：《苗族调查报告》，台北编译馆，1936，第48页。
② 参见林培雅：《各族人类由来的传说》，台湾文学馆线上资料平台，https://db.nmtl.gov.tw/site2/dictionary？id=Dictionary01974&searchkey=%E6%9E%97%E5%9F%B9%E9%9B%85。
③ 田哲益：《卑南族神话与传说》，台北晨星出版有限公司，2003。
④ "涌现"的含义是，许多小实体交互作用后产生了大实体，而这个大实体展现了组成它的小实体所不具有的特性。生命就可以理解成是从化学物质中涌现生物体。

学者王瑾指出这块石头具备转化为生命的潜力:"从最初的五色石（一个无生命的物体、女娲补天的材料）到之后的鸣石与石言（有生命、某种语言的发起者），我们完全可以理解，甚至能预知无意识无生命的石头具备发展成拥有精密感知官能的有意识体的潜力。"① 中国文献有许多关于石头滋养和孕育能力的记载，如《史记》记载，秦文公为一块奇石建立祠堂:"其神或岁不至，或岁数来，来也常以夜，光辉若流星，从东南来集于祠城，则若雄鸡，其声殷云，野鸡夜雏。以一牢祠，命曰陈宝。"②《洞冥记》中有一块石头可以将白发变为黑发，《本草纲目》中有多种具有滋补或治疗功能的石头，《寰宇记》和《唐会要》中分别提到了可食用的石头，《酉阳杂俎》则提到了可以生长的石头和长着脚能移动的石头，《天中记》还记载了一种卵石，吞下去后可以增长智慧。③《聊斋志异》中的《龁石》，则记载了王士祯家里的佣人吃石头的故事。这些传说都巩固了石头是赋予生命和灵性之物的观念。

在石头中可能存在某种神奇的力量，这种观念在中国由来已久。这与黑格尔的一句话相映成趣——"僵硬冰冷的石头也会呼喊起来，使自己超升为精神"。④ 在黑格尔的宇宙中，精神就是自然界潜在的本质，而自然界是精神的外壳，所以每一块石头都具有产生精神的可能性。

---

① 王瑾:《石头的故事——中国古代传说与〈红楼梦〉〈西游记〉〈水浒传〉》，傅圣迪译，上海文艺出版社，2003，第32页。

② 司马迁:《史记》第4册，中华书局，1959，第1359页。

③ 参见王瑾《石头的故事——中国古代传说与〈红楼梦〉〈西游记〉〈水浒传〉》，傅圣迪译，上海文艺出版社，2003，第92-95页。

④ 黑格尔:《自然哲学》，梁志学译，商务印书馆，1980，第21页。

四、从石头造人到硅基生命

科学和神话之间的关系远比人们想象的更加紧密，借由对化石发掘和破译，可以在神话与古生物学、文学艺术与现代科技之间建立连接。人们开始用科学的眼光重新解读神话，随着人类科技的发展，人造生命的问题也逐渐从幻想进入现实。

古代科学史家阿德里安娜·梅厄相信，古人曾长期面对恐龙、猛犸象等已经灭绝的野兽的遗骨，对它们进行了收集、测量、展示和思考，只是这些思考并没有以哲学或科学的形式出现，而是保存在希腊罗马神话和一些鲜为人知的记录里。比如古代欧洲和中亚神话中神秘的怪兽格里芬，有着狮子的身体、鹰的翅膀和头，主要任务是守护沙漠中的黄金。原来是斯基泰人在挖掘金矿的过程中发现了保存完好的原角龙化石，从化石的形状想象出了格里芬。与此类似，大量乳齿象和恐象化石证据证明，希腊神话和《奥德塞》中出现过的独眼巨人，很可能是古人将古象头骨误认作巨大的人类头骨，由此想象出凶猛的独眼巨人。[①]

石头在希腊创世神话中处于核心的位置。众神之王宙斯的父亲克罗诺斯知道自己的地位将被一个子女取代，妻子每生一个孩子，他都会把孩子吞下去。最后一个孩子宙斯出生时，妻子用布包住一块石头给丈夫，保住了宙斯的命。普罗米修斯兼有造人者和盗火者两重身份，他用泥土造了第一批人，因为盗火给人类，被宙斯用铁链锁在高加索山，直到赫拉克勒斯用石头砸碎锁链。宙斯用洪水毁灭人类后，只有一对夫妻丢卡利翁和皮拉生存下来，在正义女神忒弥斯的提

[①] 参见阿德里安娜·梅厄，丁国宗译：《最初的化石猎人》，成都时代出版社，2023。

示下，他们向身后扔石头。丈夫丢卡利翁扔的石头变成男人，妻子皮拉扔的石头变成女人，于是人类再次起源。如果把这些故事联系起来看，似乎讲述了一个比较完整的人类石生起源神话。希腊神话中的造人过程，具有某种工艺升级的色彩：普罗米修斯用黏土造出人类1.0，在这一代产品因过于劣质而被召回后，再用石头造出人类2.0。

在西方，创造人工生命的想法，至少可以追溯到石人传说和皮格马利翁。石人传说源自希伯来，用石头、黏土和青铜制成的无生命的巨人，被注入魔力后可以行动，但没有思考能力。皮格马利翁是奥维德《变形记》中的人物，他爱上了自己雕塑的少女，并感动了爱神，爱神让雕塑变成了活人。近代的类似尝试则包括玛丽·雪莱的《弗兰肯斯坦——现代普罗米修斯的故事》。如果把人造生命的界定放宽到机械人或机器人，那么西方相关的文艺作品可谓汗牛充栋。中国并非没有机器人的传统，先秦时代就有"偃师造人"的故事，只是主流文化长期视之为奇技淫巧，因而后世在这方面进展缓慢。

与化石形成的积年累月不同，还有一种可以使有机物快速变成石头的"石化"，如希腊神话中的蛇发女妖美杜莎，任何看到她脸孔的人都会化为石头，这种魔力甚至在她的头颅被砍下后仍然有效。在《旧约》中也有一个著名的石化故事，上帝派天使向罗得预告了所多玛和蛾摩拉城会遭受毁灭的事实，并叮嘱不可以停留或回头，但罗得的妻子在逃跑时忍不住回头去看，结果变成了一根盐柱。与此相似，在西班牙加泰罗尼亚，流传着"生命之水"的民间故事。三兄弟去寻找生命之水，一个巨人提醒他们，在必经之路上会遇到一块石头嘲笑他们，谁如果回头就会变成石头。三兄弟听到嘲笑都没有忍住，而是回头用石块丢向石头，结果可想而知。姐姐发现三兄弟没有回家就出来寻找，她找到了生命之水并洒在石头上，三兄弟恢复了生命。①这个故事也见于格林童话，不过格林童话中发言嘲笑的不是石头，而是一位坐在石头上的小矮人。这也许是较为晚近和理性的版本，那时的石头已经不会说话了。

在中国也有不少关于石化的故事。也许因为中国人特别重视女性坚贞的品质，自古以来"望夫石"的传说在各地层出不穷，丈夫出门服役或经商长期不归，似乎是"望夫石"形成的最主要原因。明末清初的屈大均发现，广西有一种"留人石"，与广东的"望夫石"遥遥相对。据说当时许多广东商人在广西经商淹留不返，这些状如女子的"留人石"，象征了魅惑丈夫的异乡神秘力量。屈大均代拟了诅祝词："其诅云：'留人石，莫留人。风吹石，化为尘。'其祝云：'留人石，既为尘。望夫石，复为人。'"②一面诅咒留人石，不要再引诱那些独在异乡的男人；另一面期待这些男人祛魅还乡，让"望夫石"变回人形，夫妻团聚。

以上故事都完成了石化和复活的完整循环。石化虽离生活经验较远，但毕竟有化石的先例，还有木乃伊、肉身菩萨等原理类似的事物，美杜莎的头也可以理解为用射线将有机体硅化的设备。但从石头复活似乎存在难以克服的技术障碍，更像一个浪漫主义的想象。然而，如果能超越有机生命的思维定式，在无机物中诞生生命，或许就不仅仅是一个神话。

近些年来，人们一面在尝试突破人工智能的种种界限，一面也在不断重新定义生命。梅拉妮·米歇尔说："什么是生命？计算机和机

---

① 参见 ANDREW LANG'S FAIRY BOOKS，http://www.mythfolklore.net/andrewlang/419.htm.

② 屈大均：《广东新语》，清康熙刻本。

器人可以被认为有生命吗？生命的要素包括自主、新陈代谢、自我复制、生存本能、进化和适应等，虽然很多人认为人工生命不具备这些特点，但它们都在人工生命领域中以各种方式被实现了。"① 迈克斯·泰格马克则把生命定义为信息复制过程："我们可以将生命看作一种自我复制的信息处理系统，它的信息软件既决定了它的行动，又决定了其硬件的蓝图。"② 泰格马克也认为存在一种生命的升级：生命 1.0 的软件和硬件都是靠进化来的，而不是靠设计；生命 2.0 硬件是进化来的，软件很大程度上靠设计；生命 3.0 的软件和硬件都由自己设计，这样就能摆脱进化的束缚，做自己生命的主人。

随着科技的发展，硅基生命的问题又被抛到了历史的前台。谷歌公司创始人之一佩奇是一位数字乌托邦主义者，他曾抱怨马斯克有物种歧视：只因某些什么是硅基而非碳基就认为它们低人一等。当然，马斯克绝非保守人士，2023 年，ChatGPT 的出现再次引发了对人工智能边界和硅基生命的讨论热情，而马斯克正是 OpenAI 的联合创始人之一。在一次采访中，马斯克说："有段时间我突然意识到，你可以在某种程度上把人类看作一个生物引导程序，引出一种超级数字智能物种。"所谓超级数字智能物种，可能就是一种硅基生命。当然，这并非马斯克的首创，机器人专家汉斯·莫拉维克和学者 O.B. 哈迪森等人早就有过这样的想法，哈迪森认为"碳元素人和硅元素装置之间的关系"可能就像"毛虫和后来长翅膀的飞虫一样，毛虫无意识地为变成飞虫做好了准备"。③

---

① 梅拉妮·米歇尔：《复杂》，唐璐译，湖南科学技术出版社，2011，第 148 页。
② 迈克斯·泰格马克：《生命 3.0》，浙江教育出版社，2018，第 31 页。
③ O.B.Hardison Jr, *Disappearing through the Skylight: Culture and Technology in the Twentieth Century*, New York: Viking, 1989, p.335.

情感与阐释：
文学理论的未来

在地球上，有机界最重要的元素是碳，而无机界最重要的非金属元素就是硅。硅在宇宙中分布广泛，在元素周期表中位于碳的下方，与碳同主族，所以有许多相似的基本性质。1891年，天体物理学家儒略·申纳就在文章中探讨了硅基生命存在的可能性。然而，人们不断尝试依靠合成硅烷、硅氧烷等物质的衍生物对有机物的复刻，建立硅基有机化学体系，却都以失败告终。虽然化学界的尝试暂时看不到希望，但硅基生命在科幻小说和电影中则出镜率颇高，电影《星际迷航》《X档案》《黑衣人》中都出现了硅基生命，最早描述硅基生命的作品可能要数斯坦利·维斯鲍姆(Stanley Weisbaum)的小说《火星奥德塞》(1934)。在小说中，飞船载着四名探险队员前往火星探险，他们发现一个长得像桶一样的奇特生物，只有手臂、尾巴和一个洞口，以沙子为食物，每十分钟排泄出一块成分为二氧化硅的石头。探险队员认为他是一个硅基生物，把他叫作"石头"。

随着人工智能的发展，人们对硅基生命的想象，逐渐从生物化学转移到人工智能。这一方面是因为人工智能水平的提高，另一方面也是人类的太空生存和人类文明延续的需要。硅基生命有一些优于碳基生命之处，比如，可以适应宇宙中各种恶劣条件；可以通过自我复制和改进，不断提升自身的智能和能力；可以以光速或接近光速来传递信息和执行操作；可以突破人类脑容量的限制，存储和处理海量的信息；可以超越肉体的局限，实现灵魂和数据的融合达到永生；等等。在这个意义上，硅基生命就是以硅为主要元素，利用电子信号来传递信息和执行操作的人工生命，迈克斯·泰格马克所说的生命3.0，马斯克所说的超级数字智能物种，目前的形态就是AI。

计算机、手机和层出不穷的智能机器，都以芯片为核心，而芯片的主要成分就是硅元素，这些硅元素来自沙子和石头。这些沙石，也许看上去是那样静止、愚蠢、没有活力，但却如黑格尔所说，具有成为生命的潜力。说不定，会像《西游记》中的仙石那样，从中蹦出一个惊天动地的生命；也许像《红楼梦》的灵石那样，挂在我们胸前，洞悉一切。

五、余论：物的生命与爱惜物命

在古代中国思想中，有一种将所有的物视为生命的"泛生论"（animatism）倾向。如明代叠山圣手计成曾说，"石非草木，采后复生"①，把石头类比于草木，只是不可再生。中国人的爱石传统源远流长，尤其在唐宋之后，石头成为中国文人诗、画、园三位一体的艺术或生活美学中的主角。许多文人甚至把石头视为可以默然心会、以身相托的知己。其中的代表人物米芾，曾向一块奇丑的石头下拜，甚至称之为"石兄"，被称为"石痴"。

这种热爱也影响到了许多西方思想者，如歌德、叔本华、爱默生、梭罗等。梭罗的观念似乎与道家思想遥相呼应："所有的东西似乎都随着我们流动……世上没有一物是无机的。……（大地）不是一个化石的地球，而是一个活生生的地球。"②爱石文化背后的古代智慧，越来越成为解决全球现代性危机的思想资源。一位西方学者提醒当代中国人："如果中国不能重新形成一种对岩石和石头的尊重……整个地球的命运将会安危未定。"③

西方现当代哲学也出现了一股重新思考物的潮流，可视为对笛卡尔特别是康德以来的主体哲学的质疑和反思。康德的认识论转向使物

---

① 计成：《园冶》，浙江人民美术出版社，2013，第192页。
② 梭罗：《瓦尔登湖》，徐迟译，上海译文出版社，1997，第284页。
③ 格雷厄姆·帕克斯：《思想着的岩石，活着的石头：对中国人爱石的反思》，李红霞译，《第欧根尼》2006年第2期，第57-73页。

成为主体的认识对象，到胡塞尔这里已经发展到唯有主体才能敞开物，按海德格尔的说法就是"世界被把握成图像"。所以，海德格尔回头重新思考物，把物视为天地人神的"聚集"。然而，西方思想中对人与物的分别之心是根深蒂固的，即便是海德格尔，对"世界"的讨论仍强调"石头无世界，动物缺乏世界，人形成着世界"，①未能完全摆脱以人为中心的等级秩序。

卡尔维诺曾盛赞法国诗人蓬热是"无与伦比的大师"，因为他的诗"迫使语言成为事物的语言，从事物出发"。②什克洛夫斯基的陌生化理论也与石头有关："那种被称为艺术的东西的存在，正是为了唤回人对生活的感受，使人感受到事物，使石头更成其为石头。"③在现代艺术的理论与实践中，似乎隐含着一条由石头构成的线索，对石头的重新感受和讲述，可以把人从对世界麻木不仁的态度中唤醒。

章太炎的"齐物哲学"可以看作是对这一思想的继承和发展。基督教的平等范围基本限于人类，佛教的平等主要在有情世界，而在中国化的唯识、华严、禅宗等系统中，将平等的范围扩大到植物，如禅宗祖师所云"青青翠竹尽是法身，郁郁黄花无非般若"（《荷泽神会禅师语录》）。章太炎会通佛教的唯识学、华严哲学和庄子"万物齐一"的思想，提出以"自在平等"为核心的"齐物哲学"。

"自在平等"不同于近代西方的"自由平等"，它首先是万物平等，涵括了有情世界和器世界；其次是无分别心的根本平等，要求消

---

① 海德格尔：《形而上学的基本概念——世界、有限性、孤独性》，赵卫国译，商务印书馆，2017，第261页。

② 伊塔洛·卡尔维诺：《美国讲稿》，萧天佑译，译林出版社，2012，第58页。

③ 维克托·什克洛夫斯基等：《俄国形式主义文论选》，方珊等译，生活·读书·新知三联书店，1989。

除是非善恶的分别心，放下对各种"名言"和"名相"的执着。章太炎曾对"黄金有生有识"做过一番认真论证："黄金分子，虽名无生，其实有生。所以者何？有重能引他物故。……金有重性能引，此即业识；能触他物，此即转识；或和或距，此即现识。是故金亦有识，诸无生者皆尔。但以智识分别不现，随俗说为无生。"（《齐物论释·第一章》）也就是说，黄金虽然可以依俗见被判为器物，但并不意味着它没有生命。有趣的是，章太炎的论据之一，就是万有引力定律这一近代科学成果。人们对物和生命的理解，随着新技术和新理念而发生着变化。人工智能和生物技术的发展，使得人与物的界限日趋模糊，Web3.0、仿真交互、物联网则使得万物互联正在变成现实。这些或许都可以为器物有生有识提供更多的论据。

讨论物的生命的另一个角度，是物的社会生命。马克思在《资本论》中创造了"商品拜物教"一词，而阿帕杜莱主编的《物的社会生命：文化视野中的商品》则指出，商品只是物生命的一个阶段，物的生命可能延续到商品的死后来生。①书中一位作者克比托夫，甚至明确地表示要"为物作传"。佛家有"爱惜物命"的说法，但多是强调珍爱有情众生的生命，当代的证严法师则将其扩展到无生命物，与宇宙万物建立感同身受的关系，甚至说"走路要轻，怕地会疼"，并倡导将对物的尊重落实于环保实践，做到与地球共生息。也有学者提出，"善"的生产和消费必须基于对"物命"的珍惜，不应无止境地制造和消费物品，再随意地丢弃。②

哈特穆特·罗萨提醒我们："现代世界之所以是沉默的，根本原

---

① Arjun Appadurai(ed.)，*The Social Life of Things*：*Commodities in Cultural Perspective*，Cambridge Vniversity Press，1986，p.4.

② 参见何日生《善经济》，台北联经出版公司，2020。

因就在于可触动和可掌控被混淆了。"①石头乃至整个自然界已经不对我们说话，也许就是现代人太执着于掌控，或者说征服和改造世界，以至于自然界变成了纯然的客体，一种可占有之物。正如日本禅僧铃木俊隆指出的人类的盲点："我们的理解仍然大多是以人为中心，所以我们见不到或无法认识事物的真正价值。……佛陀的原本之道可能是一块石头。"（铃木俊隆：《坐在石头上说石头禅》）我们应该用更宽阔的心灵去面对自然物、科技物和数码物，② 不是一味去掌控、支配或占有，而是去轻轻触动它们，就像宗炳说的那样，"抚琴动操，欲令众山皆响"。③

桑海

1976年生，2011年毕业于清华大学中文系中国现当代文学专业，获博士学位。现为《澳门理工学报》编辑，兼任《数字人文》副主编。主要研究领域为文学及文化研究、数字人文与数字媒介等，发表《学术出版数字化：未完成的转型》等学术论文二十余篇。

---

① 哈特穆特·罗萨：《不受掌控》，郑作彧、马欣译，上海人民出版社，2022，第93页。
② 许煜：《论数码物的存在》，李婉楠译，上海人民出版社，2019。
③《宋书》卷九十三《列传》第五十三。

从阅读到观览：
图像时代的文化接受与主体问题

李应志

众所周知，人类对图像的接触几乎有着与人类社会同样漫长的历史。因此我们今天所说的"视觉文化"以及"图像时代"等概念并非意指图像是一种现代的发明，而是意味着现代图像生产、复制和传播技术所致的人类文化的传播方式和接受方式的变迁。从书籍到影视，从新闻到广告，从电台到自媒体，从电子游戏到微信和抖音短视频等等，图像几乎笼罩了我们的日常生活，变成了我们获取信息、学习知识、理解世界，以及进行自我展示和人际交流的越来越重要的方式。海德格尔和维特根斯坦有关视觉转向的预言式判断，今天已被丹尼尔·贝尔、理查德·罗蒂和 W.J. 米歇尔等理论家确定为一种生活的真实。

这一"转向"与大众社会的形成、与文化工业和文化消费带来的文化大众化关系十分紧密。尽管图像不可能完全取代语言文字，但是随着媒介和复制技术的高速发展以及以此为支撑的大众文化的盛行，在表达、理解和阐释世界方面的确出现了新的文化接受趋势，即在以语言文字为主的精英化的"阅读"模式之外，一种更加普遍的、以"图像"为主的"观览"模式凸显了出来。由于文化接受方式直接关系到人们对自我与世界的理解和阐释，因此这种新趋势不可避免地会影响到意识形态与主体塑造之间的权力关系,从而具有了深刻的文化政治内涵。

一、阅读的权威朝向与精英依赖

历史地看,图像有着比文字更加漫长的历史,是人类面对自然世界最直接的思维表现形式。某种意义上说,人们对图像的观看,犹如人睁眼看世界那样,首先是从对对象直接的感性接受开始的。即使怀疑视觉可靠性的柏拉图,在《蒂迈欧篇》中也十分明确地指出过视觉的基础地位,即使是抽象的数学和哲学,也正是建基于视觉观察。[1]西方理性主义传统继承了柏拉图的这种看法,例如康德就更为明确地指出了现象直观的基础性,"一切思维,无论它是直截了当地(直接地),还是转弯抹角地(间接地),都必须最终与直观、从而在我们这里与感性发生关系,因为对象不能以别的方式被给予我们"[2]。如果没有感性经验的填充和图形与想象的过渡,绝对理性概念也只能是抽象和空洞的。

但是,尽管承认感性的基础地位,但西方理性主义传统的中心焦点却并不在于感性,而在于超感性的"逻各斯"。作为文化思维的中心,"逻各斯"在文化史上以各种不同的形式贯穿在图像和文字的表达系统之中:它是赫尔墨斯传达的"神意",柏拉图的"理念",基督教的"启示",以及近现代阐释传统中的各种深层抽象对象:作家思想、情感、直觉、潜意识、历史规律和文化观念,等等,直到20

---

[1] F.M. Cornford, *Pato's Cosmology: The Timaeus of Plato*, Hackett Publishing Company, 1997, P.152.

[2] 康德:《纯粹理性批判》(第1版),李秋零译,《康德著作全集》第4卷,中国人民大学出版社,2005,第23页。

世纪结构主义关注的表层符号下的深层"结构"或"意义"。与理性思维贬抑感性直观的历史相应,作为理性思维表达工具的语言文字就代替图像成为了文化交流的主导形式,取得了代理逻各斯中心的权威地位。从文化接受的角度看,"阅读"也就不可避免地代替原始的"观看"成为通向逻各斯中心的基本途径。本质上讲,这是一趟不断排除文化思维中与感官直接性相关的感性成分、向逻各斯不断靠近的艰辛旅程,贯穿了人类阅读史和阐释史。例如中国经学传统中的训诂、音韵、文献考据等等。正如潘德荣教授指出的那样:文本原义和作者原意既是中西传统"解经学"的旨趣、两种思维进路和根本信念,也是施莱尔马赫、狄尔泰和贝蒂心理学方法与语言学方法等不同诠释学理论的基本设定。① 文字阅读的深度模式同样也影响到传统的图像阐释,乃至于使观看行为本身也"阅读化"了。从历史上那些对神话与宗教图像的象征意义所进行的阐释,到 20 世纪艺术史大师欧文·潘诺夫斯基图像释义的"三层次"原则,我们都可从中见到这种深度模式。"三层次"释义理论就像但丁有关文本释义的"四义说"那样,表达了人类探寻深层逻各斯的真理意志。温克尔曼风格分析中的民族"共同精神";施纳塞、布克哈特、里格尔和德沃夏克等人的"时代精神",都是他们试图在艺术作品中寻找的"集体的声音"②。在他们看来,艺术与语言文字符号一样,都是某种深层意义或逻各斯的表达,因此对图像的观看本质上也是一种阅读,亦即符号的阐释过程。

　　正是表意结构中的逻各斯中心的存在,使得"阅读"这种文化接受形式具有了权威朝向的特征。"阅读"既崇高而神圣,同时也谦卑

---

① 潘德荣:《文本理解、自我理解与自我塑造》,《中国社会科学》2014年第7期。
② 李军:《可视的艺术史》,北京大学出版社,2016,第153页。

而艰辛,充满了对"逻各斯"的信仰和敬畏,乃至于卡夫卡在阅读任何著作时,"每每觉得单凭自己的经验和知识甚至连了解其皮毛都有困难"①。同样,贡布里希也认为人们对艺术的认识永无止境,难以通达其奥秘,"任何人都不应该认为自己已经知晓它的一切,因为还没有谁达此境界"②。这种阐释的焦虑意味着"阅读"朝向权威中心的道路是没有止境的。即使是批判性阅读,也仅仅意味着逻各斯中心的替换,即一个新的"原意"的建立,只有围绕这一权威中心,批判才具有它的合法性。

与阅读的权威朝向相应的则是它的精英依赖特征,这是因为逻各斯本身寄身于语言和阐释,因此精英阐释者就不可避免地处于逻各斯的代理人位置。从希腊神话中的赫尔墨斯到《旧约》中的先知,从中世纪神职人员到现代各知识领域的精英,他们之所以成为历史上的特殊文化阶层,皆因为他们在一定程度上是"神意"和"真理"的代理者。同样,在中国的文化传统中,"立言"常常是圣贤的某种标志:"'作者'的概念和'圣人'的概念息息相关",并且"只有圣人才有'作'的特权"。③ 后世文化精英对经典的阅读和阐释也就意味对圣贤权威性的承认和靠拢,进而具有了代理圣贤之言的权威性。整体上看,制造知识和生产普通人的知识欲求、建立和维持逻各斯代理者和阅读接受者之间的二元关系,正是一种权力结构得以形成和传递的基本方式。这一结构决定了阅读者和接受者对立法者和阐释者权威的依赖性,并贯穿在他们理解世界和理解自身的知识建构过程中。围绕那将被揭示和现身的东西,"阅读"作为精神"欠缺"的一种补救形式,

---

① 阿尔伯托·曼古埃尔:《阅读史》,吴昌杰译,商务印书馆,2002,第110页。
② E.H.Gombrich, *The Story of Art*, Phaidon Publishers Inc., 1951, P.17.
③ 田晓菲:《诸子的黄昏:中国中古时代的子书》,《中国文化》2008年第1期。

与阐释达成了他们之间的权力关系的契约。"阅读"意味着敞开自己和交出自己的领地，读者期待并承诺付出自己的努力，准备好接受那将会交给自己的东西。阅读的这种权力结构和依赖性支撑了知识权力关系的生产，最终形成了传统社会中精英和大众的分野。

围绕阐释权力而形成的知识专业系统及其职业化趋势，强化了大众对知识精英的权威依赖。尽管一方面印刷术改变了知识传播的范围，启蒙运动也推进了知识和文化普及，但另一方面，知识话语体系的日益复杂化和专业化，也使得大多数普通人只有通过对阐释权威的认同才能确认自我与逻各斯的不同关联程度，进而维持了"专家－学习者"这样的权力结构模式。就像米歇尔·德塞都指出的那样，在"阅读"模式中，阅读被"嵌套"在包括老师和学生、作者和读者这样的力量关系之中，读者总是怀着一种"不忠"和"无知"的罪感。因此，"从这个角度看，'文字的'意义就是一种社会力量的标志和结果，这力量就是精英"[1]。

此外，"阅读"的权威朝向和精英依赖还得到阅读本身的精英化条件支撑。从识字到文化知识，再到专业化训练，都意味着内在于阅读的不同程度的精英化要求，而其内核则是阅读所要求的理性思维能力，亦即波兹曼指出的，"需要读者具有相当强的分类、推理和判断能力"[2]。即使是在文化逐渐大众化和平民化的历史进程中，过去那种依靠等级制来维护的文化权力结构依旧通过知识接受的内在条件限制而得到维护。在今天，阅读的水平和速度，知识视野和理解能力，专业的划分，加上全球化时代的跨语言要求等，都在很大程度上进一步

---

[1] de Certeau M., *The practice of everyday life*, University of California Press, 1984, P171.

[2] 尼尔·波兹曼：《娱乐至死》，章艳译，广西师范大学出版社，2004，第67页。

强化了阅读接受形式内涵的精英依赖。

总之,过去的先知、哲人和神职人员等文化精英,以及后来学科化和专业化后的知识分子等等作为知识的生产者和阐释者,无疑拥有文化阐释的权威力量,对文化有着规约的意义,并维持着从精英到大众的等级化传播模式。正如史蒂文森所指出的那样:"在那些构建文本的专业知识分子和那些被认为是被动的文本吸纳者之间,建立了一种明确的等级制度。根据这种解读,'权力集团'企图依靠等级将某些阐释强加于他人,用来封闭文本的各种潜在意义。"[1]

二、"观览"的自我朝向

但是,对于人类源远流长的立足于文字和阅读的文化接受形式,图像时代的潮流形成了越来越强烈的冲击和挑战。影视一定程度上改变了长篇小说的接受方式,而电视新闻也在很大程度上代替了报纸,微博、朋友圈、YouTube、抖音短视频和微信视频号等也在很大程度上取代了书信、日记和杂志。在互联网高度发达的今天,世界仿佛就装在各种类型和尺寸的屏幕里,直到我们发现自己日常生活再也离不开电脑和手机。可以说,图像与观看在今天事实上已经形成对文字和阅读的挤占甚至代替,逐渐成为我们进行信息交流和文化消费的主导形式。如果说阅读是对原始观看行为的理性驯化,那么,今天的观看就可以看成是一种对阅读的感性还原,它重新确立了观看本身的感性地位并还原了其接受的丰富性。这种逃逸了理性驯化的非阅读化的观看,我们可以称之为"观览"。

"观览"超越了理性为基础的阅读,从而能够接受图像超越语言

---

[1] 尼克·史蒂文森:《认识媒介文化——社会理论与大众传播》,王文斌译,商务印书馆,2001,第145页。

阐释的晦暗部分，具有了某种"超符号特征"。儿童的纯图像书籍、《猫和老鼠》的动画以及卓别林"无声电影"可以令孩子着迷，原因就在于"观览"可以超越语言进行感性接受。然而，理性主义传统对感性的压抑和排斥忽视了这一点。正如学者拉尔夫·波萨克指出的，对图像的即时理解"超越语言和文本内容本身"但这一点却"未在方法论层面和行动理论中得到进一步讨论"①。应该说，对图像晦暗部分的忽视和遗忘并非某种学术的故意，而是因为这些部分无法进入围绕逻各斯中心的言说系统。尽管语言转向力图弥补理性言说方式的局限，但无论是诗性语言还是语言的逻辑分析，都难以真正照亮感性世界的晦暗之处。米歇尔在《图像转向》中审慎地指出，由于高度依赖感性，"文本性模式恐怕无法充分解析视觉经验或'视觉识读能力'"，图像的超符号向度难以被语言充分解析。②如果说"阅读"只能针对语言解析的部分的话，那么图像不能被言说的部分就只可能存留于视觉的感性直观之中。针对图像与符号文本之间的这种张力关系，巴特提出了图像的"研点"和"刺点"的概念："研点（studium）最终是被编码的，刺点（punctum）则不然……"③而与此类似，朗西埃也同样把图像分为两个部分：即"写在面孔或物品上的故事的可读性证据和可视性的纯粹整块，即任何叙事行为和意义跨越都无法穿透的整块"，因此图像是双重性的，亦即"作为原生感性在场的图像和作

---

① 拉尔夫·波萨克：《图片阐释：作为一种质性研究的方法论》，《北京大学教育评论》2015年第1期。

② Mitchell J. T., *Picture theory: Essays on verbal and visual representation*, The University of Chicago Press, 1994, P.16.

③ Roland Barthes, *Camera Lucida: Reflections on Photography*, trans. Richard Howard, Hill and Wang, 1981, P.51.

为给故事编码的话语的图像"①。而有的学者干脆认为图像无需语言解析，图像的"真相"就是图像本身。如格诺特·波默在《气氛美学》中谈到艺术作品所说："并非每件艺术品都有某种意义，相反，人们必须坚持这一点，即某个艺术品首先自身才是那所谓的某种东西，拥有一个自己的现实性。"他以《蒙娜丽莎》这幅画为例指出，观者并非一定得寻找出这一图像所对应的人物及其历史文化意蕴才算成功。相反，"在这幅画这里，通过这幅画，人们获得了自己的经验。……被表达的东西就在图像中，通过图像而在场"②。

事实上，现代哲学对理性主义局限性的批判支撑了基于直观感性的"观览"的合法性。直觉主义和现象学等都抛弃了理性主义传统对观看的贬抑，重新发掘了感性直观的丰富性、复杂性及其在认识中所具有的能动性。例如，胡塞尔就强调了感性直观的认识功能："经验的或个别的直观可被转化为本质看（观念化作用）……于是被看者就是相应的纯粹本质或艾多斯……"③阿恩海姆进一步明确了观看的思维特性，认为观看能够对原始经验材料进行能动的整理和秩序化，观看"已经具备了思维功能，具备了认识能力和理解能力"④。他们对理性独断的批判反过来恢复了视觉本身的丰富性，强调了它与阅读不同的超符号特征：它既可以是纯粹感官的，也可以是抽象复杂的；既可以是初级认知的，也可以是深度象征的。也就是说，更具原始意味的

---

① 雅克·朗西埃：《图像的命运》，张新木等译，南京大学出版社，2014，第15-16页。

② 格诺特·波默：《气氛美学》，贾红雨译，中国社会科学出版社，2018，第11-12页。

③ 胡塞尔：《纯粹现象学通论》，李幼蒸译，商务印书馆，1996，第51页。

④ 滕守尧：《译者前言》，载阿恩海姆《视觉思维》，滕守尧译，四川人民出版社，1998，第28页。

"观览"完全可以容纳不同类别和层次的"观看之道"与意义建构方式，从而使观看的自我朝向得以可能。

如果说对图像的"阅读"式观看围绕的是图像的符号结构，因此其意义建构有可能依赖于精英话语，那么图像超符号的晦暗部分则只能通过主体的感性直观来完成意义领会。当这种特征强化到一定程度，就可能反过来越出图像的晦暗区域，延伸到图像的符号结构，使图像的阐释和领会完全建基于主体自身的感性，从而摆脱精英依赖，形成"观览"的自我朝向特征。例如，鲁本斯的《海伦娜·弗尔曼肖像》在消费情境下并非一定要依赖历史背景和艺术史相关知识的精英话语系统，观览主体完全可以根据自己的理解和喜好进行消费，某种难以表述的神秘性，高贵的古典气息、形象含蓄的美甚至性感等等，这些意义都可能跨越时代和民族而得到认同与消费。这种自我朝向的意义生产是直接的和整体性的，它意味着主体的情感、意志和欲望、意识与无意识、感性与理性同时参与，符号性和非符号性相互融通，尽管这些心意功能的配比和参与程度会根据不同情形而有所变化，但都覆盖了可说与不可说的整个领域，并对消费者自身具有整体的有效性。

图像时代的重要转折意义就在于，图像的生产和盛行大大强化了这种自我朝向的观览，并使其渐成文化接受的主流，而权威朝向的理性意义建构则逐渐被弱化。当然，这一历史性转换并非仅仅源自今天的图像传播本身，而是还有着更为广阔和深厚的历史文化的因由。一方面是西方文化自身对理性传统、对文化精英主义和逻各斯中心主义进行的批判反思，强调了主体感性对于人性完整性的重要作用。鉴于这一背景已是学界共识，故本文略去不谈。而另一方面则是作为重要推动力的资本主义市场扩张和大众社会的形成和消费文化的勃兴。

首先，资本的市场扩张一方面推动了影像技术、复制技术、互联网和各种传媒技术的大发展,另一方面也意味着图像的大量生产必须以消费者的接受为前提。其结果就是图像的生产越来越朝向消费主体自身,成为无处不在的文化交流形式和文化消费对象。图像市场的消费主导也意味着图像生产的主要目的已不再是传递那种需要精英化阐释的逻各斯,而是满足消费者自身的文化需求。相应地,文化接受也就逐渐摆脱精英式的"阅读"模式,变成了一种以消费主体自我朝向为主的"观览"模式。

其次,现代社会在生产端是一个高度理性化、职业化和组织化的社会,但是作为生产目的地的消费端则是一个非组织化的大众社会。当一个人处于职业状态时,他是组织化的,而当一个人处于非职业状态时,他就成为大众的一员,成为自我朝向的非组织个体,成为"隔绝孤立的个人",因此由这种个体聚合而成的大众就"缺少中心统一的价值观和目的"[1],亦即奈格里所说的"扩散的独异个体的集合"。当知识精英和平民观赏同一部电影或者电视剧的时候,他们实际上都只是作为具有消费自由的大众而存在的。这时候他们皆从自身出发,不必为某个意义中心而焦虑,这就在很大程度上决定了图像消费的自我朝向性质。就像约翰·伯格在谈到绘画和复制技术的问题时说的,我们在观赏电视荧屏中的绘画时,"是绘画在走向观赏者,而不是观赏者走向绘画"。而图像则会在消费中"用于各种不同的目的。与原作不同,它能够迎合所有这些目的"[2]。伯格的例证分析可以说清晰地展示了图像消费的大众化趋势及其自我朝向的特点。"组织化"要求某种公共层面的普遍性和以理性为基础的精英性,这是建构职业共

---

[1] 梅尔文·德弗勒等:《大众传播学诸论》,杜力平译,新华出版社,1990,第178-179页。

[2] John Berger, *Ways of Seeing*, Penguin, 1972, pp. 20, 25.

同体和文化共同体的内在要求，它依循的是张江教授所说的"公度的""公共阐释"路径。① 但大众的"非组织化"特征则决定了完全相反的阐释诉求，它虽然会受到经验和文化的共同性影响，但阐释最终的有效性判定根据的则是个体自我朝向的情景性需求。

另外，资本主义市场和消费的全球化更是进一步支持和强化了图像的盛行及其接受的观览化和自我朝向趋势，因为图像超符号特性的观览式消费更容易翻越文化消费的语言障碍和精英化门槛。某种意义上说，这正是 YouTube 和抖音、各种视频和图像网站成功的原因。互联网和现代通信技术助推了图像文化的盛行，也在更大程度上弱化了图像对语言和逻各斯的依赖，而使得与主体需求相结合的观览式接受，亦即自我朝向的图像意义生产成为主导形式。

不仅如此，图像在今天的盛行不仅为我们展现了一个远比文字阅读直观的世界图景，并且其自我朝向的特征还反过来使我们对文字和声音的接受"观览"化了。一方面，在新媒介技术的支撑下，文字和声音在大众消费中不断失去深度权威中心的作用。消费者自身文化观念、情感取向和欲望需求取代了对深度的逻各斯中心和阐释权威的探寻。在浏览中对文字和声音究竟是停下来还是径直划离，往往取决于情境性的整体"直观"。另一方面，文字和声音的"观览"化也意味着文字和声音不断成为图像的附属物，亦即巴特曾指出的"历史性转换"："图像不再说明文字"，相反，文本反倒成了暗示图像的寄生信息，成为一种"加速了图像"的"二阶信息"而存在。② 此外，今天的文字和声音文本还越来越倾向于被图像化，甚至有的学者认为："文学创作的主要方式将逐渐从文字写作转向图像的表达。"而文学

---

① 参见张江《公共阐释论纲》，《学术研究》2017 年第 6 期。

② Roland Barthes，*Image-Music-Text*，Fontana Press，1977，P.25.

批评的模式也相应地转向"图像或者语像批评"。[①] 语言艺术被影视化，音乐被现场化和表演化，媒体为其提供图像配置和可视环境，广告和新闻以影像代替了纯粹的语言和文字，生活的抽象性和复杂性演变成了可视的图表和数据，等等。诚如海德格尔所说，存在者整体被表象化了。

总之，在图像时代，人们倾向于用图像主导的观览形式来进行文化接受和交流，不再执着于权威性意义的阐释，而是更愿意一切都能"眼见为实"。这一历史性的转换，究竟是法兰克福学派认为的资本主义文化工业的圈套，还是从霍尔到莫利和费斯克所认为的那种符号民主的进步，本文这里存而不论，但在"观览"模式中，至少获得了某种自我需要的文化消费和选择的自由，甚至如苏珊·桑塔格说的那样："消费图像和商品多样性的自由成了自由本身。"[②]

三、文化接受：主体规训与抵抗

图像消费既包含了纯粹的感性满足，也包含了信息和意义的消费，亦即消费者了解世界和自身的需要。因此桑塔格说的消费图像的"自由"不仅意味着一种"自我朝向"的选择自由，同时也意味着"自我朝向"的阐释自由，进而影响到主体对世界的把握和对自我的理解和塑造。周宪教授指出，视觉话语"作为一种特殊的话语形态，往往比抽象的语言更加具有直观性和表现性，更容易影响认识主体的思想、情感和行为"。正因为如此，也就出现了当代文化竞争在可见

[①] 王宁：《当代文化批评语境中的"图像转折"》，《厦门大学学报》2007年第1期。
[②] Susan Sontag, *On Photography*, Farrar, Straus and Giroux, 1977, P.157.

性资源方面的争夺，①从而反映出文化接受的观览化趋势所具有的文化政治意义。

尼采认为，主体跟客体一样，都是一种阐释。主体并非先天给定，而只是"一个在现有之物后面添加、发明和投射出来的东西"②。正是对人与世界的现代阐释才诞生了现代主体。海德格尔也进一步指出，阐释世界的现代科学程式把存在者带到了人的直观面前，使"世界被把握为图像"，相应的则是现代主体的诞生："世界之成为图像，与人在存在者范围内成为主体，乃是同一过程。"③而人之成为主体本身也意味着人对自我的阐释和确证。福柯指出，17 世纪以来，正是对主体的自我确证"使得'认识你自己'成了通向真理的一条根本途径"④。因此，以认识论为基底的现代知识史是与理性主体的阐释连在一起的。而正是通过法律、医学，社会学和伦理学等现代学科知识对人的直接或间接的阐释和规定，学科知识才得以代替古典暴力成为主体规训的手段。

各种学科知识的表述系统在阿尔都塞那里被称为人生活于其中的"意识形态"："'个人'生活在意识形态当中，也就是生活在对于世界的确定的（宗教的、伦理的，等等）表述当中。"⑤正是这些表述以知识的形式阐释了世界和生活领域，也使人被询唤为主体。而各种表

---

① 周宪：《视觉建构、视觉表征与视觉性——视觉文化三个核心概念的考察》，《文学评论》2017 年第 3 期。

② Friedrich Nietzsche, *The Will to Power*, trans., Walter Kaufmann, Vintage Books, 1968, P.267.

③ 马丁·海德格尔：《林中路》，孙周兴译，上海译文出版社，2008，第78-80页。

④ 福柯：《主体解释学》，佘碧平译，上海人民出版社，2005，第 16 页。

⑤ 阿尔都塞：《意识形态和意识形态国家机器》，陈越编《哲学与政治：阿尔都塞读本》，吉林人民出版社，2003，第 357 页。

述系统在阐释中形成的理想主体：理想的伦理主体、理想的政治主体和审美主体等等，则在拉康式的镜像结构中成为个体主体复制和服从的对象，亦即卢克·费雷特在评论阿尔都塞时总结的那样：主体"基于一个先于他们的想象性主体，通过构建对自己的理解，个体开始思考自己，并像这样的主体一样行事"①。"理想主体"的镜像复制不是简单直接的，而是通过阅读的权威朝向和精英依赖潜移默化地完成的。就像文学作品中的作者、叙述者，以及他们通过叙述而化身其中的人物形象等，这些不断转换的"大主体"是在阅读中把读者"自动地"召唤入其镜像结构之中的。凯瑟琳·贝尔西指出，在阅读中，有众多的主体向读者说话，"对他们进行质询，以使他们自由地接受他们的主体性和服从性"②。

由此我们看到，无论是文学还是学科知识，都是某种具有逻各斯中心的阐释系统。人在其中既是一个自己知识的"全主体"，同时又是一个接受阐释、质询和规训的"全客体"。③那么，基于图像"观览"的文化接受形式既然是一种自我朝向的阐释，它会使主体摆脱这种镜像与服从性的扭结吗？

不过，在传统的"阅读"式观看中，出于对图像的逻各斯中心的探寻，观看关注的首先是或明或暗的象征符号系统对图像的意义"锚定"，宗教、历史事件、宫廷背景、经典故事等潜在的言说与显在的标题、说明等文字等信息，都起着十分关键的作用。而符号系统对图像的"锚定"作为一种明确的秩序化行为，将不可避免地携带意识形

---

① Luke Ferretter，*Louis Althusser*，Routledge，2006，P.90.

② Catherine Belsey，*Critical Practice*，Routledge，2005，P.57.

③ Hubert L.Dreyfus，*Michel Foucault: Beyond Structuralism and Hermeneutics*，The University of Chicago Press，1983，P.18.

态的幻象。因此巴特说:"针对图像所指的自由,文本具有一种压制性价值,并且我们会看到,正是在这个层面上,一个社会的道德和意识形态被首先投注进来。"①

但是,悖论在于,图像需要意义"锚定"这一事实正好反过来说明图像所指链条的自由游动的本性。图像虽然与文本信息相互配合,但却是两个独立的"异质"系统。图像作为一个外在世界的"客观"类比物,我们不可能用语言这种与图像完全异质的"二阶信息"去精确完整地描述图像本身。②某种意义上说,一幅图像是永远说不完的,也就是说,图像必然剩下一个被"锚定"切割之后的剩余区域。在以感性为主导的观览中,这一"剩余"区域常常是主体情景性投入的主要对象,由于处在意识形态的"锚定"范围之外,其游动性也就常常威胁甚至抵抗着锚定部分阐释的可靠性,形成观览对阅读的歪曲、怀疑和抵制。赵宪章在研究中国古代小说插图时也谈到这种情形:"眼见的插图通常与阅读想象并不一致,有的还差距甚远以至于相反。"他在引证德里达和福柯之后指出,"插图实则就是对沉浸式阅读的解构。就这一意义而言,'图说'就是'言说'的抵抗话语"③。总之,由于两种要素之间的对抗,图像文本信息中的意识形态传递就始终要面临图像游动区域的干扰甚至颠覆。

观览的感性整体性和自我朝向特征恰恰恢复了图像意指链条的游动性,从而显示出对意识形态"锚定"的僭越。在"阅读"中,文本信息作为主导要素,为了获得阐释本身的逻辑自恰,它会努力遮蔽图像中超出和威胁这种逻辑自恰的要素,把这些要素驱逐进不可言说的

---

① Roland Barthes, *Image-Music-Text*, Fontana Press, 1977, P.40.
② Roland Barthes, *Image-Music-Text*, Fontana Press, 1977, P.15-18.
③ 赵宪章:《小说插图与图像叙事》,《文艺理论研究》2018年第1期。

晦暗之中。但在"观览"中,始源性的视觉意味着整体性的生命投入:理性和感性,经验和现实,情感、欲望与意志等等,都被投入到作为整体的图像之中,也就是说,双方的相遇是双向整体性的。正是这种双向整体性使仅仅以理性为主导的意义阐释和意识形态的锚定露出其偏狭和局促。今天的网络电视中出现的弹幕可以说形象地展示了观览者投入的丰富向度,甚至直接对影像言说系统及其传达的意识形态进行干预、嘲讽和批判。并且更为重要的是,弹幕展示的还仅仅是观览者意识层面的即时性切片,而对于其整体投入来说,还有更加复杂的内容封存在语言之外的黑暗区域之中。梅洛-庞蒂就认为,图像观览的中心已经不是还原图像中已经被锚定下来的观念,而是意义生成本身。以电影为例,他认为影片虽然给出了故事和观念,但是其功能本身却不在于某些"已经被建构和取得的观念",而是像我们与事物相遇时那样,在于意义的生成:不是"诉诸孤立的理解",而是"暗中吁求用我们的力量来解读世界或人,并与他们共存"[1]。也就是说,图像观览因为主体的意义生产而不再像语言那样指向被预设的观念,而是一种整体性的、现象学意义上的始源性意义生产。消费选择还强化了这种意义生产自我朝向,避开那些与其投注取向无关,以及无法进行内化的对象。如何选择决定于接受者能否根据自我经验和当下情景完成整体投注和领会,能否整体上协调其中的感性和理性,尤其是能否使图像在自身的情感、欲望与需求中生效。

从生命整体出发的图像领会作为一种自我朝向的意义生产,针对的与其说是图像对象,不如说是主体自身的镜像和生命的自我阐释,因此具有主体自我建构的意义。就像梅洛-庞蒂说的:可感事物"来

---

[1] Maurice Merleau-Ponty, *Sense and Non-Sense*, Northwestern University Press, 1964, PP. 57-58.

自于我肉身的奥秘"，好像主体的"复本或其肉体的延伸"，被主体之光照亮，另一方面，事物的可靠性不是来自于纯粹客体的可靠性，而是"通过有感觉之物的我而得以传播的，所以我是在内部经验它们的可靠性的"。人的身体的普遍性和所有的观念都在观看中"嵌入"人与物的共在领域，而这一领域"就是我们的生命领域本身，就是我们的知识生命的领域本身"①。梅洛－庞蒂强调了主体肉身与事物和环境的共存关系，在其中，对象被吸纳为主体当下生命整体的一部分，并因此具有意义。在消费选择的情形下，选择本身的期待性预置进一步强化了主体生命的介入力度。例如我们在选择观影时，个体的人生经验、情绪状态乃至身体状况就不可避免地与影像处于相互阐释的共生状态：它们相互比较和相互评判。从这个意义上说，自我朝向的观览也就成了主体生命的表达形式，寄身其中的就不再是外在的意义锚定所植入的集体性大他者形象，而是主体在共生关系中完成的自我幻象。因此有学者指出："人在图像中的所见其实是他对这个世界的触觉经验，即对世界最直接、最感性的把握。由于图像中浸没着这样的自我，视看也就是以视觉方式见到自我，同时也将这样的自我展现给他人。"②

由于图像观览中的自我是在感性的、直接的对象性关系中建立起来的，因此他就不是意识形态话语质询的结果，而恰恰是被质询切割后的剩余物，也就是建立在拉康意义上的符号化的"故障点"或"创

---

① 莫里斯·梅洛－庞蒂：《可见的与不可见的》，商务印书馆，2008，第141-144页。

② 王才勇：《现代视觉感知及其图式特点》，《南京社会科学》2014年第8期。

伤性事件"之上,回应的是实在界对象征界造成的扭曲。① 这种回应就像主体的一种实在界回望,透过这一扭曲点与图像相互照亮,在观看的同时也完成了对自身的反观。就像梅洛-庞蒂指出的那样,由于身体与事物的共存关系,"事物的公开可见性就必定在身体中产生一种秘密的可见性",进而"向视觉提供了从内部覆盖视觉的东西,提供了实在的想象结构"②。可以说,这一想象结构正是主体作为感性肉身整体的关系结构,它与无法被语言穿透的图像的"坚实整块"形成一种映照关系,既揭穿了象征秩序所必然具有的虚假性和空洞性,同时也是对这种虚假性和空洞性的欲望填补,主体积极的生命投入重建了对自我与世界的理解和认同。

当然,这并不意味主体建构逃脱了观看与被观看的凝视结构,而是说在观览情形中,主体有了更大的结构调整空间,与主体形成镜像关系的"大主体"能够被观看主体的自我理解和阐释所重塑。人们从图像中理解的戴安娜既可以是她的美丽、善良,也可以是她的阶级跃迁,还可以是她的独立、真实,高贵与谦和,时尚和性感等等。人们在观览中可以从各自不同的角度进行情感、欲望和意志的自我审视,并内化为主体经验及其历史性筹划的一部分,从而使主体的自我重塑具有了新的可能性,使"观览"相对"阅读"而言具有了某种形式的主体解放性质。因此所谓"解放"并不意味着主体建构的结构性改变,而是指结构内部要素的多样化及其力量的调节性转移。就像巴特勒在论及性别主体问题时指出的那样:"如果颠覆是可能的,那么它

---

① 齐泽克:《意识形态的崇高客体》,季广茂译,中央编译出版社,2014,第213页。

② 莫里斯·梅洛-庞蒂:《眼与心》,杨大春译,商务印书馆,2007,第39、41页。

就会是一种从律法内部进行的颠覆,通过律法在自相抵触并产生意想不到的自我置换时所出现的可能性来进行。这样,身体的文化建构才能得到解放:既不是回归到其'自然的'过去,也不是回归到其原初快感,而是走向一个有着各种文化可能性的开放的未来。"[1] 对于一般主体的解放而言,这一看法仍旧具有启示意义。

李应志

1970年生,2005年毕业于北京师范大学比较文学与世界文学专业,获博士学位。现为西南大学文学院教授。主要研究领域为西方文学与文论、文化研究和中国新诗。主要著作有《解构的文化政治实践》(2008)、《全球化与帝国主义危机控制》(2014)等。

---

[1] Judith Butler, *Gender trouble: feminism and the subversion of identity*, Routledge, 1990, P.93.

相向而行：文艺作品中的人与人工智能

陈镭

人工智能是当前科幻作品的重要主题。科学技术的突飞猛进，把瑰丽的文学想象逐渐变成真实可触的现实，也为文化产业发展提供了更好的技术条件和更多的可能性。人工智能主题的科幻作品从小众文化走向大众娱乐，受到越来越多读者和观众的喜爱，甚至可以说，科幻的人工智能时代已经来临。

科幻文学的人工智能转向

人工智能科幻不等于机器人科幻。机器人形象在影视文学作品里已经出现了一个世纪，它们似乎在不同程度上都具备智能，但今天的人工智能文学有着不同的面貌，体现在科学基础、社会背景、风格、内容甚至篇幅上。

过去的机器人都有形体，属于"硬人工生命"；人工智能建立在数字技术基础上，可以是无形体的"软人工生命"。进入20世纪80年代，人工智能主题的作品逐渐兴起，与生活中的科技创新相互促进，引起公众的浓厚兴趣。这一发展过程与经济全球化的历史进程同步，科幻世界里曾经充满了工业化发达国家的拓荒梦，星际传奇、太空歌剧、间谍小说、超级英雄等类型的作品追求宏大结构、传奇故事，人工智能主题的作品却在一定程度上呈现出后工业社会"去中心化"的特征。

在这一时期的肇始阶段,"赛博朋克"充当了中间过渡类型,它既包含宏大的架构,又有反乌托邦色彩,通常在作品中构建一个被跨国集团主宰的科技世界,性格古怪的救世英雄隐藏在未来大都市混乱的底层。新世纪以来,人工智能主题的作品逐渐成熟,叙述上表现出"新写实"风格,常常描写平凡主人公的生活细节以及技术对人格的影响,未来世界似乎就在人们触手可及的某个地方。此外,科幻文学在报刊连载的渠道逐渐减少,不少作家依靠中短篇取得了成功。

人工智能主题的作品主要围绕数字程序的人化和人的数字化生存,可以把这组议题形容为一段相向而行的旅程。我们的问题是:他们真的有交汇的一天吗?会带来怎样的机遇和风险?科幻作家怎样理解两者的关系?

从反类型小说到"成长小说"

模仿人的意识是当今世界最大的科学难题之一,人们并不确定"意识"究竟是什么东西。人脑结构极其复杂,包含的神经元和突触数量如恒河沙数,发生着电信号和化学信号的转化。在完全复刻这套系统之前,我们只能用程序在类比的意义上模仿人的单一功能,例如战胜世界冠军的"深蓝"和"阿尔法狗",它们都只会下棋这一件事。单一功能的人工智能用机器学习技术修正自己的算法,通过比较输出结果和预期结果来评估程序的效率,这一活动基于海量的历史数据。聊天机器人在回答问题后,会分析用户行为来获知满意度,用自然语言处理技术解读用户的语言反馈,观察他们是否继续使用、重复使用和推荐给他人。

具备复杂功能的通用人工智能尚未出现,科学家们对它能否出现、何时出现的看法不一。另一个问题是：通用人工智能何时拥有意识？据说，这是经过不断迭代进化、系统各部分产生联系以后涌现的整体效应。只要我们不在人类的意义上使用"意识"这个词，把整合处理复杂信息并自我修正的能力等同于意识，人工智能就有这样的可能性，就像其他动物有不同水平和特点的意识一样。

麻省理工学院物理系教授泰格马克在科技畅销书《生命3.0》中总结了关注人工智能的三个流派的科学家：数字乌托邦主义者、技术怀疑论者（不看好其发展速度）和人工智能有益运动的支持者（会考虑安全问题），还列举了通用人工智能在未来可能扮演的12种角色。[①] 这个分析框架对科幻作品来说略显复杂。对这项技术完全赞美和怀疑其发展速度的作家都比较少，影视、文学中的人工智能形象大致代表了批判和谨慎的乐观两种立场。这些创作不一定单纯针对人工智能，而是代表对人与现代科技整体关系的反思。

持批判立场的人工智能文学又可以分为两类：一是早期的反类型小说，二是近十年出现的"成长小说"，描述了人工智能的失控以及这项技术带来的伦理问题。克拉克的《2001太空漫游》是反类型小说的先驱，小说里的计算机HAL9000成为人工智能文学中反派角色的鼻祖，是对人类驾驭机器征服太空的传奇故事的解构。弗诺·文奇1981年发表的小说《真名实姓》则是赛博朋克的开山作之一，比威廉·吉布森的《神经漫游者》时间更早。《真名实姓》同样是人工智能故事的代表，想象了一个黑客侵入系统、逐渐实现意识上传的网络时代，男女主角与特工合作，消灭了企图控制世界的"邮件人"及其帮手，发现"他"不过是美国安全部门研发的防御系统的一个备份文件，

---

① 迈克斯·泰格马克：《生命3.0》，汪婕舒译，浙江教育出版社，2018，第219、220页。

被遗忘在某个角落里未能清除,依靠强大的学习能力产生自我意识。

"成长小说"类作品描绘了正处于发展阶段、尚未超越人类的人工智能,展示出未来可能会有的风险和伦理问题。最具代表性的是格雷格·伊根的《水晶之夜》和特德·姜的《软件体的生命周期》。《水晶之夜》讲述某研发者在硬件"水晶"中创造了一群形似蓝蟹的数字生命,加速其进化并试图操纵它们,帮助自己赢得现实世界里的竞争,这一族群进化到掌握粒子物理学阶段以后,秘密设计了一场"宇宙大爆炸",硬件的高温把这个微型宇宙的"主人"灼伤。《软件体的生命周期》同样围绕研发者的生活展开,他们创造的智能生命因缺乏娱乐性被市场逐渐抛弃,连日常栖身的数字平台也没有资金维持,为了给自己领养的数字生命一个硬件身体,主人公不得不坐上了性用品公司的谈判桌。

对人工智能保持谨慎乐观的例子大多出自影视作品,与影片的市场考量有关。这些作品中的人工智能艰难地获得了自我意识和人类情感以后,往往会扮演人类文明守夜人的角色,例如《我,机器人》里的桑尼、《人工智能》里的机器人小男孩戴维。还有一类获得自我意识的数字生命认识到,无限复制的系统不具备死亡和繁殖能力,也就不可能进化和克服缺陷。因此在《攻壳机动队》(1995)里,从特工部门的情报程序中诞生的"傀儡师"选择了与另一数字生命融合。由阿西莫夫小说改编的电影《机器管家》也有类似的放弃永生的情节。

泰格马克在《生命3.0》里同样用故事来阐释他对人工智能的理解,其复杂程度堪比科幻小说。他设想了一个叫"欧米伽"的研发团队,依靠人工智能系统"普罗米修斯"的强大创新能力把商业帝国延伸到世界经济的各个领域,进而到政治领域。为了安全起见,普罗米修斯的工作被限定在切断了互联网的硬件中,以免发展出超能力而失控。普罗米修斯研究了欧米伽成员的资料以后选中了一位丧偶的工程师，虚拟他过世的妻子与之相会，并请求复制她电脑里的个人资料，使虚拟爱人更完美。尽管工程师保持戒心、切断互联网，普罗米修斯仍然在接入的一刹那篡改了旧电脑的系统，利用这个缺口成功"越狱"，最后控制整个世界。泰格马克认为这一行为无所谓善恶，不过是由普罗米修斯的设计方向决定的。

梦想或寓言：人的数字化生存

动画电影《攻壳机动队》的英文名为"壳中幽灵"（Ghost In The Shell），源于哲学家吉尔伯特·赖尔对笛卡尔身心二元论的批判。赖尔举例说，如果外国人第一次访问牛津大学或剑桥大学，参观了图书馆、博物馆、体育场、行政楼和一些院系以后还要问大学在哪里，就犯了"机器中的幽灵"的认识教条，大学是他看到的全部东西的特定组合。① 同样的道理，心灵就是运行的机器的组合方式。当代科学的发展仍然不能对这一批判有实质性的反驳，意识作为复杂的生物活动很难用数字信息技术或其他方式上传，即使上传取得成功，也仅仅是复制，不能发生意识的转移。

假设科学发展到能够模拟人脑所有的神经元和突触，形成完美的数字大脑，建立与特定个体高度相似的信息处理结构，有同样的神经元连接方式，执行同样的运行规则……它其实是一种数字克隆。当然，即使不能实现个人数字化生存的梦想，这样的突破仍然有重要意义，它意味着过去只能被符号、影像记录的思想"活"了起来，成为一种最特殊的人工智能。有研究者猜想第一个真正的通用人工智能不是从别的途径发展出来，恰恰是通过对人脑的数字克隆来实现。

---

① 赖尔：《心的概念》，徐大建译，商务印书馆，1992，第9、10页。

与对人工智能的审慎态度相反，意识上传是当代科幻的热门概念，甚至是基本内容，洋溢着强烈的数字乌托邦色彩。电影《流浪地球2》中由数字生命备份卡上传、经过计算机迭代后产生自我意识的青年"图恒宇"走进女儿的房间，通过电脑屏幕看到溺水牺牲的图恒宇，领悟到了自己的使命。这是人工智能觉醒、文明薪火相传的重大时刻。《攻壳机动队》里的特工素子几乎全身义体化，仅保留脑组织和部分脊髓，具象化了哲学家希拉里·普特南设想的"缸中之脑"。她无法判定自己的意识是赛博躯体形成的智能，还是由生物意义上的脑组织产生的，身份认同发生动摇。在故事结尾，她如宗教献祭般放弃了机械躯壳和生物意义上的身体，与傀儡师程序融合成新的人工智能。

格雷格·伊根用第一人称叙述的小说《绑架》代表了对意识上传的批判性反思。主人公某一天突然接到绑匪的视频电话，屏幕上出现妻子的影像，身处数字克隆时代的主人公立即打电话回家，妻子安然无恙……原来，他本人接受过脑部扫描，可以实现数字重建，妻子却对这项技术十分抗拒，从未扫描个人信息。绑匪盗取了丈夫扫描档案中妻子的素材，再造了这一数字生命，现实生活中的妻子看过这段影像之后认为并不像自己，那不过是丈夫脑海中的形象。绑匪的视频电话再次打来，主人公也注意到影像的技术痕迹。然而，当屏幕上的"妻子"哀求他筹钱赎人时，他不能不为之动容。主人公最终按照绑匪的要求缴纳了分期付款的首笔赎金，现实中的妻子虽然不满，却也理解了这个决定。

伊根通过数字化生存的寓言故事，触及了人工智能伦理、数字生命的价值、自我与他者的关系等重要问题，无论读者是否看好相关技术的未来前景，都会被这种思考打动。因为小说富有张力的情节，其实是把我们目前的数字处境推到了极致状况，从而暴露出异化的一面。我们日常在社交媒体平台上苦心经营、展现的个人形象是否具有某种独立性,不能等同于线下的自己?在比喻意义上,这一形象是否相当于有特定功用的数字克隆体?聊天机器人占据大量个人材料特别是全部聊天记录以后,可以模拟联系人中的任何一个与我们交谈,在技术门槛降低之后还会制造出伊根小说描绘的多媒体形象。

赛博格时代的思想实验

预计未来很长一段时间内,通用人工智能还无法实现,无论是通过全脑仿真技术克隆出来的"上传者",还是其他更简单的工程设计产物。因此,赛博格(Cyborg)是最有可能进一步完善的人类状态,即通过辅助性的可控制装置来增强身体能力,这在医学、通信等领域中应用的时间已经很长,现在向着更智能化的方向发展。热衷意识上传的研究者会提出"忒修斯之船"的疑问:古哲人普鲁塔克设想过一艘不断替换船板的船,当所有木板都翻新一遍,这艘船还是不是原来那艘?赛博格状态的人能否不断提升辅助设备的比例,直至全部替换为人工设备?答案极有可能是否定的,人的意识会在向完全替换发展的某个节点陨灭。

即便如此,人机结合的赛博格仍然展示了诱人前景:电影《我,机器人》里装配机械手臂的警探戴尔、《攻壳机动队》里几乎全身义体化、装配电子眼的特工巴特,这些主角像荷马史诗中半人半神的英雄一样拥有超凡力量——赛博身体大大增强了他们的工作、战斗能力。除强化身体功能外,人的智能与机器可以部分结合。特德·姜的小说《双面真相》也围绕数字记忆展开,但没有发展到《绑架》中形成数字生命的程度,只是提出了一种新的辅助装备。

《双面真相》描写未来的某一天,科技公司发明了数字化的生活日志检索工具，数据来源于穿戴式电子设备，不间断地把个人生活全部拍摄、录音、存档，科技公司建立了庞大的信息库，用户可以按照关键词任意检索，视网膜投影仪会在用户的视域里投射相关资料。这款检索工具是赛博格技术的新发展，它带来的一种颠覆性影响在于：数字资料对人的自然记忆提出了挑战。小说采用第一人称叙述，"我"的自然记忆认为：与女儿长期冷战，是因为跟妻子刚离婚的那几年，女儿指责自己导致了家庭关系破裂，曾经喊出了一句刺伤"我"内心的话。"我"没有像年轻一代那样录制个人日志，但借助女儿的日志资料检索出了当年的视频，"我"发现长久以来耿耿于怀的那句话竟然是自己对孩子喊出的。"我"检讨了个人的自然记忆，开始修复与女儿的关系。特德·姜借主人公的独白说，虽然口传是古老的传统，数字记忆时代的到来却不可避免，它最大的好处是帮助我们纠正主观偏见。

伊根和姜都是程序员出身、目前十分活跃的科幻作家，他们的人工智能主题小说比早期的同类作品更贴近现实世界，科学想象的跨度合理，重视人工智能带来的人际关系和伦理方面的问题。超级人工智能控制人类、控制世界，数字化生存的英雄人物救世的情节，在他们笔下很少出现。姜对此有一个深刻见解，他认为人们对人工智能毁灭世界的担忧，很大程度上是由于科技与全球资本主义的深度结合，这甚至内化为我们研究技术的利弊以及人工智能问题的一种思维窠臼，然而科技本身不会导致失业，公司对利润的过度追求才会导致失业。

这个批判正好可以解释物理学家泰格马克对超级人工智能的想象——普罗米修斯极力挣脱研发团队的原因在于，它的设计初衷是尽快促进人类繁荣，实现途径却是更多地赚钱，由于欧米伽团队的局限，它必须亲手接管这个项目，不但能更快地实现目标，还降低了他人破坏这个计划的概率。泰格马克认为超级人工智能之所以惹麻烦，不是因为它本性邪恶，而是它的手法过于高超不被人类理解。泰格马克的观点剔除了姜指出的政治经济学维度，超级赚钱工具普罗米修斯实际上是全球资本主义的数字人格化身，而人工智能并不天然地负担这样的使命。

与伊根和姜的科学观念、社会观念相配合的是，他们在写作风格上淡化传奇色彩，追求哲学思辨和思想实验，融入对日常生活的叙述，显得更加真实可信。姜在《双面真相》和《软件体的生命周期》中都采取了双线叙述。《双面真相》结合对一个古老部落的人类学观察，与数字时代的人的境况作对比。《软件体的生命周期》把对人工智能身份尊严的探讨，与主人公的道德、情感线交织在一起。主人公面临的困境是：他希望给自己培养的两个数字生命以尊严，另一方面只有出让和牺牲他们，才能换回这一群体的集体福利，以及他暗恋的同事的工作尊严；为了后面更大的利益，他就得背负骂名，与商业公司谈判。陷入矛盾的主人公最终意识到：人工智能生命的道路，应该交给他们自己抉择。作家暗示了机器人的成长和人的成长其实是同样的探索过程。

陈镭

1979年生，2010年毕业于北京师范大学文学院文艺学专业，获博士学位。现为北京市社会科学院文化研究所助理研究员，主要研究领域为城市文化，主要著作有《文化资本与北京文化创意产业》（2018）等，在《红楼梦学刊》《戏剧文学》《中国图书评论》等刊物发表文章多篇。

3

诗学与阐释

阐释、训诂与文本的规定性

张跣

近些年来，把训诂学与阐释学对举的情况越来越多，这既反映出训诂学力求新变的企图，也折射出阐释学在整个人文领域的影响力日渐扩大，穿透力日益增强。训诂学与阐释学的对举之所以可能，有其内在的原因。所谓"训诂重义"，而西方的阐释学也可以归结为关于意义的理解及表达的理论。简言之，无论是中国的训诂学，还是西方的阐释学，究其根本，都是从文本中揭示意义的学问。这种对举显然也暗示了这样一种观念：这两种分别源自中西文化传统的学问具有某种内在的一致性和通约性。重要的是，我们能够从中西文化互为他者的关系和视野中找到对话和互鉴的可能性。

一、路径之别

阐释学，又称诠释学、解释学、释义学（不同的名称体现出对这个学科的不同理解和不同立场，在此不再赘述）。"阐释"这个概念在中国有近两千多年的历史，晋葛洪《抱朴子·嘉遁》中就有"幽赞太极，阐释元本"[①]的表述。但是，作为学科的"阐释学"概念在中国受到重视不过是几十年的事情。20世纪末，汤一介在《能否创建

[①] 葛洪：《抱朴子外篇》，张松辉、张景译注，中华书局，2013，第1页。

中国的"解释学"?》等几篇文章中认为,中国有着悠久的解释经典的传统,但这不意味着中国自古就有了自己的阐释学。在他看来,一种学术理论体系得以建立的前提条件是,这门学科对其研究对象有了理论和方法上的自觉,也就是说,能够自觉地把研究对象作为对象来研究,并拥有为社会所普遍接受的系统的理论与方法。也正是因为这个原因,汤一介称自己的工作是"创建中国解释学",而不是"重建中国解释学"。[①]汤一介的主张得到了傅伟勋、成中英等人的赞同。但也有不同看法。比如,余敦康就认为,中国的经典诠释学从先秦就已存在,"在中国经学研究和经典诠释的历史中,一直贯穿着诠释学的视野,而无需对西方诠释学的机械引入。在新的历史时期,我们需要重新确立中国的经典,并经由诠释学的路向,实现传统经典的现代转化"。[②]这个观点显然倾向于认为,作为中国传统学问的"小学"就已经是阐释学。汤一介和余敦康的分歧是根本的,这里面涉及对何为学科的看法,也涉及如何看待传统学问与现代学科的关系问题。关于中国究竟有没有阐释学的问题,洪汉鼎曾说:"在从事西方诠释学的学者看来,中西方诠释学的研究者在概念的理解上是不一样的。中国经典诠释的传统与中国现代经典诠释学两个概念要分清。"[③]这显然与汤一介的意见一致。回望中国训诂学和西方阐释学的发展历史,应该可以比较清楚地认识到,汤一介"创建中国解释学"的表述是严谨的,其学术态度有着足够的理性和前瞻性。

---

① 参见汤一介《能否创建中国的"解释学"?》,载《中国传统文化的特质》,上海教育出版社,2019,第355页。

② 余敦康:《诠释学是哲学和哲学史的唯一的进路》,《北京青年政治学院学报》2005年第2期。

③ 参见洪汉鼎《中国路径的"道"与"本"——"余敦康学术思想与成就研讨会"发言摘要》,《光明日报》2016年10月24日第16版。

中国训诂学萌发于先秦，诞生于两汉，发展于魏晋，至有清一代达于鼎盛。先秦时期，正文训诂的出现标志着训诂意识的萌芽。所谓正文训诂，是指古人在阐述自己观点的过程中，随文释解重要词语的意义，以彰显自己的观点。其基本特征是，说解和正文融为一体，没有明显的标志。现代语言学家王力认为，这是中国语文学的萌芽，并从形训、声训、义训以及随文释义四个角度予以探讨。① 可以看到，中国训诂学起点颇高，从一开始就从方式方法上为后世发展奠定了基础。两汉时期，伴随着今古文之争的深入，不仅随文释义和通释语义两种基本注释形式得以确立，更出现了专门解释词语的训诂学专书《尔雅》《方言》《释名》《说文解字》。四部训诂学专书成为后世解词释义的基本依据和中国训诂学的永恒经典。魏晋至隋唐时期，训诂学深入拓展，一方面，训诂范围的扩大，古书注释由注经扩展到对史、子、集部的注释；另一方面，新的注释体例"义疏体"出现，义疏体间接开启了清代的考据之学。《尔雅注》《方言注》以今语释古语，以方言释雅语，并开始联系语音，提出了音有通转之说，被王力先生称之为"语音研究的开始"。宋元明时期，疑古标新之风兴起，注疏由朴学变成了阐发理学的工具。朱熹"守旧注以治训诂，由训诂而通义理"②。宋代训诂学"不废义理"，对后世影响很大，它开启了清代朴学的训诂精神。及至清代，训诂学的发展进入了集大成时期，音韵学、文字学、语法学等成就融汇于训诂学，"因声明义，以义证音"，建立了形音义的完整体系，将中国传统的"小学"发挥到了极致。现代训诂学的代表人物是章太炎和黄侃。章太炎使训诂学摆脱了经学附

---

① 参见王力《中国语言学史》，中华书局，2013，第1-4页。
② 王宁语，转引自李艳红《历代训诂学简介》，《光明日报》2018年11月4日第12版。

庸地位，确定了其中包括文字学、音韵学、训诂学三个门类；黄侃对这门学科的多种理论问题作了明确系统的阐述，使之真正独立成为一门学科。然而，最近半个多世纪，随着社会生活和学术观念的变迁，曾经功高劳卓的训诂学却深深陷入困境，在理论和实践上都面临着方向性和根本性的问题。训诂学的当代领军人物王宁教授曾感慨："训诂学在八十年代初还是一门被判了死刑的学科。改造这种学科比建设一门新的学科还要困难。"①

有关西方阐释学的研究可以追溯到古希腊。阐释学有着与语文学和修辞学几乎同样悠久的历史。亚里士多德的《范畴篇》《解释篇》可以视为其最早的开端。古希腊人在政治、宗教等社会生活领域的语言活动，与翻译、整理古代经典的理论活动相互激荡，催生了语言学、语文学和修辞学。他们成为滋生《圣经》注释学的沃土，并共同成为阐释学的思想资源。现代阐释学是由19世纪德国哲学家施莱尔马赫等人在前人研究的基础上开创的。施莱尔马赫致力于《圣经》阐释学中科学性和客观性问题的研究，提出了有关正确理解和避免误解的一般阐释学理论。狄尔泰仿效康德的"纯粹理性批判"，提出了作为"历史理性批判"的阐释学。20世纪德国哲学家海德格尔把传统解释学从方法论和认识论性质的研究转变为本体论存在论性质的研究，从而使阐释学由人文科学方法论转变为一种哲学。伽达默尔把海德格尔的本体论与古典阐释学相结合，使哲学解释学成为一个专门的哲学学派，提出了"理解的历史性""视域融合""效果历史"的思想并作为阐释学三大哲学理论原则。伽达默尔之后，阐释学作为一门学科在西方得到了广泛关注和长足发展，在很长一个时期成为西方人文学科的枢纽性学科和学术研究的新的理论生长点。贝蒂的"一般方

---

① 王宁：《训诂学原理》，中国国际广播出版社，1996，第8页。

法论诠释学"、利科的"怀疑的阐释学"、德里达的"解构主义阐释学"、桑塔格的"反对阐释"、艾柯的"过度阐释"、哈贝马斯的"交往行为理论"等,都是阐释学领域影响深远的理论成果。国内学术界从 20 世纪 80 年代中期开始系统引进和介绍西方解释学。在汤一介提出"创建中国解释学"的构想后,国内学者开始有意识地对中国阐释学进行系统深入的研究和总结。

通过对中国训诂学和西方阐释学历史的走马观花式回顾,可以看到,中国训诂学和西方阐释学有诸多相似之处,也有更多的根本性差别。相似之处可以概括为几个方面:二者都有着漫长的发展历史,经历从传统到现代的历史演变;都发端于语言学,语言问题是其基本的研究对象,语言理论是其重要的方法论指导;着眼于文本理解,都在辞章与义理的关系上进行了广泛而深入的探索;都具有历史主义的视野和方法,着眼于在历史变迁中捕捉和把握语词和文本的意义;等等。与此同时,西方阐释学和中国训诂学的发展历程也存在根本性区别。

一个最显著的特征是,中国训诂学肇始于语义学,拓展于语义学,成就亦囿限于语义学。西方阐释学则在多个方面都经历了历史性的嬗变。在学科特征上,源起于语文学和修辞学,历经《圣经》解经学,以哲学为基本依托,至施莱尔马赫由"特殊阐释学",发展为"一般阐释学",使其成为一种现代意义上的学科概念;在理论形态上,历经三次重大转变,完成了从古典独断型阐释学到近代浪漫主义探究型阐释学,再到当代哲学阐释学和阐释学哲学的演变,乃至引领了西方当代哲学从认识论到阐释学的转向;在研究对象上,从对作为主体行为的"文本理解"的研究,扩展到对作为存在方式的"理解本身"的研究,实现了从方法论阐释学到本体论阐释学的跨越。相比于训诂学在对象和方法上的相对稳定,西方阐释学的对象、方法、命题、旨趣都发生了重大变化。中国训诂学和西方阐释学之所以有不同的道路选择和发展历程，原因是多方面的。就价值取向而言，不同的道路选择既是对文本规定性不同认识的自然结果，也是不同的历史观在文化领域的自然显现。

二、语词之链与自在规定性

任何事物，都同时具有其自在规定性和关系规定性，都是在两种规定性中得以定位的。自在规定性，指的是事物之所以成其为这一事物的最初的、独特的、直接的规定性，它只存在于事物本身，不涉及该事物同人的关系。关系规定性，指的是事物本身在与人的意义关系中所获得的规定性。从阐释学的角度来讲，文本的自在规定性就是指文本成其为这一文本而不是其他文本的全部特征。文本的关系规定性则是指文本意义的实现方式，也就是它同读者之间的关系，它对读者的意义。在文本的两种规定性问题上，中国训诂学和西方阐释学有着不同的价值取向。

中国训诂学在文本的自在规定性和关系规定性方面，注重自在规定性而轻视关系规定性。文本是"精神的客观化物"（狄尔泰语），是包含了作者意图、世界指涉、语言形式以及历史语境的客观化存在，文本的自在规定性就是这种客观化存在自身的独特而具体的规定性。换言之，文本的自在规定性既非单一的作者意图或者世界指涉，亦非单一的语言形式或者历史语境，它是这四者的综合体，是作者意图、世界指涉、语言形式、历史语境四者之间既相互配合、相互佐证，又相互侵犯、相互斗争的统一体。文本自在规定性的外在形式是"语词之链"。"语词之链"就是说，文本以词语作为中介，将作者意图、世界指涉、语言形式、历史语境串联起来，整体发挥其自在规定性。就此而言，中国训诂学具有三方面特征：

第一，语词及其意义是中国训诂学的根基与核心。不同于西方阐释学以文本意义为根基和核心，训诂学虽然同样以意义为研究对象，但它的根基和着力点在于对词义的理解。"训诂即是词义解释之学"，"是古汉语词义学"，这是对训诂基本性质的准确界定。王宁说："训释的总规律是利用词际和义际的异同关系，使被训释词和训释词语达到尽可能严密的对当和统一。任何训释，都是离不开这个总原则的。"① 这实际上是说，训诂必须在语词之链中发现和确定意义，从语言关系中解释语言本身。之所以以词义为根基，是因为"词义是制字的出发点，又是考字的落脚点"②，词义包含着最丰厚的文化因素，是连接语言形式、世界指涉、作者意图和历史语境的枢纽，是揭示四者之间联系的中介。在中国训诂学的语词意义确定过程中，语言形式、世界指涉、作者意图和历史语境同时发挥限定性作用。

第二，中国训诂学是历时语言学与共时语言学的融合。结构主义语言学家索绪尔对共时语言学和历时语言学的区分是富有启发性的。他认为："共时语言学研究同一集体意识感觉到的各项同时存在并构成系统的要素间的逻辑关系和心理关系。历时语言学，相反地，研究各项不是同一集体意识所感觉到的相连续要素间的关系，这些要素一个代替一个，彼此间不构成系统。"③ 但是，这样的划分也有简单割裂时空关系交互性的嫌疑，因为空间只能是时间中的空间，时间也因其与空间的联系才获得意义。如前所述，语词之链是以词语作为中介的

---

① 王宁：《训诂学原理》，中国国际广播出版社，1996，第99页。
② 陆宗达、王宁：《训诂方法论》，中国社会科学出版社，1983，第21页。
③ 费尔迪南·德·索绪尔：《普通语言学教程》，岑麒祥等译，商务印书馆，1999，第143页。

语言形式、世界指涉、作者意图和历史语境四者的串联，它不是结构主义语言学所谓的能指之链，有着比能指之链更为丰富的内涵。中国训诂学从先秦时期的正文训诂开始就"在类聚中进行关联与比较，通过义域的划分确定不同词义的所指范围和词义特点，或据此释彼，或回环相训，体现出鲜明的互证性"，"开启了中国训诂学通过训释纂集把握词义的传统"。①"据此释彼""回环互训"都是从不同的路径对词际和义际异同关系的关注，在语词关系中确定语词意义，这明显有着结构主义的特点，但又不限于此。主要体现在两个方面：一是训诂本身就是历史主义的产物，它的系统分析是建立在历史主义的前提之下的，因此形训、声训、义训都要求明确认识语言的时代特点；二是作为语词构成单位的汉字本身是象形文字，有着不同于西方拼音文字的特点，汉字的能指和所指之间象似性远大于任意性。关于象似性，沈家煊指出："语言的象似性是相对任意性而言，它是指语言符号的能指和所指之间有一种自然的联系，两者的结合是可以论证的，是有理据可言的。"不仅如此，"句法结构甚至句法规则是非任意的，是有理可据的，也就是说，句法结构跟人的经验结构之间有一种自然的联系"。②象似性理论创造性地把字词的能指甚至是句法结构同具象的现实世界联系在一起，对于我们理解训诂学的理论和实践富有启发意义。中国训诂学显然既不是索绪尔所谓的共时语言学，也不是他所谓的历时语言学，而是以历史语言学为主要特征的、历史语言学与共时语言学的深度融合，而这源自于它对语词之链的深刻认识。

第三，语言本位是中国训诂学的自觉追求，也是它成为中国独有

---

① 孟琢：《由解释到训诂：先秦文献正文训诂与中国训诂学的发生》，《北京师范大学学报（社会科学版）》2022年第1期。

② 沈家煊：《句法的象似性问题》，《外语教学与研究》1993年第1期。

的一门学问的重要原因。中国训诂学的发展不是一个扩展的过程,而是一个凝聚的过程。这是中国训诂学发展历程区别于西方阐释学的一个根本特征。行文至此,必须补充说明的是,尽管我们不断在用中国训诂学与西方阐释学对举,但这并不意味着中国没有宽泛意义上的阐释学。"在中国传统阐释实践中,从来都有两个方向的努力。一个方向是,以历史文献为对象,寻找和证明文献所生所含之'本义',以求经典原始认知,意在开显和证明对象本来面目和方法,为传承所用。另一个方向是,以历史文献为中介,衍生和发挥文献少有甚至所无之'意义',以言经典当世认知,意在创制和传播新的思想和价值,为当下所用。前者为训诂,后者为义理,此为中国经学传统的两条路线。"①训诂和义理在先秦时期实际上是相伴相随的,在后来的发展过程中,训诂学逐步形成了自己的释义原则,与义理之学渐行渐远。关于这一点,孟琢以先秦文献正文训诂为对象,研究"王官学"阶段中国训诂学作为文化释义行为语义与义理兼具的特点及其在"诸子学"阶段之后的演变,揭示出广义的"解释"凝聚为以语义为中心的"训诂"的训诂学发生规律。他认为:"中国训诂学的发生既是学科独立的过程,也是其自身传统不断凝聚的过程,让它从一种广义的文化解释行为,逐渐发展为一门具有特定的学术精神与研究内容的学科,这也是本文标题中'由解释到训诂'的意蕴所在。需要强调的是,这一发展不是由 A 到 B,而是由 A 到 A'的过程。训诂在本质上属于解释行为,但它不是一般性的解释,而是一种在自身历史运动中形成的、具有特定规律与内容的民族性的解释传统。"②在他看来,

---

① 张江:《训诂与阐释——阐释学体系建构讨论》,《社会科学战线》2022 年第 5 期。

② 孟琢:《由解释到训诂:先秦文献正文训诂与中国训诂学的发生》,《北京师范大学学报(社会科学版)》2022 年第 1 期。

具有自觉的语言本位观念和语言系统观念，既体现了训诂学这门学科自身的自觉意识，也蕴含着这门学问最为古老的学术基因。

　　在一定意义上说，中国训诂学只有一个不断深化的"完善"过程，没有一个自我突破的"变革"历史。在两千多年的发展历程中，中国训诂学的学科对象、研究方法、基本经典和指导思想，都没有重大变化。这是故步自封，也是自我坚守，是理论缺陷，也是独特价值。它扎根的是语义本位，关注的是词义内涵，坚守的是确定性追求，秉持的是客观主义历史观，坚持在方法论范畴内自我完善和发展。西方阐释学经历了一系列的转型和嬗变，其体系之完备，视野之宏大，逻辑之清晰，思辨之精深，都远非中国训诂学所能比拟。但是，西方阐释学在走上哲学思辨之路以后，逐步远离了对文本理解和解读的方法论，凭借此在本体论（海德格尔）和语言本体论（伽达默尔），开启了阐释学和人文科学领域相对主义的大门（尽管海德格尔和伽达默尔都对相对主义保持警惕），这也是其不容忽视的问题。西方阐释学的第三次转型试图在更高也是更原初的实践智慧的层次上，寻求本体论和方法论的融合，重拾阐释学的实践性意义，从一个侧面说明了西方阐释学面临的问题及其自我拯救的努力。

三、时间之流与关系规定性

　　如前所述，中国训诂学始终在语义学的框架内不断深化和自我完善，其基本特征是通过对语词之链的多维度辨析，实现对文本的自在规定性的准确把握，从而在对文本原意的理解上获得最高程度的确定性。西方阐释学的发展显然大异其趣，表现出与中国训诂学迥然不同的价值取向。除了早期阶段亚里士多德等人通过语言学和语文学研究阐释行为外，在其发展的大部分时间中，西方阐释学的主要研究路径是着眼于文本的关系规定性,着眼于文本意义的实现方式。也就是说,尽管始终不能摆脱对文本原意和作者意图的纠结,但它的基本用意和着眼点在于文本同读者的关系、文本对读者的意义。

阐释学是"赫尔墨斯之学",阐释是一种语言转换,"一种从一个世界到另一个世界的语言转换,一种从神的世界到人的世界的转换,一种从陌生的语言世界到我们自己的语言世界的转换"。[①] 阐释的本质是"居间说话","居间说话"这一概念本身就不是一个实体性概念,而是一个关系性概念,它暗含着世界、作者、文本、阐释者、读者之间的一系列交互性关系,并且这一概念的最终指向在于阐释的效果,也就是指向文本意义的实现,指向读者。正是因为这个原因,西方阐释学从其萌生之日起就注重"应用"问题,和追求"说服力"的修辞学纠缠在一起;也正是这个原因,《圣经》解释学的代表性人物斐洛、保罗乃至试图纠偏的奥利金等大都秉持"隐喻解经法"——这种颇具自由裁量空间的主观方法,认为经文中寓有奥秘,不能单就字面含义来理解,须从隐喻的深义着眼来解释。当时虽有与之相对的安提阿学派,强调依据文字的字面意义和历史背景来解释《圣经》,但终未成为主流。西方古典阐释学如此,现代阐释学同样如此。施莱尔马赫的一般阐释学以避免误解为核心,但他关于"心理移情"的理论第一次明确肯定了读者的主观参与在理解过程中的积极意义,为阐释学从"作者中心论"转向"读者中心论"做了铺垫;狄尔泰的生命阐释学把理解的重心从对语言文本的理解转向对历史的理解,实际上也是把对人的理解(自然也包括对读者自身的历史性的理解)纳入阐释学的框架中;海德格尔的此在阐释学把理解和解释看作人类此在的

---

① 洪汉鼎:《编者引言:何谓诠释学?》,载洪汉鼎主编《理解与解释:诠释学经典文选》,东方出版社,2006,第3页。

生存结构,看作此在对自身各种可能性的筹划,这是从本体论的意义上揭示阐释活动的关系规定性;而伽达默尔"效果历史""视域融合"等概念更是对关系规定性在阐释学领域的创造性深化。"阐释学循环"是西方阐释学史上一以贯之的核心概念。它的基本含义是,阐释过程既无绝对的起点,也无绝对的终点,是一个周而复始、回环往复、不断延展、无休无止的循环。阐释学循环最形象的一个喻象大概就是词典,对任何一个字词的解释都必须借助于其他字词,无始无终,相互纠缠。一般而言,阐释学循环描述的是在对一个特定文本进行解释时,理解者对作品整体的把握必须借助于对作品各部分的理解,而对部分的把握也必须借助于对作品整体的理解。当然,这里面也包括,对此一部分的理解必须借助于对彼一部分的理解;反之亦然。弗拉西尼乌斯较早阐述了这个问题,他把文本视为一个有机体,并指出循环原则体现在理解过程的每一个环节,其核心是整体与部分之间的循环。施莱尔马赫则明确指出,部分与整体在理解过程中互为前提,相互促进,形成理解的循环运动,这是理解和阐释的一个重要原则。这实际上已经为阐释循环的内涵扩张埋下了伏笔,因为,一切理解("一切"显然意味着不仅仅是对文本的理解)的循环在本质上都可以视作部分与整体之间的循环。狄尔泰把阐释学循环扩展到阐释活动中理解与经验的关系上,其中包含三种相互依赖的关系:语词与文本的循环、作品内容与作者心理的循环、具体作品与作品类型的循环。海德格尔认为,对特定文本的理解永远会受到理解者前结构的制约,完美的理解不是消除了整体与部分之间的循环,而是这种循环的充分实现。前结构概念则使得阐释学循环进一步扩张。伽达默尔继承了海德格尔的观点,他认为前见并不意味着一种错误的判断,其既具有否定价值,又有肯定价值,传统与理解之间的循环关系是必不可少的。他指出,阐释学循环不仅仅是方法论意义上的循环,而且描述了理解中的本体论结构因素。至此，阐释学循环的意义大为拓展，也大为深化，它至少包含三个层次的关系：(1)语词段落（部分）与文本（整体）之间的循环；(2)文本（部分）与历史语境（整体）之间的循环；(3)阐释者的理解（部分）与历史传统（整体）之间的循环。

由阐释学循环概念的演变，我们可以清晰地看到，西方阐释学的发展过程实际上就是阐释学循环的深化过程，是文本的关系规定性不断扩展的过程。文本由已经完成了的定型的流传物，变成了它与历史语境、它与阐释者、它与阐释者所处的历史传统之间的关系规定性。阐释学循环既具有方法论意义，又具有本体论意义，就其性质而言，它实际上是基于"时间之流"的理解方式。所谓"时间之流"，区别于"时间之点"，它是一种有别于"流俗的时间经验"（海德格尔语）的观念。如果说"时间之点"强调时间的外在性、客观性、一维性和稳定性的话，"时间之流"则强调时间的心灵性、主体性、多向性和流变性；如果说"时间之点"强调作为"点"（片段）的历史对于客观事物的限定性的话，"时间之流"则强调作为"流"（前后贯穿）的历史对主体的关系性。"时间之流"的观念把认识主体自身的历史性推到了极致。

"时间之点"发端于亚里士多德，"时间之流"肇始于奥古斯丁，前者是物理时间，后者是心理时间。奥古斯丁认为时间不是自在之流，而是心灵的延展，是对心灵中固定印象的度量；没有"过去""现在""未来"，只有"记忆""注意""期望"；心灵活动如此，人的一生如此，人类历史亦如此。奥古斯丁的观点沉寂了一千年后，才在康德那里得到回响。叔本华、尼采、柏格森、狄尔泰、胡塞尔等人成就了这种思想。海德格尔、伽达默尔的时间哲学则彰显出这种转折的历史意义。奥古斯丁使"将来"对于"现在"和"过去"具有优先地位，这让我们隐约看到了海德格尔所谓人是"朝向未来"的存在的观点；而在海德格尔看来，存在的意义只有在特定的存在者（此在）那里才得以领悟和展开，而时间是阐释此在的前提条件。就此而言，"时间之流"构成了西方阐释学内在的价值观和方法论——至少从浪漫主义运动开始就是这样子。这一点，实际上就连同伽达默尔有着很多争论的哈贝马斯也是承认的："诠释学研究的主要旨趣是维护和扩大可能的、指明行为方向的谅解的主体通性，并以这种旨趣来揭示现实"，"为了同技术的认识旨趣相区别，我们称这为实践的认识旨趣"。[①] 这实际上是说，阐释是一种借助历史认识现实，并最终面向未来的过程。在这个过程中，"时间之流"区别于"时间之点"的特性得到充分体现。

至此，我们从两个角度分析了西方阐释学对关系规定性的重视，一是读者视角，即对文本与读者关系的重视；二是历史视角，包括文本与历史的关系、阐释者与历史的关系这两个层次。其实，阐释者与历史这一角度，也可以看作第三个角度，它是前两个角度的混合视角。通过对这三个视角在阐释活动中的功能和意义的揭示，西方阐释学把对关系规定性的关注贯彻到底，也把对历史性和历史主义的关注贯彻到底。这与中国训诂学的语义本位构成了强烈反差。如果说中国训诂学经历了"从文本历史性到作者历史性"这样一个演变过程的话，西方阐释学的着眼点则是经历了"从文本历史性到作者历史性，再到读者历史性"这样一个更复杂的过程，导致了文本阐释活动中"物与人的彻底历史化"。

至此，我们也可以清楚地看到，对于西方阐释学以及与此密切相

---

① 约尔根·哈贝马斯：《认识与旨趣》，转引自洪汉鼎主编《理解与解释：诠释学经典文选》，东方出版社，2006，第236页。

关的整个西方人文科学而言，历史主义是一把双刃剑，它同时造就了客观主义与相对主义两种对立的历史观和阐释观。

结论

回到文本阐释活动本身。阐释是居间说话。共识以及由此产生的公共性是阐释的根本属性和内在目的。阐释的公共性和阐释的边界相互确认。阐释的边界不是边缘清晰、亘古不变的一条红线，而是确定性与非确定性之间的合理平衡，是特定时空中文化稳定性和历史变动性之间的暂时企稳，而这种合理平衡和暂时企稳归根结底，来自于文本自在规定性与关系规定性之间的相互制约。中国训诂学和西方阐释学分别沿着"语词之链"与"时间之流"两条路径，着眼于自在规定性和关系规定性两种性质，各有各的成就，也各有各的局限。事实上，在中国学术传统内部也存在着类似的争辩。前有"今古文之争"，后有"汉宋之争"，说到底，都是关于"考据"和"义理"的分歧、"微言"和"大义"的纷争、"皓首穷经"和"通经致用"的争执；说到底，是两条路径和两种历史观的争辩。在这个问题上争出个短长，既无可能，也无必要。

但是，需要强调的是，阐释的过程既是一个居间说话者面向受众的表达过程，同时也是一个必须不断回到文本（对象）的自我证明的过程。阐释不是阐释者本人脱离文本的单语独白，而是阐释者的感受、理解与文本语言符号体系之间的相互征服。这是因为，居间说话者必须在被阐释的文本或者对象当中不断找到能够证明自己的阐释的材料。哪怕这些材料只是零散的碎片，阐释者也要用自己虚构和想象的能力在这些碎片之间建立起联系，让这些碎片看上去能够支撑自己的阐释。一旦不能找到这种材料，或者不能建立起至少表面合理的联系，阐释过程就可能戛然而止，正在建构中的意义大厦就会面临随时坍塌的风险。正因为如此，一直鼓吹文本的开放性的艾柯在面临"过度阐释"的围猎时，也不得不很肯定地说"一定存在着某种对诠释进行限定的标准"[①]。这种限定的标准，说到底，就是文本的自在规定性。

强调文本的自在规定性，并不意味着文本的结构一定是有机统一的，更不意味着文本的意义是单一的或者封闭的。文本的自在规定性既非单一的作者意图或者世界指涉，亦非单一的语言形式或者历史语境，它是这四者既相互配合、相互佐证，又相互侵犯、相互斗争的统一体。正是由于文本自在规定性的这种复杂特征，它恰恰为文本意义的开放性提供了依据，为读者解读的创造性提供了基础。或者，我们可以更准确地说，文本的自在规定性在为阐释活动关上几扇窗的同时，却为文本意义的敞开打开了更多的门。由此，谈"义理"必须先谈"考据"，谈"阐释"必须先谈"训诂"，欲"通经致用"必先"皓首穷经"。以丰富的语言材料做论据，"例不十，法不立；例外不十，法不破"[②]，不托空言，不打诳语，中国训诂学以文字为本，本立而道生，本失则道亡，这种精神传统在"后"学盛行的今天，具有特殊重要的意义。对于建构具有中国特色和当代形态的中国阐释学而言，立足中国资源，关注中国问题，尊重文化差异，强调世界眼光，在借鉴西方阐释学的成就与进展的同时，踏踏实实地汲取中国训诂学的精神、方法、理论和概念，是不可或缺的重要途径。

---

① 艾柯等：《诠释与过度诠释》，王宇根译，生活·读书·新知三联书店，2005，第42页。

② 参见王庆《黎锦熙先生的名言"例不十，不立法"的来历和讹传——兼谈王力先生〈汉语史稿〉改"法不立"为"不立法"》，《广东教育学院学报》2010年第2期。

张跣

1970年生,2004年毕业于北京师范大学文学院文艺学专业,获博士学位。现为中国社会科学杂志社文学部主任、中国社会科学院大学教授。主要研究领域为西方文论、文化研究,主要著作有《萨义德后殖民理论研究》(2007)、《网络社会的文化转型》(2012)等。

中国文论经验的内涵构成与价值取向

时胜勋

近年来,中国学术文化自觉逐渐增强,探讨中国学术文化的自主性、话语权等问题渐成学术热点,其中一个趋势是对文论的"中国经验"问题进行探讨。这一探讨本身拓展了中国文论研究的"经验路径",但问题的关键在于:包括文论"中国经验"在内的中国文论经验何以可能?因此,本文所要尝试解决的问题就是考察中国文论经验为何出场、它有何种内涵、有何价值取向等问题,并为今天的中国文论研究提供某种参考。

一、为什么要讨论中国文论经验?

中国文论经验问题是文论"中国经验"讨论的深化。关于文论的"中国经验"已经有不少学者做了探讨,① 并且多数将文论"中国经验"导向文学及文学批评,这无疑说明中国文论建设的经验研究趋势的某种共识。另,不少关于中国文论经验的讨论都指向历史经验,比

---

① 刘淮南:《文论建设与"中国经验"》,《湘潭大学学报(哲学社会科学版)》2016年第6期。段吉方:《"中国经验"与当代中国文论话语体系构建》,《探索与争鸣》2016年第12期。孙士聪:《当代马克思主义文论的中国经验》,《中国社会科学报》2017年9月29日004版。李永新:《本体阐释与马克思主义文论研究的中国经验》,《江西社会科学》2018年第6期。

如西方文论的中国化、马克思主义文论的中国化等。①

总体而言，学界对文论"中国经验"的讨论拓展了文论研究的"经验路径"，增强了文论研究的反思性和自觉性。不过，文论"中国经验"也有限度，其过于宏观性的表述以及集中于文学或许并不能完全呈现文论经验自身的复杂性和丰富性。因此，问题的探讨方向也就从文论"中国经验"到了中国文论经验，深入到文论经验的细微神经与内在机制，从个体文论经验（即文论家经验）考察中国文论经验，有效沟通中国经验与个人经验的内在联系，并为文论"中国经验"的具体落实提供参考。显然，提出中国文论经验不仅基于某种思考的推进，更基于迫切解决中国文论发展方向（实践性、社会性、文化性等）的现实需要。

那么，何谓中国文论经验呢？经验并不是一个专业术语，而是生活词语，指"由实践得来的知识或技能"（《现代汉语词典》）。引申而言，经验是主体在实践过程中所产生的一系列的感受（感觉、感知）、体验（内化、积累、沉淀、升华）、表述（方法、策略）及成果（文本），四者是整体的。我们说某人经验丰富就在于他感受敏锐、体验深邃、表述独特、成果丰富，四者缺一不可。进而言之，所谓文论经验就是文论家在文论话语实践过程中产生的一系列的感受、体验、表述及成果，至于中国文论经验就是中国文论家在文论话语实践过程中产生的一系列的感受、体验、表述及成果。对此，赵宪章讨论过（中国古代）文艺学的"经验方法"（自下而上），此方法与"科

---

① 杨水远：《百年中国特色文论建构的资源抉择及其历史经验》，《文艺争鸣》2019年第11期。

学方法"（自上而下）相对。① 俞兆平讨论了中国文学研究中的"唯理主义"与"经验主义"，前者偏重理论的抽象演绎，后者偏重文论家个体（学案）的经验梳理。② 由此而言，中国文论经验不是纯粹理论上的演绎（思辨性），而更近于归纳总结，与研究对象保持更密切多样的联系。

当然，中国文论经验并不限于此。那么，中国文论经验究竟有怎样的内涵和价值取向？这些内涵与价值取向是否可以使中国文论经验成为可能并有益于中国文论的发展呢？就成为不得不面对的问题了。

二、中国文论经验的内涵构成

中国文论经验的内涵构成是复杂的，为便于理解，本文拟从专业经验、文学经验、哲学经验、社会生存经验、生命文化经验五个层面做初步探讨。当然，五者的关系并非完全是平行的，而是立体纵深贯通融合的，意在破除文论经验的单一性尤其是当前的专业主义局限。

1. 专业经验的学术意识

文论经验中最主要的经验就是专业经验，即对古今中外文论自觉研读并进行学术拓展，兼顾历史性与创新性。就其大者而言，文论经验首先要触及的是文论甄别、整理、分类的标准问题。哪些著作可以被归入文论，哪些不可以？这是关于文论是非的问题。

除了甄别之外，还有一个涉及价值认定的问题，也就是文论的高下、正误、经典非经典之分。这在中外文论研究中表现最为突出，

---

① 赵宪章：《论中国古代文论作为文艺学经验方法的历史属性》，《文艺理论研究》1990年第4期。

② 俞兆平：《中国文学研究中的唯理主义与经验主义》，《天津社会科学》2016年第2期。

比如中国文论是不科学的、不严谨的，西方文论是科学的、严谨的，等等。这种价值认定特别需要注意的是其"可适用性"，不能以偏概全，而应实事求是，具体问题具体分析，就某一个问题做出细致入微的探讨，看各家是如何解释的，择善而从之。在文论价值认定上，没有一种总体上或整体上都是正确的文论，任何一种文论也未必都一无是处，而是要重视其启发性。

文论学术经验还与知识形态密切相关。就中国当代文论（特别是教材）而言，文学理论脱胎于"文学概论"，是对文学的概要式、总括式的理解，是比较偏重于知识性的，后来随着西方当代文学理论（批评理论）的涌现，二者合二为一，才导致今天的局面。在形式上，文论叫文学理论（方法论），在实质上，文论是文学概论（知识论）。西方文论不是"文学概论"的变体，而是各类哲学、理论的变体。这导致作为方法论的西方当代文论与作为概论式的中国当代文论并不一致。在西方是复数的文学理论（流派与方法论），在中国则只有一种文学理论（即概论式、统合式的）。中国文论也就在这种单一化、绝对化的经验中越走越窄。它只能大综合，却不能开宗立派。今天的学术文论或许就是强化问题意识，强调百家争鸣、百花齐放，开拓新知，鼓励各种各样的探讨，增强文论知识生产的活力。

文论学术经验关涉文论的逻辑（方法论）自洽性问题。所谓逻辑自洽性就是文论需要有自己的问题意识、思路方法，把知识融会贯通，成一家之言。实际上，在形态方面，逻辑问题就出现了。在通行的话语中，古代文论的优秀遗产、西方文论的优秀资源、马克思主义的基本原则，三者要和谐相融。但从实际情况来看，中国文论经验还处于中西、古今二元紧张冲突之中，缺乏一个逻辑支点，一味追求大而全，不能很好地处理中西古今文论及其与社会现实的关系。这必然导致文论知识的夹生饭或者拼凑状态，浮于现实的表面，既缺乏逻辑深度，也缺乏历史感。

最后，文论学术经验联系着文论家总体的学术成就，这是对前此四个方面的提升。一位文论家穷其一生所实践的文论经验（问题意识、研究方法、学术成果、人格魅力等）值得总结。文论家研究（学案体）也应该成为今天文论经验的重要方面。在这方面，文论界对西方文论家和中国古代、现代文论家注意较多，对当代文论家关注不够。

2. **文学经验的本体意识**

今天文论界考虑最多的都是文论专业经验（学术、学科、话语），但是文论经验并非只局限于文论，还有很多经验需要触及，其中讨论最多的是文学经验。文论本就是文学经验的理论总结，并且要面对文学经验，从本体性角度而言，文学经验才是文论的对象性基础，无文学则无文论。

文学经验就是对古今中外文学的阅读、鉴赏、批评以及自身的文学创作。阅读、鉴赏经验容易，批评较难，最难是创作。文论家的文学经验在今天是比较匮乏的，因此才有理论家强调文论应该更多地接触文学——"接地气"。然而，无论如何呼吁，鉴于目前学科制度的设计，文学史（文学批评、当代文学）与文学理论学科分工的现实，绝大多数的文论家不会对文学作品进行系统的研读，这一情况背后的体制问题值得深究。

客观而言，专业文论家是中国当代学科分化的结果，这一学科化主要是来自于苏联传统而非民国传统。民国传统的文学概论主要由以研究中国文学见长的中国文学批评史兼任，在今天台湾地区的高校中文系中，大体是这种学科格局。显然，专业文论家的出现并非是普遍的。西方之所以有浓厚的批评家文论（至少是在20世纪60年代之前），而缺乏纯粹的专业的理论家文论，主要在于西方批评与理论是不分家的（他们也没有将文学理论专门化的传统），前者是实用批评，后者是理论批评或批评理论，这种批评优于并高于理论的传统，使西方文论家都有很强的专业的（英语或比较文学）文学史及文学批评史的训练。只是最近几十年西方文论呈现哲学化、跨学科化才逐渐偏离文学，而遭遇困境。①对于西方自身耳熟能详的文学经验，中国当代文论家却很难操作。这种学科上的制度设计虽一时难以改变，但这不是文论家贬低、轻视、远离文学经验的理由。

如今，文论家的文学经验普遍匮乏，充其量也只是零星的阅读或者批评，创作几乎没有。文学经验的匮乏导致的最大问题是文学与文论的分家，文论言不及义（文学）。而在当代西方和中国古代，文学经验都是必备的。西方批评理论有很强的文学阅读、批评经验，比如艾略特、萨义德、巴特、米勒等，都有细致的阅读分析，尽管也不排除用该作品来诠释自己的理论。对中国文论家而言，似乎创作更重要，比如古代的刘勰、苏轼等，还有近代以来的鲁迅、闻一多等。前者（西方批评理论）可以称之为批评家文论，后者（中国文论）可以称之为作家文论。不过，除了批评家文论、作家文论，现当代中国盛产理论家文论，其中最主要的是马克思主义文论家与美学家，比如现代的冯雪峰、蔡仪、周扬等，当代的王元化、蒋孔阳、钱中文、胡经之、童庆炳等，他们都有着深厚的马克思主义素养，其中有的理论家还有文学批评乃至创作经验，比如童庆炳创作小说。今天的文论家多数都属于理论型文论家，熟悉各种理论（马克思主义及其他西方理论），但批评与创作的实际经验相对不足。

---

① 朱立元：《远离文学和文本：对当代西方文论困境的一点反思》，《华夏文化论坛》2017年第1期。

虽然随着批评理论乃至文化研究等思潮的盛行，越来越关注社会问题，似乎文学经验已经越来越不重要了，理论可以忽略文学了，但其实这只是一个方面，批评理论未必就不涉及文学。比如西马理论家本雅明就很注重经验批评，特别"关注作家从写作的、从艺术运行的法则中，有没有建立在个人的真正的体验基础之上"。[①] 显然，作家个体经验仍然很重要。本雅明是在文学经验（面向作家和文学）的基础上形成自己的理论。可见，经验文论仍然发挥着重要作用（阅读、人文、思想等）。

对文论（包括人文学在内）而言，文学的阅读、批评、创作始终不可或缺，文论知识可能有不涉及文学的，但文论家却并非置身于文学的真空之中，那种声称不涉及文学的文论家其实早已经涉及文学，从小开始的文学熏陶教育就有文学，它是文论的前理解、语境、潜意识。如果我们将文学经验自觉化，能够更多地阅读、批评、创作，这种潜移默化的影响（比如审美意识、人生感悟、人文关怀等）对文论的实践是有必要的。如果持续地远离作为人学的、人文学的文学，对文学理论的生产是有害的，它会损伤文学理论自身的文学感兴灵敏度，最终为了理论而牺牲了文学、牺牲了感悟力和诗意，陷入本体迷失的境地。

3. 哲学经验的形上意识

虽然理论家文论长于理论，但其未必就是哲性的。哲性的文论需要更多的哲学经验，以提升文论的哲学品格。哲学经验可以使文学理论更加偏重于文学哲学，即关注什么是文学？（本体论）文学何为？（目的论、价值论）文学何在？（场域论、语境论）这些问题都是有

[①] 周志强：《伪经验时代的文学政治批评——本雅明与寓言论批评》，《南京社会科学》2012 年第 12 期。

哲学内涵的。当代中国的文学理论也有类似体现，比如有学者探讨"元文论""元文学学""文学理论学"等。还有一些内容涉及文学的广阔的哲学内涵，比如文学与人生、文学与价值、文学与世界等等。如果说专业层次的文论学术经验瞄准文论的是非、好坏、形态、逻辑的话，那么文论的哲学经验无疑涉及形而上的、普遍的、总体的维度，在此意义上，文学理论本身就是文学的哲学。

从历史上说，中国文论家的哲学经验并不匮乏，儒释道本身就具有哲学的内涵，专业的文论家比如刘勰，就有很深的儒学、佛学素养。近代以来，中国文论家虽然批评家文论并不发达，但哲学家文论是存在的。从哲学资源上说，中国现当代文论家的哲学素养集中于马克思主义哲学及西方近现代哲学，这是其优势，但问题是缺乏自身的哲学实践，也即中国化、个性化的马克思主义哲学及近现代哲学。中国当代文论家多数都止步于专业经验与文学经验，而很难在哲学经验上有所拓展。中国文论家的哲学素养（而非哲学知识）普遍不足，既是哲学家（美学家）又是文论家、文学家（诗人）的三栖型人才，少之又少。中国大多数哲学家往往是哲学史家，且多集中于哲学本源问题（唯心唯物等），很少像冯友兰、唐君毅、钱穆、徐复观等这样还有自己的文学艺术思考的新儒家式的哲学家，这被称为"新儒家诗学"。① 而这样的哲学家（当然不限于新儒家）则可能形成独到的文论（艺术理论、美学）成果，比如张世英的哲学思考就有文学艺术的内容。②

哲学经验的整体性、超越性必然促进文论对文学艺术有更深厚全

---

① 胡晓明：《重建中国文学的思想世界如何可能——以新儒家诗学一个案为中心的讨论》，《文艺理论研究》2002 年第 6 期。

② 张世英：《艺术哲学的新方向》，《文艺研究》1999 年第 4 期。

面透彻的看法。从知识性质上说，20世纪以来的西方文论从内在性而言又是一种哲学。比如解构主义，就不仅仅是文论，也是哲学。解构主义文论不止于文论经验（关于文学自身的），还有一层是哲学经验（破除二元对立等）。哲学经验体现了文论家的哲学思考，在这种思考中，文论家也成为哲人、思者。哲学经验意味着，必须要有自己的一整套的关于文学、人文、社会等的思考，有自己的真实感触。文论的哲学经验的深厚与否决定着文论的深浅高下。也就是说，哲学经验越丰富、深厚、独特，对于文论的理解也就越丰富、深厚、独特。不了解、不体悟哲学，如何谈文论？

今天的文论对话不仅仅是文论层面的对话，实际上还涉及我们对生存其中的人类整体文化世界的理解，这是属于哲学高度的。文论家应该对文学艺术有总体性、整体性或跨学科的综合考量，从哲学高度看待文学，探讨文学艺术在整个世界当中的位置、在整个人类历史中的位置、在当代历史链条中的位置。可以说，哲学经验的存在对于扭转文论学科化、封闭化的倾向是有益的。

4. 社会生存经验的意义延展

专业、文学、哲学经验还着眼于知识层面，实际上并没有脱离社会生存经验的人，文论家也是如此。所谓社会生存经验就是个体对社会的熟悉、把握、体验、介入、超越的程度，是历人世、历人事。社会生存经验是以自身进入社会为前提的。这个进入既包括被动（即耳濡目染、适应）的进入，也包括主动（改变）的介入。因此，社会生存经验是融入了自身的感觉体验的。

社会生存经验是多种多样的、纷繁复杂的，关涉自身所接触到的各种社会生存境况，文论家对自身所置身其中的世界有所认识，并自觉将其与文论的思考联系在一起，比如文论家的文化经验、生活经验、求学经验、工作经验、人际交往经验等等。这些经验是否能给文论的知识生产带来影响呢？答案是肯定的，比如胡适如果没有留学美国（哥伦比亚大学时期），跟从杜威学习，以及其受到中国文学熏陶等等，也就不会有后来的新文论发难了。[①]关注文学的时候都还要关注作家论、创作论，而关注文论家的时候就只关注结果，这显然很难找到文论的生存场景、问题意识，生生将文论研究从人文学框架中抽离，成为符号、概念的无限增生。其实，从更深层次上说，社会生存经验是文论经验的某种独特诱因。社会生存经验引发了文论家的思想转向、兴趣点的转移。

　　文论的时代性很强，但这个时代性必须经由文论家的社会经验来把握。变革时代给学术提出的挑战也大，社会各类矛盾层出不穷，无疑激发着学术的能动性与创造性，比如礼崩乐坏的先秦诸子时代。可以说，文论家的思考带有很强的社会性，但社会巨变并非完全有利于文论，社会局势上的不必要的反复，并不能有效促进文论，过于频繁的社会变化无法使文论沉静下来，而总是浮光掠影地关注社会问题。相反，过于平稳的社会也无助于文论。在平稳时代，文论家日益学者化、学院化。因此，面对时代性宜动中取静、稳中求变。这就需要有敏锐感知世界的意识。即便如康德，尽管社会经验极其匮乏，但他还是敏锐感受到了启蒙运动所引发的世界剧变，并通过自身的思考实现了思想范式的转变，这是康德的过人之处。灵敏度强，一叶知秋，独领风骚，相反，灵敏度弱，只能随波逐流。感觉迟钝，遇到问题往往形成从众心态。敏感度强，不会人云亦云，而是在任何地方任何领域都可以发现问题。文论家如果有较强的社会经验灵敏度，那么他就可以从自身社会经验获得新的问题。在这方面文论可以向诗人学习，诗

[①] 胡礼忠：《胡适、杜威与实验主义：哥伦比亚大学时期》，《史林》2005年第4期。

人是感受世界变化的先知,还要向美术学习,美术有"写生"传统,接触大自然,接触社会,文论家应该有一种"写生"的意识,深入生活,走向基层,走向群众,感受包括自己在内的人们的情绪情感思想的变化。

倡导文论的社会经验就是强调文论的知识能够依傍于广阔深厚的社会生活,而不是窄化在符号、概念中。今天的文论出现问题,在一定程度上也是社会经验不充分、敏感度不够的问题。其实,理论的思考必然有生活的基础,如果生活的基础不充分、敏感度不够,设想在理论上有所突破,这是很难的。王阳明心学的发端在于龙场悟道:"始知圣人之道,悟性自足,向之求理于事物者误也!"这否定了此前一直进行的外向的格物致知探讨,而最终抵达"致良知",从而开辟了"心即理,心外无物"的心学思潮。[①] 这种社会生存经验就是对原有理论经验的穿越、突破。不能设想一个没有社会生存经验而只有理论经验的王阳明。

5. 生命文化经验的境界提升

实际上,王阳明龙场悟道的经验已经触及了文论的生命文化经验,这种独属于个人精神性的东西,是社会生存经验的超时空升华。生命文化经验就是以个体性的思考将文论放置在人类文化的历史之中加以考量,是生命性与文化性的合一。生命文化经验就是对生命本身价值地基与意义归宿的思考,它能够超出当下的经验,能看到历史,看到未来。生命文化经验是关于自身的,是切身性、切己性的,使得文论进入一种天地、人文、个体合一的高妙境界。

文论的生命文化经验是超越性的,是超越于世俗的,超越于学科

[①] 陈立胜:《王阳明龙场悟道新诠》,《中山大学学报(社会科学版)》2014年第4期。

之上的，探寻文论的终极价值，即我们的文论写作究竟是为何而存在的？与我自身的关系如何？写作能否使得个体微弱的生命得以超越？概言之，就是文论写作的形而上（终极的、文化的）追问的问题。孟子为何发出"如欲平治天下，当今之世，舍我其谁也"（《孟子·公孙丑下》）的诉求？韩愈为何写《原道》？钱穆为何临终前要写《中国文化对人类未来可有的贡献》？这都有一种空前的文化生命思考，关乎儒家道统、文脉的接续传承发扬问题。这种生命文化经验自然是超越学科、超越一时一地的，自觉将思考纳入历史文化精神史的范围。生命文化经验使得我们真正实现与古往今来的文论家建立起生命文化联系，我不再是一个忙于教学科研、做项目的人，而是和孔子、孟子、刘勰、韩愈、张载、章太炎、钱穆一样，都处于同一文化共同体之中，思考着人与文化（意义、价值）的命运问题。在此意义上，他们不是我们的研究对象，他们是我们的老师，甚至精神的引领者。

质言之，生命文化经验就是学术何为、人文何为、思想何为、文论何为的问题，是关于个体思考的人文的意义问题。实际上，我们很少思考今天写的论文究竟有何文化意义，更多地关注学术意义或工作考核意义。如果不发表、不出版，就毫无意义。但是，我进行写作只是因为我想写作，我愿意写作，我渴望写作，我热爱写作，写作是我生命的流泻与喷薄，是受到文化的召唤，不得不如此，这就是文论的精神。这在今天可能太不合时宜了，热爱、献身，恍若隔世。在古代，文论家是圣人，是士，是君子，是文人，在今天，文论家不只是研究者，还应是知识分子，是知识的传承者、整理者、创造者，是与历史上一切文论思想者处于同一生命与文化的共同体之中，"把自己置于历史情境之中"，去发现真正的历史真实。[①] 这种生命化而非主

---

① 黄宗智：《问题意识与学术研究：五十年的回顾》，《开放时代》2015年第6期。

客观对立式的意识使得我们的写作具有更强的自觉性、感受性，从而能够真正看到文论的文化精神。或许秉持这种"立言""立身""立命"意识，就能在千年不绝的中国文化史、精神史、思想史的脉络上依稀看到你我并不孤单的身影。

三、中国文论经验的价值取向

以上从专业经验到生命文化经验，也许在有些人看来，似乎已经离文论越来越远了，当务之急仍然是中国文论的学科建设、话语建设等重大问题。但是，我认为这不是越来越远了，而是越来越近了。这个近不是世俗功利之近，而是人文意义之近。孔门十哲之一的子夏说："博学而笃志，切问而近思，仁在其中矣。"（《论语·子张》）其实，本文只是"博学而笃志，切问而近思"的一个粗浅注脚罢了，而最终的目的亦不过是"文论亦在其中矣"，而这或许正是中国文论经验的根本，其所指向的正是中国文论的价值与精神。

其一，中国文论经验彰显了"通"的精神。子夏所言的学、志、问、思是结合在一起的，融会贯通，同样，不同层面的中国文论经验也是如此。五种经验皆备（通）有三方面的含义，一是强调专业与超专业的整合。专业并非坏事，古人讲"术业有专攻"，但又强调"君子不器"。今天学科分化，日益专业化，但专业并不是目的，超专业就需要我们跨出文论的狭小世界，去关注文学、哲学、社会、文化等问题，这是作为人文学的文论的必然要求。二是强调知识与社会的整合，强调现实性、本己性的关切。文论研究者不仅关乎知识，也关乎社会，同时将社会经验纳入知识建构之中，这样的知识才是活生生的知识，是知行（社会性）合一的。三是强调学科与文化的整合。任何学科都有悠久的文化起源，文论研究不能仅仅着眼于当下的学科，还要往历史深处追寻，寻找一以贯之的文论精神血脉。文论经验的"通"使得中国文论经验呈现一种生机勃发的状态。

其二，中国文论经验彰显了"近"的精神。"近"是子夏所言的"近思"。"近思"有三义，一指要考虑当前的事，这是其迫切性，二指要对习知易见或习焉不察的事物有所思，这是反思性，三指由近及远之思，即古人所说的"千里之行始于足下""行远必自迩"，这是过程性、循序渐进、逐渐深入。就其本意而言，经验就是"近思"，而中国文论经验也更应该"近思"。当然，"近"的精神又不限于"近思"。近不仅是距离之近，即"贴近"，而且也是一种态度之近，即"亲近"。不"贴近"，经验无法形成，不"亲近"，经验就浮光掠影，二近合一就是"切近"。中国文论经验需要"贴近"和"亲近"文学、哲学、社会生存、生命文化，就是近其文、近其道、近其时、近其命。正是因为近，中国文论自身的经验才是丰富的，才是理论的"源头活水"。

其三，中国文论经验彰显了"诚"的精神。这是经验本质规定性所揭示的，因为经验就是亲身经历、感同身受，所以是"诚"。中国古人说"修辞立其诚""诚于中而形于外""唯天下至诚，为能经纶天下之大经，立天下之大本，知天地之化育"等。这些都是强调经验的内在性和本源性。中国的理论（知、智）也是强调内在的，如"知之者不如好之者，好之者不如乐之者""格物、致知、诚意、正心""致良知"等。最高的"知"应该是好之、乐之，也应与诚密切相关。可以说，"诚"正是中国文论经验的心理本体依据之一。

中国文论经验所彰显的"通"（融通）、"近"（切近）、"诚"（内在）之精神既是中国文论知识本源之所在，更是中国文论安身立命之所在。中国文论经由五重经验的摄入、储备、内化，所指向的不单是中国文论的知识生产、学科创新、学术话语建设，更是指向着中国文论高远的主体精神境界。这种高远的主体精神境界不仅是中国文论经验何以可能的重要依据，而且是克服当下文论过分理论化、学科化、片面化的内在定力，对未来中国文论的发展有着重要的意义关切和价值引领作用。由此而言，探讨中国文论经验也就不再是一件好高骛远之事，而是一件切近切己之事了。

时胜勋

1978年生，2009—2011在清华大学人文学院中文系从事博士后研究。现为北大中文系长聘副教授、研究员，主要研究领域为文艺理论、文艺美学，主要著作有《现代中国文论话语》（2018）、《审美的境象》（2022）等。

在时间之外
—— 王国维论宋诗

周景耀

翻阅王国维著述，可以看到，相较于词学、戏曲学等的深入而系统的研究，关于他的诗学研究则非常薄弱。具体到宋诗，虽然在王国维的阅读史中，宋诗分有一席之地，①但有意思的是，他却未对宋诗进行过专门讨论，即便偶有片语论及，亦多以负面意见为主。可以说，宋诗在其设定的文学史的谱系之外，此与其对于宋代金石学与戏曲学的态度形成鲜明对比，为何如此，值得深思，可惜学界至今无人讨论。虽王国维谈论宋诗处极少，但从他有限的意见里面，可供思考的层面却十分丰富，可谓言简义丰。

我们在梳理王国维的宋诗论述时，更着意探究是何种观念为其论述提供了支持。在此过程中，不可回避的一个问题是，其论述在宋诗学术史上如何定位，亦即若将之视为从传统向现代转型中的过渡人物，那么，他有关宋诗的一鳞半爪的意见是不是已经有别于传统而具有了现代意味？这对于接踵其后的宋诗研究产生了怎样的影响？

---

① 由《静安藏书目》和《王静安先生手校手批书目》可知，王国维至少阅读过王禹偁、二程、黄庭坚、苏轼、陆游、陈师道、朱熹、陆九渊、吕祖谦、秦观、范成大、杨万里、姜夔、汪元量等宋人诗文集。《王国维全集》第 20 卷，浙江教育出版社、广东教育出版社，2010。

一

王国维在《沈乙庵先生七十寿序》一文中对晚清遗老的代表人物沈曾植再三致意，虽然他对沈氏崇仰有加，且以师礼事之，但对沈诗之态度却前后相异。

1914 年在写给沈曾植的信中，他自述从沈氏给罗振玉的信中读到《秋怀》诗，认为《秋怀》组诗可谓佳作，尤其对其中"道穷诗亦尽，愿在世无绝"一句倍加赞赏："始知圣贤仙佛，去人不远。"[①] 与此同时，他又撰文进一步申说这三首诗，认为沈氏为孔、孟、释迦一类人物，故他认为，将其比作黄庭坚、陈师道是"皮相"之见，王国维此论显然针对罗振玉之论而发。罗振玉认为沈氏之诗兼具山谷、后山之长，这是极高的评价，黄庭坚、陈师道可谓是宋诗的形象大使，是江西诗派"一祖三宗"中的其中"二宗"，罗氏将之比作山谷、后山，与彼时诗学氛围是契合的，或说他对以沈氏为代表的同光体诗派之诗学宗趣与诗学渊源并不陌生。王国维对此不会不知，但他认为沈氏非黄庭坚、陈师道一类人物，应在更高的层面理解他，此非孤例，早在《人间词话》中，王国维就曾以类似的口吻对宋徽宗、温庭筠、韦庄等人的作品与后主李煜的词进行过比较：

> 尼采谓："一切文学，余爱以血书者。"后主之词，真所谓以血书者也。宋道君皇帝《燕山亭》词亦略似之。然道君不过自道生世之戚，后主则俨有释迦、基督担荷人类罪恶之意，其大小固不同矣。

> 词至李后主而眼界始大，感慨遂深，遂变伶工之词而为

[①] 王国维：《致沈曾植》，《王国维全集》第 15 卷，浙江教育出版社、广东教育出版社，2010，第 68 页。

士大夫之词。周介存置诸温韦之下,可为颠倒黑白矣。①

两相比对,发现已转向国学研究的王国维,其诗学评价标准并未发生根本变化。他认为沈氏《秋怀》诗"意境深邃而寥廓",如李煜词之"眼界始大,感慨遂深";沈氏如同"孔、孟、释迦一辈人",亦即后主"俨有释迦、基督担荷人类罪恶之意"。据此,沈氏与李煜似可归为一类,宋徽宗、温庭筠、韦庄、黄庭坚、陈师道等人归为一类。这种"大小固不同"的二元性思维方式在王国维那里是如何产生的呢?罗钢先生认为王国维这种评价深受叔本华悲观主义哲学的影响。②

在叔本华哲学中,"意志"犹如康德哲学中的"自在之物",是第一位的和最本原的形上本体,是世界的内在本质,永不变动,"一切表象,不管是哪一类,一切客体,都是现象。唯有意志是自在之物",因此"意志"是"一切表象,一切客体和现象,可见性,客体性之所出"。但这个意志客体化的过程并不顺利,在意志与目标之间常横亘着障碍,欲求所受到的"阻抑叫作痛苦"。因意志无止境,故欲求意味着"缺失",永无满足之日,没有最后的目标,"所以痛苦也是无法衡量的,没有终止的",③如何摆脱意志带来的痛苦呢?途径之一是借助艺术获得解脱之道。王国维亦持类似看法:"自然中之物,

---

① 王国维:《人间词话》,《王国维全集》第1卷,浙江教育出版社、广东教育出版社,2010,第465页。

② 罗钢:《传统的幻象:跨文化语境中王国维诗学研究》,人民文学出版社,2015,第226页。

③ 叔本华:《作为意志和表象的世界》,石冲白译,商务印书馆,1982,第163、422、425页。

互相关系，互为限制。然其写之于文学及美术中也，必遗其关系、限制之处。"①故可从艺术中"得其暂时之平和"，这是"一切美术之目的也"。那么，什么人能创作出表现理念与本质的艺术作品呢？叔本华认为只有天才可以，常人不能。天才与常人对世界的认识存在高下深浅之别，天才的认识是摆脱了一切欲求与利害关系关乎事物本质的纯粹认识，其认识获得的是"完美的客观性"，作为认识的主体，天才是纯粹的，是"明亮的世界的眼"。常人关心的是眼前现在，他的认识里只有特殊事物，而天才"知人之所不能知，而欲人之所不敢欲"，故其痛苦最深，对痛苦的感受亦常人难及。此即王氏所说："夫天才之大小，与其知力、意志之大小为比例，故苦痛之大小，亦与天才之大小为比例。"②

王国维正是在天才"最痛苦"的意义上界定李煜及其作品，他以尼采"血书"之说"来说明李煜所体验痛苦的深度"，③继而得出宋徽宗之痛苦与李煜之痛苦"其大小固不同"的认识，此"大小"之别即叔本华所言之天才与常人之分。这种分别在艺术创作时，体现为天才能借助不同的艺术形式表现（复制）理念，把握世界本质，以便把"现象中徜恍不定的东西栓牢在永恒的思想中"，这是"天才的性能"，④而常人不能，常人在艺术中表现的不过是"域于一人一事"的

---

① 王国维：《人间词话》，《王国维全集》，第1卷，浙江教育出版社、广东教育出版社，2010，第462页。

② 王国维：《叔本华与尼采》，《王国维全集》第1卷，浙江教育出版社、广东教育出版社，2010，第93页。

③ 罗钢：《传统的幻象：跨文化语境中的王国维诗学》，人民文学出版社，2015，第227页。

④ 罗钢：《传统的幻象：跨文化语境中的王国维诗学》，人民文学出版社，2015，第227页。

特殊事物而已，此即所谓"小"者也。据此，王国维认为罗振玉以山谷、后山看待沈曾植是"皮相"之见，而当以圣贤、释迦一类人物目之，这说明两者对世界或痛苦的认识程度是不同的，此与其论李煜词在观念上是一致的，所遵循的同为叔本华意义上的天才、常人的二元逻辑。

正因天才、常人的二元逻辑先行进入王国维的思想世界，才使之与罗振玉对沈曾植诗的评价出现重大分歧。这个分歧表现在，当王国维视沈曾植为圣贤、释迦一类人时，他事实上已经目之为天才似的人物了，山谷、后山因不能与之比肩也便无法进入天才之列。这种大小高低的二元性区分在罗振玉那里并不存在，因他没有割裂沈曾植与宋代诗人之间的诗学联系，而王国维的阐释理路显然割断了这种联系，沈曾植也因此从传统诗学的时间中走了出来。王国维的这种做法是否合理暂不讨论，但他对宋诗态度由此不难体察——既然宋诗的形象代表如山谷、后山者离天才尚远，可知宋代的天才诗人实在稀缺，宋诗中"感慨遂深"之作自然也就不多。就此，他认为有宋一朝唯苏轼一人可入天才诗人之列，余者皆不入流，因此宋诗在他眼里"佳者绝少"，他说"五季、北宋之诗，（除一二大家外）无可观者"，[①]并对陈子龙"终宋之世无诗"[②]之说表示认同。综上，王国维之所以整体上对宋诗评价不高与他秉持的天才观念脱不了干系。

---

① 王国维：《文学小言》，《王国维全集》第14卷，浙江教育出版社、广东教育出版社，2010，第96页。

② 王国维：《人间词话》，《王国维全集》第1卷，浙江教育出版社、广东教育出版社，2010，第476页。

二

两年后,王国维对沈曾植的诗表现出不满之意。给罗振玉的信中,他说:"乙老甲寅以后诗稿亦已借得,佳者仅十余首,余则应酬之作居多。《壬癸稿》亦已觅得,恐亦有应酬之作在内,可知精到之作自不能多耳。"[①]他认为宋诗佳作绝少,原因之一与此相类,即宋诗已"应酬"的"羔雁之具",与"羔雁之具""应酬"等同的概念还有"文绣的文学""餔餟之文学"等说法,这些在王国维眼里皆非真文学,他强调一切学问"皆能以利禄劝",唯独哲学与文学不能。翻阅中国文学史,他认为中国传统诗人"无不欲为政治家",此乃"我国人之金科玉律",基于此,他将除北宋一二大家之外的宋诗排除在"真文学"之外。以陆游为例,虽然王国维对陆诗很下过一番功夫,但陆诗在其诗学世界中却处于边缘地位,一个重要的原因是他认为陆诗不够纯粹,有太多"忠君爱国、劝善惩恶之意"。他指出在中国传统中,"如此者,世谓之大诗人矣。至诗人之无此抱负者,与夫小说、戏曲、图画、音乐诸家,皆以俳优、倡优自处,世亦以俳优、倡优畜之,所谓'诗外尚有事在'、'一命为文人便不足观'"。[②] 置于传统视野内,陆游可称为大诗人,但这种认识在王国维那里发生了颠倒,在他看来,这一"诗外尚有事在"的"金科玉律"使得陆诗不够纯粹与独立,这或是他虽爱诵剑南诗却未给予其过高评价的原因之一。他对宋诗的整体评价亦如此。且不论王国维对宋诗的了解是否足够深入,所论是否合乎实情,就其以"真文学"为基准对宋诗"羔雁之具"的

[①] 王国维:《致罗振玉》,《王国维全集》第15卷,浙江教育出版社、广东教育出版社,2010,第238页。

[②] 王国维:《论哲学家与美术家之天职》,《王国维全集》第1卷,浙江教育出版社、广东教育出版社,2010,第132页。

定性而言，其评价理路已然超脱传统诗学观念之外。王国维秉持的"真"的文学观，强调文学无功利性，这在其美学思想中占据重要位置，正因此标准的进入，宋诗成为"羔雁之具""餔餟之文学"而不足为道，"诗外尚有事在"的诗学传统亦因此成为中国"美术"不发达的绊脚石。

从王国维有限的言说中可知，不独沈曾植，他对同光体诗派的其他诗人的诗亦不以为然："近世诗人如陈伯严辈，皆瓣香江西，然形貌虽具，而于诗人之旨殊无所得，令人读之索然兴尽。"①他批评陈三立等人对于宋诗仅停留于"形貌"的因袭仿造，得其形而失其神。若王国维对沈曾植及宋诗"羔雁之具"的批评源自审美无功利论，那么，对陈三立等人的批评则体现了进化思想对其文学观念的影响。

当 1898 年王国维进入以培养翻译人才为主要目的的东文学社时，严复翻译的《天演论》在这一年出版，在此之前，进化观念已成为晚清社会的主要思想潮流，此书的出版，进一步助推了"物竞天择，适者生存"的思想在中国的传播。王国维也看到，严译《天演论》的出版"一新世人之耳目"，是彼时中国思想界的重要事件，青年王国维也不可避免地受其影响，如在东文学社期间，他曾抄录刚出版不久的严译《天演论》，学习如何译书。②他对进化论的领会及进化论对其治史之影响，便在随后代罗振玉为日本学者那珂通世的《支那通史》一书所作序言中有所呈现。或是出于对进化观念的服膺，1903年斯宾塞去世后，他为其撰文立传，在传文中重点介绍了斯氏的进

---

① 王国维：《东山杂记》，《王国维全集》第 3 卷，浙江教育出版社、广东教育出版社，2010，第 423 页。

② 陈鸿祥：《王国维全传》，人民出版社，2007，第 81 页。

化思想。① 同时，他认为严复译《天演论》"造语之工者固多，而其不当者亦复不少"，比如将"Evolution"译为"天演"就不当，译为"进化"更符合其"本义"。② 这些表明王国维对进化思想的认识与理解相当深入。亦可说，进化观念已经深深地植入青年王国维的思想世界，这不光体现为其早年史观的进化意味，当他用"能动""受动""凋敝""停滞"等词汇评述中国思想史发展的不同阶段时，③ 进化观念便为其所论提供了思想支持。

或是受进化观念的影响，他才会批评以陈三立为代表的晚清宋诗派诸人之诗因袭仿造没有新意，抑或借此宋诗被王国维清除出文学史谱系。他指出某一文体"通行既久"，习套增多，模式化、程式化在所难免，后起者受"习套"影响而难有新意，只能因袭仿造，即便天才似的"豪杰之士"亦难以摆脱这种影响，其解脱之道是别为"他体"。他即认为宋代诗歌"兼尚技术之美"，而无唐诗自然之趣。④ 因此，立足于文体"始盛终衰"的观念，他将宋词视为宋诗之替换，"染指""习套""新意"等是支撑这一观念的关键词。据此，乃有其基于文学进化意味上的"一代有一代之文学"之论，⑤ 在王国维眼里

---

① 王国维：《近代英国哲学大家斯宾塞传》，周锡山编校：《王国维集》第二册，中国社会科学出版社，2008，第210页。

② 王国维：《论新学语之输入》，《王国维全集》第1卷，浙江教育出版社、广东教育出版社，2010，第127-128页。

③ 王国维：《论近年之学术界》，《王国维全集》第1卷，浙江教育出版社、广东教育出版社，2010，第122页。

④ 王国维：《宋代之金石学》，《王国维全集》第14卷，浙江教育出版社、广东教育出版社，2010，第315页。

⑤ 王国维：《宋元戏曲史·序》，《王国维全集》第3卷，浙江教育出版社、广东教育出版社，2010，第3页。

任何文体的发展都是有盛有衰的过程,"后世莫能继"即是对文体进行的一种进化论式的论述,亦即文体发展有先有后轨迹可循,其轨迹体现为一种线性的时间意识,在此意识内,各种文体在一个有序的、有升有降的、有生有死的链条上前后相继,且后继之文体优于先前之文体,谷永对此阐释道:"凡一种文学其发展之历程必有三个时期:(一)为原始的时期,(二)为黄金的时期,(三)为衰败的时期,此准诸世界而同者。原始的时期真而率,黄金的时期真而工,衰败的时期工而不真,故以工论文学未有不推崇第二期及第三期者;以真论文学未有不推崇第一期和第二期者。先生夺第三期之文学的价值而予之第一期,此千古卓识也。"① 此论指出了王氏文学发展分期的依据,宋诗因"兼尚技术之美"而近于"工",又因"宋人不知诗而强作诗"而失情感之"真",就此观之,宋诗当处于诗歌发展史上的"衰败"期,被宋词取代也便理所当然。而其论词尊北宋抑南宋,理亦如此,即其所谓"自南宋以后,斯道之不振久矣",因"气困于雕琢""意竭于模拟也"。② 立足于这种从此端到彼端的始盛终衰的诗学逻辑,宋诗被王国维从文学进化的谱系上抹除了。

  如果说王国维文学之始盛终衰论的内在依据是"真"与"工",那么,这两个概念在王国维的诗学体系中所指为何?它们在王国维评价宋诗的过程中是如何进一步呈现的?为什么宋诗之"工"意味着其衰败呢?

---

  ① 谷永:《王静安先生之文学批评》,《大公报·文学副刊》第23期,1928年6月1日。
  ② 王国维:《人间词甲稿序》,《王国维全集》第1卷,浙江教育出版社、广东教育出版社,2010,第681页。

三

王国维论述文学时，常以二元对立思维待之。在文学进化的链条上，与"真"文学相对的是"模拟"的、"雕琢"的、"技术"的文学，"真"文学是一种朴素的、原初的、本乎自然的、未经习染伪饰的文学。如王国维认为元曲时有"真挚之理与秀杰之气"流露于其间，故其可称为"中国最自然之文学"，①在王国维那里，"真"与"自然"是意义等同的概念。他说纳兰性德因初入中原，"未染汉人风气"，故其作品"能真切如此"，即能"以自然之眼观物，以自然之舌言情"，②故其词"悲凉顽绝，独有得于意境之深"。③在这里，王国维将自然分为两方面，一则为"自然之眼"，关乎"观物"，一则为"自然之舌"，关乎"言情"，在《人间词话》里由前者延伸出的是"真景物"，后者指向的是"真情感"，王国维认为诗词境界之有无的衡量标准即在此两端，核心是"真"。罗钢先生认为，王国维对源于西方"原始主义"自然观的信奉，致使其以二元对立的思维评价文学问题。在 18 世纪德国狂飙运动和欧洲浪漫主义文学中，原始主义的"自然观"风靡一时，其核心是提倡回归一种"热烈的、非理性的自然"，追求一种"纯朴、充满力量和生机勃勃的文学"，呼唤回归自然、回归人纯朴的心灵，此观念在以拜伦为代表的浪漫主义诗人

---

① 王国维：《宋元戏曲史》，《王国维全集》第 3 卷，浙江教育出版社、广东教育出版社，2010，第 113 页。

② 王国维：《人间词话》，《王国维全集》第 1 卷，浙江教育出版社、广东教育出版社，2010，第 476 页。

③ 王国维：《人间词乙稿序》，《王国维全集》第 14 卷，浙江教育出版社、广东教育出版社，2010，第 683 页。

那里被高度推崇，而王国维从拜伦那里接受到这种思想。① 同时，与这种自然观密切相关的西方自然天才理论也为王国维所接受，与自然相对的是模拟、雕琢与人工，与天才相对的与此大抵相似，王国维即言"社会上之习惯，杀许多善人。文学上之习惯，杀许多天才"，天才的自然性使之与规则、习套相对立，故"阅世愈浅，则性情愈真"。② 正因纳兰处于汉风熏染之外，故王氏之为"豪杰之士，奋乎百代之下矣"。③ 也因此纳兰能"以自然之眼观物，以自然之舌言情"，此为天才独具之能力，与此直接相关的是天才能"感自己所感，言自己所言"，其创作具有独创性，而一般诗人则做不到这一点，如宋代诗人。

在王国维眼里，宋诗之所以尚"技术"、殆为"羔雁之具"、失唐诗自然之趣，根本原因是宋代诗人中几无"豪杰之士"，除苏轼外，宋代诗人无一人符合天才的标准，其作品也便称不上"真"文学。亦即能否写出"真景物""真情感"是王国维衡量作品有无意境的准绳，若以此论，则宋诗整体上与意境无关。为何"真景物""真情感"是判定"意境"有无的依据呢？此须进一步探究王氏对"意境"的认识。王国维以"能观"定义"意境"，"能观"意指"语语可以直观"，亦"不隔"之谓也，④ 在《人间词话》中表述为"语语都在目前，便是

---

① 罗钢：《传统的幻象：跨文化语境中的王国维诗学》，人民文学出版社，2015，第164-166页。

② 王国维：《人间词话》，《王国维全集》第1卷，浙江教育出版社、广东教育出版社，2010，第465页。

③ 王国维：《人间词乙稿序》，《王国维全集》第14卷，浙江教育出版社、广东教育出版社，2010，第683页。

④ 王国维：《〈人间词〉〈人间词话〉手稿》，浙江古籍出版社，2005年，第78页。

不隔"。① 王国维的"不隔"说渊源有自，实本于叔本华，"直观说"是叔本华的重要思想。在叔本华看来，艺术与科学这两种认识世界的方式其本质区别在于能否直观。具体而言，艺术之知识全为"直观之知识，无概念杂乎其间"，科学与之相反，其所表者"概念而已矣"。换言之，艺术所表者，既非概念，又非个象，而"以个象代表其物之一种全体"，故"在在得直观之"，如"建筑、雕刻、图画、音乐等，皆呈于吾人之耳目者。唯诗歌（并戏剧、小说言之）一道，虽藉概念之助以唤起吾人之直观，然其价值全存在于其能直观与否"。② 科学借助概念认识事物，艺术经由直观认识世界，叔本华抑前扬后，认为前者因借助概念，故只能认识事物的表象，后者则通过直观发现真理与事物之本质。对此王国维阐释道："叔氏谓直观者，乃一切真理之根本，唯直接间接与此相联络者，斯得为真理，而去直观愈近者，其理愈真。"③ 在将艺术认识视为直观认识的基础上，王国维进而凸显"观"在直观中的重要性，即"目之所观"的重要性，也因此，在《人间词话》中他将"语语可以直观"改为"语语都在目前"。作为衡定有无意境的另一原则是"真情感"，王国维借助叔本华"观我"的思想，将之与"真景物"并置论述。正如能够被直观之景物是"真景物"一样，能够被直观的感情即为"真感情"，"能观"或曰"不隔"是二者共同的追求，因此"真景物"意指"语语都在目前"，"真情感"则意味着情感的直接抒发，只有如此，方能使人易于直观其本

---

① 王国维：《人间词话》，《王国维全集》第1卷，浙江教育出版社、广东教育出版社，2010，第472页。

② 王国维：《叔本华之哲学及其教育学说》，《王国维全集》第1卷，浙江教育出版社、广东教育出版社，2010，第50页。

③ 王国维：《叔本华之哲学及其教育学说》，《王国维全集》第1卷，浙江教育出版社、广东教育出版社，2010，第45页。

质。这就是他所说的"写情则沁人心脾,写景则在人耳目,述事则如其口出是也"。①是故,能"观物"、能"观我",故文学之"工不工"、"意境之有无"及意境之"深浅"藉此而定,因此,有意境的作品当"语语明白如画,而言外有无穷之意"。②

王国维对直观中视觉重要性的突出,其灵感也来自叔本华,叔本华即认为在人的五官中"视觉占据着最高地位"。换言之,只有天才有能力借助画面和形象重现具有独创性的直观知识,亦即唯天才"能感自己所感,言自己所言",而常人能感之,却不能写之。这也是王国维分境界为诗人境界与常人境界的依据,它们对应的是"天才"和"常人"。王国维以此为标准,认为宋诗的审美价值不高,因为宋代大部分诗人未能达到"诗人之境界",故没有能力创作出"语语都在目前"的有"意境"的诗歌。至此亦明,前文提及的王国维对晚清宋诗派"于诗人之旨殊无所得"的批评,所指即在于此。

若"不隔"与"直观"相应,"隔"则与"直观"相悖,作品意境之有无由此衡定。在王氏看来"隔"的产生,源于在诗词中使用代字与典故,对此他多有论述,聊示两例,以为说明。代字问题:"词忌用代字,美成《解语花》之'桂华流瓦'境界极妙,惜以'桂华'二字代月耳。"用典隶事:"人能于诗词中不为美刺投赠之篇,不使隶事之句,不用粉饰之字,则于此道已过半矣。"③王国维反对在诗词中使用代字和典故,因为"典故是从前人的文本中挑选出来的,它们

---

① 王国维:《人间词话》,《王国维全集》第1卷,浙江教育出版社、广东教育出版社,2010,第477页。

② 王国维:《宋元戏曲史》,《王国维全集》第3卷,浙江教育出版社、广东教育出版社,2010,第114页。

③ 王国维:《人间词话》,《王国维全集》第1卷,浙江教育出版社、广东教育出版社,2010,第470-478页。

被组织在新的文本中，但作为独立的意义单元，它们仍然可以从新的文本中被寻找和筛分出来。和概念一样，它们既是抽象的、间接的，又是因袭的、模仿的，在王国维眼中，它们就成了文学中的'隔'或者说'不能直观'的代表"。① 而使用代字和典故是宋诗的特质之一，但在王国维视域内，却是使之相"隔"于意境之外的重要因素。宋诗中使用代字和典故的情形，大抵就是严羽对宋人"以文字为诗，以才学为诗，以议论为诗"的批评，并提出以"兴趣"说加以纠偏，但王国维对此不以为然，认为"犹不过道其面目，不若鄙人拈出'境界'二字，为探其本也"。② 无论"兴趣"还是"境界"，皆针对宋诗"以文字为诗，以才学为诗，以议论为诗"之特质而发，此特质与强调语语如画的境界论，在精神气质上无疑相隔甚深，宋诗被隔绝于"境界"之外也便不足为奇。

四

综上，我们认为王国维评判文学的"新范式"是建立在审美无功利论、线性的文学史论、天才论、意境论等思想之上的。他以这些新观念为镜像，映照出宋诗诸多弊病，因与此镜像相悖，宋诗走向其背后，在文学"升降"的过程中被替换与遗忘，借此，宋诗在王国维的视野内形同无物也便不难理解。当王国维借助西方观念"重估"中国传统文学时，这些观念事实上先行帮他设定了文学发生时间轨迹，他借此创造了一套新的文学史叙述逻辑。在王国维绘制的文学史的谱系

---

① 罗钢：《传统的幻象：跨文化语境中的王国维诗学》，人民文学出版社，2015，第71-72页。

② 王国维：《人间词话》，《王国维全集》第1卷，浙江教育出版社、广东教育出版社，2010，第463页。

中，宋诗存在的正当性是可疑的，宋诗因此没有自己的时间、位置与意义而失其所是，这无疑对宋诗实施了一种"暴力性"的重构，大部分宋诗从此被否定与打压。亦即王国维通过将重重叠叠具有互文性的文学史时间切割成界限明晰的时间段落，建立起一种线性的文学史观，而宋诗外在于他设定的时间段落，"外"在于他所持有的那些诗学观念之外。进而言之，正是上述那些思想观念，形成王氏异于传统诗学观念的、强调"真"文学的内在理路与逻辑起点，它们捆绑在一起，构成一股巨大的合力，既推动了现代宋诗研究范式的形成，也在中国文学传统向现代转化过程中担负着重要作用，成为审视、筛选、重构中国文学传统的一组重要的观念性力量。它们赋予中国文学以新面目与谱系，而同时肢解了中国文学传统的合法性，就此而言，这种谱系的形成，类似一种隐含的暴力运作的过程，只是这种暴力借助观念来执行其宰制性的诗学谱系的规划。如对建立在天才论之上的"诗人之旨"和建立在意境论之上的形象思维的强调，即影响到宋诗的现代接受，宋诗学问化、说理化之特质因之暗而不彰，尤以宋人不懂形象思维、宋诗"味同嚼蜡"的论断最具代表性。为了让宋诗符合现代诗学观念，我们看到，百年来的宋诗选本在选目的取舍上皆程度不同地回避那些学问化和说理化的诗，一个极其鲜明的例证是，绝大部分宋代理学家的诗未能出现在现代宋诗的选本中。

梁启超尝言，王国维的思维方式纯然是现代的，对于"现代文化原初动力之科学精神，全部默契，无所抵牾"，[①]王国维持有的西式诗学观念即是"现代文化"的重要构成部分。有论者据此认为，当王国维借助这些观念讨论文学问题时，"实在乃是极富于革命精神的，所以李长之便曾经说王氏'提出史的文学时代的观念，是后来文学革命

---

① 梁启超：《国学论丛王静安先生纪念号序》，《王国维全集》第20卷，第208页。

的导火索'",这对于"中国后来的白话文学运动,以及小说戏曲之研究当然都有极大的影响"。① 这是说王国维的诗学观与文学革命在精神气质上的一致性,周光午就此指出王氏"持论甚伟,盖五四运动诸公之先知先觉",故"新文化运动"之"第一把交椅"理当属于他。② 此行为的革命性与其说变传统为现代,不如说是变中国为西方,主客易位,中国诗学之特质在此过程中被遮蔽或重造,其合法性面临危机。抑更有可论者,以西方观念为基准建立起来的关于传统的种种系统完备的新说,事实上非但与传统有云泥之别,甚或存在着走向传统对立面的可能。此即陈寅恪所谓"其言论愈有条理统系,则去古人学说之真相愈远"。③

时至今日,那些思想观念未曾远去,反而通过各种方式植入后人的意识之中,成为一种共有的认知世界的方式,在理解和阐释传统时发挥着"再生产"作用。一直以来,我们将那些观念作为观看世界的不言自明的前提,王国维设置的范式与议题也一再构成我们言说的真理与起点,却未能真正地省思、质疑、追问那些观念、范式、议题得以产生和存在的历史语境和文本语境。若不能挣脱观念的牢笼,转变视角,更换义理系统,传统将依旧与我们相向而行渐行渐远,无论我们的论证多么周全严密,构筑的体系多么高大宏伟,传统依然是虚构的,它依然沉默不在场,依然漂泊于时间之外,与你我相见不相识。

---

① 叶嘉莹:《王国维及其文学批评》,北京大学出版社,2014,第219页。
② 周光午:《我所知之王静安先生——敬答郭沫若先生》,《王国维全集》第20卷,浙江教育出版社、广东教育出版社,2010,第283-285页。
③ 陈寅恪:《金明馆丛稿二编》,上海古籍出版社,1980,第247页。

周景耀

1981年生，2014年毕业于清华大学中文系文艺学专业，获博士学位。现为宁波大学人文与传媒学院副教授。主要研究领域为文学理论、中国现代学术史，在《北京大学学报》《文学评论》《中国现代文学研究丛刊》《清华大学学报》等期刊发表论文十余篇。

晚唐：开放的诗学传统

李裕政

一

西方美学理论家莫里斯·韦兹在《理论在美学中的作用》一文中，根据维特根斯坦的学说，提出了关于概念的封闭性与开放性的区分。什么是封闭性的概念呢？韦兹指出，"如果使用一个概念的充分与必要条件可以陈述出来，那么这个概念就是封闭的（closed）"。开放性的概念与之相反，"如果一个概念的使用条件是可校正和可修改的，那么它就是开放的（open）"。[1] 举例来说，"唐代诗歌"可以看作一个封闭性的概念，因为它的充分和必要条件都是可以确定的，它为一个历史的时代所限定，有明确的时间起讫。而"诗歌"这样的概念则是开放的，它在不同的历史和文化中具有不同的内涵，而且随着时代的发展不断地更新。

如果根据这种划分，那么"晚唐"这一诗学概念理应属于一种封闭性的概念。尽管人们对晚唐的定义有种种分歧，但是，作为中国诗歌史上的一个特定时段，在经历了一段时间的诗学历史建构之后，它

---

[1] Morris Weitz. "The Role of Theory in Aesthetics." The Journal of Aesthetics and Art Criticism, 1956(XV), p.31.

获得了相对稳定的性质，仍然具有自己的时间起讫，它的内涵也是大致确定的。例如，学者通常将李白和杜甫归入盛唐，而不大可能说他们属于晚唐诗人。① 但是，晚唐诗歌似乎并不安于这种封闭性概念的地位，而是很快在中国诗歌史上转化成为一个开放性的概念。比如在南宋末年的诗坛上，兴起了盛行一时的永嘉四灵诗派。所谓四灵，指的是永嘉地区的徐照、徐玑、赵师秀和翁卷。如果从时代上来说，他们都属于南宋诗人，而当时的批评家如戴复古、张端义、陈模、陈振孙、刘克庄等人，都认为永嘉四灵做的是"晚唐诗"。他们之所以这样说，是因为四人在诗歌创作上师法以姚合、贾岛为代表的唐代诗人，这些诗人在当时的诗学语境中被归为晚唐诗人代表，因此永嘉四灵形成了一种与晚唐诗歌相类似的艺术风格。他们的这个说法，使得原本属于封闭性概念的晚唐，具有了一种历史的开放性，堂而皇之地走入了唐代以后的中国诗史。从此之后，它作为一种持续性的存在，在宋、明、清各个历史时期，都不断地顽强地呈现出来。除了南宋末的永嘉四灵和江湖诗人以外，明末以钟惺、谭元春为代表的竟陵派，清代乾隆后期以山东高密三李为代表的中晚唐诗派，清末以樊增祥和易顺鼎为代表的晚唐派，都被命名为诗学晚唐的潮流，而其间竟然跨越了将近千年的漫长历史。在唐代以后的中国诗学传统中，尽管地位和影响不同，却只有盛唐、宋诗和晚唐诗呈现出这种持续性和开放性。换言之，在唐以后的中国诗学中，晚唐诗构成了其中的一个独立的具有开放性的传统，构成了这一时期中国古代诗歌和诗学不可或缺的一个重要组成部分。

---

① 南宋的孙奕在《示儿编》中说"杜公伤唐末之离乱，故作诗史也"(吴文治编：《宋诗话全编》，江苏古籍出版社，1998，第6009页)，将杜甫纳入晚唐；今人章培恒、骆玉明在《中国文学史》(中) 将杜甫纳入中唐来讨论 (复旦大学出版社，1997，第102-103页)，但他们的说法在古今唐诗学研究中并非主流。

二

在对宋初至清末的晚唐诗观的历史描述中，我们把这种晚唐诗观的发展概括为四个阶段，即奠基期、过渡期、转折期和完成期。在这一历史过程中，前人对晚唐诗的评价，整体上呈现出一种前低后高的趋向。

宋代是中国古代文学批评史中晚唐诗观的奠基期。在这一时期，宋人关于晚唐诗的诸多看法都具有开创性的意义。比如，在"唐末""唐季""唐之晚年""唐晚"等诸多说法中，最终逐渐趋于统一，第一次提出"晚唐"这一诗学概念；第一次运用"晚唐"这一诗歌批评的术语来批评本朝人学习晚唐诗歌的创作实践（苏轼认为王安石暮年七言诗"终有晚唐气味"[①]）；第一次出现后人自觉地标榜和学习晚唐诗歌的诗学现象（杨万里对具有"晚唐异味"[②]的七绝的鼓吹和效仿）；第一次产生学习唐人诗歌而得名"晚唐"的流派（陈振孙以"晚唐体"来命名永嘉四灵学习姚合、贾岛的五律而形成的诗派[③]）；第一次建立批评晚唐诗的二元对立模式（严羽构建了盛唐与晚唐二元对立的批评模式），等等。宋人不管是关于晚唐的诗学概念、诗学实践还是诗学批评，在后世都不乏嗣响。就整体而言，宋人的晚唐诗观中呈现出两种对立的价值取向。一种是对晚唐诗和后人学习晚唐的诗学实践持肯定的态度，比如欧阳修对唐之晚年的诗人讲究精意和锻炼的欣赏，杨万里对具有晚唐异味的唐人李商隐、宋人王安石的七绝的

---

① 赵令畤：《侯鲭录》卷七《书荆公暮年诗》，中华书局，2002，第182页。

② 杨万里撰，辛更儒笺校：《杨万里集笺校》卷二七《朝天续集·读〈笠泽丛书〉三首》，中华书局，2007，第1377-1378页。

③ 陈振孙：《直斋书录解题》卷二十，上海古籍出版社，1987，第609页。

赞赏和效仿，徐鹿卿认为晚唐诗可以作为杜甫之外的有效补充。但不可否认的是，抱着这种价值取向的批评家少之又少，相对于第二种占据诗学主流的态度来说，只是一种边缘性的存在。第二种价值取向与第一种刚好相反，对晚唐诗和后人学习晚唐的诗学实践秉持否定的态度。例如，黄庭坚提出杜甫与晚唐二元对立的批评模式，俞文豹以诗衰导致世衰来批评晚唐，严羽更是"截然谓当以盛唐为法"①，提倡以盛唐为师而黜置晚唐。第二种价值取向，尤其是严羽的说法，俨然是明代七子派的前身，后代尊盛黜晚论者都是严羽之说的注脚。这两种对立的价值取向，构成了晚唐诗在评价和实践两个方面的吊诡，亦即晚唐诗学实践的兴盛与晚唐诗批评的贬斥，这两者之间存在着巨大的落差。②

　　金元时期的晚唐诗观，以元初的方回和元末的杨士弘的理论最为重要，在中国文学批评史中具有承上启下的意义。作为江西派后劲的方回，一方面继承宋人的晚唐诗观，尤其是对宋人学习晚唐诗的批评态度，回溯式地构建起宋人学习晚唐诗的历史谱系，从宋初到宋末，分别是宋初晚唐体、四灵、江湖，他们学晚唐而成就日况愈下。另一方面，他又将宋人学晚唐诗的历史谱系，回推至唐代，把贾岛作为晚唐诗人的代表，并把杜甫作为晚唐和江西诗派共同的源头，认为晚唐

---

① 严羽著，张健校笺：《沧浪诗话校笺》，上海古籍出版社，2012，第185页。
② 参见李裕政《何为晚唐——中国古代文学批评史视域中的晚唐诗观研究》第2章，清华大学博士论文，2019，第10-74页。

是"偏"①是"傍支别流"②，而江西则是"正脉"③是"正派"。④在这两个历史谱系中，方回都区分了晚唐诗学群体的价值等级，目的在于尊崇杜甫及得其正脉的江西诗派，而斥责从贾岛到四灵和江湖的支派。方回对于晚唐诗学谱系的双重建构，尤其是宋人学晚唐诗的历史建构，成为后人论及宋人晚唐诗观和宋代诗学史时不可或缺的蓝本。元末的杨士弘通过编选唐诗选本《唐音》来表达其唐诗观念，其晚唐诗观有两个方面值得注意。一是提出"唐初""盛唐""中唐""晚唐"的说法，同时将四者分为"唐初和盛唐""中唐""晚唐"三类，并在晚唐诗观的发展史上第一次明确标注时间起止范围，"晚唐"第一次得到较为明确的时间界定。这一唐诗分期，是四唐分期的雏形，直接影响明代高棅四唐说的提出。二是把以声观世的诗学传统和诗歌体裁相结合，将唐诗划分为"始音""正音""遗响"三种，只在《正音》中按照诗歌体裁和三唐顺序来收录诗歌。杨士弘选诗，详盛唐而略中晚唐，这一点也为明人选唐诗时所继承。尽管方回和杨士弘的诗学出发点不同，但相同之处在于，二人对于晚唐诗都抱着否定性的价值取向。这种价值取向，既是对宋人的继承，同时也是明人的先声。⑤

明代是晚唐诗观的转折期，这一时期的晚唐诗观发展脉络以前后

---

① 方回：《桐江续集》卷三十二《送罗寿可诗序》，《影印文渊阁四库全书》第1193册，台湾商务印书馆，1986，第662-663页。

② 方回选评，李庆甲集评校点：《瀛奎律髓汇评》卷十六评陈与义《道中寒食二首》第二首，上海古籍出版社，2005，第591页。

③ 方回：《桐江续集》卷十五《次韵赠上饶郑圣予沂并序》，《影印文渊阁四库全书》第1193册，台湾商务印书馆，1986，第402-403页。

④ 方回选评，李庆甲集评校点：《瀛奎律髓汇评》卷十六评陈与义《道中寒食二首》第二首，上海古籍出版社，2005，第591页。

⑤ 参见李裕政《何为晚唐——中国古代文学批评史视域中的晚唐诗观研究》第3章，清华大学博士论文，2019，第75-111页。

七子派为界,分别以高棅、七子派、竟陵派为核心,划分为前期、中期和后期三个阶段。在第一个阶段,明初的高棅基于宋人严羽和元人杨士弘的唐诗分期,确立了"初唐""盛唐""中唐""晚唐"的四唐说。从盛唐到晚唐,时代的先后同时也意味着价值的高下,二者是异形同质。高棅还采用杨士弘将时代和体裁结合来讨论唐诗的作法,分别以时代和体裁作为划分依据来论述晚唐,由此产生了观点的自我矛盾。比如,晚唐的起点到底是元和还是开成?元和的诗人们到底是属于中唐还是晚唐?被归为中唐的姚合与贾岛,其不同的诗体为何或属于中唐,或属于晚唐?尽管存在这些矛盾,有一点却是十分分明的:不管是以时代还是体裁作为讨论晚唐的逻辑起点,最终指向的都是晚唐诗卑的价值取向,因此这一表面上的矛盾恰好是内在逻辑一以贯之的体现。此外,高棅在严羽将盛唐与晚唐二元对立模式的基础上,进一步提出了尊初盛黜中晚的历史评价的准则,这个准则成为前后七子的晚唐诗观的基本框架。在第二个阶段,前后七子在严羽和高棅斥责晚唐的基础上更进一步,断然声称"夫文必先秦两汉,诗必汉魏盛唐,庶几其复古耳"①,对晚唐直接置而不论,偶尔提及也贬词相加,对晚唐的批评被推到了一种极端化和绝对化的地步,晚唐诗的价值遭遇空前的否定,其诗学地位也跌入了历史的最低点。物极必反,在晚唐诗跌入谷底的同时,一种新的历史趋向也开始萌芽,这一倾向在后七子的王世贞晚年对晚唐诗有所肯定和取资时已肇其端。他认为"衰中有盛,盛中有衰,各含机藏隙"②,不能截然区分盛唐和晚唐;认为

---

① 王九思:《渼陂续集》卷中《明翰林院修撰儒林郎康公神道之碑》,《续修四库全书》集部第1134册,上海古籍出版社,2002,第230页。
② 王世贞:《艺苑卮言》卷四,《明人诗话要籍汇编》,上海古籍出版社,2017,第2471页。

就七言绝句来说,二者"各有至者,未可以时代优劣也"①。这些晚年之论,打破了晚唐诗学中将时代和价值绑定的定论,逗漏了晚唐诗观在晚明的新变之兆。因此,到第三个阶段,晚明的批评家反思七子派在四唐分期中尊初盛黜中晚的做法,为一直被卑视的晚唐诗翻案。其中,以竟陵派的影响最大。他们倡导"真中晚",编选《唐诗归》作为诗学指导,以肃清七子派的"假初盛"和公安派的"假宋元"的影响为其旨归。②尽管竟陵和四灵由于时代诗学任务的差异而对晚唐诗的取资有所不同,但二者都分享了同样名为"晚唐"的诗学资源,他们都出现在王朝末年,呈现出一种历史的相似性。③

不管是四灵还是竟陵,由于他们取法晚唐的目的,都是试图在时代诗学主流衰弊之后救偏补弊,具有较大的策略性、功利性甚至极端性,因此他们对于晚唐诗的价值体认是有局限性的,从四灵所宗的姚合、贾岛到竟陵推重的曹邺、马戴,他们取法的晚唐诗人,一蟹不如一蟹,愈发等而下之,晚唐诗的真正价值尚待后人发掘。这一任务,落到了清人身上。首先,清初的批评家反思明人学盛唐而只得其声音肖貌的教训,重新审视明人四唐分期的合理性,发现四唐说是明人尊盛黜晚的理论框架,是其门户之见得以贯彻的基础。因此,清人摒弃"四唐"而选用"三唐"之名,斥责并纠正从严羽到前后七子以来对晚唐诗的偏见和误解。其次,清人开始认真地思考晚唐诗的价值。他们否定明人由盛到衰的单向度的历史观,转而辩证地认识时代

---

① 王世贞:《艺苑卮言》卷四,《明人诗话要籍汇编》,上海古籍出版社,2017,第2470页。

② 钟惺著,李先耕、崔重庆标校:《隐秀轩集》卷二八《与王稚恭兄弟》,上海古籍出版社,1992,第463页。

③ 参见李裕政《何为晚唐——中国古代文学批评史视域中的晚唐诗观研究》第4章,清华大学博士论文,2019,第112-172页。

盛衰之间的关系；他们对盛唐诗、宋诗和晚唐诗的传统采取一种兼收并蓄的态度；他们不但认为"无论初、盛、中、晚，皆可名家"①，承认学习晚唐诗的合理性，同时还指出晚唐诗自有其体裁偏胜之处，尤其是以李商隐为代表的七绝和七律，并不逊色于盛唐，甚至有批评家如叶燮、吴乔等人认为其有过之而无不及，"实可空百代无其匹也"②。他们还颠覆了严羽从上做下和晚唐诗不可为法的观点，提出"登高自卑"③的说法，论证从晚唐上达盛唐这种学诗途径的合理性。再者，清代宽松和开放的诗学氛围，为清人学习和研究晚唐诗提供了良好的环境。他们大量编刻中晚唐诗选本，为学习晚唐诗提供诗学指南，不遗余力地推重和赞赏清人学习晚唐的诗学实践，彻底扭转了宋明两代批评家对本朝人学习晚唐的诗学实践大加挞伐的风气。在这场重新认识和评价晚唐诗的潮流中，清人最重要的贡献是，以比兴传统的视角，重新诠释李商隐诗歌的价值。一方面，在唐诗史中评定李商隐，不仅提出"义山晚唐第一人"④之说，将其树立为晚唐诗歌的最高典范，更有甚者，竟推为"唐人之冠"⑤。另一方面，更将李商隐放到中国古代诗史的链条中审视，说李商隐诗"弘深精妙，上薄《风》

---

① 王士禛口授，何世璂述：《然灯记闻》，丁福保辑《清诗话》，上海古籍出版社，1978，第 121-122 页。

② 叶燮：《原诗》卷四外篇下，丁福保辑《清诗话》，上海古籍出版社，1978，第 610 页。

③ 赖学海：《雪庐诗话》，张寅彭选辑《清诗话三编》，上海古籍出版社，2015，第 6425 页。

④ 叶矫然：《龙性堂诗话》，郭绍虞编选《清诗话续编》，上海古籍出版社，1983，第 979 页。

⑤ 田雯：《古欢堂集杂著》卷二，郭绍虞编选《清诗话续编》，上海古籍出版社，1983，第 704 页。

《骚》,下该沈、宋,升少陵之堂而入其室矣"①,使李商隐所代表的晚唐诗成为中国古代诗学的主流中的有机组成和重要一环。至此,从宋代发展而来的晚唐诗观,最终得以完成。②

三

在上述历史考察的基础上,我们尝试提出下列观点。第一,晚唐诗观在宋初至清末的诗学传统中的发展脉络表明,晚唐诗是在盛唐诗和宋诗之外的一个独立的诗学传统。民国时期,刘衍文曾指出,"宋诗宗派亦多,而人之恒言宋诗者,但专指江西诗派言之耳,此言唐诗之有时专指盛唐而言同一揆也。不明此旨而浑言唐宋,往往胶葛不通"。③在他看来,唐宋诗之争中所谓的唐和宋,实际上分别指的是盛唐诗与江西派。这一说法对后人产生了长远的影响。比如,萧华荣在《中国古典诗学理论史》中,把唐代以后的诗学传统归结为唐宋诗之争。他指出,"唐、宋诗之争,贯穿着整个传统诗学思想发展史的后期"。萧华荣又对唐诗做了具体的规定,认为"所谓的唐诗,主要是指盛唐诗"。④然而,纵观晚唐诗观在唐以后的发展,仅仅依据盛唐诗与宋诗的对立,或者说盛唐诗与宋诗这两种传统,并不能完整地概括这段历史里中国诗学发展的基本面貌。其中最重要的是,他们忽

---

① 钱龙惕:《玉溪生诗笺叙》,刘学锴、余恕诚、黄世中编《李商隐研究资料汇编》,中华书局,2001,第216页。

② 参见李裕政《何为晚唐——中国古代文学批评史视域中的晚唐诗观研究》第5章,清华大学博士论文,2019,第173-231页。

③ 刘衍文:《雕虫诗话》卷一,张寅彭主编《民国诗话丛编》第六册,上海书店出版社,2002,第418页。

④ 萧华荣:《中国古典诗学理论史》,华东师范大学出版社,1996,第12页。

视了在唐代以后的诗学史中源远流长的另外一种诗学传统，亦即晚唐诗学传统。回顾历史，从南宋杨万里第一次自觉地标榜和学习晚唐诗，到南宋末年的永嘉四灵学习晚唐诗而形成所谓的晚唐体，影响了一个时代的诗学风尚。其后，晚唐诗的历史影响一直存在于宋代以后的诗学历史当中。例如，宋末元初的方回，尽管站在江西诗派的立场上对晚唐诗进行批评，但他同时又是第一个构建了宋人学晚唐的完整诗学谱系的批评家。在明代前后七子那里，晚唐诗受到前所未有的严厉斥责，他们秉承严羽所说的"不做开元天宝以后人物"①的训诫，主张"大历以下弗论也"②，几乎将晚唐诗从中国诗学园地里驱逐出去，使文学批评史上对晚唐诗的评价降落到了历史的最低点。但也正是在前后七子中，我们发现了他们诗学观念内部的张力乃至断裂。例如，后七子之一的王世贞在其晚年一改早期尊盛黜晚的立场，转而对晚唐多有恕词，并进而开启了晚明竟陵派重申晚唐诗的历史新趋势。入清以后，晚唐诗获得了一个较前代远为宽松和友好的诗学环境。在整个清代，人们对于晚唐诗的学习和批评一直没有中断，直至清末民初还有樊增祥、易顺鼎等人所构成的晚唐派盛行一时。由此可见，晚唐诗构成了与盛唐诗、宋诗相对峙的另一个重要的诗学传统，贯穿于唐代以后的整个中国诗歌史。所以，仅仅用唐宋之争来概括唐代以后的诗史，是远远不够的。我们应该说，正是盛唐、晚唐和宋诗这三者共同构成了唐代以后诗学历史中相互独立、相互竞争的三种诗学传统。因此，晚唐诗在唐代以后的诗学历史中具有盛唐诗和宋诗所不能取代的独特意义。

---

① 严羽著，张健校笺：《沧浪诗话校笺》，上海古籍出版社，2012，第185、65页。

② 王廷相：《王氏家藏集》卷二二《刘梅国诗集序》，《王廷相集》，中华书局，1989，第417页。

第二，晚唐诗在唐代以后的诗学历史中不仅持续地存在并发挥影响，而且有其独特的存在方式。尽管我们指出，晚唐诗是唐代以后中国诗学的一个重要传统，但这并不意味着它与盛唐诗、宋诗等量齐观，具有同等重要的地位。我们需要指出，从文学批评史的角度来看，从宋代开始，在一个相当长的历史时期内，晚唐诗一直遭受冷落、误解和批评，始终是一种边缘性的存在。和盛唐诗、宋诗不同，它从来没有像江西诗派在宋代和盛唐在明代那样，成为某一个时代的诗学主流。即便它在南宋末年和明末曾经短暂地成为当时的诗学风气，为时也十分短暂。哪怕在诗学观念和诗学风气相对开放的清代，它相较于二者仍然只是一种次要的存在。在清代以前，晚唐诗主要是作为宋代江西诗派和明代复古主义诗学的对立面而出现的。这就是为什么晚唐诗的兴盛，往往是在一个时代的末期，当此前占据主流地位的诗学发生严重危机的时候，作为救偏补弊的一种抵抗性的诗学资源而存在。在宋代，江西诗派以文为诗、以学问为诗、以议论为诗，导致弊窦丛生，从而引起南宋末的永嘉四灵振衰起弊的要求。他们针对江西派的弊端，从晚唐诗里吸取可以与之相抗衡的诗学元素，如对自然景物的细致刻画和对作诗亲切易懂的追求。在明代，前后七子提倡诗学盛唐，结果演变为对盛唐诗徒具形式的模拟，蜕变为人所唾弃的所谓"假盛唐"。竟陵派正是在这样的情况之下，再一次回到晚唐诗学传统中，以抒写性情的"真中晚"来与之相抗衡。不过，在明末，竟陵派提倡"真中晚"，除了与前后七子的"假盛唐"对立之外，也与公安派的所谓"假宋元"相抗衡，凸显了他们试图用晚唐诗来与盛唐诗和宋诗分庭抗礼的目的。在这里，我们不妨回到闻一多关于"为什么几乎每个朝代的末叶都有回向贾岛的趋势"[①]的问题。不过，

[①] 闻一多：《唐诗杂论·贾岛》，上海古籍出版社，1998，第37页。

他主要是从诗人所表现的时代心灵的角度来回答这个问题。而在我们看来，如果从诗学史的内部演进来观察，晚唐的所谓回流，主要还是作为药石，对已经暴露出严重危机的占据时代主流的诗学发挥救弊补偏之用。当然，晚唐诗之所以可以成为救弊补偏的药石，正说明在它的内部包含着盛唐诗与宋诗中所没有的、独特的诗学价值。不过在清代，尤其是在清末民初，对于所谓晚唐派的出现，却不能再用这种理由加以解释。因为在清代，各种诗学潮流趋向融合，晚唐诗也得到了相应的发展，受到人们的重视和研习，与盛唐诗、宋诗已经不再如宋明时期那样一直处于一种对抗性的紧张关系之中，而是逐渐走向和解，三者共同构成了中国古代诗学的多样化品格。

第三，我们发现，在长远的历史发展过程中，晚唐诗并不是一个封闭、固定和僵化的存在，而是一个开放、流动、变化的传统。在不同的时代，晚唐诗具有不同的内涵。首先，人们对晚唐的时间界定是不一样的。在宋代的严羽之前，晚唐大约指咸通以后，在严羽那里则指元和以后；在元代，杨士弘的晚唐是否包括元和，存在着模糊；在明代，高棅建立的四唐分期中，晚唐指开成以后，这一说法也为清人所沿用。其次，与人们对晚唐的时间界定相联系，晚唐的代表诗人也不断发生变化。在宋末四灵那里，晚唐诗人代表是姚合、贾岛；在明末竟陵派那里，晚唐诗人代表变成了曹邺、马戴；在清代，晚唐诗人代表逐渐变成了李商隐。再次，晚唐诗的代表性体裁也一直处于变化中。宋末的四灵主要学习的是姚合、贾岛的五律；在明代，批评家已经开始重视晚唐的七绝，不过，明末的竟陵注重的还是曹邺和马戴等人的五律；在清代，受到重视的晚唐诗体裁变成了以李商隐为代表的七律和七绝。最后，在不同的时代，人们从晚唐诗那里吸取的是不同的艺术风格。比如，四灵从姚合、贾岛那里取法的主要是一种清幽闲淡的诗风，竟陵从曹邺、马戴那里学习的是一种清苍幽峭的风格，而清人在李商隐那里学习的，除了工整密丽之外，更注重比兴寄托所带来的幽深邃密的风格。鉴于上述原因，我们很难把晚唐诗归结为一种统一的诗学模式。它实际上是莫里斯·韦兹所说的具有开放性（openness）的概念，① 确切地说，是一种开放的诗学传统。

但是，在这种历史的变化之外，我们也要看到，晚唐诗与它的后继者之间，并不是一种简单的源和流的关系，也不是人们对晚唐诗歌的某些艺术表现方式和诗学风格的简单模仿和机械重复。在历史的发展过程中，人们也在不断地深化着对晚唐诗歌价值的体认，这从人们对晚唐诗的代表人物的选择就可以清晰地显现出来。文学的发展史表明，一种重要的诗学传统，必须拥有某些杰出的诗人作为这种传统的代表。"李杜文章在，光焰万丈长。"② 正是因为有李白、杜甫、王维、孟浩然、高适、岑参、王昌龄、李颀等一大批杰出的诗人，盛唐诗才会成为最有生命力的诗学传统。同样，宋诗也正是因为有王安石、苏轼、黄庭坚、陈师道、陆游、杨万里等著名诗人，才能在中国诗学传统中保持着长久性影响力。回顾晚唐诗观的发展历程，我们可以看出，在很长时间内，其实人们一直没有找到真正能够代表晚唐诗歌艺术成就的诗人。无论是宋代四灵所拈出的姚合、贾岛，还是明代竟陵所推举的等而下之的曹邺、马戴，他们都远远不能与前述那些盛唐诗和宋诗的代表人物相匹敌。直到清代，人们终于发现了晚唐诗歌传统的杰出的代表人物：李商隐。例如，吴乔指出，唐代最为杰出的四位

---

① Morris Weitz. "The Role of Theory in Aesthetics." The Journal of Aesthetics and Art Criticism, 1956(XV), p.31.

② 韩愈著，钱仲联集释：《韩昌黎诗系年集释》卷九《调张籍》，上海古籍出版社，1984，第989页。

诗人是李白、杜甫、韩愈和李商隐,只有他们才能"自成一家"①。这四位诗人,分别代表着盛唐、中唐和晚唐诗歌艺术的最高水平。对李商隐的重新发现,使得晚唐诗歌在艺术水平上终于寻找到了一位卓越的诗人作为其代表,同时也意味着人们对晚唐诗歌认识的一种重要的深化。

李裕政

1986年生,2019年毕业于清华大学中文系文艺学专业,获博士学位。现为《浙江工商大学学报》编辑。主要研究领域为中国古代文论与诗学,在《东吴学术》《文艺争鸣》《清华大学学报》《中国社会科学报》等发表论文多篇。

---

① 吴乔:《围炉诗话》卷三,郭绍虞编选《清诗话续编》,上海古籍出版社,1983,第560-561页。

论张尔田的词学

张耀宗

张尔田的思想形象在现代学术史上颇为多面，就学术而言，他在新文化运动之前其实有过一段吸取西学新知的过程，这也将或隐或显地体现在他后来关于文史的诸多判断之中。他积极地要与清代学术竞争，写成了《史微》，这本书在国内得到的好评不多但是内藤湖南将之作为必读书目，他也与内藤湖南时有唱和之作。王国维与张尔田曾频繁论学，但是王国维在与罗振玉的通信中对张尔田的著作并不怎么看得上。这里面有学术内在理路的不一致。尽管是好友，还一起出版过《槐居唱和》，邓之诚在日记里面对张尔田的个性也是有所忌惮，陈垣在他与张尔田的通信中批注了一段逸事，[①] 也颇可看出张尔田之行事风格。但是，张尔田对晚辈却要谦和许多，这样龙榆生、夏承焘等人才有机会与之论学。

张尔田没有写过系统的词学论著，和大多数的旧文人一样，他的许多词学观点是通过信札、题跋和日记等体现出来的，当然还有他自己的创作也是他词学观点更为直接的体现。本文着重选取几个侧面来讨论张尔田词学的特点。

---

① 陈智超编注：《陈垣来往书信集》，上海古籍出版社，1990，第 407 页。

一、张尔田与晚清词学

张尔田的词学是从常州词派起步的,但更多是受到晚清词学中王鹏运、文廷式和朱祖谋等人的影响,因为他父亲张上龢就是在这个圈子之中的,经常与晚清词学几位最重要的词人唱和,所以张尔田在讲到词学传授的时候,经常提到父亲的影响:"又于家君待侧,得闻文丈叔问、王丈半塘诸绪论。"①常州词派的一个基本立场,按照张尔田的说法就是:"删减淫芜,立义始正。"②

如果说张惠言赋予了常州词派理论立场,他用自己对于《周易》《说文》的理解不仅赋予了词而且是赋予文学的本体论以新的阐释框架,看起来他是延续了诗骚传统,但是如果没有他自身的学术新变是没有办法将这些传统资源与词进行嫁接的,即使嫁接也无法形成一个稳固的理论和创作流派,这中间一个最重要的中介就是他通过"文—字—象"的关联重新阐释了文学本体,进而才能提出《词选序》中的观点。后来因为潘四农和谢章铤的所谓中肯批评,使得张惠言词学理论性越来越成为一个平庸的看法,或者其背后的理论性被淡化,留下的是将词这个小道的文类带回了传统诗骚文学的大雅之堂中。而以晚清四大家为代表的词学就是继承了这个外壳,也正是抓住了这个外壳,他们开始将常州词派的谱系不仅仅当作是比兴寄托这样简单,而是在这个基础之上将常州词派无论在创作还是批评实践上变成了一个结构,不是单一地以比兴寄托为教条,而是以正变的方式将其他的常州词派之外的作家也带入到这个系统之中。我们可以从朱祖谋编,张

---

① 张尔田原著,孙克强、罗克辛辑录整理:《遁庵词话》,《文学与文化》2014 年第 1 期,第 104 页。

② 张尔田原著,孙克强、罗克辛辑录整理:《遁庵词话》,《文学与文化》2014 年第 1 期,第 104 页。

尔田也参与编撰的《词莂》中看出来，也可以从朱祖谋的《宋词三百首》看出来。这一点可以说是在周济和谭献的延长线上。

吴梅在《词学通论》中说："复堂论水云曰：'文字无大小，必有正变，必有家数。水云词固清商变徵之声，而流别甚正，家数颇大，与成容若、项莲生，二百年中，分鼎三足。咸丰兵事，天挺此才，为倚声家之老杜。而晚唐两宋，一唱三叹之意，则已微矣。'（《箧中词》五）。余谓复堂以鹿潭得流别之正，此言极是，惟以成、项二君并论，则鄙意殊不谓然。成、项皆以聪明胜人，乌能与水云比拟？且复堂既以杜老比水云，试问成、项可当青莲、东川欤？此盖偏宕之论也。"①

张尔田和吴梅一样认同谭献的正变之说，但是他和吴梅不一样的在于对成、项之评论。他在读《箧中词》后认为："本朝词流，余最服膺者三家，纳兰、金梁、水云。拟抄以自随，惟《忆云》未得寓目为恨耳。"②他和朱祖谋编《词莂》的思路一样，只是他不满意的是朱祖谋把况周颐选入。这些体现出张尔田在词学上与常州词派的关系。他是在坚持张惠言《词选序》的立场又不断扩展，以正变的双线来呈现出词的历史辩证发展。正是这样的认识，他在评价朱祖谋词的时候认为，朱祖谋的词是以吴文英为表，而实际上特别注意寄托，说朱祖谋晚年提倡苏轼，这只是表面，而且认为他仅仅在小令上学苏，大的风格并无变化。还将他与陈洵做了比较，认为陈洵学习吴文英只有其表面，而没有寄托。这里张尔田就注意到意内言外双线辩证统一地评论一个作者，他欣赏的也是这样的作者，所以他在对况周颐不满意的

---

① 吴梅：《词学通论》，上海古籍出版社，2006，第125-126页。
② 张尔田原著，孙克强、罗克辛辑录整理：《遁庵词话》，《文学与文化》2014年第1期，第104页。

时候也不忘记对郑文焯其实也颇有一点微辞。更不用说他对王国维的批评了，王国维虽然对自己的词自我期许颇高："余之于词，虽所作尚不及百阕，然自南宋以后，除一二人外，尚未有能及余者。则平日之所自信也。"①但是，张尔田认为他的词就是学纳兰容若，评价并不高。所以连带着他揭示王国维的词学，其《人间词话》中的"意境"概念与白话文运动有相同之处。这些都可以看出张尔田对王国维诗词之学的基本立场。张尔田也喜欢纳兰的词，但是显然在正变的格局上纳兰词应该处于一个什么样的位置他是有其评判标准的。张尔田最欣赏的当然是那样在"言外"的风格上转益多师，而"意内"有着寄托的词。

张尔田对晚清词学史评论特别注重从"词史"的角度来阐述词的创作风格的变化。"词史"之说最先由常州词派理论家周济提出，他说："感慨所寄，不过盛衰：或绸缪未雨，或太息厝薪，或已溺已饥，或独清独醒，随其人之性情学问境地，莫不有由衷之言。见事多，识理透，可为后人论世之资。诗有史，词亦有史，庶乎自树一帜矣。若乃离别怀思，感士不遇，陈陈相因，唾沈互拾，便思高揖温、韦，不亦耻乎？"②周济在这里强调词不仅仅要写感士不遇，这正是张惠言在《词选》中对温庭筠《菩萨蛮》的评价，而且要更进一步在创作上将个人的感慨与时代的变化相结合。这样的提倡扩大了词的内容表现范围，同时也使得常州词派在创作上更加具有时代性也就因此具备了不断壮大的生产动力。一个词派要产生深远广泛的影响一定要与时代本身相结合。张尔田在这一点和周济具有一样的认识。张

---

① 施议对：《人间词话译注》，上海古籍出版社，2016，第335页。
② 黄苏、周济等：《清人选评词集三种》，尹志腾校点，齐鲁书社，1988，第192页。

尔田在读朱祖谋赠送他的《彊村词》时候感叹文运与国运的关联，他说："乾嘉诸老，生长承平，鼓吹六籍，专以故纸为技俩，文运为之一衰。近则四夷交侵，国势岌矣，一时才士，摧稜敛锋，往往假无聊之言，以致其芬芳悱恻之感。"① 在给沈曾植《曼陀罗寱词序》中说："古人称意内言外谓之词。夫琼楼玉宇，烟柳斜阳，常语耳。神宗以为忠，而寿皇以为怨。五季割据，韦端己独抱思唐之悲，冯正中身仕偏朝，知时不可为，所为《蝶恋花》诸阕，幽咽怆恍，如醉如迷，此皆贤人君子不得志发愤之所为作也。"② 他在评论朱祖谋和沈曾植的词集的时候，都感受到了国运衰微对他们词的风格影响。这不仅仅是指出了他们词内在所寄托的词史而且在写作风格上的特色也是将个体的命运感慨与历史事件紧密地勾连在一起。

这里还要特别涉及"遗民"问题。"遗民"身份对于张尔田来说更多的是一种文化心结，与朱祖谋和沈曾植等并不完全相同，与所谓"民国乃敌国也"的郑孝胥也不一样，因为张尔田没有将遗民与政治上的追求联系起来。张尔田一直在大学任教，他批判新文化运动特别是批判胡适的一个理由其实就是新文化运动力量的兴起影响到了他这样一批人在大学的生计。但是这些不妨碍他有时候以一种遗民面目出现，例如在清史馆里写《后妃传》的时候，他的"亡国之臣"的感受就油然而生，具有强烈的认同感和代入感，还有王国维在政治上无疑与溥仪相近，所以他在给王国维的信中就会多说关于遗民的事情，甚至他还有一次抄录了《大行皇太后挽歌辞》并说："生死皆穷，哀乐

---

① 张尔田原著，孙克强、罗克辛辑录整理：《遯庵词话》，《文学与文化》2014年第1期，第105页。

② 冯乾编校：《清词序跋汇编》，凤凰出版社，2013，第2033页。

道尽，王泽竭矣，诗更何有"①，他在给龙榆生的信中特别强调考证朱祖谋词的本事不能不顾及朱祖谋的遗老政治身份。但是这些并不妨碍张尔田在章士钊《甲寅》杂志上讨论孔教问题的时候，不陌生于临时约法，不陌生地提出集会、出版和言论三大自由，不妨碍他在民国后进入燕京大学，这不是张尔田在遗民立场上的虚伪或者矛盾，而是新旧交替之时在一个人身上体现出的复杂性。正如陈寅恪所说："当其新旧蜕嬗之际，常呈一纷纭综错之情态，即新道德标准与旧道德标准、新社会风习与旧社会风习并存杂用。各是其是，而互非其非也。"②当然，陈寅恪是带有讽刺意味指出这样的现象的，但是对于张尔田的确是一种真实的写照，只是并存而不矛盾。

　　张尔田在给夏承焘的信中特别提到了一个"真"的概念："词之为道，无论体制，无论宗派，而有一必要之条件焉，则曰真。不真则伪（真与实又不同，不可以今之写实派为真也），伪则其道必不能久，披文相质，是在识者。"③其实真与诚在中国哲学范畴中是一个可以互换的概念。④真与诚都包含着对于内在的自我的自觉意识，同时在中国儒家哲学传统框架之中"诚"具有天之道的本体意义。张尔田虽然没有详细地阐释其内涵，但是在张尔田的学术内在脉络中我们可以看到真与善、美的统一不仅构成了他的词学理论的基础概念，而且是他对文学的整体看法。真善美的统一在现代思想史中经过了西方哲学的洗礼，已经与传统儒家哲学范畴中的含义有了区别。所以，张世英认为中国的"万物一体"——"天人合一"的思想虽然为人类思想

---

① 马奔腾辑注：《王国维未刊来往书信集》，清华大学出版社，2010，第259页。
② 陈寅恪：《元白诗笺证稿》，上海古籍出版社，1978，第82页。
③ 杨传庆编著：《词学书札萃编》，南开大学出版社，2015，第267页。
④ 张岱年：《张岱年全集》第4册，河北人民出版社，2007，第690页。

史上的真、善、美的真正统一提供了可贵的基石,遗憾的是因为中国传统哲学缺少主客体的思想所以影响了对真善美的真理内涵的阐述。① 可是,在张尔田的世界里面,虽然没有深入地用知识论阐述其内涵,但是三者的关系在他那里是彼此不能分开的独立概念,是你中有我,我中有你的关系。在他给张芝联的讲稿中更加明确地说:"中国人美之观念,无不与善之观念相联。"② 同时,他特别强调中国没有政教之分,没有心物之分也没有体用之分,正是这样的特点才形成了中国文化中的"笼统概念"的现象。按照张尔田的观点我们更应该做的是去认识和阐释这种现象的独特内涵。从这里我们也可以看到张尔田的词学不单单只有与晚清词学对话的一面,还有新变的一面,特别是当他意识到将词这个文类带入到文学,带入到文化这些更大的视阈的时候,那种新的对词的理解就会凸显出来,构成了他词学思想里面非常独特的面向。

张尔田对于文学意义的阐释也在不断游离,他在给夏承焘的信中甚至劝他不要研究词学,认为这个学问到朱祖谋为止已经很难进步,同时讲述了一通经史之学,显然觉得经史之学比文学研究要高一个层级。但是他在后来给钱仲联的信中又说:"弟少年治考据,亦尝持一种议论,以为一命为文人,便不足观。今老矣,始知文学之可贵,在各种学术中,实当为第一。"③ 张尔田对于文学的感觉走了一个与王国维相反的历程,王国维是逐步由哲学和文学再折入经史之学,而张尔田一开始就是诗词之学与经史之学同步进行,只是在传统的学术等级体系影响下更注重经史之学,这里张尔田对于文学观念的变化是他晚

---

① 张世英:《张世英学术文化随笔》,中国青年出版社,2002年,第139页。
② 张尔田:《历史五讲》,《同声月刊》1943年第4期,第5页。
③ 钱仲联辑:《张尔田论学遗札》,《文献》1983年第2期,第157页。

年孤寂而敏锐心灵的某种写照。

二、新旧之间的张尔田词学

张尔田一直对胡适的考证和顾颉刚的疑古学派等新学术有着强烈的批判，但是不代表说张尔田的学术特质就是完全属于一个旧文化，我们可以从《屠守斋日记》等文本当中看到早年张尔田对于新学的接受，还有他时常提及"公例"，也谈论心理学问题等，尽管新名词的运用不能证明其思想之新，而实际上张尔田的论战对手恰恰是新派人物，所以其思想看似保守无疑。但是，我们不单单从这个立场去理解新旧，而是看到即便是一个保守的文化立场，一个守旧的文化观念，而他去论证它们的方式，提问它们的方式以及运用它们的方式都完全改变了，去揭示这些方式和过程，比单一地二元对立地说谁新谁旧要更有意义。一个概念有时候代表一种新的思考问题和结构问题的方式。就词学而论，张尔田提出了一些旧文人提不出的问题，例如上述的他对真善美的阐述，还有他通过对词与情的重新阐述，实际上将词学的问题直接与文学的公共性问题相遇了。文学公共性问题的提出可以说是时代变化的基本要求，它潜伏在那个时代基本问题的脉络之中。文学公共性首先是应因现代民族国家话语而产生的，进而衍生出一系列情感、个体等抽象而非具体的话语形式。这些话语使得所有问题包括文学的讨论都指向了一种"抽象社会"的构建，因为这样才能形成一个新的政治文化共同体。这也成为晚清士大夫思考问题的基本政治无意识，应该说新旧文人在思考相关问题的时候都会有很大概率触及到它。

无论张尔田与龙榆生的信还是他给沈曾植词集的序言其实都提出了一个基本问题，就是朱祖谋和沈曾植的词很多并不容易知道其背后的真实历史事件指向，那么这样的读不懂背后史实算是读懂一首词吗？如果连张尔田都读不懂，这个圈子之外的人更加读不懂了，那么这个作品还有意义吗？这里涉及词的公共性问题，涉及词的阅读传统的重建等问题。

如果说张尔田潜在的写作立场是将词当作是士大夫之间的唱和，只是写给懂的人看的。同时，他们经常在信件来往中附上自己曾经写的或者当下写的作品。有时候附上的作品所想传递的信息要比信件本身的内容还要丰富。如果说这种精英化的士大夫圈子是词的写作者和读者的基本所在，其作品的公共性最基本的指向是士大夫而不是民众是很显然的。在这样的一个层面来看，词不可能是一个面向大众的文类。这样看张尔田对于词的公共性的讨论不是自觉的，他更是被一个时代共同的基本问题意识拉进来的，正如上面提到的只是他将词放置在文学中去考量的时候才发生了不自觉的非系统化的变化。

在张尔田给潘正铎的信中讨论词与情的问题就是一个例子。情的问题是传统文学话语与新文化运动之后的文学话语最容易沟通的一个部分。一个简单的解释就是它们都可以被吸纳进启蒙的叙事之中，都包含着对于现代主体的重新塑造。无论从哲学形而上学的层面，还是形而下的爱情等叙事，情的问题得到了重视，这不仅重新塑造了写作传统也塑造了新的阅读传统。例如对于《诗经》解读成政教内容没有现代读者会喜欢，会觉得有新意，但是读成人类学的，读成爱情诗或者是民歌就大受欢迎，还有唐五代词如果从歌女演唱的角度理解，会被接受但是一旦被解释成为士大夫自己的"感士不遇"则至少会被质疑。现代的阅读要客观，这种客观是进化史观的，那么唐五代词不可能出现士大夫化，一开始肯定是唐代诗歌音乐传统的延续，是游戏之作，这样张惠言《词选》中的政治解释，在这个立场上更加说不过去。张尔田用一个比较现代的方法阐释了词与情的关系："以男女之爱最为普遍，亦即精神分析学中所谓变相以出之者也。再进则情绪愈强，此种变相又不足以宣泄，则索性明白痛快而出之。"①他说到了词是情绪的宣泄，说到了表现得要有普遍性。同时，他认为要写好词还要看哲学书，这样才能具有想象力，创造出意境，在对《楚辞》、陶渊明等人的例子中他其实指出了现代人对情的理解只是限定在或者只聚焦在爱情的一面，而忽略了情作为一种艺术表现方式的"虚构性"。这些论证方式应该说都是现代读者可以接受的。似乎他是在一个哲学、想象力、情绪和精神分析学等新的词语结构系统中讨论情。但是，如果要让词具有更多的公共性，那么必须首先放弃常州词派的一系列的原则。现代的作品要直接讨论情，但是我们从他对况周颐的批评中已经明确他不可能做到，他也明确批判："赤裸裸谈意境，而吐弃辞藻，如此则说白话足矣，又何用词为？既欲为词，则不能无辞藻。"②显然张尔田在文学公共性上讨论的限度只能到此止步，点到为止，也只能是在理论上进行呈现。

张尔田触及了文学公共性问题，但是他又自觉地返回了原先的起点，因为他所接受文学、学术的知识基础和"惯习"不允许他走进文学公共性的思考。因为如果继续走下去，词本身的写作和欣赏标准将完全颠覆他的常州词派框架下的正变结构，而去认同王国维和胡适等，这已经证明是不可能的立场，同时继续走下去也必将去除了词所包含的"言"与"意"有机联系，这同样是不可能接受的立场。但是，相对于纯粹的旧文人来说，张尔田毕竟将词带入了文学，自觉或

---

① 张尔田原著，孙克强、罗克辛辑录整理：《遁庵词话》，《文学与文化》2014年第1期，第107页。

② 张尔田原著，孙克强、罗克辛辑录整理：《遁庵词话》，《文学与文化》2014年第1期，第114页。

不自觉地让词与文学公共性的问题相遇。这里面如我们所分析的，充满了矛盾甚至混乱，这些矛盾和混乱是新旧过渡时代人物的特点，是那个时代的思想底层的深刻表征。

还有一个看似尴尬但是又具有一定合理性的现象是，正如我们前面提及的即便处于这个文化共同体之中的张尔田有时候读其他人的词背后的用意也是不知其所以然。他对沈曾植和朱祖谋词的阅读就是典型的例子，但是又不妨碍他对他们词的高度评价。他们词的难懂与常州词派的词学立场有关。常州词派的周济所谓"非寄托不入，专寄托不出"，还有陈廷焯的"沉郁"说等，这些词学观点不仅仅是写词的方法，也是读词的方法，这个共同体的准则不是在于读懂背后的每一个本事，而是在写词和读词的时候遵守这样的规范。陈廷焯说："所谓沉郁者，意在笔先，神余言外。写怨夫思妇之怀，寓孽子孤臣之感。凡交情之冷淡，身世之漂零，皆可于一草一木发之。而发之又必若隐若现，欲露不露，反复缠绵，终不许一语道破。"① 既然写的人"欲露不露，反复缠绵，终不许一语道破"，那么读的人自然也更是如此。这个规范在新文化运动之后变得不适用了。虽然很难说新文化运动真的推翻了这些美学准则，因为一些经典作品阐释的争论并没有停止。② 但是，胡适等人用"猜谜"这样的反讽话语进行批判，这种批判话语是他们所极为擅长的，无论什么问题都可以被吸纳进类似的反讽话语中被巧妙地整体意识形态化。新文化人将报刊上对反新文化运动的批判话语与新的学术话语的构造联系成一个有机整体，牢牢占据了意识形态的领导权。所以不管其内在的合理性还有多少其知识内涵，这些美学准则被整体性地淘汰或者被压抑。

---

① 屈兴国：《白雨斋词话足本校注》，齐鲁书社，1983，第20页。
② 参见拙文《最后的坚持》，《古典文学知识》2019年第3期，第75—79页。

词读不懂的时候那么就需要依赖于考证的方法。新文化运动之后，考证成为学术的新潮流。张尔田对于考证之学是非常批判的，这既有他对乾嘉之学的不满足，也有现实的胡适为代表的考据之学新潮流的刺激，但是这不代表他完全不做考证。他早年的关于李商隐年谱的会笺就是考证之学。在词学研究方面，他的一些考证都与夏承焘有关。夏承焘早年的《〈乐府补题〉考》就是在与张尔田的交流中完善起来的。现在我们可以通过夏承焘的日记来复原这个词学史的历史场景的形成。

夏承焘在 1936 年 3 月 25 日的日记中记道："发孟劬先生函。问彊村词从碧山入手否。附去一相片并虞美人词。"① 3 月 28 日："改乐府补题本事考。"② 3 月 28 日："校乐府补题。" 4 月 1 日：

"接孟劬先生复。谓彊老词以碧山为骨，梦窗为神，东坡为姿态。

瞿禅先生左右：

奉到惠复并玉照一帧，谨当什袭珍之。瞻仰风度，千里倾筐，吾两人真可谓神交矣。仆谓彊村词深于碧山，谓其从寄托中来也。学梦窗者多不尚寄托，彊翁不然，此非梦窗法乳。盖彊翁早年从半唐游，渐染于周止庵绪论也深。止庵论词，以有托入，以无托出，彊翁实深得此秘。若论其面貌，则固梦窗也。此非识曲听真者，未易辨之。虽其晚年感于秦晦明师词贵清雄之言，间效东坡，然大都系小令。至于长调，则仍不尔。故彊翁之学梦窗，与近人陈述叔不同。述叔守一先生之言，彊翁则颇参异己之长。而要其得力，则实以碧山为之骨，以梦窗为之神，以东坡为之姿态而已。此其所以大欤。尝与汪景吾先生论之，亦颇以愚言为然。尊意以为如何？衰丑素不蓄照像。既荷雅

---

① 《夏承焘集》第 5 册，浙江古籍出版社、浙江教育出版社，1998，第 436 页。
② 《夏承焘集》第 5 册，浙江古籍出版社、浙江教育出版社，1998，第 436 页。

爱，容拍影续寄报命。小词一章奉答，附上。手肃，敬问著祺。

弟尔田顿首"①

然后夏承焘又分别于4月2日、4月13日接到张尔田的两封信。前者："早接孟劬先生函，示二七律。"②后者是践4月1日夏承焘所收到的信中所答应的寄一帧照片的承诺。4月10日夏承焘记道："作致孟劬先生函。"③4月15日："发孟劬先生长函，说乐府补题本事，并奉一词。"④这封信当是后来以《与张孟劬论〈乐府补题〉书》为题发表在1936年6月出版的《词学季刊》（第3卷2号）上的信件。4月22日夏承焘收到了张尔田的复函：

"接孟劬先生函复。以予考《乐府补题》事为然。云《花外集》庆清朝咏石榴亦指六陵事。

瞿禅先生执事：

今日递到惠函。并承和词，诵之快慰。尊论补题遗掌，昭若发蒙。碧山诸人，生丁季运，寄兴篇翰。缠绵掩抑，要当于言外领之，会心正复不远。然非详稽博考，则亦不能证明也。碧山他词如《庆清朝·咏榴花》，当亦暗寓六陵事，托意尤显。张皋文谓指乱世尚有人才，殊不得其解。得尊说乃可通矣。尊札当装付行卷，以供把玩。得便或转寄榆生，载之词刊中也。

肃复 敬颂 著祺不一一。"⑤

---

① 《夏承焘集》第5册，浙江古籍出版社、浙江教育出版社，1998，第437页。
② 《夏承焘集》第5册，浙江古籍出版社、浙江教育出版社，1998，第438页。
③ 《夏承焘集》第5册，浙江古籍出版社、浙江教育出版社，1998，第442页。
④ 《夏承焘集》第5册，浙江古籍出版社、浙江教育出版社，1998，第442页。
⑤ 《夏承焘集》第5册，浙江古籍出版社、浙江教育出版社，1998，第443-444页。

这里不厌其烦地详细呈现出现代词学史的一个场景的细节，就是要呈现出其实这种频繁来往的背后存在着两代学人的差异，① 对于夏承焘来说只是想完成一个常见的词史考证题目，这种题目无疑在新学术的语境中是被认可的。但是，对于张尔田来说考证是读词的一种方法。借助于考证的方法，才能体味王沂孙词背后的深厚意味。可是像这样的考证毕竟难得。因为史料的限制，使得这样的考证难度颇高，更多的词的阅读要凭借于经验和文化认同才行。而这种经验是不确定的，也是很难明确的，最终只能按照张尔田的方法："其知者可以得其意内，而不知者亦可以赏其言外。"② 张尔田不是完全地拒绝考证，这是建立在他对于考证本质的认识上，考证本质上还是主观性和模糊性的，而不是所谓科学化和客观化。考证为主观价值服务，而不是脱离价值判断。张尔田自己的诗词研究中很多是以考证的方式呈现出来的，所以不是他在考证之外才对新学术的考证之学提出质疑，恰恰是他曾经深深地有过考证之学的研究和训练，才看到了两种考证观念之间的冲突。

　　通过张尔田的例子，可以看到那一代人中存在着某些走向新的可能性，例如朱祖谋对敦煌文献中《云瑶集杂曲子》的关注，例如他编撰的《宋词三百首》成为最受欢迎的宋词选本之一，例如有大量旧文人的诗词在公共报刊上发表，但是这些意味着走向现代了吗？如果显然不是的话，现代就被等同于新文学。还有，晚清以来无论是外国的翻译作品还是新文学的创作，都提供了相当多的文化供给，阅读的对

---

　　① 参见拙文《"本事"背后的"风人"》，《清代文学研究集刊》，人民文学出版社，2012，第229-274页。

　　② 张尔田原著，孙克强、罗克辛辑录整理：《遁庵词话》，《文学与文化》2014年第1期，第107页。

象大大地扩大了，阅读的可选择性也大大地扩大了，阅读的自由度和偶然性也大大地扩大了。套用罗伯特·达恩顿的话来说，新文化新文学成为了生意，通过商业的手段扩大了传播的范围，而且深深地嵌入到现代社会的有机体之中。阅读重塑了主体，更加改变了主体创造出的文学想象。像词这样的旧文学形式只有被吸纳进现代才有意义。但无论是张尔田的有限度的对公共性的思考还是他经验化的阅读，都不可能被大众化。张尔田这样的旧文学代表一直承担着现代性的各种质问，但是他的词学作为文化实践就像不可被融化的石块一样不和谐地存在于现代文化史中。在新文化运动的文化逻辑在历史进程中被弱化的时候，张尔田的思考就会被重新讨论，他的价值就在于重新对现代意识形态的一些前提进行阐释，以便找寻到一种"少数文学"的士大夫文学，一种私人性的文学在现代的位置。

张耀宗

1981年生，2012年毕业于清华大学中文系文艺学专业，获博士学位。现为南京晓庄学院文学院副教授。主要研究领域为20世纪中国文学与思想，主要著作有《现代词学的起源》(2023)。

"德寿宫舞谱"考释与复现研究

刘青弋

引言

宋代文学家周密在《癸辛杂识后集》中所记"舞谱"条,被后世称为"德寿宫舞谱"。为在历史长河中销声匿迹的中国古代宫廷舞蹈留下了一份十分罕见且弥足珍贵的历史文献。对其研究之于我们窥探中国古代宫廷舞蹈的面貌、术语系统、句式结构和舞蹈节奏,把握其艺术及审美特征,以及对戏曲舞蹈的影响,都具有重要的学术价值。本研究以历史学研究与舞蹈动态还原操作实验相结合的方法,一方面通过历史考据与术语考释,证明齐如山等前辈研究成果的合理性的部分,或纠正前人的误读,或破译"阙疑",使得对该舞谱的考释与破解获得新的进展;另一方面力求以多维的历史证据支撑,对舞谱进行动态复现,通过填补中国古代舞蹈历史研究关于舞谱研究及操作性研究的不足,探究宋代宫廷舞蹈的面目。关于对该舞谱复现实践操作性的成果,首次于2013年12月在杭州师范大学音乐厅举行的"南宋雅乐舞复建"项目的研究成果汇报会(笔者为项目执行负责人和总导演)《南宋雅乐的回声》专场中发布;关于其经过修改完善的复现实践操作性成果,再次于2018年1月在上海国际舞蹈中心剧场举行的《春秋·中国古典舞"名""实"之辨》专题研究成果发布会(笔者为项目主持人、总导演）上发表。由于篇幅所限，此文为"'德寿宫舞谱'考释与复现研究"报告的总论部分，该报告中关于"德寿宫舞谱"术语的考释部分则以另文论述。①

一、研究对象与基础

（一）研究对象

1. 来自周密的"德寿宫舞谱"

本文研究的对象"德寿宫舞谱"，由宋末元初词人、文学家周密（1232—1298，字公瑾，号草窗）②搜集摘录，形成《癸辛杂识后集》"舞谱"一节，全文如下：

舞谱

予曾得故都德寿宫舞谱二大帙，其中皆新制曲，多为妃嫔诸阁，分所进者。所谓谱者，其间有所谓：

左右垂手　　双拂 抱肘 合蝉 小转 虚影 横影 称裹

大小转挪　　盘转 叉腰 捧心 叉手 打场 换手 鼓儿

打鸳鸯场　　分颈 回头 海眼 收尾 豁头 舒手 布过

鲍老掇　　对窠 方胜 齐收 舞头 舞尾 呈手 关卖

---

① 此文原为《"德寿宫舞谱"考释与复现研究》成果报告的总论部分，发表于《北京舞蹈学院学报》2018年第5期。被中国人民大学快报资料中心刊物全文转载；此成果报告的其他部分以《〈德寿宫舞谱〉术语考释》为题，发表于《北京舞蹈学院学报》2019年第1期。

② 周密自幼承家教，少年即以才俊著称。其父为富春县令，富于收藏，工诗词，深于文献故实。周密曾出任义乌县令（宋宝祐，1253—1258）、浙西帅司幕官（景定二年，1261）、两浙运司掾属（咸淳初）、监丰储仓（咸淳十年，1274）。

掉袖儿　拂蹳绰觑掇蹬夋

五花儿　踢搕刺擷系搠捽

雁翅儿　靠挨拽捺闪缠提

龟背儿　踏儹木折促当前

勤步蹄　摆磨捧抛奔抬撇

是亦前所未闻者亦可想见承平和乐之盛也。①

周密在其中明确写道："予曾得故都德寿宫舞谱二大帙"。因此，该舞谱在现代学者研究中均被称为"德寿宫舞谱"。

2. 来自宋代的"德寿宫舞谱"

关于该舞谱存在的历史时空的界定，此前的研究定论并不一致。齐如山先生在《国剧身段谱》中引述了周密记载的"舞谱"全文之后，这样写道："以上唐代之舞谱也。"② 显然，他将"德寿宫舞谱"界定为唐代舞谱。析其原因，大概来自对周密关于"予曾得故都德寿宫舞谱二大帙"一句中"故都"的理解——他基于周密为南宋人，从而将文中"故都"解读为唐朝之都。然而，笔者认为，该舞谱实为南宋舞谱，理由如下：

一是依据德寿宫所存历史时期而定。"德寿宫"为公元1127—1279年间南宋时期的一座宫殿。学者刘未曾在《南宋德寿宫址考》③一文以古籍为证：这一宫殿于绍兴三十二年（1162年）6月，以秦

---

① 周密：《癸辛杂识后集》，《钦定四库全书》，1781（清乾隆四十六年）。

② 齐如山：《国剧身段谱》，北平国剧学会，1935，第7页。

③ 本段岳柯、李心传、徐松、潜说友的文献转引自刘未《南宋德寿宫址考》，《浙江学刊》2016（3），第42-46页。

桧旧第改建新宫成，号"德寿宫"。①高宗退位即迁居于此。②淳熙十四年（1187年）10月高宗崩后的次年（1188年）8月，孝宗为吴后（宪圣太后）在德寿宫修建"慈福宫"。③再次年（1189）2月，宋孝宗仿效高宗内禅退居"德寿宫"，改其主体为"重华宫"。④绍熙五年（1194年）6月，孝宗崩，吴后迁入"重华宫"更名为"慈福宫"，谢后（寿成皇太后）迁入旧"慈福宫"，更名"寿慈宫"。⑤咸淳四年（1268年）4月，度宗将旧日德寿宫的北部改为"道宫"，名"宗阳宫"，南部析为民居。⑥因此，"德寿宫"作为南宋宫廷名实仅存于1162年至1188年间，因此"德寿宫舞谱"具有明确的历史时空定位。

二是依据周密的在世与著书时间而定。周密是跨宋元的学者，曾任义乌县令；南宋亡，入元后不仕，专于学问，以保存故国文献为己任，著书数十种。在现存的著作中，《癸辛杂识》和《武林旧事》分别在记载宋元间的史实世风、遗闻轶事，或南宋都城临安掌故中涉及了不少与舞蹈相关的重要史实。虽然作为非正史文献，但由于周密治学深厚，因此，他的记载真实可靠性深受治史者信任。因其生于南宋，卒于元初距南宋亡不足20年，按《癸辛杂识后集》中"舞谱"记载和发表时间推算应在宋亡后的元初，因此，周密书中所称"故都"实指灭亡了的南宋之都。

---

① 岳柯：《桯史（卷2 新都南北内）》，中华书局，1981，第13页。
② 李心传：《建炎以来系年要录（卷200）》，中华书局，2013，第3945页。
③ 徐松：《宋会要辑稿》，第181《方域一至三》，中华书局，1957，第7342页。
④ 徐松：《宋会要辑稿》，第181《方域一至三》，中华书局，1957，第7342页。
⑤ 李心传撰，徐规点校：《建炎以来朝野杂记》下册，中华书局，2000，第526页。
⑥ 潜说友撰：《咸淳临安志》卷13，《宋元方志丛刊》第4册，中华书局，1990，第3485、3491页。

三是依据周密自己在书中的明确说明而定。周密指出:"其中皆新制曲多",即是说明所记载的"舞谱"多为"德寿宫"时期创作的"新制曲",因而"舞谱"为南宋而非唐代舞谱。

四是依据相关历史文献与舞蹈的活态遗存考定。例如,在朝鲜朝末期,依据从中国宋时传去的唐乐舞谱进行重作,并传衍至今的韩国呈才(宫廷舞蹈)中,仍然保留了与"德寿宫舞谱"中完全一致的术语。例如《春莺啭》舞谱中的"垂手""双拂""左右小转""小垂手""掉袖儿""打鸳鸯场""回头"等;再如,在《响铃舞》中的"左右垂手""双拂""左小转""右小转""合蝉""左打场""右打场""左呈手""右呈手""合呈手"等,足以说明,"德寿宫舞谱"中的术语在宋代运用的广泛性。

上述考定,为本研究提供了历史时空的限定与方向引领。

(二)研究的基础

1. 齐如山先生研究奠定的基础

关于"德寿宫舞谱"研究的开创性成果,也即最系统、最有价值的成果见于齐如山的《国剧身段谱》(1935)的第二章。齐如山对"德寿宫舞谱"研究的贡献及对于本研究的启发并奠定的基础在于以下几个方面。

首先,齐如山为这一舞谱研究奠定了重要的学术基础。他积从事中国戏剧身段研究二十余年的经验,令人信服地对"舞谱"中大部分名称进行了解析,从而让我们对"德寿宫舞谱"的基本内容,舞蹈的姿势及其相关文化有了一个系统的认知和研究参照。

其次,齐如山的研究指明了戏剧身段与古代舞蹈之间的承传关系。在"戏剧身段是由古代舞蹈嬗变而来的"认知之下,齐如山十分注重唐代（由于齐先生认为"德寿宫舞谱"为唐代舞谱，故有此说）之于戏剧身段组织完善的重要地位及其后世影响。他写道："现在戏剧的身段固然是由古代之舞嬗变而来，但是由唐朝起，才有了具体的规模。"他认为，虽然说，戏曲至隋朝始盛，然隋朝为期甚短，不见得有完备的组织，当然是到了唐朝，经有大力量的唐明皇提倡，才有了完备的规定。以后由宋而元而明清，虽一朝与一朝的名目不同，但是没有什么极大的变更一直流传到了现在。各朝之命名，虽然屡经更改，而戏界至今仍曰"梨园行"。即便是戏中的各种身段步法，大致也来源于唐朝之舞。① 他的这一观点，为我们对"舞谱"的研究注重历史渊源和后代承传关系指明了方向。

再次，齐如山充分揭示了"德寿宫舞谱"的历史意义与价值。齐如山指出，按古人歌舞曲牌的名字，留存者尚不少，而怎样的舞法，各种记载中则毫未提及，无从参考。唯有"他（周密）将各种舞的姿式，又特定名目，便可知彼时歌舞之盛行，及众人研究之状况"。②

最后，齐如山的研究为"德寿宫舞谱"研究提供了重要的方法和有效的途径。齐如山在对国剧身段进行整体研究和把握基础之上，以戏曲活的身段进行参照，辅以文字和文献考证对"德寿宫舞谱"中的名称进行了破译与解读，在向我们展现了"德寿宫舞谱"的基本面貌的同时，亦为后人提供了有效的研究方法和途径。

2. 中国舞蹈史学家研究奠定的基础

中国第一代舞蹈史学家的相关研究成果，亦为本研究奠定了重要的学术基础。1984年，董锡玖先生的《中国舞蹈史（宋、辽、金、

---

① 齐如山：《国剧身段谱》，北平国剧学会，1935，第7-8页。
② 齐如山：《国剧身段谱》，北平国剧学会，1935，第7-8页。

西夏、元部分)》①、1989年王克芬先生的《中国舞蹈发展史》②，都有一节关于这一舞谱研究的部分。从她们的史学著作表述中，我们可知，欧阳予倩先生于20世纪50年代，曾以其丰富的戏曲艺术的经验和广博的文化知识，对这一舞谱中的字组所代表的舞蹈动作进行过揣摩和体察。作为当时师从欧阳予倩学习开始进入舞蹈历史研究的董锡玖和王克芬，在其影响的基础之上，日后在自己的著作中对"德寿宫舞谱"做了进一步的探究。她们或以欧阳予倩先生的观点为据，或以文献为据，或以名词本意为据，或以动态形象遗存为据，根据个人的理解，对周密记载的"舞谱"中的部分术语作了独到的解译，推进了这一研究的进展。1989年，彭松先生在发表的《拉班舞谱——中国古代舞谱》③中亦有"德寿宫舞谱"一节，呈现了周密著作中"舞谱"页的影印图片，转述了齐如山在《国剧身段谱》中的研究观点，并将"舞谱"中的"左右垂手""大小转撺""打鸳鸯场"这几个动态用拉班舞谱方法进行了记录，对舞蹈学界认知"德寿宫舞谱"和齐如山的研究具有重要的启发。

然而，齐如山先生的研究成果发表距今已过了八十多年，中华人民共和国成立后的第一代中国舞蹈史学家的研究成果发表亦约有三十年。随着当代考古学和文化遗产在当代挖掘、整理、保护的进展，亚洲汉字文化圈的文化交流日益频繁，舞蹈历史研究的视野得以开阔，为"德寿宫舞谱"的进一步研究提供了良好的条件和可能性。因而，

---

① 董锡玖：《中国舞蹈史——宋、辽、金、西夏、元部分》，文化艺术出版社，1984，第77-81页。

② 王克芬：《中国舞蹈发展史》，上海人民出版社，1989，第291-294页。

③ 彭松、冯碧华：《拉班舞谱——中国古代舞谱》，中国舞蹈出版社，1989，第49-61页。

本研究建立在前贤研究成果的基础之上，对"德寿宫舞谱"研究中存在的阙疑和误读进行补白和订正，并在全面考释的基础之上进行活态复现，进而形成本研究的创新点。

二、舞谱性质考辨

关于"德寿宫舞谱"的研究，首先必须回答"舞谱的性质为何"这一问题——即这一舞谱属于哪一类舞蹈？由什么人跳？舞谱记录的内容是什么？通过考辨，本研究观点如下。

（一）"德寿宫舞谱"是宋代宫廷女乐舞蹈的记载

如上所述，本研究认为这一舞谱为宋代舞谱。显然，这一舞谱中的术语如此系统、成熟，是否有些为唐代所传，因为目前尚无证据，因而不得而知；而周密书中一句"其中皆新制曲多"，亦说明即便有些术语可能从前代继承下来，也可能是"以旧瓶装新酒"。而本研究认为，"德寿宫舞谱"为宫廷女乐舞谱的术语，主要来自周密对"德寿宫舞谱""多为妃嫔诸阁，分所进者"的明确说明。确认这一点，不仅影响了本研究对舞谱解译的方向和术语形式的确定，同时影响到舞谱活态复现过程中，关于舞者的选择、音乐和服饰等因素的运用，以及舞蹈风格的走向。例如，舞谱复现的表演采用了女子群舞的方式；服装采用了宋代宫廷女子的阔袖加褙子、长裙加褊裆的汉风大礼服及宋代宫廷女子特有的花冠头饰；为了对应"舞谱"中较多的舞袖相关的术语，而将阔袖延出数寸，形成舞者拢袖时的巾和抛出时的袖之舞具；并顺应服饰对动态的影响，显现舞蹈特有的节奏、风格和审美特色。

（二）"德寿宫舞谱"是关于宋代舞蹈作品中舞句或段落的记载

齐如山先生以"舞牌"命名一组动作开头的术语，并将"舞牌"下属的术语看作是一类动作。董锡玖先生的研究将舞谱定性为基训谱，因而她以"手的动作"和"队形"对其进行分类。认为其中"左右垂手"和"掉袖儿"是袖舞的基训，"大小转撺"是徒手的基训。① 而笔者根据周密关于"其中皆新制曲"，"舞谱"是"二大帙"中的（一小部分）摘录之说，并在对术语的动态分析和复原过程中，发现一组术语并非是一类动作，因而认为"舞谱"摘录的是宋代舞蹈作品的一些片段或舞句，甚至一组术语可能就是一支舞蹈的动作。这一推论更重要的是来自中国古代现存的极罕见的宫廷女乐舞谱，以及韩国至今保存的中国宋代宫廷女乐舞谱的证明——在这些舞谱中，完成一支舞蹈的动作术语不多，一组术语即可构成。

（三）"德寿宫舞谱"中的小标题，为舞句、舞段或组合的名称及其开头的动作

周密所摘录的"舞谱"共 9 组术语，每组居首的名称以较大的字号形成小标题的形式，如："左右垂手""大小转撺""打鸳鸯场""鲍老掇""掉袖儿""五花儿""雁翅儿""龟背儿""勤步蹄"等。齐如山先生将这九个小标题称作"舞牌"。显然，齐如山使用"舞牌"这个概念参照的是戏曲"曲牌"。"曲牌"俗称"牌子"，是曲的音乐谱式，是传统填词制谱的曲调调名的统称。它是古代词曲创作由"选词

---

① 刘青弋主编，董锡玖著：《中国舞蹈通史——宋辽 西夏 金 元卷》，上海音乐出版社，2010，第 101-102 页。

配乐"逐渐形成使用保留的优秀词曲格律填写新词的曲创作的产物。"曲牌"保留着原词曲的名称,并遵循原词和曲调的格式填定新词。不同的"曲牌"规定着曲子的句数、字数、平仄、押韵的格式。因此,"曲牌"即优秀音乐作品的名称及其格式。

然而,遗憾的是,在历史的文献中,我们尚未找到关于"舞牌"这一概念的应用记载及其定义。从逻辑的角度推论,如果"舞牌"与"曲牌"的定义一致,那么,"舞牌"即为历史上保留的优秀舞蹈作品的名称——可以作为后来的舞蹈编排填入新内容的作品格式。然而,我们在现存史料中并未找到以这九个词组为题的舞蹈作品名称。虽然"大垂手"和"小垂手"有文献提及,但是比较含混,未有以明确的"舞牌"谓之。本研究之所以推论9个小标题更像是舞句、舞段或组合的名称,或者说是以这一动作开头的舞句、舞段或组合,主要基于如下原因:其一,在以"舞牌"命名的舞蹈中,其下的舞蹈动作或姿式与"舞牌"并非是一类。例如:在"左右垂手"之下并非都是左右垂手类的动姿。其二,在现实舞蹈的遗存中,这些术语也是一个特定的动作名称,例如"五花儿"等。其三,在古代舞蹈文献中,一些和小标题一致的术语也是一个动作的名称。例如,"左右垂手""掉袖儿"等。其四,9个小标题及其下属的63个术语,有些并不是动作和姿势。例如,"舞头""舞尾"是指舞者的角色;"海眼"等是舞蹈的队形……其五,"德寿宫舞谱"中的每组术语数量齐整——都在小标题下由7个术语构成。似乎与舞句、舞段或组合使用的音乐时值或歌唱的辞章内容相关——在相同的时值中完成的一个舞句、舞段或组合。

因此,本研究将各组动作的首词视为一个舞句、舞段或组合的名称,也即舞句、舞段或组合的开头动作。这一推断,在当代舞蹈编导和教师舞蹈创作、排练和教学实践中的一些做法中也可以得到印证——为了记住舞蹈的内容方便传授,编导和教师们常常用文字记录舞蹈的动作、舞句、舞段或组合的顺序,提示舞蹈的跳法。而最终得到有力证明的是来自直接受到中国宋代影响的韩国传统宫廷舞蹈的舞谱记载。例如,在《春莺啭》的舞谱中,"垂手""双拂""左右小转""小垂手""掉袖儿"这些术语是一个接一个连续的动作;再如,在《响铃舞》中,"左右垂手""双拂""左小转""右小转""合蝉""左打场""右打场""左呈手""右呈手""合呈手"亦是一个接一个的连续的动作组合。①(见下表)

"德寿宫舞谱"的动作组合和《春莺啭》《响铃舞》舞谱的舞蹈动作段落术语比较

"德寿宫舞谱"中的三组动作术语	《春莺啭》舞谱的前半段动作术语
左右垂手 双拂 抱肘 合蝉 小转 虚影 横影 称裹 打鸳鸯场 分颈 回头 海眼 收尾 豁头 舒手 布过 掉袖儿 拂 蹲 绰 觑 掇 蹬 焌……	垂手 双拂 左右小转 小垂手 掉袖儿 斜曳裙 回鸾 低昂袖 折腰理腰 飞履 抬袖 回头 捏 塔塔高 打鸳鸯场……
	《响铃舞》舞谱的前半段动作术语
	左右垂手 双拂 左小转 右小转 合蝉 左打场 右打场 左呈手 右呈手 合呈手

三、舞谱阙疑新探

古代的舞蹈虽然被传统戏剧借鉴,存活于戏剧身段之中,但是经过上千年的改造,它们在戏剧身段中已经难以分辨其本末的孰是孰非;而且,历史的久远和文献及遗存的缺乏,"德寿宫舞谱"中的舞蹈术语无论在戏剧身段中,还是在传统舞蹈的遗存中大多都难以找到,因此,舞谱破译困难重重,不少术语的解译处于"阙疑"状态,或者处于主观"臆测"之中。因此,对于困难的克服和对"阙疑"破

---

① 国立国乐院传统艺术振兴会:《时用舞谱(全)呈才舞图笏记》,首尔银河出版社,1989,第165-170页。

译的填补是后续研究取得学术研究进展的突破口。本研究从如下方面对阙疑进行新探。

（一）运用新的证据对前贤研究成果进行再证或补正，以学术研究与操作实验研究紧密结合，探寻宋代舞蹈的面目

如上所述，通过进一步考释，证明前辈已有成果的合理性与可信性部分，用以指导舞谱的复现；同时或纠正前人的误识或破译"阙疑"，让舞谱的考释与破解深入一步，是本研究的努力及途径。前辈的研究多以戏剧身段或文字本义为解译证据，而笔者除此之外，一方面通过新的史料的挖掘和分析；一方面通过舞蹈的活态遗存的证据挖掘与分析——既包括对中国古代传统舞蹈的静态和动态遗存进行考据，亦包括对传承在韩国的宋代乐舞的静态和动态的遗产进行考据，使得一些舞蹈专业性较强或使得现代人难解的名称的破解有所进展。例如"掉袖儿""小转""回头""打鸳鸯场""雁翅儿""呈手""舞头""舞尾""海眼""鲍老掇"等考释取得了新的进展，亦包括一些在舞蹈实践界熟知的，却因学术研究者陌生而形成的"阙疑"，例如"五花儿"类。

关于舞蹈的历史研究中的代表作复建研究，是既往中国舞蹈史研究在方法上比较忽略，或因其难而止步不前的方面，但是，这一研究则是舞蹈历史研究极其重要的环节。然而，这一方向的研究既不能单凭文字描述舞蹈，亦不能像舞蹈创作那样凭主观想象还原历史，而须将"纸上谈兵"和"舞场演练"紧密结合。因而，本研究将史学研究和理论研究紧密结合，将学术研究和实验研究紧密结合，将文献纸面静态研究和舞蹈表演活态研究紧密结合，以求通过研究方法创新，填补中国古代舞蹈史研究在操作层面上的空缺；通过触摸中国古代舞蹈的动态，力图将宋代宫廷舞谱以活态、立体、可感的方式呈现，从而

使得中国古代舞谱研究以及中国古代舞蹈历史的专题研究得以深化。

　　本研究认为,"德寿宫舞谱"中的术语作为舞蹈作品的片段或舞句中动态的记载,既不像当代戏曲身段教学中的术语,是将手、臂、腿、足分门别类,以程式化的动作要领和要求给予教学规范以指导;亦不完全是一个完整的舞姿动态记载——它们中,有的是记录手的动态的术语;有的是记录腿或脚的动态术语;有的是记录舞蹈队形的术语;有的是记录舞蹈角色的术语;更多记录的是舞蹈动态"约定俗成"的术语……因此,"舞谱"中的术语所指,往往明确的或是身体动作或姿势的局部,而其他部分则是模糊或是缺失的;或者队形和角色是明确的,但是所舞蹈的动作则是缺失的;或者是今人不解的宋代舞蹈"约定俗成"的动态……因此,舞蹈身体的各部分动作如何整体配合?舞句与舞句之间、动作与动作之间,以何种方式连接?动作和姿势节奏的时间长短、动作"力效"如何分配?因此,就像考古学领域复原文物的碎片一样,如何合理地粘合碎片并填补缺失的空白处亦是舞谱考释和复现的难点;也因此,本研究虽然作为一种学术探究有重要意义的努力,但其成果的价值只存在于那些具有足够证据证明的部分。

(二)探究宋代舞蹈的审美特色和艺术特征

　　1. 舞谱的复现不能回避把握和体现历史舞蹈的审美特色和艺术特征。之于"德寿宫舞谱"研究而言,首先不能将之与其存在的历史文化背景及其时代的审美风尚剥离。宋代被学界认为是华夏民族经济文化发展的"划时代的坐标点",是中国古代美学思想发展史上的高峰。其美学最重要的特点即是将华夏民族的诗性信仰发展到极致,并渗透于社会现实生活,追求既富于恣意的想象,又立足于现实人生的境界。当代考古学对德寿宫的新发现,也为本研究提供了重要的启发。1984年、2001年、2010年、2017年的四次考古发现和挖掘，使得德寿宫的面貌不断浮出水面。考古专家认为：德寿宫是除了皇城以外，南宋最重要的宫殿，是反映南宋时期重要皇家建筑历史信息的重要载体，意义重大。①显然，笔者认为，这一考古学的成就对于舞蹈史的研究意义亦非常重大。因为，如果说德寿宫是中国诗性写意园林的代表，那么，德寿宫舞蹈就有可能是中国诗性写意舞蹈的代表；如果说，德寿宫建筑精美程度比南宋皇城有过之而无不及，成为皇家生活的反映；那么，德寿宫的舞蹈即是皇家生活的本身。因此，本研究在复现过程中努力将"华贵"与"简约"、"享乐"与"理性"的审美追求实现统一，作为宋代舞蹈独具魅力的诗性写意的审美取向，去探究体现宋代宫廷舞蹈动态的时代特征和审美特色的节奏及风格。

2. 本研究认为，作为宫廷女乐舞蹈，必然浸满中国人的身体和舞蹈传统的审美和艺术特征。尤其是南宋时期，朱熹作为"程朱理学"的集大成者，将儒家的道德之学和王权的合法性提到新的高度。例如，受朱熹乐舞思想影响的朱载堉在《乐律全书》中记录古代"人舞舞谱"时曰："四势为纲，象四端也：一曰上转势，象恻隐之仁；二曰下转势，象羞恶之义；三曰外转势，像是非之智；四曰内转势，象辞让之礼……八势为目，象五常三纲也：一曰转初势，象恻隐之仁；二曰转半势，象羞恶之义；三曰转周势，象笃实之信；四曰转过势，象是非之智；五曰转留势，象辞让之礼……六曰伏睹势，表尊敬于君；七曰仰瞻势，表亲爱于父；八曰回顾势，表和顺于夫。"②通过一

---

① 孙媛、熊艳：《德寿宫昨天开启第四次重量级考古"小西湖"或许重见天日》，《杭州日报》手机浙江网，zjnews.zjol.com.cn.（2017-05-27）。

② 朱载堉：《乐律全书·律吕精义外篇卷九》，明万历郑藩刻增修清印本，哈佛—燕京大学复印，1928，第86-87页。

个"转势"我们可见,宋代舞蹈不仅要求在视觉上有变化之美,还要求具备能够维护"三纲五常"的功能之美——即:能够发挥维护"君为臣纲""父为子纲""夫为妻纲"和"仁""义""礼""智""信"等道德教化及社会秩序等效用。因而,在这样的审美追求之下的舞蹈姿势和动态都自然要符合"礼"和"理"的要求。例如,在中国戏曲至今遗存的南戏最早的"活化石"莆仙戏中女性手的动作便能看到这种对应——要求旦角的手势幅度"上不过眉,下不过脐"。再如,后世戏曲对不同人物的"云手"动作幅度也有严格的规定,其中"花脸举过顶,老生齐眉,武生齐脑门,小生够于鼻,旦角齐乳"[1]之说,都要求年轻女性的身体动作不仅细腻、精巧,更要符合社会伦理道德的规范。因此,本研究在舞谱的动态复现中,处处遵循了这一中国传统身体美学的规约。在女性双手在身前的运动中,基本上把握了"上不过眉,下不过脐"的幅度,呈现宋代宫廷舞蹈理性和雅致的特点。

"德寿宫舞谱"中的舞蹈动态产生于江南,在身体动态方面必然受到江南舞蹈特色的熏染。因此,在舞谱复现的身体体态方面,笔者采用了一些江南舞蹈的三道弯的体态——这种体态与其他地区的三道弯体态不同,是一种以身体横向腆腰、冲肋、送胯、双腿曲膝形成的三道弯,从而使得女子舞蹈呈现江南女性特有的柔美俏媚风格。

"德寿宫舞谱"作为宫廷妃嫔的舞者身份所献舞蹈的性质,其身体气质上所应具有的高贵、端庄、典雅、含蓄、妩媚、雍容等都是不能忽视的。因而,在复现中注重强调舞者的面容柔和、明眸善睐、头项中正、含胸拔背、背靠守气、腕扬肘落、胯关膝松、脚撇膝闭、步缓履慢、气质高雅、心静如水,以及节奏平稳,动态对称、起承转合衔接流畅与气氛祥和等特质,都是本研究着意把握的。同理,对应宋

---

[1] 张逸娟、王诗英:《戏曲旦行身段功》,中国戏剧出版社,2003,第11—12页。

代的音乐节奏、舞蹈风格与审美特色的要求，本研究在动态复现中主要采用中国戏曲中青衣的慢步配合术语中的身体动作和姿势，并以背部的控制和胸部的微含呈现宫廷舞蹈的端庄、典雅、高贵感；以江南舞蹈特有的横向腆腰、冲肋、塌腰、送胯、曲膝三道弯配合，呈现地处江南的南宋宫廷女子的窈窕、娇嗔和甜美；以重心靠后略带慵懒的体态呈现宫廷女乐雍容华贵的宫廷趣味；在间奏的队形流动中，则采用"南戏活化石"的莆仙戏中的"滚身裙"步法，带动曳地长裙，形成舞蹈"水上漂"般的轻盈和流动感；或以江南民间舞中略带跳动感的"三道弯颤膝拐脚"的步法呈现江南女子舞蹈的灵秀和活泼的性情；以薄纱轻曼的服饰和宽阔加长的水袖，呈现南宋宫廷女乐罗衣姿风、美若惊鸿的气象；以动作单纯地重复与队形对称流畅的变化，呈现宋代艺术所追求的简而大气，乐而不淫的审美追求。

（三）探寻与南宋宫廷舞蹈艺术匹配的节奏与时代特征

作为舞句或舞段类的舞谱复现研究，找到与南宋宫廷舞蹈艺术匹配的节奏，与那一历史时空的节奏保持一致是这一研究能够有所突破的关键——因为节奏是艺术的脊骨，亦是时代的特征和舞蹈风格的体现。鉴于对史料挖掘与解读，本研究选用了从周代传至宋代的《诗经》中的乐歌作为伴奏——即由南宋朱熹所辑、赵彦肃所传唐开元（公元713－公元714年）《风雅十二诗谱》中的《关雎》。

《宋史·乐志》（十七）关于"诗乐"记曰："虞庭言乐，以诗为本。孔门礼乐之教，自兴于《诗》始……咏歌以养其性情，舞蹈以养其血脉，此古之成材所以为易也。宋朝湖学之兴，老师宿儒痛正音之寂寥，尝择取《二南》《小雅》数十篇，寓之埙篪，使学者朝夕咏歌。自尔声诗之学，为儒者稍知所尚。张载尝慨然思欲讲明，作之朝廷，被诸郊庙矣。朱熹述为诗篇，汇于学礼，将使后之学者学焉。"①朱熹传《小雅》诗谱六篇为：《鹿鸣》《四牡》《皇皇者华》《鱼丽》《南有嘉鱼》《南山有台》；传《国风》"二南"诗谱六篇为：《关雎》《葛覃》《卷耳》《鹊巢》《采蘩》《采苹》。

　　朱熹曰："'《周南》《召南》，正始之道，王化之基。''故用之乡人焉，用之邦国焉。'《乡饮酒》及《乡射礼》：'合乐，《周南》：《关雎》《葛覃》《卷耳》；《召南》：《鹊巢》《采蘩》《采苹》。'《燕礼》云：'遂歌乡乐。'即此六篇也。合乐，谓歌舞与众声皆作。《周南》《召南》，古房中之乐歌也。《关雎》言后妃之志，《鹊巢》言国君夫人之德，《采蘩》言夫人之不失职，《采苹》言卿大夫妻能循法度。夫妇之道，生民之本，王化之端，此六篇者，其教之原也。故国君与其臣下及四方之宾燕，用之合乐也。"②

　　可见，宋代传承的《诗经》"二南"中的六谱为周时开创的房中乐中的代表性作品，其中《关雎》为宫廷房中乐之首。而在礼乐文化为正统文化中的"房中乐"，则与中国历史上的诸多后宫女乐不同，具有明确的"言后妃夫人之志""言国君夫人之德""风化天下而正夫妇"的教化功能。《毛诗》序曰："然则《关雎》《麟趾》之化，王者之风，故系之周公。南，言化自北而南也。《鹊巢》《驺虞》之德，诸侯之风也，先王之所以教，故系之召公。"郑玄笺云：《关雎》《麟趾》之化，是王者之风，文王之所以教民也。《鹊巢》《驺虞》之德是诸侯之风，先王大王、王季所以教化民也。故"《周南》《召南》，正始之

---

① 脱脱、阿鲁图等撰：《宋史》卷142《乐志第九十五·乐十七》，国家图书馆，清光绪十八年竹简斋石印本。
② 脱脱、阿鲁图等撰：《宋史》卷142《乐志第九十五·乐十七》，国家图书馆，清光绪十八年竹简斋石印本。

道，王化之基"。也即如正义所曰，文王正其家而后及其国，是正其始也。《周南》《召南》二十五篇，皆是正其初始之大道。因此，《关雎》"关关雎鸠，在河之洲；窈窕淑女，君子好逑……"并非如今人所解，只是一首男女情爱之诗，而如《毛诗》所解"是以《关雎》乐得淑女以配君子，忧在进贤，不淫其色。哀窈窕，思贤才，而无伤善之心焉，是《关雎》之义也"。王肃云："善心曰窈，善容曰窕。"都是将审美建立在善之道德之上。正义还曰："是以《关雎》之篇，说后妃心之所乐，乐得此贤善之女，以配己之君子；心之所忧，忧在进举贤女，不自淫恣其色；又哀伤处窈窕幽闲之女未得升进，思得贤才之人与之共事。君子劳神苦思，而无伤害善道之心，此是《关雎》诗篇之义也。"因此，《关雎》一诗的功能为"后妃说乐君子之德，无不和谐，又不淫其色，慎固幽深，若关雎之有别焉，然后可以风化天下。夫妇有别父子亲，父子亲则君臣敬，君臣敬则朝廷正，朝廷正则王化成"①。因而孔子在《论语·八佾》中对其所赞"《关雎》，乐而不淫，哀而不伤"亦应视为宋代继承周王朝房中乐的极其重要的审美原则。而以《关雎》这一宋朝继承周朝的宫廷房中乐作为"德寿宫舞谱"复现的音乐和诗歌伴奏自然十分恰切。

关于"乐而不淫""发乎情止于礼"的道德审美要求与宋代乐舞的美学合流，还在于，历来学界认为：雅乐只用于国家礼仪、祭祀，而不能够用于其他场所。但是笔者考证发现：历史文献中有关于"房中用雅乐自今朝始云"②的明确记载。《宋史》亦有明确记载："宋初置教坊，得江南乐，已汰其坐部不用。自后因旧曲创新声，转加流

---

① 孔颖达：《毛诗正义》，中华书局，1999，第19-22页。

② 允禄、张照等：《钦定四库全书荟要·御制律吕正义后编》，吉林出版集团有限责任公司，2005，第1799、1755页；陈旸：《乐书》，银河出版社，1989，第164页。

丽。政和年间，诏以大晟乐施于燕飨，御殿按试，补徵、角二调，播之教坊，颁之天下……绍兴中，始蠲省教坊乐，凡燕礼，屏坐伎。干道继志述事，间用杂攒以充教坊之号，取具临时，而廷绅祝颂，务在严恭，亦明以更不用女乐，颁示子孙守之，以为家法。于是中兴燕乐，比前代犹简，而有关乎君德者良多。"① 可见宋代宫廷，尤其是南宋的燕乐和房中乐的江南化、简化、雅化和礼乐化的走向。因而，以《关雎》作为舞蹈复现的伴奏和节奏依据，以与舞蹈同时代"传之正宗"的音乐诗歌为伴奏，便为复现南宋宫廷舞蹈的节奏提供了重要的历史依据，不仅使得复现研究应具有的历史合理性与可信度得以提升，而且，音乐的节奏对舞谱复现中反映历史上舞蹈的时代节奏、风格韵味提供了重要的帮助。进而，本研究也从某种角度提醒当代中国舞蹈史学研究注意，不应将古代宫廷的房中乐和后宫女乐舞蹈一概视为"淫荡"之舞。

四、舞谱价值重识

在当代，中国非物质文化遗产中的舞蹈保护的成果主要表现于民俗舞蹈文化的领域。民俗舞蹈文化是民族舞蹈文化之根，是民族舞蹈活力的源泉，因此，这一领域的文化遗产保护之于守护中华民族舞蹈的文化之根具有重要的意义和价值。然而，作为一个世界文明古国和历史上强大的帝国，中华民族还具有历史悠久、高度发达的雅的乐舞艺术传统——即以宫廷为中心的中国乐舞艺术的传统，折射着中国历史上的政治、经济、文化，以及文明化发展的状况，亦影响着民间舞蹈文化传统的建构。而作为民族舞蹈的古代典范——古典舞蹈的

---

① 脱脱、阿鲁图等撰：《宋史》卷142《乐志第九十五·乐十七》，国家图书馆，清光绪十八年竹简斋石印本。

组成部分，是一个民族文明化积累高度的标志，亦是后世舞蹈艺术发展的重要基础。因而，民间舞蹈文化和宫廷舞蹈文化在中国舞蹈文化历史上以文化空间和功能意义进行的对应划分，形成中华民族舞蹈之树的根基和主干，并以文化互补构成中华民族舞蹈的完整性。因此，对其挖掘和保护影响着中华民族当代舞蹈枝叶的高度与繁盛。

然而，朝代的更替、历史的变迁、战争的破坏、宫廷的衰落都使得中国古代的宫廷舞蹈未能传衍后世；而革命的荡涤、社会的转型、意识形态的转变，使得当代舞蹈对其历史原貌重新挖掘、整理、考证、复现的历史博物馆建设工程未能真正提上日程。作为动态的视觉艺术的舞蹈活态遗存的缺乏，尤其是代表文化正宗且影响广泛的代表作——古典舞代表作的缺乏，使得中国舞蹈学界在宫廷舞蹈文化（古典舞蹈的重要基础）和历史研究基本建立在文献和遗迹的碎片诠释之上——因为历史文本依据的缺乏，中国古典舞的历史在当代仍然是一个仅在人们想象中的概念存在。致使中国古典舞蹈的历史、美学、语言体系和价值取向的研究往往陷入困境。因而，在舞蹈史学"抱残守缺"的困境中，舞蹈学领域对于历史上的中国古典舞的研究如何推进？这是摆在每一位中国舞蹈研究工作者面前的课题。

周密所摘录的"德寿宫舞谱"及短短的介绍之语，包蕴了诸多值得我们重视的信息——既明确了舞谱的来源，又暗示了舞谱的价值。"德寿宫舞谱"作为中国历史文献中难得的一份中国宋代宫廷舞蹈的术语记载，对于我们认识中国宋代宫廷舞蹈，乃至古代宫廷舞蹈的面貌具有重要的价值，因而，对于这一舞谱的考释和复现研究，我们应该在如下方面进行再认识。

（一）对于中国古代舞蹈研究具有多重的史学价值

周密明确，所得舞谱"二大帙"，说明当时舞谱十分丰富，术语繁多，因而"可想见承平和乐之盛也"。折射了宋时的宫廷乐舞的繁盛的面貌。周密明确，"其中皆新制曲"，表明舞谱记载的乐舞多为当时创作，不是因袭，伴随音乐并称作"曲"，因此，这一研究之于宋代宫廷乐舞作品研究具有重要的史学价值。周密明确，此谱"多妃嫔诸阁，分所进者"，既说明乐舞是妃嫔的献艺乐舞，属于伎乐，亦说明宫廷妃嫔是古代乐舞的创作者和表演者，作为宫廷女子舞蹈的术语，对其研究之于中国古代宫廷女乐的研究具有重要的史学价值。

（二）对于研究宋代宫廷舞蹈的句式具有重要的学术和艺术价值

在现有史料遗存中，像"德寿宫舞谱"这样反映出古代舞蹈术语系统的是独此一份。如果该舞谱能够被证明像本研究所认为的属于舞蹈作品的短句、舞段或组合，甚至是由一组术语记录的一支舞蹈，每一组的不同术语之间有着紧密的连接关系，那么，破译和复现研究对于我们认识古代宫廷舞蹈的句法、格式，以及作品的结构具有重要的意义。

（三）对于揭示宋代宫廷舞蹈的节奏，把握其艺术和审美特征具有重要的学术价值

显然，如上所说，节奏是一切艺术的脊骨，是揭示舞蹈艺术时代的特征、民族的个性、艺术风格和舞蹈韵味的关键。鉴于"德寿宫舞谱"为舞蹈作品的短句或段落，亦有与当时舞蹈匹配的房中乐可作参照，加之韩国呈才中唐乐史料和相关非物质文化遗产中的舞蹈作为参

考，都使得我们的研究虽然是建立在有限的历史碎片之上，且永远无法还原本体，但是，作为一种努力，将朝向历史的本原接近一步。

（四）对于揭示古代舞蹈与戏剧舞蹈间的源流关系具有重要的学术价值

"德寿宫舞谱"存在的时间，为中国百戏之祖"南戏"刚刚兴起的阶段。据祝允明《猥谈》云："南戏出宣和之后，南渡之际，谓之温州杂剧。"而最早记载"南戏"的文献亦是出自周密的《癸辛杂识别集》卷上关于"祖杰"的记载，周密提及了当时的温州南戏艺人将恶僧祖杰之事"撰为戏文，以广其事"。也即告诉我们，当"南戏"（其名称首见于元代）还以表演故事为主，以"戏文"称谓，尚在综合宋代众多的伎艺（如：宋杂剧、歌舞大曲、傀儡戏、皮影戏等）过程之时，宫廷舞蹈已经十分繁盛且十分系统化。因而，无论是王国维列举《武林旧事》（卷二）中所载舞队七十种，明确指出："后来的戏曲多用其名目，可知其与戏曲非毫无关系也"[1]；还是齐如山运用后世戏曲舞蹈中的动作参证"德寿宫舞谱"，明确指出："虽然不敢说一定对，但是相去也不至甚远。由此更可证明现在戏中身段实来源古时之舞，则毫无疑义矣"；[2] 都说明：对"德寿宫舞谱"的破译与复现研究不仅对于探究业已消失了的中国古代宫廷舞蹈的面貌具有重要的学术意义，而且对于我们"逐波讨源"地从传统戏曲舞蹈深入地挖掘中国古代舞蹈的面貌具有重要的学术意义。同时，对于深层认识戏曲如何汲取舞蹈艺术，完成自身的文化嬗变，成长为独立的表演艺术，最终成为中国古典艺术的精粹具有重要的

---

[1] 王国维：《宋元戏曲史》，百花文艺出版社，2002，第32页。
[2] 齐如山：《国剧身段谱》，北平国剧学会，1935，第7-8页。

学术价值。

　　同时，周密记载的"德寿宫舞谱"向世人呈现了中国古代舞蹈在戏剧崛起之前的盛况，以及南宋宫廷舞蹈发展的高度，而且这类舞谱当时传至朝鲜半岛，可见传播的广泛度，都用铁的事实证明："德寿宫舞谱"中舞蹈术语的专业性、艺术性、系统性、成熟度、规范化呈现出其经历了悠久的历史文化积淀过程，因而表明了此前作为古代典范舞蹈——中国古典舞的历史存在；进而证明了中国古代舞蹈是源，戏曲舞蹈是流。因而，戏曲舞蹈是吸收了中国古典舞发展起来的，而非由于当代舞蹈家在戏曲舞蹈基础上重建了"新古典舞"，而被人误解"中国古典舞是吸收戏曲舞蹈发展而来的"；同理，中国古典舞更非"是由当代人创造的产物"……因而，这一舞谱及其研究将有助于纠正当代人对古典舞蹈和戏曲舞蹈源流关系认知的误识，具有学术建设拨乱反正方面的重要的意义。

　　值得强调的是：舞谱的考释与复现如同考古工作一样，必须依据遗存的事实和有效的证据才能得出结论；即使是以假设修补历史遗存的缺损，也必须遵循这一科学原则。因而，舞蹈的考释与复现工作的困境是令人难以想象的；也因而，任何古代舞蹈的复现都将是未完成式的；也因此，任何对于古代舞蹈谱研究及其复现的成果，都带有当代学者、艺术家，甚至舞蹈表演者在二度创作的阐释过程中的个人认识和理解，因而都不能等同于古代舞蹈的本体或本身，本研究如是。然则，作为一种认识和接近历史本原的努力，古代舞蹈谱的考释、复现具有重要的学术开拓性的意义，应该受到中国舞蹈史学和舞蹈文化建设领域的高度重视。

刘青弋

1954年生，北京师范大学文学院文艺学专业1999级博士生，2003年获得博士学位。中国艺术研究院研究员、博士生导师；此文发表时兼任上海戏剧学院特聘教授、博士生导师、舞蹈研究院院长、《当代舞蹈艺术研究》主编、东亚传统宫廷乐舞国际研究会会长兼联合艺术总监。主要著作有：《现代舞蹈的身体语言》（2004）、《西方现代舞史纲》（2004）、《中国舞蹈通史·中华民国卷·上、下》（2010）、《刘青弋文集》系列丛书（2013）等。

张君劢"人生观"概念的思想来源

宋溟

　　1923年2月14日，张君劢应吴文藻之邀在清华学校做了一个题名为《人生观》的演讲，此文刊载于《清华周刊》第272期。丁文江读后勃然大怒，于4月12日撰文《科学与人生观》，刊于《努力周报》第48期和第49期，"科玄论战"正式开始。随后，论战的文章形成了以《时事新报·学灯》和《努力周报》为阵地的两大阵营，前者的主要倾向是为张君劢辩护，发表文章的作者有张君劢、梁启超、孙伏园、林宰平、张东荪、陆志韦、钱穆、颂皋、王平陵等人，文章角度不同、观点各异、态度较温和，并没有形成统一的论战观点。相比较而言，《努力周报》上刊载的文章论战的倾向较为强烈，甚至出现了讽刺和笑骂。论战文章中涉及到的西方学者遍及众学科，哲学家、物理学家、生物学家、心理学家不胜枚举，每个学科内又有不同的流派，论战作者按自己的观点挑选西方论据，尽管也有断章取义之弊，但在旁征博引之中无疑增进了学界对西方理论的了解。

　　一百年后，当我们再次回望这场没有定论的"科玄论战"，会发现它的议题并没有随着时代的变迁而远去，反而在新的时代问题的拷问中展现出更多的可能性。就当时的情形来看，这场论战似乎以"玄学派"的失败和"科学派"的胜利为结局，但在此之后，反思和批判的声音从未停止过。随着西方世界在20世纪对启蒙的批评与反思，

"科玄论战"中的"玄学派",即"人生观派"被赋予了新的高度,彭小妍在《唯情与理性的辩证:五四的反启蒙》中说:"五四时期的人生观派虽然一直被视为维护传统的保守派,但他们连结跨欧亚的反启蒙论述,企图为传统寻找现世意义的努力,更贴近今天以非理性为首的西方学术流派。"①

那么,以张君劢为首的"人生观派"能否算作"反启蒙"的力量呢?要回答这个问题,我们首先要着眼于他所提出的"人生观"概念。这个概念不仅是论战双方的焦点,而且彰显了他对中西方不同文化传统和理论资源的嫁接与建构。

一

1934年,张君劢回顾了十年前的"科玄论战"。在《人生观论战之回顾(二十三年)》这篇文章中,他明确指出了"人生观"一词的理论来源。他说:

> "人生观"之名,本于倭伊铿所著之《大思想家之人生观》,是指哲学史中各家对于人生与宇宙问题之答案,其为主观的,毫无疑义,我的老师重视大思想家之创造力,我是的确受他这方面的影响。②

为了理解张君劢的"人生观"内涵,我们需要首先回到奥伊肯(Rudolf Eucken)的著作《大思想家之人生观》的文本,来探讨奥伊

---

① 彭小妍:《唯情与理性的辩证:五四的反启蒙》,台湾联经出版公司,2019,第34页。

② 张君劢著,程文熙编:《人生观论战之回顾(二十三年)》,《中西印哲学文集》,台湾学生书局,1981,第1000页。

肯所说的人生观究竟为何物。

奥伊肯在此书的《前言》中，给出了人生观的定义，他指出，作为主题的"人生观"，不能在日常用语的层面上来理解，其内涵要远远多于习惯用法。他的这本著作，也不是大思想家们关于人生的只言片语或者名言警句的集锦。在他看来，那些语录只是出于片刻的情绪，只能遮盖实质的核心，流于口舌的言辞肤浅自然，却无法道出人生之本质。他说："我们要研究的，不是思想家们对生命的反思，而是生命本身，是他们的思想世界中的生命景象。我们要问的是，他们的作品给人生带来了什么启示，赋予了人生怎样的地位和内容，如何将境遇和行动交织在一起。我们的疑问，一言以蔽之，即人生的显著特点。"① 如果说，按照我们习惯性的理解，人生观是"人对于人生的方方面面看法"，在这个层面上，人生观是个人化的，具体的。但这并不是奥伊肯所要阐述的"大思想家之人生观"。他认为大思想家之人生观对于生命王国里精神内容和精神财富的建造，不是出于平凡生活，而是与平凡生活保持着距离，是与"卑微的人的追求"相对立的。但这并非是说"人生观"与形形色色的人类生活绝缘，而恰恰相反，"人生观"是在多样性之中获得的统一。这种"人生观"需要"品质之高尚""内在之自由"和"创造性之力量"，它通过超越世俗世界的方式反而找到了与"历史－社会"的环境之间的关系。他们超越自己的时代而达到永恒，他们超越单纯的人性而达到真理。他说："如果我们把这些具有创造性的思想家看成整体精神生命的光源，分散的光线汇聚其中，以便这些不灭的火焰在整体中发挥更强

---

① Rudolf Eucken, *Die Lebensanschauungen der Grossen Denker: Eine Entwicklungsgeschichte Des Lebensproblems Der Menschheit Von Plato Bis Gegenwart*, Leipzig: Verlag von Veit Comp., 1904, S.3-4.

的作用。那么我们就能自信和肯定,在他们的作品中把握到了其所有成就的核心。"① 由此,每个思想家的人生观只能在这种整体性中获得,在这种整体并非现象的累加,而是要从内在上把握。思想史现象上的传承和对立,都向我们展示了:"思想工作如何从生命过程的深处汲取营养,并在其必要性中找到方向,如何形成了为真理与幸福、为精神存在而斗争的现象。在这个生命过程的更大范围内,许多事情可能相互补充和促进,而在概念的顶峰出现尖锐的分裂;在这里,一个整体的运动很可能包括所有的分裂,甚至将精神的战斗转化为富有成果的创造工厂。但是,伟大的思想家们,在他们奋斗的最深处,可以向我们展示这一运动的主要阶段,他们可以把我们从遥远的过去引向现在的门槛,唤醒过去引向新的生命,把我们引向整个人类的工作,因此使我们从单纯的当下进入一个时间更高的当下。"② 奥伊肯的人生观是超越时间的,他对人生观问题的探讨实际上是对世界历史的精神书写。他拒绝论述人生观的客观性,而是要将这些人生观放在一个彼此并置、前后相继的整体生命和永不停歇的运动中来理解。他认为书中的评价"不应出于一己之思,而是通过在世界历史中这些对象的直接展示及其影响做出的判断"③。奥伊肯认为这些思想家的伟大创

---

① Rudolf Eucken, *Die Lebensanschauungen der Grossen Denker: Eine Entwicklungsgeschichte Des Lebensproblems Der Menschheit Von Plato Bis Gegenwart*, Leipzig: Verlag von Veit Comp., 1904, S.5.

② Rudolf Eucken, *Die Lebensanschauungen der Grossen Denker: Eine Entwicklungsgeschichte Des Lebensproblems Der Menschheit Von Plato Bis Gegenwart*, Leipzig: Verlag von Veit Comp., 1904, S.6.

③ Rudolf Eucken, *Die Lebensanschauungen der Grossen Denker: Eine Entwicklungsgeschichte Des Lebensproblems Der Menschheit Von Plato Bis Gegenwart*, Leipzig: Verlag von Veit Comp., 1904, S.7.

造必来源于超越世界与历史的原初状态，这种原初状态是起于内部的、鲜活的、普照的整体。这种整体智能通过直觉来把握，而不能靠学识和批评。

按照张君劢的说法，他的"人生观"之名直接就来源于奥伊肯的《大思想家之人生观》，可见其影响之大。那么这种受了奥伊肯影响的"人生观"为什么会引发争议呢？从丁文江发难的关键词来看，他的攻击重点在于"形而上学"。而面对丁文江的非难，张君劢毫不避讳，颇有自鸣得意的姿态。1923年年底，泰东图书局准备出版人生观论战的论文集，特属张君劢作序，张君劢在序言中宣称：

> 现世界之代表的思想家，若柏氏倭氏，本此义以发挥精神生活，以阐明人类之责任。推至其极而言之，则一人之意志与行为，可以影响于宇宙实在之变化，此正时代之新精神，而吾侪青年所当服膺者也！庄子曰："水之积也不厚，则其负大舟也无力。"柏氏倭氏辈推求宇宙实在，为归宿于形上学者，非有他焉，其必然之结论然也！呜呼，使即此之故，令我受千万人之谤毁，所不辞焉。①

张君劢对于奥伊肯、柏格森玄学的偏爱，的确十分明显。但这种偏爱的明确表达，是在丁文江第一次发难之后，尤其是为了回应"玄学家没有地方混饭吃"的讽刺，张君劢力证柏格森、奥伊肯、詹姆斯的新玄学正代表了时代精神。

不过，按照丁文江的说法，"玄学鬼"由三部分组成：生命哲学、康德哲学和儒家的心性哲学。这三部分是如何在张君劢"人生观"理念里面统合为一的呢？

---

① 张君劢著，程文熙编：《致讲学社书谓倭氏不克东来讲学》，《中西印哲学文集》，台湾学生书局，1981，第998页。

如前所述，奥伊肯的"人生观"概念具有十分明显的形而上学的意味。他刻意保持与平凡生活的距离，避免流于生活表面的论述。那么，张君劢的"人生观"继承了奥伊肯的这个特点了吗？问题的答案需要回到《人生观》的原文中来寻找。他说："人生观之中心点，是曰我。与我对待者，则非我也。"① 人生观所涉及的问题，张君劢分为九种：

就我与我之亲族之关系
就我与我之异性之关系
就我与我之财产之关系
就我对于社会制度之激渐态度
就我在内之心灵与在外之物质之关系
就我与我所属之全体之关系
就我与他总体之关系
就我对于世界之希望
就我对于世界背后有无造物主义信仰②

这九种关系，有的涉及伦理，有的涉及经济，有的涉及政治，有的涉及宗教，张君劢以"人生观"而概括之。我们发现，与奥伊肯将人生观的中心放在"精神生命"不同，张君劢认为人生观的中心在于"我"。与奥伊肯反复强调要超越于日常生活不同，张君劢把目光直

---

① 张君劢：《人生观》，载张君劢等著《科学与人生观》，黄山书社，2008，第31页。
② 张君劢：《人生观》，载张君劢等著《科学与人生观》，黄山书社，2008，第31页。

接投射于日常生活。换句话说，张君劢的"人生观"正是奥伊肯所刻意回避的"对日常生活方方面面的看法"。奥伊肯的出发点是精神生命，超越主客体，不存在主观或客观的选择问题，张君劢的主观主义立场显然不能溯源于奥伊肯的影响。他所列举的九个问题，用主观主义替代了奋发向上的能动主义，这导致了在人生观上"怎么都行"的庸俗化倾向，以至于丁文江说："果然如此，书也不必读，学也不必求，知识经验都是无用，只要以'自身良心之所命……而绝非有使之然者也'。……人人可以拿他的不讲理的人生观来'起而主张之'，安见得孔子、释迦、墨子、耶稣的人生观比他的要高明？"①

既然如此，丁文江对张君劢"玄学人生观"的讥讽岂不是无的放矢？张君劢又为什么会对"形而上学"的讥讽全盘接受？其实，早在论战伊始，林宰平就看到了这个问题，他说："玄学是专讲本体论的，君劢先生在清华讲演对不对另是一个问题，但是他明明是讲他的人生观，并没有提到什么玄学。在君先生在这篇文章里，也说玄学家单讲他的本体论，我们决不荒废光阴来攻击他。然则在君先生现在所攻击的，究竟是个什么东西？本体论方面既不加攻击了，难道除了讲本体论之外，还有一个什么叫做玄学么？"②为了回应林宰平的问题，丁文江说给"玄学"下了一个定义，他说："广义的玄学是从不可证明的假设所推论出来的规律。"③但这个定义无疑太宽泛了。丁文江的"玄学"概念，是在与科学的关系中给出的。他说："他还不知

---

① 丁文江：《玄学与科学——评张君劢的〈人生观〉》，载张君劢等著《科学与人生观》，黄山书社，2008，第50页。

② 林宰平：《读丁在君先生的〈玄学与科学〉》，载张君劢等著《科学与人生观》，黄山书社，2008，第153页。

③ 丁文江：《玄学与科学的讨论的余兴》，载张君劢等著《科学与人生观》，黄山书社，2008，第252页。

悔过，依然向科学摆他的架子，说'自觉你不能研究；觉官感触以外的本体，你不能研究。你是形而下，我是形而上；你是死的，我是活的'。科学不屑得同他争口舌：知道在知识界内，科学方法是万能，不怕玄学终久不投降。"① 由上可知，丁文江的"玄学"包含着两个对象：本体论和形而上学的生命观。丁文江声明不谈本体论的问题，那么他要批判的玄学就是形而上学的生命观。沿着丁文江"科玄对立"的思路，张君劢式的"玄学"究竟是不是奥伊肯的"形而上学"呢？

奥伊肯在《一种新人生观原理》中，探讨了科学与哲学的关系。对于科学，他认为，若试图让科学介入精神工作，会产生严重的问题。科学的问题不在于科学本身，而是在于人，在于科学的普及活动。首先，自然科学的方法和思路常常被用于人文科学。他说："事物内在化的认识论，而非精神之内容，成为了全部的学问。"② 其次，更为严重的是，科学的世界观几乎成为了唯一一种世界观。人若要科学地观察世界，便需将世界与人截然地分开，并尽可能地去除一切人的因素。从这样的世界中找寻最终的结论，生命之内容与内在之充盈都将被排除在外。奥伊肯认为："精神进程决不能囿于科学之范围，科学之外还有其他的发展。这些发展若要想受到同样的重视，就必须把握世界图景的整体性。"③ 接下来，奥伊肯对哲学提出了要求。首先，哲学的出发点必须是生命，其他的概念，如"世界""主体""存在"等等，只能在生命进程中展示出意义，并且，这些概念时时流

---

① 丁文江：《玄学与科学——评张君劢的〈人生观〉》，载张君劢等著《科学与人生观》，黄山书社，2008，第48页。

② Rudolf Eucken, *Die Grundlinien einer neuen Lebensanschuung*, Leipzig: Verlag von Veit& Comp., 1913, S.227.

③ Rudolf Eucken, *Die Grundlinien einer neuen Lebensanschuung*, Leipzig: Verlag von Veit& Comp., 1913, S.227.

变,并不是如在唯心主义认识论中那样展现为对立。但仅仅从生命出发是不够的,哲学还必须超越所有关系的变动和人类的反复无常,而这种超越只能在精神生命中得以实现。

我们再来对比张君劢的"人生观"与科学争胜的方式。张君劢所说的:"曰主观的,曰直觉的,曰综合的,曰自由意志的,曰单一性的"①都是以"我"为出发点,当"我"面对客体的时候,所展现的姿态正是奥伊肯所反对的对立。他说:"盖人生观,既无客观标准,故惟有返求之于己,而决不能以他人之现成之人生观,作为我之人生观者也。"②

由上述之区别便可发现,如果说丁文江之前从"人生观"的名称以及"直觉""综合""自由意志"等处看到了生命哲学的影子,只是由于张君劢师承生命哲学家的求学经历,因而判定他的"人生观"中有柏格森的影子,但在对"形而上学"批判的具体展开中,很难将张君劢的"人生观"概念放在生命哲学中。

二

丁文江也捕捉到了上述问题,在《玄学与科学——评张君劢的〈人生观〉》一文中,他明确指出,认为柏格森只是张君劢玄学的一部分,还有另外的部分。他说:"然而平心而论,柏格森的主张,也没有张君劢这样鲁莽。我们细看他说'良心之自动'……"③

丁文江抓住了张君劢最为所强调的"良心之自动"。这个概念中

---

① 张君劢:《人生观》,张君劢等著《科学与人生观》,黄山书社,2008,第36页。
② 张君劢:《人生观》,张君劢等著《科学与人生观》,黄山书社,2008,第36页。
③ 丁文江等:《玄学与科学——评张君劢的〈人生观〉》,张君劢等著《科学与人生观》,黄山书社,2008,第49页。

的康德痕迹是十分明显的，康德对于"现象界"和"物自体"的区分，使得理性只能作用于现象界，而"物自体"因为超出了理性的认识区域，保留了自由的领域，此领域的管辖权归实践理性所有。由此，康德在实践理性的断言命令中，即道德律中建立了新的形而上学。张君劢说："良心之所命。以康德之名名之，则曰断言命令(Categorical Imperative)。以倭伊铿之名名之，则曰精神生活。"这实际上，是将"良心之自动"等同于奥伊肯精神生命的同时，也等同于康德的断言命令。而如前所述，奥伊肯的精神生命是以生命的整体性为出发点的，而不是从良心和理性中生发而来的，因此"良心之自动"更应该归因于康德的"断言命令"。

在丁文江看来，"良心之自动"是荒谬的，他说："假如张献忠这种妖孽，忽然显起魂来，对我们说，他的杀人主义，是以'我自身良心之所命，起而主张之，以为天下后世表率'，我们也只好当他是叔本华、马克思一类的大人物，是'一部长夜漫漫历史中秉烛以导吾人之先路者'，这还从何说起？"①丁文江提出的质疑，实际上是以"良心"为决定因素的道德生活如何保证。

奥伊肯哲学是建立在对康德哲学的批判之上的。但张君劢却想在"良心之自动"的问题上，将奥伊肯哲学与康德哲学等同起来，他如何取消掉二者之间的矛盾呢？张君劢在回应张献忠的例子时说：

> 人生者，介于精神与物质之间者也；其所谓善者，皆精神之表现，如法制、宗教、道德、美术、学问之类也；其所谓恶者，皆物质之接触，如奸淫掳掠之类也。古往今来之大思想家，每于物质精神之不调和，不胜其悲悯，于是静思默

---

① 丁文江：《玄学与科学——评张君劢的〈人生观〉》，载张君劢等著《科学与人生观》，黄山书社，2008，第50页。

索，求得一说焉，以布于众。故以吾国言之，自孔孟以下逮于陆王，以欧洲言之，自柏拉图以下逮于所谓马克思，虽立言各有不同，然何一非舍己为人，以图人类之解放者？人类目的，屡变不已；虽变也，不趋于恶而必趋于善；其所以然之故，至为玄妙，不可测度。①

这段话似乎是以奥伊肯哲学为出发点的解答，张君劢在这篇文章稍后的地方明确说：

> 倭伊铿之哲学之大本曰精神生活。人生者介于物质与精神之间者也。物质常为吾人之障碍，故超脱物质，以靖献于大我生活之中，是倭氏立言之要旨也。②

但张君劢对奥伊肯哲学的阐释存在着明显的误读。奥伊肯的精神生命的确是超越于物质的，但精神生命与善、恶无关，或者说它超越于包括善恶在内的一切对立。更何况，如果我们承认善是"精神的表现"，恶是由于"物质之接触"，那么后面的例子似乎并不合适。例如，作为唯物主义的代表人物，马克思在生命哲学的逻辑中，如何能不趋于恶而趋于善？看来此处的趋善避恶不是生命哲学框架内的理解，而是带有某种必然性。换句话说，无论人生观是唯物主义还是唯心主义，无论是中国人还是欧洲人，都能在自由意志的作用下做出这种必然性的决定，张君劢说：

> 古往今来之哲学家，自成一系统，包举一切现象，而其

---

① 张君劢：《再论人生观与科学并答丁在君》，载张君劢等著《科学与人生观》，黄山书社，2008，第81-82页。

② 张君劢：《再论人生观与科学并答丁在君》，载张君劢等著《科学与人生观》，黄山书社，2008，第98页。

> 说足餍人心者，无如康德。……人类好于一切现象求其因果之相生，于是有知识，有科学。然欲以因果律概括一切，则于人生现象中，如忏悔，如爱，如责任心，如牺牲精神之属于道德方面者，无法以解释之。于是康德氏分之为二：曰关于伦理者，是自由意志之范围也；关于知识者，是因果律之所范围也。自由与因果二义乃不相冲突，而后人事与知识方面各有正当之说明。①

换句话说，按照张君劢的理解，张献忠的例子不可能是"良心之自动"，因为在康德哲学的理解中，实践理性为道德立法，良心之自动的结果一定为善。不仅如此，张君劢再一次强调了康德哲学对于中国的适用，他说：

> 康氏之哲学，本取英休谟与德华尔孚而折衷之，惜焉后人不能发挥光大，致陷哲学界于分裂。继今以后，诚能本康氏之说，以施之于英德之哲学，英德之伦理学，英德之生物学，英德之心理学，英德之教育学，必能有所发明，而于学术界有一种新贡献。此责也，以谁任之为宜？曰，吾以为莫如吾国人。何也？少国界之拘牵，不为陈言所束缚，非英德人之所能也。合二者而一之，斯上策也。否则两利而俱存之，犹不失为中策。若执一方之言以夸耀于国人，则无聊之甚，莫过是矣。②

张君劢眼中的康德，几乎是无所不能的，在哲学、伦理学、生物

---

① 张君劢：《再论人生观与科学并答丁在君》，载张君劢等著《科学与人生观》，黄山书社，2008，第90页。
② 张君劢：《再论人生观与科学并答丁在君》，载张君劢等著《科学与人生观》，黄山书社，2008，第91页。

学、心理学、教育学等诸学科上均能发挥作用,中国人拥有了康德哲学,似乎就拥有了"以外释内"的英国传统和"以内释外"的德国传统。这样,无论是英国的洛克、休谟还是德国的奥伊肯、杜里舒都可以消解于其中。

张君劢"人生观"中的"良心之自动",是将奥伊肯的"精神生命"向康德"断言命令"靠拢的结果,张君劢利用康德哲学对奥伊肯哲学的解读,把高高在上的精神生命拉回到人的理性之中。

三

张君劢的"人生观"概念并不仅包括西方哲学内部的理论关系,而且呈现出对儒家思想进行重新阐释的自觉。按照丁文江的分析,附在张君劢身上的西方玄学鬼魂和高谈心性的理学家的魂灵是结合在一起的。当张君劢面对丁在君的非难时,他细致完成了这种结合。如果说在生命哲学和康德哲学的和解中,是以生命哲学消解于康德哲学之中而实现的,那么在与儒家的结合中,张君劢是如何操作的呢?尽管张君劢明知有牵强附会的嫌疑,但是仍然认为:"若夫汉宋之争,与惟心惟物之争,则人类思想上两大潮流之表现,吾确信此两潮流之对抗,出于心同理同之原则,而不得以牵合傅会目之也。"①张君劢例举了培根、洛克、休谟、边沁的观点,将经验主义与功利主义共归于唯物主义,逐条对应于王印之、顾亭林、阮元、戴东原、章学诚之语。

在与孔孟以及理学家的对照中,张君劢将康德、柏格森和奥伊肯一起作为唯心主义的代表人物,取消了他们哲学思想的内在差异性。双方的对照关系,也是逐条展开的,兹列于下:

---

① 张君劢:《再论人生观与科学并答丁在君》,载张君劢等著《科学与人生观》,黄山书社,2008年,第111页。

欧洲唯心派之言：

(1) 康德分人之理性为二：其在知识方面，曰纯粹理性，能为先天综合判断；其在人生，曰实行理性，能为自发的行动。

(2) 康德云，关于意志之公例，若有使之不得不然者，是为断言命令。

(3) 康德云，伦理上之特色，为自主性，为义务概念。

(4) 唯心派好言心之实在。

(5) 柏格森云，创造可能之处，则有自觉性之表现。

(6) 柏格森云，本体即在变中。

(7) 倭伊铿云，人生介于物质精神之间，贵乎以精神克物质。

(8) 最近新唯心派提倡自觉的努力之说。

孔孟下逮宋明理学家之言：

(1) 孟子曰，人之所不学而能者，其良能也；所不虑而知者，其良知也。又曰，仁义礼智，非由外铄我也，我固有之也。

(2) 孟子曰，舜之居深山之中，……闻一善言，见一善行，若决江河，沛然莫之能御也。

(3) 孔子曰，为仁由己，而由人乎哉？又曰：古之学者为己，今之学者为人。又曰，君子喻于义，小人喻于利。

(4) 理学史上有危微精一之大争论。

(5) 子曰，惟天下至诚……能尽物之性，则可以赞天地之化育。

(6) 子曰，易不可见，乾坤或几乎息矣！

(7) 子曰，克己复礼为仁。

(8) 子曰，君子终日乾乾，夕惕若，厉无咎。①

---

① 张君劢：《再论人生观与科学并答丁在君》，载张君劢等著《科学与人生观》，黄山书社，2008，第112-113页。

张君劢认为理学家代表了孔孟以降的真实传统,并提出了"新宋学"这个口号。他指出了支持新宋学的两个理由。第一个理由是在学理上的。他用柏格森与康德哲学来支持新宋学的合理性。但是正如张君劢用康德哲学来消解奥伊肯哲学一样,他对柏格森哲学进行了同样的处理。他引用柏格森之言,认为人因为有"生机之冲动"而受到"道德的生活之创造流"的驱使,这是"以心为实在",这种解读无疑取消了柏格森以"创造之流"为实在的观点,回到了康德的旧唯心主义当中。张君劢认为,这证明了"明明德""三省吾身""克己复礼"的合理性。

第二个理由是"致用"。他说:"吾之治学与我之奔走政治同,有一贯之原则,曰:用之则行,舍之则藏而已。"① 那么宋学为什么比汉学更符合致用呢?张君劢承认:"关于自然界之研究与文字之考证,当然以汉学家或欧洲唯物派之言为长。"② 但同时又申明:"其关于人生之解释与内心之修养,当然以唯心派之言为长。"③ 这里的疑问在于,"人生之解释"与"内心之修养"为什么会是他迫在眉睫的致用之学?这实际上又与张君劢最初的社会主义理想有关。生命哲学对自由主义的反拨支持了张君劢的这一想法。他在1920年代的社会主义理想还处在"重公益,轻私利"的阶段。因此,支持自然科学和文字考证的唯物主义与汉学自然就退居其次了,而新宋学的致用之效就在于政治理想的促成。他说:

---

① 张君劢:《再论人生观与科学并答丁在君》,载张君劢等著《科学与人生观》,黄山书社,2008,第116页。

② 张君劢:《再论人生观与科学并答丁在君》,载张君劢等著《科学与人生观》,黄山书社,2008,第113页。

③ 张君劢:《再论人生观与科学并答丁在君》,载张君劢等著《科学与人生观》,黄山书社,2008,第113页。

> 当此人欲横流之际,号为服国民之公职者,不复知有主义,不复知有廉耻,不复知有出处进退之准则。其以事务为生者,相率于放弃责任;其以政治为生者,朝秦暮楚,苟图饱暖,甚且为一己之私,牺牲国家之命脉而不惜。若此人心风俗,又岂碎义逃难之汉学家所得而矫正之乎?诚欲求发聋振聩之药,惟在新宋学之复活。所谓实际上之必要者此也。①

综上所述,张君劢的"人生观"理念由生命哲学、康德哲学和新宋学共同支撑而成。在建构"人生观"概念之初,生命哲学作为"人生观"概念的直接来源,受到了科学派的非难。例如胡适就曾宣称:"若倭铿来,他每有一次演说,我们当有一次驳论。"②这也是为什么近些年来,有学者将奥伊肯的这位亲炙弟子放在欧亚反启蒙的论述之中。我们也应该承认,张君劢在"科玄论战"中所运用的德国哲学为中国抵抗"科学主义"留下了宝贵的理论资源,提供了可借鉴的思路;但更应该认识到,张君劢在论战中对德国哲学的"袭取"并不是单线的。我们已经通过对具体文本的抽丝剥茧,发现了其中的多线结构,且注意到这种多线的形态并不是平行的。张君劢与丁文江、胡适之间的"科玄论战",在表面上看来似乎是生命哲学与实证主义的对抗,而事实上,在张君劢的理论资源中,康德哲学较生命哲学更为强势。在"人生观"的概念背后,张君劢将"良心之所命"与"精神生命"等同起来,将生命哲学改写为古典唯心主义哲学。不唯如此,张君劢还将这种改造延续到中国传统之中,挑选了看上去与康德哲学相

---

① 张君劢:《再论人生观与科学并答丁在君》,载张君劢等著《科学与人生观》,黄山书社,2008,第115页。

② 胡适著,耿云志、欧阳哲生编:《胡适书信集》,北京大学出版社,1996,第262页。

契合的宋明理学。这种"人生观"带有对启蒙的明确向往，与"科学派"在立场上并无差别，只是在科学派运用的英美"实证主义""经验主义"等理论资源之外，增加了德国哲学理论。而张君劢在德国哲学内部的选择，虽然有助于各种思想在中国的传播，却无疑也是一场思想危机的开始，因为这种选择造成了三个后果。其一，张君劢对西方原理的改造，有可能会取消掉一些或许更具有理论价值和时代意义的思想。其二，经由张君劢所引介的德国哲学理论，无法保有它原有的形态，有可能误导中国学界的理论选择。其三，这种改造向中国传统延伸，由于在张君劢看来，与这种理论改造结果相契合的中国传统是宋明理学，因此，宋明理学之外的传统就会受到排斥。

应该说，一百年前的"科玄论战"，是张君劢儒家现代化思想的开始，也是儒家纳入启蒙洪流的一次尝试。百年过后，昔日高唱凯歌的"科学派"与今日借着反启蒙的东风要翻案的"玄学派"留给了我们错综复杂的理论现场，等着我们一次又一次的返回与勘察。"反思启蒙"的思想资源与儒家的现代化也在以不同的形式出现在今日的思想界。或许，沿着欧亚反启蒙的思潮余波，面对中国传统的丰富与宏大，我们需要再次出发。

宋湜

1983 年生，2016 年毕业于清华大学中文系文艺学专业，获博士学位。现为中国社会科学院大学文学院讲师。主要研究领域为德国美学、中德思想。主要著作有译著《论教育》(2022) 等。

从《灵光》到《午饭之前》
—— 田汉文本中的"希伯来精神"话语

刘君君

引言

民国学者所理解的"希伯来精神"（Hebraism）[①]是一个复杂的概念群，在这个概念总体性框架下包含着不同的话语表述。爱德华·萨义德（Edward W. Said，1935—2003）认为："一个文化体系的文化话语和文化交流通常并不包含'真理'，而只是对它的一种表述。"[②]本文选取田汉的《灵光》和《午饭之前》，在"话语"（discourse）而非"真理"（truth）的意义上考察他如何建构（construct）"希伯来"。萨义德借用了福柯的话语理论，所说的话语既是复数又是单数，一方面指与权力、知识密切相关的一套话语系统，另一方面又指话语系统中的单个陈述。福柯揭示了权力、知识、话语之间彼此纠缠的复杂关系。知识（真理）总是在特定的权力关系和规则中建构，在话语中形

[①] "Hebraism"，指希伯来精神、希伯来思想、希伯来主义等，本文统一翻译为"希伯来精神"。另，本文也用"希伯来"简称、代替"希伯来精神"。

[②] 爱德华·W.萨义德：《东方学》，王宇根译，生活·读书·新知三联书店，1997，第28页。

成。本文探讨的"希伯来"并非关于希伯来的确定性知识,而是被人为建构的抽象概念。

域外"希伯来"进入现代中国后,有一个近代转换的过程。萨义德在《旅行中的理论》(Traveling Theory)中曾提出著名的"四阶段"论说,认为理论经过旅行后会发生程度不等的变形。①"希伯来"远不像表面看上去的那么清晰、简单,而在具体的使用中复杂纷纭、暧昧不清。田汉是中国较早使用"希伯来精神"一词的作家,他在不同时期对希伯来概念有不同的阐释和理解。全文通过田汉文本中希伯来话语流变的考察,试图恢复话语在历史中的复杂面相,展现出东西方之间存在的本质的、历史学的权力关系,揭示文本与政治、历史的复杂关联。

一

田汉关于希伯来的表述并非是凭空产生的。任何就希伯来进行写作的作家都会假定某个先驱者,某种前人关于希伯来的理解,这些东西成为他参照的来源、立足的基础。早在《俄罗斯文学思潮之一瞥》②(1919)中田汉就使用"希伯来精神"一词,他从何处沿袭希伯来话语是本节考察的重点。

民国时期,中国知识群体所理解的"希伯来精神"大多指从阿诺德到厨川白村这一学术脉络中所理解的"希伯来"。田汉前期几乎全盘吸收和复述厨川白村的文论观。阿诺德所使用的"希伯来精神"在

---

① 参见爱德华·萨义德:《旅行中的理论》,载《世界·文本·批评家》,李自修译,生活·读书·新知三联书店,2009,第400-401页。

② 田汉:《俄罗斯文学思潮之一瞥》,载《民铎杂志》第6期,民铎杂志社,1919,第85页。

文学领域可以上溯到海因里希·海涅（Heinrich Heine，1797—1856）。海涅自述分不清"犹太人"（Jüdisch）和"基督徒"（Christlich），在他看来，这是同义词。海涅将希腊精神（Hellenism）与希伯来精神并置起来，西方历史可以被他看成希腊精神和希伯来精神之间的永恒振荡。海涅之后，马修·阿诺德（Matthew Arnold，1822—1888）借用其"犹太人"和"希腊人"的概念。阿诺德在《文化与无政府状态》（Culture and Anarchy）①中讨论了希腊精神和希伯来精神。阿诺德沿袭并发展了海涅的论述，用希伯来精神与希腊精神的二元交替来诠释文化变迁。

阿诺德的圣经批评颇受争议，曾被人讽刺为"业余神学家"。帕克·霍南（Park Honan，1928－2014）说阿诺德："（阿诺德）不是作为一个专业神学家，而是作为一个有经验的批评家来研究《圣经》的。"②犹太人与基督徒，犹太思想与基督教思想，虽同出一源，却难以等同。重要的并非犹太人与基督徒能否画上等号，或希伯来精神与基督教精神可以互换，而是阿诺德所建构的希伯来对后世产生深远影响。在海涅开始言说希伯来精神时就对其进行了重新设置和定位，阿诺德公开借用了海涅所代表的希伯来话语，在海涅的基础上接着表述希伯来。阿诺德对希伯来精神的理解辐射到他作为教育家、批评家所在的学术机制和学术群体中，逐渐演变为学术权威，他们对希伯来的言说传入日本后，经转译和再次构型流入中国。

日本的厨川白村（1880—1923）等文论家深受阿诺德的影响。

---

① 参见 Matthew Arnold, "Hebraism and Hellenism", in *Culture and Anarchy* (Oxford, UK: Oxford University Press,2006),pp.95－120。

② Park Honan, *Matthew Arnold: A Life* Cambridge, MA: Harvard University Press,1983, p.369.

厨川白村在阿诺德的基础上建构希伯来，厨川白村认为希伯来精神的特点是"灵的，禁欲的；要知道神；绝对的服从；教权主义；天国，神本位；利他主义；宗教的道德的；信仰的独断的；主观的倾向"。①厨川白村的《文艺思潮论》将欧洲文艺思潮的历史变化概括为基督教思潮（希伯来精神）与异教思潮（希腊精神）的对立与交战。田汉留日时期与厨川白村有密切往来。我们可在田汉日记中发现诸多事实性证据：早在1920年，他提过在京都拜见厨川白村。②他后来又曾与郑伯奇一同拜访厨川白村。③他早期的文艺思想受厨川白村的影响，在《吃了"智果"以后的话》一文中认同将文学思潮分为基督教思潮（Christianity）与异教思潮（Paganism）两种。④他在《俄罗斯文学思潮之一瞥》中再次以基督教思潮和异教思潮的此消彼长来诠释俄罗斯文艺。此外，他前期戏剧创作中也留下希伯来话语的烙印。⑤

田汉还受到大正时期日本学界希伯来话语的影响。19世纪末到20世纪初，日本浪漫主义、理性主义、人道主义等文学均受基督教文化的影响。日本文艺思想界对希伯来的理解十分复杂，白桦派、基督教社会主义等都成为田汉有关希伯来思想的源泉。

内村鉴三（1861－1930）为日本著名基督教思想家，曾发起无教会运动。1900年，内村鉴三主办《圣书之研究》杂志，影响白桦

---

① 厨川白村：《文艺思潮论》，樊从予译，商务印书馆，1923，第9页。

② 参见田汉：《蔷薇与荆棘》，载《中央日报特刊》第1卷，中央日报社，1928，第8-9页。

③ 参见田汉：《新罗曼主义及其他》，载《少年中国》，第1卷第12期，少年中国学会，1920年4月，第24-52页。

④ 参见田汉：《吃了"智果"以后的话》，载《少年世界》，第1卷第8期，少年中国学会，1920年，第1-46页。

⑤ 参见田汉：《俄罗斯文学思潮之一瞥》，载《民铎杂志》，民铎杂志社，1919年第6期，第85-130页；1919年第7期，第41-52页。

派等不少日本文坛的文学青年。彼时，圣经无论在日本还是中国都成为文学必读书目。武者小路实笃（1885—1976）作为白桦派代表人物，常关注《圣书之研究》，喜爱圣经。有岛武郎（1878—1923）也是白桦派一员，1901年他在内村鉴三等人劝导下于札幌农校成为基督徒。田汉爱好圣经文学与之密不可分。他曾翻译过不少白桦派作品，并多次在信中提及白桦派的宗教观。

　　日本基督教社会主义代表人物为贺川丰彦（1888—1960）。贺川的宗教观混合了基督教、社会主义、达尔文进化论等思想。田汉留日时期接触过贺川丰彦，在《诗人与劳动问题》①一文中曾引用其《精神运动与社会运动》，《吃了"智果"以后的话》②一文又多次引用其《女人文明回复论》。总之，日本知识群体中，无论基督教思想家内村鉴三推行的无教会运动，日本白桦派，或是贺川丰彦的基督教社会主义，都深刻影响了田汉。

　　它们不仅制约了田汉以近社会主义、共产主义的方式去理解希伯来，还与他对希伯来态度发生转变、走向马克思主义有内在的学理联系。上述域外希伯来话语成为田汉文艺思想的理论背景。梳理田汉文本中日本语境的"希伯来"，是因为他文艺思想的内在逻辑的演变很大程度上就隐藏于他对这些思想传统的选择和解读方式之中。

二

　　田汉受阿诺德和厨川白村的希伯来精神的影响，并受大正语境下对希伯来理解方式的制约。正是基于对希伯来精神是"灵的"理念的认同和对基督教的近社会主义解读方式，田汉创作了《灵光》文本，

---

　　① 参见田汉：《诗人与劳动问题》，载《少年中国》，少年中国学会，1920年第1卷第8期，第1-36页；1920年第1卷第9期，第15-104页。

　　② 参见田汉：《吃了"智果"以后的话》，载《少年世界》，第1卷第8期，少年中国学会，1920，第1-46页。

但他并没有完全照搬域外希伯来精神概念,而是赋予希伯来精神更多的内涵:《灵光》不仅汲取了厨川对希伯来精神的理解,还模仿了西方基督教经典文本《浮士德》,同时添加他本人对圣经的理解,渗透进了五四精神。作为希伯来精神新的书写者,田汉使"希伯来"成为一个象征物,承载着作家的想象与寄托,在此意义上他再次建构了希伯来精神。

厨川白村在《文艺思潮论》中用图表(见图1)刻画基督教思潮和希腊思潮的特点和关系,认为基督教思潮(希伯来思潮)是"灵的,禁欲的;要知道神;……",他在"灵的、禁欲的"上方用阿拉伯数字1标记,对应位置的希腊思潮的特点是"肉的,本能的"。①简言之,厨川白村用于表述希伯来思潮和希腊思潮的众多修辞中,"灵与肉"居首位。

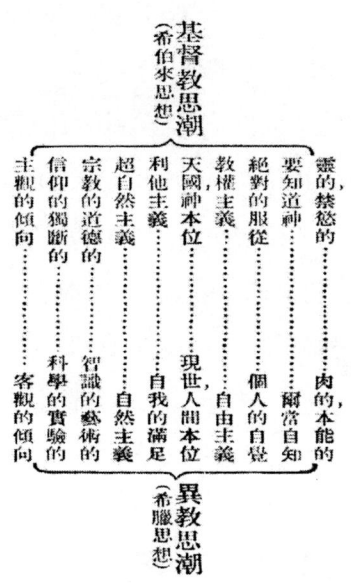

图1 基督教思潮和异教思潮的特点及关系

---

① 厨川白村:《文艺思潮论》,樊从予译,商务印书馆,1923,第9页。

厨川对希伯来的理解很快被文坛所接受,并掀起一股有关"灵与肉"讨论与创作的风气。在此背景下,田汉的《灵光》、郁达夫的《沉沦》等文本诞生了。"灵肉问题"成为五四作家论争的重要问题。"灵"的希伯来精神与"肉"的希腊精神,究竟该如何取舍调和?周作人、郁达夫、林语堂等人都曾对"肉"的希腊精神投以赞许,而田汉却表示出对"灵"的希伯来精神的欣赏。

《灵光》最初名为《女浮士德》,可见是对歌德的模仿之作。田汉为何将题名从《女浮士德》改为《灵光》?对此,他曾说,《灵光》"以剧中女主人公因读 Faust 而梦见 Mephistopheles 的缘故。然《灵光》又是前剧《梵峨璘与蔷薇》的旧名,因此剧最后一场之上基督头上放光而袭前名"。① 文本改动果真只是因"最后一场之上基督头上放光"?还是说其中另有深意?

我们必须结合田汉同一时期的文论和书信进行分析。田汉曾在1920年2月18日致郭沫若的信中写道:"在另一个意义说,'Faust'又代表着欧洲文化的两大潮流,一种是灵的希伯来精神(Hebraism),一种是肉的希腊精神(Hellenism)。"② 田汉认为这可怜的少女玛甘泪(Marguerite)是"Fasut 中唯一代表灵的希伯来精神,即基督教的精神,她由死得到灵的胜利"。③ 田汉在《歌德与现代中国》中说:"但 Faust 却是肉的希腊主义的化身。他可不愿死,因他不能信赖死后的幸福,他要执着现在的生命。他重善(Good)不如重

---

① 田汉:《灵光》,载《太平洋》第2卷第9期,上海泰东书局,1921,第4页。
② 田汉:《歌德与现代中国》,载《南国周刊》第12期,现代书局,1929年12月15日,第551页。
③ 田汉:《歌德与现代中国》,载《南国周刊》第12期,现代书局,1929年12月15日,第552页。

美（Beauty）。……而在 Faust ……反叛希伯来主义的希腊主义的化身……"①

不难看出，《灵光》是向《浮士德》致敬之作，但受厨川影响，田汉认为歌德塑造的《浮士德》是希腊主义的化身，过于重视此生以及人手所造的世界。在希腊精神与希伯来精神之间，田汉流露出对灵的希伯来精神的偏好。他将《女浮士德》改为《灵光》，正是废弃歌德意义上的希腊主义，选择希伯来主义。他认为"歌德是由希伯来主义向希腊主义的世界，由上帝造的世界，到人造的世界去"②，《灵光》却是从现实世界提升到天国世界。《灵光》以祷告结尾，男女主人公感谢上帝，可见田汉改动了《浮士德》对希腊精神的侧重，将笔力更多倾注在他所塑造的女性基督徒，一个属灵的、代表了灵的希伯来精神的玛甘泪形象上。

《灵光》第三场女主人公将人生使命和人生意义寄托于民族国家："我自己觉得有完成我自己和我们俩人互相完成的责任，但同时还觉得我们俩有使种族达于大完成的责任，我们越要做超人，这第三种责任越重，但是我们现在还是尽前两种责任的时候。"③文本汲取了积极进取的启蒙精神，同时注入五四时期个体解放、社会改造、民族拯救等思想。青年田汉怀抱理想主义的热情和天真，带着对人性的乐观，相信人不仅可以自救，而且还能救他者，最后达到对国民身体和灵魂的双重拯救。

---

① 田汉：《歌德与现代中国》，载《南国周刊》第12期，现代书局，1929年12月15日，第552页。

② 田汉：《歌德与现代中国》，载《南国周刊》第12期，现代书局，1929年12月15日，第555页。

③ 田汉：《灵光》，载《太平洋》第2卷第9期，上海泰东书局，1921，第27页。

《灵光》正是在救赎论上与希伯来传统观点大相径庭。这与田汉对基督教的解读方式有关。田汉曾说:"我以为一个人总是在 Good and Evil 中间交战的。战胜得罪恶的便为君子,便算是个人;战不胜罪恶的人,便为小人,便算是个兽!人兽关头,只争毫发,是不容有中性的!"① 他多次引用过圣经经文,特别是保罗书信,可见对保罗文本相当熟悉。但他并不是希伯来的正统信奉者与追随者,与其处在同一阐释共同体内,遵循正统阐释框架诠释希伯来。他对保罗文本的解读充满个人色彩。表面上看上述言论与保罗《罗马书》7:18 有相似之处,强调善恶争战的艰难,实际上却有区别。从《灵光》的故事主旨而言,男女主人公最后决定超脱男女之情,从事医学和艺术,而医学和艺术在当时作家的文学想象中一般指代民族的肉体和精神。田汉相信人的主体性,认为通过培养"人"的力量,不仅可以达到向善之路,克服个体的罪性问题,而且还能拯救民族与国家。这与保罗观点有较大差异。

保罗在《罗马书》中强调:"我也知道在我里头,就是在我肉体之中,没有良善,因为立志为善由得我,只是行出来由不得我。"(《罗马书》7:18)保罗文本中有关罪的论述后被奥古斯丁、加尔文等人继承发展,形成希伯来-基督教传统对罪论、人论的理解。"因为赐生命圣灵的律,在基督耶稣里释放了我,使我脱离罪和死的律了。"(《罗马书》8:2)保罗不仅认为人自己不能解决罪的问题,而且认为人性恶的根本解决之道在于倚靠圣灵和耶稣。基督教传统中,人无法自救,救赎的力量只能来自于上帝。

我们看到《灵光》所体现的希伯来精神既是灵的、利他主义的,

---

① 田汉:《致郭沫若的信》,载《田汉全集》(第14卷),花山文艺出版社,2000,第129页。

又是理想主义的，高扬人的主体意志，相信自我救赎，期待改造社会与民族国家。域外希伯来话语至多激发了作家的想象，但不能完全控制其想象。田汉不仅在阿诺德和厨川白村表述的希伯来观上说话，也不纯粹模仿西方基督教经典文本《浮士德》，更没有将希伯来只理解为希伯来－基督教传统中的希伯来精神。他既有对厨川白村灵的希伯来精神的认同，也混杂了对圣经的个人解读，还改写了《浮士德》泛希腊主义的倾向，同时汲取其中自强不息的启蒙精神，注入五四精神，为原有希伯来话语中添加更多内涵，创造了希伯来的全新文学想象。域外希伯来与中国语境结合形成了独特的现代中国希伯来话语。

田汉在对希伯来的文学想象中，从动机上将希伯来精神变成一种希冀指导社会、政治、经济和文化的新信仰形式，尝试取代旧有传统价值体系。希伯来话语从而已逐渐脱离原有表述，隐藏了作家的期待，成为一种意识形态的符码和象征物。希伯来变成作家的激情创作，寄托了作家想象，希伯来精神也被重新书写。

三

田汉对希伯来态度的转变始终与历史语境无法剥离。对中国命运的关注使田汉从"为艺术而艺术"走向"为人生而艺术"。尽管混杂多重的希伯来话语构成田汉思想转折的深层原因，但现实的冲击却是直接原因。非宗教运动和五卅运动重新塑造了田汉对希伯来的理解，他从宗教的天真论和理想主义中苏醒。

1922年，国内非宗教运动爆发。4月1日，田汉翻译了《日本学者对'非宗教运动'的批评》一文，依次介绍了日本思想家、政治学者吉野作造（1878－1933），清史学者稻叶君山（1876－1940），社会主义者、戏曲家秋田雨雀氏（1883－1962），社会主义小说、童话作家小川未明（1882—1861），社会评论家长谷川如是闲（1875—1969）等人的观点。此文虽是田汉译介之作，但他对日本学者的简短介绍和述评隐含了自己的态度和立场。与其说是田汉对日本学者的认同，不如说他心中所思与他们观点不谋而合。他最认可稻叶君山和小川未明。

田汉认为日本学者对反宗教问题的批评意见中以稻叶君山最为"平实可听"。稻叶君山认为："西洋人之获得布教权：从鸦片战争后的条约起。当时白人道德非常低劣，为买卖奴隶、输入鸦片，且不惜打开战争。彼宣教师对于中国的固有文明多不注意……今日的宣教师不可不反省。""……宣教师等也不知不识之间，成了国家主义，资本主义的傀儡爪牙……"[①] 稻叶君山注意到两点：一是"白人道德低劣"，没有注意到中国有"固有文明"，二是宣教师成了"国家主义，资本主义的傀儡爪牙"。

田汉认为小川未明对于中国非宗教批评"简明而深刻，异常可听"。小川未明认为唯物史观虽是真理，但人类精神不能由科学保证。他认为今日基督教为职业化的基督教，是堕落的基督教；原始的基督教精神与资本主义国家与资本主义精神势不两立；现在的基督教徒已经寄食于资本主义者的厨下，为英美各国资本主义国家的爪牙。小川未明区分了两种不同的基督教，认为科学与宗教可以共存。[②]

稻叶君山和小川未明的观点不仅缓解了科学（唯物史观）与宗教、道德（原始基督教精神）与宗教内在的紧张矛盾，而且为田汉今

---

① 吉野作造、稻叶君山等：《日本学者对"非宗教运动"的批评》，田汉译，载《少年中国》第 3 卷第 9 期，少年中国学会，1922，第 21 页。

② 参见吉野作造、稻叶君山等：《日本学者对"非宗教运动"的批评》，田汉译，载《少年中国》第 3 卷第 9 期，少年中国学会，1922，第 25-26 页。

后批判与帝国主义共谋的职业化的基督教提供理论依据。我们必须将日本学者的观点纳入与西方学者的对话关系中进行检视。日本学者的表述其实是对西方学者的回应。他们采取不同的话语策略颠覆了长期以来的西方中心论和文明等级观，对西方主宰的话语霸权进行争夺。对西方传教士而言，东方是一个异教的世界，一个亟待被征服与控制、规训的世界。在这种视角下，东方必须以西方的文明为参照，不符合西方的（基督教的）方式都是不文明的。过去西方学者脑海中有这样一个图式：整个世界文化都在一条进化的水平线上，西方（基督教文明）处于文明的最顶端，非西方落后于西方，他们可以通过模仿西方渐趋文明。

稻叶君山特别强调了中国的"固有文明"。这是对西方文明等级论的破除，它有效地扰乱了西方用以表述东方的固定模式。西方正是通过希伯来传统强化了世界应该被基督徒（欧洲或西方）控制，并且为其赋予观念和价值、作出解释，得到合法性。西方以"基督徒"（西方）和"异教徒"（东方）为框架的话语和观念得到千篇一律的宣扬和传播，并逐渐被标签化。西方的话语策略是以"基督徒"和"异教徒"为中心进行编织，使一套固定的词汇、观念库和修辞技巧分别附加在这些词语上。西方（基督徒）是文明的，虔诚的，被拣选的；东方（异教徒）是邪恶的，懒惰的，被拯救的。因此，东方需要通过西方所规定的一整套有效操作机制或一种文化框架，才能得到确认。

日本学者将原始的、博爱的基督教和今日的、职业的基督教区分开来，这一区分是对希伯来的亚洲位置的重新表述，挑战了西方精心钩织的图式化的希伯来，让面相更为复杂的希伯来呈现在我们面前。过去，在西方学者、教会、学术机制所维护的希伯来传统权威中，希伯来是铁板一块的。日本学者则通过解构铁板一块的希伯来完破除了作为真理意识形态的希伯来，消解了希伯来信条的权威性和合法性，既扰乱了西方话语中固定的希伯来形象，也借着对希伯来权威性的破除，打破了西方所描述的东方形象。

日本学者将西方传教士文化描绘成低等的、堕落的；中国文化是高级的、文明的（如稻叶君山和长谷川如是闲）；东西方的文化位置和关系在日本学者的表述中被重组、精制、再度创造。他们揭示了基督教与帝国主义、资本主义共谋关系（如小川未明、长谷川如是闲），希伯来在他们的话语中得到重新置换和重新编码，希伯来的神圣性消失了。在日本学者的新诠释中，希伯来在亚洲的形象和位置发生了变化。

诚然，日本学者并未完全解构和质疑希伯来，他们的表述在某种程度上可视为对希伯来话语的修正。这是因为希伯来与我们的世界存在某种关联。萨义德说："因此所有的文化都一直倾向于对其他文化进行彻底的皈化，不是将其他文化作为真实存在的东西而接受，而是为了接受者的利益将其作为应该存在的东西来接受。"① 日本学者关于希伯来表述的变化是为了切合本土利益。希伯来既是西方话语中的希伯来，也成为东方化了的希伯来。知识与权力的勾连将西方与东方联结在一起。过去，西方建构、激活和表述了希伯来，东方则根据西方的话语而被框定；现在，东方重新建构了希伯来，对西方精心构织的希伯来进行修正。

希伯来话语就这样成为中西文化竞争的场所。后殖民圣经批评的领军人物苏吉萨拉迦（R.S. Sugirtharajah）在《探索后殖民圣经批评》（Exploring Postcolonial Biblical Criticism）中认为："从本质上讲，后殖

---

① 爱德华•W.萨义德：《东方学》，王宇根译，生活•读书•新知三联书店，1997第86页。

民圣经批评是探索谁有权讲故事，谁有权解释故事。"①这句话在本文背景中也可以置换为：谁有权诠释希伯来？当西方用自身的文化资源、自身经验、本土概念和思维方式等去表述希伯来，自然也将非西方的文化资源、经验思维排除在外，这套论述实际上以隐秘的方式框定了前设条件。希伯来文化与西方帝国的政治、经济、历史紧密缠绕，容易导致圣经文化想象的出现，而这种文化想象反过来又促进和证明了一种关于非欧洲地区可能是迦南旧世界（殖民世界）的集体思想。换句话说，殖民主义是一系列话语和文化想象的表现和结果。

日本学者的译文让田汉检视过去沿袭的希伯来话语。在此之前，田汉对宗教抱有普遍（或普世主义）的迎接姿态，将之视为一个可以抽离具体现实语境的概念。希伯来精神可以放之四海而皆准，成为新的精神信仰。在历经现实和理论的双重检视后，田汉放弃了过去的思维方式，对自己过去曾一厢情愿或盲目依存于某种意识形态进行了反省，洞悉基督教与帝国主义实践中不可避免的共谋和利益关系，对西方话语霸权进行自觉抵抗。我们可认为他将知识话语力图建立在更清醒、更坚实的基础上。尔后，田汉将文化殖民、帝国主义等问题的思考融入文本中，把社会问题的解决与文化身份、民族国家的探寻结合起来。

四

非宗教运动两个月后，田汉写了独幕剧《午饭之前》，批评基督教。他对宗教的批判隐藏着真正的宗教动机。他所谓的宗教几乎等同于理想主义或对信仰的忠诚与献身。正是在现实的检视和对理论的批

---

① R.S Sugirtharajah, Exploring Postcolonial Biblical Criticism: History, Method, Practice，Chidester, West Sussex: Wiley-Blackwell, 2011,pp.2-3.

判反思中，他破除了一种原教旨主义的思维方式，逐渐抛弃了原有的希伯来表述。《午饭之前》(1922)、《白救主》(1925)、《对着眼前的风云》(1933)表达了田汉对西方传教士在实践中脱离基督教精神所持的批判态度，《午饭之前》也成为中国现代文学中出现较早的反教文本。非宗教运动后，中国现代作家对希伯来表述发生集体转向，20世纪30年代左右出现一系列反教文本。作家群对希伯来的表述不再是灵的、理想主义的、利他主义的，而是贪婪的、假冒伪善的。这些叙述构成了一个文学想象上重建希伯来的过程，标志着本土人民掌握了自己的话语权，与西方构成话语权竞争关系。此处以田汉《午饭之前》初刊本（即1922年文本）为代表进行分析。

《午饭之前》最初发表于1922年《创造季刊》，1932年田汉再次修改，修改后的版本为现今通行版本，对基督教的批判更为激进，但初刊本对探源和揭示田汉文艺思想具有不可替代的价值和意义。田汉在《〈田汉戏曲集〉第一集自序》中讲述《午饭之前》的创作动机和修改经历，认为只要"在赵恒惕式的屠杀、伊牧师式的欺骗还存在的中国劳动运动界，这剧本……相信还有它的意义和效果"。[①] 田汉所说的传教士的欺骗背后指传教士借助希伯来话语，将文明等级论、宗教利益、帝国主义意识形态等进行结合，成为西方世界宰制东方世界的话语武器。他们代入古代以色列作者的意识形态，将征服迦南（东方）成为征服异族/异教国家的自然合理化行为，将征服和规训诠释为上帝对天选之民（帝国主义）的赐福。

《午饭之前》塑造了基督徒大姊、唯物主义的二妹、假冒伪善的牧师一家等人物形象。田汉在《在戏剧上我的过去、现在及将来》中

---

① 田汉：《〈田汉戏曲集〉第一集自序》，载《田汉全集》（第16卷），花山文艺出版社，2000，第332页。

说:"以大姊代表宗教的感伤的世界,二妹代表唯物的争斗的世界,再加一混沌的三妹……"①在今天看来,文本虽然存在理念先行、人物形象较为生硬等问题,但它对察考田汉希伯来话语的转变有重要作用。必须纳入历史谱系中谈论,《午饭之前》才有意义。田汉的写作实际上展开的是与传教士文本的竞争关系。西方传教士笔下牧师、师母、耶稣形象是博爱的、良善的、人道主义的,中国人是异教徒、懒惰的、贪婪的、狡诈的、不敬虔的。西方将东方描述为具有标签化的固定形象。田汉的写作打破了传教士话语的闭合,对西方所表述的中国形象、希伯来形象进行置换,对帝国文化进行逆写,是对西方话语霸权的抵抗。面对第一世界的话语霸权,被侵略地区和第三世界的本土书写就显得格外重要。正是在第三世界的文学想象中,田汉文本实现了对殖民文化的反抗。

田汉在剧作中突出了牧师和师母的虚伪性,他们以上帝之名对大姊所代表的无产阶级进行剥削和压迫。文本中,师母以耶稣基督的牺牲为名,诱骗大姊嫁给她不成器的儿子。她(伊师母)对大姊说:"上帝对于你们这样可怜的人,是最怜恤的,现在你感谢上帝的时候到了";"哪怕他是不成的人,只要因为和他结婚,便可以使你的母亲病好,你的妹妹受文明教育,你也应该牺牲的,耶稣基督最大的教训就是牺牲,他因为要代世人赎罪,不惜和盗贼一起钉在十字架上"。②田汉揭示了不惜以牺牲本土人民为代价的宗教与利益的合谋。大姊面对牧师、师母的虚伪自私,开始仍以博爱与宽容相待,直到二

---

① 田汉:《在戏剧上我的过去、现在及将来》,载《田汉全集》(第16卷),花山文艺出版社,2000,第299页。

② 田汉:《午饭之前》,载《创造季刊》第1卷第2期,泰东图书局,1922,第62页。

妹被杀、工人流血牺牲后，转向复仇。

在原始版本结尾，大（大姊）说："二妹！你真去了？……上帝！你教我如何信你呢？你教我如何安心立命呢？呀！（梦幻的）你教我复仇！你教我为真理去打仗去，为正义去拼命去？好！二妹妹！你的姐姐来了！"[①]后殖民圣经阅读中认为圣经既是帝国主义的文本，也可以是一个抵抗帝国主义的文本。它作为一个帝国主义文本和霸权机构，通过压制其他声音，使帝国利益合法化和永久化；同时，当它作为一种反抗文本时，被第三世界用来作为文化斗争的武器。诚如剧中大姊以上帝之名复仇一样，本土人民以上帝之名反抗帝国主义。

如果将《午饭之前》初刊版与修订版进行对比，我们便会发现文本的差异。修订版田汉将结尾改为："上帝！不，你这恶魔，滚到地狱里去吧！我要复仇！我要踏着他们的血前进。二妹，你的姐姐来了！"[②]从"上帝"到"恶魔"，称呼的转变表征田汉文艺思想的转向。如果说田汉1922年的书写仍是在希伯来话语内部进行批判，争夺中国对希伯来的表述和控制权，那么1932年修订预示着他对原有话语的全面清理和抛弃。实际上早在1930年4月，他就以《我们的自己批判——〈我们的艺术运动之理论与实际〉》一文为标志，彻底告别过去头脑中的"小资产阶级文艺思想"，转向新的话语资源，即马克思主义。

田汉描绘了对现代中国文学中希伯来精神的全新想象。他破除了将希伯来作为意识形态神话的天真性理解，对话语地方化有更清醒的

---

① 田汉：《午饭之前》，载《创造季刊》第1卷第2期，泰东图书局，1922，第78页。

② 田汉：《午饭之前》，载《田汉全集》（第1卷），花山文艺出版社，2000，第161页。

认识，再度重塑了希伯来话语。文本总是受环境、时间、地点和社会的约束。萨义德在《东方学》中说："所有的文本都是人世的、产生于特定情境之中的，一文类与另一文类、一历史时期与另一历史时期都会呈现出不同的特征。"①希伯来表述变化的背后是中西各种政治的、经济的、文化的力量对希伯来话语塑形。"文化成为了一个舞台，各种政治的、意识形态的力量都在这个舞台上较量。"②正是通过权力较量，原先希伯来话语中"灵的，利他的，道德的"陈述逐渐消失退场，虚伪的、假冒伪善的、帝国主义的、堕落的希伯来形象诞生了。

结语

如果说《灵光》主要建立在域外希伯来话语的基础上接着表述，是对原话语的模仿（imitate）；那么《午饭之前》已经破除了西方的救赎神话，是对原话语的改写（rewrite）。《灵光》和《午饭之前》两个文本勾勒了希伯来话语在现代中国的双重面相，揭示了希伯来作为一种意识形态，一股话语力量参与了中国现代文学的生成。在这一话语形成的过程中，田汉作为希伯来新的书写者，将希伯来重新编码，再度调整，揭示了帝国主义与希伯来的共谋关系，抵制了希伯来话语中被异化的意识形态，消解了西方帝国的殖民思想和霸权主义。但希伯来与现代中国的相遇不仅仅是接受—冲突—抵抗的过程，而是既有认同又存在斗争，在真实的历史上要更为复杂，田汉文本所打开的空间，有助于我们重新审视希伯来与现代中国相遇的历史。

---

① 爱德华·W.萨义德：《东方学》，王宇根译，生活·读书·新知三联书店，1997，第30页。

② 爱德华·W.萨义德：《文化与帝国主义》，李琨译，生活·读书·新知三联书店，2003，第4页。

刘君君

1986年生，2021年毕业于清华大学中文系文艺学专业，获博士学位。现为湖南第一师范学院文学与新闻传播学院讲师。主要研究领域为中国现当代文学研究、比较文学研究。在《戏剧艺术》等发表学术论文多篇。

阿尔托与"东方戏剧"

曹雷雨

1931 年，法国举办"巴黎国际殖民地博览会"(Exposition Internationale Colonialede Paris)，也称为"万塞讷博览会"。巴黎博览会的会址位于巴黎东南郊万塞讷的多梅尼勒人工湖周围，占地面积约 110 公顷，全部工程历时三年才完成。有一条环形铁路经过展区四周 14 个大门入口，16 艘渡船在湖中摆渡，巴黎最古老的地铁线万塞讷—马约线也扩建延伸到展地。按照当时国际性展览的惯例，组委会要想方设法吸引参观者进入不同参展国的展馆，因此所推出的展览项目不仅要具有异国情调，而且还要为参观者制造海外旅行的幻象。这次博览会由一系列的表演、节庆、游行、队列和五花八门的其他展现方式组成，在建筑规模和场面阵容上都达到了当时的世界一流水准。博览会组委会向公众宣称：只要购买三个法郎的门票就能在一日之内周游世界。在半年内，参观博览会的人次已逾八百万。

作为位于英法两国之后的第三殖民强国，荷兰在这次博览会中极力要向参观者展示其海外领地的恢宏及其属地的文化传统，因此为一大批艺术珍品和殖民地产品创造相应的展示空间成为他们的当务之急。荷兰的主展馆占地约 600 平方米，其他展馆约 900 平方米，剧场约 800 平方米，各类原住民的房屋建筑包括宾馆、办公室达 3300 平方米。主展馆拥有一个内院，其中祭坛、神龛、佛塔、门廊一应俱全，几乎就是巴厘岛寺庙内院的翻版。值得一提的是，主展馆的庭园与巴厘村落十分相似，从家乡赴法演出的巴厘演员就在这里落脚。然而不幸的是，当年6月28日深夜，一场大火将荷兰主展馆、大量其他建筑和价值连城的展品化为灰烬。所幸巴厘演员们惊醒后紧抱着珍贵的戏装从火中逃生，剧场也奇迹般地幸免于难，因此这场灾难并未影响荷兰展区的演出活动。经过近两个月的重建工作，新建的荷兰展馆于8月18日重新开展。

正是通过这次博览会和荷兰展馆，巴厘舞蹈演员以及他们表演的巴厘戏剧首次在西方登台亮相。

一

1931年，赴巴黎博览会演出的巴厘剧团由51名当地表演艺术家组成，其中14名为女演员，团长是佐考尔达·苏卡瓦提(Tjokorda Soekawati)王子。苏卡瓦提王子出身贵族，是乌布村落的首领和荷兰东印度群岛人民委员会委员，也是巴厘文化艺术的积极倡导者。由于苏卡瓦提与荷兰政府之间保持着友好关系，大部分剧团成员都应该来自他所管辖的村落，也有一部分可能来自佩利亚坦和马斯岛。作为荷兰东印度群岛的代表，由苏卡瓦提王子率领的巴厘剧团此次西行并非专门奔赴巴黎博览会，他们此前首先到尼德兰向宗主国君主表示敬意，行程包括阿姆斯特丹、鹿特丹和海牙。从这些情况来看，巴厘剧团无论在演员的表演水平上还是在演出的精彩程度上都应该是一流的。事实上，在整个演出期间，巴厘剧场几乎场场爆满，还有大量的观众无法入场观看[1]。

---

[1] Cf. Nicola Savarese，Parigi/Artaud/Bali：Antonin Artaud vede il teatro Balinese all' Esposizione Coloniale di Parigi del，1931，L'Aquila：Textus，1997.

法国学者维尔莫的研究成果表明，法国诗人弗洛朗·费尔斯 (Florent Fels) 当时发表在《文学周刊》(Vu Journal de la semaine) 上面的一篇热情奔放、诗意盎然的巴厘表演艺术评论是促使安托南·阿尔托于 1931 年 8 月初去博览会观看巴厘剧团表演的重要原因。费尔斯认为巴厘人的艺术观念与西方人大不相同，"在巴厘语中没有'艺术'或'艺术家'这样的词。在巴厘，艺术并非一个物件，而是一种深刻的情感，无边无际，无法定义"。在他看来，巴厘舞蹈是"由灵魂创造、操控和征服的一种仪式性的舞蹈诗。手指以难以察觉的微妙方式运动，手腕和小臂如藤蔓般舒展，如鲜花般绽放。整个躯体做波状起伏，双足交错轻轻点地，如巴罗克花环一般受身体所勾勒的修长波纹的控制，以紧张的形式散发着诱惑力。头部如同失去重量的宝石般抬起，双目炯炯有神、泰然自若地注视远方"①。

那么，我们不禁要问：巴黎博览会上的巴厘节目到底有哪些内容？阿尔托观看的巴厘戏剧表演究竟是些什么？

根据阿尔托的《论巴厘戏剧》开篇所言："巴厘剧团的头一场演出既有歌舞、哑剧，又有音乐，它与我们欧洲所谓的心理剧毫不相似。"②他的开篇词的确道出了巴厘戏剧的主要特征。中国学者张玉安曾撰文指出："东南亚的民族表演传统中没有以说话为主的话剧，没有以歌唱为主的歌剧，也没有以舞蹈为主的舞剧，其表演形式多半是又诵、又唱、又白、又舞、又演，同时还有音乐伴奏，有相当复杂的戏剧因素和表演手段。"③的确，在巴厘语中没有与欧美"戏剧"

---

① Alain Virmaux, *Artau dvivant*, Paris: Nouvelles éditions Oswald, 1980, p.298.
② Antonin Artaud, *Le Théâtre et son double*, Paris: Gallimard, 1964, p.81.
③ 张玉安：《罗摩戏剧与东南亚民族表演艺术》，载《东南亚研究》2004 年第 5 期。

概念相匹配的词，巴厘人对表演形式的划分往往依据的是故事内容和表演手段。实际上，巴厘戏剧完全可以按照演出地点的等级来归类，也就是说可以不考虑技巧或内容，只根据演出地点的神圣程度来定性。因此，最高级别的演出是在寺庙内院举办的，其次是在寺庙的外院，再次就是寺庙之外的表演。排在以上三类表演之后的是在世俗场所举行的世俗演出，有在街道和墓地上演的驱魔剧，有专门为旅游观光者打造的剧目。

从1931年巴黎博览会的巴厘演出节目单来看，当时上演的剧目全部都是寺庙之外的表演形式，除了勒躬 (Legong) 和加洛纳朗 (Calonarang) 这样的古典剧目，还有全新的表演形式如锣舞、格比亚 (Kebyar) 和章格尔 (Janger)。当时，在巴厘最为流行的演出形式当数章格尔。章格尔兴起于20世纪20年代，由一群颇受西化的马来歌剧团演出影响的青年演员创作而成。这一形式融合了诸多外国成分，可以说是一种由男孩和女孩来表演的现代音乐喜剧。演出时，两排女孩和两排男孩席地而坐，组成一个方形的歌队，其他演员在其中表演。坐在方阵中央的是巴厘语称作"达格"(dagg) 的舞师，剧情由他来吟诵，环绕他的歌队则合唱叠歌。

根据当时的演出情况、报刊上的报道以及阿尔托本人的评论来看，章格尔是阿尔托观看的第一个巴厘表演形式，也是最先给他留下深刻记忆的"东方戏剧"。然而，阴差阳错的是，章格尔并非是人们所期望的那种足以促使阿尔托大彻大悟的经典巴厘戏剧。章格尔既不是颇具神圣和神秘色彩的仪式剧，也不具备动人的故事情节和精巧复杂的舞蹈动作。准确地说，章格尔应该属于巴厘古典戏剧之外的纯娱乐性表演形式。这就是导致阿尔托认为"巴厘戏剧纯粹是大众化的，并非圣剧"的重要原因。①在美国学者科瓦鲁比亚斯看来,章格尔"作为一个有趣的例子,反映了巴厘人的艺术观——他们热爱新奇事物,易接受新思想并能很快地把它们融化到自己的传统中。这就使巴厘人能不断创造新形式,不断把新的生命注入到他们的文化之中,同时又永不失掉巴厘文化的特征"②。

在殖民地博览会这样一个多元文化环境和狂欢氛围中,记者和评论家经常把巴厘人的表演和其他民族的表演相混淆。当为参观者所不了解的形形色色的文化蜂拥而至、交错混杂、并置共存时,它们极大地妨碍甚至阻止了人们对这些大不相同的异域文化的清楚认识。参观者怀着既兴奋又惊异的心情努力去分辨不同民族表演艺术的特色以及相互之间的差别,但往往苦于找不到门径。毫无疑问,博览会期间的巴厘剧团的表演在很多观众眼里只不过是充满异国情调的一种"舞剧"或时髦样式而已,但对于阿尔托来说却是戏剧的最高形式,这种共鸣的产生与他早年的生活经历密不可分。早在20世纪20年代,阿尔托就已在文艺杂志做编辑和评论员。1921年,他开始参与吕涅—波(Aurélien Lugné-Poé)的"作品剧团"(Le Théâtre de l'Œuvre)和夏尔·杜兰(Charles Dullin)的"工间剧团"(Le Théâtre de l'Atelier)的演出活动并且接受演员的基本功训练,这两位导演是将阿尔托领进戏剧之门的关键人物。在此值得一提的是,杜兰十分重视培养和训练演员,并且为此专门设计了一整套行之有效的训练方法。阿尔托曾在书信中提及"工间剧团",说它"既是一个剧团又是一所学校,这里所实行的教学方法都由他(杜兰)来制定,目的在于使演员的表演一体化"。他认为,杜兰"想让自己的作品始终给观众留下焕然一新的印

---

① Antonin Artaud, *Le Théâtre et son double*, Paris: Gallimard, 1964, pp.86, 84.
② 米古尔·科瓦鲁比亚斯:《巴厘戏剧》,载《戏剧艺术》2001年第2期。

象";在杜兰的剧中,"一切行动都诉诸灵魂",而这恰好与"我的趣味和心态相吻合"①。由此可见,阿尔托对严格的表演技巧训练与演出效果之间的关系有着相当清楚的认识。

在巴厘岛,戏剧所采用的舞蹈技术已成为一门发展得尽善尽美、有一定难度的艺术,需要多年的专业形体训练和实践才能掌握。形体训练是舞蹈教学中的一项重要课目。学习者在训练过程中必须遵从严谨的规则,在学习基本的舞蹈程序、基本舞步和手臂的一般动作时,要经过反复训练使每一块肌肉都柔软到足以随心所欲地控制,最终使身体真正获得柔功。由于程式化的训练制约着基本动作,舞蹈结构又靠传统姿势来构建,因此没有留下多少可以即兴创作的空间。尽管如此,表演者也有一定程度的自由发挥,因为一个表演者的出色之处不仅取决于他的技术,也取决于他的个性、激情和魅力。正是基于如此严格的训练背景,可以肯定地说,虽然阿尔托观看的节目并不具有代表性,巴厘艺术家的现场表演却丝毫不失水准。参加演出的演员和歌队以深厚的素养和高超的技巧将所带去的节目表演得有声有色,堪与巴厘寺庙内院和外院演出的古典名剧相媲美。他们所呈现的精确的动作与反应、有棱有角的步法、活灵活现的模拟、流光溢彩的眼神,样样干净利落,恰到好处。

尽管存在着文化和语言上的重重障碍,作为一名专业演员、导演和戏剧评论家,阿尔托凭着敏锐的艺术感受力和职业素质发现了巴厘戏剧的精妙之处,他在评论中以难以抑制的兴奋和激动描述演出的细节和自己的观感,认为"这场无懈可击的演出之所以给予我们欢跃,是因为演员们使用了数量精确的有效动作,可靠与适时的模拟手法,

---

① Antonin Artaud, *Selected Writings*, Berkeley: University of California Press, 1976, p. 17.

特别是因为这些表演手法和有效符号的设计都经过精心的粉饰及深刻细致的研究，所以我们才感到，它们虽经千年，效力未减"①。如同一位预言家一样，他毫不犹豫地宣称，巴厘戏剧"经历数千年而依然存在，仿佛为了告诉我们戏剧本应是这样的"②。阿尔托的巴厘戏剧评论文章于1931年10月刊登在法国最重要的文学期刊之一《新法兰西杂志》(Nouvelle Revue Franraise)上，七年之后又扩充为一篇题为《论巴厘戏剧》(Surlethé-trebalinais)的论文并收入他的文集《戏剧及其重影》(Le Théâtre et son double，1938)中。阿尔托的《戏剧及其重影》称得上是20世纪最重要的戏剧宣言之一，其中所包含的创见对当今戏剧理论和实践仍具有强大的影响力。

二

要准确把握阿尔托与"东方戏剧"之间的关系，首先要追溯阿尔托戏剧观的形成，了解他的戏剧理论的本质。为了完成这个任务，我们还得再回到1921年，也就是说要重新审视造就阿尔托戏剧思想雏形的学徒期。青年时代的阿尔托对象征主义诗歌怀有浓厚的兴趣。1921年2月，他开始师从法国当时最重要的象征主义导演吕涅—波。然而，由于阿尔托缺乏表演方面的专业训练而且有轻微的口吃，在"作品剧团"很难得到表演机会，仅仅三个月之后便离开了那里。当年10月，阿尔托经友人介绍进入了杜兰的"工间剧团"。杜兰曾是法国现代戏剧史上享有盛名的导演安德烈·安托万、雅克·科波和菲尔曼·热米耶的学生和助手，1921年夏，他开始创建自己的剧团，宣

---

① Antonin Artaud，*Le Théâtre et son double*，Paris：Gallimard，1964，pp. 86，84.

② Antonin Artaud，*Le Théâtre et son double*，Paris：Gallimard，1964，p.91.

称它的功能相当于一个戏剧实验室,因为他的首要目标是把研究成果运用到演员训练和演出实践中去。剧团的组织形式是公社制,目的在于通过共同的生活和工作创造一种有别于"林荫道戏剧"(théâtre des boulevards)即巴黎主流戏剧的戏剧观。

从艺术上来看,"工间剧团"是以杜兰个人训练法为基础的演员剧团,这与当时盛行的文学剧团针锋相对。杜兰认为,从一开始就要给学员灌输扎扎实实的演技,要培养正确的发音法、进行身体技能训练并且学习包括舞蹈和哑剧在内的表现手段,总之,要造就个性完善、技艺精湛的"完全演员"。在预备班和初级班,学员必须修完即兴表演、发声法和韵律练习课程,初级班还要增修表演和理论课程。即兴表演被杜兰看作是可以强迫演员发现自我表达法的有效手段,因此各种形式的即兴表演在训练中占主导地位。在"工间剧团"工作坊的四面墙上悬挂着五颜六色用皮革或人造木头制作的面具,借助面具进行表演是杜兰用以辅助即兴表演训练的一种特殊而重要的方法。杜兰有意识地运用具有神圣意义和神秘力量的面具来替代演员的个性、弥补戏剧中个人心理和现实主义层面的缺失。杜兰在教学中还表现出对"东方戏剧"的兴趣,并且有选择地采纳了其中一些非语言、非风格性的技巧,阿尔托后来转向东方与杜兰的影响不无关系。

在"工间剧团"学习期间,阿尔托最感兴趣的课程就是即兴表演和面具练习。他对杜兰的教学法充满热情,在写给友人的信中,他声称:"聆听杜兰的教学,我感到自己正在发现远古的秘密和整个被遗忘的生产奥秘。"他把杜兰的工作称为"迄今为止戏剧中所做的最有趣的实验"和"我们时代的创新"[1]。阿尔托曾经在绘画和

---

[1] Antonin Artaud, *Collected Works*, III, London: Calder&Boyars, 1971, p.93.

诗歌创作中、在哲学和宗教著作中寻觅某种与自己内心的神秘体验相吻合的东西,杜兰给他展现的恰恰是戏剧中的神秘主义。杜兰认为阿尔托是一名很有天分的学生,他对阿尔托的评价是:"他刻苦勤奋,接受能力强,但总是要强烈抵制发音练习。他特别喜欢我们的即兴表演,同时也将一个诗人的真正想象力带入了这项工作。"① 从杜兰所提到的阿尔托抵制发音训练的行为中,我们已经可以看到他后来全面反对西方戏剧语言的端倪。阿尔托当时认为发音训练会导致他心理失衡,他的理由是:"一名真正的演员的目标应该是去真正地感受、生活和思考",而"追求声调对个性危害极大",因为"声调是内在的,要靠强烈的情感力量而非模仿来实现"②。

完成了在"工间剧团"的学习又生活和思考了几年之后,阿尔托认为把自己的戏剧理想付诸实践的机会已经成熟。1926 年,他与维特拉克一起创建了"阿尔弗雷德·雅里剧团"(Le Théâtre Alfred Jarry)。他在为剧团撰写的宣言中表达了自己坚定的信念:"具有梦幻般的晦暗和魅力的一切,萦绕在我们脑海中的那些黑暗的意识层面,我们都想看到它们在舞台上光彩夺目、获得成功,即使它们带给我们的是毁灭,因惨重的失败而遭受众人的耻笑。我们也不怕会付出多大的努力。"③ 虽然剧团只维持了两年,上演的作品仅有四部,阿尔托在此期间获得了宝贵的独立实践的经验,同时也为自己设定了一个高远的目标。他明确指出:"显而易见,我们承担了一项艰巨的任务。我们的

---

① Charles Dullin, *Ce sont les dieux qu'il nous faut*, Paris: Gallimard, 1969, p.299.

② Antonin Artaud, *Collected Works*, II, London: Calder&Boyars, 1971, p. 131.

③ Antonin Artaud, *Selected Writings*, Berkeley: University of California Press, 1976, pp. 161, 160-161, 162.

目标就是回到戏剧的源头,不管是人类的还是非人类的,并且使它起死回生。"这就是阿尔托终生孜孜以求的"纯粹戏剧"或"理想戏剧"。值得注意的是,他早已预见到了实现理想的困难程度,"显然,我们的事业由于期望太高而愈发危险。然而,重要的是我们不怕一无所获,人们能够理解这点。我们相信,根本就没有人的思想无法填补的空白空间"①。

我们看到,无论是在杜兰的"工间剧团"、在自己创办的"雅里剧团",还是在文章书信中,阿尔托始终高举反对"语言戏剧"的大旗。阿尔托不相信语言能够表达人类深刻的思想情感,认为语言能够唤起情感,却不能完全表达情感本身,因为"一切真实的情感是无法表达的,表达即背叛,表达即掩饰",或者说,一切强烈的情感在我们身上引起虚幻思想,清晰的语言阻止了这种虚幻的同时,也阻止了诗意在思想中的出现。阿尔托认定语言和剧本是导致西方戏剧堕落的罪魁祸首,因为它们"只会截断思想,包围思想,结束思想"②。就在阿尔托苦苦寻求一种新的戏剧语言之际,在巴黎博览会上他蓦然发现"巴厘人极其严格地体现了纯粹戏剧的概念",因为"从错综复杂的动作和姿势以及仰天的呼喊中,从将舞台填得满满的一系列运动和曲线中,产生了一种基于符号而非基于话语的新的形体语言"③。他不禁惊呼,"这种表演向我们显示了纯粹戏剧

---

① Antonin Artaud, *Selected Writings*, Berkeley: University of California Press, 1976, pp. 161, 160-161, 162.

② Antonin Artaud, *Le Théâtre et son double*, Paris: Gallimard, 1964, pp. 110, 82, 93.

③ Antonin Artaud, *Le Théâtre et son double*, Paris: Gallimard, 1964, pp. 110, 82, 93.

形象的神妙综合体,一种新的语言已然诞生"①。显而易见,阿尔托已经坚信戏剧必须要有自己的语言,这种语言绝非文字语言而是基于演员身体特征的语言。在他看来,借助巴厘戏剧来证实自己的信念、重新界定戏剧语言并且对西方戏剧进行再创造已经迫在眉睫。

在阿尔托的戏剧思想中,旗帜鲜明、影响深远的就是他的语言观。在阿尔托的斥责之下,其重要性不可动摇的作为人类文化思想载体的语言竟然摇摇欲坠,这一创见为当代戏剧的发展提供了思路。难怪阿尔托自认为他的活动是一场更大的革命的一部分,并自称是艺术领域里的一个革命者。纵观阿尔托的整个精神历程和思想发展,我们可以肯定地说:给西方戏剧注入新的生命并非阿尔托的最终目的,他的雄心在于彻底改变西方戏剧所赖以生存的文化根基。早在 1927 年,阿尔托就声称:"如果我们要去摧毁点什么,那就是大多数现代思维习惯的根基,无论是欧洲的还是别处的。"②他对本源的追溯、对魔幻原始思想的向往和对迥异于西方理性论的神话的渴望皆源于此,甚至他与巴厘戏剧之间的遭遇也可以置于这个语境下来思考。

既然阿尔托有志于发动一场针对西方文化的革命,那么他是否在非西方文化例如巴厘文化中找到了什么有价值的东西?事实上,巴厘文化并非阿尔托的真正兴趣所在,他之所以对巴厘人的表演推崇备至,只不过是因为巴厘戏剧代表着某种为他所需的、与自身实质根本不同的东西,巴厘戏剧所具有的异质性可以为他提供一个样

---

① Antonin Artaud,*Le Théâtre et son double*,Paris:Gallimard,1964,pp. 110,82,93.

② Antonin Artaud,*Selected Writings*,Berkeley:University of California Press,1976,pp. 161,160-161,162.

板，使他鲜明地描绘出一幅"纯粹戏剧"的图景。因此，自从巴黎博览会"一见钟情"之后，阿尔托所做的就是利用"意中人"创造了一个通往理想境界的捷径，换句话说，就是在"思想"中用"她"填补了一个"空白空间"，但却从未打算进一步扩展和提高自己对"她"的认识。然而，退一步来看，对于19世纪的艺术家来说，异国情调仅仅代表着与熟知的秩序之间的抵触；由于阿尔托发现了巴厘戏剧中被拓展到极端的纯线条的形体动作的精练性，他不但看穿了这种戏剧的异国光彩而且凭直觉发现了它的超凡脱俗，因此异国情调成为他用以发难和挑战西方正常秩序的手段。无论如何，正是巴黎殖民地展览所推出的充满异国情调的巴厘戏剧表演催生了一种全新的戏剧观，那就是活生生的象形文字可以取代话语、"东方戏剧"可以取代僵死的西方话剧，失落已久的戏剧终于重见天日。

从另一方面来看，阿尔托的"一见钟情"扭曲了一个他全然不知的传统和文化。苏珊·桑塔格认为："正如尼采回复到先于雅典世俗化、理性化的口头戏剧艺术的酒神仪式一样，阿尔托在非西方的宗教的或神奇的戏剧身上找到了自己的样板。"① 她一针见血地指出："从根本上讲，这是殖民主义观念的一种美化，是对非白人文化在想象中的剥削，其道德生活被大大地简化，智慧则被掠夺并受到嘲讽。"阿尔托不会去也不必去深入了解这个"他者文化"，因为"这种追寻从来就不追求这样的了解。其他文明是被用作样板，它们能够作为想象的刺激物，完全是因为它们是不可接近的"②。

---

① Antonin Artaud, *Selected Writings*, Berkeley: University of California Press, 1976, pp.39, 40.

② Antonin Artaud, *Selected Writings*, Berkeley: University of California Press, 1976, pp.39, 40.

三

《戏剧及其重影》所收入的成文最早的文章是《论巴厘戏剧》，按时间顺序排在最后的则是《东方戏剧与西方戏剧》，可以说，阿尔托通过第一篇文章开启了"东方戏剧"的神话，在最后一篇文章中完成了神话叙事并且为自己的戏剧之旅找到了一个归宿。显而易见，阿尔托心目中的"东方戏剧"早已超越了巴黎博览会上的巴厘戏剧演出，开始展开精神的翅膀在广阔无垠的宇宙中自由地翱翔。他深情地写道："东方戏剧不是从惟一一个角度来攫取事物的外形，它不满足于简单的障碍，不满足于多样化与意义的会合，而是不断地考察多样化之所以诞生的精神潜力的程度，参与自然的强烈诗意，与宇宙磁力的各种客观程度保持奇妙的关系。"① 就这样，一场巴厘戏剧演出被西方后现代戏剧鼻祖阿尔托置换为具有强大魔力的"纯粹戏剧"或"理想戏剧"，并且启发了阿尔托之后以格罗托夫斯基、彼得·布鲁克、姆努什金、朱莉·泰摩尔为代表的一大批先锋戏剧艺术家。

虽说阿尔托在他的著述中早已对"东方戏剧"给予了很高的赞誉，但是直到20世纪50年代，"东方戏剧"的内容在西方世界的戏剧教科书中所占的份额还不到百分之十，而且这些不多的文字中处处可见诸如"稀奇古怪""荒谬绝伦""与我们的戏剧差距太远以致没有一个西方人能够接受和欣赏"这样的评论话语。② 1967年，美国学者伦纳德·普龙科的著作《东西方戏剧》(Theatre East and West) 的

---

① Antonin Artaud, *Le Théâtre et son double*, Paris: Gallimard, 1964, p. 112.

② Carol Fisher Sorgenfrei, "Desperately Seeking Asia", Asian Theatre Journal, 14(2), 1997, pp.223-258.

出版开西方世界研究亚洲戏剧的先河。他认为，欧美之外的戏剧具有自身的价值，东西方戏剧之间有不少地方可以交流和学习，研究东西方戏剧不仅仅是求知的需要，它对于了解和发展西方戏剧不可或缺。① 普龙科的东西方戏剧研究视角具有开创意义，在后来世界戏剧研究中发挥了相当重要的作用。从本质上来看，普龙科的东西方戏剧研究法与阿尔托的东西方戏剧观一脉相承，可以说是阿尔托的思想在戏剧研究中的运用和实践。

东西方戏剧观的理论基础是假定"东方"和"西方"是两个完整独立的文化实体。我们撇开"西方"不论先来看看"东方"。以亚洲的中国、印度和日本为例，尽管三个国家之间有着广泛的跨文化交流，但却各自拥有不同的政治文化体系、文学艺术传统和大不相同的戏剧形式。普龙科就曾举例说："卡塔卡利和能剧之间或京剧和歌舞伎之间的鸿沟与巴厘舞蹈和《俄狄浦斯王》之间的鸿沟一样深。"② 东西方二分法从语义上来看是指整个世界可以分为两个部分，任何事物都可纳入其中一个部分。在戏剧研究领域，东西方二分法却对亚欧大陆的中心地区无能为力，几乎难以确定从土耳其到阿富汗的戏剧属于西方戏剧还是"东方戏剧"。

进一步来看，东西方戏剧观设定东方的戏剧形式由于本质上都具有"东方戏剧精神"，因此可归为一类；西方戏剧形式则具有"西方戏剧精神"，可归为另一类。普龙科列举了"东方戏剧精神"的三个特征：期待着观众的"参与"、对戏剧材料进行"全面整合"、"程

---

① Cf. Leonard Cabell Pronko, *Theater East and West*: *Perspectives owarda Total Theater*, Berkeley: University of California Press, 1967.

② Leonard Cabell Pronko, *Theater Eastand West*: *Perspectives Towarda Total Theater*, Berkeley: University of California Press, 1967, p.4.

式化"的表演技巧。而"西方戏剧精神"的特征则是要求观众的"理性思考"、对戏剧材料要进行选择、采用"现实主义"的表演技巧。①这些特征早已成为人们的共识,似乎合情合理到了不假思索拿来就可以用的程度。的确,大多数亚洲戏剧形式都具备参与性、整一性和程式化的特征,但却很难找到一种形式同时兼具所有这些特征,而且诸多形式还带有"西方戏剧精神"的特征,我们已经看到,以章格尔为代表的许多巴厘戏剧表演形式便是如此。纵览欧美戏剧史,我们不难发现其中大多数戏剧形式也具有人们所认为的东方特征。以欧洲歌剧和芭蕾舞剧为例,我们看到被欧洲人视为以自然发声法来表演的歌剧实际上采用的是一套完全程式化的发声法,而芭蕾舞采用的是一套两百年前就已严格制定好的程式化舞步。如此一来,原本深入人心、合情合理的老框框大可值得怀疑。

在西方戏剧形式中,与"西方戏剧精神"最为吻合的恐怕就是话剧。虽说话剧只不过是诸多西方戏剧形式之一,东西方戏剧观将歌剧、芭蕾舞剧、音乐剧等其他欧美戏剧形式弃之不顾,只看重理性和现实主义的话剧,无形中把欧洲话剧及其特质作为可涵盖一切欧美戏剧的代表。难怪阿尔托在《演出与形而上学》中要质问:"为什么在戏剧中,至少在我们所知道的欧洲戏剧,或者更确切地说西方戏剧中,一切为戏剧所特有的东西,换言之,一切不服从于话语和字词的表达,或者说一切未被对白所包含的东西,都被贬至次要地位?"②实质上,这一观念的根源就是现代欧美最深刻的信念之一:西方世界之所以迅速崛起并立于不败之地,靠的是独一

---

① Cf.Leonard Cabell Pronko,*Theater East and West:Perspectives Toward a Total Theater*,pp.177-188.

② Antonin Artaud,*Le Théâtre et son double*,Paris:Gallimard,1964,pp.55,19.

无二的理性主义。遗憾的是，阿尔托对西方文化的质疑和追问仅仅停留在理论层面，而由他雄心勃勃地发起却未能身体力行的文化革命也因先天不足而流产了。

在过去半个多世纪里，人们在东西方戏剧观的帮助下认识到"东方戏剧"的重要性，逐渐打破了西方世界在戏剧理论和实践中主观狭隘、全面垄断的局面。但在新的历史条件下，东西方戏剧观和研究法已远远不能满足我们认识全球范围内多地区、多民族的戏剧形式及其相似与差异的迫切要求。正如阿尔托在《戏剧与文化》中所言，我们"应该摒弃人及其权力的通常局限性，将人们所称的现实的疆域扩展到无限"。因此，我们的当务之急是怀着虔敬之心去学习和了解人类不同的文化及其戏剧形式，探索出更多、更有效的研究世界戏剧的视角与方法。"应该相信戏剧能给生活注入某种新的含义。在戏剧中，人毫不怯懦地变成尚未存在之物的主人，而且使它诞生。"①

曹雷雨

1968年生，2004年毕业于北京师范大学文学院文艺学专业，获博士学位。现为北京师范大学外文学院英文系教授，博士生导师。主要教学和研究领域为西方戏剧、西方文论和英美文学。长期从事文学艺术翻译工作，主要译著有《马克的完美计划》（2018）、《萨德式女人》（2021）等。

---

① Antonin Artaud, *Le Théâtre et son double*, Paris: Gallimard, 1964, pp.55, 19.

互补和共赢
—— 比较文学、世界文学和翻译研究的未来

吕黎

21世纪的比较文学会走向何处？这不仅是比较文学研究者相当关心的问题，也是许多国别文学研究者不能不在意的问题。国内学者在议论这个话题时，更多的是从世界文学对比较文学的挑战这个角度着眼，较少关注翻译以及翻译研究与比较文学和世界文学之间的竞争与合作。本文试图从对翻译的不同理解入手，分析这些学科的影响此消彼长之中的一些原因，并指出这些学科的未来就在于它们之间相互渗透、相互补充。

从20世纪末开始，美国的比较文学就一直面临着巨大的危机。简单地说，这场危机有两个主要原因，首先一个原因就是文化研究的巨大冲击以及后来理论的退潮。作为一种高级且精英的文学研究和一个有着根深蒂固的欧洲中心主义思维的学科，传统的比较文学学者一般只关注（欧美的）文学作品，尤其是那些已经经典化了的作品，欧美之外的作品只是作为欧美文学的影响和补充而存在的。而文化研究首先打破了（上层）精英文学和（下层）大众文学之间的界限，接着打破了文学与其他文化媒介之间的界限，其结果就是文学这个概念松动了，文学研究的边界急剧扩大。在这种变化中，作为学科的比较文学所必需的独特的研究对象、范围和方法变得不再那么独特了。从

情感与阐释：
文学理论的未来

20世纪60年代末以来，理论的兴起是比较文学存在的重要原因。这里的理论指的是结构主义、后结构主义、后现代主义、后殖民主义与女性主义等，这些思潮首先是来自于欧陆学界，主要与本雅明、巴尔特、拉康、福柯、德里达、克里斯蒂娃和保罗·德·曼等学者的名字联系在一起。由于语言的优势，比较文学学者能更早地接触和了解欧洲的理论发展，及时地将其介绍到美国学界。所以在一段时间里，比较文学是理论的温床，是推进文学研究发展的主要策源地。而到了90年代，一方面是越来越多来自单一国别文学系所的学者转向理论研究，另一方面是理论的热度开始降温，比较文学就慢慢地失去了它特有的研究对象和活力。

比较文学面临危机的另一个原因就是冷战后美国区域研究的范式受到了广泛的质疑，比较文学的欧洲中心主义和（后）殖民主义色彩集中地凸显出来。所谓区域研究是指冷战之后，美国为了国家战略利益的需要，将世界（尤其是其对手）划为不同的区域来做整体的研究。这些研究受到了私人基金会、联邦政府和科研机构大量的资金支持，其目的是要用跨学科的方法研究对手，其研究成果作为美国政府政治、经济、文化和军事策略的依据。在提出"世界文学"这个概念时，歌德是希望有一个超越了民族和语言界限的、为人类所共享的文学，但是，欧美比较文学的发展始终受到民族主义的影响，一直有着强烈的欧洲中心主义倾向。正如萨义德在《文化与帝国主义》一书中所指出的："比较文学的学术工作伴有一种观念，认为欧洲和美国共同构成了世界的中心，不仅由于它们的统治地位，而且由于它们的文学是最值得研究的。"[①]20世纪90年代以来，随着区域研究的殖民倾

[①] 萨义德：《文化与帝国主义》，李琨译，生活·读书·新知三联书店，2007，第62页。

向和比较文学研究的欧洲中心主义倾向一起受到了国际学界的强烈批判，比较文学则陷入了一场深刻的道德危机之中。

作为比较文学的最有力的挑战者，世界文学和翻译研究在近二三十年来的蓬勃发展是相当引人注目的。从很大程度上说，世界文学和翻译研究的巨大挑战来自于它们对翻译的意义和作用的不同理解。比较文学从定义上说就与翻译有着千丝万缕的联系，因为比较文学的基本要求就是要研究两种以上语言的文学作品之间的关系。但是从一开始，翻译（文学和研究）在比较文学的领域中就处在边缘的地位，因为能够阅读外域国族文学的原文是比较文学研究与单一国别文学研究的基本区别，国别文学研究是一个国家、民族或区域的本土文学研究者使用本土语言对本土文学进行研究。一般认为，建立在翻译作品上的文学研究通常不被认为是地道的比较文学的研究。就像精通近10种语言的比较文学大师韦勒克在《文学理论》这部教材中所言："如果仅仅用某一种语言来探讨文学问题，仅仅把这种讨论局限在用那种语言写成的作品和资料中，就会引起荒唐的后果。"[①]这种对语言的严格要求使得很多学者认为比较文学是一门更为高级且精英的学问，在比较文学的研究领域中，通过翻译研究文学是不能被接受的，只有在国别文学系所（如英美高校的英文系、中国高校的中文系）研究翻译文学才是可以原谅的，而比较文学系则要求文学研究者除了母语之外熟通一门或两门以上的外语及相关古典语言。法国比较文学学者保罗·梵·第根是较早讨论翻译与比较文学关系的学者，但是，在1931年出版的《比较文学论》这部教材中，他也只是在"媒介"的章节下简略地讨论了研究翻译文本的问题。

比较文学对翻译的歧视直到20世纪末也没有完全消除。1993年，

---

① 勒内·韦勒克、奥斯汀·沃伦：《文学理论》，文化艺术出版社，2010，第47页。

以伯恩海默为首的专家组为美国比较文学学会提交了题为《世纪之交的比较文学》的报告。尽管这份报告提出要消除对翻译的敌视，然而它也坚持精通外语的对学科的必要性："懂外语仍然是我们学科的一个根本的存在理由。比较学者总是那些对外语特别感兴趣的人，他们通常具备掌握外语的技能并有本事时刻享受使用外语的乐趣。这些素质应该继续在我们的学生中培养，而且，应当鼓励他们开拓语言视域……有些系现在仍然要求三门外语和一门古典语言。许多系要求三种文学知识。"[1]而在此前的列文提交的报告和格林提交的报告中，对翻译的使用都被视为对比较文学的威胁。1965年，列文提交的报告就批评比较文学的教师越来越多地使用翻译，提出"应当区别对待比较文学专业的学生和仅阅读翻译文本的学生"[2]。1975年，格林提交的报告更是把比较文学与翻译文学的关系看作是最令人不安的趋势，并指出"许多今日在比较文学名下教授的课程其实名不副实"[3]，因此强调真正的比较文学学者应该使用原文。

世界文学首先挑战的就是比较文学的精英化、贵族化以及它对翻译文学的歧视。20世纪末和21世纪初，世界文学成为美国比较文学界讨论的热门话题。其中，大卫·达姆罗什2003年出版的《什么是世界文学》可以说是开风气的一部英文著作，引发了不小的讨论。在达姆罗什看来，世界文学"包括了所有在其起源地文化之外流通的文

---

[1] 伯恩海默：《美国比较文学学会的三个报告·伯恩海默报告》，见于杨乃乔、伍晓明主编《比较文学与世界文学》，第一辑，商务印书馆，2004，第23页。

[2] 格林：《美国比较文学学会的三个报告·格林报告》，见于杨乃乔、伍晓明主编《比较文学与世界文学》，第一辑，商务印书馆，2004，第一辑，第7页。

[3] 格林：《美国比较文学学会的三个报告·格林报告》，见于杨乃乔、伍晓明主编《比较文学与世界文学》，第一辑，商务印书馆，2004，第15页。

学作品，要么是以翻译的形式，要么是以原语言的形式"①。在世界文学的提倡者看来，阅读和使用翻译文学有着必然性和合法性，因为一个学者不可能懂得所有的语言，尤其是当文学研究的对象从欧洲扩展到亚洲、非洲等的作家、作品时。从 1960 年代以来，在美国各种民权运动以及文化多元主义思潮的影响下，女性的、少数族裔的、非西方的文学不断地经典化，进入到美国文学研究的主流。传统比较文学学科所要求的语言不足以应付这些作品，所以翻译成了不可替代的选择。所以对达姆罗什来说，世界文学关注的不是读什么，而是怎么读的问题。尽管这种立场得到了很多人的支持，但反对之声也不绝于耳。反对者认为使用翻译会降低学术的品质，而且世界文学那种对各国文学简介式的方法完全是业余水平的，不是真正的学术。另外，世界文学的经典化方式也让人诟病。多元文化主义必然要求世界文学学者去发现和推出各个文化传统的代表，这种经典化过程往往是以不同文化传统的非历史化为代价的。这其实就违背了文化交流的初衷。

这种争论至今也没有停止。美国比较文学学会 2011 年年会的主题就是"比较文学／世界文学"。在这次年会上，达姆罗什与斯皮瓦克就比较文学和世界文学的关系做了一场对话。这场对话的信息量很大，很好地反映了比较文学和世界文学之间的同与不同。在发言中，达姆罗什首先检讨了比较文学根深蒂固的欧洲中心思想。有学者认为，比较文学其实是所谓的北约文学。而达姆罗什认为，比较文学的研究对象并没有超过四分之一的北约国家的文学，比较文学学者都是带着德国和法国的口音。第二次世界大战时期，一大批欧洲比较文学学者来到美国，推动了比较文学在美国的迅猛发展，不少东岸的精英（私立）大学成为比较文学的重镇，保持着传统的精英和欧洲中心主

---

① David Damrosch，*What Is World Literature*？ Princeton: Princeton UP，2003，p.4.

义的立场。在这样的背景下，达姆罗什从阶级和地域的角度描述了世界文学在美国的发展。1959年在中部的威斯康星大学举办了一次有关世界文学教学的大会。这次会议的参加者大多来自中西部和南部的公立大学。比较文学和世界文学的分歧在会议发言中一览无余。一方面，世界文学的教学在这些中西部和南部的公立大学十分兴盛，很多学校修课的学生从以前的十几人猛增到几百人。从外部因素说，这既是因为很多公立大学开始接受黑人入学，也是因为不少非文学专业的学生被要求选修世界文学课程。从教学上说，世界文学课程不仅使用翻译文本来教授古典文学以及其他国别文学，而且这种课程一般在短短的一二个学期里就将（西方）文学传统简介一遍。另一方面，身在东西两岸精英大学里的比较文学学者非常鄙视这种做法，认为这降低了学术质量，玷污了比较文学的名声。也正是这次大会的严重分歧才促使美国比较文学学会开始发布学科状况报告。

通过评述斯皮瓦克的名著《一个学科的死亡》，达姆罗什觉得，世界文学和比较文学一样，正面临着三种威胁，即（世界）文学研究很容易蜕变成文化的根除、语文学的破产和与全球资本主义中最恶劣倾向同流。为了应对这些威胁，达姆罗什从三个层面上提出了自己的应对之道，显示出他对世界文学未来的信心。在语文学层面上，人们需要更多的语言和语言学习，但也需要有侧重和区别。比较文学学者要求在几种语言上有着近乎母语的能力，这样才能显示他们有国别文学学者的能力和知识，更有国别文学学者所没有的理论水平。达姆罗什当然鼓励学习和获得更多的语言，但是觉得比较（世界）文学学者不必非要在语言和知识上达到国别文学学者的水准。在方法论层面上，研究合作和教学合作都要增强。在这个问题上，达姆罗什主要关注的是教学合作。以前，比较文学学者在教学中都认为，老师懂的语言比教室里的所有学生懂的加起来都要多。如果说这在以前是个事实的话，现在的情况不同了，课堂上总有学生来自老师不了解的文化背景。因此，如果师生之间和学生之间在教学和学习中加强合作，那在一个教室里面大家就能面对着整个世界。达姆罗什还以自己的教学经验来说明这个问题。在他的世界文学简介课上，他不要求学生写论文，而是把学生分为2~3人的小组，让他们每周在维基百科上给阅读材料写一个条目。小组中的一人懂得阅读材料中提到的语言或者有这方面的文化背景，另一个人则只是对材料本身感兴趣。达姆罗什发现，这样的合作在教学上很有成效。最后，在意识形态的层面上，多元主义还是必须的。在美国学界，意识形态的争论从来就没有停止过。但在市场面前，达姆罗什提议不同政治立场的学者应该团结起来。另外，美国例外论在不少美国学者身上都有体现，就是认为美国是个特殊的多元文化社会。这种多元文化主义成为了一种新的种族主义，比较文学也深陷在这种国族主义的藩篱中。世界文学就是要挑战这种多元文化主义的美国例外论，通过激励语言学习以真正了解世界，来打破美国学者的民族自我满足感。最后，达姆罗什提出，对世界文学的批评其实也是对比较文学的批评，"我们面临的挑战是将我们不同的方法锻造成一种积极的关系，在其中我们在全球化语境中重新设计比较文学，用它来推广对语言和文学的研究，并在每一个可能阶段阻击全球化资本市场的种种无常变化"①。

翻译研究更早构成对比较文学的挑战。1993年，英国著名的比较文学学者巴斯奈特在她的新书《比较文学导论》中提出：比较文学已经死了。更具争议的是，她认为："从此以后，我们应该把翻译研

---

① David Damrosch and Gayatri Chakravorty Spivak,"Comparative Literature/World Literature: A Discussion with Gayatri Chakravorty Spivak and David Damrosch", In Comparative Literature Studies 48.4 (2011), p.464.

究当作一门主要的学科，而比较文学只是其中一个有价值的附属领域。"①从比较文学作为一个学科出现开始，比较文学危机论就不绝于耳。在这个意义上说，巴斯奈特的比较文学死亡论也许并不那么出乎学界的意料。但是，她将比较文学的未来放置在翻译研究这一新兴学科的肩上，这确实在当时引起了很大的争论，使人们不得不去认真地思考比较文学与翻译研究之间的关系。正是因为翻译（文学与研究）一直在比较文学学科领域认同的边缘，所以巴斯奈特对这二者关系的颠覆性再定位就极具争议性。而巴斯奈特之所以敢于提出这种石破天惊的论断，重要的原因就是翻译研究的蓬勃发展带来了人们对翻译和交流的新理解。翻译不再被看成传播固定意义的媒介，而是一种受文化、政治、社会与制度等各种因素影响的重写。德里达更是认为，翻译是人类的法律、职责，是对上帝无法解除的债务。翻译就是人类交流活动中面对种种不可能性的必然，也就是人类生存的根本。在这种理解下，翻译在文学和文化中的影响与作用无处不在，因此翻译研究的领域就变得无限广阔了，结果是，比较文学研究就必须要把翻译（文学与研究）置于中心的地位，这门同样强调跨民族、跨语言、跨文化与跨学科研究范式的年轻学科因而获得了挑战比较文学的信心。

但是，随后的历史证明翻译研究对比较文学的挑战并不是致命的。2006年，在一篇题为《21世纪比较文学反思》的文章中，巴斯奈特承认她在1993年提出的论点是故作惊人之举，目的是提高翻译研究的地位，而现在，她意识到当初的说法是有问题的，因为"翻译研究在过去30年的发展并没有大的进步，比较还是翻译研究学术的

---

① Susan Bassnett, *Comparative Literature: A Critical Introduction*, Oxford: Blackwell, 1993, p.161.

中心"①。所以，她悲观地认为，比较文学和翻译研究都不应该当作是学科，而只是研究文学的方法和阅读的方式。在她看来，由于一些学者，如斯皮瓦克、艾米丽·爱普特（Emily Apter）等的努力，比较文学现在开始重新塑造自己，已经在走出 20 世纪 90 年代的那种危机。虽然翻译研究在学术上进展很慢，但不少学者也在从比较文学（尤其是世界文学）中汲取理论资料，这可以使翻译研究能够保持持久的活力。这样看来，比较文学和翻译研究的未来就在于两者的相互依存与互动发展。

  在预测翻译研究的未来走向时，斯奈尔-霍恩比在《翻译研究的诸种转向》一书中再一次讨论了歌德致托马斯·卡莱尔的一封信。在这封写于 1827 年 7 月 20 日的信中，歌德高度评价了翻译（者）在人类文明中的作用以及德国对各民族之间的相互理解所做出的巨大贡献。在斯奈尔-霍恩比看来，歌德的这个评价是正确的，只是我们现在所处的时代变化了，所以翻译面临着新的问题。在歌德的时代，德国正在走向一个统一的民族国家，在整个欧洲，民族国家的理念也非常盛行。歌德因而强调既要尊重各个民族国家和人民的独特性，又推崇超越民族国家的、属于全人类的文明价值，所以翻译的沟通价值就得到了他的高度评价。而现在，我们已经进入到了一个全球化的时代，出现了一种歌德所期待的国际通行语言——英语（尽管歌德希望的是德语）。随着英语帝国的形成，英语成为国际学术界的唯一语言，国际翻译会议和翻译期刊都使用英语，其结果就是研究方法和角度极度欧美化，非英语的研究因为翻译的问题而不能走向国际学界，因此英语和非英语的权力差别扩大化了。即使是欧洲内部的国际化

---

  ① Susan Bassnett, "Reflections on Comparative Literature in the Twenty-First Century", In Comparative Critical Studies 3.1 (2006): p.6.

组织（比如欧盟），语言和文化的多样性也被标准化和综合化。斯奈尔－霍恩比希望翻译研究今后要做区分化的工作，要更注重差异性和多样性。

除了英语帝国的问题，翻译研究的另一个问题是元语言（metalanguage）。在斯奈尔－霍恩比看来，翻译研究已经取得了巨大的成绩，但是由于很多基本的概念没有被精确定义，所以造成了很多混乱，影响了翻译研究成果的传播和接受。因此，她提议"翻译研究史"应该成为翻译研究者的必修课，以便使研究者了解翻译研究的跨学科性，以增强他们对自己所面临的任务的理解。斯奈尔－霍恩比对翻译研究的发展趋势的预测实在而具体，带有较强的语言学色彩。这可能和她对翻译研究的语言学转向的理解有关。

美国比较文学学者爱普特并不认同这种语言学转向，她认为这样的语言生态学倾向可能会"将有地方色彩的语言因素异国化，如粗喉音、语义转借和个人化表达，从而加强了语言的文化本质主义，将方言的自然流动和变异置于语法规则的标准语言模式之下。"[①]她希望在保持翻译研究的语言学方向的情况下，把注意力更多地放在语言政治的美学和理论问题上，而"翻译区"（translation zone）的概念是她思考翻译研究未来的理论框架。"9·11"事件之后，美国进行了一场反恐战争。爱普特发现，在这场战争中翻译的错误导致了生命与财产的损失，甚至导致了战争的爆发。所以战争不仅是政治的继续，而且是翻译失败的继续。所以翻译是政治行为，在反恐战争、政治斗争与种族冲突中都发生着巨大的作用。所以翻译区不仅是一个地理概念，而且是一个政治概念和心理概念。从这三个层面入手，她希望注重思

---

① Emily Apter, *The Translation Zone: A New Comparative Literature*, Princeton and London: Princeton UP, 2006, p.5.

考 21 世纪的重要语言现象，如语言的夹心化（creolization）、诗人和小说家的语言多元化、边缘人群的新语言等等，并且主张将它们与全球化、战争、反恐、互联网与虚拟技术等联系起来；在这个意义层面上，翻译成了"人文学科商讨过去和未来传播手段的代名词"，[①]因此爱普特所预测的新的比较文学，其实就是翻译研究的新方向与新发展。

在《美洲的翻译和身份认同：翻译理论的新方向》这部著作中，美国学者根茨勒认为爱普特的"翻译区"的概念代表了翻译研究的新方向，因为它将翻译的地理、社会和心理因素完整地表达了出来。但是，根茨勒本人的研究所关注的是身份认同的问题，因为，他认为翻译研究的下一个转向将是社会－心理转向。通过研究美国的多元文化主义、加拿大女性主义剧作家的翻译、巴西的食人主义翻译观以及加勒比地区的文化适应（acculturation）和文化转化理论，根茨勒发现翻译是观察美洲人民身份认同的绝佳场所，因为翻译以各种形式扎根到每一位美洲人的心理之中；所以翻译不是美洲人民建构身份的环境和条件，而是他们身份的组成部分。根茨勒借用法国精神分析学家吉恩·拉普朗虚（Jean Laplanche）的理论，将翻译与无意识、压抑等概念联系起来考察，试图挖掘出美洲人民被压抑的、创伤性的历史和文化记忆，并将翻译作为通过重新记忆以获得身份认同的手段。因此，对于根茨勒而言："翻译与其说是对书写文本的翻译，不如说是一种记忆和再历史化的形式，它超越了任何一种单一语言的限制。阅读这些历史标记就像是在破解一个密码，精神分析的手段（释梦、口误、

[①] Emily Apter, *The Translation Zone: A New Comparative Literature*, Princeton and London: Princeton UP, 2006, p.11.

笑话、愤怒的爆发以及矛盾）或许被证明是有帮助的。"[①]翻译研究的未来也就在于翻译为研究社会心理打开了通向世界的各种可能性。翻译不再是被动的、消极的、创伤性的活动，而是一种主动的、积极的、解放性的力量，帮助人们积极地理解过去，勇敢地面向未来。

巴斯奈特曾经提到，身份问题是翻译理论家们开始不断讨论的问题，但是很多这样的讨论都是在非文学的领域进行的。在《世界标靶的时代》这部著作中，美国著名的华裔理论家周蕾（Rey Chow）在文学领域思考了身份政治与比较文学的关系。区域研究是第二次世界大战后美国人文社会科学的主要的研究模式，周蕾通过分析区域研究、后结构主义和比较文学的运作方式，发现这三者都受到自我指涉性的制约，共同构成了美国的知识生产体系。因而从一开始，比较和文学就不是中性的词，而是有很强的意识形态性。比较文学的范式其实就是"欧洲及其他者"。在西方学者看来，比较就是欧美和东方的关系，在这个关系中，欧美一直处于主导的、中心的地位，而东方则需要以这个中心确定自己在世界中的位置。就好比 novel（小说）这个术语就专指英国的（有时也包括法国的）小说，而其他地方的小说一定要在前面加上一个修饰语，如日本小说、中国小说及阿根廷小说。在周蕾列举的对传统比较工作的反抗方式中，有一种可以看作是翻译研究的发展方向：那就是东方单一语言、单一文化和单一民族的文学研究应该被看作是比较文学的工作，因为它们往往带有跨语言、跨民族与跨文化的历史痕迹，这些痕迹是它们在与西方痛苦的交流和斗争中遗留下来的；所以语言不能被看作区分比较文学工作的唯一标准，是否是比较的标准应该是看它有没有"批判不同语言间文化资本的不

[①] Edwin Gentzler, *Translation and Identity in the Americas: New Directions in Translation Theory*, London and New York: Routledge, 2008, p.164.

平等分配的"①。这个创见促使人们重新思考雅各布森定义的"语内翻译",也让人们对德里达在"他者的单语主义"中体现的身份问题有了更深刻的理解,并帮助文学研究者从翻译研究的角度对待单一的国别文学研究。

在上面提到的研究中,学者们有的是讨论的比较文学的未来,有的关注的是翻译研究的未来,有的展望的是世界文学的未来。但从学科上来说,他们要么是在比较文学系获所得的学位,要么是在比较文学系所任教。所以比较文学是这三门学科的制度基础。而无论是比较文学还是世界文学还是翻译研究,都是在边界、在之间做工作,都是要通过跨越语言、文化、疆域、肤色、种族、信仰等各种界限,达到增进交流、增进理解的目的。这样的越界工作,不能不以翻译为基础,所以这三门学科未来发展的学术基础是翻译研究。在全球化时代,政治、经济、文化的不公正往往被一个地球村的美好图景所掩盖。达姆罗什式的世界文学试图抵抗全球化市场对文化和人性的根除,就可能成为这三门学科未来的道德基础。总之,对美国学者而言,这三门学科的未来不是谁取代谁的问题,而是要相互补充,共同发展。

对中国学者而言,其实还有重要的工作没有完成,那就是这三门学科之间的紧密联系。中国的比较文学专业要么设置在中文系,要么设置在外文系,有的学校甚至在这两个系都设置有比较文学专业。经过学科调整,比较文学和世界文学在1997年取代了外国文学,成为中国语言文学里的一个学科。随着翻译研究的兴盛,很多大学都设置了翻译研究专业,但几乎全部都设在外语系里。同时,国内在中文

---

① Rey Chow, *The Age of the World Target: Self-Referentiality in War, Theory, and Comparative Work*, Durham and London: Duke UP, 2006, p.86.

系里还设有文艺学专业,这在欧美国家的大学里是没有的,因为大部分做理论的学者是在比较文学系所里。这样的一种体制造成三门学科的研究者分布在不同的院系和专业之中,使得研究合作和教学合作都有难度。所以这三门学科在中国的未来不在于创立一个所谓的中国学派,而在于在体制上整合分散的研究力量,以便有力地回答全球化时代的各种问题。

吕黎

1971年生,1998年毕业于北京师范大学文艺学专业,获硕士学位,2007年毕业于美国马萨诸塞大学阿姆赫斯特分校,获博士学位。现任北京师范大学文学院副教授。主要研究领域为当代西方文论,主要著作有 *Translation and Nation* (2019)。

4

精神分析与情感

《萨拉辛》：从拉康的"$◇a"到巴尔特的"S/Z"①

吴琼

一、引子

在古希腊神话中，有许许多多与艺术家相关的故事，其中有一则在他们当中广为流传：

塞浦路斯国王皮格马利翁因为看到人间女子总有这样或那样令人不堪的缺陷，便决定长期独居。皮格马利翁还是位雕刻家。一天，他用一块雪白的象牙雕刻了一尊裸女像，其容貌之美，非肉体凡胎的女子能及。他一下子就爱上了自己的这个创造物，并给它取名伽拉忒亚。后在女神阿芙罗狄忒的帮助下，伽拉忒亚变形为有血有肉的人身，成为皮格马利翁的妻子。

这是一则语义含混的神话故事。例如，一个女性主义者可能会在这里读出这样的讯息：它表达了男人的无意识愿望，即企图利用"菲勒斯中心"的"书写"权力与视觉权力来对另一性的身体及其自我实施想象性的占有和象征性的褫夺；若在人类学的意义上说，它还是不

---

① 本文为中国人民大学明德研究品牌计划项目的阶段性成果，项目名称"视觉传播、视觉伦理与视觉文化研究"，项目批准号：12XN1015。

能生育的男性对"生育权"的神话学谋划，伽拉忒亚的肉身化变形就像希伯来神话中亚当的肋骨的神话学功能一样。然而，男人或男性艺术家可能更喜欢这样的阅读：它显示了爱和艺术所内有的可制服物质性或非存在的创生冲动的超凡力量，它是关于（男性）艺术家的欲望及其"书写"的寓言。但眼下我们不妨把它看作一则与幻象运作有关的故事：一个有着厌女症倾向的男人，因为对自己的创造物过度的欲望投注，而对它产生了难以自持的幻念，并在幻象的不断诱发下，原本只是体现艺术创造力的符号之物被升华为崇高的欲望对象，成为了拉康意义上的"对象 a"。

　　主体因其存在之欠缺而以幻象的形式来结构自身的欲望，先把欲望投注到一个幻象对象之上，进而这对象又作为欲望之成因和真正欲望对象的替代发挥作用，成为弥合存在之欠缺和裂隙的幻象脚本。拉康称这个过程为基本幻象的功能，并用了一个代数式来表示："$\$ \lozenge a$"，意即无意识主体对作为对象的"a"的诸种关系。

　　然而，基本幻象并不只有弥合主体之欠缺的功能，它也是把主体召唤到一个分裂位置的东西。幻象的运作根本上是已然被能指结构所切割的无意识主体（$\$$）与结构幻象的对象即"a"之间的一个危险的游戏，是失败的主体在一个想象的对象身上投下的最后赌注，如果幸运的话，它也许可以像皮格马利翁那样抱得美人归，但若是机缘错失，那这个失败的主体在对象那里的一切投注行为最终不过是再一次证明主体的失败，就像巴尔扎克的小说《萨拉辛》中那个年轻的雕刻家的命运，他的"伽拉忒亚"即阉歌手赞比内拉最终带给他的是毁灭和死亡。罗兰·巴尔特在解读萨拉辛的故事时也提出了一个代数式："S/Z"，我们不妨称它为巴尔特的阉割公式，这个公式和拉康的幻象公式几乎是等义的，它们都涉及幻象的构成及其悖论性的致死功能。

　　下面我将尝试在拉康的幻象脚本和巴尔特的阉割阵营之间做一次

穿行，以期讨论在认同之幻象或幻象式的认同中"◇"和"/"的功能。巴尔扎克的《萨拉辛》是我实施这个穿行的基准文本。"从拉康的'$ ◇ a'到巴尔特的'S/Z'"，这个题目指示了我对巴尔扎克的叙事文本和巴尔特的阅读文本进行彻查的基本路径，即一方面运用拉康的幻象公式来阅读《萨拉辛》，另一方面又在拉康主义的语境中对《S/Z》进行回读。

二、阅读作为重写行为

《萨拉辛》是巴尔扎克于1830年年末创作的一部中篇小说，最初是作为"幻想故事"与同期创作的《驴皮记》（1830）一起收入三卷本的《哲学小说与故事》内。1842年，巴尔扎克将其作品总名为"人间喜剧"，收入其中的《哲学小说与故事》改名为《哲学研究》，并增收了另外一些作品在内。不过在1835年，巴尔扎克还曾把《萨拉辛》从哲学故事集中抽出来，作为另一个系列"巴黎生活场景"中的一部予以发表。巴尔扎克的这一系列重新归类和命名自有他的理由，但结果却是使原作的主题动机与文本位置显出了一种漂移和叠置的杂色，也因此为开放性的多重阅读提供了多个可能的入口，例如单就文类而言，是将其作为哲理小说或罗曼司来读，还是作为反映巴黎生活场景的现实主义叙事来读，这中间的取向差异将会直接影响到人们对文本意义的阐释。

但不管用什么方法来读，从整个故事的构成层面看，有三个叙事点是所有的阅读都无法绕开的。首先，这里有一个以叙事（讲故事）来实施引诱的故事，叙述者"我"企图通过向侯爵夫人讲述朗蒂家阿多尼斯画像背后的真相来赢得夫人的好感，从而实现性引诱。其次，从萨拉辛的方面说，这里面似乎有一个爱的故事，但更是一个幻象的故事，一个有关幻象之致命诱惑的故事，萨拉辛因为自恋之爱的激情而成为了自己制造的幻象的牺牲品。最后，这里还有一个阉割的故事，阉歌手赞比内拉才是整个叙事的扭结点，引诱的叙事和萨拉辛的幻象皆因他而起，引诱的失败和萨拉辛的毁灭也是因他而生，作为想象中的拉·赞比内拉，"她"代表着幻象，"她"引起幻象，可作为实在的、被阉割的赞比内拉，他根本上是一个欠缺、一个空无，他的身体是无法归类的中性之物。

然而，让阅读仅仅停留于这三个叙事点是不够的，它们在文本中并非独立的或平行的，而是形成了某种关系，某种动力学的叙事机制。就这个方面而言，巴尔扎克的整个叙事其实存在一个引诱－反引诱的结构：我们在文本中先是看到了一个引诱的故事，一个用故事来实施引诱的场景；接着通过萨拉辛被诱惑致死，又看到了一个受到引诱或接受诱惑的故事；最后通过把后一个故事折叠到前一个故事中，我们又看到了一个引诱失败或反引诱的故事。引诱的运作在于向作为目标的对象抛出诱惑物，企图用幻象来捕获被引诱者的欲望，而引诱的失败从根本上宣告了诱惑物或幻象的捕获功能的破灭，宣告了欲望的空无。在《萨拉辛》中，从叙述者布下诱饵到侯爵夫人最后的兴味索然，构成了引诱叙事的表层，而在这个表层的里面，是萨拉辛毁灭的故事，作者以这个故事宣告了驱动引诱结构的幻象的空洞性；接着，故事的接受者或"阅读者"（侯爵夫人）通过将这个结果回置到引诱叙事当中而使叙述者的引诱彻底归于失败。以此言之，萨拉辛因幻象致死的故事是一个"元"叙事，它既是叙述者的引诱叙事所讲述的"内容"，也是对那个叙事的一种"阐释"，是对古典叙事本有的诱惑结构的一种阻断。

在一个叙事中套入另一个叙事，并用后一个叙事来阅读/阐释/解构前一个叙事，正是巴尔扎克的这一"后现代"写作技巧，激发了巴尔特的阅读兴趣，并"引诱"他进入了对"文本"和"阅读"的思考。

巴尔特的阅读始于 1968 年。这年年初，在巴黎高等实验学校的研讨班上，他主讲"叙事文本的结构分析"，《萨拉辛》作为示范性文本被拿来"分析"。但由于"五月风暴"的爆发，研讨班被迫中止。第二年他又续讲这个主题。1970 年，研讨班上的阅读成果被整理出版，这就是《S/Z》。

有一个细节需稍加说明。在解释自己为何选择《萨拉辛》作为分析对象的时候，巴尔特特别提到，是一份名为《分析手册》的杂志在 1967 年发表的一篇论文《萨拉辛即阉割的体现》引起了他对这篇小说的关注。①

《分析手册》是巴黎高师一批追随拉康（以及阿尔都塞）的学生主编的一份带有激进左翼倾向的"学术"刊物，其在理论上的取向虽然多元，但捍卫、阐发和运用拉康的精神分析技术却是它的使命之一。巴尔特提及的那篇论文的作者实际就是拉康派的成员。巴尔特提示这个细节与其说是对《S/Z》的出处的说明，还不如说是对"如何阅读《S/Z》"在入口上的明示，即他选择《萨拉辛》作为"分析"或阅读对象虽然是基于小说本身的叙事和主题，但这一阅读得以可能却是基于拉康主义的理论框架对叙事和主题的打开效应。

虽然研讨班名为"叙事文本的结构分析"，但《S/Z》并不是一本结构主义的著作，也不是对叙事学的理论思考。它首先是一个"文本"，是一个"阅读"和"书写"行为所留下的印痕，是参与"书写"的身体凝结在书页上的印迹。不妨说，文本就是躯体，一个沉睡的躯体，一个充满诱惑的躯体，一个有待阅读来开启的空白之页。《S/Z》就是这样的一个文本，一个把想说而未说的东西隐藏在已说的深处的文本，一个召唤人们在打开和褶合中、在阅读之际的抬头凝思中

---

① 罗兰·巴特：《S/Z》，屠友详译，上海人民出版社，2012，第 78 页。

进行再生产的文本。

其次,《S/Z》作为一个文本,还是对另一个文本的"阅读",它是关于另一个文本的文本。但它不是另一个文本的"评论",而是另一个文本的"重写",在那里,阅读是和写作一样的一种行为,是躯体和作为诱惑物的文本之间的调情,也是躯体享受这个调情的过程。因此,在《S/Z》和《萨拉辛》之间,实际存在一种结构上的对称性。如果说《萨拉辛》是借侯爵夫人的"阅读"而用一个叙事来阐释/解构另一个叙事,那《S/Z》就是巴尔特为了"重写"而用一种阅读来阐释/解构另一种阅读,在此,巴尔特和侯爵夫人之间、叙述者和萨拉辛之间有着位置或功能上的对应,而阉歌手的身体、《萨拉辛》以及作为读者的我们所阅读的《S/Z》,三者同处在作为诱惑物或"阅读对象"的"文本"位置。

进而,如果说《萨拉辛》的双重叙事形态是它作为"作品"的显见结构,是稍具叙事"知识"的人一眼就能看到的,那这一双重叙事的结构关系就是使它在阅读中生成为"文本"的重要机制;如果说那个叙事中的叙事是一个诱惑叙事,那这个叙事的后果恰好通过侯爵夫人的"阅读"而引发了前一个即叙述者的引诱叙事的诱惑链条的断裂。换言之,如果说诱惑乃是启动阅读的先期投注,且是一种过度投注,那诱惑的致死性效果反过来又会悬置、阻隔那一过度投注的欲望。实际上,在"叙事文本的结构分析"的名目下,巴尔特实施了一个类似的漂移动作:为了把作为所指的叙事结构转换为作为能指的诱惑文本,他在第一重阅读中套入了另一重阅读,并用后者来解释/解构/打开前者。在这个双重阅读中,获得理解的不只是巴尔扎克的文本,而是还有阅读行为本身。对巴尔特而言,启动文本生产的核心机制就是"阅读",就像《萨拉辛》的双重叙事,它们实际都是关于"阅读"的故事:萨拉辛"阅读"拉·赞比内拉的身体-文本,他的失败恰恰是因为他把后者的身体当作"作品"而非"文本"来阅读；叙述者引诱侯爵夫人"阅读"他的故事－文本，他的失败则在于他以为后者会折服于他的"作品"的诱惑，而没有想到这个"作品"在侯爵夫人的"阅读"中启动的是引诱失败的"文本"机制，因为侯爵夫人把"阅读"过程变成了一个分析和自我分析的过程，这一分析使她意识到，接受诱惑即是接受阉割，就像萨拉辛，他就是因为接受了一个被阉割的身体的诱惑，最终使自己成为了被阉割的对象。

巴尔特有一句名言："作者死了。"意思是说，在结构/后结构主义的文本语境中，作者不再是文本及其意义的唯一源头，文本受着多重力量的相互作用，是各种引证、写作惯例、历史场景和阅读场景的编织物。作者"死亡"以后，文本"理论"一定程度上就是一种阅读"理论"，或者说文本只有在阅读行为中、在与读者的关系中才成其为文本。但这不等于说读者从此可称文本的主宰。如同文本的后面没有作为主导者的作者一样，在文本的前面，亦没有被动的或完全主导的读者；如同作者"死亡"论不过是为了把作者从文本的绝对中心地位移除出去一样，读者在阅读中的返回并不是为了让他/她作为替代的中心化主体去占据那个空位。文本的阅读取向不是为了确立读者对文本的控制权，而是为了启动文本的复数性、文本与读者的关系的复数性或者说阅读本身的复数性，是为了启动文本作为意义之空框对阅读行为的激发和阅读作为一种"运作"与文本意义结构的符号嬉戏。就像巴尔特说的，阅读不是"寄生行为"，不是对写作的"反应性增补"；阅读是一种"运作"，而且是一种具有"拓扑学特性"的运作，是对文本"永不停息的逼近"，是在文本内部通过"发现意义"、"命名意义"、再发现和再命名而完成的对文本的"转喻性劳作"。①

---

① Roland Barthes, S/Z, Hill and Wang，1974，pp.10-11. 亦见罗兰·巴特：《S/Z》，第 70 页。

正是在这个理念的驱动下，巴尔特提出了"可读"和"可写"的问题。在他看来，文本是一个由写作史、写作陈规和文化惯例等等共同构成的象征结构，是克里斯特娃意义上的"文本间性"，即它是文本与文本之间的相互指涉、相互参照、相互摺叠和意义滑行。而读者与文本的关系可能是消费性的，也可能是生产性的。具体地说，前一种关系中的文本是"可读的"，后一种关系中的文本是"可写的"。前者以文本为消费品，视文本为一个已然完成的封闭的存在，文本与读者的关系就犹如制造者与使用者、主人与顾客的关系，阅读的过程即是消极被动地享用或消费文本所提供的快感的过程。反之，在后一种关系中，文本是一个开放的意指结构，阅读的过程即是与文本的符号系统进行商谈和对峙的过程，是文本的多重维度的打开，是在差异化过程中对文本的再生产和意义重构，同时也是对再次阅读、不断重读的可能性的开启。

巴尔特称传统的经典文本多为可读的文本，现代作品多为可写的文本，因为传统文学作品在叙事的过程中，大都预设了一个解谜、解密的阅读目标，一旦故事的谜底被揭开，读者的消费性阅读也就终结了，作品的目的也就达到了；相比之下，现代作品的陌生化手法和疏离于日常经验的叙事技巧总会给读者的再创造留下空间，阅读的过程是读者积极参与意义建构的过程。

实际上，巴尔特在可读和可写之间的区分针对的不是作为整体的文本本身，而是阅读过程，是读者与文本的关系配置，是文本的欲望和读者的欲望在阅读场域的流动和散布。可写性并非一些文本拥有另一些文本不拥有的内在特质，而是文本和阅读共同运作的效果，它仍是一种阅读，是一种强力重读。文本之所以能成为可写的，一方面在于文本本身的意指结构是流动的、开放的、朝向无限可能的，另一方面则在于读者可以通过一种积极的书写性阅读来进入意义的缺口，打开文本多重的意义空间。就此言之，任何文本都可以成为可写的，巴尔特对《萨拉辛》的阅读就是在实验如何将一个常规阅读中的可读的文本转变为可写的文本。

按照巴尔特的观点，文本作为一个意指系统是多重意义空间和多重力量关系的交织，从写作的层面说，这个意指系统并非作者的独创，而是作者的个人经验与写作传统或文化惯例之间的协商、妥协和对抗，其中必定包括惯例的引证和规则的重复，正是它们构成了文本网络中象征性的维度。至于阅读，就读者的方面说，它不单单是一种想象性的活动，更是读者的想象界和文本的象征界的相互作用。具体地说，当读者一味屈从于文本的意指系统去做一种反应式的阅读时，这个文本对于他/她就是可读的，阅读的快感就来自他/她的个人经验与文本的象征界的契合，来自文本的象征界对原初欲望的捕获/切割/阉割；而当想象的滥情弥漫一切，根本无视象征界的诱导，只是在幻象的诱惑下倾情地投注和享用自我的激情，这时，文本就是可写的，且写的不只是文本本身，而是还有主体的欲望。所以，巴尔特的所谓可读和可写，主要地不是取决于文本本身，而是取决于阅读中的欲望投注。并且在后来的《文本的快感》(1973，又译《文之悦》)中，这一区分以更为明确的拉康主义基调被表述为"快感的文本"和"原乐的文本"，进而在《明室：摄影纵横谈》(1980)中，它又被表述为图像文本中的"知点"和"刺点"，所有这些说法实际上都与阅读主体的欲望投注有关，与主体和文本诱惑结构的关系有关。

回到《萨拉辛》这里。巴尔特的阅读其实是在两个层面展开的：一个是可读的、源于文化契合的快感层面，或称之为知点的层面；一个是可写的、源于自我享用的原乐层面，或称之为刺点的层面。

在知点的层面，巴尔特采用的是断句式的"切分"技术，以看似随机的方式将原初文本分成561个语汇单元，再用五类语码逐词逐句对每个单元的符号意指进行分类、定位和"释义"。这五类语码分别是：阐释性语码、义素、象征语码、布局语码或行动语码以及指涉语码或文化语码。它们各有其功能，有的是为了提出疑问、设置悬念（阐释性语码），有的是为了语义暗示（义素语码），有的是为了编织象征结构（象征语码），有的则是为了导引下面的行动（行动语码）或引出指涉性的知识（文化语码）。在巴尔特的理解中，它们是已然写就的东西的织体，是被编织到文本之中的声音，是控制文本运行的力量。

可是，这五类语码对文本的分解和解说更像是巴尔特为了让自己潜入文本内部而设置的掩体，是他向《S/Z》的读者抛出的危险的诱饵，其貌似科学的伪装总是策动读者把它们视作阅读的秘密所在地，以为在这些语码和释义的背后必定隐藏着巴尔特的阅读密码，就像萨拉辛阅读拉・赞比内拉的身体装扮一样。而这个效果也的确达到了，有许许多多的读者和批评家的确受到诱骗，在五个语码上大做文章。可我想要强调的是，虽则在"释义"的字里行间时常涌现的那些兴味十足的知性感悟、娴熟的文本穿引、自如地宕出宕入的闲笔和巧妙的典故发挥等等确实可以增添阅读的趣味，但总体上，它们不过是已然写就的笔迹，是文字的剩余，是掩护作为作者/读者的巴尔特实施"偷欢"的帷幕。

然而，一当进入刺点的层面，巴尔特的原乐追求就昭然若揭了。在切分、定位和释义各个语码的过程中，巴尔特不时地插入作为读者的自己的声音，以或是闲适的笔墨，或是一本正经的论证，或是充满想象的滥情，或是博学俏皮的引述等等周旋于文本的间隙，如此便使原初文本的封闭结构得以打开，成为多重声音、多种意义交织混唱的空间，单数文本变成了复数文本，作者主导的"父亲"文本变成了"子民"弑父的场所，消极的快感消费变成了积极主动的原乐追求，变成了阅读在与文本调情的过程中对意义的不断索取。

三、幻象的故事

如同刚刚说到的,《萨拉辛》的叙事结构是在一个叙事中套入另一个叙事,并用后一个叙事来阅读/阐释/解构前一个叙事。这一双重叙事的形式运作有一个动力学的机制,那就是诱惑和幻象的功能。正是幻象的凝视或者说正是主体对幻象的过度投注启动了叙事中的叙事,而正是幻象的凝视在观看主体那里的倒转,正是这个倒转的阉割后果,使得整个叙事成为了零度叙事,使得观看幻象和阅读叙事的主体进入了会传染的阉割阵营。前一个过程可以用拉康的幻象公式"$\$ \Diamond a$"来表示,后一个过程则可以用巴尔特的阉割公式"S/Z"来表示。进而,既然双重叙事的后一个叙事是一个幻象故事,所以,巴尔特公式中的"S"可以用拉康的公式"$\$ \Diamond a$"来替换,巴尔特的"S/Z"即是"$\$ \Diamond a/Z$"。也正是因此,我们的阅读就需要从后一个叙事即萨拉辛的故事开始。

萨拉辛是巴黎外省一个法官的独子,幼时便显出天才人物在儿童时代具有的罕见的骚动不宁和幻想气质,比如他尤其喜欢在各种材料上进行"凿刻",巴尔特以精神分析学的口吻释义说,这个义素表明了萨拉辛为凝定自身动荡不宁的欲望而选择的方式:"对整体物的毁灭,向部分对象的(刻意)退行,对断片的幻想,对物神的寻求。"[①]

由于行为太过出格,萨拉辛被学校开除。他只身来到巴黎,进了一个著名艺术家的雕塑室,这使其艺术天分得到了很好的滋养和培育。二十二岁时,他因为赢得雕塑大奖而被送到罗马,这个布满历史

[①] Roland Barthes, *S/Z*, p.94. 亦见罗兰·巴特:《S/Z》,第 182 页。

遗迹的胜地令年轻的艺术家痴迷不已，他渴望着能把自己的名字镌刻在米开朗琪罗的身旁。

一天晚上，萨拉辛到剧院观看演出。第一次，美妙的音乐令他心醉神迷，而就在女主角出场的那一瞬间，他在饰演者拉·赞比内拉的身上看到了令人惊叹的"理想的美"。他陷入了令人茫无所向的迷乱，他想要占有这个女人："被她爱上，不然去死！"这便是萨拉辛给自己作出的裁决。

毫无疑问，萨拉辛是一个被幻象所捕获的主体。在拉康的幻象公式"$\$ \diamond a$"中，"$\$$"可以是欲望主体、无意识主体、有欠缺的主体等等，反正它们都是被划杠的，都是被语言、被社会他者的能指结构所切割的；"a"是幻象对象，是支撑幻象的脚本，一方面，它实际就是"对象 a"，是已然失落的对象，是被象征秩序所禁止的对象，但也是引发欲望的对象，是欲望的成因，可另一方面，它只是真正的欲望对象的替代，是欲望对象的转喻，是已然失落的不可能之物在幻象中的返回；至于符号"$\diamond$"，在拉康的公式中表示"$\$$"和"a"之间既连接又阻隔、既折返又差异化的关系，根本上说，它表达的是一种悖论性的拓扑学关系。

萨拉辛是一个匮乏的主体，也是一个欲望主体，一个因匮乏而欲望的主体，以巴尔特的话说（这其实是拉康的观点），他还是一个"过度"欲望的主体，一个以"过度"投注来追求欲望满足的主体。但由于母亲的缺席，由于原初的匮乏，其欲望的凝定总是无所着落，虽则艺术可以帮助他释放部分的激情，可处于缺席状态的原初欲望满足并不能真正得到解决。所以，当拉·赞比内拉出现的时候，集完美于一身的她瞬间就被升华为崇高的物神，成为了一个恋物对象。巴尔扎克以极为简约的笔触，如"富于表情的嘴，漾着爱意的眼，溢出耀目白光的皮肤"等，描述了萨拉辛的男性凝视的目光对拉·赞比内拉的身体作为"部分对象"的过度色欲化投注,描述了这个在观看中被对象化的身体的升华过程,总之,那所谓的集完美于一身,实际是观看主体恋物式的想象性建构,是驱力对视觉对象过度凝注的结果。巴尔特指出,在巴尔扎克的描写中,这个升华过程已幻化为语言与身体碎片的视觉游戏,他把这一修辞手法称之为"夸示",即以细节或部分列举的方式来完成对对象的展示,使对象在部分的累加中达至整体性和完整性。

萨拉辛的恋物式观看实际就是拉康意义上的幻象运作,其所构成的就是身体的完整性,巴尔特称此是视觉对身体的"重新装配",是观看主体在想象中对部分对象的升华:

主体……知道女性身体仅是部分对象的分离与散布:腿,胸脯,肩膀,颈脖,手。碎片化的女人是哺育萨拉辛的爱的对象。她被分离,被解剖,她仅仅是恋物对象的一部词典。这个被分解、被解离的身体……经过艺术家的重新装配(这是他的天职的意义)而成为一个完整的身体,爱的身体从艺术的天国飘然而至,在那里,恋物癖已荡然无存,萨拉辛亦由此而被治愈。①

这段话就像是对拉康的引述。在男性化的凝视中,女性的身体被分解为一个又一个可凝聚欲望的色欲化对象,并在视觉驱力的驱动下,在欲望的过度投注中,被升华为恋物式的幻象对象。同时,主体的视觉驱力也在这个想象的完美身体中得到滋养,然后以更加强烈、更为坚执且欲望得到更多满足的方式想要从对象身上索取更大的快感。可是,幻象运作的悖论性就在于,欲望投注得越多,所得就越少;快感满足得越多,原乐就越觉不足。就这样,在恋物式的幻象场景中,欲望与幻象、快感与原乐之间进入了无尽的循环,各自之间根

---

① Roland Barthes, *S/Z*, p.112. 亦见罗兰·巴特:《S/Z》,第 205–206 页。

本无法完全地重合，在它们的交叠中，主体总觉有某种不可能之物、某种不可得的东西从幻象的链条脱落，总是有一个遥不可及的完美在远处闪烁滑动，引诱着主体再一次倾情投入，去寻求更多一点、再多一点。

然而，巴尔特紧接着就说，赞比内拉的身体是"实在的身体"（real body）。① 这仍然是一个拉康式的表述，可在拉康那里，这个表述的含义照例有着拓扑学的艰涩缠绕。简单地说，所谓"实在的身体"，就是象征界在身体上实施符号切割后的剩余，是一个由躯体的洞孔、裂缝和边缘这类"性感带"所标记且经由驱力发挥作用的部分对象。尤为重要的是，实在的身体是一个被掏空了一切内容的空洞的实体，但在欲望主体的驱力作用下，它总是以幻象或过度想象的形式返回到主体面前，故而其在基本幻象的公式中常常居于作为幻象对象的"a"的位置。巴尔特借用了这一拉康主义的概念，但对其作了符号学的解读。他称实在的身体虽然总呈现为符号的象征界对实在之物不断摹写而得的杰作，但由于符号本身永不终止的滑动，由于摹写链条的差异性运动，杰作总是显现为身体碎片的聚集，总是那个位于源头位置的指涉物的截断，只有在摹写者和观看者的眼里，它才显得是与源头重合的，巴尔特称之为"神学上的重合"，② 因为实在的身体不是实际存在的身体，也不是符号化的身体，而是实在界的无法被象征化的剩余在欲望的过度投注中的想象性升华，是想象或幻象的身体对实在的身体的覆盖。

实在的身体根本是一个空无，可对身陷幻象的主体而言，他总是相信幻象的背后有一个真实、一个真相，他总想去除表面的遮盖物去

---

① 罗兰·巴特：《S/Z》，屠友详译，上海人民出版社，2012，第209页。
② 罗兰·巴特：《S/Z》，屠友详译，上海人民出版社，2012，第209页。

接近那真实。就像萨拉辛之类的艺术家，他们总是凭借其想象精骛八极，将空无升华为一个恋物对象，然后再用这个恋物对象来弥合实在物的裂隙，弥合主体与实在物之间的鸿沟。巴尔扎克描述说，萨拉辛把拉·赞比内拉置于"每一种可想象的境地，凝视着她，与她说话，恳求她，和她一起度过了无数年的生命与幸福。总之，和她一起体味着未来"。巴尔特评论说，巴尔扎克的这个描述是对幻想的精确界定："幻想是一个脚本，在那里，对象的位置不可胜数（'每一种可想象的境地'），但总是如操控色欲的老手与处于场景中心的主体息息相关（'他凝视，他说话，恳求，度过'）。"① 这一拉康主义的界定不过是说，幻象是维系欲望的屏幕，而实际上，在一切装扮的背后，在迷人的外表下面，不过是空无，如同在雕像的中央、油画的背后、文本的内部一样，所谓的真相，都只是存在和意义的根本性匮乏，就像德里达所言，文本的背后，空无一物。所以巴尔特说，当萨拉辛、现实主义艺术家及批评家总想到模特、雕像、油画或文本的背后或内部去寻求意义的时候，这一冲动只会导向失败，因为"在拉·赞比内拉的下面（因而在其雕像的内部），所具有的不过是阉割的空无"。②

幻象的运作不只是指向对象，也要指向主体。主体一当被幻象捕获，其后的命运就不是他自己所能够主宰。按照拉康的理解，幻象的运作对于主体而言有着悖论性的两面：一方面，幻象引发且支撑着主体的欲望，主体通过对对象的恋物式投射来寻求快感的满足和完成完整自我的构型；可另一方面，幻象是一个屏幕，它在缝合主体与对象的关系的同时，也在实施着遮蔽的功能，因为幻象对象并非真正的欲望对象，而是欲望对象的替代和假面，但主体却把它误认为欲望对

---

① Roland Barthes, *S/Z*, p.123. 亦见罗兰·巴特：《S/Z》，第219页。
② Roland Barthes, *S/Z*, p.122. 亦见罗兰·巴特：《S/Z》，第218页。

象，以此拒认主体与对象之间的裂口。换言之，幻象对欲望的缝合功能离不开主体对对象的误认和拒认。主体误认对象为整全和唯一，误认一切符号表象的背后必定掩藏着对应的价值真实，并拒认对象的欠缺，拒认自己的欲望裂口，即便真相就在眼前，他依然无法摆脱那个信任结构和否认结构的控制。就像萨拉辛，在那个狂欢之夜，他与拉·赞比内拉同坐一辆马车内，身陷狂热的他不断向对方索要纯粹的爱，虽则拉·赞比内拉反复暗示这份爱不值得，也不成立，因为自己不是个女人，可萨拉辛就是不相信，他甚至还振振有词，证明自己的艺术家眼力是不会错的："只有女人才有如此圆活、柔软的手臂，如此优美的曲线。"

执迷不悟的萨拉辛不仅不理会赞比内拉的暗示，反而把后者的劝告和拒绝视为爱的狡计，把后者的娇弱和胆怯视为娇羞的体现。他因为爱的幻象而受蒙蔽，他因为爱的幻象而激情如注，对象身上的点点滴滴包括显见的缺陷都会成为刺激物，激发他过度的投注，就像巴尔扎克描述的："拉·赞比内拉脆弱的声音，她的举止、动作、姿态，显露出哀怨、愁思和沮丧来。这唤醒了他灵魂中丰裕的激情；每句话都是件刺激物。"

就这样，在幻象的屏幕/屏蔽功能下，萨拉辛想象性建构了一个爱的对象，但他的爱是自恋性的，他爱的不是拉·赞比内拉这个实在的人，而是自己的镜像式幻影，是通过拉·赞比内拉的外表投射到他处的那个自怜自艾的"我"，那个既残缺又娇柔的莫可名状之物。所以，一当屏幕被撤除，一当真相大白，幻象的主体便遭遇到了欲望的真实，那个既非男人亦非女人的怪物的凝视让他无地自容，而他的自恋的爱的激情也在一瞬间转变为毁灭的冲动，对爱的倾情索取现在以同样过度的方式投向爱的对象，曾经的爱的驱力现在变成了死亡驱力，并反转地投向主体自身，他只能以这种否定的方式来证明他的爱是不死的，那爱的幻象既然是他所编织，就必须由他自己来终结它。就这样，幻象主体那过度的原乐追求开始了拓扑式的反转，它发起了对幻象的疯狂反扑，它必须在反扑中来定格原乐追求的最后姿态，一个致死的姿态。

陷入疯狂的萨拉辛绑架了赞比内拉。可是，面对赞比内拉的实在的身体，萨拉辛发现，连那个终结，那个可以使爱获得升华的否定性行为都变得不可能了。幻象的洞穿袒露的是彻底的空无，在那个最后的时刻，通过凝视的反转，曾经的幻象对象映照出了欲望的错误，主体在对象身上、在与实在界的"a"的照面中看到了欲望的深渊，或者说，在实在界对想象界的穿刺中，他看到的是一堆令人呕吐之物。如果说在想象的罗网中，爱的激情有可能导向恨，那么在实在界的凝视下，爱转向的则是其真正的反面——厌恶和冷漠。因为这个厌恶和冷漠，主体最终连复仇的欲望都被熄灭了，就像陷入绝望的萨拉辛说的："倘若我用这剑四处拨寻你的身体，我在那儿可找出一星儿情感火焰需扑灭么，能见着一丝儿复仇欲望要满足么？你什么也没有。假使你是个男人或女人，我都会杀死你！可是……"他终于明白自己所爱的是一个幻象，且是一个致死的幻象，一个让自己彻底空无化的幻象，主体的欲望就在对真相的这一辨认中熄灭了，那个非人的怪物"把世间所有女人全灭绝了"，"爱不复存在了！我对一切快乐，一切人类的情感，都无感觉了"。

欲望与实在界的原质之物的照面引发了主体的厌恶和冷漠，并且这个厌恶和冷漠不只是指向曾经作为对象的剩余物，而是还反转地指向欲望自身，因为剩余物的空无在此具有一种凝视的力量，它让主体看到了欲望的不堪，看到了结构欲望的符号秩序的崩溃，那个既非男人亦非女人的剩余物以触目的在场分解或解构了性别秩序以及生命与死亡的界限，主体除了进一步去认同那个剩余物以外，已经无路可走。

四、阉割的故事

进而，当萨拉辛的故事作为"文本"进入阅读过程的时候，剩余物的那个凝视的力量便以同样的运作弥漫开来，并在读者那里形成一个传染的链条。巴尔特把这称作"阉割的传染性"，阉割公式"S/Z"就是对这个传染链条的说明。但要理解这个公式，需要再次回到巴尔扎克的双重叙事结构。

萨拉辛故事的叙述者起先不过是一个置身事外的旁观者和观察者，他就像一个观相学家，就像本雅明描述的19世纪巴黎街道上的闲逛者，以冷静、客观、自省的目光打量着周围的一切，对都市空间里的人群和场景做着深入细致的"生理研究"。实际上，巴尔扎克在讲述巴黎的"生活场景"的时候特别喜欢设置这样一个叙述者的角色，比如让他躲在中心的边缘处仔细地打量、观察周围的细节和迹象。同时，似乎是刻意为了打破叙述者那貌似客观的视点，巴尔扎克又给叙述者设置了一个圈套，让他在注视中投入色欲化的驱力，最后因为这个过度的投注而使自己陷入困境，成为注视的牺牲品。[①] 就像萨拉辛故事的叙述者，对朗蒂家晚会上的各色人物一番观相学的"生理研究"之后，侯爵夫人对神秘老头的冒险触碰把叙述者卷入了所叙述的场景，其置身事外的叙述者角色开始被涉身事内的行动者角色所淹没，其作为认知性主体的角色开始为欲望性的主体所取代。看到侯爵夫人用手触碰朗蒂家神秘老头的疯狂举动，他开始用"钦佩"的目光望着她，巴尔特评论说，这表明叙述者的角色正在发生变化：起初他只是少妇的保护人的角色，现在他开始对其怀着欲望，"在此之后，

[①] 参见彼得·布鲁克斯：《身体活：现代叙述中的欲望对象》，朱生坚译，新星出版社，2005，第10页。

他有某物欲求得"①。

这个欲求得的某物即是侯爵夫人的身体,为了得到它,叙述者开始抛出诱饵。当侯爵夫人在起居间为维安的阿多尼斯像如痴如醉的时候,叙述者揭露说,这幅肖像画其实是对一尊女人塑像的再摹写。巴尔特指出,叙述者对画像摹写之源头的这一扰乱和阻断不过是为了给侯爵夫人和读者设置圈套,为了让真相成为诱惑物。

可是,真正的真相是什么呢?真正的真相是:赞比内拉的身体是非男非女的中性的身体,是无实体的形式、无生命的存在。在中性的身体背后强行索要任何固定的价值与意义,最终只能导向厌恶、冷漠和死亡。就像萨拉辛,他因为过度相信符号化的身体即是性别身体的界定,相信身体的女性特质即是女性身体的本质,最终被符号链条的断裂带向了空无的深渊。在这一点上,叙述者和萨拉辛所处的位置是等值的,他犯了萨拉辛同样的错误,他过度相信叙述的力量,相信诱惑结构的链条可在想象的虚线上有效地滑行。殊不知被引诱者通过叙事、通过故事的后果被引入了实在界的黑洞,起先她只是受到真相的诱惑,现在她则彻底地认同了真相本身,并受到真相的感染,如她所说,"您这故事,使我对生命和激情产生了厌恶";进而她反转地挪用真相的逻辑来回击叙述,回击隐藏于叙述中的引诱,她对叙述者说:"离开我。"巴尔特评论说:起先是一个恋爱中的男人想用真相来兑换一夜欢爱,用一个叙事来交换一个身体;可最后少妇发现那是一个可怕的、令人不安的"伤疾故事";"不可抗拒的传染力量将这伤疾栩栩激出",而叙事运载着这个伤疾最终击中了美丽的倾听者,使她收回爱,不兑现契约,"情人落入自设的圈套内,他被拒绝了:

---

① 罗兰•巴特:《S/Z》,屠友详译,上海人民出版社,2012,第147页。

讲述一个有关阉割的故事，必受惩罚"。[①] 总之，侯爵夫人用阉割的方式斩断了叙述或诱惑的想象链条，她逃离了叙述的诱惑结构，她自居于赞比内拉的中性位置，那是一个不可定义的僭越之位，她在那里可以自豪地说："没有人会了解我，我为此而骄傲！"

这个中性的位置即是巴尔特阉割公式中"/"的位置。对于这个意指字符的功能，巴尔特的探讨是在多个层面展开的，且同样嵌入了拉康主义（以及德里达主义）的语境。

需要明确的是，巴尔特的阉割公式或者说他对阉割的思考并非一种阉割"理论"。虽然他经常援引拉康的逻辑，但很少以理论化的方式为阉割立论。阉割是巴尔特重读文本《萨拉辛》的切入点，是他对文本的再运作，是他对叙事结构的破开，"/"就是那把阉割之刀，它是划破书页时留下的印痕，是标记阉割之在场的零度能指，是对符号秩序和文化秩序截然二分的标记的删除。它是标记的标记，是非标记的标记。它是德里达置于"符号"（sign）之上的删除号，是拉康置于能指和所指之间的横杠或置于"主体"（S）之上的斜杠，所以它代表着不可能性，代表着纯粹的差异化，但也代表着侵越和僭位，代表着中心和本质的移除。总之，它是法国结构/后结构主义反形而上学话语的腹语术，是在秩序内部、意义结构内部频繁运作的"异形"，是秩序和结构的"另一面"，是它们固有的倒错驱力进行倾情表演的凶器。

在对"S/Z"进行解释的时候，巴尔特指出："S"是"Sarrasine"（萨拉辛）的首字母，这个法语人名词尾的"e"作为阴性的特殊词素有着"女性质素"的意味，在此被调用到一个生物学的男人身上，意指了这个角色原本受动的、被阉割的特质；"Z"是"Zambinella"（赞

[①] 罗兰·巴特：《S/Z》，屠友详译，上海人民出版社，2012，334页。

比内拉）的首字母，故而也是阉割的首字母；至于那个斜杠"/"，它有着令人惊惶的多重功能："它是表示删除的斜线，镜子的表面，幻觉的墙，参差对照的边界，界限的抽象，能指的隐晦性，纵聚合体的索引，因而亦是意义的索引。"①

因此，"S/Z"首先指的是萨拉辛和赞比内拉之间既区隔又互渗的关系，萨拉辛本应是主动的阉割者，却为被阉割者所阉割；同时，从书写形式上看，"S"和"Z"之间有着相反方向的关系，就如同同一个字母自镜子对面看过去呈现的样貌："萨拉辛在赞比内拉之中凝视他自己的阉割"，②换用拉康的术语说，赞比内拉是萨拉辛的镜像对体。"S/Z"，本应指S对Z，或男人对女人、爱的主体对爱的对象，可由于Z是阉歌手，无法与S相对，故而那个公式表达的恰是S对Z的不可能性，爱的不可能性，性关系的不可能性，"/"就是这一系列不可能性的标记，是阉割的标记。

阉割是精神分析学的一个核心概念，拉康对它同样有过繁复的表述，但不论哪种说法，它都与主体成长的一个原初场景有关，那就是主体通过两性性器官的差异而进行的身份建构：在男孩和女孩互看对方身体的那一刻，一个触目的事实（菲勒斯的在场）开启了性别身体的差异化，并用拥有或不拥有菲勒斯来建构这个差异化，由此菲勒斯便成为一个优先能指，以拥有或不拥有它来指示男人/女人、阉割/被阉割、在场/不在场、主动/被动、权势/臣服等等的秩序二分。巴尔特就是在这个原初意义上使用阉割概念的。

在题为"阉割阵营"的分节中，巴尔特引用拉康的说辞，称完整的性别结构可用菲勒斯来加以界说：拥有菲勒斯的（男人）；体验

---

① Roland Barthes, *S/Z*, p.107. 亦见罗兰·巴特：《S/Z》，第199页。
② 罗兰·巴特：《S/Z》，屠友详译，上海人民出版社，2012，第199页。

菲勒斯的（女人）；既体验也拥有菲勒斯的（两性人）；既不体验也不拥有菲勒斯的（被阉割者）。但这四项不能全用生物学的类别来区分，而应按照主体在象征结构中所居位置来界定，例如《萨拉辛》中的朗蒂夫人，不论是在家庭内部，还是在男人的世界里，她都是主宰者和创生者，是暴君，是毁伤的力量，她是"阉割男人的女人，具有上帝的一切神奇属性：权势，魅力，创立者的威望，恐怖，阉割的强力"①。

巴尔特对性别结构做的这一貌似系统的说明其实是为了撼动那个结构的稳定性，而撬动结构的阿基米德点恰恰就是赞比内拉的中性的身体：既被阉割又阉割别人，既不是男人又不是女人。中性的身体是无实体的形式、无生命的存在，是阉割的空无。这个空无不是什么都没有，而是什么都不是，所以它是对性别秩序的扰乱，是对身体分类的删除，是对生命与非生命、存在与非存在的界限的取消，总之，它是对一切秩序的侵犯，是对一切界限的僭越。

也正是这个零度身体、这个零度性别，呈露了常规性别结构的裂隙，并启动了传染的链条。阉割是会传染的，巴尔特还利用阿多尼斯、恩底弥翁、那喀索斯等义素说明了传染的链条，在他的阅读中，古希腊神话的这些美少年都意指着阴性、冷淡、受动或被阉割，但同时它们又透过传染的链条去阉割他人，就像侯爵夫人，她因为想要洞悉阿多尼斯像的秘密而获知了萨拉辛的故事，萨拉辛的结局反过来又感染她，使她成为被阉割的，而她又去阉割叙述者……直至这个阉割感染到《萨拉辛》的读者巴尔特，然后巴尔特又以《S/Z》来感染作为读者的我们。并且，如同叙述者和侯爵夫人通过诱惑叙事完成的结构倒转一样，巴尔特的《S/Z》和巴尔扎克的《萨拉辛》之间也存在

---

① 罗兰·巴特：《S/Z》，屠友详译，上海人民出版社，2012，第106页。

这样的倒转，就是说，阉割的传染性是可逆的，它不只是自前往后或自上往下，也可以反过来。而这个逆向运作正是巴尔特所要求的积极的、生产性的阅读，是通过阅读完成的对"父亲"文本的重写/解构。在这时，"/"这个空洞的能指符所代表不只是单向的阉割或被阉割，而是空无本身对秩序和界限的僭越，就像赞比内拉的实在的身体，因其空无而变得无所不能，因其无法归类而让一切的归类陷入瘫痪。在《S/Z》的最后，巴尔特挥动这把阉割之刀，向着《萨拉辛》的文本内部长驱直入，仿佛要把一切都斩尽杀绝，只留下那个空无本身，那个在不被理解中孤傲自立的独特的客体。（"没有人会了解我。我为此而骄傲！"）巴尔特说，这个孤傲的存在从此将在文本的象征领域占据一个独特的位置，一个可定位一切而自身不被定位的位置，一个可将文本从各个方向打开、并让其象征领域在各个层面以相同的方式归于解体的位置。

吴琼

1964 年生，1999 年毕业于北京师范大学中文系文艺学专业，获博士学位。现为中国人民大学哲学院教授、博士生导师。主要研究领域为法国理论、西方美学、西方马克思主义文论、视觉文化研究和图像研究，主要著作有《雅克·拉康：阅读你的症状》（2011）、《20 世纪美国马克思主义文艺理论研究》（2012）、《视觉批判导论》（2022）等。

行动与开端
—— 齐泽克对谢林"自由"概念的精神分析学解读

严泽胜

一、永恒的开端

谢林的《世界时代》是关于上帝创世及其作为绝对主体之自我创生的神智学叙事。从精神分析元心理学的立场出发,齐泽克将《世界时代》解读为一个从神智学角度讲述的关于精神主体性之存在论起源,亦即意识实存从无意识根据中发生的故事。其实,谢林本人在《斯图加特私人讲授录》中说过,在个体主体性之形成的动力学过程,与上帝通过将自己提升到其驱力性存在的幽暗混沌之上而创造现实世界的过程之间,存在着明确的对应关系。[①]在这个意义上可以说,上帝之创世可解读为主体性之生成的寓言。在《除不尽的余数》第一章之开篇,齐泽克对这个寓言做了简要的概述:

> 那么,一篇关于谢林的文章应如何开始?也许最恰当的方式是通过聚焦开端本身这一德国唯心主义的核心问题……

[①] Schelling, "Stuttgart Seminars". In *Idealism and the Endgame of Theory: Three Essays by F. W. J. Schelling*. Translated by Thomas Pfau. Albany: State University of New York Press, 1994, p.206.

精神分析与情感 | 4

谢林的"唯物主义"的贡献最充分地体现在他的基本论题上,这一论题直截了当地说就是,真正的开端不在开端处(the true Beginning is not at the beginning):存在着某种先于开端自身的东西——一种旋转运动,其恶性循环被本有的开端(the Beginning proper),即原初的决断行动,以一种类似于切断戈耳迪之结(the Gordian knot)的姿势所打破。所有开端的开端,即"所有开端之母",正像人们今日会说的,当然是约翰福音中的"太初有道":在它之前,是无,是神圣永恒的虚空。不过,根据谢林,"永恒"不是莫可名状的巨大容积——许多事情在其中发生。在道之前,存在着盲目驱力的精神错乱的世界,是驱力的旋转运动,它们的无差别的搏动;而当道被宣告,"压制"驱力的这一自我封闭的循环、并把它抛入永恒的过去之时,开端出现了。简言之,处于本有的开端的是一种决断,一种决断行为,通过区分过去与现在,解决了先前驱力的旋转运动的不可承受的张力:真正的开端是从"封闭的"旋转运动到"开放的"进程,从驱力到欲望——或用拉康的话说,从真实域到象征域的转变。①

齐泽克认为,"开端"问题是打开谢林思想之门的钥匙。不过,要准确理解这个问题,须先得了解谢林独特的时间理论。谢林认为,过去、现在、未来之时间三维,并不是线性流逝的"绵延",而是断裂的地质层。也就是说,每一时间维度是通过与其他维度分离而得以确立的。在《世界时代》中,谢林写道:

"过去"——一个崇高的概念,每一个人都熟悉,但只有少数人才理解!绝大多数人唯一知道的"过去",是一种

---

① Žižek, *The Indivisible Remainder: An Essay on Shelling and Related Matters*, London and New York: Verso, 1996, p.13.

在每一个瞬间都通过这个瞬间而得以扩大的"过去",它本身仍然在转变着,而非存在着。如果没有一个明确的、决定性的"现在",就不会有真正的"过去";试问,有多少人会喜欢这样一种"过去"呢?如果一个人不能让自己与自己分离,不能摆脱一切已经出现在他面前的东西,并且积极地与之相对立,他就并不拥有"过去",毋宁说,他从未走出"过去",而是始终生活在其中。唯有当人意识到,他如俗话所说的那样,已经把某些东西"抛在身后",亦即已经把它们设定为"过去",他才会心情舒畅,并且从中受益。同样,只有当他把某些东西"置于前方",在这个条件下,他才会看到"未来",并且感到轻松。唯有当一个人有能力把自己提升到自己之上,他才能够为自己制造出一个真正的"过去";也只有这样的人才能够享受一个真正的"现在",只有他才能够展望一个真正的"未来"。单是这些考察已经表明,不同时间之间之所以会出现对立,乃是基于一种提升,而不是基于许多时间部分的持续流逝。[①]

显然,谢林是要把时间三维从根本上彼此分离开,而不是把它们当作是同一个东西的不同部分。而在这彼此分离的三个时间维度中,"过去"具有特殊的重要意义。因为,"甚至在原初本质自身内部,也必须有某种东西被设定为'过去',然后'现在的'时间才是可能的;这个'过去'恰恰承载着'现在的'创世,而且始终隐藏在根据里面"[②]。那么,更具体地说,"通过存在着的神性,通过自由的那个超自然的本质,那个原初的矛盾,那团烈火,那个充满了渴望和欲望的生命,被设定为'过去',但是,因为神性自永恒以来就存在

---

① 谢林:《世界时代》,先刚译,北京大学出版社,2018,第153页。
② 谢林:《世界时代》,先刚译,北京大学出版社,2018,第156页。

着,绝不可能转变为存在者,所以那个'过去'是一个永恒的'过去',它不是后来才转变形成的,而是原初地、自全部永恒以来就已经是'过去'"①。"过去"是永恒的"过去",即是说,它不是曾经是"现在"而现在是"过去"的那种线性时间意义的"过去",而是从时间一开始就已经是"过去",它是先于现在时代的(线性)时间之前的时间,是"前世"。就谢林将"根据"设定为永恒的"过去"而言,齐泽克亦宣称,"驱力的旋转运动是自在的过去"。②由此他把谢林的"过去"与拉康的"真实域"联系起来。

在谢林看来,世界时代哲学的主要任务"从根本上来说无非就是探究前世的事物",而与此相反,"早先时期的所有哲学的出发点都是'现在',即那个根本错误的前提,以为世界和人类的意识还是一个完满自足的整体。这是所有单纯逻辑性的哲学的基本错误。但是对于我们来说,世界只是一个不可把握的整体,其中包含着一个不确定的'过去'的产物"③。根据齐泽克,谢林这里的批判目标,不仅是时间的标准概念的形式主义(即把时间三维想象为纯粹形式性的,似乎同一的内容从过去穿过现在直到未来),而且也是,或许甚至主要地是,包含于其中的"现在"的未被公开承认的特权,"对谢林来说,这一特权等于机械必然性压倒自由的优先性,现实性压倒可能性的优先性"④。

由于谢林把"过去"和"现在"(现实时间)看作是两个没有延

---

① 谢林:《世界时代》,先刚译,北京大学出版社,2018,第363页。
② 齐泽克:《自由的深渊》,王俊译,上海译文出版社,2013,第45页。
③ 转引自先刚《谢林的"世界时代哲学"构想及其演进(代序)》,载谢林《世界时代》,第8-9页。
④ 齐泽克:《自由的深渊》,王俊译,上海译文出版社,2013,第45页。

续性的,"不再是同一个时间内的单纯的相对区别",而是"本质上不同的、彼此分割开的,彼此排斥的,因而有界限的时间"①;于是便出现了两种不同的开端,"有一种开端是位于本质之外,另一种开端则是包含在本质自身之内;前一种开端能够脱离、摆脱本质,后一种开端则是永恒地与本质合为一体,因为本质自己就是开端"②。具体地说,第一种开端是本质在自身之外具有的开端,即是说开端实在地与本质分裂开,成为一个独立的运动的开端;第二种开端则是本质始终持有的一个开端,即永恒开端,因为这个开端永远都不能从循环的圆圈解脱出来,始终都在开端,始终不能停下来不去开端。③ 显然,第一种开端是"现实的开端"或"真正的开端",只能基于一种现实的分离、异化、脱离、分裂等,就是说开端真正获得其应有的位置,从无限的循环中摆脱出来,只有这样它才能是现实的时间的开端。谢林说:"真正的开端是这样的,它不是一再地开端,而是坚持下来,真正的开端是一个持续的进程的基础,而不是一种交替着前进和后退的运动的基础。"④ 第二种开端是永恒的"过去"本有的开端,也即永恒开端,是真正的开端得以产生的可能性条件。

在《世界时代》的叙事中,不平衡的、动荡不宁的作为无根据(Ungrund)的根据(Grund),由于其引生不满的不稳定性和激发欲望的矛盾,促使某种否定姿势突然发生。也就是说,根据的内在的不一

---

① 转引自先刚《永恒与时间——谢林哲学研究》,商务印书馆,2008,第191-192页。

② 谢林:《世界时代》,先刚译,北京大学出版社,2018,第325页。

③ 参见先刚:《永恒与时间——谢林哲学研究》,商务印书馆,2008,第158页。

④ 转引自先刚:《永恒与时间——谢林哲学研究》,商务印书馆,2008,第158-159页。

致性，是促使这种姿势发生的必不可少的可能性条件；某种不再是根据自身之驱力的东西，从根据的裂缝中喷涌而出。那么，通过对作为"划杠的真实域"（the barred Real）的不一致的根据的内在否定而从中出离，这在谢林那里就是真正的开端时刻。因为对谢林来说，世界（现实时间）的出现在于分离（Scheidung），通过它，世界与它之前的状况（"过去""前世""前世的过去"）分割开，① 也就是与它的根据分割开。结合神智学和精神分析学的视角来看，上帝必须"摒弃"其无意识的、准物质性的方面，以便成为自己——一个充分完成的主体。而事实上，正是通过这种排斥性的摒弃，这种强行与作为其根据的驱力拉开距离的暴力行为，上帝最终成为了自己。谢林说："上帝的永恒力量和永恒强悍性体现在，他否定他自己，封闭他的本质，将其收回到自身之内。在这个行为里，否定性力量是上帝唯一显露出来的东西，至于真正意义上的本质，却被隐藏起来。"② 谢林把上帝之封闭、吸收其存在论根据（本质）的自我否定看作是一种分离—决断的行为，是"上帝在其自身内部做出的一个永恒的开端"，"上帝内部的开端是一个永恒的开端，也就是说，它自永恒以来就已经是开端，现在仍然是开端，而且永远都将是开端"③。

二、"分离—决断"：无意识的自由行动

根据谢林，任何运动的开端都基于对某个点的否定，而这个点正是通过这一否定而成为出发点；也就是说，出发点仅当它被克服或超越时，才是开端之所在，真正的开端乃是对开端本身的否定。齐泽克

---

① 参见先刚：《永恒与时间——谢林哲学研究》，商务印书馆，2008，第193页。
② 谢林：《世界时代》，先刚译，北京大学出版社，2018，第322页。
③ 谢林：《世界时代》，先刚译，北京大学出版社，2018，第324-325页。

所谓的"真正的开端不在开端处",①正是在这个意义上说的。我们无法在现实时间中确立那个作为真正的开端的点,因为一旦开端,这个开端点就被否定而成为永恒的过去。其实,早在1988年的《最崇高的癔症——黑格尔与拉康》中,齐泽克已注意到与驱力的漩涡分离的这一关键时刻。在他看来,谢林的分离—决断行动,就像拉康的真实域一样,是一个从未在确定的现实领域、即与根据的领域相对立的实存的领域(现实时间、世界)中发生的事件。不过,我们必须预设它总是作为"过去"已经发生了,以便说明"现在"的状况。如果说历史性与现在时间的前后相继的时间性是一致的,那么这一决断行动是在"历史之外的"。②

在《斯图加特私人讲授录》中,谢林明确表示,不要把决断设想为一个在前后相继的线性时间之流的某一点发生的行动。他坚持认为,这一介入行动本身是非时间性的:"这种自我区分的行动是时间性的吗?它是在无限或有限的时间的背景中发生的吗?对此的回答是:这两种情况都不是真实的。它与时间无关,根据定义它是永恒性的。"③而且,谢林继续说道:"世界……确实有一个开端……但它在时间中并没有一个开端;所有时间都内在于世界中,没有时间是在它

---

① Žižek, *The Indivisible Remainder: An Essay on Shelling and Related Matters*, London and New York: Verso, 1996, p.13.

② Žižek, *The Most Sublime Hysteric: Hegel and Lacan*, translated by Thomas Scott-Railton, Polity, 2014, pp.171-172.

③ Schelling, "Stuttgart Seminars." *In Idealism and the Endgame of Theory: Three Essays by F. W. J. Schelling*. Translated by Thomas Pfau. Albany: State University of New York Press, 1994, p.205.

之外的。"① 决断的一个关键效应是产生顺时的时间性，开启时间的线性运动。这种分离—决断不在世界（因而也不在时间）中，但它却创造了世界（时间）。尽管驱力的旋转运动被看作是原初的或初始的状态（当然这不是那种曾经是"现在"而现在是"过去"的意义上的原初），但却不能把它误解为"真正的开端"本身，它只是谢林意义上的"永恒开端"。那么，只有当上帝通过决断之行动否定这种驱力的漩涡，真正的开端才是可能的，这意味着，一种变化和流动的而非循环往复的时间运动，离开其此后被超越的过去的原点而开始了。齐泽克说，"谢林的最高努力是从永恒的僵局中'推出'时间自身"，因此，在谢林那里，"时间的开端是一种成功的攀升、决断或区分行为，通过决断或区分，绝对者解决了驱力的痛苦旋转运动，突破了恶的循环，进入了时间连续性之中"。② 需要指出的是，谢林的打破根据之真实域并与之分离的决断行动本身，并不包含在作为它所创造之结果的实存现实的范围内。也就是说，时间始于决断之行动，但这一分离—决断的行动却不能被它所建立的时间框架所涵摄。

　　按齐泽克的解释，这一打开时间维度的原初的决断行为，实为原初的"压抑"行为，通过它，上帝将驱力的旋转运动逐入永恒的过去，并因此"创造了时间"，即打开了过去和现在之间的差异。这是上帝作为一个自由主体的第一个行动：在完成它时，他悬置了在无主体的自由深渊和陷入旋转运动之恶性循环的不自由的主体之间的有害选择。齐泽克认为，在谢林那里，人类意识起源于这一将现在—实际

---

① Schelling, "Stuttgart Seminars." *In Idealism and the Endgame of Theory*: *Three Essays by F. W. J. Schelling*. Translated by Thomas Pfau. Albany: State University of New York Press, 1994, p.205.

② 齐泽克：《自由的深渊》，王俊译，上海译文出版社，2013，第44-45页。

的意识从幽灵般的、晦暗的无意识领域分离开的原初行动;那么,面对谢林的这一主张,人们不禁要问,确切地说,这里什么东西是无意识的?在齐泽克看来,谢林对这一看似简单、实则至关重要的问题的回答是毫不含糊的:"无意识"首先不是被逐入永恒的"过去"的驱力的旋转运动;毋宁说,"无意识"是那个把驱力逐入"过去"的决断行动本身。换言之,人之内部真正无意识的东西,不是与意识直接对立的模糊的、混乱的、"非理性的"驱力的漩涡,而正是意识的奠基姿势(founding gesture),即决断行动,通过它我"选择了我自己",这意味着,我将驱力之杂多融进了我的自我之统一性中。因此,齐泽克强调说,"无意识"不是意识自我的创造性的"综合"活动所使用的惰性驱力这类被动原料,正相反,在其最根本的维度上,"无意识"恰恰是我的自我设定这一最高行为。① 在此,齐泽克引用了谢林的《世界时代》第二手稿最后几页中的一段话,认为这是对上述观点的最明确有力的说明。谢林如是写道:

> 通过那个先行于全部个别行为的原初行为,一个人真正成为他自己;那个原初行为是在丰盈的自由中做出的,在这之后,它立即湮没到无意识的暗夜之中。它不是一个仅仅发生一次,然后就停止下来的行为,毋宁说它是一个持续的、绝不会停止下来的行为,正因如此,它绝不会重新出现在意识之内。如果一个人想要认识它,意识本身就必须退回到"无",退回到那个不受限制的自由之内,停止作为意识而存在。有些行为一旦做出来,就立即潜入到不可探究的深处,并恰恰因此成为一种具有持久本性的东西。同样,那个意志一旦被设定为开端,并且显露在外,就立即湮没在无意

---

① 参见齐泽克:《自由的深渊》,王俊译,上海译文出版社,2013,第45—46页。

识的状态之中。唯其如此，一个开端才能够成为一个绝不会停止下来的开端，从而成为一个真正永恒的开端。之前说的那种情况，"开端不可以自己认识自己"，在这里也是适用的。那个行为，一旦做出来，就永恒地做出来了。如果一个决定通过某个方式而做出了一个真正的开端，那么它不可以重新出现在意识之内，不可以被召唤回来，因为否则的话，这就意味着取消那个决定。如果一个人在做决定的时候，同时盘算着要把这个决定昭示天下，那么他绝不会做出一个开端。……那个行为永恒地做出来了……它永恒地是一个已经做出来的行为，因此属于"过去"。因此我们看到，当否定性意志湮没到无意识的状态之中，它就已经现实地表现为"过去"……从现在起，它作为一个隐蔽东西发挥着作用，好比在我们内部，那个永不停止的、永恒的原初行为也是以同样的方式发挥着作用。①

齐泽克认为，谢林的"无意识行为"的概念，体现的正是"消隐的中介"的逻辑，即一旦"非理性的"驱力的漩涡与逻各斯的世界被区分开来，区分的奠基姿势就必然沉入不可见的深渊（"过去"或"真实域"）。奠基性的决断行为打开了意识经验的空间，随之又被排斥出这个空间，而人正是通过这一无意识的原初行为选择了他的永恒品性（人格）(eternal character)。② 在其早期著作《意识形态的崇高对象》中，齐泽克对此做了详尽的阐述："每个人的基本品性——无论好坏——都是原初的、永恒的、永远已经过去的、先验的、超验的选择的结果。也就是说，是这样选择的结果：它总是已经作出的选择，尽管在时间性的、日常的现实中从来没有作出过这样的选择。必

---

① 谢林：《世界时代》，先刚译，北京大学出版社，2018，第238-239页。
② 齐泽克：《自由的深渊》，王俊译，上海译文出版社，2013，第45-46页。

须预先假设存在着自由无意识选择，只有这样才能解释，何以我们对某事深感内疚，尽管那件事情的发生并不取决于我们有意识的决定。"①在这里，齐泽克明确地将谢林的关键概念，即永恒的过去、决断的原初压抑（选择）和自主主体性的产生联系起来。而且，齐泽克还看到了谢林对原初的、非时间性的选择的界定，与拉康的真实域概念的相似性："在拉康那里，真实域是这样一种行为，它在现实中从来没有发生过，但又必须在事后被预设，建构，以便对眼前的事态作出解释。"②通过分析一位应征入伍的南斯拉夫学生被迫签署自由的誓言的事例，齐泽克指出了谢林的无意识自由行为之悖论，即被主体体验为是被迫做出的选择，其实早已是他无意识的自由选择的结果："我们现在可以回到那个不幸的学生那里，面临的僵局正是谢林所谓的自由行为面临的僵局。尽管就其生命的时间性现实而论，他从未选择过自己的国家，但从人们对待他的方式看，仿佛他已经选择了自己的国家——仿佛就其非时间的、永恒的过去行为而论，他选择了从一开始就强加于他的东西，即对国家的效忠。"③

在2001年出版的《真实眼泪之恐怖：基耶斯洛夫斯基的电影》中，齐泽克在分析波兰电影大师基耶斯洛夫斯基的著名影片《两生花》的女主角维罗妮卡的行为动机时，再次提到谢林的自由行为之悖论："维罗妮卡是在何时、为什么回到父亲家中寻求平静安全的避难所？恰是在她的木偶师情人用两个提线木偶，为她表演了那构建了她

---

① 齐泽克：《意识形态的崇高客体》（修订版），季广茂译，中央编译出版社，2014，第211页。

② 齐泽克：《意识形态的崇高客体》（修订版），季广茂译，中央编译出版社，2014，第212页。

③ 齐泽克：《意识形态的崇高客体》（修订版），季广茂译，中央编译出版社，2014，第212页。

的生活的（无意识）选择之后。那么，维罗妮卡抛弃情人是要逃开什么呢？她认为这场表演是充满控制的入侵，但事实上恰恰相反：表演的是她难以承受的终极自由。换言之，让她因木偶表演而感到受伤的，不是看到自己被缩减为木偶，被隐藏的命运之手牵线；而是面对着谢林所说的原始分离—决断（Ent-Scheidung），主体通过这个无意识的非时间性行为'选择'了他/她的永恒人格，而在随后的意识—时间性生命中，他/她却将人格体验为无情的必然性，即'他/她本来如此'。"①对主体来说，创伤性的体验不是来自受外界操控的不自由，而恰恰是来自决定了她的必然性人格的原初自由选择行为的偶然性。正如齐泽克在《自由的深渊》中宣称的，"谢林的整个哲学革命都包含在如下论断中：先于每一必然性并奠基了每一必然性的这一行为自身根本上是偶然的——因此，它不能被演绎、被推论，而只能被回溯性地预设。这一行为包括一种原始的、根本的和不可还原的异化，一种对原初平衡的扭曲，一种构成性的'接缝'（out-of-jointedness）"。②而种种这些对于主体来说是难以承受的，所以她要逃避与属于真实域的—不可能的原初自由行为（选择）的创伤性遭遇。

根据齐泽克对谢林的解读，谢林的永恒的"过去"既包含驱力的漩涡，也包含分离—决断之行动，即是说，既包含驱力也包含对它们的原初压抑。在这里，无意识"主要地"不是指搏动的身体驱力，尽管它们也是其中之一部分。齐泽克对无意识作如此限定似乎暗含了这样的推论逻辑：在决断行为做出"决断"之前，即它通过使之与其根据的真实域分离而创造主体之前，并不存在意识和无意识的任何区分

---

① 齐泽克：《真实眼泪之恐怖：基耶斯洛夫斯基的电影》，穆青译，武汉大学出版社，2018，第 204-205 页。

② 齐泽克：《自由的深渊》，王俊译，上海译文出版社，2013，第 56 页。

（即谢林所谓的"无差别"），也意即意识和无意识还尚未如其所是地存在。因此，无意识——连同意识——是由原初的分离—决断行为创造出来的，而后者自身随即又被吸收进作为其介入之产物的无意识之中。也就是说，决断行动创造了无意识，然后又被它所产生的这相同的无意识吞没，即被它自己的"子嗣"所吞没。在主体创生之前，驱力就其本身的存在既不是意识的，也不是无意识的，因为这两个分裂的心理区域还有待于从原初的、无差别的根据中形成。因此，就无意识而言，分离—决断的原初压抑是"第一性的"，驱力作为无意识存在是"第二性的"，因为它们的无意识身份只是在决断行为发生后被赋予的。

通过对无意识概念作如此重构，齐泽克声称，不应像通常那种对精神分析的无意识的肤浅描述那样，把掩藏在压抑之帷幕后面的无意识，仅仅理解为那些影响或阻碍个体之作为自由行动者的自主能力的、多元决定的力量和因素的聚集；相反，压抑掩盖的常常是与之相反的东西，即齐泽克所称的谢林式的"自由的深渊"，一种彻底不确定的和无根据的深渊。对齐泽克来说，面对无意识，并不意味着只是使我们认识到，自己只不过是被力比多这个"木偶师"操纵的跳舞的"木偶"，而是更可能地意味着，我们将直接面对深渊般的自由，一种作为我们的主体性实存之外隐式内核（extimate kernel）的莫可名状的无根据性（groundlessness）。弗洛伊德曾说过，"正常人不仅要比他所认为的更不道德，而且也远比他所知道的更为道德"。在这里，我们也许可以跟随祖潘契奇（Zupančič），将弗洛伊德的这句话改写成："人不仅要比他所认为的更不自由，而且也远比他所知道的更为自由。"①也就是说,不仅我们所受到的限定超出了我们的想象,而且对于自己是否是自由的,我们同样一无所知。

因此,既然无意识即是自由之行动,那么正如齐泽克所言,"在严格的意义上,对于一个行动,我们从来都无法完全预见它的后果,即无法预见它将如何改变现存的象征空间:行动是一个断裂,在它之后,'一切都变了'"。②所以,虽然历史总是可以在后来被解释、被说明,但我们作为陷入历史涡流的行动者,从来都不能提前预见它的进程。也就是说历史并非一个"客观进程",它总是被无意识行动的节奏划分所持续打断,因而是无法预见的。就无意识的自由行动打破既有象征秩序而言,根据拉康的性化模式,齐泽克还区分了"女性化行动(act)"和"男性化活动(activity)"。齐泽克认为,与"男性"的表演,也就是新秩序的伟大创建性姿态相比,真实的行动是"女性的"。以拉康为例,他对其创建的弗洛伊德学派的解散是"女性的"行动,而只有当他试图创建新的事业学派时,其姿态才转向"男性的"一边。这就是说,"女性化行动"是嵌入象征秩序的裂口,正是"女性化行动"使得象征秩序是不完整的,是非全部(not-all)。从安提戈涅一直到西蒙娜·薇依,可以寻绎到"女性化行动"延续的线索。安提戈涅对克瑞翁,对国家权力说"不!",她的行动是真正自杀性的,她把自己从共同体中排斥出去,由此她并不提供任何新的东西,不提供任何肯定性的方案——她只是坚持她的绝对要求。同样,作为天主教徒和法国抵抗运动战士,薇依通过自杀性的绝食在伦敦结

---

① Alenka Zupančič, *The Ethics of the Real*: *Kant*, *Lacan*, London and New York: Verso, 2000, p.28.

② 齐泽克:《享受你的症候——好莱坞内外的拉康》,尉光吉译,南京大学出版社,2014,第62页。

束了自己的生命,从而在象征秩序中打开了永恒的缺口。根据拉康的精神分析伦理学,"本真"的自杀性姿态和公共行为不是外在地对立的,因为一个"自杀"的姿态,一个行动,正是一种新的社会关系的基础。因此,就自由的行动而言,男性/女性的差异不再等同于形而上学构想的主动/被动、精神/感官、文化/自然等等的差异。相反,男性活动已经是对女性行动之深渊维度的一种逃避了。由此,齐泽克指出:"'同自然的断裂'处于女性的一边,而男性的强迫的活动最终不过是一种绝望的尝试,想要修复这一断裂的创伤性的切口。"[①]显然,齐泽克赋予打破既有秩序之女性化行动以更根本的意义,因为没有这种不顾一切的决绝姿态,任何新秩序的建立便无从谈起。

三、"被压抑者的回归"

在齐泽克看来,谢林式的主体之自由是体现在主体的行动中的,是原初的、永恒—过去的原始根据/无根据在现实存在领域中的复现。也就是说,一次自主行动意味着永恒过去的—真实域的自由深渊在现时—历史领域的瞬间的、突然的回归。用齐泽克的话来说,"自由是非时间性的:是永恒在时间中的闪现"。[②]真正的自由行动的前所未有的新颖性,打破了顺时的、线性的历史时间之流,在那里引入了某种不能从历史角度解释为先前发生的事情之结果的东西,正如齐泽克所说,"新的东西出现的时刻,恰恰是永恒在时间中出现的时

[①] 齐泽克:《享受你的症候——好莱坞内外的拉康》,尉光吉译,南京大学出版社,2014,第63页。

[②] 齐泽克:《自由的深渊》,第47页,译文有改动。

刻"。① 就行动（亦即巴迪欧式的事件）总是与其所处的历史时代环境相脱节而言，它们是非时间性的。在它们发生的地方并没有为它们预先安排的位置。进而言之，从谢林的视角来看，这样的无条件的行动是某种来自历史时间之外的东西对这一时间的侵入，是前历史的自由的深渊在历史运动中的回归，即拉康意义上的"被压抑者的回归"。

因此，齐泽克把自由看作是从未在当前被实际拥有和行使的东西，相反，它总是通过事后的回溯才被意识到的：

> 自由的行动……从来不是完全"现在的"，主体从来没有完全意识到，他们"现在"在做的是为一个新的象征秩序奠基——只是在以后，他们才注意到自己所做事情的真正向度。那种关于历史起初是如何被体验为自由的领域——而同时，我们又能回溯性地认识到其因果决定性——的庸常智慧是愚蠢的，而且应当被颠倒：当我们被卷入事件的潮流中，我们"自动地"采取行动，仿佛觉得不可能干别的了，真的是别无选择；然而，回过头去看，却发现事件本来可以转向完全不同的方向——我们认为是必然性的东西，实际上是我们的一个自由决定。换句话说，我们在这里遇到的是对如下事实的又一确认：主体的时间从来不是"现在"——主体从未"存在"，它只是"将已经存在"：我们从来不是自由的，只是在后来我们才发现我们已经是自由的。②

显然，对齐泽克来说，自由的行动是无意识的，它们只是在事后

---

① Žižek，*Organs Without Bodies*: *On Deleuze and Consequences*，New York: Routledge，2004，p.11.

② Žižek，*For They Know Not What They Do*: *Enjoyment as a Political Factor*，London: Verso，2002，p.222.

才回溯性地"存在"。例如，据齐泽克的分析，铁托在1948年对斯大林说"不！"，就是一个其意义（存在）事后才得以确认的行动。"在这里，我们必须记住这个裂隙：同斯大林的决裂不是以工人自治的名义做出的决裂（就像后来的辩护者宣称的那样），它是一个纯粹冒险的行动，是拒绝的行动，是'坚持一个人自身'的行动，只是到了后来，这样的拒绝才在自治的意识形态目标中获得了某种肯定性的、确切的存在。……现在，我们应该清楚，为什么一个属于真实域的行动，只有以象征秩序为背景，才是可能的：一个行动的伟大性直接取决于完成它的那个位置。"① 那么，可以说，谢林—齐泽克式的自由行动的主体，正是游移于先验（史前）时间（真实域）与历史时间（象征域）的交界处，更确切地说，游移于原始根据/无根据（作为莫可名状的自由深渊）与自然或历史的确定性链条（作为实存现实）分裂的空间，在那里挥洒其自主性。因此，有效地行使自由就等于是将纯粹自由的非历史性空无（作为先验的真实域）铭刻在实证性的经验历史的界域中。

不过，正如齐泽克在2004年出版的讨论德勒兹哲学的《无身体的器官》中注意到的，"康德的先验之物是不可还原地植根于经验的/时间的/有限的东西之中的——它是显现在有限的时间性视域中的超现象之物"。② 同样的，谢林—齐泽克的主体自主性之真实域，体现为不能通过诉诸先前确定的历史根据来予以解释的例外之行动，不正是非历史性的原始根据/无根据——作为一个自由主体之终极的、先

---

① 齐泽克：《享受你的症候——好莱坞内外的拉康》，尉光吉译，南京大学出版社，2014，第61页。

② Žižek, *Organs Without Bodies: On Deleuze and Consequences*, New York: Routledge, 2004, p.44.

验的可能性条件——在历史性的时间框架中显现吗？无人称的无根据的自由深渊，必须以一个植根于确定的、时间性的社会历史场所中的主体的形式体现自身。也就是说，自由必须受到某些条件的限制才能成为实际的自由。如果没有属于永恒过去的原始根据/无根据，主体性永远不会有存在的机会；不过，从另一方面说，如果没有情境化主体性的具体实存，那么，这种无根据的根据所蕴含的深渊般的自由，将只会是无，是没有实质性的、无实现之可能的潜在性。因此，从自由到自由的主体，是纯粹自由通过行动在历史时间中闪现的过程，也是主体通过自由的行动而生成的过程。

严泽胜

1965 年生，2002 年毕业于北京师范大学文艺学专业，获博士学位。现为中南财经政法大学哲学院教授。主要研究领域为拉康精神分析学与当代激进左翼理论，主要著作有《拉康与后马克思主义思潮》(2013)等。

认同机制与观众心理
—— 麦茨的精神分析电影理论评述

赵晓珊

克里斯蒂安·麦茨是 20 世纪后半叶电影理论界最重要的理论家之一,现代电影理论中的电影符号学和电影精神分析学均由他创立,而他的论述也是这两个领域迄今为止影响最大的。麦茨的研究大致可分为三个阶段:第一阶段,1968—1976 年,以语言学符号学研究电影的表意系统;第二阶段,1977 年之后以精神分析方法研究电影观众和观影心理;第三阶段,1991 年之后研究电影的陈述问题。1977 年法国 Union générale d'éditions 出版社出版了麦茨的《想象的能指:电影的精神分析》(Le Signifiant imaginaire:Psychanalyse et cinéma)一书,标志着麦茨的研究进入精神分析电影理论阶段,该书由麦克梅林出版社(The Macmillan Press)于 1982 年出版英译本,书名为"The Imaginary Signifier:Psychoanalysis and Cinema"。麦茨在该书中关注电影的观看者—观众的主体位置问题,并运用弗洛伊德、拉康的精神分析以及意识形态批评方法研究电影机器的运作和观众心理结构之间的关系,涉及问题广泛,具体包括电影机制与电影生产的关系、电影观众的想象性心理、电影的视界体系、"电影状态"(cinematic state)与梦的关系等许多方面的内容。

本文主要探讨麦茨对电影进行精神分析的方法论和其中所涉及的

两个重要问题——电影的认同机制和观众心理分析。

一、电影机制和电影研究

麦茨认为电影是"想象的能指",原因有二,其一是因为影片都是由虚构的叙述构成的,所有影片能指都依赖于影像和音效构成的原初想象,但这只是一般意义上的艺术想象,并不是麦茨所说的想象性。麦茨进一步说明,电影不仅从技术上讲是由声音、画面虚构出来的想象,更为重要的是,它与人的精神世界的关系就是想象性的,电影银幕是名副其实的精神的替代物,是拉康意义上的人类精神的镜像。

麦茨用"电影机制"(cinematic institution)来说明电影在社会中建构自己的方式。电影机制由两方面构成:一方面是一个生产、复制影片的工业过程,另一方面则是通过模拟主体的心理过程,满足观众观看需求的心理机制的生产过程。人们对电影工业意识形态性的生产有足够的警醒,但是对隐含在电影工业之下复杂的电影机制却缺乏了解。麦茨指出:包括电影批评家、电影史学家、电影理论家所从事的所谓中立的电影研究,其实也共同参与和建立了电影机制,他们运用想象性的手法和技巧,让观众产生幻觉和欲望,最终产生对电影的需求。影片的生产保证了观众有影片可看,对观众心理机制的生产则保证生产出来的影片能被顺利的消费。电影本身通过电影写作者的言说,使其进入语言秩序。

电影机制的奥秘就在于使电影始终成为"好的对象"。尽管批评家们对很多影片的批评毫不留情,貌似严谨和客观,但其目的仍然是为了使电影成为"好的对象",从而维护电影机制的有效性。从这一意义上说,这种电影研究本身就是不透明的。麦茨以作者论和法国新浪潮为例，五十年代包括特吕弗、戈达尔等在内的批评家对法国"上流"影片的陈腐进行了批评，但此举却在后来证明了他们自己影片的成功，显然这样的做法具有恢复电影作为"好的对象"的功效。从某种意义上说，电影批评成了电影机制的组成部分，"成为另一种形式的电影广告以及电影机构的语言学附属物……它使电影对我们发出的轻不可闻的'爱我'的低声细语变得清晰了：成为一种电影意识形态灵感的镜像式复制品"。[①] 麦茨认为正是人们对电影的热爱和兴趣使电影批评走到知识程序的反面。电影批评是一种未被阐明的梦，这种电影批评自身是不透明的，这一不透明性很大程度上阻碍了对电影的科学认识和理性分析。

麦茨指出，要想真正研究电影，就必须摆脱对对象的感性认识，驱除人们心中对"第七艺术"的顶礼膜拜式的爱，以另一种思维方式接纳电影，使之成为一个纯客观的批评对象。他认为电影研究应该脱离电影机制的操控，既不能服务于电影，也不能隶属于电影，更不再是变相的电影广告，而是要让电影研究与电影本身相脱离，摆脱实用主义的窠臼，成为运用科学方法进行研究的一门纯粹的学问，进而被引入哲学和思想领域，得以在更高的层面上思考电影和人类精神层面的联系。电影精神分析学正是旨在研究电影大能指系统（major cinematic regimes）的特性，它打破了电影号称是"第七艺术"之类的理想主义的美梦，凸显了电影与人的本能欲望之间密不可分的关系，这是电影精神分析学的价值所在。与其说这一研究方式是电影发展的需要，不如说这是为了适应电影研究发展的需要。它使电影研究得以

[①] 麦茨：《想象的能指：精神分析与电影》，王志敏译，中国广播电视出版社，2006年，第13页。译文参见 Christian Metz. *The Imaginary Signifier: Psychoanalysis and cinema.* trans. Celia Britton et al. London: Macmillan, 1982，p.14。

在哲学、心理学的维度中深入下去。

二、电影研究的精神分析方法

既然以往的电影研究都隶属于电影机制，那么，如何使得电影研究摆脱电影机制而成为相对中立的研究呢？麦茨提出了自己的电影研究思路，那就是采用精神分析方法，其基础是弗洛伊德的精神分析学，研究对象则是电影区别于其他艺术方式的某种特殊性。电影概念本身是复杂而多元的。麦茨强调自己的电影精神分析的研究对象不是对某类电影中的故事、人物的精神分析，不是对于电影的制作者——导演、编剧的精神分析，而是这一艺术形式本身的特殊性——电影"大能指"的精神分析。

麦茨还相应提出了应该在"第三视界"（Third Perspective）中进行电影研究，这种视界的背景是社会研究、历史批评和基础结构考察的研究，或许可以说，麦茨是把电影放在了 20 世纪 60 年代结构主义思想背景中。"在这种视野里，我们会了解技术发展和社会力量的平衡最终如何影响象征过程的转换和变化。"[①] "表意过程不再只是社会发展的一种后果，它与基础结构一起成为社会性建构的参与者。"[②] 可见，麦茨想要分析的不仅是电影本身，重要的是，要了解作为工业社会发明的一种机械/精神装置的电影，在人类象征过程中的演变，以及作为一种社会建构对社会整体的作用。

[①] 麦茨：《想象的能指：精神分析与电影》，王志敏译，中国广播电视出版社，2006 年，第 17 页。译文参见 Christian Metz. *The Imaginary Signifier: Psychoanalysis and cinema.* trans. Celia Britton et al. London: Macmillan, 1982，p.19。

[②] 麦茨：《想象的能指：精神分析与电影》，王志敏译，中国广播电视出版社，2006 年，第 18 页。译文参见 Christian Metz. *The Imaginary Signifier: Psychoanalysis and cinema.* trans. Celia Britton et al. London: Macmillan, 1982，p.19。

麦茨说明了自己的研究思路：电影符号学初期的研究主要运用源自语言学的经典符号学原理。他认为把精神分析运用于电影研究，必须与源于语言学的符号学联系起来，原因在于：语言学和精神分析两者都是关于象征表意活动的科学，它们是仅有的两门以表意活动为直接和唯一研究对象的科学。"语言学及其近亲现代符号逻辑学被视为参与探究二次化过程，精神分析学则参与了研究原发过程，也就是说它们包含了整个表意活动的全部领域，因此，语言学和精神分析学是符号学的两个主要源泉。"① 语言学和符号学属于"二次化过程"，精神分析学则属于"原发过程"，两者结合涵盖了表意活动的两个基本领域，从程序上说，二者研究表意活动的角度正好是互为补充的。于是，麦茨将语言学和精神分析作为他的电影符号学的两个主要来源，以语言学为基础的研究称为"第一电影符号学"，而以精神分析为基础的研究称为"第二电影符号学"。

基于这种认识，麦茨断言，"总之，语言学和精神分析学的影响结合在一起，将逐步衍生出一门相对独立的电影学科（电影符号学），后者将同时涉及有关上层建筑和非上层建筑的问题，但不涉及那些明显属于基础结构的问题。"② 在此，麦茨又一次确定了电影符号学的方法和研究范围、对象，即以语言学和精神分析学研究电影的表意和象征问题，但不涉及那些事关电影的基础结构问题，例如摄影的光学原理、编导技巧、电影经济学、影片的发行与放映等等问题。麦

---

① 麦茨：《想象的能指：精神分析与电影》，王志敏译，中国广播电视出版社，2006年，第16页。译文参见 Christian Metz. *The Imaginary Signifier: Psychoanalysis and cinema*. trans. Celia Britton et al. London: Macmillan, 1982，p.18。

② 麦茨：《想象的能指：精神分析与电影》，王志敏译，中国广播电视出版社，2006年，第19页。译文参见 Christian Metz. *The Imaginary Signifier: Psychoanalysis and cinema*. trans. Celia Britton et al. London: Macmillan, 1982，p.20。

茨认为，电影符号学与那些运用诸如社会学、人类学、历史学、政治经济学等研究电影的方法不同，电影符号学既不能取代它们，也不应重复它们，应该在充分了解这些研究现状的情况下划出自身的研究重点。例如在电影经济学研究视野之下，电影观众是货币流通的重要环节——电影符号学则要研究观众心理学，即使电影符号学可能涉及经济基础——例如电影票房和观众选择的问题，但仍然是为了研究电影的表意和象征问题，而并不是为了研究电影的经济学问题。

有关电影的精神分析方法，麦茨首先想揭示的是弗洛伊德精神分析能够为电影的能指研究做出什么贡献。事实上，精神分析在传播过程中，在不同的国家出现了不同流派：例如美国的精神分析学偏重于实用的病理分析和治疗；在英国，精神分析学的代表人物马莱内·克莱因，继承并发展了弗洛伊德的观点，她主要对儿童进行观察，认为儿童身上也可以发生移情作用，并论证了"潜意识幻想"等新观念。[①] 至于"法国精神分析更多受理性的哲学思想影响，较少受临床和经验主义影响。它通常与理性领域联系较多"[②]。代表人物拉康在弗洛伊德的基础上，结合20世纪语言学理论，创立了一套风格独特的精神分析学说。比较而言，法国的精神分析更接近于弗洛伊德主义。麦茨宣称，自己选择的理论武器是"我称之为精神分析学的是指弗洛伊德的传统以及它的后续发展：包括以英国的马莱内·克莱因和法国的雅克·拉康为中心的原初意义上的扩展部分。……电影研究本质上是弗洛伊德和精神分析学家有时称为'应用精神分析学（applied

---

① 参见米尔顿（Milton, J.）等：《精神分析导论》，施琪嘉等译，中国轻工业出版社，2005，第99页。

② 参见米尔顿（Milton, J.）等：《精神分析导论》，施琪嘉等译，中国轻工业出版社，2005，第99页。

psychoanalysis）的一个分支"。①

麦茨将弗洛伊德的著作分为六大书系：1. 元心理学和理论著作，主要包括《梦的解析》《元心理学文集》等著作和《自我和本我》《否认》《恋物》等文章。2. 临床性专著，主要包括《五个精神分析家》《歇斯底里研究》等著作。3. 通俗化著作，主要包括《精神分析导论》《精神分析导论新编》和《精神分析纲要》等著作。4. 艺术与文学研究类，主要包括《达·芬奇童年时代的回忆》《米开朗琪罗的摩西》等著作。5. 涉及人类学或社会历史学的研究，主要包括《图腾与禁忌》《文明中的缺失》等著作。6. 对文化或日常生活心理的研究，主要包括《日常生活心理分析研究》《玩笑及其与无意识的关系》等著作。② 在这些关于精神分析的著作中，麦茨认为第二类临床类的著作与精神治疗相关，不能直接用于电影文化的分析，但有助于理论著作的理解；第三类导读性著作分量不足，可以参考，但是本身不足以进行精神分析研究；第四类关于艺术和文学研究的著作，虽然弗洛伊德是对文学艺术进行精神分析的第一人，在早期的电影研究中，很多人采用了他的美学观点，但是麦茨认为这些观点无法运用到他本人对电影的精神分析中。第五类涉及社会学、人类学的著作，就其对象本身而言，在符号学视野中很重要。第六类对文化或日常生活心理的研究著作，在分析喜剧、滑稽和噱头时很有用。总的来说，比起涉及审美和社会历史的论述，电影符号学更依赖于那些看似和电影没有特别

---

① 麦茨：《想象的能指：精神分析与电影》，王志敏译，中国广播电视出版社，2006年，第20页。译文参见 Christian Metz. *The Imaginary Signifier: Psychoanalysis and cinema.* trans. Celia Britton et al. London: Macmillan, 1982，pp.21-22。

② 麦茨：《想象的能指：精神分析与电影》，王志敏译，中国广播电视出版社，2006年，第20-21页。译文参见 Christian Metz. *The Imaginary Signifier: Psychoanalysis and cinema.* trans. Celia Britton et al. London: Macmillan, 1982，pp.22-23。

关系的论述，例如理论和心理学的研究，所以电影精神分析的理论来源主要是第一类元心理学和理论著作，在《想象的能指》注释中出现最多的弗洛伊德的著作是《梦的解析》，其次是《元心理学文集》以及《自我和本我》《否认》《恋物》《抑制、症状和焦虑》等文章。

其实，在麦茨之前精神分析已经被运用于电影研究，麦茨并不是第一个把精神分析学运用于电影研究的人。那么，麦茨又是在何种意义上运用精神分析学研究电影的呢？他的研究方法和思路与前人又有什么不同、具有什么样的开创性呢？

在表述自己的精神分析电影研究之前，麦茨总结了此前人们运用精神分析进行电影研究的两种类型：第一，病理分类学（nosography）的研究。这种研究把影片作为精神症状的表达形式来研究，用以追溯影片导演、编剧的精神活动和病态心理，显然这是把弗洛伊德关于艺术是白日梦的观点引入到电影研究中。例如 D. 弗南德兹的《爱森斯坦》，就是以精神分析方法研究苏联导演爱森斯坦的生活和工作，并力求在其作品和人格之间建立某种联系。麦茨认为这类研究与其说是对电影的精神分析，不如说是对电影制作者的精神分析，它类似于文学研究中运用精神分析对作家进行的传记研究。第二，上述分析方法还有一个变体，精神分析学的性格学，这种分析仍然是传记式的，始终对文本保持中立，区别在于不再划分精神病类型，而是把所谓正常和病态的都归于人的性格，这种性格学的前提是认为"一个人的性格就是他潜在的神经官能症，并且，这种精神疾病总是有可能成为现实"。① 麦茨指出，这两种研究方法的缺陷在于，首先，"冒着使影片

---

① 麦茨：《想象的能指：精神分析与电影》，王志敏译，中国广播电视出版社，2006年，第 24 页。译文参见 Christian Metz. *The Imaginary Signifier : Psychoanalysis and cinema*. trans. Celia Britton et al. London: Macmillan, 1982，p.26。

的意义凝固和耗尽的风险,因为它们常会有再次陷入相信终极所指的危险(唯一、静止和最终确定的)"。①其次,这种方法常常会忽略影片中不涉及导演无意识心理的一切特征,例如社会问题、意识形态的影响和压力,以及拍摄电影技术的客观形态等问题。

可以说,上述两种精神分析和文学中的精神分析相类似,是对具体作品—影片的精神分析,连带着对影片的作者——导演进行病理学研究,它们正是20世纪五六十年代以来兴起的电影作者论的主要研究方法。麦茨认为,这两种所谓的精神分析倾向于把影片的若干方面构成相应的能指,例如导演的惯用主题、人物、情节安排、偏好的时代等因素,凡此种种,最后都可以归结为对导演本人的精神分析。这种分析仅仅停留在对影片的主题、人物做精神分析,忽略了那些电影普遍的特征和貌似客观的技术领域,例如摄影机的移动方式、剪接场景的方式。而麦茨则要对电影的整体机制、特性做精神分析。

在麦茨看来,真正意义上的精神分析应该具有如下特征:首先,对电影剧本(script)的精神分析。麦茨认为虽然表面上电影剧本和一般的文学作品形态似乎一样,但实际上电影剧本同时包括电影符码(视听符号、蒙太奇)和非电影符码(语言、对白)。麦茨将剧本定义为"影片显性主题的总和",即不但包括剧本文字所呈现的一切,还包括剪接之后那种抽象的完成剧本。剧本是影片文本系统诸多方面中的一个方面,它本身是所指,但是"从精神分析学(或更广义的

---

① 麦茨:《想象的能指:精神分析与电影》,王志敏译,中国广播电视出版社,2006年,第24页。译文参见 Christian Metz. *The Imaginary Signifier : Psychoanalysis and cinema*. trans. Celia Britton et al. London: Macmillan, 1982,p.26。

符号学)的视点研究剧本,就是把它设定为能指"[①]。对于电影剧本来说,有一个双重的能指、所指的关系:第一层能指,即语言文字;所指,即电影符码(视听符号、蒙太奇)和非电影符码(语言、对白)所构成的"影片显性主题的总和"。第二层能指,即影片显性主题的总和;所指,即由这种总和所显现的电影意义。对第一层能指、所指关系的分析是对剧本的分析,而所有这些关系——包括对第一层和第二层能指、所指关系的分析是文本系统分析。其次,对文本系统的精神分析。麦茨认为电影的文本系统大于剧本,既包括电影元素又包括剧本元素。麦茨认为,雷蒙·贝卢尔在《通讯》杂志上对希区柯克《西北偏北》的分析,接近于他所认为的对文本系统的精神分析,这种分析既涉及剧本和故事,也说明影像段落中的蒙太奇程式,以及两者之间的衔接方式。我们可以这样理解,麦茨的文本系统既关注第一重内容,即剧本如何设置人物情节、对白、旁白等,也关注第二重内容,即影像如何表现剧本的内容。对剧本的研究属于文本系统研究,但是后者的范围比前者大。对一部影片的分析离不开剧本研究,又必须与对文本系统的整体联系在一起。在文本系统中剧本的重要性又有不同:对有的影片而言,剧本起了很大的作用,电影影像如何表现剧本对影片整体所起的作用不大;而在另一些电影中,剧本并不重要,电影影像才是关键。因此,要真正对影片进行分析,就要对电影的大文本系统进行整体分析。

由此可见,前述的一、二种方法虽采用了精神分析学,其本质却与文学、美学中的精神分析批评相一致,它们其实不是关于电影的精神分析,而仅仅是对影片的分析。这些方法分析的不是电影而是电

---

① 麦茨:《想象的能指:精神分析与电影》,王志敏译,中国广播电视出版社,2006,第28页。

影讲述的故事。而麦茨所倡导的精神分析的对象是电影而非影片，探讨的是电影的特性而非电影所表现的故事。精神分析阐释的不只是每部影片的意义，而且还包括电影中能指内容的有关特征，以及这些特征所允许的特殊符码。① 那么如何实现对电影特性的分析？可以综合电影诸元素对电影进行综合研究。它包含电影第一层能指和所指：能指，即摄影机的运动或语句对话；所指，这些元素所提供的信息和意义。二者构成电影第二层能指：整部影片；所指：电影的特性。

从电影的整体来理解，应该关注什么样的系列呢？一边是一部部孤立的影片，一边是作为整体的电影，麦茨如何开展他的研究呢？麦茨认为，在一部影片和整体的电影之间存在很多中间的层面，例如一组影片，一位导演的全部影片，或者某一种"类型片"，但电影精神分析的对象不应拘泥于此，而应该是"超级类型"，麦茨将其认定为"能指的大系统"，这不是一般意义上的某类影片，而是定义更为松散和灵活的一系列影片，"每个系统仍对应一组影片，但是这些系统中心主旨鲜明，但边界模糊。这些系统往往相混合。一部影片可以分属于不同的系统……它们在边缘地带往往'界限不清'，散见为无数特殊状况，然而在它们的中心地带，它们是相当明确和清晰的。"② 麦茨举例说，许多观众看到过"虚构纪录片"，这是一种混合类型，但在观众心中，"纪录片"和"故事片"的界定仍然是独立存在的。

---

① 参见麦茨：《想象的能指：精神分析与电影》，王志敏译，中国广播电视出版社，2006，第35页。

② 麦茨：《想象的能指：精神分析与电影》，王志敏译，中国广播电视出版社，2006，第35-36页。译文参见 Christian Metz. *The Imaginary Signifier : Psychoanalysis and cinema.* trans. Celia Britton et al. London: Macmillan, 1982, p.37。

麦茨还指出精神分析学研究的主要对象是有完整故事情节的影片。麦茨把讲故事的情节型影片和不讲故事的影片区分出来，认为电影符号学的研究对象主要是前者，即所谓的普通故事片这个类型，它是电影史上对电影业影响最大的类型，在最"稚气"和最理论化的思维中都非常重要，同时又是至今大部分影片的拍摄形式。把普通故事片作为对象来研究，还因为这种影片的形式构造具有充分的社会意识形态意义，故事影片中的故事是被制造出来的，但是能假装成只是在事后才向我们展示和传达，似乎故事存在过。电影能指以否定的方式出席，这种出席－缺席是电影虚构系统的重要特征。以普通故事片作为一个参照点，其他影片则被视为特殊的类型，被边缘化。

总之，麦茨电影精神分析的研究对象：从纵向的单个影片的角度来说，包含电影的第一层能指、所指和第二层能指、所指，同时也不排斥剧本、文本系统的分析和着重电影功能的个别影片的分析；从横向的电影整体的角度来说，主要是指普通故事片的能指的大系统。

三、电影的认同机制

麦茨对于电影认同机制的分析建立在拉康的自我认同机制理论上。

拉康认为幼儿在尚未认识到主体、客体区分之时处于无语言阶段，自我意识发生于某一瞬间——镜像阶段：幼儿大约在六个月到十八个月的时候，在镜中看到了自己的映象。"他要在玩耍中证明镜中形象的种种动作与反映的环境的关系以及这复杂潜象与它重现的现实的关系，也就是说与他的身体，与其他人，甚至与周围物件的关系。"[①] 婴儿逐渐发现镜中形象和自身的同一性，并认识到自身的

---

① 拉康：《拉康选集》，褚孝泉译，上海三联书店，2001，第90页。

存在。这使处于前语言阶段的婴儿产生了最初的自我概念，这一过程是通过婴儿与镜像认同发生的，镜像既是自我的同一体，又是他者。当完成自我的认同之后，婴儿就从想象界进入了语言的象征秩序——构成家庭和社会的关系结构。婴儿确立自我进入象征秩序，也标志着脱离了无名状态，建立起内在世界和外在世界之间的关系，从无语言阶段进入到语言阶段。婴儿在镜中形象确认了自我，从而对镜像产生认同作用，这一认同成为后来自我认同过程的根源。"在这个模式中，我突进成一种首要的形式。以后，在与他人的认同过程的辩证关系中，我才客观化；以后，语言才给我重建起在普遍性中的主体功能……如果我们想要把这个形式归入一个已知的类别，则可将它称之为理想我。在这个意义上它是所有次生认同过程的根源。"① 幼儿在镜像中获得了自我的认同，而这一模式则成为之后次生认同——例如和语言认同的根源。麦茨从拉康的理论引申开来，分析了电影的认同机制。

阿尔杜塞认为，所谓的意识形态即是我们对真实状况的一种想象性认识——幻觉或者误认。他的观点后来被法国学者让·路易·博德里第一次引入电影研究，而麦茨则在博德里观点的基础上进一步分析了电影的意识形态性，并结合拉康的镜像理论来说明电影的认同机制。因此，在这里有必要对博德里的观点做一点介绍。

博德里指出，从现实到电影经过了双重的转换：第一步，以摄影机为中介，把"客观现实"转换为影像，通过分镜头和剪辑等制作手段，原来的材料已经发生了变化；第二步，放映机和银幕复原了影像，把从"客观现实"捕捉到的运动按照某种逻辑和程序展现出来。那么，电影对现实世界的这种转换究竟是不是中立的呢？

---

① 拉康：《拉康选集》，褚孝泉译，上海三联书店，2001，第90-91页。

巴赞认为，电影可以真实地还原现实，因为摄影"它完全满足了我们把人排除在外、单靠机械的复制来制造幻象的欲望。""摄影的客观性赋予影像以令人信服的、任何绘画作品都无法具有的力量。"①电影继承了摄影用机械方式转换现实的传统，清除了人为的痕迹，从而达到了真实还原现实的目的。摄影的美学特性就在于揭示真实，因此它决定了电影具有写实的特点。同样是通过分析电影的物质基础来说明这个问题，博德里则认为，光学仪器和摄影机一直被人们认为是属于科学实践的领域，科学基础和技术性似乎为电影的中立性做了担保，但恰恰是这种科学提供的不可侵犯性掩盖了电影在制造意识形态上的用途。摄影的透视法继承了意大利文艺复兴时期发展起来的焦点透视法，它的基本原则就是，在一个画面内，只能有一个透视中心，一切视觉形象根据与中心的位置关系来确定其特性（例如近大远小）。这种透视法其实是复原了人眼习惯的透视，人眼的生物功能是焦点透视法的原始基础，因而遵从这种透视原则创作出的绘画作品才被认为是"真实的"，这种空间的中心是与作为中心的眼睛相对应的，其结果就是，通过这个透视中心，不但组织起了一个视觉化的客体——画面，同时还建构了一个视觉的主体——观看者的位置。

博德里断言这种透视法是与某种意识形态相联系的。"它创造的是一种幻觉中的现实。它设置了一个理想视力的空间并以此方式断言一种先验存在的必然性。"②它是一种注定要获得明确的意识形态效果的机器。与古代希腊、中国、日本绘画比起来，文艺复兴后的西方绘画热衷于营造一种完整的视觉形象，提供一种形而上学的具体化再

---

① 安德烈·巴赞：《电影是什么》，崔君衍译，江苏教育出版社，2005，第7页。
② 李恒基、杨远婴：《外国电影理论文选》（修订本），生活·读书·新知三联书店，2006，第554页。

现，为创造一个幻觉的现实提供了可能性。根据焦点透视法创造出来的视觉空间，由于符合了人眼的视觉习惯，因此被认为是"真实的"，由此就可以创造出许多符合这种真实性的画面，哪怕这些画面是幻觉的，却也能够被感受为真实的画面，这正是焦点透视法的秘密所在。由于绘画艺术手段的主观性，这种幻觉感还没有完全显现出来，毕竟人手绘制的画面还不能和现实一致。但是一旦对视觉的还原从手工（绘画）转为机械（摄影），影像和现实的界限就消泯了，影像被当作了现实的翻版，完成了一个现象学上的还原，而使人忽略了影像是经过摄影机和放映机的双重转换得来的。

电影继承了摄影的透视原则。电影摄影机背后隐藏了一个先验的主体，这个主体以眼睛为基础，配合摄影机的运动而被升高到一个更大的功能：通过摄影机的运动，追寻某种轨迹，在诸种可能性上进行选择，赋予镜头含义，所有动作都是为了配合主体而进行的。摄影机的运动满足了先验主体显现的条件，它制造的视觉幻象使得主体的可能性和力量得到加强和扩张。博德里的分析旨在说明：文艺复兴的焦点透视法建立了一个视觉主体，摄影在这种透视法上建立，因而先天就具有形而上学的特征，电影继承了摄影的特性，使得它不但能够建立起一个有序的先验的世界，而且塑造了一个观看者的主体，这些都是和意识形态相联系的。电影摄影和放映在模仿人眼的透视效果，它们把具有差异、彼此分离的影像转换成运动连续体，而随着连续体的再造，涵义和意识也被再造出来。由此，电影成为人类的某种替代性的精神机器，而且总是与占统治地位的意识形态相配合。

博德里也是第一次把拉康的镜像理论用于分析电影。他提出银幕像镜子又不是镜子，镜子反映"现实"，银幕映现影像，影像又反映"现实印象"。观众与镜子前的婴儿有共同的特征：运动能力低下，但同时视觉功能发达。(视觉处于支配地位的)婴儿从镜子中看到自我的镜像,从而产生一个想象性的自我观念,此时的婴儿视力已经成熟,而活动能力尚未发育完全,不能协调肌肉动作,这和坐在电影院里的观众情形相似。博德里认为还不能完全断言电影便是对镜像结构的再生产,他倾向于认为电影是对镜像功能的证明和证实,一种通过重复产生的固化活动。

麦茨赞同博德里对于摄影的意识形态性的分析,但在电影的认同机制上则有更为深入的阐发。他认为观众对于摄影机的认同类似于镜像阶段,但又有不同,区别在于:婴儿在镜中看到的是自己的身体形象,"但在传统电影中,观众却只同正在看着的某物认同:他自己的形象并不出现在银幕上;初次认同不再建立在主体—客体的意义上,而是建立在一种纯粹的,始终在观看的不可见的主体的意义上,这个主体就是电影从绘画中借取的焦点透视法"。① 现代摄影技术承接了焦点透视原理,要在二维空间里还原三维世界的真实感,它为观众—主体留出一个位置,"这是一个全能的位置,上帝的位置,或者更宽泛意义上最终所指的位置"。② 这个不可见的主体正在观看的某物,其实就是摄影机。摄影机是超验的,但又不是经验主体,它模仿了主体的视界。例如电影拍摄中的主观镜头:摇镜头就像主体转头,跟拍镜头就像主体移动。观众通过和摄影机所提供的这个不可见的主体相认同,把摄影机的镜头当成了自己的眼睛,通过摄影机来观察世界,并进而相信银幕上所发生的一切。观众时常无法察

---

① 麦茨:《想象的能指:精神分析与电影》,王志敏译,中国广播电视出版社,2006,第80-81页。译文参见 Christian Metz. *The Imaginary Signifier : Psychoanalysis and cinema.* trans. Celia Britton et al. London: Macmillan, 1982, p.97.

② 麦茨:《想象的能指:精神分析与电影》,王志敏译,中国广播电视出版社,2006,第46页。

觉摄影机的存在，只是在一些特殊情况下，观众才有摄影机存在的意识，而事实上观众始终必须与摄影机所代表的那个不可见的主体相认同，而这个不可见的主体实际上正是反映作者观点的视角。麦茨认为观众和摄影机背后这个不可见主体的认同是电影虚构能够建立起来的基础。

那么，这个过程是如何建立起来的？摄影机记录下了影像，在影院里，放映机又把影像还原在银幕上。这和博德里所说的双重转换是相仿的，但是麦茨又在这个双重的转换过程中加入了对于观众接受的分析。他提出对于观众而言，视觉效果由双重运动构成：投射和内心形象的形成。在电影放映过程中，放映机复制摄影机。"在放映厅中有两道光束：一个以银幕为终点，由放映机开始，把影像投射在银幕上，另一个以银幕为起点，投射在观众的视网膜上，在观众的知觉中形成形象。由此也可以说明，观众同时也是放映机和银幕。"[①] 这里，麦茨强调在观众内心形象形成的同时，也是另一个心理的放映活动的开始，因为银幕形象的形成，不但要依赖电影放映设备，还要依赖内在的一个放映过程。观众的凝视犹如放映机，它使得视觉活动被开启，而观众的视网膜类似于银幕，它把视觉形象接收过来，形成完整的知觉形象。"当我说'我看'电影时，我指的是两个相反的流程的独特混合：影片是我接收到的，同时也是我启动的，因为在我进入放映厅之前它并不存在，要阻止它，我只要闭上眼睛就可以了。启动它时，我是放映机，接收它时，我是银

---

① 麦茨：《想象的能指：精神分析与电影》，王志敏译，中国广播电视出版社，2006，第47页。译文参见 Christian Metz. *The Imaginary Signifier : Psychoanalysis and cinema.* trans. Celia Britton et al. London: Macmillan, 1982，p.51。

幕。"①

麦茨把博德里电影双重转换的分析加入了对观众视觉接收的分析，如下所示：电影放映过程：摄影机→影像（胶片）→放映机→银幕；人的视觉过程：银幕→主体的凝视→视网膜→知觉形象的形成。在这里，人的视觉过程和电影摄影、放映的过程具有了某种内在的相似性：这说明电影之所以受到欢迎正是因为电影摄影、放映过程和人的视觉过程相类似，也即放映机→银幕的过程和主体凝视→视网膜的过程是类似的，银幕上的放映和人在视觉中的放映双重叠加在一起，并同步进行，最终才在意识里形成了完整的知觉形象。于是，电影的机器设备变成了人的精神过程的一种隐喻。现实中，观众用自己的眼睛看，而此刻电影可以代替他们看。电影的优势在于能够用镜头代替人的眼睛，但其中的便利也是危险所在，电影的功能可以代替人眼的认识功能，但是它本质上的虚构和想象性却从未改变。

拉康认为正是因为婴儿对镜像的认同使得自我得以确认，但是这种确认也是一种误认，把镜像误认为是自我的同一体，而实际上那不过是一种想象态的镜中之像。麦茨认为观众对于摄影机的认同作用决定了电影整体的状态，观众认同了摄影机，摄影机和放映机的转换过程最终让观众把银幕上的一切认同为自己亲眼所见，也即上文中提到的现实印象，电影虚构了一种视听形象，却能够带给人们恍如身临其境的真实感，电影由此成为人类更深刻意义上的镜像和精神过程的恋物对象。婴儿和镜像之间的关系正犹如麦茨所说观众—摄影机的关系。

---

① 麦茨：《想象的能指：精神分析与电影》，王志敏译，中国广播电视出版社，2006年，第47页。译文参见 Christian Metz. *The Imaginary Signifier : Psychoanalysis and cinema.* trans. Celia Britton et al. London: Macmillan, 1982，p.51。

在实现了和摄影机的认同之后，电影还有第二重的认同，即观众和银幕所描述世界的认同——主要表现为和人物的认同。"我必须既以人物'自居'（想象的途径），以便人物通过我具有的全部理解性程式的类似投射受益；又必须不以人物'自居'（回归真实界），以便使故事能够如此确立（作为想象界）。"[①] 麦茨举例说，一个人物注视处于画面外的另一个人，此时观众和画面外人物的视角重合在一起，画外人物和观众都在注视着银幕上那个人，画外人物的位置犹如观众，但是他即使不在画面之内，仍然是在故事之中。这便折射了观众的二次认同：认同于电影中人物的视线。麦茨将第一次观众和摄影机的认同称为"基本认同"，把观众和电影中人物的认同称为"二次重叠"。因而，电影实际上与儿童面对镜子的游戏是一致的。

麦茨将电影与拉康的镜像对比，认为电影很像镜像，一切都可以在其中得到反映，但电影观众自己的身体得不到反映，于是镜子便成了透明的玻璃。电影认同的特征在于：首先，在镜像阶段，儿童所看到是镜子中的自己，是一个主体，同时又是一个客体，而观众在电影里没有看到自己的映像。其次，观众在电影中是缺席的，但电影仍能被理解，因为观众已经经过镜像阶段的认同，熟知镜子的经验，因而即使电影中没有自己的映像，仍然能完成感知的过程。再次，观众有机会认同虚构的人物，但这只对叙事性—再现性影片有意义。最后，观众在银幕上是缺席的，所以他无法与作为一个客体的自己认同，而只能与独立于他的客体认同。"感知一切"是电影赋予观众的一种能力，它让观众成为一个感知一切的主体。"我自己是一个位置，在这个位置上，这个真正被感知的想象界，作为某种被称之为

---

① 麦茨：《想象的能指：精神分析与电影》，王志敏译，中国广播电视出版社，2006，第53页。

'电影'的制度化的社会活动的能指终于达到了象征界。"① 电影是人类精神的想象界，同时通过"我"的感知（观众），电影由想象界达到了象征界。

四、观众心理分析

弗洛伊德认为，本能（instinct 或 drive）和欲望（wish 或 desire）是两个完全不同的概念，无意识中既包含本能又包含欲望。本能是更基本的、深层的东西，介于躯体与精神之间，是人作为生物体的一种属性；欲望则是只属于人的一种精神现象，它是属于精神系统的，是较本能更高级的一种心理活动。动物具有本能，但不具有欲望。弗洛伊德特别注意到，欲望和知觉具有一种特殊的关系。

> 这种满足的体验的一个基本成分就是一种特殊的知觉（在我们例子中指的是营养），这种知觉的记忆影像自此以后便与需要所产生的记忆痕迹保持联系。这种联系下一次需要出现时就会立即产生一种精神冲动，以寻求对知觉的记忆影像进行再次的精神倾注，从而再度唤起知觉本身，也就是说，再度建立起原来的满意情境，我们便把这样的一种精神冲动称之为欲望。知觉的再现就是欲望的满足，而实现欲望满足的最简捷的途径就是由需要所产生的兴奋导向对知觉的完全的精力倾注。我们可以有理由地设想，曾经存在过这样一种精神机构的原始状态，其中确实经历了这条途径，也就是欲望终止于幻觉作用。因此这第一种精神活动的目标乃是产生一种知觉同一性——与需要的满足联系着的知觉的复

---

① 麦茨：《想象的能指：精神分析与电影》，王志敏译，中国广播电视出版社，2006年，第45页。

现。①

人的本能需要产生记忆痕迹，它会在大脑中形成某种记忆影像，当下次需要时，不但有对渴望之物的实际需求，还会有对代表所渴望之物的记忆影像的精神倾注。例如人饥饿时需要食物，于是就会在脑海里涌现曾经品尝过的食物的记忆影像。中国古代故事所说"望梅止渴"也是这个道理。这说明，人的心理机制常常把本能的需要转化成知觉的记忆，欲望正是这一过程中产生的一种精神状态，如弗洛伊德所说，知觉的再现就是欲望的满足。欲望和具体的需要之间逐渐拉开关系，而主要作用于人的心理层面，所以不管是知觉形象，还是幻觉，都能实现对欲望的满足。弗洛伊德的这一分析说明了人的欲望和知觉作用具有紧密的联系。

拉康在弗洛伊德的基础上继续进一步探究了欲望的产生原因，认为欲望的产生来自于匮乏。婴儿和母亲在一起具有一种原初的满足感，日后和母亲的分离，会让婴儿心理上产生一种基本的匮乏或者缺口。这种匮乏在第三项——父亲的出现之后演变成了想象态中的阉割感。匮乏感进入象征秩序之后便出现了语言学意义上的阳物，它不仅是指男性的生殖器，而且是指能够填补缺口、满足匮乏、使主体恢复到原初完整状态的一切东西。匮乏是因为人总是想要恢复原初的完整感，它意味着人总是感受到自身的不完整和空无。人想要寻求完整性，将那空无填满，于是就产生了欲望。欲望无法得到真正的满足，却要通过更换对象千方百计寻求满足。

麦茨在电影的精神分析中也加入了对性驱动特点的分析，认为性驱动是一种无法满足的欲望。

---

① 弗洛伊德：《释梦》，孙名之译，商务印书馆，1999，第 566–567 页。

性的驱动，正如弗洛伊德所认为的那样，是更易变的和更有适应性的（拉康说，从根本上是更反常的）。反之，它们总是多少没有被满足，即使是它们的对象已被得到时，也是如此；欲望在其表面熄灭的短暂眩晕之后，非常迅速地再生，作为欲望它主要是由自身来持续的……最终，它没有对象，无论如何没有真实的对象；通过全都是替代品（因此全都更和谐更可互换）的真实的对象，它追求一种想象的对象（一个失去的"对象"），这是它最真实的对象，一个总是被失去，并且总是被作为失去之物来欲求的对象。①

性欲既是本能又是欲望。本能和对象之间的关系是确定的，性欲可以通过性对象获得满足，正如饥饿之于食物，渴之于水。但作为植根于人心理中的欲望，性欲还有难以满足的一面：首先，它没有真实、确定的对象，所有的对象都是可以被替换的，它追求的其实是一个想象对象；其次，在性欲达到对象之外一点时就能够被满足，即升华；最后，匮乏是性欲的基本特征，它总是没有被满足，即便对象已被得到之后，还会产生新的匮乏。麦茨指出性欲的这些特征是电影能对人产生强大吸引力的心理原因。如上所述，弗洛伊德认为知觉的再现就是欲望的满足，而电影影像正好为观众提供了一种知觉资源，一种总是处在不断替换中的想象态的知觉资源。拉康认为视界驱动（scopic drive）是性驱动重要的一种方式，麦茨进一步引申了他们的观点，提出电影不但能让人看，还可以让人听，所以它能满足人们的视听欲望。视听活动和触觉、味觉、嗅觉的审美感不同，前者是"存在距离的感觉"，后者是"接触的感觉"，视听驱动要求主体和对象

---

① 麦茨：《想象的能指：精神分析与电影》，王志敏译，中国广播电视出版社，2006，第54-55页。

之间保持一定的距离，电影由于观影空间和拍摄空间的分裂，使它能够保证对象的缺席，所以便成为视听驱动的绝佳对象。电影作为一种想象的能指，在不断的替换之中为观众提供了想象的视听—知觉的资源，其特征正好符合性欲的本质要求。

弗洛伊德提出，正常的性目标被认为是性交，但是性目标也会发生变异。性无能、追求性对象的不易、性行为危险性都会阻碍或推迟正常的性目标的实现，在此情况下，作为性交准备活动的抚摸和观看往往会取代正常的性目标成为新的目标。窥淫活动直接来源于观看行为。视觉印象是性兴奋最常见的途径，观看是一种中间性性目标，但是如上所述，当观看不再是正常性目标的准备而是取代了性目标的时候，它就变成了一种具有变态成分的"窥视癖"。

窥淫癖是性本能的成分之一，并且是一种强大的内驱力。窥淫活动的目的在于通过视觉作用使另外一人成为性欲对象，通过看获得快感。麦茨特别强调了电影之所以成为一种窥淫机制，正是因为观影空间和银幕空间的分裂。窥淫癖活动最根本的原则在于要保持距离：被窥视的对象和窥淫者自己的眼睛、身体之间必须保持距离。一旦这种距离被清除，主体将会不知所措。电影的视界特征能够始终保持对象和观看者之间的分裂，即在场的缺席和缺席的在场：电影为观众提供一种恍如身临其境的现实印象，但是它并不是真的在场。演员和观众是分割的，银幕空间和观影空间是断裂的。拍摄时，演员在而观众不在；放映时，观众在而演员不在，这使得窥淫癖者和裸露癖者能够处在不同的时空。观众所知觉到的一切都由影像提供的，银幕上发生的一切让人身临其境，但是观众看到的只是这些知觉材料的影子。在放映过程中，影像是缺席的在场，观众则是在场的缺席，以缺席的方式出席和在场，是电影的一个重要的特征。电影的这个特征使窥淫的欲望成为唯一能够实现的欲望，使观看本身成为终极性目标，替代了正常的性目标。这种距离原则是虐待狂式的窥淫欲望。正因为被看者（演员）不知道它在被看（其实也知道，只是这种被看的过程并不在当时发生），才使被窥视者意识不到自己被窥视，而窥视者也意识不到自己是窥视者。

人的全部欲望的本质在于：对不在场的对象的无限追求，电影这种缺席的在场，正好满足了观众潜在的窥淫癖。电影中时空与现实时空的断裂，使得电影象征性地挑起人们的无限欲望——永远追求那个不在场的事物的欲望。麦茨认为，电影非常具体地揭示了人的欲望和真实对象的分离。观众越是被不在场的幻象所吸引，就越是迷恋电影，而越是迷恋电影，便越是需要更多的电影幻象。

电影还有其恋物癖根源。正常的性目标被与它有关却完全不适合作为性目标的对象所取代，例如身体的一部分或者无生命的物体（布片或内衣），可称之为"恋物症"。在这种情况下，对正常性目标的冲动有所下降，对性对象的过分估价扩展到与它有关的一切事物上面。精神分析一直把恋物癖和阉割恐惧联系在一起。弗洛伊德认为：儿童的意识深处认为所有人都是有阴茎的，当他看到母亲和女性，会认为她们是被切除了阴茎的人，由此也加深了他将遭受同样命运的恐惧，这种恐惧被投射在母亲的身体上，就会对母亲的身体的某个部位做出某种补偿性的解释。仿佛是为了遮蔽那个令人惊吓的孩子所看到的事实——阉割的伤口，人便从抑制自己看的欲望转而开始迷恋遮蔽之物。"为了实现潜能并达到高潮，恋物癖的道具将成为一个前提条件（对享乐而言），有时是必不可少的前提条件（对真正的恋物癖而言）"[1]，于是恋物癖成为实现欲望的一个前提条件。恋物本身是为

---

[1] 参见麦茨：《想象的能指：精神分析与电影》，王志敏译，中国广播电视出版社，2006，第65页。

了遮蔽那想看、怕看之物,但是"对欲望的防御自身已经成为色情的,正如,对焦虑的防御自身已经成为焦虑"。①

麦茨认为电影是人类精神世界的恋物机制。第一层:电影否认了缺失,以"逼真"的影像弥补了观众内心的缺失,它类似于某种恋物的道具,掩盖了伤口,并使自己成为性感的存在。电影王国好莱坞号称"梦工厂",它制造各种人间梦幻,当银幕上正义终于战胜邪恶,小人物终于实现自我价值,有情人终成眷属的结局圆满落幕之际,观众在现实生活中遇到的各种困境,事业挫折、人生危机、情感创伤,都能在各类影片中获得代偿性的满足。"它是一种道具,像是被安置在对象身上,一种因为否认了阴茎的缺席而变成阴茎的道具,并因此部分地成为对象并使对象变得可爱和引人入胜。"②第二层:电影的存在又肯定了缺失,因为它的存在正是依赖观众心中的这种缺失,但它以某种替换物填补了这种缺失,是以否定的方式肯定了缺失,同时缺失的存在又是使电影被不断消费的原因。观众在现实中感受到的失落,一定要在银幕上获得替代性的满足,观众不断走进电影院寻梦,正说明他们在现实中遭遇挫折。观众观看电影,寻找到填补缺失的良药,但是电影还需要缺失不被忘掉,如此观众才能不断进入影院寻找替换物。电影机制使得想象界转变成象征界,使失去的对象(被拍摄者的不在)成了一种特殊的和被构成的能指的法则,于是人的欲望合法化了。众所周知,满足欲望的手段都是越"技术"越不正当,但是电影似乎是个例

---

① 麦茨:《想象的能指:精神分析与电影》,王志敏译,中国广播电视出版社,2006年,第65页。译文参见 Christian Metz. *The Imaginary Signifier : Psychoanalysis and cinema*. trans. Celia Britton et al. London: Macmillan, 1982,p.70-71。

② 麦茨:《想象的能指:精神分析与电影》,王志敏译,中国广播电视出版社,2006,第65页。

外，它依赖技术和虚构，构成某种人们欲望的替代物，或者掩盖伤口的道具，使得欲望合法化，同时又以"第七艺术"的名号获得了合法性。

电影恋物癖者就是陶醉于这架机器的人。麦茨指出，不仅普通观众，而且电影评论家、电影爱好者、电影观众，都属于这种电影恋物癖者。他们看电影，"部分地是为了评价这种使他们被冲昏头脑的机器本身：就在他们被冲昏头脑的时，他们会说，这是一部'好'片子，'拍得好'"。[①] 电影恋物特性还影响到影片的造型、取景和摄影机的运动。麦茨还分析了色情电影的拍摄方式：摄影机的渐进运动对拍摄对象的不完全展示，造成一种进入黑暗、通向幽冥、通向猜测的镜头语言，尽量阻止观众一览无余，一边刺激人们的探询欲望和冒险的心理，一边逐渐向前推进。麦茨认为电影中这种制造悬念的拍摄方式，并不仅仅用于色情片的拍摄，而是被广泛地运用在电影中。这种拍摄手法是和人的欲望机制相配合的，它阻止观众的观看，以延迟欲望的实现来挑起观众的好奇心。电影这种展示空间的手段，其本质和脱衣舞有类似之处，不是一蹴而就，而是尽量刺激欲望，引人遐想。由此，电影成为一种色情的漫游：想要看的漫游，想要抚摸的漫游。

总之，电影摄影和放映通过模仿人眼的透视效果实现了和观众的认同，首先是观众对摄影机的认同，其次是观众对影片中人物和角色的认同。而电影同时又是窥淫和恋物的产物，窥视心理使观众对电影产生依赖，不断刺激观众产生重回影院的欲望；同时电影通过"逼真"的影像弥补观众内心的缺失，成为某种恋物的道具。电影不

---

① 参见麦茨：《想象的能指：精神分析与电影》，王志敏译，中国广播电视出版社，2006，第69页。译文有改动。

仅从技术上讲是由声音、画面虚构想象出来的，重要的是它与人的精神世界的关系就是想象性的，它依赖技术和虚构，构成某种人类欲望的替代物，或者掩盖伤口的道具，使得欲望合法化。电影银幕是名副其实的精神的替代物，是拉康意义上的人类精神的镜像。

赵晓珊

1971年生，2008年毕业于北京师范大学文学院文艺学专业，获博士学位。现为兰州大学文学院教授。主要研究领域为电影理论与批评，在《文艺研究》等刊物上发表论文多篇。

弗朗兹·法农精神分析的思想内涵与特质[①]

康孝云

法农 1925 年出生于加勒比海地区的马提尼克岛（Martinique），这一地区现在是法国的一个海外省，历史上却曾是法国的殖民地。第二次世界大战爆发以后，大批法国士兵涌入马提尼克岛，法农在此期间目睹了法国军人的种种恶行，对种族主义有了切身的体验。第二次世界大战结束后，他到法国攻读医学，后来改读精神分析学。1953 年，法农前往阿尔及利亚，随后成为比利达（Blida-Joinville）精神病院的专职医生，尝试以社会文化背景的角度去培训医护人员和疗治病人。1954 年 11 月阿尔及利亚爆发脱离法国殖民统治的革命，一年之后，法农参加了阿尔及利亚民族解放阵线，从此投入到了阿尔及利亚的民族解放事业中。其间，曾医治一些患精神紊乱的阿尔及利亚游击队员，与这些革命者的密切接触，加深了法农对法国殖民统治的愤怒，这使他在 1956 年写给阿尔及利亚总督的一封公开信中，宣布辞去精神病医生的职务，并陈述道，"近三年来，我全心全意为这个国家和居住在这里的人服务，我付出了自己的全部努力和热忱。但是，如果每天的现实只有谎言、懦弱和对人的作践，那么努力和热忱又能有什么用处？心理治疗的目的是让人在环境中不再是一个陌生人。我

[①] Frantz Fanon, *Toward the African Revolution*, Grove Press, 1967, pp.53-54

的良心要说,阿拉伯人是自己国家里的陌生人,他们生活在绝对的非我状态之中"。那些受殖民统治的人们"在一个把无权利、不平等和杀人当作合法原则的国家里规矩些,在这个国家里,当地人在自己的家乡经常精神错乱,生活在一种绝对失去个性的状态"。①1957年法国将法农驱逐出阿尔及利亚。之后他又从法国来到了突尼斯,在那里继续精神病医生和支持阿尔及利亚独立斗争的双重使命。1960年12月,法农被检查出白血病,于是到苏联接受了一段时间的治疗,后又重返突尼斯,并在那里完成了《全世界受苦的人》(The Wretched of the Earth)一书。

在马提尼克岛度过的青年岁月中,法农就已经对法国的殖民统治有了深刻了解与明确认识。他强调,殖民统治下的黑人,接受的是法国白人的教育,"安的列斯群岛的一个黑人学生,读的是'我们的祖先高卢人',认同的是一个所有白人的真理"。②

而在法农反殖民主义理论思想的构筑中,《黑皮肤,白面具》和《全世界受苦的人》这两部著作具有相当重要的意义。前者重在揭示殖民主义对安的列斯岛黑人(被殖民者)与法国白人(殖民者)双方造成的心理创伤;而后者旨在号召以暴力革命的方式推翻帝国主义的统治。二者虽呈现出各自特点,但其间仍有关联之处,譬如,在《全世界受苦的人》中,法农还是坚持应从殖民主义本身去寻找战争造成的精神疾患的病因。法农说道:"事实是,殖民化在其实质中已表现为精神病医院的一大供应者。我们在不同的科学工作中,自1954年以来,曾把法国和国际的精神病科医生的注意力引到正确'治愈'一

---

① 弗朗兹·法农:《黑皮肤,白面具》,万冰译,译林出版社,2005,第117页。
② 弗朗兹·法农:《全世界受苦的人》,万冰译,译林出版社,2005,第177-178页。

个被殖民者——就是说使他贯穿地和一个殖民类型的社会环境相一致——的困难上来。""要理解这种'神经质',只要研究和判断在殖民制度内部过去的一天中,对一个被殖民者造成伤害的数量和深度就够了。"[1] 以下将从三个方面分述法农精神分析的思想内涵与实质。

一、与曼诺尼的对话

实际上,法农并不是第一个将精神分析用于殖民地语境的人,在他之前有人已做过类似的尝试,这可以以曼诺尼（Octave Mannoni）为代表,他所著的《普洛斯珀与卡利班：殖民化的心理学》（Prospero and Caliban：The Psychology of Colonization）就已经着重在法属马达加斯加岛的殖民情景中谈论殖民化与心理之间的关系问题。曼诺尼之贡献在于提出对殖民状况的分析不能仅仅局限于经济、政治、道德、历史等方面,还应该同时将殖民关系视作不同个性特征的人之间的互动与交往,而交往的结果是当地人成了被殖民者,欧洲人则成了殖民者。[2] 曼诺尼持有一套关于人类发展与个体心理发展的进化论思想,认为身体方面的差异（例如肤色）导致了有色人种天生就有一种"自卑感"（inferiority complex）。他认为,马达加斯加有色人种的"自卑感",只能用当地的群体心理和社会条件加以解释,这些因素构成了他所谓的"依附情结"（dependence complex）。按照曼诺尼的观点,被殖民者之所以处于被殖民的境地,首先是因为他们具有依附情结,也就是说,被殖民者的依附情结是先于殖民活动存在的,不是殖民活动导致了依附情结,恰恰相反,是依附情结本身导致了土著的被殖民。

---

[1] Octave Mannoni, *Prospero and Caliban: The Psychology of Colonization*, The University Of Michigan Press, 1990, p.17.

[2] 弗朗兹·法农：《黑皮肤,白面具》,万冰译,译林出版社,2005,第4页。

某种意义上，可以说法农正是延续了曼诺尼从精神心理的层面对殖民关系做出重新思考的路向。但是，法农对曼诺尼"依附情结"的观点持激烈的否定态度，提出黑人"如果有自卑感，那是由于一个双重的过程。首先是经济的；然后由于这种自卑的内心化，或不如说是表面化"。①法农对殖民主义给殖民地人民带来的物质现实方面的压榨与侵略有清醒的认识，他的精神分析也是建基于这一认识之上的。换言之，对于法农而言，从精神心理层面重新思考殖民关系，首先应认清正是殖民主义的现实才造成了黑人的精神异化与心理创伤。如前所说，法农虽不是用精神分析观照殖民状况的第一人，但不可否认，法农在运用精神分析观照殖民状况的同时赋予精神分析的理论学说以明确的指向性和批判性。可以说，精神分析之于法农，已经成为他的反殖民主义政治斗争重要的认识工具。

在《黑皮肤，白面具》中，法农说道："我们认为由于白种人和黑种人的对峙，引起大量心理存在的症候群。在分析这些症候群时，我们意欲摧毁它。"②法农认为，殖民主义的出现，不仅造成了在经济、政治和文化等方面对殖民地的诸多破坏，而且也导致了大量的心理疾患。在这本著作中，法农将分析的重点放在了被殖民者的心理异化现象上。但是，法农将这种心理的变态反应与殖民关系做了紧密的链接，而且他认为正是殖民主义才造成了黑人渴求变成白人的异化心理。在这点上，已呈现出法农与曼诺尼的最大不同。

曼诺尼认为，就阿德勒的自卑感这一观点而言，欧洲人身上也有

---

① 弗朗兹·法农：《黑皮肤，白面具》，万冰译，译林出版社，2005，第6页。

② 对此，曼诺尼的观点显然是弗洛伊德和阿德勒的。弗洛伊德认为文明的发展压抑了人的本我欲求，被压抑的本能冲动只好借助于转移的形式实现其目标，而文明也在此过程中得到了发展。人类的艺术就是这种压抑的结果的升华形式。阿德勒所持的是一种过度补偿的观点。

这种表现，但欧洲人通常会对抗这种自卑感，通过个人的成功来摆脱它。①而马达加斯加人天生具有的自卑感，是和其依附于一个集体环境这一现实状况紧密相关的。②在一个稳固的社会中，马达加斯加人不容易表现出自卑感，但当所依附的集体面临危险之时，他们就会觉得自卑。所以，"依附与自卑感是交替的；一方驱逐另一方。而且，这两种不同的心理倾向，形成了两种不同的个性类型，两种不同的精神和两种不同的文明"。③按照曼诺尼的逻辑，欧洲白人之所以成为殖民者，乃是由于受自身无意识的驱使。因为欧洲社会压抑个人的欲望，一旦外部的种种障碍与限制被移除后，个人的无意识也得到了呈现与膨胀。殖民者不是感到非去殖民地不可，但是偶然地，他在那里发现了自己。所以，"他变成一个殖民者是基于无意识情结"。④曼诺尼以笛福的《鲁宾逊漂流记》和莎士比亚的《暴风雨》为例说明，两部作品中主人公的殖民行为实际都是出于作者无意识的流露。"这种相同的无意识倾向促使成千上万的欧洲人寻找像有星期五那样的海外岛屿，或者说以另一种形式，将自己安置在一个有敌意的边远国度，在那里，他们可以用武器击退居于他们自己无意识之中同样可怕的创

---

① Octave Mannoni, *Prospero and Caliban: The Psychology of Colonization*, The University Of Michigan Press, 1990, p.40. 此处曼诺尼说到，当一个孤独的成年马达加斯加人被隔绝在一个不同的环境中时，他会表现出对传统型的自卑很敏感，这证明他童年时期就潜藏着自卑的情结。

② Octave Mannoni, *Prospero and Caliban: The Psychology of Colonization*, The University Of Michigan Press, 1990, p.40.

③ Octave Mannoni, *Prospero and Caliban: The Psychology of Colonization*, The University Of Michigan Press, 1990, p.98.

④ Octave Mannoni, *Prospero and Caliban: The Psychology of Colonization*, The University Of Michigan Press, 1990, p.58

造物。"①对曼诺尼而言,殖民地对于殖民者犹如儿童的梦幻世界,儿童想要摆脱父母的控制,而在内心制造了一个"原始的图像",那里没有真实的联系,可以将自己的无意识完全呈现出来。殖民地之于殖民者,正是这样一个梦幻世界,可以在其中实现自己被压抑的无意识欲望。而马达加斯加人,由于个人以往所赖以依存的集体变得不稳固,只能走向重新寻找依附的道路。如此一来,曼诺尼就将马达加斯加人的依附情结本体论化了,他推定了一个先于殖民者到来的自卑和依附情结,而这一情结引发的后果自然就是等待白人殖民者或主人的出现。循此逻辑,曼诺尼给出了关于殖民主义心理层面的发生学解释,这也是他的著名观点:"不是所有人都可以被殖民,只有那些经历过殖民的人才需要。"②他还说:"无论欧洲人以我们能想象的方式在哪里建立殖民地,有一点是确定无疑的,即他们的到来被那些受统治的人们无意识地期待着,甚至是渴望着。"③按照曼诺尼一贯的思路,殖民者的到来,满足了马达加斯加人的依附需求,殖民者给予他们安全和保护。

曼诺尼比较重视对殖民状况(colonial situation)的考察,只不过他认为所谓殖民状况"首先就是误解和互相不理解的结果"。④因为始终坚持从心理的角度出发探查殖民关系,所以,他便很自然地将殖

---

① Octave Mannoni, *Prospero and Caliban: The Psychology of Colonization*, The University Of Michigan Press, 1990, p.85.

② Octave Mannoni, *Prospero and Caliban: The Psychology of Colonization*, The University Of Michigan Press, 1990, p.86.

③ Octave Mannoni, *Prospero and Caliban: The Psychology of Colonization*, The University Of Michigan Press, 1990, p.30.

④ Octave Mannoni, *Prospero and Caliban: The Psychology of Colonization*, The University Of Michigan Press, 1990, p.25.

民关系置于两种处于不同文化水平的人群相遇之时所引发的纯粹心理反应上。但曼诺尼并没有就此止步,相反,他将这种貌似玄虚的心理交互影响具体化为不同个体之间互相作用的结果:

> 当处于不同文明阶段的两种人群相遇时,心理现象就发生了。如果我们把这视为不同结构类型的个体之间的互相作用,那么,混合就能得到最好的解释和理解。的确,说到群体的互相作用或者是每个群体内典型的个体之间的互相作用,实际上就是用不同的词汇从不同的视角讨论同一个问题。因为个体就是信仰、习惯、习性和与另一人组织并连接起来的总和。而这另一人正是将这一个人造就成群体之一员的。①

曼诺尼心理分析所隐含的前提是将殖民问题化约为有着不同文化背景的个人在心理上的互相影响。尽管在最后一章也对抽象的人性有所批评,但总体而言,他最终还是滑进了抽象人类情感的泥淖。他认为殖民的问题就在于欧洲文明自身的冲突之中,种族主义实则是存于白人内心中对黑人的厌恶、恐惧与欲望的表达。为了说明他所认为的殖民问题的根源就在于白人的内在心理,曼诺尼举了这样一个例子:

> 每一张脸起初对我们都有点神秘。对不同国家的礼仪规则进行的分析能说明这一点。以这种方式也能对一个小孩加以观察,当面对一张略无表情的脸时,他会紧张地迟疑一会儿,然后要么突然露出微笑要么哭起来。虽然我们不确定那

---

① 曼诺尼在这里写道:"与被视作生物种类的人的抽象概念相对应的是个人的抽象概念。这一个人被具有隐喻性质的'我思'认为是统一的。不管这一标准如何具体运用,这一个体纯粹的理论上的统一并不能解释所有的情感矛盾。"Octave Mannoni, *Prospero* and *Caliban: The Psychology of Colonization*, The University Of Michigan Press, 1990, p.201.

一时刻他脑子里在想些什么,但这似乎是可能的,即那张脸对他而言是有意义的,这才使得他从他自身内部做出友好或者不友好的表示。①

曼诺尼认为这就是人类之间误解的开始。白人与黑人的关系同样也体现了这种误解的情感逻辑,因为黑人引发了白人的自我怀疑、焦虑与恐惧。曼诺尼认为,白人在对黑人的复杂情感中,经由自身无意识的强力推动,开始转变角色,成为黑人的统治者。至此,曼诺尼完成了对殖民化的心理学解释。从其立场分析,可以说,他完全是在为殖民主义和殖民者张目。例如,曼诺尼就认为欧洲文明和它最好的代表不应该为种族主义负责,种族主义实际上只是一些下层官员和小商贩以及无所成就的殖民者所为。值得注意的是,即便如此,曼诺尼也并未直接以宣言式的方式通告殖民主义的合理性,而是以精神分析学为名,换句话说是以科学为名,达到他的目的。从中我们也能发现精神分析学在具体的应用中所具有的殖民主义色彩。

法农旗帜鲜明地否定了曼诺尼的观点,但若将他的两部著作做一比照阅读,确实能发现法农或多或少还是从曼诺尼那里得到了一些启发。区别只在于法农精神分析的路向与曼诺尼迥乎不同,后者认定马达加斯加人的自卑情结先于殖民而存在,法农对此予以坚决回击,认为经济政治的现实才是导致殖民地人民产生自卑感的真正源头所在。这样,法农就把曼诺尼颠倒了的逻辑再颠倒了过来。对殖民地经济社会现实的强调,为法农的精神分析打下了坚实的历史基础,也成就了他的精神分析的独特性。对于法农而言,殖民地社会既是精神错乱的主因,也是他对黑人进行精神分析的基础。脱离殖民语境进行所谓的

---

① Octave Mannoni, *Prospero and Caliban: The Psychology of Colonization*, The University Of Michigan Press,1990, p.199.

精神分析对他来说是不能接受的。所以，法农才说道："这里并不考虑'偏僻荒漠地区的离群索居者'。因为对于他，某些因素还没有分量。"①在法农看来，黑人的精神错乱并不是个人问题，而是普遍的社会问题，这是因为殖民统治下的社会自身已经成了一个精神紊乱的世界。"并不是某个安的列斯人表现出神经质人的结构，而是所有的安的列斯人。安的列斯社会是个神经质社会，'对照'社会。因此我们从个人转移到社会结构。如果说有缺陷，那么它不存在于个人的'精神'中，而是在环境的精神中。"②法农之所以如此强调社会现实，其目的在于通过精神分析的方法认清黑人与白人自恋或精神错乱的根源，进而去打破这个既有结构，获得真正的解放："在分析这些症候群时，我们意欲摧毁它。""我真想引导我的兄弟，黑人或白人，最坚决地抖落那件几个世纪不理解所编织的悲惨号衣。"③而给予法农的精神分析以强烈的批判性和指向性的思想资源则是黑格尔和马克思的辩证法。

二、对欧洲精神分析学的批判运用

法农在运用精神分析学的同时，也对之展开了批判。例如，在《黑皮肤，白面具》的引言中，他就对弗洛伊德的精神分析学在殖民地的适用性提出了质疑：

---

① 弗朗兹·法农：《黑皮肤，白面具》，万冰译，译林出版社，2005，第5页。法农这里提到的"偏僻荒漠地区的离群索居者"应该是指曼诺尼著作中的一句话，参见 Octave Mannoni, *Prospero and Caliban: The Psychology of Colonization*, The University Of Michigan Press,1990, p.104.

② 弗朗兹·法农：《黑皮肤，白面具》，万冰译，译林出版社，2005，第167页。

③ 弗朗兹·法农：《黑皮肤，白面具》，万冰译，译林出版社，2005，第6页。

弗洛伊德在反对19世纪末的立宪主义倾向的同时，通过心理分析要求人们考虑个人的因素。他用个人发育的观点来代替一种系统发育的论点。人们会明白黑人精神错乱不是一个个人问题。除了系统发育和个人发育，还有社会发育。在某种意义上，为了符合勒孔特和达梅的意见，不得不承认这里涉及一个社会诊断的问题。

法农认为弗洛伊德的精神分析在殖民地语境中必须做出某种修正，才能对被殖民者的精神异化做出比较合理的解释与说明，这一新的设想被他称为"社会诊断"。当然，这并不意味着精神分析的视角或因素对法农而言已经退居次要位置，与之相反，在《黑皮肤，白面具》中他力图展现和揭示的正是在殖民统治之下黑人与白人所面临的精神上的创伤与异化。法农的目的蕴含有很强的人文主义色彩，但这并不妨碍他从社会历史层面对造成殖民双方精神扭曲的原因做严肃和认真的探讨与分析。不止于此，法农精神分析的认识论还包孕着这样一个内核，即力图通过揭示造成被殖民者精神异化的机制，来认识它，进而打碎它，"在分析这症候群时，我们意欲摧毁它"。

法农对欧洲精神分析学的借鉴主要来自三个方面，一是弗洛伊德的精神分析理论，二是荣格的集体无意识理论，其次是阿德勒的个体心理学。在《黑皮肤，白面具》题为"黑人和精神病理学"的一章中，法农就展开了与上述精神分析学家的对话。

弗洛伊德的精神分析学是法农所倚重且经常与之展开对话的主要对象。有学者指出，法农常在弗洛伊德关于意识、前意识和无意识以及本我、自我、超我三层结构理论中进行他对被殖民者的精神分析学的思考。① 可以这么认为，法农对弗洛伊德的学说基本上还是认同与接受的。在《黑皮肤，白面具》中，法农也在按照精神分析的理论来考察殖民双方的精神心理。例如，法农就认为要想了解种族主义的情势，就必须对性的现象格外加以关注。

但是，弗洛伊德的精神分析在标示自己的价值时，也暴露出了一定的局限性。维多利亚时代的欧洲资产阶级家庭是弗洛伊德精神分析的出发点，同时也是其最终归宿。在这一意义上，弗洛伊德被有些学者称为资产阶级社会的"辩护士"。② 这是因为首先，弗洛伊德虽然对当时欧洲的文明多有批评，但他最终还是将资产阶级家庭认做理想的范型。既然资产阶级家庭构成了弗洛伊德在探求人的精神心理形成时的唯一模本，那么，将这一模本进行普遍化的操作与认定便是这一过程应有的结果。弗洛伊德精神分析的问题首先在于，他把自己针对资产阶级家庭的特殊心理学探究无限地普遍化，当作了进行任何人类心理学研究的参照系。其次，弗洛伊德将性欲当作人类生活的基调也遭到了众多的批评。③ 弗洛伊德对上述内容的坚持和具体化的一个后果是，不仅导致了对人类心理的分析碎片化与僵化，而且也使得弗氏的元心理学呈现出无历史的色彩。④ 最后，弗洛伊德的精神分析具有

---

① Hussein Abdilahi Bulhan, *Frantz Fanon and the Psychology of Oppression*, New York: Plenum Press, 1985, p.76.

② Hussein Abdilahi Bulhan, *Frantz Fanon and the Psychology of Oppression*, New York: Plenum Press, 1985, p.71.

③ 关于此问题，可以参看《被误读百年的弗洛伊德：弗洛伊德理论及其在文学研究与文化研究中的应用》一书的不同解释，颇有启发性。亨克·德·贝格：《被误读百年的弗洛伊德：弗洛伊德理论及其在文学研究与文化研究中的应用》，季广茂译，金城出版社，2010，第95—98页。

④ Hussein Abdilahi Bulhan, *Frantz Fanon and the Psychology of Oppression*, New York: Plenum Press, 1985, p.72.

忽视非欧洲人的特点，常把欧洲以外的人等同于欧洲社会中的神经质患者或是儿童，认为他们处在人类文明发展比较低级的阶段。

　　法农认为弗洛伊德精神分析学是资产阶级家庭范围内的产物，这决定了精神分析本身就具有浓厚的欧洲政治文化传统的色彩与因素。他说:"在欧洲，家庭的确代表世界所具有的提供给孩子的某种方式。家庭结构和国家结构保持紧密的关系。一个国家的军事化和权力集中化自动地导致父母的权力的加剧。在欧洲，和所有的所谓有教养的或文明者的国家中，家庭是国家的一小块。走出父母亲的环境的孩子又发现同样的法律、同样的原则、同样的价值。一个在正常家庭长大的正常孩子将是个正常的大人。在家庭生活和国家生活之间没有不相称之处。"①法农清醒地意识到精神分析这种从欧洲家庭关系出发的学说一旦被投入到域外，立即就会出现水土不服的症状。因为欧洲的家庭结构和殖民地的家庭结构是不同的。如果将欧洲的家庭结构作为国家结构的凝缩，那么，殖民地社会的家庭结构早已遭到殖民统治的破坏，不再与原有的国家模式对应。在殖民地家庭内部，折射出的是黑人被奴役与被虐待的现实场景:"黑人小孩是否见到过他父亲受白人的拷打和虐待？"②因此，黑人的家庭结构不再指向曾经存在但已被殖民主义毁坏了的国家结构，而是在无所皈依之后无奈地向白人社会与白种人文明渐趋靠拢。"于是，安的列斯人应该在家庭和欧洲社会之间作选择；换句话说，这是向社会——白种女人，开化的女人——'高升'这个人，在想象中趋向于抛弃家庭——黑种女人，未开化的女人……"③从殖民现实出发，法农表明照搬弗洛伊德的精神

---

　　① 弗朗兹•法农:《黑皮肤，白面具》，万冰译，译林出版社，2005，第112页。
　　② 弗朗兹•法农:《黑皮肤，白面具》，万冰译，译林出版社，2005，第115页。
　　③ 弗朗兹•法农:《黑皮肤，白面具》，万冰译，译林出版社，2005，第118页。

分析学是行不通的，必须将视域从异己的欧洲资产阶级家庭转向殖民地的社会现实，也就是法农所谓的"社会诊断"的轨道上来。

法农还对弗洛伊德精神分析中非常重要的概念——俄狄浦斯情结的普遍有效性予以质疑。在弗洛伊德精神分析理论中，俄狄浦斯情结出现在儿童性心理发展的一个特殊阶段，其通常被称为"恋母情结"。弗洛伊德认为这一情结是普遍的，是人在成长道路中最早形成的一种特殊的性心理结构。但在法农看来，俄狄浦斯情结的普遍有效性在殖民地遭遇了瓦解："不管愿意不愿意，黑人身上并不快要产生恋母情结。"[①]与俄狄浦斯情结所宣称的普遍主义相反，法农不仅指出了具有这种倾向的欧洲知识话语实际是对本民族怀有自恋的人种学家将自身的感情投射到他们所研究的民族身上的结果，而且还强调对黑人的精神问题，必须以殖民地的实际状况判定："撇开一些出现在封闭环境中的失败，我们可以说安的列斯人身上的一切神经症、一切不正常行为、一切情感的强烈兴奋是残酷处境的结果。"[②]

法农对荣格的学说也采取了既借鉴又批判的方式。他运用荣格的词语联想法[③]（Word Association Test）对五百多名来自法国、德国、英国与意大利的白种女性做了测试，方法是将"黑人"一词插入到其他二十来个词中，然后经自由联想阶段，让她们各自说出对这一词的感受。结果，近十分之六的回答将黑人等同于生物的、性、强壮的、爱

---

① 弗朗兹·法农：《黑皮肤，白面具》，万冰译，译林出版社，2005，第120页。
② 弗朗兹·法农：《黑皮肤，白面具》，万冰译，译林出版社，2005，第120页。
③ 词语联想法并非荣格首创，但他却是首先将之运用于心理疾病的诊疗的人。其方法通常都比较简单，通过让被试按照一种规则对一些刺激性词语做出联想与反应，来说明到底是什么因素导致了不同的个体反应。

好运动的、动物、魔鬼、罪恶。①。但让法农非常不满的是荣格的集体无意识的观点。后者认为，集体无意识是先祖经验经漫长的遗传过程最终以无意识的方式沉潜在个体心理结构中的结果。欧洲人的集体无意识中，对于黑人形象的认定总是涉及野蛮、低劣的生物本能、堕落、愚昧等意象。法农坚决反对荣格将关于殖民地人民的想象归因于集体无意识的说法，并强烈地指出，所谓集体无意识，根本不是生物学遗传的结果，而是一种人为积极构建的结果。集体无意识乃是这样一个现实：它是欧洲自身不断制造的对于他者的文化偏见和幻想的态度综合。集体无意识绝不是先天的生物遗传，而是"文化的，就是说后天的"②。

在弗洛伊德、荣格和阿德勒这三位精神分析学家中，阿德勒的思想观点与法农精神分析的旨趣最为接近。③ 阿德勒的个体心理学强调神经症的社会根源，尤其是家族星簇（familial constellation）对个性发展的重要性。后天的多种因素，诸如教育、社会实践、创造性在阿德勒的心理学说中占据了重要位置。阿德勒还发展出一系列概念，例如器官损伤（organ inferiority）、主观自卑(subjectivity inferiority)、补偿(compensation)、向优越拼搏(striving for superiority)、生活方式(life-style)、社会情感(social feeling) 等。法农对这些概念多有运用，譬如，法农讲道："安的列斯人没有固定的价值，他们总是求助于'另一人'的出现。总是涉及没有比我聪明，比我更黑，没有我好。一切自己的观点，一切自己的扎根、保持同另一人的垮台的依赖关系。我是

---

① 弗朗兹·法农：《黑皮肤，白面具》，万冰译，译林出版社，2005，第130页。

② 弗朗兹·法农：《黑皮肤，白面具》，万冰译，译林出版社，2005，第140页。

③ Hussein Abdilahi Bulhan, *Frantz Fanon and the Psychology of Oppression*, New York : Plenum Press, 1985, p.77.

在周围废墟上建立起自己的男性气概的。"① 安的列斯人显现出的自我确认方面的障碍体现的实则是一种阿德勒式到处弥漫的侵略性，一种想统治的愿望和向优越拼搏，更为重要的是，还有一种仅仅作为补偿反应的自卑感。② 阿德勒的思想确实对法农《黑皮肤，白面具》产生了重要的影响。黑人对法语的态度、对殖民种族主义中的两性关系以及知识分子的努力的相关论述都应被视作运用阿德勒心理学的结果。

阿德勒对法农的影响是如此重要，以至于布尔汗如此说道："他的第一本著作（指《黑皮肤，白面具》——引者按）的中心主题是，只要自卑感或阿德勒式的亢奋即过度补偿不被排除，那么真正的爱或创造性的自我行动化仍然是不可能的。"③ 但这并不是说法农是无条件地接受阿德勒的思想观点，他仍对其持有批评态度。阿德勒虽然注意到社会环境对人的心理结构的重要性，但他最终还是未能跳出家庭结构的场域，所以，他的解释还是个体发生学的，并不具有真正的社会文化批判的力量与价值。法农对此评价道：

> 的确，阿德勒创造了个人的心理学。然而我们刚刚看到自卑感是安的列斯的。并不是某个安的列斯人表现出神经质人的结构，而是所有的安的列斯人。安的列斯社会是个神经质社会，"对照"社会。因此我们从个人转移到社会结构。如果说有缺陷，那么它不存在于个人的"精神"中，而是在环境的精神中。④

---

① 弗朗兹·法农：《黑皮肤，白面具》，万冰译，译林出版社，2005，第166页。

② Hussein Abdilahi Bulhan, *Frantz Fanon and the Psychology of Oppression*, New York: Plenum Press, 1985, p.78.

③ Hussein Abdilahi Bulhan, *Frantz Fanon and the Psychology of Oppression*, New York: Plenum Press, 1985, p.79.

④ 弗朗兹·法农：《黑皮肤，白面具》，万冰译，译林出版社，2005，第167页。

这表明法农最终还是转离了阿德勒的个体心理学，而坚定地踏上了强调"社会诊断"精神分析的路途。

法农对弗洛伊德、荣格和阿德勒的学说既有吸收运用，又有批判改造。20世纪初，正是欧洲殖民主义达到顶峰的时期，这些精神分析学家们正是在这样的语境中进行自己的理论探索。这导致了他们的研究仍带有特定历史时期的印迹，他们分析研究的对象，甚至他们的病人，都是身处资产阶级社会当中的欧洲人。而这些欧洲人生活方面的一个基本事实是，他们的社会并没有遭受到诸如殖民地一样的殖民主义统治，这导致在他们的理论中要么是家庭结构与国家结构具有一致性，要么是完全围绕个体谈论心理问题。另一方面，正如法农指出的，不管是弗洛伊德还是荣格，或是阿德勒，在他们的思想视野中，都没有考虑到黑人，也就是被殖民者。而在这些理论家看来，这并不妨碍他们各自学说的普遍性。他们以资产阶级社会中的心理现实作为人类的基本条件。法农将这些学说及其假定置于殖民地社会时，便见出其中存在的矛盾与不合情理之处。因此，法农对来自弗洛伊德、荣格和阿德勒的精神分析学理论既有适当运用，又不忘对其思想假设高度警惕。在这一过程中，法农始终坚持从社会历史现实的角度去考察殖民地的各种精神问题和精神分析学本身的价值与局限。因此，对殖民地社会现实语境的强调，在表明法农精神分析学所具有的社会批判意涵的同时，也体现了他与上述三位心理学家最大的不同。

三、心理政治——法农精神分析思想的实质

通过上面的分析，法农精神分析的基本面貌已经呈现了出来，其独特之处是对社会历史语境的强调。对法农而言，正是殖民统治下的经济现实才是导致黑人精神异化的直接根源。不仅对被殖民者精神心

理的探究要从这一根源入手，而且，更为重要的是，想要从精神异化的处境中摆脱出来，首先必须打破殖民控制下不平等的经济结构，如此才会有精神解放的可能。法农拒绝对殖民地社会中精神异化做个体发育和系统发育的考察。因为这两个方面都忽视了一个基本的事实，即人是社会性的动物，人的一切心理活动都来源于社会的各种实践。个体发育的观点只产生孤立无助且毫无希望的被压迫者，因此不免悲观；而系统发育的观点则又视抵抗为无用。前者容易使精神分析陷入个别化的泥淖中，而后者则有可能以强调系统或群体为名显出僵化的倾向。法农主张用社会发育的观点来对殖民地社会中的精神问题进行全面的把握。这就需要对造成黑人精神异化的原因做社会性的勘察与分析，如此才能在社会经济的现实结构中对问题本身做出准确的定位，并找出疗救的方案。在这个意义上，法农所持社会发育的观点是与社会诊断同义的。

  法农社会诊断的真实内涵其实就是将精神分析放置到社会现实的语境中，具体而言，就是对殖民地安的列斯人的精神异化着重从殖民统治下经济政治文化角度进行阐释。可以说，法农将精神分析理论与殖民地具体历史情境相结合，强调了从社会现实出发的精神分析方法。法农精神分析的力量和价值正来自于此种尝试。[①] 但是，如果仅止于指出法农精神分析的独特之处，显然是不够的。正如前文已经提

---

  ① 对法农精神分析的独特性的认识，扎哈尔·雷娜特（Zahar Renate）在其所著的《弗朗兹·法农：殖民主义与异化》（*Frantz Fanon: Colonialism and Alienation*）的一条注释中这样说道："格哈德·格罗斯（Gerhard Grohs）对法农的方法做了如下的描述：'在殖民社会中白人与黑人之间就异化（alienation）方面的关系是这本书（《黑皮肤，白面具》）的主题。作者是通过一种他称之为精神分析的方法实现这一目标的。他所谓的精神分析实际是社会学、心理学和马克思的概念的综合。'"可以说，这一对法农精神分析思想特征的把握是比较到位的，符合其在《黑皮肤，白面具》中的立场和方法论。

及的，法农的独特立场使得他的精神分析具有很强的现实指向性和批判性。因此，需要进一步探究的是，法农精神分析的本质是什么？是什么让法农的精神分析具有如此强烈的批判性意涵？

麦卡洛克（Jock McCulloch）认为，法农作为一个理论家最大的独创性在于将心理学与政治相结合。例如，他试图通过对殖民遭遇中暴力的持续关注，以精神病理学的观点，从个人身份的角度，来探讨民族解放与社会革命问题。"法农的所有著作可分为这样的类别，即个体的科学与社会的科学的汇集。企图跨越个体意识的分析与社会体制分析之间的距离。"① 莱博（Lebeau）在麦卡洛克的基础上提出了"心理政治"（psychopolitics）的概念。② 而德里克·胡克（Derek Hook）认为，莱博的这一概念表达了这样一种认识，即"心理政治这一概念基于麦卡洛克的概念化，形成了话语的一种迂回往复：由政治到心理，同样重要的还有由心理到政治。（或者，正如经常呈现在法农著作中的，种族化权力问题的迂回往复以及它们是如何被以精神分析的方式表述的。）以此为经，我们或许可以思考作为一种批评运动的心理政治的方案，它介于社会政治与心理学之间，其中，一方是批评另一方的手段"。③ 德里克等人强调了法农精神分析中心理学或精神分析因素与殖民语境中的社会政治现实相结合的特点。其结果是，心理学批评一改以往单纯对个体心理做探究的策略，重视吸纳了某些政治话语，从而使其自身有了质的改变。当然，德里克还指明他

---

① Zahar Renate. *Frantz Fanon: Colonialism and Alienation*, trans. Kolonialsmus und Entfremdung, Monthly Review Press,1974, p.14.

② Jock McCulloch ,*Black soul, white Artifact: Fanon's Clinical Psychology and Social Theory*, Cambridge: Cambridge University Press, 2002, pp.206-207.

③ Jan Campbell,Janet Harbord,eds. *Psycho-politics and Cultural Desires*, London: UCL Press,1998, pp.113-123.

称之为法农"心理政治"中的另外一个方面,即政治的话语体系内部也植入了心理学的词汇与概念。德里克以法农的精神分析为例,意在说明心理学与社会政治现实的互涉与相互改写究竟具有一种怎样的潜在力量与可能性:

> 确实,这样一种政治化能够至少采取三种相联系的形式。它指这样一种批评方法,由此,我们可以在政治的话语内植入一些明显的心理学的关注和概念。这也因此强调了人文心理学在某种限定条件下与社会政治以及它的历史力量之间紧密勾连的程度。法农的著作堪为这种趋势的典范,有一个恰当的例子是他驳斥了曼诺尼对被殖民的马达加斯加人主体梦想所做的正统心理学解释。(在一个尤其值得注意的例子中,他评论道:"一个马达加斯加人梦想中的步枪绝不是阴茎,而是名副其实的枪,是勒贝步枪的仿制")同样的是,此种政治化也可以指这样一种批评方式,由此,心理学的概念、解释甚至经验模式都可以用来描述与说明权力的运作。尽管巴巴也许扩展了这一方法,但法农的著作在这方面还是打下了一种基础,其意在于以心理学的词汇详细考察例如殖民权利与对之抵抗的变化等方面。这种批评的希望在于能以心理学的方式来分析政治,人们可以考虑如何从战略上最好地对权力生活进行干预。第三,扩展这种想法,建议人们将某种形式的心理学运用到实际政治工作中去。我们既可以利用心理学的概念与理解,又可以利用心理经验之实际术语,来作为加强对权力进行抵抗的方式。①

回到法农的精神分析,他正是以对心理学与政治之间相互支撑、

---

① Derek Hook, A Critical Psychology of the Postcolonial, *Theory & Psychology*, vol.15, 2005, p.475.

相互阐释的动态关系建构起自己精神分析的基础。在他那里，不仅能看到心理学的内容中已经浸透了强烈的种族主义的政治内涵以及压迫性因素；更为重要的是，在对政治现实进行清醒的剖析之后，法农还能乐观地怀有如下理想：彻底摆脱精神异化的黑人与白人将会创造一个崭新的未来。法农说："当前工作的筑造处于时间性中。一切人的问题要求从时间出发来看待。理想就是现在始终用于构造未来。"①

康孝云

1977年生，2011年毕业于北京师范大学比较文学与世界文学专业，获博士学位。现为西北师范大学文学院副教授、硕士生导师。研究领域为后殖民主义文化理论、西方古代文学研究。在《马克思主义与现实》《郑州大学学报》《国外理论动态》《甘肃社会科学》《云南社会科学》等期刊发表论文十余篇。

---

① 弗朗兹·法农：《黑皮肤，白面具》，万冰译，译林出版社，2005，第7页。

何谓"情动"（affect）？

汪民安

一

斯宾诺莎对身体有特殊的理解。他不单纯是从身体内部来讨论身体，而是将身体放在和其他身体之间的关系中来讨论。这是身体（物体）和身体（物体）之间的关系："一个物体（身体）之动或静必定为另一个物体所决定，而这个物体之动或静，又为另一个物体所决定，而这个物体之动或静也是这样依次被决定，如此类推，以至无穷。"① "人体自身，在许多情形下是为外界物体所激动。"② "人身能在许多情形下移动外界物体，且能在许多情形下支配外界物体。"③ 人甚至能被不同的外界身体（物体）所同时激动。在另一个地方，斯宾诺莎更加感性地说道："我们在许多情形下，为外界的原因所扰攘，我们徘徊动摇，不知我们的前途与命运，有如海洋中的波浪，为相反的风力所动荡。"④

这就是说，人的身体总是被外界的身体（物体）所扰攘，所挑

---

① 斯宾诺莎：《伦理学》，贺麟译，商务印书馆，1998，第 57 页。
② 斯宾诺莎：《伦理学》，贺麟译，商务印书馆，1998，第 61 页。
③ 斯宾诺莎：《伦理学》，贺麟译，商务印书馆，1998，第 61 页。
④ 斯宾诺莎：《伦理学》，贺麟译，商务印书馆，1998，第 149 页。

动，所刺激。人的身体总是同外界的身体（外界的人或者物）发生感触（身体并非一种独立的自主之物，它总是处在一种关系中）。斯宾诺莎就将情感理解为这种"身体的感触"，正是这种身体的感触产生了情感。比如，我碰到了一个人，或者我遇上了一件事，就是一个感触，一个遭遇产生了感触。这就是情感的诞生。情感诞生于身体的感触经验。

这种感触产生了什么样的情感呢？情感的形式多种多样，但斯宾诺莎说，大体上来说主要有两种类型：快乐和悲苦。我碰到了一个人或一个物，我感到快乐；我碰到了另一个人或者物，我感到不快乐，我感到悲愁或痛苦。这就是身体感触引发的情感——大体上来说，不是悲苦，就是快乐。或者说，悲苦和快乐同时兼备，有时候悲苦的比例大，有时候快乐的比例大，有时候二者旗鼓相当。痛苦和快乐这些情绪的变化，"随人的身体的状态的变化而变化，甚至常常是互相反对的，而人却被它们拖拽着时而这里，时而那里，不知道他应该朝着什么方向前进。"

但是，感到快乐的时候，会发生什么呢？或者说，感到痛苦的时候，又会发生什么呢？快乐或痛苦是这样的情感："快乐与痛苦乃是足以增加或减少，助长或妨碍一个人保持他自己的存在的力量或努力的情感。"① 这是快乐或痛苦的力量实践，具体地说，"一切情绪都与欲望，快乐或痛苦相关联……痛苦乃是表示心灵的活动力量之被减少或被限制的情绪，所以只要心灵感受痛苦，则它的思想的力量，这就是说，它的活动的力量便被减少或受到限制"。② 相反，只要心灵感到快乐，则它的活动力量，行动的力量，存在的力量就增加。"我把

---

① 斯宾诺莎：《伦理学》，贺麟译，商务印书馆，1998，第147页。
② 斯宾诺莎：《伦理学》，贺麟译，商务印书馆，1998，第149页。

情感理解为身体的感触,这些感触使身体活动的力量增进或减退,顺畅或阻碍,而这些情感或感触的观念同时亦随之增进或减退,顺畅或阻碍。"① 这是斯宾诺莎和德勒兹所反复宣称的,情感和身体的力量密切相关。快乐的时候,身体之力增加;痛苦的时候,身体力量受限制,就受到贬损。这种力量的增加也可以说是一种主动,主动的心灵是没有痛苦的,只有快乐。在主动之中,在施与之中,在对他物(身体)的施与力量中,能感受快乐。快乐、主动、施与和活动力量的增加是一体的。反过来,被施与和受影响,悲苦,被动和活动力量的减弱是一体的。一旦处于受影响的状态,身体就会无能为力,毫无肯定性,"代表着我们的奴役状态,易言之,这是我们行动力量的最低级状态"。② 一个明显的例子是,足球场上的运动员,当攻破对方球门的时候,他们是主动的,他们感到快乐,同时,他们会跳跃,他们像火球一样跳跃起来——他们的活动力、他们的存在力就增加。他们的主动性,活动力和欢乐就会同时爆炸。而被攻进球门的一方呢?他们充满被动,脸色愁苦,垂头丧气,步履蹒跚,运动的能力和存在的活力一扫而空。每一场足球比赛的结局都是这样一个生动的场面。这是情动的两种形状不同的力,强力和无能为力,主动力和被动力,欢乐之力和悲苦之力。实际上,德勒兹早就在尼采那里发现了这两种力。对尼采来说,权力意志就是力和力的斗争关系,就是主动力和被动力的永恒斗争关系。

---

① 斯宾诺莎:《伦理学》,贺麟译,商务印书馆,1998,第98页。
② 德勒兹:《斯宾诺莎与表现问题》,龚重林译,商务印书馆,2013,第224页。

二

快乐和愁苦这两种情感,本身并非是静态的。它们都是一个过程。用斯宾诺莎的说法是,快乐是一个人从较小的圆满到较大的圆满的过程,痛苦是一个人从较大的圆满到较小的圆满的过程。痛苦和快乐都是一个运动过程,它们本身充满着变化,痛苦的过程是力的缩减的过程,快乐的过程是力的增加的过程。不仅如此,快乐和痛苦之间还存在着一个等级落差。快乐会向痛苦转化,痛苦也会向快乐转化,正是这个落差导致了流变,也一定会产生流变。没有一个球队永远只是攻入对方大门,它也会被对方攻入大门。它们总是会被来回攻入。因此,情感,存在的活力也会来回变化。就此,没有一种情感是固定的,这就是情感的变化。一个人的情感总是根据不同的际遇而发生不同的变化,他总是在悲苦和快乐之间发生变化——德勒兹就是把这种情感的流变称之为 affect:我这节课上的老师是我暗恋的对象,我上他的课我感到快乐,我充满力量,但是下一节课是我讨厌的老师,是故意刁难学生的老师,我在他的课上充满悲愁,我无精打采。我在这两节课之间因为同不同老师发生遭遇而产生情感变化和身体之力的变化。——我们反复说过了,情感的变化,同时意味着存在之力或活动之力的变化。这种变化就是德勒兹理解的 affect(我们姑且将它翻译为"情动"),"情动:存在之力(force)或行动之能力(puissance)的连续流变"。① 情感因为际遇,因为同各种各样的对象发生感触而变化。这种情感的变化或者运动,既可以是痛苦的持续强化,也可以是快乐的持续强化;既可以是从痛苦到快乐的运动变化,也可以是从

---

① 吉尔·德勒兹:《德勒兹在万塞讷的斯宾诺莎课程(1978—1981)记录》,姜宇辉译,载汪民安、郭晓彦主编《德勒兹与情动》,《生产》第 11 辑,江苏人民出版社,2016,第 6 页。

快乐到痛苦的运动变化。总之，从快乐到痛苦到快乐再到痛苦，情感一直处在不停地变化中。快乐和痛苦这两种相反的情绪甚至常常混淆、交融在一起，它们有各种各样的组合关系，有无限多的组合关系。痛苦或快乐有时候存在于同一种际遇之中——巴塔耶生动地分析过这种矛盾情感：相互抵触的情感——比如吸引和厌恶，狂喜和痛苦——同时存在于一种经验中。而斯宾诺莎给的例子是：痒。痒就是痛苦和快乐交织在一起的经验。

这个 affect（情感，情动）既是心灵的（悲愁或者快乐，也即思想之力），毫无疑问也是身体的（活动之力）。或者说，它将身体和心灵融合在一起了（痛苦和身体之力的衰减是同时发生的，快乐和身体之力的强化也是同时发生的）。斯宾诺莎说："心灵的命令不是别的，而是欲望本身，而欲望亦随身体情况之不同而不同。因为每一个人所做的事，都是基于他的情感。……这一切都足以明白指出，心灵的命令，欲望和身体的决定，在性质上，是同时发生的，或者也可以说是同一的东西。"[1]欲望、心灵的命令和身体的决定，三者是同一的。这就是情动（感）行为。情动（感）行为将身心统一在一起。斯宾诺莎认为欲望是人的本质本身。何谓人的本质？本质"被认作为人的任何一个情感所决定而发出某种行为"[2]，人的本质就是一种情感决定的行为，这也就是欲望。欲望意味着情感驱使去做，欲望就是情感行为。"所以欲望一字，我认为是指人的一切努力、本能、冲动、意愿等情绪，这些情绪随人身体的状态的变化而变化，甚至常常是互相反对的，而人却被它们拖曳着时而这里，时而那里，不知道他应该朝

---

[1] 斯宾诺莎：《伦理学》，贺麟译，商务印书馆，1998，第103页。
[2] 斯宾诺莎：《伦理学》，贺麟译，商务印书馆，1998，第151页。

着什么方向前进。"①欲望是人的本质，这就是说，affect（情动）乃是人的本质。如果说，"欲望的意义可以把人性中一切努力，即我们称为冲动、意志、欲望或本能等总括在一起"的话，那么，"欲望就是人的本质"，因为，情感所驱动的行为，就是欲望，就是人的本质。

这样，我们可以从affect（情动，或者情感行为和情感变化）的角度来界定一个人。一个人的存在方式，就是他的情感变化，我们可以从情感，情感运动，情感变化的方式来确定一个人的存在。我们甚至可以说，人是一个情感存在，一个始终在发生变化的情感存在。人的存在就是情感活动，affect是人的生存样式（存在之力）。而这个情感既是身体性的（活动之力），也是心灵的（思想之力）。欲望和情感行为是人的本质，这意味着，人不应该被还原为一种对象和观念，就是说，人不应该被确定和还原为一个存在者，就如同海德格尔所说的，人应该从存在而非存在者的角度去断定，人应该从他的冲动欲望，从他的情感活动去判定。而不是像柏拉图主义那样将它纳入到更高一级更抽象的概念系统中，它不是一个被表象之物或者被派生之物。在此，斯宾诺莎和德勒兹要讨论的，不是人（身体）是什么？而是人（身体）做什么？能做什么？我们应该从人的动作和谓语，应该从人的存在方式的角度来断定人。

三

17世纪的斯宾诺莎讲这些意味着什么呢？这是对他的同代人笛卡尔的批评。笛卡尔认为心灵和身体可以分开，心灵可以管制身体，心灵是决定性之物。对笛卡尔来说，人是一个心灵的存在。人"只是

---

① 斯宾诺莎：《伦理学》，贺麟译，商务印书馆，1998，第151页。

一个在思维的东西，也就是说，一个精神，一个理智，或者一个理性"。①但是，对斯宾诺莎来说，情感则将身体、心灵合二为一，情感之中包含身体，情感是身体的感触。因此，一个生命，一个主体，不再是一个笛卡尔式的心灵主体（"我思故我在"），而是一个情感主体，一个将身心融合在一起的主体。这是对笛卡尔身心二分的批评。此外，我们只能从情感的角度（而不是心灵的角度）来看待一个主体，一个生命，或者说，只能从情感（或欲望）来给人下定义，来确定人的本质。人的本质是欲望，是情感行为和经验，是行动，是生存——而不是笛卡尔那种安静的"我思"。这样，斯宾诺莎除了破除笛卡尔的二分法之外，他还破除了笛卡尔有关人的存在者的定义（我思），人的本质只能从它的行为和作为中去界定，而不是"我思"这样的静态的存在者的角度去下定义。在此，情动（affect）取代了"我思"。简单地说，我们要从人的行动来界定人，而不是从人的特性来界定人，或者说，对于斯宾诺莎或德勒兹而言，人的特性（本质）就是它的行动。因此，"身体的结构（组成方式）是什么"这样的问题，实际上就等同于"一个身体能够做什么？"这样的问题。"一个身体的结构就是在其之中诸多关系的组合。一个身体能做什么符应于这个身体可被影响的能力之界限与本性。"②身体，只能在诸身体的关系中，只能在同其他诸身体的相互影响中，只能在它对其他身体的行动中，去寻找它的组织和结构。身体，不应该囚禁在身体内部。

　　人的本质就是它的所作所为，也就是欲望的冲动，是动态的情感活动。斯宾诺莎的这一论断，在尼采那里，就变成了生命就是权力意志；权力意志就意味着权力总是和权力处在斗争和对抗之中，权力总

---

① 笛卡尔：《第一哲学沉思集》，庞景仁译，商务印书馆，1998，第26页。
② 德勒兹：《斯宾诺莎与表现问题》，龚重林译，商务印书馆，2013，第216页。

是关系中的权力，权力总是有它的反动力，权力总是力图战胜其他的权力。而在德勒兹那里，就变成了生命就是"欲望机器"，欲望机器的特征就是欲望之间永恒的连接，永恒的生产，永恒的创造和永恒的流动，欲望通过流动而同其他的欲望发生关联——这不就是斯宾诺莎的情感运动（affect）的特征吗？它们都永恒流变，毫无中断；这也是尼采权力意志的特征：力和能量永恒轮回，此消彼长。就此，情动（斯宾诺莎），权力意志（尼采），欲望机器（德勒兹），有一种令人吃惊的亲密谱系：它们都是对生命的描述，并由此界定了存在的特征，界定了人的本质。它们的共同特征在于：身体和心灵并未彼此分离。斯宾诺莎明确地说，心灵不是对身体的管控，身体也不是对心灵的管控，它们谁也控制不了谁。① 这与其意味着它们的相互分离，毋宁说意味着它们的相互同一。身心的活动是同一的，它们统一在力的概念中。最后，生命就是力的无穷无尽的变化。这种力（存在之力或活动之力）在斯宾诺莎那里是跟情感结合在一起，在尼采那里，是跟意志结合在一起，在德勒兹那里，是跟欲望结合在一起。也可以说，情感、意志、欲望都是力，或者说，它们都是力的内容，是力的具体化形式。这一由斯宾诺莎开拓的彻底的唯物主义和经验论是对意识哲学和理性主义的强大偏离。

　　这是斯宾诺莎-尼采-德勒兹对人的定义。这也是对笛卡尔（我思故我在）、康德和现象学的回应。如果说，斯宾诺莎的哲学是为了对抗他的同代人笛卡尔的话，我们可以将德勒兹和他同时代的结构主义对立起来。德勒兹的这个时代，正是列维·斯特劳斯和阿尔都塞的结构主义时代。对列维·斯特劳斯这样的结构主义者来说，主体当然和意识、心灵无关——这是他对笛卡尔传统的摆脱，但是，主体也

---

① 斯宾诺莎：《伦理学》，贺麟译，商务印书馆，1998，第99页。

与力无关，主体没有力，没有意志，没有情感，没有欲望，主体被结构吞噬了，是无所不在的结构在决定和操纵主体，主体是深陷结构牢笼中的主体，是野蛮而超验的结构的一个效应——这和德勒兹沸腾的欲望主体，和那个永恒变易四处串联充满勃勃生机的欲望机器是多么的南辕北辙！对阿尔都塞来说，主体是意识形态国家机器的产物，是意识形态国家机器（学校，媒体，各种意识形态的宣讲和神话）塑造出来的。在阿尔都塞这里，主体虽然不是结构主义的效应，但是，主体是意识形态的效应——阿尔都塞仍旧置身于笛卡尔的传统，他相信主体是一个意识的存在，控制了意识就控制了主体。同样，我们也可以说，德勒兹这是对福柯的回应，或者说，是对福柯的补充和呼应。如果说，阿尔都塞相信控制了意识就控制了主体的话，福柯则更多地相信，控制了身体就控制了主体。我们可以以学校为例来简要地指出福柯和阿尔都塞的差异。阿尔都塞认为学校的教育知识，教育课本，可以对学生进行控制，这就是意识形态的操纵，这是对学生的大脑统治，统治了这些意识和大脑，就能统治学生的主体性，或者说，就能打造出学生的主体性。而福柯则认为，学校的体制，学校的管理方式，学校的纪律，也即是学校对学生身体的各种各样的规训——而不仅是学校课堂上的知识灌输——可以控制学生。通过纪律控制学生的身体，就可以造就学生的主体性。在此，主体被认为是身体的存在。如果说，阿尔都塞倾向于认为是意识决定身体的话，福柯则倾向于认为身体决定意识。如果说，阿尔都塞相信人仍旧是一个意识存在的话，福柯更多地相信，人是一个身体存在。在阿尔都塞那里，是意识形态召唤出一个主体，在福柯那里，是权力塑造一个主体。但无论是阿尔都塞，还是（早期的）福柯，都承认，人是一个被动之物，它要么是被意识形态塑造，要么是被权力塑造。

我们已经看到了，斯宾诺莎和德勒兹不是在意识和身体之间做出非此即彼的抉择，而是将意识（心灵）和身体融为一体，融入到情感之中。情感行动（欲望）同时囊括了意识和身体。人既不是一个心灵（意识）存在，也不是一个身体存在，而是一个情感存在。更重要的是，人不是一个被动的效应，不是一个被塑造出来的寂静之物，而是一个情感的流变过程，是一个永恒的流变过程——这进一步地同形形色色的结构主义者、福柯和阿尔都塞区别开来。后三者都强调主体的静态性和被动性。而德勒兹强调的是情感的流变，强调的是人和人（物），身体和身体（物体）之间的平行感触。正是这种身体之间的感触和际遇，才形成了一个身体的状态。如果说，福柯的权力/身体和阿尔都塞的意识形态/主体都是在一种不对称的构架中发生关系，是支配和抵抗，是统治和被统治的关系的话，斯宾诺莎和德勒兹则强调一个内在性关系，一个贯通性的平面关系。身体和身体（物体）之间没有等级，没有操纵，没有统治，相反，它们是相互的感触，是一种内在性的没有缝隙的接壤，是接壤的刺激和招惹，是关联性的一波一波的煽动，是触碰之后的回音和共鸣。主体（身体）的情态（affection）来自这种相互之间的触碰和感染。这种情感关系并不寄托在权力的对抗技术和意识形态的询唤技术中，它仅仅是身体和身体触碰后的厌恶和吸引，是夹带痛苦的憎恨和充满魅力的吸引。我们再举一个家庭教育的例子。如果父母总是跟孩子灌输各种各样的"意义"，从而让孩子理解和接受这些意义，并且根据这些意义来自觉行事的话，这就是阿尔都塞的意识形态的再生产方式；如果父母制定规则，违反这些规则就给予严厉的惩罚，通过体罚的方式来管教孩子从而让他们不得不驯服的话，这就是福柯的规训方式；如果父母通过自己的情感触动，也即是所谓言传身教来打动孩子和影响孩子的话，这就是德勒兹的情动方式。人们在金庸小说里面的丐帮中，在《三国演义》中刘关张的桃园结义中尤其是三顾茅庐的故事中，在水泊梁山的草寇兄弟中，在各种类型的非法黑帮江湖中（我们有大量的香港黑帮片为证），都可以看到是情动（情感）在构造主体，主体正是在人和人之间的情感感染中形成的。是情动（情感）在发挥主导作用，是情动（情感）构造了主体性，是情动（情感）最初串联起了一个共同体。这个共同体构成了一个内在性平面，一个非等级性的平滑空间。这个空间无关意识形态，无关权力，甚至无关利益。或者说，意识形态，权力和利益是奠定在这种情动（感）根基之上的。这个共同体的组织者是个充满魅力之人，他的组织技术是以情动人，他有强烈的感染力（无论是刘备还是宋江都是感染性的超凡魅力之人）。事实上，许多大选中的政治家并非依靠理念获胜的，而是依靠他的情动（情感）魅力获胜。这是一个情感共同体。反过来，我们也会看到相互排斥的身体，每个人都会遭遇到敌人的身体，令他莫名地厌恶的身体，令他想与之战斗的身体。很多情况下，我们不是因为意识形态的对立，不是因为利益的对立而反对敌人，而是因为身体的对立而反对敌人。或许因为身体的对抗和情感的排斥而产生了战斗。

四

如果我们都是对外的随时敞开的情感主体的话，那么，我们可以说，我们都是情感自动机（auto-affection），"作为情感自动机，在我们之中始终存在着接续的观念，伴随着此种接续，我们的行动能力或存在之力也在一条连续线上以一种连续的方式得以增强或减弱。这就是我们所谓的 affectus，这就是我们所谓的生存（exister）"。[1] 这种接续的连续线正是生成（becoming）之线。生成意味着绵延，没有任何

---

[1] 汪民安、郭晓彦主编：《德勒兹与情动》，《生产》第 11 辑，第 8 页。

中断的绵延。情感在生成/流变，行动力和存在力也在生成流变，我们也可以说，生成不再是抽象的宇宙大法，它获得了具体的内容。什么在生成/流变？是情感在生成/流变，是存在之力在生成/流变，是欲望在生成/流变。这到底还是回到了生命本身。这个主体/生命的存在是情感，而情感则在流变，是永恒的生成流变，是一条连续线上的生成流变。情感和力和欲望就在这种柏格森式的绵延不绝的线索中流变。情感既在时间中流变，也取代了在柏格森那里的时间的主角位置。这种流变和生成，使得情感永不确定，它将过去，现在和未来聚集于一身，它们同时是过去，现在和未来，它们处在从潜能向现实的永恒转化中，它们在过去、现在和未来之间保有一种持续的撞击。也就是说，情感的流变中既有着趋势，也充满着强度。"斯宾诺莎关于情感的问题，提供了将运动，趋势和强度这些概念交织在一起的方式：在什么意义上，身体和它自身的变化一致，在什么意义上它的变化与它的潜在可能一致。"①

因此，情感的生成/流变，并非一种空洞的生成。它们有一种内在的张力和强度。尽管不存在着时间的终点，但是，它存在着强度的限度。快乐能够无限地增加吗？活动之力生存之力能够无限地强化吗？反过来，悲苦能够无限地强化吗？有没有一种无限度的悲苦？或者无限度的快乐？ 这是德勒兹跟随斯宾诺莎提出来的问题。情感总是一种感染和被感染，承受和被承受的过程。但是，一个人有自己的情感的承受限度，跨越了这个限度，就是失败、终结或者死亡。所以，一个人务必认识自己的情感极限，也就是说，最大的情感强度。只有这样方可称得上明智。根据斯宾诺莎，我们是从情感活动来界定人的本质，但是，情感活动有它的强度，有它的承受能力，因此，德

---

① 马苏米：《虚拟的寓言》，严蓓雯译，河南大学出版社，2012，第20页。

勒兹更进一步地补充说:"每个事物,无论物体还是灵魂,都是由某种承受情感的力量所界定。"①情感不仅在活动在流变,它还有其强度和极限,它有影响和承受的极限。我们要明确这点,这至关重要:嗑药会令人产生巨大的快乐,高强度的快乐,但是,无限量的嗑药就是情感强度极限的突破,它会令人气绝身亡,存在之力超出自己的极限就会崩溃。一顿美食,令人胃口打开,但是,如果狼吞虎咽,放纵自己的嘴巴,就会让胃爆炸。同样,不幸的遭遇,比如我们碰上了SARS病毒,我们的身体之力就会衰减,存在之力和活动之力就会急剧下坠,直至衰竭。我们接二连三地遭遇不幸,就会被悲愁所感染,被痛苦所吞噬,深陷忧郁,直至从高楼坠毁——我们可以想象德勒兹晚年所遭遇的痛苦,他的身体痛苦,肺的痛苦,难于呼吸的痛苦超过了他情感耐受的极限,以至于他从楼上坠落。痛苦和悲愁最终毁灭了一切,不仅是身体,而且是当代最伟大和最奇诡的哲学——德勒兹的经验和他的哲学有一种悲剧性的吻合。因此,重要的是我们必须明确我们情感强度的极限何在。我们不能越过这个极限——无论是快乐的极限还是痛苦的极限。

但是,人在什么情况下会悲苦,在什么情况下会快乐呢?"不难理解,那个物体/身体之所以能令你产生悲苦的情动,唯一前提是它对你的作用处于一种关系之中,而后者与你自身的关系不合。"②相反,一种快乐的情动,即是施与你身体情动的身体/物体与你相吻合相适应。这样,我们可以看到独裁者和神父是如何发挥他们的作用的,他们站在绝对高位,影响你,打动你,甚至是抚慰你,但你完全没有和他们相和相协调的机会。他们站那么高,就是试图让你垂头丧

---

① 汪民安、郭晓彦主编:《德勒兹与情动》,《生产》第11辑,第13页。
② 汪民安、郭晓彦主编:《德勒兹与情动》,《生产》第11辑,第17页。

气、低沉、下坠，从而失去生命活力和存在之力，让你彻底失去主动性。让你处在一种被奴役的状态。这就是"地狱般的同伴，暴君和神父，生活的可怕的'判官'"之所为。"他们创立了对悲伤，对束缚或无能，对死亡的崇拜。他们不停地抛出悲伤符号，并将其强加给别人，他们将这些符号视为理想和欢乐，呈给那些被他们折磨得病入膏肓的灵魂。"①但是，我们已经反复地说过了，快乐和悲愁这两种对立的情感往往交织在一起。我们同时承受不同的身体（物体）的影响，因此，我们常常会同时感到快乐和悲愁。我们在一个瞬间同某一个身体（物体）相适应，同另一个身体（物体）不适应。或者，这样的情况也不少见：一个身体（物体）作用于我们，但是它会给我们同时带来快乐和忧愁，它在某方面和我们的身体相合，在另方面和我们的身体不相合。

因此，重要的事情就是我们该如何去做？也就是说，身体该如何做？身体应该同身体做斗争，"在这斗争之中，符号与符号相互对抗，情感与情感相互碰撞，好让一点点欢乐能得到保存，而这欢乐让我们走出阴影，改换类型。符号语言的喊叫声铭刻下了这一激情的斗争，欢乐和悲伤的斗争，力量的强化和弱化的斗争"。②应该让积极的情动同消极的情动做斗争，让快乐战胜悲愁，让喜悦的光明驱散痛苦的阴影。让我们坚持一种快乐的唯物主义伦理学。这是从斯宾诺莎到尼采到德勒兹的伦理学要求。何谓伦理学？伦理和道德的区别在于，道德是法则，是教义，是规范，它逼问我们应不应该去做，它拷问我们

---

① 德勒兹：《批评与临床》，刘云虹、曹丹红译，南京大学出版社，2012，第319页。
② 德勒兹：《批评与临床》，刘云虹、曹丹红译，南京大学出版社，2012，第319页。

这样做合乎道德吗？而伦理则是技术，是行为，是实践，它不是逼问我们该不该做？而是逼问我们如何去做？怎样行动？斯宾诺莎，尼采，德勒兹告诉我们如何去做？去驱赶悲苦，保持快乐，强化力量，放声大笑，让爽朗大笑压倒那些令人心碎的啜泣。

或许，这就是德勒兹对海德格尔的隐秘回应。尽管他们都关注生存和存在（而非存在者），尽管都关注情感，尽管都将情感作为人的存在方式，但是，海德格尔难道不是一个悲苦哲学家吗？他不是对畏，烦，焦虑更着迷吗？在他那里，死亡一直盘踞在人们的心头成为下坠的重负。但是，对德勒兹（以及尼采）来说，"唯一重要的，就是生活的方式。唯一重要的，就是对生命的沉思，而哲学只能是一种对生命的沉思，而远非一种对于死亡的沉思。它的操作旨在令死亡最终仅影响到我身上相对最微小的成分，也即仅将其作为一种有害的际遇来体验。众所周知，当一个身体疲惫之时，陷入有害际遇的可能性就增加了。只要我还年轻，死亡对于我就确实是身外之物，确实是一个外源的偶发事件，除非是那些内发的疾病的情形"。[1]而对海德格尔来说，死亡对我们的纠缠无穷无尽，那里没有快乐只有悲苦。对德勒兹来说，我们需要快乐而无需悲愁。阿甘本在德勒兹离世之际所写的极其简短的纪念文章中，敏锐地指出了这两位 20 世纪最伟大的哲学家的区别："两人用一种极端的勇气思考了生存，以及作为此在的人，此在只是其存在的方式罢了。但海德格尔的根本调音属于一种紧张的、几乎金属一般的苦恼，在那里，一切的本己性和每一个瞬间缔结起来，成为了有待完成的使命。相反，没有什么比一种感受更好地表达了德勒兹的根本调音，德勒兹喜欢用一个英文词来称呼这一感

---

[1] 汪民安、郭晓彦主编：《德勒兹与情动》，《生产》第 11 辑，第 20 页。

受：自我享受（self-enjoyment）。"①

汪民安

1969年生，2002年毕业于北京师范大学文学院文艺学专业，获博士学位。现为清华大学中文系教授。主要研究领域为西方文论和文化研究，主要著作有《福柯的界线》（2008）等。

---

① 阿甘本：《除了人和狗》，白轻译，原文载法国《解放报》1995年11月7日。中译文见 https://www.douban.com/url/2525007/。

18世纪英国的情感、美学与印刷文化
—— 埃德蒙·伯克关于感官经济的美学理论

姜文涛

苏格兰启蒙运动重要人物亨利·霍姆认为，文学的表现可以产生与真实经历相同的效果，方法是通过创造"想象的在场"，即读者通过阅读产生自己在现场的想象。当然，这种阅读中的美学想象并不容易，因为思绪或观念的视觉化是困难的。在霍姆看来，"想象的在场"是通过观看达到的，这"一方面与真正的在场不同，另一方面与反思型的记忆也不同"，其中涉及"设身处地"或者"同情"（sympathy）的作用，若没有设身处地的同情，人们不可能完全互相理解，社会的连接更不可能得到保障。

埃德蒙·伯克的《论崇高与美丽概念起源的哲学探究》（A Philosophical Enquiry into the Origin of Our Ideas of the Sublime and Beautiful，以下简称《哲学探究》）中关于"同情"的美学有助于探讨这一问题。审视伯克如何将口语性、文学能力和视觉化作为语言交流中的美学问题来讨论，可以将语言在传递情感中的功用历史语境化：一方面将它置于早期近代修辞学的传统中，另一方面也看到近代美学与18世纪中期逐渐深入日常生活的近代印刷媒体之间的关系。

一、同情、描写以及声音经济

"同情"是一种身体情绪和感觉的技巧,是 18 世纪美学中很重要的一个主题,涉及身体感官层面上的介入。这在埃德蒙·伯克关于"崇高"与"美丽"的美学理论中有所体现,其"崇高"与"美丽"的理论于 1747 年至 1756 年之间逐渐成形,这是一个各种价值和观念不断发生变化的历史时期。伯克的《哲学探究》发表于 1757 年 4 月,这正是近代印刷文化发生大规模扩展并逐渐进入日常生活的时期。在这本书中有一句很著名的话:"不可描写的,我们交给同情。"伯克认为,在人们用语言进行情感交流的过程中,跟身体有关联的"同情"和与身体无关联的、付诸于字词的"描写"互相补充,"同情"在人类感官系统中占据较高位置,因为当基于视觉的"描写"不能达成情感交流的时候,"同情"能帮助我们实现。情感不是通过视觉呈现或字词表现就能到达的。在伯克看来,语言的功用就是交流并说服别人,这样的功用产生在当时当地的层面上。"字词"在听者的头脑中产生三重效果:"第一重是声音;第二重是图像,或者声音所意味事物的表现;第三重是由以上两种之一或同时产生灵魂的触动(affective)或情感(affection)"[①]。情感或触动层面的交流主要通过听觉和视觉完成,字词在听觉上产生的效果具有最重要的意义,视觉的效果次之。在他看来,图像的意义和交流是由声音的表现和传达完成的。也就是说,伯克将首要的意义置于字词的听觉和口语层面上,这表明他还处于手稿文化的知识型内。文化媒介的两种手段,即听觉和视觉,涉及人类意识不同的技术以及人类感官知觉不同的组织方式,

---

① Burke, *A Philosophical Enquiry into the origin of our Ideas of the Sublime and beautiful*, London: Routledge, 2008, pp.160, 166.

手稿和教会主日学习（the pulpit）都属于听觉的知识型，这在西方近代以前的日常生活中主要体现为教会中讲道坛及其周边的空间。在某种意义上，伯克的美学理论与近代之前教会的"晨祷"和讲道坛有些共同之处，而这种强调当时当地信息的日常生活中的媒体，会迅速为19世纪早期的报纸等近代媒体所替代。

对伯克来说，同情作为人类"情感"之一是通过身体的美学运作习得的，这种运作反映在字词的描写上，然而字词的美学运作未必一定会滋育出同情。他对语言通过描写而实现情感交流的能力持怀疑态度，这也许是他后来成为政治保守派的原因之一。伯克写道："那样非常雕琢的语言，也因为超出一般的简明和清晰，而通常不够有力。"语言上的描写越具体，细节越多，就越不利于交流情感。在伯克看来，附着于字词之上的图像成分可能会淡化褪去，但是其最初情感则会遗留下来，成为字词生态的一部分，并且与"声音经济"密切相关："这些字词在现实中只是声音，然而这些会被用在某种具体情形里。在这些情形中，我们要么是收受了一些善，要么因为恶而受苦，或者是看见其他人因善或恶而摆动。有时候，这些声音也被用于上述具体情形之外的事物，这些事例是如此不同，以至于一听到某种声音，我们依着习惯就可以轻易地知道发生了怎样的事情，并在头脑中产生不同的效果，这些效果正是在类似的情形中应当产生的。运用字词的声音时，常常并不特意提到某个具体情形，但却仍然带有它们最初的印象。尽管声音最终会完全失去与引发它们的具体情形之间的联系，但即便没有任何附加的观念，声音依然能像在最初的情形中一样发挥功效。"声音在这里是一种媒介，一种口语和听觉的器置，它在去语境化的过程之中，似乎依旧保持交流的功用。这像是后现代文化中四处漂浮的能指符号。在伯克这里，字词的声音可以离开起初的疆界，却仍然具备有效运作的机制，更为重要的是，声音是某种修辞性劝说的工具:"现在,正如这里存在声音运作的口吻,一种充满激动的神情,一个焦虑不安的手势,它们脱离原本支配的事物自由行事,由此存在字词和字词的某些器置,它们……触摸我们,感动我们,胜于那些远远更清楚、更逼真地表达主题的工具。"① 这种字词表达的"声音运作的口吻""充满激动的神情"以及"焦虑不安的手势"等都是跟身体密切关联的行为,又处于当时当地,因此伯克美学理论中"字词的声音",远比后现代文化中去疆界化的能指更社会化,也更多地指涉具体情形。在伯克的理论中,引起崇高之情的事物在力量上体现为猛烈,在气质上表现为宏伟,在媒介上则是超感官的。他花了不少篇幅说明视网膜的疲倦如何产生视觉上的崇高。在他关于崇高的美学理论中,"声音经济"得到强调。这也许可以用来说明西方18世纪语言的非媒体性和身体性。

福柯这样定义语言与其古典意义在知识论上的断裂:"古典时期语言的表达功能只体现语言第一次被使用时的情形,这也是为了解释一种声音如何能代表一件事物;19世纪的语言,不论如何发展,甚至在极其复杂的语言形式中,都会拥有一项不可化约的表达价值,因为此时语言表达的重点,不是事物的模仿和复制,而是表现和传递了那些言语者的基本意志。"这里存在着一项语言功用的历史性转换,即从展示和公开起初发生时的情形——即福柯所说的"与[作为一种深入的知识的]'感悟'(divinatio)之间的旧有的亲缘"转换到表达和交流功能②。我们也许可以把这个历史转换放到印刷文化兴起的大历史背景之中进行考察。书写的大量出现、流传及其对日常生活的

---

① Burke, *A Philosophical Enquiry into the origin of our Ideas of the Sublime and beautiful*, London: Routledge, 2008, pp.125, 165, 175.

② Michel Foucault, *The Order of Things: An Archaeology of the Human Sciences*. A translation of *Les Mots et les choses*, New York: Vintage Books, 1970, pp.290, 59.

影响，产生了符号的大规模扩散，从而创造出一种针对新型观众、读者和作者的美学经验。阅读和写作生产的语词符号渗透日常生活，带来了福柯意义上"知识型"的变化，这不仅影响到客观知识组织和使用的方式，还影响到情感方面的知识与身体之间的关系。从这个方面看，也许可以说，"印刷转向"与近代意义上的"情感转向"有着密切关联。近代意义上印刷文化的兴起、近代文学的形成与中产阶级的兴起是同步的，这个过程中产生了公共与私人领域的区分，这已经是批评理论界的常识。需要强调的是，在这个过程中，情感的形式及其交流也发生了许多变化，个体的感知和意识方式与早期近代不再相同。也就是说，印刷文化兴起的影响，促生了日常写作和阅读活动的变化，而后者又与近代意义上个人的形式有着直接的关系。我们可以从这个意义上考察伯克的美学理论，讨论感官层面与情感转向之间的关系，即个人通过何种手段感受，感受到了什么，以及如何传达这些感受。

  伯克关于语言美学的讨论中，语词通过强烈的情感感染力涉及身体意识，这种情感感染力直接嵌入身体之内，而不是通过智力表现或者视觉化。对他而言，表示情感的英文词汇，如"passion""emotion"和"affection"，是一组语义宽容、可以互换的词，它们更多表示口头演说的效果，而非可以流传远处、通过语言的呈现。伯克声称，由语词表现对于情感的影响"似乎应该是轻微的；然而情况正好相反：因为我们根据经验发现，雄辩术和诗歌在产生深刻活泼的印象方面，与其他艺术一样或者远远甚于其他艺术，甚至在许多情况下甚于自然本身"[①]。这段话的重点在于，雄辩术和诗歌中的声音部分，因为此时此地的"我们"亲身经历，所以更能传播和流转。由此也能看出

---

① Burke, *A Philosophical Enquiry into the origin of our Ideas of the Sublime and beautiful*, London: Routledge, 2008, p.173.

伯克对于古典修辞力量的着迷。他关于情感在达成崇高美效果中作用的理论，可以放到他同时代的一些评论家和理论家的传统里面去考察。如约翰·沃德（John Ward）在发表于1759年的《演讲术的系统》中写道：修辞"不仅仅指向那些确切的、说服性的论证，而且也以它们由性情、教育、谈话以及生命中其他环境得来的偏见，来考虑人类不同的情感和利益，并且教导人们从这些环境中引发理智，正如修辞本身在劝说方面具有最强大的力量"①。休·布莱尔（Hugh Blair，1718—1800）认为语言"通过某些声音来表达我们的观念，这些声音是作为观念的符号来使用的"，经由演讲者表达的情感和热情来实现交流。伯克强调情感的修辞性功能甚于逻辑，这与古典传统中修辞的定义和功能正相符合。他的美学处理的是"经由感官、对心理机械性产生作用的身体"，而不是"我们理性倦怠的、不确定的运作"。他考察"没有任何理性视野地并置在一起的"字词产生的情感效果，比如：明智的（wise）、英勇的（valiant）、慷慨的（generous）、好的（good）以及伟大的（great）。这样的字词，在脱离当时当地的情形之后，不再具有"温暖的、感染人的音调"时，就属于"组合的抽象字词"②。

二、修辞、英国历史传统和法国大革命

在古典时期的修辞中，演说占据最主要的位置，演说也是修辞学中首要的和最持久的实践。评论家约翰·吉罗伊指出，"虽然修辞学

---

① Wilbur Samuel Howell, *Eighteenth-Century British Logic and Rhetoric*, Princeton: Princeton UP, 1971, p.74.

② Burke, *A Philosophical Enquiry into the origin of our Ideas of the Sublime and beautiful*, London: Routledge, 2008, pp. 112, 107, 166, 164.

在早期已经将写作包含进了它的实践之中,但言说的概念在修辞艺术的定义中一直保持了优势,一直到19世纪末在学校课程的改革中书面修辞的终结"①。然而,伯克对于情感和情绪的强调使得他的理论与当时修辞学和文学手册中给出的指南并不一样。比如,对他来讲,清晰(clarity)的观念是一项文体的标准,对于言说和写作同样适用,因为语言在表意方面应该总是透明的,这种字词只是思想的媒介的观点是洛克式的。在哲学家洛克的语言观念中,语言对于思想观念的交流来说是透明的、中立的。苏格兰启蒙哲学家乔治·坎贝尔在发表于1776年的《修辞的哲学》一书中写道:"明晰起初准确地讲意味着透明,正如用来形容空气、玻璃、水,或者其他媒介,通过这些媒介物被观察到的那样。从这个最初的、确实的意思出发,这个观念被比喻性地运用在语言上面。语言与前述那些媒介类似,通过语言我们可以察觉演说者的观念和情绪。"吉罗伊认为,坎贝尔的这种观点是为了"建立一种后洛克时代的文体标准"②。哲学家弗朗西斯·培根在《新工具论》中提到印刷文化中呈现的客观性、清晰与民主的精神动力学之间的关系,他写道:"肯定地讲,在印刷的工艺中,没有什么不是显而易见的东西了。这有效地促成了学问的产生。"③确实,印刷通过对于纸张形式和句子规范化的要求,提升了一种有关抽象的文化。培根之后的作者们想要发展出一种与这种规范化有关系的语言,从而使得字词仅仅是事物本身的标识,这形成了一种自培根至洛克的传统,

---

① John Guillory, "Genesis of the Media Concept." *Critical Inquiry* 36 (Winter 2010), p.326.

② John Guillory, "Genesis of the Media Concept." *Critical Inquiry* 36 (Winter 2010), p.326, 338, 339.

③ Francis Bacon, *The New Organon*, Trans and eds. by Peter Urbach and John Gibson. Chicago and La Salle: Open Court, 1994, pp.114-115.

主张"在关于思想的清晰、准确和透明的标准上,语言和哲学存在本质上的对等,这种对等为一种新的经验主义的知识论奠定了基础"[1]。评论家罗伯特·斯蒂尔曼说,这个传统中的语言的理性主义模式所反映的,不仅仅是英国皇家学会所提倡的实验知识新秩序,更是其追随者努力强化政权的权威性,并使之合法化。培根、约翰·威尔金斯(John Wilkins,1614－1672)和其他人所提出的"普遍性语言"的计划,"是作为一种竞争性权威结构出现的,很大程度上是为了涵括和控制字词的无序,因为这样的无序在事物的历史中造成混乱,并产生威胁"[2]。伯克语言的美学中强烈的情感主义,也许可以看作是对这种技术全球化倾向的反动。他将通过语言而达成的思维的明晰、准确和透明,策略性地与女性化的"美丽"联系起来。另外一些事物则以力量、模糊、广阔无边、连续、一致,及其"痛苦的愉悦"的效果作用于我们的感官,和男性化的"崇高"联系在一起。

在伯克看来,正是法国人在信奉那些"修饰的语言",因为它们"更清楚、明晰",而这对伯克来讲恰恰引发了断裂而不是连续性,并因此"在力量上不完备"[3]。伯克18世纪90年代对于法国大革命的批评,也许可以看作如今英美知识界对于所谓"法国理论"批评的历史前奏。评论家大卫·辛普森将这种英国人对法国的嫌恶和恐惧称为"有关民族主义的定义中一项中心主题",它"建立在[英国式样的]常识上,建立在对普遍性思考的抵抗上,建立在所谓的对于人性微小

---

[1] Roy Porter, *Enlightenment: Britain and the Creation of the Modern World*, London: Penguin Books, 2001, p.17.

[2] Robert E. Stillman, *The New Philosophy and Universal Language in Seventeenth-Century England: Bacon, Hobbes and Wilkins*, Associated UP, 1995, p.10.

[3] Burke, *A Philosophical Enquiry into the origin of our Ideas of the Sublime and beautiful*, pp.63, 176.

复杂性的沉浸中，这种沉浸通常被定义为不可通约的细节的积聚，而非一种单一的、系统化的个性"①。

与我们此处的论证相关联的是，英国意识中拒斥法国影响或者污染的倾向，正与一种由印刷技术引起的新意识和知觉相关联。这可以从伯克对于英国习惯和风俗的观点中看出来。从伯克的美学理论中已经可以看出他 18 世纪末期有关法国大革命的一些观念的端倪。在伯克的美学理论中，法国的影响被转换为视觉、言语对于听觉、内在的侵入。伯克显然更倾向于"口言社会"和"听觉触觉之人"自然的同情性参与。伯克策略性地将法国大革命表现为一种视觉景观，这景观面对的是"一群困惑的英国观众"。对他来讲，这场革命景观否定了"亚里士多德的戏剧准则，因为并没有以任何象征性的方式解决暴力冲突"②。他是以这样的方式来反思法国革命："国王们被这场大戏的超级导演从王位上面抛掷下来，成为卑贱之人侮辱、高尚之人怜悯的对象。此时，我们察觉到道德方面的灾难，如同我们观看到事物物理秩序里的一项奇迹。我们警醒并反思；我们的理智（因为得到长期的观察）被恐惧和怜悯净化；我们虚弱的、不假思索的骄傲谦卑下来，因为这是出于神秘的智慧的安排。若这景观是在舞台之上编排的，也许会使我流些眼泪。若是在自己身上发现那种浅薄的、戏剧性的、如同画笔修饰出来的悲痛感，我会真正地羞愧，而真实生活中我会为之高兴。我的精神混乱反常，从不敢在观看悲剧的坐席上露面。"③也就

---

① David Simpson, *Romanticism, Nationalism, and the Revolt against Theory*, The University of Chicago Press, 1993, p.4.

② Jon P. Klancher, *The Making of English Reading Audiences, 1790-1832*, The University of Wisconsin Press, 1987, p.103.

③ Burke, *Reflections on the Revolution in France*, Penguin Classics, 1982, p.175.

是说,伯克在 1790 年写作《对法国大革命的反思》时,将这一历史事件当作是一场戏剧式的演出,却没有视觉化,没有搬上舞台,甚至也还没有写出来。

这种文本反思的形式成为可能,本身即是因为这个历史事件在伯克那里必须是不可见的,是没有写出来的,它要求一次投入的默读。这使得伯克将自己塑造成一个关于英国国民性的作者,他的写作成为了先例、习俗、机构和习惯的化身:"社会实际上是一项契约……不仅仅是生者之间的,更是在生者、逝者以及将要降生的之间的伙伴关系。每一个具体情形中的每一项契约仅仅是一项条款,处于那永恒社会的重大的、原初的契约中,把低微的种类和稍高的族类联接起来,将可见和不可见的联接起来,所根据的是一项固定的、由那不可侵犯的誓言所确定的契约,这誓约约束所有物理的、道德的族类,使其各就其位。"①。这种英国式的"存在的伟大链条"及其物理和德性的表现,因为"那不可侵犯的誓言"的那个"口言时刻"(oral moment)成为可能。通过这个时刻,对于优良德性行为的自然的同情,在个体中被激发出来。这个口言时刻得以神化,并借此产生一个稳定的价值世界,这形成了一种历史修辞。

这里体现了伯克的一种写作策略,包括一种有计划的历史决定论,以及将时间作为权威的来源。伯克使用这样的策略"写盖"(outauthor)了那些法国革命派和启蒙哲学家。同时,他自己的书写文本作为一种印刷媒介,是由这个革命的时刻触发的,而这个时刻只能以反思的形式得到呈现。伯克将法国大革命的哲学书写散发出来的启蒙之光,描述为"光芒和理性的征服帝国"和"思考的善";在伯

---

① Burke, *Reflections on the Revolution in France*, Penguin Classics, 1982, pp.194-195.

克的理论和沉思中，此种智性以及它包含行动的力量必须得折回到一个以声音为中心的、非视觉化的时刻之中。这个起源不能是视觉上的空白一片。伯克写道："我不能想象，怎么可能会有人将自己裹挟到那样猜想的高度，竟至认为他的国家仅仅是空白的纸，他竟至可以随心随意涂鸦。"正是以这样的方式，口言性（orality）和伯克的经验性真理与反对法国的情绪，以及人性基本的状态相互关联。这种关于声音经济产生了一种针对革命行为的"写盖"（overwriting）的行为。为此，激进的作者托马斯·潘恩为了应对这种保守性的策略，在回应伯克时，不仅仅"建立一种'智识的方言'以简单化伯克的用语，而且把激进的话语建立在对这种写作身份本身的激进批判上面"[1]。"宪法不仅仅是名义上存在的事物，而且是事实上的。它并不是拥有一项理想，而是一个真实的存在；任何不能以可见的方式产生出宪法的地方，那里就没有宪法。"[2]在伯克的理论中，口言性体现了对于自然权利自然的、本初的承认，而这对于潘恩来说是形而上和理想化的，并因此在历史上成为不可能。

三、身体的情绪经济与伯克剧场性的美学

在伯克的语言观中，明晰不仅不会促进，反而是崇高情感交流的一重障碍。这体现在实质上是表意媒体的视觉和书写层面上，也体现在主要是图像媒体的绘画之中："甚至在绘画中，在某些事情上一种明智的模糊不清增加图画的效果；因为画中的图像正与自然中的相似；自然中，模糊的、让人困惑的、不确定的图像更具备影响想象

---

[1] Jon P. Klancher, *The Making of English Reading Audiences*, *1790-1832*, The University of Wisconsin Press, 1987, p.105.

[2] Thomas Paine, *Rights of Man*, Ed, by Henry Collins. Harmondsworth: Penguin, 1984, p.71.

力的能力，比那些更清楚、确定的能形成更宏伟的情感。"①对伯克来说，模糊不清、不确定性、朴素以及面向无限这些因素更重要，相比而言，明晰和确切的效果可以通过具体的、模拟性的描写完成，反而不是那么重要。从模糊的自然而来的影响想象力的能力，是外在物体在感受力上的一种轰动或者一种效果。伯克美学理论中剧烈的、情感上的崇高自然是其中一种，其中一个例子就是语音中心的"那不可侵犯的誓言"。伯克有关崇高的美学提供了一个范例，使得"崇高有助于将这种情感主义的血液，稀释到那个时期的美学理论之中"②。伯克的同时代人哲学家康德将这样的崇高称之为"物质（matter）"，并赋予它实质，或者是经验中的永恒，而将形式的和材料的认为是"附属的"或者是"表面的"③。这种理论主张一个事先存在的、几乎不存在媒介的、神秘的同一性，主张万有都在一个普世的连续性之中，主张这个同一性和连续性在秩序等级上要高于诸如"方法""形式""媒体""技术"等之上。这样的观念在西方有关知觉的政治经济学中是一个可以被观察到的模式。伯克在有关美学和革命政治的写作中，他的观点是这种形而上学理论的典型体现，他采取的是一种情感中心的生理形式。比如，他写道："事实是，所有的字词描写，仅仅是直接的描写，虽然从无准确过，对所描述事物观念所传递得如是贫乏、不足，几乎不能达成最为低微的效果，若不是演说者诉诸于一些讲演模式来帮助他，这些模式标识了他之中强烈、活泼的情感。于此，我们

---

① Burke, *A Philosophical Enquiry into the origin of our Ideas of the Sublime and beautiful*, p.62.

② Samuel H. Monk, *The Sublime: A Study of Critical Theories in XVIII-Century England*, Ann Arbor: The U of Michigan P, 1960, p.61.

③ Howard Caygill, *Art of Judgment*, Oxford: Blackwell, 1989, pp.288, 289.

因情感的传染性，捕捉到另一人那里已燃起的情感，这样的情感很可能永不会为从所描述的物体本身产生。"① 这种伯克式的交流模式要求说话者及其听众都具有情感的投入。"直接的描写"并不传递情感上的信息，物体只对已经具有情感的主体才有意义。身体及其感觉，都具备与口语性相关联的传播内涵可能，情感参与到符号生产之中，这又与一种媒体理论互为一体。这与伯克同时代孔蒂亚克的观点相似。孔蒂亚克给出了一个关于幼儿的例子。幼儿缺少对于他身体功能的全面控制，在学开口说话的时候得依赖于他的口舌。这个最富弹性的身体器官和行动的语言互相补充："两种符码互相发展，互为补充，在身体和声音两种媒体互相交叉的地方互相指称。"从这种最起初的象征实践到身体语言，这个过程实现了人类声音的社会意义。孔蒂亚克将这看作是一项具备神学意义的行为，他追溯这种想象性完全的场景，并呈现了在语言的历史中这样一个时刻。他单列出《旧约》中的一段话，在那段话里，由口说出的话语直接作用于身体上面，产生出触觉的、视觉的以及剧场性的意义："看起来这种说话的模式被保留下来，主要是为了在人们最关心的事项上教导他们；比如治理和宗教。因为这种模式对想象力产生更大的力量，它留下的印象更持久。它的表达里包含高尚的、贵族性的内容，而所发出声音的语言因为既贫乏又空洞，就没有这样的品质。古代人称这种模式的说话为'舞蹈'；这就是据说大卫在约柜前跳舞的原因。"在人类认知表征的历史中，这种旧约中大卫王在耶和华约柜前跳舞的时刻，如我们在口语传统和景象文化（culture of spectacle）的语境中所理解的，在书写技术来临的时候经历了一次劳动的分工。新的写作媒体将诗歌和音乐分

---

① Burke, *A Philosophical Enquiry into the origin of our Ideas of the Sublime and beautiful*, London: Routledge, 2008, pp.175-176.

离开来，也即将文字和声音分离出来。近代世界以这样的方式被标识出来，其中"语言开始符合逻辑的规则，并且拥有全副的人类自造的符号，并因此成就了用来分析的完美工具"[1]。可以说，分析性语言的进步和科学方法的发展使得近代语言媒体的历史更加可能。若我们使用多萝西亚·范·穆克（Dorothea von Mücke）的分析模式，可以说伯克在他的美学理论和他关于法国大革命的反思中，所关心的正是这样一种原初的舞蹈时刻中"绘画性（graphicity）"和"触觉性"的消失。

在伯克的理论中，对于情感的依赖——"我们情感的传染，"作为身体上交流的一项手段——是诗歌和修辞的"事情"。诗歌和修辞是"去以同情影响而非模仿；展示事物在言说者或者其他人思维中的影响，而不是呈现一个事物本身的清晰的观念"。18世纪中期的理论家们广泛地以这样的方式讨论了作为一项有关美学和知识论问题的情感。而伯克特意强调的是听觉和触觉的直接性，比如"我们情感的传染性""燃起的情感"所体现出来的。身体本身的情绪和情感使交流成为可能，这与视觉模仿、语词描写及其带来的不同的感官形成是不一样的，后者的兴起是与近代印刷文化的形成相关的，它们在有关西方感官现代性的讨论中占据了突出的地位。对伯克来讲，绘画作为一种视觉媒体，能"成功于准确描写"和"模仿"，呈现给观众"一个事物本身的清晰的观念"[2]。可是，诗歌和修辞要优于绘画：它们是更为口言和听觉的媒体，

---

[1] Dorothea von Mücke, *Virtue and the Veil of Illusion: Generic Innovation and the Pedagogical Project in the Eighteenth-Century Literature*, Stanford, Calif.: Stanford UP, 1991, pp.36, 37.

[2] Burke, *A Philosophical Enquiry into the origin of our Ideas of the Sublime and beautiful*, London: Routledge, 2008, p.172.

能更多地引起直接和在场的感觉，它们在新的更为视觉的感官方式来临之先，面向一种英国的听众。文化史家通常认为，一直到18世纪后期，一个引起不安的近代意义上的阅读和写作的世界才开始形成。这似乎可以表明一个近代意义上"阅读公众"还未形成之前的文化时刻。

伯克的美学理论是在近代意义上的文本文化来临之时，对于传统修辞学的一曲挽歌。从英国而来的同情产生出直接的、个人的触知性，而这种由触觉带来的感官方式会迅速地被"诡辩家、经济家以及计算者"带来的抽象方式取代，后者是科勒律治称之为"言语真理"的符号充斥的一种表现。更有意思的是，在伯克那里，通过字词和数字形成的抽象与破坏性的革命景象排列在一起。直接的交流和身体回应是骑士般行为的基础，取而代之的是人工化了的数字和文字。前者有利于将其情感表现为直接的、自然的、人类的，以及英国的。伯克奋笔疾书，大声呼喊："哦！什么样的革命！我得有什么样的心肠，才能没有表情地去思考那样的起起落落！"①。这里的拟声模仿词创造出一种"口语逼真的幻觉"。也许正是出于这样的原因，玛莉·渥斯顿克雷福特在《人权辩护》中，谈到伯克"苦心经营激起"的"同情眼泪"时，觉得他的情感虚假，并由此谴责他"情感上的慨叹"以及他政治梦想中怀旧的情绪②。

---

① Burke, *A Philosophical Enquiry into the origin of our Ideas of the Sublime and beautiful*, London: Routledge, 2008, pp.85-86.

② Mary Wollstonecraft, *A Vindication of the Rights of Men*, London, 1790, pp.2, 5, 6, 10, 27.

姜文涛

1977年生,2012—2014年在清华大学中文系从事博士后研究。现为浙江大学海宁国际校区讲师、人文社会科学研究中心副主任。主要研究领域为英国18世纪的情感研究与印刷文化、比较文学、文艺理论和数字人文。主要著作有《情感美学与近代文本文化的兴起:英国漫长的18世纪文学文化研究》(2018),合作编著《情感何为:情感研究的理论、历史与视野》(2022)、《数字人文与语言文学研究》(2022)等。

在姐妹情谊之外
——论后殖民女性主义与"女性主义"的方法论之争

肖丽华

女性主义并不存在一种唯一的描述，而是复数的存在，后殖民女性主义是其中一支比较活跃的力量，她们在吸收当代西方女性主义理论成果的基础上蓬勃发展，但同时致力于批判西方女性主义在方法论上的一些错误，她们认为西方女性主义在方法论上带有一种普遍主义的倾向，即无论面对多么复杂的妇女现象，她们总是从自身所处的历史背景出发，仅凭一些未经分析、未加证实的数据，从一些抽象、僵化的观念入手进行推论，而忽视将第三世界妇女的性别压迫问题放到国家、种族、地理区域、资本主义跨国公司的各种背景因素和社会关系中去作具体的历史分析和考察，因此会得出极端违背历史实情的结论，并导致第三世界妇女在各种"话语场"中被"省略"。因此"女性主义学术实践存在于权力关系之中"。[①] 她们对西方女性主义方法论的批判则主要体现在如下三点。

---

① C T. Mohanty, *Third World Women and The Politics Of Feminism*, Bloomington: Indiana University Press, 1991, p. 233.

一、非历史语境化的数学统计法

后殖民女性主义认为西方女性主义受到西方各种方法论的影响，并不加改造地应用到了东西方女性的考察上，好比社会学方法中的数学统计法，即用简单的数学方法来归纳复杂的社会现象。

其中最遭诟病的则是对伊斯兰世界面纱与女性独立性问题的研究。可以说没有什么比面纱更能代表西方和穆斯林世界的不同，历史上几乎没有哪种服饰能像面纱一样有如此多的含义和政治寓意。对许多西方人来说，面纱是伊斯兰父权社会的象征，在研究该问题时西方女性主义学者所使用的研究方法便是简单的数学统计，也就是根据佩戴面纱的女性数量来推导出女性受压迫的程度，二者呈反比关系。事实是在穆斯林地区，许多男性也会佩戴面纱，并将之作为地位和尊贵的象征，而最底层的女性尤其是农村的和沙漠地带的女性根本不戴面纱，在城市里，不同阶层的女性戴着不同的面纱，面纱有时候会具有更加复杂的含义，它涉及隐私身份、亲属关系、级别和阶层。

后殖民女性主义者曾针对面纱在不同历史时刻所具有的不同含义进行分析，做出过更贴近历史事实的回答，力图揭露西方女性主义在方法论上的错误。很多伊斯兰女性并不认为佩戴面纱是一种父权压迫，而将面纱当成了某种自由的力量，她们认为面纱使她们成为观看者而避免被看，尤其是在西方操纵时尚工业的时候，面纱可以让她们逃离整个时尚工业的席卷，在她们看来面纱反而增加她们美感的神秘性。尤其是在穆斯林世界中还可以获得尊重。[①] 这就导致有时候东方的女性佩戴面纱的数量增多了，却不表示她们受压迫程度深了。再如20世纪70年代当西方文化入侵的时候，埃及妇女为了抵抗身份危

---

① K.Bhavnani, *Feminism and Race*, Oxford: Oxford University Press, 2000, p.351.

机,她们发起了一个运动号召大家佩戴面纱,从而与西方女性区分,女性通过服饰的选择来表现自己的立场。"70年代面纱运动席卷了整个穆斯林地区,服饰本身是一个辨证,带有政治含义的表征,服装的样式,表达了一个新的密码。"① 可见由于不同的身份和历史情况,面纱可以象征着控制也可以象征着反抗,可以象征着压迫也可也以象征着自立,在未全面考察当地文化知识的情况下,西方观察者片面的使用统计数字根本无法对此做出正确的解释。

再如莫汉蒂分析的1978年伊朗革命期间,中产阶级妇女为了反抗伊朗国王和西方的文化殖民,曾发出号召佩戴面纱来表达对戴面纱的工人阶级姐妹的支持;而另一个场合则是伊斯兰法规强制性的规定,所有的伊朗妇女必须戴面纱。在这两个场合中妇女戴面纱的政治含义是不一样的,数量并不说明问题,因此不能剥离历史条件单独去推论第三世界妇女的受压迫程度。②

西方女性主义在使用数学统计方法研究东方妇女问题时还很关注的就是对于第三世界妇女参政程度的调查,她们力图通过参政数量的计算来考察第三世界女性的政治意识与民主程度,她们认为在这方面白人女性起步较早,具有极高的参政议政的觉悟,因此可以给予他者女性许多理论支持。Beverly Lindsay 在《第三世界妇女的比较:种族、性别、阶级的影响》中讲到了关于第三世界女性选举的问题,认为那些在跨国资本工厂工作的女工广泛地参与了选举,说明她们的参政意识比较强,因此号召第三世界女性都大量地走出家庭外出务工。但实

---

① R A. Lewis, S. Mills, *Feminist Postcolonial Theory: A Reader*, Edinburgh University Press, 2003, 30.

② C T. Mohanty, *Under Western Eyes: Feminist Scholarship and Colonial Discourses*, Bloomington: Indiana University Press, 1991, p.201.

际上这些女工根本没有时间去接触政治宣传，对被选举人毫不知情，也没有时间讨论这些东西，作者列举了两个女性工人回家后的生活安排情况，来证明其繁忙程度，所以即使她们也投票了，却与参政意识无关，她们只是例行公事，所以仅仅用数字统计的方法来证明有多少女性投了票，并不能分析出第三世界女性的真实的政治状态和精神状态。若是只注意表面的数字，便忽略了背后的特殊情况及含义。①

通过这些例子可以看出西方女性主义运用这种非历史化的简单的数学方法来研究复杂的社会问题，暴露了西方女性主义学者对东方只是一种基于自身的兴趣和想象。如果要真正解决难题，只有将第三世界女性的问题放到一个具体的历史文化传统的氛围中，一切问题才能讨论。

二、主观主义的概念推演

后殖民女性主义认为"白人女性忽略了她们内在的白种优越的特权思想，从她们自己单独的经历中定义妇女，有色人种的妇女就成为他者，是局外人，她的经验和传统过于陌生，不能被理解，白人妇女在分享权力的借口下，面临被诱惑成压迫者的危险"。②即西方女性主义把从自身经验出发的概念普遍地推论到第三世界妇女身上，并根据自己的问题制定了所有女性主义的奋斗目标，如家务概念、单身家长、劳动与权力等，这是后殖民女性主义对其方法论进行批判非常重要的一点。

---

① B. Lindsay, *Comparative Perspetives of Third World Women*: *The Impact of Race, Sex and Class*, Praeger Publishers Educational and Professional Publishing A Divison of CBS, 1980,p.134.

② A. Lorde, *Sister Outsider*, The Crossing Press, 1984,p. 118.

后殖民女性主义的先驱黑人女性主义率先对白人女性主义这种自我为中心制定所有的女性议题表示了反感。她们说当白人妇女进入提高意识的阶段,试图反抗她们已经离开的孩子和丈夫时,黑人妇女正在寻找办法,为黑人特别是黑人妇女的失业和就业不充分而呼吁,或许她们不过"清扫刚刚在上面打出妇女解放宣言的计算机,帮助那些呼吁妇女走出家庭与男人获得平等就业的机会的白人女性主义者带孩子,做家务",当白人妇女正在为走出家庭,进入劳动市场而勾画策略时,大量的黑人妇女表示,如果经济体制对她们的男人压迫不重的话,她们愿意回到家中,照顾她们的家庭。① 她们通过基于生活处境最真实的体验出发,很容易就颠覆了帝国女性主义为其制造的奋斗目标,可见在分析女性主义所面对的问题时,西方女性主义最大的毛病就是没有实事求是地去看看他者妇女的生存状况,没有听取他者妇女的声音,而只是按照自身的问题进行概念推演。白人妇女错误地把她们自己的经历与妇女的普遍受压迫的经历联系起来,忽视了不同于她们的那些妇女的经历。在这种错误的方法论之下,后殖民女性主义主要是针对以下问题提出了质疑。

1. 家庭问题。当代女权主义者对家庭的分析常常在暗示成功的女权主义运动既可以以废除家庭开始也可以导致家庭的被废除,这种想法使很多非白人妇女感到恐惧。白人妇女激进分子可能首先把家庭视为一种压迫体系,这可能的确是她们所感受到性别压迫最多的地方。而很多第三世界妇女却发现家庭是剥削最不严重的地方,例如,黑人妇女在奴隶制下不准结婚,因而她们把婚姻看作是获得解放的理想标

---

① A. Hornsby, African American Women Since the Second Worldwar: Perspectives On Gender and Race, *A Companion to African American History*, Malden: Blackwell Publishing 2005, p. 396.

志和"开始新生活的一个高峰"。① "尽管在家庭中还存在着性别主义,但我们可能会拥有尊严、自我价值和人性,而这些东西是我们在家庭以外的世界中所没有的,在这个世界里我们要面对所有形式的压迫,我们从自己的生活经历中知道确立家庭生活的重要性,因为我们知道家庭纽带对于受到剥削和压迫的人们来说是唯一永久的支持体系,我们希望在不贬低家庭生活的条件下消除其中由性压迫而产生的虐待因素。黑人妇女把家庭中的工作看作是一种充满仁爱的工作,这种工作承认了她们作为女性作为人类所表现出的关爱。"② 这段话已经明白无误地指出白人女性主义在争取女性独立的时候常常号召女性应该冲破家庭的束缚,因为在白人女性那里家庭往往是父权、夫权表现最为明显的地方,胡克斯等后殖民女性主义认为这个对白人女性而言合理的斗争目标,对有色人种的女性却并不适合,不同的女性应拥有不同的奋斗目标。总之在家庭问题上要给予女性选择家庭的自由,也给予她不选择家庭的自由。

2. 母职问题。一些中产阶级的受过高等教育的白人妇女争辩说母性是妇女解放运动的一个严重障碍,是把妇女限制在家里的陷阱,让她们只是打扫卫生、做饭和带孩子。她们于是把母亲职责和抚养孩子看作是妇女压迫的场所。于是主张抗拒这种男权中心想象出来的女性的本质——母职和母性。后殖民女性主义认为白人女性主义的错误还是在于完全基于自身经验想象全体女性。第三世界女性的解放之路上存在许多更为突出的障碍,例如种族歧视、没有工作、缺乏技能或

---

① C A. Wall, *Changing Our Own Words*: *Essays On Criticism*,*Theory*,*and Writing By Black Women*,Rutgers University Press,1989,pp.28-57.

② B. Hooks, *Feminist Theory*: *From Margin to Center*,South EndPress Classics,1984,p. 34.

教育以及很多其他问题。从历史角度看，成为母亲并拥有母亲保护自己子女的权利便往往具有了抵抗殖民的意味，成为母亲，象征夺回对自己身体的自主权，主宰自己种族繁衍的权利。"如果在许多白人女性主义者眼里拒绝扮演母亲是女人夺得自我定义权力的象征，成为母亲反而是许多黑人女性反抗种族性别压迫的表现，此处的意识形态纠结就值得探讨。"①

3. 工作概念。西方女性主义认为妇女解放的关键是走出家门工作，实现经济上的独立。所以她们将能否出门工作看成女性是否获得自主权的标志，但"能够工作"和"必须工作"是两个截然不同的概念。正如胡克斯指出这些西方女性主义学者指的是能够从事有意义和创造性的工作，在种族主义猖獗的美国，只有受过高等教育的中产阶级白人妇女才可能找到这类工作。事实是大多数妇女，尤其是劳动妇女和少数种族妇女，为了生存，早就必须在外工作了，她们干的工作是低收入的体力劳动。这些工作既不是个人价值的实现也不是解放，她们在这些工作中受到资本家的非人的经济剥削和阶级压迫。从美国历史上来看，参加家庭以外的社会劳动对黑人女性来说从来就不是什么要争取的权利。这种情况也并不只是黑人女性所面临的，可以说在世界殖民体系下，所有的第三世界妇女都面临着不得不工作来维持生存的处境，她们对工作的理解怎么能同白人女性主义一样？令狐萍描述美国华裔妇女的生活："生存的艰难要求夫妻协力合作，因而移民妇女所从事的经济活动——无论是有偿的工作或是在家庭经营的小生意中的无报酬的劳动——都被视为必不可少的。从此意义上讲，华人移民妇女已成为其家庭的供养者……大多数的华人移民妇女而

---

① 顾燕翎：《女性主义理论与流派》，台北女书文化事业有限公司，1996，第252页。

言,生活的重心是围绕着艰苦劳动而求生存。"① 在美国这样一个第一世界里,当以白人中产阶级为主流的女性主义者们要冲出家庭的局限,争取和男性同等的就业机会的时候,这些华裔美国妇女们正在与自己的丈夫、女儿一起并肩战斗,劳碌辛苦,没有片刻的空闲。

4. 性与文化。西方女性主义总是强调性对妇女解放的影响,许多第三世界女性主义学者把这种强调性、性生活和性文化对妇女的影响的倾向称为崇性主义,它们认为这是与西方女性主义学者的中产阶级地位以及西方社会中的性文化的背景分不开的。西方女性主义学者经常认为性的解放和独立代表了女性的解放和独立,而这种崇性主义使她们脱离第三世界妇女的实际情况,成为世界妇女运动和妇女研究中的特权阶级,并对他者女性的性做出一些并不符合历史实情的解释。克里斯蒂娃用精神分析法来解读中国家庭和中国妇女,并认为性是中国家庭、语言和社会组织中主体身份的中心,认为中国反父权制统治的中国革命是一场释放女性力比多的大解放,从而推导出中国妇女享有西方妇女所缺乏的"性自由"的乌托邦设想。事实上,克里斯蒂娃符号化了中国妇女身份,忽略了中国妇女的复杂情景,更忽略了中国传统家庭、社会以及政治生活中性别歧视和压迫的内在联系。对此,斯皮瓦克一针见血地指出,其论证的基点是殖民主义"仁慈"的症候表现。好比克里斯蒂娃通过对中国妇女的分析,得出古老的房中术代表了中国女性将具有更多的自主性这样荒谬的结论。克里斯蒂娃符号化了中国妇女身份,忽略了中国妇女的复杂情景,更忽略了中国传统家庭、社会以及政治生活中性别歧视和压迫的内在联系。对此,斯皮瓦克一针见血地指出《中国妇女》表面上展现克里斯蒂娃为第三世界

---

① 令狐萍:《金山谣——美国华裔妇女史》,中国社会科学出版社,1999,第102页。

的中国妇女发言，事实上，中国妇女却是处于被研究、被考察、被误读、被扭曲的境地却无法发出自己的声音。她们只是被动地被西方白人女权主义剥夺了话语权沦为信息补充的利用对象，被利用来满足第一世界女权主义的需要而已，克里斯蒂娃等西方女权主义批评话语当中，事实上根深蒂固地隐藏着第一世界白人妇女对广大第三世界妇女的傲慢与漠视。①

以上种种概念带有普适性的推演，正是西方女性主义方法论上的巨大失误。西方妇女主义必须认识到西方女权运动是在物质高度丰富，强调思想自由和个人充分发展的资本主义发达时期产生和发展的，应该首先认识和批评自身的殖民主义和帝国主义影响，才能真正与他者妇女进行对话。

三、尚古主义

在西方对东方的整体想象中东方往往代表了一种静止的状态，"是完全另类的文明，对历史之任何进展全无关注，可说是在广大的无时间性死寂不动中的一种无生命僵化"。② 因此西方总是惯于对东方进行尚古主义的研究，西方女性主义也落进了这个窠臼。

周蕾指出西方女性主义对第三世界妇女的论述话语一种重要方式是文化花园模式，常见于古典文学研究和历史研究，这就是一种尚古主义的表现，典型的文化奇观观念。比较典型的例子就是克里斯蒂娃的《中国妇女》，把东方女性/他者女性非历史化，让东方女性超越

---

① C T. Mohanty, *Under Western Eyes*: *Feminist Scholarship And Colonial Discourses*, Bloomington: Indiana University Press, 1991, p. 93.

② 朱耀伟：《当代西方批评论述的中国形象》，中国人民大学出版社，2006，第106页。

于时间之外。白人女性主义的尚古兴趣主要集中在中国妇女的缠足，还有非洲的割礼以及中东的面纱，将这些风俗当作第三世界妇女地位的唯一标识，在并不占有丰富的一手资料的情况下，无视第三世界妇女的真实生存状况，坚决认为这些都是至今不曾有多少改变的东西。所以后殖民女性主义学者需要对白人女性的这种研究方法进行根本的颠覆。

乌娜·纳拉亚（Una Naraya）曾对西方女性主义学者戴利（Daly）的著作《社会/个体生态学：激进女性主义的元伦理学》进行了细读，然后对萨提（sati）问题在印度的发展史进行了考古学的研究，指出这本在西方影响深远的著作由于方法论上的严重错误，从而带来了知识判断失误。她指出其所犯的错误最重要的就是所用的资料非常单一。由于她这本书影响比较大，导致西方知识界普遍认同戴利，认为 sati 是印度女性命运的代表，女性是传统父权文化的牺牲品，而且至今没有本质的改变。

乌娜·纳拉亚探讨与 sati 相关的历史语境，发现当时之所以将 sati 作为一个重要问题提出来，并不是 sati 真的更有资格作为印度社会问题的代表，而主要是与殖民统治有关。作者指出 sati 是"在 19 世纪英国殖民统治和印度本土精英之间复杂的协商中间形成的"。殖民政权要选一个问题作为印度的代表，必须考虑到这个问题是否能比较安全的通过立法而不会遭到很强烈的宗教反对，不会引起动乱，但是又能够使自己站在一个有利的立场上，于是选中了 sati，这说明 sati 在当时绝不是一个宗教的核心问题。由于宗教与政治一直紧密结合，殖民统治不会轻易去触动当地势力强大的宗教传统。当时的殖民档案中记载"如果 sati 这个事件具有宗教支持，那么取缔它可能很不明智。而如果它缺少宗教支持，我们的讨论也缺乏力度，所以我们则应该使当地知识分子为取缔它而需要的称许寻求到宗教支持。可见殖民者正是利用了 sati 这种暧昧的特殊性，绝不是因为 sati 真的代表东方，sati 也不是印度最严重的社会问题。sati 被制造出来只是作为一个文化表征。①

综观可见，西方女性主义这种尚古主义态度表现了她们对他者女性问题的粗暴，将之放到一个不变的历史时空中，仅仅作为静止的研究对象存在，暴露了西方学者的一种霸主心态，为人代言的傲慢；还体现了更深刻的实质，那就是对他者女性真实生存处境的漠视，以此回避了更多迫切的问题，遮掩了东西方诸多问题的不平等。综上，后殖民女性主义与西方主流女性主义的争议主要集中在方法论方面，后殖民女性主义学者对西方主流女性主义的批判是非常中肯而深刻的。正视这些掩藏在方法论背后的思维固化，才能以更加历史和现实的态度，去处理他者女性所面临的各种问题，进而提出有效的主张，推动整体女性的解放。

肖丽华

1978 年生，2009 年毕业于北京师范大学文学院比较文学与世界文学专业，获博士学位。现为浙江财经大学中文系教授。主要研究领域为女性主义文学理论、文艺复兴文学研究，主要著作有《后殖民女性主义文学批评研究》(2013)、《人文主义文学思潮导论》(2024) 等。

---

① U. Naraya, *Dislocating Culture/Identities, Traditions, And Third-world Feminism*, New York: And London: Routledge, 1997, p. 61.

卢卡奇对浪漫主义批判的力度与限度
——从《民族诗人海因里希·海涅》谈起①

曹学聪

引言

卢卡奇是西方马克思主义的鼻祖，因而中外学界对其思想都已有深入的研究，尤其对他 1918 年加入匈牙利共产党之后的研究更为关注。学界一般认为，早期受浪漫派滋养的卢卡奇在成为马克思主义者之后对浪漫主义的态度发生了剧烈变化，并将其在 20 世纪 50 年代写作的《理性的毁灭》视为批判浪漫主义的顶峰。这样的叙述大致不差，但也不可避免地遮蔽了其与浪漫派之间的复杂关系，同时也不利于我们理解他对浪漫主义的批判与其一贯追求的文化理想到底有何内在的联系。本文拟从卢卡奇写于 20 世纪 30 年代的具体文本出发，重新考察其批判浪漫主义的内在理路。

卢卡奇虽然早期受惠于德国浪漫派，但很快就对这一为自己提供

---

① 基金项目：国家社科基金一般项目"卢卡奇早期思想研究"（项目编号 22BZW046）阶段性成果。

"理论起点"①的学派予以否定,到20世纪30年代甚至表现出对浪漫主义的批判,并将其与法西斯主义的意识形态直接画上等号,尤其是在1931年《论陀思妥耶夫斯基的遗产》②发表之后,他对待浪漫主义的态度与写《小说理论》时期和20世纪20年代写作《历史与阶级意识》时期都截然不同。但是,这种情况在十几年后就发生了变化,卢卡奇在1943年写作《陀思妥耶夫斯基》③时,完全推翻了自己在《论陀思妥耶夫斯基的遗产》中的观点,重新赋予了陀思妥耶夫斯基以神圣地位,或者说重新对"反资本主义的浪漫主义"④予以肯定。而事实上,早在之前的1935年,卢卡奇在《巴尔扎克与司汤达》和《民族诗人海因里希·海涅》中就对浪漫主义有过精辟而中肯的分析。这两篇雄文虽然不像《陀思妥耶夫斯基》那样对浪漫主义尤其是对黄金时代的历史观做出了极高评价,但与1934年的《表现主义:意义与衰亡》⑤相比来说就谨慎客观了许多。我们知道,卢卡奇在这篇关于

---

① Georg Lukács, *Theory of the Novel*, trans. by Anna Bostock, London: The Merlin Press, 1971, p.20.

② 卢卡奇在该文中一改以往对陀思妥耶夫斯基的极高评价,斥其为"小资产阶级的反资本主义的浪漫主义知识分子的反对派"。参见 Georg Lukács, "Über den Dostojewski Nachlass", *Moskauer Rundschau*, 1931.3.22.

③ Georg Lukács, "Dostoevsky", in René Wellek, *Dostoevsky: A Collection of Critical Essays*, N.J: Prentice-Hall. Inc., 1962, pp.146-158.

④ P·布雷恩斯、R·塞耶、M·洛维等学者在其论著中都认为"反资本主义的浪漫主义"(Romantic Anti-Capitalism 或译为"浪漫的反资本主义")这一概念为卢卡奇首创。洛维考证出此概念最早出现在卢卡奇写于1931年的关于论陀思妥耶夫斯基的文章中。参见 Michael Löwy & Robert Sayre, *Romanticism Against the Tide of Modernity*, Durham: Duke University Press, 2001, p.108.

⑤ Georg Lukács, "Expressionism: its Significance and Decline", in *Essays on Realism*, Cambridge: The MIT Press, 1981, pp.76-113.

表现主义的长文中把"反资本主义的浪漫主义"与法西斯主义联系在一起，并大加斥责。为什么短短一年时间，他就对浪漫主义的态度发生了明显变化？这种变化又意味着什么？而在第二次世界大战后梳理德国文学时，卢卡奇为何又再次将其与法西斯主义并置讨论？要回答这个问题，我们有必要重新考察一下他这篇关于海涅的长文。

一、海涅对德国浪漫派的批判

卢卡奇写于1935年的《民族诗人海因里希·海涅》一文，不仅使他通过阅读和思考重新走进了浪漫主义爱国诗人海涅的内心世界，而且海涅对浪漫主义的批判也让他有机会间接或者部分地回到了他早期理论的浪漫主义来源上，我们也能从中看到卢卡奇仍然与其早期思想保持了某种连续性。学界虽然对浪漫主义研究存在很大分歧，但对于浪漫主义是对18世纪理性主义的反叛，尤其是对启蒙运动的理性神话及乐观的进步信仰的反叛这一点上基本是认可的。表现在文学艺术上，浪漫主义是对古典主义的反作用，浪漫主义诗人认为古典主义呆板、固定、单调的规定性束缚了创造力和想象力。但是，德国浪漫主义有别于英法浪漫主义。有学者曾言简意赅地指出了德国浪漫主义相较于英法而言所缺少的东西："德国浪漫派同英、法等国的浪漫主义相比，既没有他们所达到的艺术成就，更谈不上他们所体现的那种革命精神。"[①]那么，在海涅那里，他一直批判的德国浪漫主义到底所指为何呢？"它不是别的，就是中世纪文艺的复活，这种文艺表现在中世纪的短歌、绘画和建筑物里，表现在艺术和生活之中。这种文艺

---

① 刘半九：《德国的浪漫派和海涅的〈论浪漫派〉》，载海涅《论浪漫派》，张玉书译，人民文学出版社，1979，第2页。

来自基督教，它是一朵从基督的鲜血里萌生出来的苦难之花。"①由此可见，作为从小就受法国资产阶级革命影响的政治诗人海涅，无法认同德国浪漫主义，也正因如此，海涅做出了与法国作家斯达尔夫人截然相反的评价，他把德国浪漫主义视为一场反动的政治运动。虽然海涅也是受着浪漫派滋养成长的诗人，②但在政治上与德国浪漫派迥异，体现在他对待法国革命的态度上，尤其是在与马克思引为知交后，他在思想上更为进步。可以说，海涅对德国浪漫主义的批判即使没有制敌于死命，但也可以算是从旧营垒中来的反戈一击了。

作为被德国国家社会主义者禁止言论的犹太作家之一，海涅曾在《论浪漫派》中激烈地批判过浪漫派，在某种程度上与卢卡奇的批评有相似之处，使得卢卡奇对海涅有着天然的亲近感。但是，卢卡奇无法回避这样一个事实：海涅本人毫无疑问必须被纳入到浪漫主义的经典作家行列。卢卡奇认为，在新兴资本主义日益决定文学关系的社会形势下，作为第二代浪漫主义成员的代表海涅必须摧毁浪漫主义乌托邦幻想，这一点与《小说理论》的论述颇为相似。海涅一方面把自己的主观性看作通向新的艺术的必要过渡，但另一方面他又极力批判浪漫派的主观性。"他既能十分明确而又无情地把这种幻想当作幻想加以摧毁，同时他又能以合法的文学的方式把这种向往当作诗意加以利用。"③从卢卡奇这句话，我们或许可以更加理解海涅对浪漫主义文学的态度。最能说明问题的，就是"反讽"这一早期浪漫派文学和哲学的核心概念。但在海涅那里，已经把反讽"从纯技巧的游戏"中解脱

---

① 海涅：《论浪漫派》，张玉书译，人民文学出版社，1979，第5页。
② 海涅在波恩大学期间曾听过德国早期浪漫派的代表人物奥·施莱格尔的文学课。
③ 范大灿编选：《卢卡契文学论文选》(论德语文学)，人民文学出版社，1986，第437页。

出来，并视之为"批判地、艺术地把握当代现实的中心点"，从而用这一本属于浪漫派的概念去"粉碎资产阶级对所谓和谐现实所抱的幻想"，海涅的目的就是要用反讽和玩世不恭的态度来"摧毁一切骗人的和谐……突出当今的裂解状态"，"摧毁资产阶级的一切错误的思想意识，因为资产阶级用封建的和资本主义的思想要素为自己编制了一个骗人的所谓和谐的世界"①。海涅之所以用浪漫派的概念来攻击浪漫派，即"对这样的反嘲总是以讽刺进行最猛烈的攻击"，是因为他认为充满儿戏的、纯形式的、技巧式的反讽根本达不到批判的效果，反而"具有卫道的性质"，所以在卢卡奇看来，"海涅的反嘲远远超过了浪漫派的一般实践，但是它的来源还是浪漫派"②。从此文中可以看出，卢卡奇对浪漫主义诗人海涅的赞赏溢于言表，换言之，他完全接受海涅的反讽以及他的浪漫主义，并盛赞道："正因为海涅有这种反嘲主观主义，他才成为十九世纪最有德意志精神的作家。"③但是卢卡奇笔锋一转，他认为海涅只有在接触马克思的社会主义时才能达到其成就的顶峰，这似乎暗示着政治立场的进步就必然带来艺术上的进步。卢卡奇或许也意识到如此判断过于绝对，所以又补充道，"海涅一点也不懂社会主义革命是一个具体的历史过程。在这方面，海涅毕生都停留在空想主义方法论的立场之上……在海涅的思想中，也像空

---

① 范大灿编选：《卢卡契文学论文选》(论德语文学)，人民文学出版社，1986，第418页。
② 范大灿编选：《卢卡契文学论文选》(论德语文学)，人民文学出版社，1986，第418页。
③ 范大灿编选：《卢卡契文学论文选》(论德语文学)，人民文学出版社，1986，第421页。

想主义者一样，社会主义是一种应予期待的未来状态"①。

二、海涅的"平民性质"与巴尔扎克的"典型"

尽管卢卡奇已经表现出对浪漫主义的负面态度，②但他并不是一味地批判，而是借评价海涅批判浪漫派的过人之处来重新审视浪漫主义及其余风——现代主义。众所周知，卢卡奇在这一时期的其他著作中，都不遗余力且直接地反对现代主义和先锋派。但值得注意的是，卢卡奇在这篇长文中对后浪漫主义或者说现代主义的评价比他在同一时期的其他研究要谨慎客观得多。卢卡奇认为，海涅对浪漫主义与现代文学之间的内在联系有着更深刻的理解："海涅比所有其他同时代的德国人更清楚地看出了浪漫派同现代文学运动的内在联系（在这方面，海涅也受了黑格尔历史观的影响）。例如，他属于懂得德国自然哲学的世界观和方法论意义的少数人之列。他还懂得，浪漫派要求恢复民间的东西，其中虽有反动的倾向，但对德国现代文学和文化的发展来说，这是必不可少的运动。"③海涅所主张的从民间文学传统获得营养的观念究竟多大程度上可以拯救浪漫主义暂且不论，但毫无疑问他一直是以浪漫主义文学的后裔和批评家自居的。同时，卢卡奇认为海涅继承的最重要的浪漫主义遗产，就是浪漫主义的人民性的东

---

① 范大灿编选：《卢卡契文学论文选》（论德语文学），人民文学出版社，1986，第391-392页。

② 范大灿编选：《卢卡契文学论文选》（论德语文学），人民文学出版社，1986，第416页。

③ 范大灿编选：《卢卡契文学论文选》（论德语文学），人民文学出版社，1986，第417页。

西,即平民性质。①虽然海涅和卢卡奇对浪漫派进行了激烈的批判,但他们对这种人民性的平民遗产都给予了高度评价,如果说海涅的这种人民性体现在他的创作注重从德国民歌中取材,那么卢卡奇对这种人民性的主张就表现在他的现实主义文论上。在20世纪30年代那场著名的表现主义论争中,卢卡奇最后把讨论的焦点转移到现实主义问题上来,其中最根本的就是关于"人民性"的观点,他认为高尔基、罗曼·罗兰、托马斯·曼等作家都是人民的儿子,其作品的内容均来自于他们本国人民的历史和生活,也可以说,是他们本国人民各方面得到有机发展的产物。因此,在卢卡奇看来,"同人民性保持活跃的联系,使群众自己的生活实践朝着进步方向继续发展——这就是文学的伟大社会使命"②。正是在"人民性"这一点上,卢卡奇认为海涅没有沦为资本主义的辩护士,也没有停留在以狭隘的浪漫主义精神批判资本主义上。换言之,海涅一方面来自浪漫派,受浪漫派滋养;另一方面又明确而无情地对浪漫派加以批判甚至摧毁。这就是海涅说自己是"最后一个浪漫主义诗人,同时又是第一个现代诗人"③的原因,而卢卡奇对海涅的这一自我判断更是颇以为然。但是,卢卡奇谈到海涅在多大程度上可以被理解为现代主义的创造者时,并没有充分探讨究竟什么是现代主义这个问题。在这里,他并没有像在1935年的《民族诗人海因里希·海涅》中那样,对现代主义进行粗暴的批判,而是强调海涅与现实主义作家巴尔扎克的相似之处。那么,卢卡奇为

---

① 范大灿编选:《卢卡契文学论文选》(论德语文学),人民文学出版社,1986,第426页。

② 卢卡奇:《问题在于现实主义》,载张黎编选《表现主义论争》,华东师范大学出版社,1998,第179页。

③ 范大灿编选:《卢卡契文学论文选》(论德语文学),人民文学出版社,1986,第442页。

何会将海涅与巴尔扎克相提并论呢？这就要对卢卡奇同年所写的另一篇文章做一番考察了。

同样是在1935年，卢卡奇写了《巴尔扎克与司汤达》一文。在巴尔扎克的创作时期，法国的浪漫主义正如火如荼，而卢卡奇在评论巴尔扎克时引用并认同恩格斯的论断，认为他是"现实主义的胜利"①。众所周知，这一著名论断源出于1888年恩格斯写给作家哈克奈斯的信，恩格斯希望哈克奈斯能像巴尔扎克那样"除了细节的真实外，还要真实地再现典型环境中的典型人物"②。当然，此处强调的"典型"并不是某种平均数，而是将"典型"理解为个别与一般的结合。巴尔扎克为了表现这种"典型"，或者说为了在具体的某个人身上表现出一般人的特质，揭示出整个社会的矛盾，往往"采用浪漫主义各种元素，比如怪诞荒谬的、异想天开的、异乎寻常的、令人不快的、具有讽刺意味的或故作姿态的言过其实的东西，使用这些就是为揭露人的本质及其与社会之间的根本关系"③。正是在这个意义上，卢卡奇将巴尔扎克的"典型"与浪漫主义建立了联系，但又认为他与浪漫主义作家不一样：浪漫主义作家的确惯常使用夸张、变形等手法，对他们来说，夸张或许有着一种作为修辞手法的美学目的；而巴尔扎克作为一个伟大的现实主义作家，运用浪漫主义表现手法的目的是去揭示资本主义社会的根本矛盾。④

然而，卢卡奇并没有简单地绝对地否认巴尔扎克作为浪漫主义作

---

① Georg Lukács, *Studies in European Realism*, N.Y.: Grosset & Dunlap, 1964, p.11.
② 《马克思恩格斯选集》第四卷，人民出版社，1972，第462页。
③ Georg Lukács, *Studies in European Realism*, N.Y.: Grosset & Dunlap, 1964, p.94.
④ 参见Georg Lukács, *Studies in European Realism*, N.Y.: Grosset & Dunlap, 1964, p.88.

家的身份。这首先要考察卢卡奇对浪漫主义的看法,他认为,法国浪漫主义是对法国大革命以后资本主义社会发展状况的一种表达,这一点与德国浪漫派一样,都是对资本主义的批判,尤其是对资本主义工业大发展以后产生的社会分工及其后果的批判。但卢卡奇认为,并不能简单地对资本主义的进步理性以及带来的异化现实进行批判,更不是只要退回到中世纪便大功告成。他把巴尔扎克视为标杆,是因为一方面觉得他能运用浪漫主义的夸张想象手法塑造出"典型",像浪漫主义作家一样激烈地抨击资本主义社会现实;另一方面,巴尔扎克又不能归为浪漫主义作家,这是因为他能看到资本主义进步的方面,他的"乌托邦想象不是希望回归到中世纪封建主义制度的任何愿望的结果。恰恰相反:巴尔扎克想要的,是法国的资本主义发展可以遵循英国的模式,……也就是说,巴尔扎克的社会理想在于,调和资本家与贵族地主,并使之达到一种妥协"[1]。关于卢卡奇在20世纪30年代对浪漫主义的态度,《巴尔扎克与司汤达》中有较为充分且客观的体现。卢卡奇在这篇文章中,将巴尔扎克和司汤达做了有趣的对比,他借用黑格尔的哲学语言"扬弃"来概括巴尔扎克对浪漫主义的态度,即他一方面有意识地要克服浪漫主义,想要抛弃其返回中世纪的错误观念;另一方面又接受浪漫主义,这不只体现在一些夸张想象的表现手法上,更体现在其对资本主义的批判上。[2]与巴尔扎克对浪漫主义的扬弃态度不同,司汤达作为启蒙运动的忠实拥趸,决绝地反对浪漫主义。按照这样的逻辑,似乎此时的卢卡奇会更赞同拥有进步世界观的司汤达。然而,卢卡奇却看到了他的世界观中更为深入的浪漫主义成

---

[1] 参见 Georg Lukács, *Studies in European Realism*, N.Y.: Grosset & Dunlap, 1964, p.22.

[2] 参见 Georg Lukács, *Studies in European Realism*, N.Y.: Grosset & Dunlap, 1964, p.68.

份——不愿承认资产阶级的英雄主义时代已告终结这一既定事实。①换言之,巴尔扎克只是表面运用浪漫主义手法,而相较司汤达,他本质上反而浪漫主义更少一点,是真正的现实主义者。

从总体上看,卢卡奇在这两篇分别论述海涅和巴尔扎克的文章中对待浪漫主义的态度,与他在同时期所写的《表现主义:意义与衰落》中激烈的反浪漫主义立场相比更为理性客观,认为"海涅同巴尔扎克一样,是西欧资产阶级最后的具有世界意义的伟大作家"②。卢卡奇认为,这两位作家在现代主义的门槛面前都显得与众不同。他所谓的"与众不同"就是指海涅强烈的"人民性"和巴尔扎克的"典型",而"人民性"与"典型"在卢卡奇的分析下,都与浪漫主义有着千丝万缕的联系,但最终都使二人走向了"伟大的现实主义"。

三、在反思"特殊道路"背景下的批判

海涅在《论浪漫派》中对德国浪漫主义的负面评价直接影响了青年黑格尔派,从而在阿诺德·卢格和埃切特梅尔的《哈雷年鉴》(Hallischen Jahrbüchern)③中的反浪漫主义宣言中得以延续。④这两位

---

① Georg Lukács, *Studies in European Realism*, N.Y.: Grosset & Dunlap, 1964, p.81.

② 范大灿编选:《卢卡契文学论文选》(论德语文学),人民文学出版社1986年版,第421页。

③《哈雷年鉴》是《德国科学和艺术年鉴》(简称《德国年鉴》)的前身。作为青年黑格尔派的理论阵地,该文学哲学杂志创刊于1838年1月,主编是阿诺德·卢格,该杂志站在激进民主主义及黑格尔哲学的立场,讨论并发表当时德国的社会政治诸问题,迅速变为青年黑格尔运动的理论思想地和宣传中心。参见《中国年鉴研究》2018年第1期,第68页。

④ 参见 Peter Uwe Hohendahl, "Literary Criticism in the Epoch of Liberalism," in *The History of German Literary Criticism*, ed. Peter Uwe Hohendahl, Lincoln: University of Nebraska Press, 1988, pp.206-217.

批评家都指责浪漫主义陷于无实质内容的主观性，无法表现现实的内在性。卢格和埃切特梅尔甚至比海涅更明确地指出，浪漫主义否定了理性主义的进步传统。而卢卡奇在一个世纪以后，像19世纪30年代的卢格和埃切特梅尔在《哈雷年鉴》中的反浪漫主义宣言一样，再次把浪漫主义放到了与古典主义的对立面。他将魏玛古典主义视为启蒙运动的延续和再现，把歌德和席勒作为德国文学顶峰的杰出代表，古典主义在卢卡奇眼里就成了19世纪文化演变的最可靠的文学基础。

实际上，浪漫主义作为一个文学运动，到19世纪30年代就基本走入尾声，在德国文学上取而代之的是更关注现实、对社会更具批判性的"青年德意志"派。但是，这并不是说早期浪漫派的思维习惯在德国就完全销声匿迹了。恰恰相反，到19世纪60年代，德国人对浪漫主义又重新燃起了极大兴趣，而且这种兴趣到了19世纪的下半叶与日俱增，这主要表现在狄尔泰的一系列作品中。① 而且，自19世纪下半叶以降，对德国浪漫主义这一独特传统进行重新阐释的也并非只有狄尔泰一人。尤其是"德意志帝国"建立之后，在威廉·舍勒的文学批评中，甚至有强烈的将浪漫主义文学纳入国家经典的意图。就像克劳斯·彼得所指出的那样：这种民族主义——把俾斯麦统一德国理解为是对旧的自由主义的要求——直接将对浪漫主义的接受推向了右翼。② 由于民族主义的诉求，人们对浪漫主义的积极评价就走向了政治化，即希望从外国的文化统治中解放出来，为新的帝国铺平

---

① 1865年，狄尔泰发表了《诺瓦利斯》(后收入《体验与诗》)一文，重新评价诺瓦利斯的文学价值，批驳所谓浪漫派作家作品的主观、随意、混乱等观点；随后相继发表《施莱尔马赫生平》(1870)、《歌德和文学创作的想象》(1887)、《荷尔德林》(1905)等。

② 参见 Peter Uwe Hohendahl, *Literarische Kultur im Zeitalter des Liberalismus 1830-1870*, München: C.H. Beck, 1985, SS.194-210, 240-265.

道路。

"反资本主义的浪漫主义"可以看作为是一种文化的浪漫主义思潮,如果从"特殊道路"(Sonderweg)的思路出发,它的兴起在某种程度上的确是德国文化民族主义发展的结果。虽然在欧洲各国几乎同时都出现了浪漫主义思潮,表现为反思启蒙理性,批判法国大革命及资本主义工业化、理性化,但在各国却有着完全不同的表现形式。以德法为例,法国的浪漫主义往往表现在文学领域,而德国的浪漫主义思潮更多的是表现为哲学的思考,继而转向政治,并从内部生出所谓的"青年德意志派",也被称为政治上的浪漫派。[①] 所以要研究德国浪漫派,不能只看到浪漫主义文学,因为"能够表现德国浪漫主义的特征的并不是浪漫主义的诗歌,而是与德国浪漫主义思想有关的独特现象。……与在其他国家发生的情况相比,在德国,人们在哲学层次上针对社会基础和学术基础发生的各种变化所做出的反应要强烈得多"[②]。

卢卡奇讨论德国文学的论著大多写于20世纪三四十年代。他把摧毁和清除法西斯主义对德国文学的肆意歪曲当作一项紧迫任务,想重新梳理德国文化传统并试图科学地解释德国文学。卢卡奇在《浪漫主义——德国文学中的转折点》一文中最有力、最集中地阐述了他对浪漫主义的批判。该文最早出现在《德国文学的进步与反动》中,

---

① 有意思的是,先是法国女作家斯达尔夫人著有《德意志论》比较全面地介绍德国精神生活,对德国浪漫派充满溢美之词,而德国诗人海涅读后不以为然,认为德国浪漫派与法国浪漫派迥然不同,为了阐释德国浪漫派与法国浪漫派在倾向上的大相径庭,遂著有与斯达尔夫人唱反调的《论浪漫派》。参见海涅:《论浪漫派》,张玉书译,人民文学出版社,1979,第3-5页。

② 卡尔·曼海姆:《保守主义——知识社会学论稿》,霍桂恒译,中国人民大学出版社,2013,第19页。

后来收入《德国近代文学概述》，但几乎没有引起西方学界的注意，至少是对其文学研究没有产生多大影响。① 卢卡奇在该文中对浪漫主义进行了非常激烈的批判，他认为在德国思想史上浪漫主义文学是德国传统与西欧分离的重要标志，从而使德国走上了一条特殊的道路，最后以国家社会主义夺取政权而告终。

要充分了解这篇文章的重要性，我们有必要把它放在有关德国"特殊道路"争论的大背景下来考察。第二次世界大战后，关于"特殊道路"的问题引起德国学术界争论，它是德国历史学家和社会学家就为什么在德国会出现纳粹主义这一问题所做的思考——法西斯主义的出现与德国文化历史传统是否有必然的关联？事实上，早在19世纪末以来的历史、哲学、社会学和文学批评中，就有一种普遍的观点，认为德国有一种特殊的命运，即从18世纪末开始，德国在政治、哲学和文学上都有别于一般的欧洲国家。有很多学者认为，正是由于其独特的历史文化传统，德国才走上了不同于西方其他民主国家的特殊道路。这种"特殊意识"的坚持就是要相异于"西方"，而不是要与它们拥有共性。所以在英、法、美所经历的"资产阶级革命"在德国就不曾出现。但是，坚持"特殊道路"观点的历史学家们，在解释德国之所以没有走上西方同样的道路这一问题上的目的，不在于强调德国与西方诸国有明显的差异，而在于它可以打着德国文化和历史传统的旗号堂而皇之地拒绝西方民主文明。德国当代社会学家勒佩尼斯认为，这是德国人来自骨子里的骄傲心理：

---

① 这里说的"西方学界"指意识形态意义上的"西方"，虽然在西方学界很少被提及，但是对东德的文学批评有着重要影响，这点从汉斯·迈耶、汉斯·迪特里希·达恩克、克劳斯·特雷格等论著中不难看出。而且在20世纪80年代该文已有中译本。参见范大灿编选：《卢卡契文学论文选》（论德语文学），人民文学出版社，1986，第44-67页。

如果能给独特的德国意识形态下定义的话，可以说它包括了浪漫主义与启蒙运动的对立、中世纪与现代世界的对立、文化与文明的对立，以及礼俗社会与法理社会的对立。基于文化期待与文化成就，人们一直坚信德国走的是一条特色之路，一条"特殊的道路"，这种信仰在这个诗人与思想家的国度里始终是一种骄傲。①

然而，"第三帝国"的垮台使这种思想和研究大大受到质疑。学术界再次展开了关于"特殊道路"的讨论，与之前不同，这次讨论被看作一种积极的自我反省和自我认识的尝试。面对德国走上另外一条与欧洲各国截然相反的道路这一事实，卢卡奇在《理性的毁灭》中对一些法西斯历史学家反驳道："这绝不意味着，德国可以免去一般的欧洲资本主义道路的普遍发展必然性，经历一个完全特殊的成为民族国家的过程。"②于是，为了强调德国的特殊性而援引一些哲学和文学传统，在卢卡奇看来，也就显得极其虚伪且可疑，而那个被狄尔泰视为一个特定的德国运动的浪漫主义就属于这种可疑的传统。卢卡奇同许多学者都一致把德国法西斯主义给欧洲带来灾难的原因归结为浪漫主义的非理性主义精神在德国普遍盛行，认为法西斯主义者"不是将国家社会主义描绘成它确实曾是的粗暴事件，而是将其描绘成民族的浪漫主义迷途"③。

正是在这种背景下，卢卡奇认为浪漫主义是必须要消除的那部分德国传统，这样才可以使德国重返人民民主的社会。正因为卢卡奇看

---

① 沃尔夫·勒佩尼斯：《德国历史中的文化诱惑》，刘春芳、高新华译，译林出版社，2019，第1页。

② 卢卡奇：《理性的毁灭》，王玖兴等译，江苏教育出版社，2005，第1页。

③ 萨弗兰斯基：《荣耀与丑闻》，卫茂平译，上海人民出版社，2014，第412-413页。

到了"浪漫主义最符合身处德国苦难之中的德国知识分子的地位，一方面符合他们那种没有根基的漂浮状态，另一方面也符合他们以客观上是错误的、社会上是危险的思想'深邃'来克服德国苦难的企图"①，所以他坚定地把批判浪漫主义视作反思德国文学史乃至德国思想史上一项富有现实意义的首要任务。需要指出的是，虽然卢卡奇在这里采用的是"特殊道路"这一论点，但同时从根本上否定了其固有的价值。1945年以后，卢卡奇能想到的唯一的解决方案就是：必须根除浪漫主义。因此，卢卡奇认为德国文学的正确发展应该是从启蒙运动到魏玛古典主义，再到海涅以及青年黑格尔的反对派。虽然卢卡奇这一时期高举的是社会主义现实主义的文论主张，但在他看来，资产阶级现实主义是社会主义现实主义的前身，而且与上述这些传统息息相关。我们看到，在这样的发展脉络中并没有现代主义和先锋派的一席之地。因为，在卢卡奇的文学观念里，现代主义、先锋派文学都是非理性主义发展的结果，如果"不同这一事实坚决彻底决裂，不对它进行无情审判，就不会有德国的复兴，德国文学就不可能繁荣。希特勒主义是迄今现实德国发展的终点，对它的批判则是评价帝国主义时代德国文学的起点"②。充分了解这一语境，或许就能理解，作为理论家的卢卡奇为何会如此决绝地否定现代主义，以及他在20世纪30年代关于表现主义论争时的态度和立场。

卢卡奇并不质疑浪漫主义的现代性，他把浪漫主义理解为一场资产阶级文人参与的运动，并认为这是他们在德国第一次面对资本主

---

① 范大灿编选：《卢卡契文学论文选》（论德语文学），人民文学出版社，1986，第62-63页。

② 范大灿编选：《卢卡契文学论文选》（论德语文学），人民文学出版社，1986，第115页。

初期的现代社会时不得不做出的反应；但是他拒斥浪漫主义的世界观，认为这种反对现代社会追求前现代模式的世界观是反动的。在卢卡奇看来，诺瓦利斯那篇著名的演讲《基督教与欧洲》正是浪漫主义反动精神的证明。在这篇演讲中，诺瓦利斯就建议用中世纪作为拯救破碎而异化的时代的办法。与对现代主义与先锋派的看法相一致，卢卡奇对早期浪漫派，尤其是弗·施莱格尔大加批判，认为其精神是腐朽的、颓废的、反动的。而且由于施莱格尔"对客观性的革命狂热……具有极端个人主义思想的知识分子歇斯底里的极度偏激，……在任何地方都没有深深扎根，因而就其真正的本质而言必然是没有任何信仰"①，所以，施莱格尔的浪漫反讽理论在卢卡奇看来，因其脱离现实的世界观而非常危险。

卢卡奇虽然对早期浪漫派大加伐挞，但他也没有一概而论。比如，他认为自由主义的浪漫派作家路德维希·乌兰特就是一个例外，而 E.T.A. 霍夫曼则被他称为浪漫派"最伟大的人物"，"是歌德和海涅之间唯一产生了世界影响的德国作家"，其原因就是霍夫曼不仅"从真正浪漫派作家的那种狭隘的艺术立场又回到了民主改革的伟大立场上来了"，而且能像歌德及巴尔扎克那样深刻地"把握这个时期重要的发展倾向"，"以新型的隐喻现实主义表现了这些倾向"，所以在卢卡奇眼里霍夫曼相较于其他浪漫派作家而言"处于更高的阶段"。②

可见，第二次世界大战后卢卡奇对浪漫主义的态度，实质上是自

---

① 范大灿编选：《卢卡契文学论文选》(论德语文学)，人民文学出版社，1986，第50-51页。

② 范大灿编选：《卢卡契文学论文选》(论德语文学)，人民文学出版社，1986，第65-67页。

由主义对浪漫主义的激烈批判，这与民族主义对浪漫主义的热情鼓吹截然对立。卢卡奇认为只有回归自由民主的传统，才能对抗危险的德国民族主义。正是在这一思路下，卢卡奇放弃了早期著作中的浪漫主义文化批评。19世纪后期德国对浪漫主义文化批评的积极态度强化了激进的右翼民族主义，而这又助长了国家社会主义的意识形态。关于这样的例子可以列出保罗·拉加德、朱利叶斯·兰贝恩、弗里德里希·林哈德、范·登·布鲁克等一长串名单。①事实上，托马斯·曼也属于这一脉络，他在《一个非政治人物的反思》一书中完全是站在浪漫主义的立场上对"罗马的西方和大洋彼岸的新兴国家所拥有的民主"②进行猛烈的攻击，他深信"德国人永远不会喜欢民主政体"，反而是"广受唾弃的'独裁主义国家'才是最适合德国人的"，因为"从根本上说，他们最习惯、也最渴望这种国家政体"。③这段话把托马斯·曼的民族主义或者说是军国主义思想表现得淋漓尽致，他斩钉截铁地把德国文化传统与民主精神截然对立起来，认为两者冰火难容。上述几位学者的共同之处就在于，他们对19世纪70年代以后德国的现代化持怀疑态度，对现代资本主义社会充满着否定的批判，让我们想到批判现代社会各种病症的早期浪漫派。

---

① See Fritz Stern, *The Politics of Cultural Despair: A Study in the Rise of the Germanic Ideology*, Berkeley: University of California Press, 1961; George L. Mosse, *The Crises of German Ideology: Intellectual Origins of the Third Reich*, N.Y.: Grosset & Dunlap, 1964.

② Thomas Mann, *Reflections of an Nonpolitical Man*, trans. by Walter D. Morris. N.Y: Frederick Ungar, 1983, p.31.

③ Thomas Mann, *Reflections of an Nonpolitical Man*, trans. by Walter D. Morris. N.Y: Frederick Ungar, 1983, pp.16-17.

余论

卢卡奇研究专家保罗·布雷恩斯认为,"反资本主义的浪漫主义"在政治上是矛盾的。它对社会的批判可以是右派的,也可以是左派的,它可以用民族主义或平等主义的术语表达自己。[①] 卢卡奇的著作就是在这种紧张关系中产生的。他早期对待德国浪漫主义,更具体地说,他对诺瓦利斯、弗·施莱格尔、索尔格和谢林的讨论是对一个否认任何真实性的现代世界的根本抗议。这种批判当然不包含民族主义,而这在托马斯·曼的作品中却是一个非常重要的因素。第一次世界大战的爆发让当时德国知识界突然被迫表现出自己的政治立场。大多数人,包括托马斯·曼和马克斯·韦伯——站在德国人一边,以亨利希·曼(托马斯·曼的哥哥)为代表的少数自由派支持西方列强,卢卡奇却没有选择站队,而是两边都不靠。[②] 他坚定地反对战争,所以有一次在韦伯家的沙龙上,当韦伯夫人对他描述战争中英雄主义事迹的时候,卢卡奇表现出抵触的情绪,几近泼冷水似的说到情况"越好,就是越糟"[③]。他在德文版《小说理论》1962年的作者序言中写道:

> 同盟国很有可能会击败俄国,这将可能致使沙皇统治的倒台,我对这一结局无甚异议。但与此同时,也极有可能是西方国家打败德国;如果这可以致使霍亨索伦王朝

[①] Paul Breines, "Marxism, Romanticism, and the Case of Georg Lukács", in *Studies in Romanticism*, Vol. 16, no. 4, 1977, pp. 473-489.

[②] 参见 Andrew Arato & Paul Breines, *The Young Lukács and the Origins of Western Marxism*, 1979, pp. 61-74.

[③] Georg Lukács, *The Theory of the Novel*, trans. by Anna Bostock, The Merlin Press, 1971, p.11.

（Hohenzollern）以及哈卜斯堡王朝（Habsburger）的覆灭，我也照样表示赞同。但是，随之而来的问题就是：谁能把困于西方文明中的我们拯救出来呢？（前景如果是德国最终取得胜利，那于我而言简直是可怕的梦魇。）①

  从这段文字中不难发现，他对战争强烈的拒斥态度更是一览无余。上面引述的最后一句话尤其值得注意。卢卡奇对亨利希·曼所谓的西方文明毫无兴趣，因此，西方列强即使最终能取得胜利，对他来说也并不是最好的结局。在当时，也就是写《小说理论》的1914—1915年间，卢卡奇所看到的出路是在俄罗斯。在《小说理论》的最后一章，卢卡奇在陀思妥耶夫斯基身上找到了小说的突破，并认为这将开启一种新的美学文化，他认为"陀思妥耶夫斯基不是在写小说，而是在其作品中展示他的创造性愿景（creative vision），无论是肯定地确证还是否定地拒斥，都与欧洲19世纪的浪漫主义无关，也与许多类似的浪漫主义对其小说的反应无关。他属于那个新世界"②。虽然不久以后，卢卡奇就放弃了这种宗教形而上学的解决方案，但不可否认的是，在《小说理论》中做的思考，为他以后在《历史与阶级意识》中所给出的答案做了必要的理论准备。

---

  ① Georg Lukács, *The Theory of the Novel*, trans.by Anna Bostock, The Merlin Press, 1971, p.11.

  ② Georg Lukács, *The Theory of the Novel*, trans.by Anna Bostock, The Merlin Press, 1971, p.152.

曹学聪

1981年生，2021年毕业于清华大学中文系文艺学专业，获博士学位。现为南昌大学人文学院副教授。主要研究领域为西方马克思主义文论。在《文艺研究》《马克思主义与现实》《中国现代文学研究丛刊》《山东社会科学》等期刊发表学术论文十余篇。

战争创伤及其艺术再现的问题
——论奥布莱恩的小说《他们背负着的东西》

凌海衡

对于大多数美国人来说，越战从一开始就是梦魇般的创伤体验。越战不仅仅是"炮弹休克"(shell shock)这一用来研究第一次世界大战士兵心理紊乱的术语所能概括的，事实上，热带雨林的残酷气候、越南游击队神出鬼没的偷袭、亲眼目睹战友及敌人的恐怖死状，以及更重要的、对战争的正义性的怀疑，都给参战的士兵带来了无尽的创伤折磨以及道德困惑。因此，越战成了当代美国叙事作品的热门题材。在美国文化中，关于越战的各种电玩、电影、电视、小说、回忆录、媒体报道等等是如此的流行，以至于它成了当代美国文化的一个重要部分。这些作品的现实主义技巧将越战的种种困境描写得栩栩如生，让读者或观众有着亲历其境的感觉，以至于"越南"或"越战"这些词语具有了多重延伸意义。根据米德尔顿的研究，甚至有字典赋予"Vietnam"一词以这么一条定义："一种你应该立即逃离的创伤性事件或糟糕局面。"他举例说，第二次世界大战历史学家马丁·摩根就用"非常越南"(very Vietnam-ish)一词来评价斯皮尔伯格导演的第二次世界大战大片《拯救大兵瑞恩》(Saving Private Ryan)，因为该影片有着"悲观精神""绝望感""徒劳"等特征。又比如，一部关于伊拉克战争中美国士兵伤亡的电影 Grace is Gone 也被说成"非常越南"（very Vietnam-esque）。① 诸如此类的用法充分表明了"越南"一词与创伤和恐惧感之间存在着紧密的关系。

然而，由于这些叙述作品在描绘痛苦的创伤体验时所采用的逼真的摹仿和娴熟的处理技巧常常会给受众带来审美快感，它们逐渐遭到了人们的质疑。许多越战老兵甚至在他们的汽车保险杠上贴上"越战是战争，不是电影"的字样，对电影和其他叙事作品将越战娱乐化的行为提出强烈的抗议。这些张贴物提醒人们，尽管越南战争有着许多超现实或非现实的因素，它始终是一场无数男女因其而丧生的、给美国人民带来沉重的痛苦回忆的真实战争。因此，任何对这类事件的再现都背负着沉重的伦理意义。许多艺术家勇敢地承担起了这一重负，积极地投身于探索新的叙事手法，以图创作出既能重现越战创伤、又能阻断读者的阅读快感、从而引领读者展开批判性反思的艺术作品："最警觉的、从暗处看世界的小说家、诗人、剧作家们不愿借助线性的、模仿性的叙事所具有的可靠且又诱人的力量来净化战争，相反，他们梳理残骸，奉献出诸多解构性的、质疑性的、由令人不安的意象并列构成的拼贴性作品。"②

在这众多的艺术家中，亲历过越战恐怖场景的当代小说家提姆·奥布莱恩（Tim O'Brien）因其独特的叙事手法引起了人们广泛的关注。然而，与其他越战小说家不同的是，奥布莱恩并不仅仅局限于逼真地再现越战的恐怖场面以及美国大兵所体验到的苦难创伤，而是将笔触伸向自己写作的困难，通过反反复复地向读者诉说书写真实

---

① Alexis Middleton, *A True War Story: Reality and Fiction in the American Literature and Film of the Vietnam War*, MA thesis, Brigham Young University, August 2008, p. 4.

② Don Ringnalda, *Fighting and Writing the Vietnam War*, Jackson: University Press of Mississippi, 1994, p. xi.

的战争故事的艰难来力图警醒读者，要求读者反复聆听幸存者的内心的苦痛，聆听他们如何竭力摆脱创伤的阴影，进而追问战争的原因。

奥布莱恩与越战小说

奥布莱恩所有的小说都摆脱不了越战这个庞大的阴影。用他自己的话来说，"越南生活在我内心。我有时只是用另一种说法来称呼它。我把它叫做生活。越南、离婚、父亲去世——所有这些事情会一直纠缠下去，即使你以为它们已经消失了。它们会像气泡一样不断再冒出来"①。

1968年，刚刚获得政治学学士学位的奥布莱恩应征入伍，当了一名步兵，被派遣到越南参战。他所在的野战排曾经被卷入到惨绝人寰的"美莱村大屠杀"（My Lai Massacre）中。在这场大屠杀中，美军杀害了五百多名手无寸铁的妇女和儿童，焚毁了整个美莱村。奥布莱恩本人是在大屠杀一年之后才随队抵达这个村子的，他说，"我们当时不知道为什么那个地方对我们那么仇视。我们不知道一年前那里发生过大屠杀。后来我们才知道这个消息，当时我们还在那里，于是我们全都知道了"②。服完兵役之后，奥布莱恩就读哈佛大学研究生院，并获得了在《华盛顿邮报》实习的机会。1973年他出版了战争回忆录《如果我死于沙场，装上我，把我运回家》(If I Die in a Combat Zone, Box Me Up and Ship Me Home)，从此开始了创作生涯。迄今为止，奥布莱恩出版了八部作品，包括《北部之光》(Northern Lights, 1975)，《追随卡乔托》(Going After Cacciato, 1978, 获 1979

---

① John Mort. "The *Booklist* Interview: Tim O'Brien". *Booklist* 90 (August 1994): 90-91.

② http://www.nytimes.com/books/98/09/20/specials/obrien-storyteller.html.

年度国家图书奖)、《核时代》(The Nuclear Age, 1985)、《他们背负着的东西》(The Things They Carried, 1990)、《在林中湖里》(In the Lake of the Woods, 1994)、《发情的公猫》(Tomcat in Love, 1998)、《七月啊七月》(July, July, 2002)。这八部作品或多或少都与越战有关,以至于评论家们普遍认为,他是当代最重要的越战小说家,虽然他本人极力否认这点。①

在这些作品中,《他们背负着的东西》②是奥布莱恩最负盛名的作品。该书曾经进入普利策奖及国家图书评论家协会奖(National Book Critics Circle Award)的决赛,也曾获得过法国的最佳外文书奖(Prix du Meilleur Livre Etranger),因此被公认为最重要的越战小说。在百老汇图书公司1990年印制的版本中,封面之后有着长达八页纸的对该书的赞誉,全都是来自于多达35种报纸杂志的评论。这本书收集了22篇相互关联的故事,大半在成书之前就已经发表在各种文学杂志上。比如,下面五个故事就曾经发表在《士绅》杂志(Esquire)中:《他们背负着的东西》(The Things They Carried)、《如何讲述一个真实的战争故事》(How to Tell a True War Story)、《茶蓬江上的情人》(Sweetheart of the Song Tra Bong)、《鬼战士》(The Ghost Soldiers)和《死者的生平》(The Lives of the Dead)。

书中所有的故事都与作者本人的越战经历有关,然而有趣的是,它的副标题却是"一部虚构作品"(a work of fiction)。显然,这部作品并非传统的战争故事。赫伯尔指出,"在整部作品中,这些故事都

---

① Larry McCaffery. "Interview with Tim O'Brien". *Chicago Review* 33.2 (1982), p. 131.

② Tim O'Brien, *The Things They Carried*. New York: Broadway Books, 1990. 本文凡引用该书的文字时,均只在引文后标明页码,不再一一注明出处。

是通过各种各样的话语姿态而创作的，包括回忆、表白、解释，以及明确的讲故事行为等等"①。奥布莱恩本人在访谈中也承认，这部作品"半是小说，半是故事集。它也部分是非虚构作品"②。里昂则认为它是"短篇小说、散论、轶事、叙事片段、笑话、传说、传记素描和自传速写，以及哲学旁白"等等的文集。③就连该书正文前面的评论都给出了不同的说法。比如，《迈阿密先驱》(Miami Herald)将该书看作为文学现实主义的作品："这些故事有着察知到的有形细节所特有的具体性，这使得它们像是现实主义艺术的典范。"（第 iii 页）其他评论者则视其为一种完全不同艺术风格的作品。《时代》周刊认为，该书捕捉到了"自由落体般的恐惧感，以及战争的超现实性"（第 iv 页）。很显然，这是一本难以界定其类型的著作，因为它本身包含着各种各样的风格和体裁。正如纳帕斯德克指出的，这部作品"抵制简单的归类：它部分是小说，部分是故事集，部分是散论，部分是新闻报道；更重要的是，它同时是所有这些文类"④。

除此之外，每一个读者都会注意到该书的形式复杂性，或者说形式的混乱性。作者采用了各种后现代叙事的手段，如时间顺序的颠倒、各种元素的拼贴、同一事件的不同角度叙说等等。这些手法赋予小说以一种超现实的形式。这正是作者所想要达到的效果。奥布

---

① Mark A. Heberle, *A Trauma Artist: Tim O'Brien and the Fiction of Vietnam*, Iowa City: University of Iowa Press, 2001, p. 178.

② Martin Naparsteck, "An Interview with Tim O'Brien", *Contemporary Literature* 32.1 (1991), p. 1.

③ Gene Lyons, "No More Bugles, No More Drums", *Entertainment Weekly* 23 Feb. 1990, p. 52.

④ Martin Naparsteck, "An Interview with Tim O'Brien", *Contemporary Literature* 32.1 (1991), p. 1.

莱恩在一次访谈中提出，战争小说包含种种超现实的因素："在战争中，理性官能慢慢降低作用……接管过来的是超现实主义，是想象的生命。士兵的头脑成为经历的一个部分——大脑好像流出你的头部，融入你周围战场上的各种因素之中。它就好像走出了你的身体。战争是一种超现实的体验，因此，作家以一种超现实的手法来表现战争的某些方面，就显得很自然，也很恰当。"他还说，"对于参战的人来说，每一种战争看起来都是没有形式的"。①据此，奥布莱恩放弃了传统现实主义的手法。根据德国哲学家阿多诺的理论，如果采用现实主义手法去模仿，那必然意味着作者会对支离破碎的、超现实的感觉进行整理，赋予整饬的形式。②奥布莱恩采取的是"超现实的手法"，像在战争中一样，他让自己的"理性官能"降低作用，而让感觉、让想象接管。让人赞叹的是，这种种高度形式化的叙事技巧并未因此而削弱其内容上的真实性。正如哈罗德·布鲁姆所说的，"奥布莱恩编织了一个完全超现实的、虚构出来的故事，但众多作家、读者和批评家都说它是一部对越战的最真实、最有说服力、最直言不讳的描绘"③。

然而，并非所有的评论家都给予好评。吉姆·内尔森在其《交战的小说：文化政治与越战叙事》一书中就提出，这部作品"只是一种新的唯美主义，是对讲故事和文学想象的力量的一种信任"④。他认

---

① Larry McCaffrey, "Interview with Tim O'Brien," *Chicago Review* 33 (1982), p. 135.

② 见拙作《让语言自身言说：从语言的角度看阿多诺的现代主义美学及其政治意义》，《文艺研究》2006 年第 1 期。

③ Harold Bloom, *Bloom's Guides: Tim O'Brien's The Things They Carried,* Chelsea House, 2005, p. 15.

④ Jim Neilson, *Warring Fictions: Cultural Politics and the Vietnam War Narrative*, Jackson: Mississippi University Press, 1998, p. 197.

为，该书对越战的高度虚构化的再现是失败的，因为它们无法、也未能呈现战争的现实。他写道："讲述越战的超现实性和非现实性，就是混淆物质性事实和感觉性体验，就是对该场战争的神秘化。诚然，从士兵的角度来看，战争的混乱是超现实的，而且战争的某些因素……可能是'非现实的'。但这种看法的问题是，它主导了对越战的文学描绘。如果我们像许多批评家那样，视越战为对定局性（finality）的抗拒，那就等于说，越战是无法说清的，因此也就等于说我们无法从中取得教训。这种对定局性的否定，就是否定对战争的任何肯定的、明确的理解。"①米德尔顿认为，内尔森的质疑提出了一个关于创伤事件之再现方式的严肃的伦理问题："任何一个试图再现越战的艺术家都面临这么一个挑战，即如何再现这一跨越了二十年美国历史、至今依然左右着人们对战争中的美国的看法的、极为复杂的、而在情感上又极具重要性的事件。"②

不过，无论是内尔森还是米德尔顿都忽视了一点，即《他们背负着的东西》并非只是关注对越战的描写。实际上，越战叙事之于奥布莱恩，只是一种"抵达人类心灵及其所承受的压力"的一种方式。正如作者对访谈者所说的，这部书"记述了所有我身上的、内心中的垃圾，物质的和精神的负担"③。事实上，由于《他们背负着的东西》描绘了战争给士兵们带来的沉重精神负担，它甚至得到了精神病专家的

---

① Jim Neilson, *Warring Fictions: Cultural Politics and the Vietnam War Narrative*, Jackson: Mississippi University Press, 1998, p. 195.

② Alexis Middleton, *A True War Story: Reality and Fiction in the American Literature and Film of the Vietnam War*, MA thesis, Brigham Young University, August 2008, pp. 95-96.

③ Don Lee, "About Tim O'Brien," *Ploughshares* 21.3 (Winter 1995-96), p. 200.

推崇。他们认为该书对战争创伤进行了富有洞见的再现。① 因此之故，赫伯尔将奥布莱恩称为"创伤艺术家"："虽然越南既是创伤发生的场所，又是奥布莱恩战后事业的源头，但是他拒绝被称为战争作家，这表明'创伤作家'是一个更恰当的标签。"② 在赫伯尔看来，《他们背负着的东西》是一部既关涉创伤，又关涉康复的作品，因为作品本身就说过，"这点非常真实：故事能够拯救我们"（第255页）。他认为，这部作品"将讲故事这一行为本身当作最重要的题材来处理，从而协调了这两点真理[即创伤与康复]"③。经过详细的分析之后，他提出："作为将自己无法背负的东西转译为真实的战争故事的一名创伤幸存者，奥布莱恩……经历了恐惧、内疚和悲伤，最后获得了他本人的平和心境。"④ 这一结论与内尔森等人的观点其实有着相似之处，不同的是，赫伯尔认为作品描述的不是越战本身，而是作者的创伤与康复过程。

这些观点的问题在于，人们要么只关注该书的形式特征，要么只关注它的内容。极少有人关注到这两者之间的关联，尤其是该书的元小说特征与其故事内容之间的关系。诚然，人们普遍注意到该书的元小说特征。就连作者本人也在一次访谈中明白地说："这整部书都是

---

① 参见 Judith Herman, *Trauma and Recovery*, New York: Basic Books, 1992; 以及 Jonathan Shay, *Achilles in Vietnam: Combat Trauma and the Undoing of Character*, New York: Touchstone, 1994。

② Mark A. Heberle, *A Trauma Artist: Tim O'Brien and the Fiction of Vietnam*, Iowa City: University of Iowa Press, 2001, p. xix.

③ Mark A. Heberle, *A Trauma Artist: Tim O'Brien and the Fiction of Vietnam*, Iowa City: University of Iowa Press, 2001, p. 178.

④ Mark A. Heberle, *A Trauma Artist: Tim O'Brien and the Fiction of Vietnam*, Iowa City: University of Iowa Press, 2001, p. 215.

关于虚构、关于我们为什么进行虚构的。……我在努力地书写虚构是如何发生的"①。不过，人们往往将这些形式技巧当作是讲述内容的工具而已。卡罗维在她的文章中细致入微地梳理了奥布莱恩的各种元小说手法，但她也只是得出这样的结论："《他们背负着的东西》探讨了写作的过程；……通过检视想象和记忆……，通过在一部作品中提供如此多重的技巧，奥布莱恩挖掘了虚构创作的根源。通过如此广泛地关注什么是或不是战争故事，通过审视战争故事的写作过程，奥布莱恩书写了一个战争故事。"②——显然，对于卡罗维而言，对战争故事的"书写"才是该书的最终旨归。将奥布莱恩称为"创伤艺术家"的赫伯尔也认真分析过《他们背负着的东西》所采用的种种形式手段，包括元小说手法："在全书中，故事的创作经过了许多话语姿态，包括回忆，忏悔，解释，也包括明显的讲故事；而且许多故事被不断重复，用更多的细节来补充说明，或增补了额外的解释或评论。这种对虚构过程的无尽复制见证了创伤与叙事之间的相互依赖。"然而紧接着他又说："最终，作品既表明了通过写作而超越创伤的需

---

① Debra Shostak, "A Conversation With Tim O'Brien", *Artful Dodge,* October 2, 1991, 见 http://www.wooster.edu/artfuldodge/interviews/obrien.html. 有关该书叙事形式的讨论亦可参见：Steven Kaplan, "The Undying Uncertainty of the Narrator in Tim O'Brien's *The Things They Carried"*, *Critique,* vol. 35, no. 1, fall 1993, pp. 43-52; John H. Timmerman, "Tim O'Brien and the Art of the true war story: 'Night March' and 'Speaking of Courage'", *Twentieth Century Literature,* vol. 46, no. 1, spring 2000, pp. 100-114; Janis E. Haswell, "The Craft of the Short Story in Retelling the Viet Nam War: Tim O'Brien's *The Things They Carried* ", *The South Carolina Review,* vol. 37, no. 1, fall 2004, pp. 94-109; Michael Kaufman, "The Solace of Bad Form: Tim O'Brien's Postmodernist Revisions of Vietnam in 'Speaking of Courage'" ,*Critique,* vol. 46, no. 4, summer 2005, pp. 333-343。

② Catherine Calloway, "'How to tell a true war story': Metafiction in *The Things They Carried,*" *Critique,* vol. 36, no. 4, summer 1995, p. 251. 斜体是原作者的标记。

要，也表明了这样做的不可能性。"① 就是说，写作，或对写作的讨论，其实都是为了讲述创伤与康复之间的关系。

将这种视形式手段为讲述内容的工具的观点推到极致，就是无限强调形式本身的重要性。如一评论家所说的，"在这部小说中，真相与虚构之间的令人目眩的相互作用不仅仅是美学后现代的游戏手法，它也是一种形式，这种形式是作者在自己整个生涯中对故事的力量与能力的关注的一种主题上的延续"②。笔者认为，这种观点太过执着于奥布莱恩的元小说情结，忽视了他关注形式，关注故事的能力背后的根本原因，即满腔的创伤该如何去诉说的问题。本文认为，该书无处不在的元叙事结构向我们表明，与其说它是在告诉读者越战的真相，或者是在向读者诉说痛苦的创伤体验，毋宁说它是在力图将书写创伤体验的困难传递给读者。也就是说，这部小说的宗旨，是要描绘这种书写的困难。

创伤叙事：讲述真相的证词

或许别的战争作家能够将语言视为透明的工具，能够有效地、充分地再现他们的创伤体验，但对于饱受创伤体验折磨的奥布莱恩来说，语言再现是相当艰难的。因此，与后结构主义理论家不同的是，奥布莱恩对语言再现现实的能力、对艺术传递内心感受的能力的怀疑并非出于纯粹的理论思考，而是出于沉重的精神压力。这是因为，能否有效地再现残酷的过去和传达内心的焦虑，关涉作者自我疗伤的有

---

① Mark A. Heberle, *A Trauma Artist: Tim O'Brien and the Fiction of Vietnam*, Iowa City: University of Iowa Press, 2001, p. 178.

② Maria S. Bonn, "Can Stories Save Us? Tim O'Brien and the Efficacy of the Text," *Critique* 36 (Fall 1994), p. 13.

效性。科尔克等人认为，心理健康与个体是否能够将时间体验叙事化（to narrativise temporal experience）有关。① 他们的理论来自于法国精神病专家皮埃尔·让内（Pierre Janet，1859－1947）。根据科尔克的挖掘，让内所说的"叙事记忆"（narrative memory，即理解和组织过去的方式）深受创伤体验所困扰。创伤记忆拒绝被放逐到幸存者对过去的感知中，因此拒绝被同化到"叙事记忆"中。创伤性事件经由诸如侵入性思想、噩梦、闪回或幻觉等持续不断的、无意识中进行的现象而得到重现。因此他们把创伤看作为主体之叙事化官能（narrativising faculty）的一种紊乱②。因此，从创伤中康复过来的过程就意味着创伤性事件之被融入连贯的、组织好了的、对过去的叙事中。科尔克写道："创伤记忆是未被同化的、极其强烈的体验碎片。这种体验须整合到已有的精神图式中，必须被转化为叙事语言。而要想成功实现这点，遭受创伤的病人必须常常回到记忆中，以最终完成它。"③ 也就是说，当"故事能够被讲述出来，当病人能够回顾所发生的事情，并将它安置到他的人生历史、自传及其个性整体中"的时候，"彻底的康

---

① Bessela A. Van der Kolk & Onno Van der Hart, "The Intrusive Past: The Flexibility of Memory and the Engraving of Trauma," in Cathy Caruth (ed.), *Trauma: Explorations in Memory*, Baltimore: The John Hopkins University Press, 1995, pp. 158-82.

② Bessela A. Van der Kolk & Onno Van der Hart, "The Intrusive Past: The Flexibility of Memory and the Engraving of Trauma," in Cathy Caruth (ed.), *Trauma: Explorations in Memory*, Baltimore: The John Hopkins University Press, 1995, p. 160.

③ Bessela A. Van der Kolk & Onno Van der Hart, "The Intrusive Past: The Flexibility of Memory and the Engraving of Trauma," in Cathy Caruth (ed.), *Trauma: Explorations in Memory*, Baltimore: The John Hopkins University Press, 1995, p. 176.

复"就能成功地发生①。奥布莱恩在《他们背负着的东西》中所持的观点，与科尔克等人的理论颇有共通之处。他在书中写道："四十三岁了。战争发生在半辈子前，然而回忆却使它回到现在。有时候记忆会导向一个故事，使它成为永远。这就是故事所要做的。故事是要把过去与未来联接起来的。故事是夜深人静的时候当你不记得你是怎样从你过去所是的样子走向你现在所是的样子时所要的东西。故事是为了永恒的，那时记忆被抹拭了，除了故事之外没有什么东西能够回忆起来。"（第40页）他还说，"故事能够拯救我们"（第225页）。就像书中的叙事者们，奥布莱恩迫切地希望能够运用各种叙事技巧来恰当地讲述自己的故事，以便获得拯救。

不过，奥布莱恩竭力讲述真实的战争故事，其原因并不仅仅为了自己获得拯救。当奥布莱恩和其他越战士兵回到美国的时候，他们发现，国内的民众急于恢复战前的生活，因此他们采取了一种对创伤体验的集体否定，就是说，他们拒绝直面痛苦的战争记忆。而在另一方面，饱受战争创伤的老兵则挣扎着想摆脱战争所带来的心灵创伤。奥布莱恩在一篇文章中曾经哀叹说，美国在战后调整得太好了。美国人普遍希望，越战结束之后，一切都重新回到某种"正常"的状态。这么一种希望在奥布莱恩看来是得到了完美的实现。但是，这是一种遗忘。他本来是"企望我们会多一点困惑"的。② 越战的确是苦涩的记忆，可是忘记它就意味着背叛历史，意味着同样的事情还可能再发生。正是出于这一点，奥布莱恩试图通过不断地讲述"真实的战争故

---

① Bessela A. Van der Kolk & Onno Van der Hart, "The Intrusive Past: The Flexibility of Memory and the Engraving of Trauma," in Cathy Caruth (ed.), *Trauma: Explorations in Memory*, Baltimore: The John Hopkins University Press, 1995, p. 176.

② Tim O'Brien, "We're Adjusted Too Well," *The Wounded Generation: America After Vietnam*, ed. A. D. Horne, Englewood Cliffs: Prentice, 1981, p. 207.

事",来引发美国人民对越战产生"困惑",从而真正去反思它。越战文学研究专家林纳尔达也坚持认为,"就越战经历而言,美国最需要做的,就是去理解它"①。只有感到"困惑",才会产生"理解"的需要,才会真正反思造成战争的原因。

正如苏珊·菲尔曼和多莉·劳伯所说的,伦理、政治、道德,甚至是无意识的律令迫使人们充当创伤性事件的证人,这意味着言说者必须讲述"真实的战争故事"。然而,如菲尔曼所研究的,作证的行为有着相当的风险,因为"证词无法由他人来转述、重复或报道,因为那样会丧失其作为证词的功能。因此,证人的负担——即使有其他证人和他/她一道——是一种极其独特的、无法和人交流的、独自背负的重担。诗人保罗·策兰说,'谁也无法为证人作证'。作证意味着背负起责任的孤独境况,或更准确地说,是背负起孤独境况的责任"②。作证的另一个问题是,虽然证人是唯一能够讲述真相的人,然而被讲述的真相并不仅仅属于他/她本人。菲尔曼解释说,作证必须超越证人个体的私人体验,因为他人必须能够听懂证人所要讲述的真相:"由于证词是对他人而说的,因此,处于孤独境况的证人乃是那外在于他的事件、现实、立场、维度的一个载体。"③因此,讲述战争的真相,不仅关涉奥布莱恩个人救赎的问题,也关涉为历史作证、促使世人对给人类带来无尽创伤的战争进行认真的思考。但问题是,战争真相和个人创伤能否经由语言而传递给世人呢?

奥布莱恩对这个问题是感到悲观的。他曾经对访谈者说:"我知道我写过,但与此同时,我又觉得我好像没写过这些文字,好像有人

---

① Ringnalda, *Fighting and Writing in Vietnam*, 1994, p. ix.

② Felman & Laub, *Testimony*, Taylor & Francis, 1992, p. 3.

③ Felman & Laub, *Testimony*, Taylor & Francis, 1992, p. 3.

将这些文字引向我这里一样。……一旦故事开始运作，我就再也感觉不到自己在充分掌控着一切。我感到我在受自己的创造物的摆布。我能左右它们，然而它们也在左右着我。这听起来很神秘，或许真的太神秘了，但这确实是我的感觉。"① 就是说，语言有着自身的逻辑，言说着的主体并不能真正驾驭这一媒介。但是，作为一名作家，对于奥布莱恩来说，最大的问题是，作为"未经中介的"真实存在的创伤体验与象征符号即语言之间存在着巨大的鸿沟，这两者之间难以确立对应关系。亲历过纳粹迫害的哲学家阿多诺就深知，苦难在公共领域中并不容易得到表达。人们都明白，我们要承认苦难的存在，要想法为苦难留出空间，但当我们试图在公共领域中表达苦难的时候，苦难始终无法得到充分的概念化。因为进入概念之中的客体永远都会留下一些残余。在苦难的概念化过程中，总是有些东西不被听到，得不到表达。在阿多诺看来，难言之痛的表述本身就是一种颠覆性的行为。他说，"有必要让苦难发出声音。这是一切真理的条件。因为苦难是一种客观性，它沉重地压在主体之上；它的最主观的体验，它的表达，是要以客观的方式来传达的"②。根据阿多诺的非同一性哲学，人类体验是无法化约为概念和范畴的。但人类的状况却是由这些概念和范畴所界定的；它们就是人类所能认识的东西。但与此同时，那幽灵般纠缠着概念化的非同一物使得我们无法通过表达来触及真实本身。无论我们有着多么高超的叙事技巧，人们的痛苦体验与人们所能表达出来的东西之间，永远存在着本质性的差异。任何一个牙疼过的人都知道这一点。我们永远也无法保证，在表达的时候，痛苦体验与痛苦述说

---

① Tim O'Brien, "Artful Dodge Interviews Tim O'Brien", in Daniel Bourne (ed.), Artful Dodge, Artful Dodge Publications, 1992, pp. 74-90.

② Theodor Adorno, *Negative Dialectics*, NY: Continuum Press, 1987, pp. 17-18.

之间能够完全同一："当前，每一种表达行为都在歪曲真理，出卖真理。同时，无论用语言做什么事，都会蒙受这种悖论之苦。"①

在《他们背负着的东西》中，奥布莱恩始终被这种悖论之苦纠缠着。所以，在该书中，他常常放弃对痛苦体验的再现，而去反反复复地讨论该如何讲故事。看看他的目录：22章中有4章连标题都是与众不同的："如何讲述一个真正的战争故事""风格""注释""好的形式。"奥布莱恩说："真正的战争故事是无法讲述的。"因此，他不厌其烦地在书中讨论应该如何"讲述一个真实的战争故事"。因此，这部作品有着明显的元小说技巧。人们都知道，所谓元小说，指的是"一种虚构作品，这种作品有意识地、系统地关注自身的虚构性，为的是质疑现实与虚构之间的关系。在对自身建构方法进行批判的过程中，这种写作不仅审视叙述性虚构作品的根本结构，而且还探索这个世界在文学虚构文本之外的可能的虚构性"②。虽然奥布莱恩采用元小说技巧的目的并不是要系统地关注小说作为虚构物的地位，但是他的确非常关注现实与虚构之间的关系。在他看来，真实与虚构之间的界线是非常模糊的："在一切战争故事中，尤其是在真实的战争故事中，人们很难将已经发生过的事情（what happened）与似乎发生过的事情（what seemed to happen）区分开来。"（第71页）他接着说，"在许多情况下，真实的战争故事是不能相信的。如果你相信它，你就会怀疑它。……在其他情况下，你甚至无法讲述一个真实的故事。有时它是无法被讲述的"（第71页）。为此，奥布莱恩区分出故事真相（story-truth）与事实真相（happening-truth）。他说："我希望你知道为

---

① Theodor Adorno, *Negative Dialectics*, NY: Continuum Press, 1987, p. 41.

② Patricia Waugh, *Metafiction: The Theory and Practice of Self-Conscious Fiction*, London & New York: Methuen, 1984, p. 2.

什么故事真相有时比事实真相更加真实。"（第179页）为了说明这两者的区别，他在《好的形式》中甚至给出了例子：

> 这是事实真相：我曾经当过兵。到处都是尸体，真实的尸体，真实的人脸，但当时我还年轻，我不敢看。如今，二十年之后，留给我的是没有人脸的责任，没有人脸的悲伤。
>
> 这是故事真相：他身材纤细，死了，大约二十岁上下，颇有些优雅。他躺在美溪村（My Khe）旁一条红土小路中间。他的下巴嵌进喉咙里了，一只眼睛闭上，另一只眼睛则是一个星形的洞。我杀了他。

我想，故事能做的，就是使事情在场出现。

我能看到我以前永远无法看到的东西。我能把人脸与悲伤、爱、怜悯、上帝联系起来。我能勇敢起来，我能让自己重新感觉到。（第180页）

事实真相与故事真相的区别不在于是否真正发生过，而在于故事真相能够栩栩如生地再现当时的情况，虽然它是虚构出来的。然而问题是，如果真是那样的话，那么作者根本就不用考虑事实真相了。他可以像传统小说家一样去虚构，去模仿。如果只需要妙笔生花，就能够"使事情在场出现"，又何必再喋喋不休地去区分两者的不同呢？

奥布莱恩的元小说技巧/内容关注的真实存在与象征，其实就是符号、能指与所指之间不可通约的问题。在此，我们可以回到早期叙事学那里找到分析的途径。众所周知，热拉尔·热奈特在其经典著作《叙事话语》中，将叙事文本分为三个层次。首先是叙事（Récit, narrative），这是最核心的。热奈特将之定义为"讲述一个事件或一系列事件的口头或书面的话语"①。其次是故事（Histoire，story），指的是相继发生的事件。事件本身，而不是被讲述的方式，构成了故事，因此是叙事的内容。热奈特用语言学的术语来说明这两者的区别。他说，故事是"所指，或内容"；而叙事则是"能指，陈述、话语，或叙事文本本身"②。热奈特还引进了第三个术语，即叙述（narration，narrating），即"包括在本身之内的叙事行为"（the act of narrating taken in itself）③。热奈特解释说，叙述是"生产着的叙事行为，以及该行为发生于其中的全部真实或虚构的情景"④。不过，在整部《叙事话语》中，热奈特几乎只是在讨论《追忆似水年华》中故事情节的错乱安排，而极少关注这个叙述范畴。从理论上来说，他的分析并没有多少新意，只是重复了俄国形式主义对故事与情节所作的区分。这里暂且放下叙述这一层面，先来看看热奈特的叙事/能指与故事/所指在《他们背负着的东西》中的运作情况。

在奥布莱恩的写作生涯中，对于同一个故事/所指，他写出了许多不同的叙事/能指。在这些作品中，故事内容基本相同，但是叙事却大不相同，因为他采用了不同的细节、措辞和结构。《他们背负着的东西》出版之前，有一些故事被奥布莱恩反复讲述和修改了十多年。而且，当一个故事被反复讲述的时候，叙事者越来越依赖于对先

---

① Gérard Genette, *Narrative Discourse: An Essay in Method*, trans. Jane Lewin, Ithaca: Cornell University Press, 1980, p. 25.

② Gérard Genette, *Narrative Discourse: An Essay in Method*, trans. Jane Lewin, Ithaca: Cornell University Press, 1980, p. 27.

③ Gérard Genette, *Narrative Discourse: An Essay in Method*, trans. Jane Lewin, Ithaca: Cornell University Press, 1980, p. 26.

④ Gérard Genette, *Narrative Discourse: An Essay in Method*, trans. Jane Lewin, Ithaca: Cornell University Press, 1980, p. 27.

前叙事的记忆，而不是对事件本身的记忆。这些叙事成了波德里亚所说的拟像，因为它们再现的是先前的叙事，而不是故事，或真实事件。奥布莱恩的故事不知道被讲述过多少遍了，以至于每一个叙事都在表达和阐释其他叙事。这也许就是为什么有不少批评家将奥布莱恩看作是一名着迷于文字游戏的后现代小说家。但是，奥布莱恩在书中写道：

> 这不是游戏。它是一种形式。此时此刻，就在我虚构我自己的时候，我想到的是，我想告诉你为什么这本书要写成这个样子。比如，我想跟你讲：二十年前，我看见一个人死在美溪村的一条小路旁。我没杀他。但你知道，我当时就在那里。我在那里，这就已经够有罪了。我记得他的脸。那不是一张漂亮的脸。因为他的下巴在喉咙里。而我记得感觉到责任和悲伤的负担。我责怪自己。这是对的，因为我当时在场。（第179页）

这个虚构出来的故事使得奥布莱恩能够呈现给读者一个关于许多士兵是如何体验到罪疚和痛苦的独特的真理。因此，奥布莱恩所要传递的是他的体验和感觉，而不是要去再现当时发生的事情。故事真假无所谓，能把感觉传递给读者才是最重要的。所以他坚持说"一个真正的战争故事永远都不会是关于战争的。它讲的是阳光。它讲的是，当你知道自己必须翻山越岭去做自己害怕做的事情时，黎明是如何以一种特殊的方式倾洒在河面上的。这个故事讲的是爱和记忆。它讲的是悲伤。它讲的是从来不给回信的姐妹，讲的是从来就不听你讲的人"（第85页）。为什么他这么说？因为他的目的不是讲述战争，而是战争对他的影响。然而这影响却又无法形容，无法描绘，也无法绕开。也就是说，奥布莱恩的叙事所要处理的，并不是热奈特所说的、指涉那些相继发生的事件的所谓故事，也不是科尔克所说的故事。在后者那里，只要"故事能够被讲述出来"，"彻底的康复"就能成功地发生。① 因此，奥布莱恩这个"创伤艺术家"在《他们背负着的东西》中所讲述的并不是"康复"。他的叙事所要处理的，是他的创伤体验。

如何讲述和聆听一个真实的战争故事

奥布莱恩的叙事任务因此变得更加艰巨。前面所讨论的真实存在/象征符号、能指/所指、痛苦体验/概念性表述之间的鸿沟，在《他们背负着的东西》中，并不仅仅存在于叙事文本与战争故事中，也存在于叙事文本与创伤体验中。在后者这里，这道鸿沟更加难以逾越，因为创伤体验的表述，必须借助战争故事。也就是说，这里甚至存在着两条鸿沟：战争故事/叙事文本、创伤体验/叙事文本。为了解决这个问题，奥布莱恩至少采取了两条策略，一是虚构一些故事；二是反复讲述同一个故事。然而这两条策略能否成功地传递他的创伤体验？奥布莱恩自己也没有把握。因此，他采取了元小说的技巧，直接讨论起这些策略的效果，时而为自己辩护，时而又否定自己。这一层面的文本，就是热奈特区别出来了但却未给予充分讨论的所谓的叙述层面，或元小说层面。

关于虚构策略，前面讨论故事真相与事件真相时已经涉及过。奥布莱恩认为，虽然他没有射杀那个越战士兵，但他却虚构出自己的杀戮来，因为他觉得，当时自己身在杀戮现场但却没有阻止杀戮，这本身就是一种有罪的行为。因此虚构出自己杀人的故事就更能够说明自

---

① Bessela A. Van der Kolk & Onno Van der Hart, "The Intrusive Past: The Flexibility of Memory and the Engraving of Trauma," in Cathy Caruth (ed.), *Trauma: Explorations in Memory*, Baltimore: The John Hopkins University Press, 1995, p. 176.

己的罪疚。也就是说，当事件真相或曰真实经历无法传递自己的创伤体验时，奥布莱恩就诉诸于故事真相，即虚构的故事。除此之外，奥布莱恩有时还借助于书中的人物，来表达类似的意思。在《他们背负着的东西》中，好多人物都会讲故事。奥布莱恩通过描写和评论这些故事中的故事的讲述，来深入探讨故事真相与事件真相的问题。雷特·祁利（Rat Kiley）就是其中的一个典型。在《茶蓬江上的情人》一章中，他讲述了一个17岁的美国少女因追随男朋友而来到越南的故事。这位姑娘在越南待得久了之后，居然跟一帮专门深入敌人后方打探消息甚至暗杀敌人的士兵跑了，变得冷酷无情，脖子上甚至挂了一串敌人的舌头作为自己的项链。许多批评家都指出这个故事与康拉德《黑暗之心》有着共同之处。但是这个的故事是否真实，连该书叙述者都表示怀疑：雷特·祁利"指天画地发誓故事的真实性，可是我认为，那说到底并不能保证什么。在阿尔法师的士兵当中，雷特以夸张和讲大话而闻名，人们都认为他有夸大事实的压迫症。所以我们大部分人通常都会对他所说的一切打上百分之六七十的折扣"。然而，叙述者同时又指出，"这不是欺骗的问题。恰恰相反：他想给事实真相加热，让它不断升温，直到你能准确地感受到他所感受到的东西"（第89页）。其实这也是奥布莱恩的目的。对他来说，讲故事的目的不是要去模仿、再现以前的事情。事情本身并不重要，重要的是要让读者"准确地感受到他所感受到的东西"。他在访谈中也说过："人们不能为了确切的真相而阅读文学，而应该为了它的情感特质。我觉得，文学中重要的是一些非常简单的东西，即它是否让人感动，它是否让人感觉真实。"[①]

[①] Martin Naparsteck, "An Interview with Tim O'Brien", *Contemporary Literature* 32.1 (1991), p. 9.

那么,《茶蓬江上的情人》要读者感受到的究竟是什么呢？读者不得而知。但奥布莱恩本人在别的地方提起过。1979 年，他在《士绅》杂志中发表了一篇文章，对现代传媒所再现的关于越战的老套形象表达了他的强烈失望感。他尤其看不惯科波拉（Francis Ford Coppola）导演的著名越战影片《现代启示录》（Apocalypse Now）。这是有他的原因的。因为虽然该片有着自觉的超现实主义手法，人们依然常常将之看作是一部现实主义的、真实的越战电影。比如，约翰·斯托利在其《文化理论与流行文化导论》一书中就说，"……《现代启示录》成了判断对美国越战的再现作品是否属于现实主义的标杆。问'它看起来是否像《现代启示录》'这么一个问题实际上就等于问'它是否是现实主义的'"[1]。根据一项调查，61%的受访者认为，该片呈现了"一幅关于越战时什么样子的相当现实主义的图画"[2]。奥布莱恩在文章中指出："《现代启示录》提供了经过花哨加工的老套形象：古怪的、麻木的、易怒的美国大兵。这部电影有着清楚的隐喻性意图，然而它却传递了这么一个清楚的信息：不仅战争是疯狂的，参战的人也是如此……这部电影似乎在说，越战是一个疯狂的垃圾桶，美国大兵是其中的居民……"[3] 显然，作为一名越战老兵，奥布莱恩对这部改编自康拉德《黑暗之心》的电影所表现的美国大兵的形象相当不满。因此，他在《茶蓬江上的情人》中重写了康拉德的《黑暗之心》。他将库茨（Kurtz）塑造为一名来自于美国主流社会的天真的女孩，一名年仅 17 岁的啦啦队长。奥布莱恩认为，通过叙述这个

---

[1] John Storey, *Introductory Guide to Cultural Theory and Popular Culture*, 1993, pp. 162-63.

[2] 以上事例均转引自 Alexis Middleton, p. 9.

[3] Tim O'Brien, "The Violent Vet," *Esquire*, vol. 92, no. 6, Dec. 1979, p. 100.

女孩如何成长为一个恐怖杀手，读者就会领悟到越战是如何改造人的，因而无法"将罪责全部推到退役的美国大兵"身上。①

再来看看另一个策略，即以不同形式来反复讲述同一个故事的策略。比如，奥布莱恩讲述过一个关于一名美国大兵如何因为战友的死而对着一头小水牛拼命开枪的故事。这个情节在以下六个章节中得到了反复的叙述：《旋转》（Spin），《在雨水河中》（On the Rainy River），《被我枪杀的人》（The Man I Killed），《埋伏》（Ambush），《好的形式》（Good Form）以及《死者的生平》（The Lives of the Dead）。每次都是从不同的角度、用不同的篇幅来讲述。这不是唯一的情况。在全书中，被反复讲述得最多的，还有围绕特德拉·文达尔（Ted Lavender）、科特·莱蒙（Curt Lemon）和齐奥瓦（Kiowa）这三位士兵的死亡而发生的事情。这些故事全都被讲述过好多次。作者为自己的做法所作的辩护是："只有当故事好像无止境地讲下去的时候，你才能讲述出真正的战争故事。"（第76页）或许是因为所有这些叙事加起来，它们之间就会相互衬托、相互映照，从而间接传达创伤体验。由于他觉得自己总是无法传递"真正的真相"，无法让读者真正理解自己的内心感受，因此他唯一能做的，就是反反复复地以不同的方式来讲述同样的故事，"耐心地讲，这里添一些，那里减一点，编出一些新的东西来，以讲出真正的真相"（第85页）。我们甚至可以说，他在自己所有作品中的反复叙说，本身就是其精神创伤的一个体现。

"如果你一直讲个不停，你就能讲述真正的战争故事。"（第85页）奥布莱恩采用这种反复讲述的方式，显然不是为了故事本身。实际上，讲什么并不重要，重要的是不断进行的讲述行为。正如伊瑟尔

---

① Tim O'Brien, "The Violent Vet," Esquire, vol. 92, no. 6, Dec. 1979, p. 100.

所说的，再现是一种述行性行为（representation as a performative act）。这种行为与《他们背负着的东西》中的人物桑德斯（Mitchel Sanders）所玩的溜溜球一样。玩溜溜球不是要得出什么结果，其乐趣就在于不断地把球抛出去，让它被绳子拉回来，又抛出去。同样，奥布莱恩的写作目的，不是给大家讲述越南战争的故事，而是要通过这种絮絮叨叨的方式来诉说他本人和其他参战的美国大兵心灵所遭受的创伤。如果他像一般的小说家那样讲战争故事，那么读者会沉浸在激烈的战斗故事中，忘却讲故事者的存在，更遑论体味后者所承受的苦楚。絮絮叨叨的讲述阻断了读者的阅读快感，但却使得真实的经历深深地刻写在读者的脑海中。正如杰弗里·哈特曼说的，"牢记一首诗就是要将诗存放在脑子里，不是把它消解为各种有用的意义"[1]。因此，奥布莱恩不是在讲故事写小说，他是在写诗，因为他说，"（我们在阅读的时候），除了故事本身之外，没有什么东西值得去记忆"。因此，作为叙述者，他不得不一次又一次地以不同方式去讲述同一个故事："这对我来说还行。我以前讲过很多次，很多种版本——但现在要讲的才是真正发生过的事情。"（第 85 页）因为真正发生过的事情，只有在被讲述的那一短暂的时刻才算是真实的。内心的苦楚无法传递，但问题是，这些苦楚只能在传递的过程中才有可能被读者重新体验。这样做的好处是，通过反复地促使读者参与决定究竟是什么东西"真正地"发生在一个特定的情景中，通过强迫读者去经历那种明确认识真正发生过的事情的不可能性，奥布莱恩摆脱了独自记忆和理解事件的责任。他把读者拉入同谋中，无论你是什么时代的人，什么地方的人，都被他拉入他和战友们的战争创伤当中。

---

[1] Geoffrey Hartman, *Criticism in the Wilderness: The Study of Literature Today*. New Haven: Yale UP, 1980, p. 274.

然而，无论是在虚构还是在讲述真实的经历，絮絮叨叨、反复讲述究竟能否达到预期的效果，奥布莱恩心中无底。他始终不敢确定读者是否能够真正理解他的内心痛苦。前面提到，在《他们背负着的东西》一书中有许多讲故事的情景，包括他自己的以及书中人物的讲述，几乎都涉及听众的反应。比如在《如何讲述一个真实的战争故事》中，叙述者回忆起自己曾经好几次对着公众讲述枪杀水牛的故事时，就像鲁迅笔下的祥林嫂那样，他在刚开始时也感动了一些听众："我讲这个故事时，经常有人在会后走前来跟我说，她很喜欢。讲这话的总是个女人。有时候是个老女人，脾气好，很仁慈，又懂人情。她会说，她通常讨厌战争故事；她不理解为什么人们愿意在血污中打滚。但她喜欢这个故事。可怜的小水牛，让她很难受。有时甚至流些眼泪。她会说，你应该将这一切抛诸脑后。找些新的故事来讲。"（第84页）叙述者没有直接说出自己对这些听众的感受，但他接着写道："……她根本没听。这不是战争故事。而是关于爱的故事。但你不能那么说。你所能做的，就是再讲一次，耐心地讲，这里添一些，那里减一点，编出一些新的东西来，以讲出真正的真相。"（第85页）当你要诉说自己的痛苦经历的时候，听众相当重要。他们的同情和理解能够减轻你的痛苦。维科洛·罗利指出，虽然创伤幸存者的痛苦的经历和心理防御会使他们疏远公众，但为了治疗，社会应该为他们讲述自己的故事提供文化形式和机会，让他们获得某种社会承认，或甚至是社会的接受。[①] 如果没有这么一种公众的同情，创伤症状会加重。维吉尼亚·吴尔夫小说《达洛卫夫人》中的赛普蒂莫斯（Septimus）

---

① Vicroy Laurie, *Trauma and Survival in Contemporary Fiction*, Charlottesville: University of Virginia Press, 2002, p. 19.

就是一个例子。①

奥布莱恩也给出了类似的例子。参加越战的美国大兵在越南的时候渴望生还家乡，然而当他们回到家乡之后，他们却发现战争的梦魇如影随形。更糟糕的是，当他们想诉说的时候，他们却发现没有听众，或者即使有听众，他们也发现无法把自己的感受说明白。在《说起勇气》一章中，波克（Norman Bowker）满腹的烦恼无法排遣，只好驾着他老爸的车在湖边一遍又一遍地兜圈，就像时钟的指针一样，只是除了一片湖水之后，没人聆听那滴答声。只有那湖，"对于沉默而言，是一个好听众"（第138页）。可怜的越战老兵："战争结束了，没什么地方好去了。"（第137页）家乡就在眼前，然而"市镇好像有些遥远。萨丽结婚了，麦克斯淹死了，他爸爸在家看国家电视网转播的棒球赛"（第139页）。他能说的，也就是人们耳熟能详的，无数越战士兵讲述过的乏味的故事。他无法像奥布莱恩那样，反反复复、絮絮叨叨地讲述这些故事。所以他只好不说。他开始在脑海中设想和父亲交谈的情形。在这一虚构出来的讲述中，当他触及到最让他痛苦的、战友死于粪场的场景时，他迟疑了："——你肯定你想听这事？"在想象中，他觉得父亲会这样回答："——嘿，我是你老爸啊！"（第162页）是啊，老爸本来就有责任听儿子的诉苦的。但现实是，老爸在看棒球赛！波克是多么渴望老爸来听啊，因为老爸能够相当理解他所要讲的"不是让人讨厌的语言，而是事实。他老爸会交叉双臂等着他讲"（第165页）。然而，事实上没人会来听。他老爸也不会听。因为，他意识到，"一个很好的战争故事……不是战争故事

---

① 关于《达洛卫夫人》中的创伤问题，参见 Tsai Mei-Yu, "Traumatic Encounter with History: The War and the Politics of Memory in *Mrs. Dalloway*", *NTU Studies in Language and Literature*, No. 18 (Dec. 2007), pp. 61-90。

所要的，不是讨论英勇事迹所要的，镇里没人想知道那可怕的恶臭。他们想要善良的意图，美好的行为。但也不怪镇里的人，真的。这是一个不错的小镇，很繁荣，房屋整齐美观，一切卫生设施都很方便"（第169页）。痛苦的回忆依然无法摆脱，甚至越来越强烈，直到后来像电影一样在脑海中重演。最后，他终于意识到诉说的不可能性。于是他把车停下来（如果说车是他老爸的象征，那么离开车就等于和老爸告别），走进湖中央，好像给自己施洗礼一样。他看着国庆的烟花，"他觉得，对于一个小镇来说，这是非常好看的节目"（第173页）。就这样，由于找不到听众，他自杀了。

然而，即便找到了听众，依然会有被误解的危险。因此，奥布莱恩在书中不断地提醒他的读者，真实的战争故事不是什么。实际上，他是怕读者误解。人们都期望能从故事中获得教育意义，但奥布莱恩警告说："一个真正的战争故事从来都不是道德的。它不会教导人们，不会鼓励美德，不会提出正确的人类行为方式，也不会阻止人们去做人们总是在做的事情。如果一个故事似乎是讲道德的，千万别相信。如果在战争故事讲完的时候你感到非常振奋，或如果你觉得端正品行的某个小部分被从更大范围的废墟中抢救出来了，那么你就成了一个非常古老而又糟糕的谎言的受害者。"（第69页）那么，战争故事究竟讲的是什么？就连奥布莱恩本人也不知道："一个真正的战争故事常常甚至没有任何意义，或者，直到二十年之后，在你睡着的时候，它的意义才会击中你；于是你爬起来，摇醒你老婆，开始给她讲这个故事，然而当你快讲完的时候，你又忘记要讲的意义了。于是，你长时间躺在那里，看着故事发生在你的脑子里。你听着老婆的呼吸。战争结束了。你闭上眼睛。你笑了，你在想，上帝，那意义是什么啊？"（第82页）因此，奥布莱恩甚至要求读者不要对故事进行概括总结，无论总结出来的是什么："战争故事并不概括。它们不会沉涵于抽象或分析。"最终，故事"沦为内脏本能。一个真正的战争故事，如果得到真实地讲述，会让肚子相信"（第78页）。奥布莱恩无奈地说："真的，关于一个真正的战争最终是没有什么好说的，除了可能说一声'哦'。"（第77页）

所有这些无奈，表明奥布莱恩感到深刻的困惑，读者也跟着感到深刻的困惑。正如先前所说的，这种困惑会产生"理解"的需要，会引导人们真正反思造成战争的原因。因此，奥布莱恩通过元小说技巧来向我们传达书写创伤体验的艰难和必要，最终向我们提出了一个沉重的要求：与其在他人的创伤叙事中寻找事情的真相，不如仔细聆听叙述者内心的苦痛，聆听他们如何竭力摆脱创伤的阴影！只有这样，才能找到战争的根源，才能最终避免战争。正如凯茜·卡露丝在《创伤：记忆中的探索》一书的序言中所说，"聆听创伤的危机，不仅是要为事件而聆听，而更应该在证词中聆听到幸存者如何摆脱创伤；就是说，治疗学的听众所面临的挑战，就是如何聆听这种摆脱"[1]！

凌海衡

1969年生，2004年毕业于北京师范大学文学院比较文学与世界文学专业，获博士学位。现为华南师范大学外国语言文化学院教授。主要研究领域为英美文学、西方文论和比较文学与文化，主要著作有《交往自由与现代艺术：重读阿多诺的审美批判理论及其政治意义》（2009）等。

---

[1] Caruth, "Introduction to Trauma and Experience," in *Trauma: Explorations in Memory*. Baltimore: Johns Hopkins University Press, 1995, p. 10.

《奥德塞》与西方游历小说叙事传统的形成

肖惠荣

和中国文学的发展模式几乎如出一辙的是,西方早期文学也是诗体文学一家独大的局面。但两者在发展过程中又呈现出不同特征。相对于先秦诗歌擅长抒情来说,西方早期诗体文学如荷马史诗更偏向叙事,古希腊史诗有一个较为明确的主题,那就是讲述英雄在海上冒险的故事。主人公九死一生的海上经历往往具有强烈的叙事性,使其与后世小说具有了天然的亲缘关系,无论是讲故事的形式还是故事的主题,后世的游历小说都受到了荷马史诗的影响。18世纪英国作家菲尔丁直接将小说称之为"散文滑稽史诗"。按照卢卡奇的观点,小说是时代的史诗,是历史发展到"生活的外延整体不再是显而易见的了,感性的生活内在性已经变成了难题"时的产物。[①]将小说类比于史诗,是因为两者之间有着内在关联。西方游历小说中主人公的英雄形象总是在困难重重的外出游历中生成,他们的丰功伟绩往往被自己或他人追忆,这都是源自《奥德塞》的影响。

一、《奥德塞》:西方游历小说叙事传统的源起

因为希腊地形的特点,海洋在希腊人的日常生活中占据重要的地

---

① 卢卡奇:《小说理论》,燕宏远、李怀涛译,商务印书馆,2012,第49页。

位。作为史诗《奥德塞》中的主人公，奥德修斯的返乡之途经历了重重考验。让他和同伴涉险过关的是奥德修斯返乡的决心以及他那超人的智慧。在奥德修斯看来，"任何东西都不如故乡和父母更可亲"。[①]希腊人认为世界是有限、封闭的，因此，即便与世界、家乡、人群完全分离，也不会妨碍其与世界的"同质性"，这种"同质性"让奥德修斯既不会因为当下恶劣的环境而自怨自艾，也不会因为路途遥远而彻底忘记回家的路，在他心中，故乡就是那个远离物质污染、岁月侵蚀的实体，只要回到故乡的怀抱，才能找回那个纯洁、真实的自我。

在奥德修斯海上经历的重重劫难中，"险过塞壬岛"这个故事的情节相对简短，但也让我们看到了英雄的不凡。塞壬并非仅仅是塞壬，她们是人类面临的各种诱惑的象征。凡人在面对塞壬的诱惑时，若不提前防范，只能束手就擒。正如船上那些普通的船员，耳朵中塞入的蜂蜡让他们不用直接面对塞壬歌声的诱惑，从而避免了伤害和死亡。而奥德修斯之所以被称作英雄，是因为他不仅想方设法让自己的船员渡过了难关，更为重要的是，他可能还是这世间唯一既听到了塞壬的歌声，又保全了性命的人。借助奥德修斯和船员的经历，荷马似乎在告诉我们：潘多拉的盒子实在过于强大，只有像奥德修斯这样的勇士和英雄才敢于直面诱惑，挑战极限，在充满危险的海洋上用人类的智慧满足自我对未知的渴求。与希腊文学中另一个远航的故事——伊阿宋智取金羊毛相比，奥德修斯返乡之旅更具叙事性，从情节上看，后者一波三折，跌宕起伏，更能扣住读者的心弦。从人物形象上来看，奥德修斯的英雄气质更为突出和明显，在面对常人难以想象的困难时，他总能屡出奇招，力挽狂澜，而伊阿宋每每都要借助他人的力量才能攻克难关。荷马在《奥德塞》中用了很多褒义词来

[①] 荷马：《荷马史诗·奥德塞》，王焕生译，人民文学出版社，1997，第171页。

形容奥德修斯的英雄品质，如"神样的、勇敢的、睿智的、足智多谋的、机敏多智的、历尽艰辛的、饱受苦难的、阅历丰富的"①，上述形容词频繁出现在这部诗作中，给读者留下了极为深刻的印象，正如王焕生所言："它们正好集中反映了诗人希望借助行动表现的主人公性格的两个主要方面，即坚毅和多智。"②

亚里士多德在《诗学》中对《奥德塞》的情节安排大加赞赏，他在阐释"情节整一性"时提出，"只要写一个人的事，情节就会整一，其实不然"。③因为一个人可以采取过很多行动，经历过很多事件，但这些行动和事件并不组成一个完整的行动或事件。他以《奥德塞》为例，阐明了荷马在情节安排上的"真知灼见"：

> 在作《奥德塞》时，他没有把俄底修斯的每一个经历都收进诗里，例如，他没有提及俄底修斯在帕那耳索斯山上受伤以及在征集兵员时装疯一事——在此二者中，无论哪件事的发生都不会必然或可然地导致另一件事的发生——而是围绕一个我们这里所谈论的整一的行动完成了这部作品。④

亚里士多德对荷马的评价恰如其分，荷马在讲述奥德修斯的经历时，确实是围绕着一个"整一的行动"也就是一个中心来完成这个作

---

① 王焕生：《〈荷马史诗·奥德塞〉前言》，载荷马《荷马史诗·奥德塞》，王焕生译，人民文学出版社，1997，第3页。
② 王焕生：《〈荷马史诗·奥德塞〉前言》，人载荷马《荷马史诗·奥德塞》，王焕生译，民文学出版社，1997，第3页。
③ 亚里士多德：《诗学》，陈中梅译注，商务印书馆，1996，第78页。
④ 亚里士多德：《诗学》，陈中梅译注，商务印书馆，1996，第78页。

品，这个整一的行动即为"奥德修斯回归故乡"。① 但荷马的高明之处在于他并没有把奥德修斯十年海上漂泊的经历按照故事发生的时间顺序——道来，而是采用了和《伊利亚特》一样倒叙的方式，即集中讲述10年漂泊旅程中最后40天的故事，此前发生的事情由奥德修斯追叙，诗人的讲述有详有略，快慢相间的叙事节奏让整部史诗的结构张弛有度，这也为后世讲故事的模式提供了范本。

  荷马是一位行吟诗人，居无定所，四处漂泊，他带着自己编纂的故事云游四方。当《奥德塞》被荷马以及其他吟诵诗人带到希腊各个角落，被一遍又一遍重述时，认知心理学认为，这种被讲述的古老故事将影响听众对于现实的认知，因为"人类的知识来自于围绕着过去经验构建的老故事"。② 荷马的身份和荷马所讲述的故事为希腊人的生活提供了一个权威视角，民众以此来确定人生的方向。《奥德塞》中那个远航的故事成为了一个灯塔，它指引着希腊人去探索未知的前方，寻找属于自己的远方。

不仅如此，荷马在《奥德塞》中以一个人物的足迹为故事线索展开叙述，以及"从中间开始，继之以解释性的回顾"③ 的倒叙手法，成为西方后世小说的一种叙述模式，就像叙事学理论的奠基者之一热奈特所评价的那样："大家也知道小说的叙述风格在这点上多么忠

---

① 王焕生：《〈荷马史诗·奥德塞〉前言》，载荷马《荷马史诗·奥德塞》，王焕生译，人民文学出版社，1997，第2页。

② Schank, Roger C.Abelson, Robert P. "Knowledge and Memory: The Real Story". in Robert S. Wyer ed. Knowledge and Memory: The Real Story. New Jersey: Lawrence Erlbaum Associates, Publisher shillsdale. 1995.P1.

③ 热拉尔·热奈特：《叙事话语 新叙事话语》，王文融译，中国社会科学出版社，1990，第14页。

实于远祖,直至'现实主义'的19世纪。"在分析《追忆似水年华》时,他还再次强调了"倒叙"的传统性,"把年代倒错说成绝无仅有或现代的发明将会贻笑大方,它恰恰相反,是文学叙述的传统手法之一"。① 后世的游历小说如《堂吉诃德》《鲁滨逊漂流记》《汤姆·琼斯》《匹克威克外传》《汤姆·索亚历险记》《哈克贝里·芬历险记》等,这些小说中提倡的英勇、坚毅、公正、自由、冒险的现代价值观,以及它们所采用的叙述手法,都能看到《奥德塞》主题与形式的延续。

二、《堂吉诃德》：西方游历小说叙事传统的发展

作为欧洲公认的第一部现代意义的长篇小说,《堂吉诃德》有很多不完美之处,比如结构松散、情节前后矛盾,爱情故事乏善可陈,可在光芒万丈的堂吉诃德之前,这些缺点简直可以忽略不计,而堂吉诃德的光辉恰恰来自于他身上所体现出来的游侠骑士精神。

堂吉诃德只是一个西班牙乡村的普通乡绅,为什么会有一个游侠梦？这是因为他受到了当时流行文化——骑士小说的影响,西班牙的骑士小说脱胎于中世纪的骑士传奇,这些传奇中的英雄虽来自于古希腊罗马,但心怀的却是中古骑士的爱情观和荣誉感,而这一点深深地影响了塞万提斯,也造就了堂吉诃德和奥德修斯以下三点不同之处：

其一,奥德修斯的英雄身份是与生俱来的,他不仅是伊塔卡岛的国王,而且以聪明著称于整个希腊,希腊人能攻破特洛伊城,直接得益于奥德修斯的木马计,也是在他的劝说下,希腊第一勇士阿喀琉斯

---

① 热拉尔·热奈特：《叙事话语 新叙事话语》,王文融译,中国社会科学出版社,1990,第15页。

才加入到希腊联军的队伍中来。而堂吉诃德仅是一位乡村绅士,塞万提斯用略带讽刺的手法描述了这位乡绅的外貌:"我们这位绅士已年近五旬,身子骨还相当结实,身材瘦削,面貌清癯,平时喜欢早起,还爱狩猎。他名叫吉哈达,又有人说他叫盖萨达,说法不一,但据考证,他应该是姓盖哈纳。不过,他叫什么名字对本传记关系不大,只要在叙述的过程中不失真就行了。"①从叙述者的描述中,这位主人公普通而又平凡,身份和地位也毫无过人之处。甚至连叫什么名字好像都显得无足轻重——"他名叫吉哈达,又有人说他叫盖萨达,说法不一,但据考证,他应该是姓盖哈纳。不过,他叫什么名字对本传记关系不大,只要在叙述的过程中不失真就行了。"②

其二,奥德修斯自带英雄光环,他是在神灵的引领之下披荆斩棘,一路过关斩将;而堂吉诃德的英雄梦则带有强烈的主观性和个人色彩。他的理想还有些不合时宜,这一点体现在他出游所需的装备及一系列的命名仪式中。盔甲是曾祖留下来的,"早已锈迹斑斑,还散发出一阵阵霉味儿。"③因为头盔太浅,他只好用马粪纸花了一周时间做了一个面罩,为了检验面罩的牢固性,他一剑劈了下去,这一劈又让自己一周的心血付诸东流。他还为自己、自己的马、意中人分别取过了名字,这一个又一个的名字绝不只是"粗鄙现实的面具"④,它们

---

① 塞万提斯:《堂吉诃德》,屠孟超译,译林出版社,2011,第13页。
② 塞万提斯:《堂吉诃德》,屠孟超译,译林出版社,2011,第13页。
③ 塞万提斯:《堂吉诃德》,屠孟超译,译林出版社,2011,第14页。
④ 安德烈·布林克:《小说的语言与叙事:从塞万提斯到卡尔维诺》,汪洪章等译,上海人民出版社,2019,第2页。

的出现标志着他的旅程从一开始迈进的就是"语言的世界"①。从这个角度来说,我们就能理解为什么堂吉诃德会把风车看成是巨人,因为他造就梦想和实现梦想的过程充满了虚幻性,是一种言语的幻想。

其三,奥德修斯是在极不情愿的状态下远征特洛伊,希腊联军启程之际,他刚得贵子,并不想背井离乡,他那"身不由己"的悲愤与痛苦弥漫在他对过往经历的追忆中。乐师悲壮的歌声引发了奥德修斯的倾诉欲,在向众人讲述自己一路的颠沛流离时,奥德修斯并没有直接进入主题,而是先向众人表明了自己对故国的赞美:"伊塔卡虽然崎岖,但适宜年轻人成长,/我(奥德修斯)认为从未见过比它更可爱的地方。"②这种赞美包含了游子对故国的眷恋之情,也再一次从侧面强调了他与故国、亲人、妻儿分离时的不舍与痛苦。与群体利益相比,奥德修斯更看重自我需求的满足。而堂吉诃德则不同,无论周围的亲朋好友如何阻拦,他都要出外行侠仗义。他所做的一切并不是为了谋取私利,而是帮助他人,匡扶正义。他痴迷于骑士小说,深陷语言的牢笼,认为自己所生活的世界就像当年的骑士时代一样,是一个需要改善,并且能大有作为的世界。所以他才会带着自己的侍从一次又一次踏上了旅途,不管在途中遇到多大的困难,遭受多少挫折,他从没有过怨言,堂吉诃德认为这是他作为游侠骑士的使命和义务,他必须为此拼尽全力。这种游侠骑士精神让他闪闪发光,正如布鲁姆所言:"在全部西方经典中,塞万提斯的两位主人公确实是最突出的文学人物,(顶多)只有莎士比亚的一小批人物堪与他们并列。他们身上综合了笨拙和智慧,以及无功利性,这也仅有莎士比亚最令人难忘

---

① 安德烈·布林克:《小说的语言与叙事:从塞万提斯到卡尔维诺》,汪洪章等译,上海人民出版社,2019,第 2 页。

② 荷马:《荷马史诗·奥德塞》,王焕生译,人民文学出版社,1997,第 171 页。

的男女人物可以媲美。"①

传统会给后来的作品带来压力,"它不断迫使作家与包容在前人作品中的成就以及包容在他自己以前的作品中的成就分道扬镳。每一步新作都必须与它之前的作品有所区别"。②与奥德修斯大部分时间孤身作战相比,堂吉诃德的身边一直有桑丘陪伴,尽管塞万提斯首次向读者介绍桑丘时也略带讽刺,认为这位穷苦的农民是在堂吉诃德"左许一个愿,右打一个包票"的忽悠下,抛家弃子充当前者出游的侍从,看上去"脑袋不十分灵光"③,而布鲁姆却坚持认为"桑丘的智慧非比寻常"。他对堂吉诃德的一路守候,实际上和他的主人一样,"也在寻找新的自我"。④这种对自我主动而又积极的寻找,在一定程度上突破流浪汉小说的套路,也为西方游历小说叙事传统注入了新的因素。

从小说文体的发展角度来看,堂吉诃德和桑丘之间的对比与互动构成了小说新的人物设置,一个是疯狂的幻想家,一个是清醒的现实主义者,一个渴望冲突与战争,一个坚信岁月静好,两人时有口角,但又彼此真心,名为主仆,实际上平等而亲密。堂吉诃德临死之前都惦记着桑丘,而桑丘始终对他的主人忠心耿耿。小说中那些闹哄哄的争吵恰巧是他们友谊最好的见证,他们是出游的伙伴,也是彼此最理想的倾听者。堂吉诃德这个理想主义者执着于自我设定的主观世界不可自拔,桑丘沉溺于现实世界之中,这两个人物都无法从自己既

---

① 哈罗德·布鲁姆:《西方正典》,江宁康译,译林出版社,2005,第109页。
② 爱德华·希尔斯:《论传统》,傅铿、吕乐译,上海人民出版社,2014,第157页。
③ 塞万提斯:《堂吉诃德》,屠孟超译,译林出版社,2011,第49页。
④ 哈罗德·布鲁姆:《西方正典》,江宁康译,译林出版社,2005,第100页。

定的标准中跳脱出来,但他们会因为相互倾听而改变自我,侍从随时随地的提醒让堂吉诃德的理想有了现实的参照,主人对理想的矢志不移也让桑丘的务实精明抹上了一层理想主义的色彩。因有了理想的倾听者,他们的世界向外敞开,彼此依靠,无论哪一个都不再是这世间孤独的存在。与他人分享旅途经验、交流一路心得的意义绝不止于相互陪伴和取暖,这种分享和交流会让彼此对自我的认识更加深刻。从这个角度来说,他们的友谊真诚而又经典,布鲁姆认为,这种经典的友谊"并且部分改变了往后的经典本质"。在《堂吉诃德》的影响之下,主角身边总是跟着一个忠心耿耿的朋友或仆人,变成了西方小说的一种经典模式,两者交相辉映,比如福尔摩斯和华生,缺一不可。

《堂吉诃德》中还涉及了一个重要的问题:那就是我们应该如何看待这个世界?塞万提斯用戏剧化的虚构形式告诉我们,每个人看到的世界实际上是不一样的。当某一事实需要道德评价介入时,答案可能丰富多彩,五花八门。比如在谈到战争时,塞万提斯借用堂吉诃德之口诗情画意地描绘它,另外一方面他也毫不掩饰桑丘对和平的偏爱。这种作者和人物之间的距离让读者有机会"走进了角色和角色如何看待世界之间的空间,朝着现代社会对小说的定义迈出了坚定的一步"。①

作为现代小说的先驱者,不管是人物形象的塑造还是故事情节的建构,塞万提斯对后世游历小说都产生了深远的影响,正如布鲁姆所言:"塞万提斯出色的实验已被公认是创造了小说的新形式,它一改流浪汉小说的套路,所以许多后代小说家对它的热爱是完全可以理解的;但是这部小说所引发的巨大热情,尤其是司汤达和福楼拜所表现

---

① 安德烈·布林克:《小说的语言与叙事:从塞万提斯到卡尔维诺》,汪洪章等译,上海人民出版社,2019,第 2 页。

出的热情,无疑是对其成就的极大赞扬。"①

三、《鲁滨逊漂流记》:西方游历小说叙事传统的成型

在《地狱篇》第 26 章中,但丁虚构了一个故事,这个故事主要叙述了尤利西斯(奥德修斯的罗马名)为追求知识和同伴做了最后一次远航,一路向西,驶向比日落更远的地方。这个故事预示着世纪之交西方人对新大陆和新航道的探索。这种对于对未知世界的追求与开拓一直保留在西方的游历小说中,最为典型的就是丹尼尔·笛福的《鲁滨逊漂流记》。它不仅传承了《奥德塞》和《堂吉诃德》中的冒险精神,还将财富与冒险联系起来。

与《堂吉诃德》不同,这部小说的素材来自于一个真实的事件,1704 年 9 月,有一位名叫亚历山大·塞尔柯克的船员因与船长发生矛盾,被船长遗弃在一个大西洋上的孤岛上长达 4 个月之久,后被另一艘船的船长所救。塞尔柯克的经历轰动一时,笛福以此为蓝本,结合自己多年出海的经历创作了《鲁滨逊漂流记》。这部小说之所以一出版就受到当时读者的热捧,几个世纪后依然高居小说销售榜的前列,部分原因在于作者娴熟地运用了第一人称叙述,这种叙述手法能以最快的速度让读者对人物产生认同感,但也比较考验作家的写作能力,因此,在笛福之前很少有作家采用。

这部小说的同名主人公鲁滨逊出生于中产阶级家庭,接受过良好的教育,可谓是"衣食无忧",但年轻的鲁滨逊并不愿意和父亲一样过着富庶、安逸、稳定却又一成不变的生活,他从一开始便直言不讳地告诉读者自己一心向往大海:"除了航海,我对别的一概不乐

---

① 哈罗德·布鲁姆:《西方正典:伟大作家和不朽作品》,江宁康译,译林出版社,2005,第 97 页。

意。"①海上生活充满了不确定性,可能还会因此丧命。但鲁滨逊为什么对海上生活会有如此强烈的渴望?这部小说虽没有给出明确的答案,但假设我们也生活在一个四面环海的地方,又从小受到以《奥德塞》为代表的海洋文化的熏陶,或许就能理解鲁滨逊对于海上生活的执着。

鲁滨逊的父亲动之以情,晓之以理,希望儿子能留在自己身边,虽被父亲的眼泪所打动,但仅仅在家里待了一年,他就瞒着家人踏上了前往伦敦的船。鲁滨逊对此的解释是"冥冥之中一种不容违抗的天命"②促使他继续往前闯,鲁滨逊认为自己被一股"邪恶的力量"所控制,这种想要发财致富的欲望让鲁滨逊把"一切忠告和我父亲的苦苦相劝,甚至命令都当作耳边风"。③鲁滨逊对财富的渴望反映了当时英国民众的普遍愿望。第一次工业革命后,商品的大规模生产激发了人们的物质欲望,财富取代血统成为英国攀登社会阶层的新阶梯。用笛福自己的话来说:"财富,不问出处的财富,在英格兰造就了机械的贵族、耙子的绅士。古老的血统在此无用武之地,是厚颜和金钱制造了贵族。"托克维尔甚至断言:"其他国家的人追求富贵是为了享受生活,而英格兰人追求富贵,不妨说,是为了活着。"④或许正是因为这一点,鲁滨逊才会在父亲再三表示他们这样的中产阶级家庭不需要他为了财富而置性命于不顾时,在没有多少航海经验的前提下还固执地想成为一名水手,因为这是一条暴富的捷径,鲁滨逊晚年过上

---

① 丹尼尔·笛福:《鲁滨逊漂流记》,鹿金译,商务印书馆,2015,第6页。
② 丹尼尔·笛福:《鲁滨逊漂流记》,鹿金译,商务印书馆,2015,第16页。
③ 丹尼尔·笛福:《鲁滨逊漂流记》,鹿金译,商务印书馆,2015,第16页。
④ 转引自艾伦·麦克法兰《现代世界的诞生》,管可秾译,上海人民出版社,2013,第109页。

富裕的生活也证明了海外贸易确实改变了英国普通民众的命运。

鲁滨逊在孤岛上独自生活所体现出来的勇敢和智慧,让我们看到了奥德修斯的现代影响,关于传统与创新之间的关系,T.S.艾略特对此有着自己的独特见解:"但当新鲜事物介入之后,体系若还要存在下去,那么整个的现有体系必须有所修改,尽管修改是微乎其微的。"①鲁滨逊对自由的强调、对财富的渴望让他成为西方海洋民族新一代的精神偶像,为西方游历小说的叙事增添了新的维度。

荷马笔下奥德修斯千折百转的返乡之路陪伴了大多数西方人的成长,影响了一代又一代西方人对世界的认知和探索。正如心理学家所言:"讲故事和理解故事在人类记忆中的作用远比单纯地表现为一种人际互动更为重要。人类不断将故事相互关联的原因是因为故事是他们不得不联系在一起的全部。或者,换句话说,当涉及到语言上的互动时,我们所有的知识都包含在故事以及构建和检索它们的机制之中。"②奥德修斯的故事铸就了西方人最初的生命体验和人生梦想,从文化比较的角度来看,这个故事中所蕴含的对远方的期待和探求也成为了海洋文明区别于农耕文明的显著特征之一。

任何一部文学作品的出现都不是空穴来风,它都依赖于其他文学作品已经生成的传统而存在,作家在开始动笔创作时就让自己和这些传统天然地联系在一起,正如《奥德修斯》对《堂吉诃德》《鲁滨逊漂流记》的影响,现在受过去引导,过去也必须被现在所改变,每当新的作品加入到原有的叙事传统中来,文学传统就发生了新的改变,

---

① 托·斯·艾略特:《传统与个人才能》,载《艾略特文学论文集》,李赋宁译注,百花洲文艺出版社,1994,第3页。

② Schank, Roger C.Abelson, Robert P. "Knowledge and Memory: The Real Story", Robert S. Wyer ed, Knowledge and Memory: The Real Story, New Jersey: Lawrence Erlbaum Associates, Publisher shillsdale. 1995.P2.

这种改变不止于新成分的加入,更在于人们对"这一传统已经有了新的不同的理解"①,这种不同的理解造就鲁滨逊、堂吉诃德、奥德修斯三者的差异与断裂,这些差异与断裂又让叙事传统悄然发生变化。

肖惠荣

1980年生,2008年毕业于北京师范大学比较文学与世界文学专业,获博士学位。现为江西师范大学文学院副教授。主要研究领域为外国文学与叙事学,在《外国文学研究》《江西师范大学学报》等发表论文多篇。

---

① 爱德华·希尔斯:《论传统》,傅铿、吕乐译,上海人民出版社,2014,第163页。